中国诗词精典

杨端志 周晓瑜 傅根清
李进友 校潇 马红

山东大学出版社

图书在版编目(CIP)数据

中国诗词精典/杨端志等校理．—3版．—济南：山东大学出版社，2008.1
(国学精典)
ISBN 978-7-5607-1405-9

Ⅰ．中...
Ⅱ．山...
Ⅲ．诗词－作品集－中国－古代
Ⅳ．I222

中国版本图书馆 CIP 数据核字(2000)第 39324 号

山东大学出版社出版发行
(山东省济南市山大南路 27 号　邮政编码：250100)
山东省新华书店经销
山东新华印刷厂印刷
720×1010 毫米　1/16　47 印张　973 千字
2008 年 1 月第 3 版　2008 年 1 月第 3 次印刷
定价：95.00 元

出版说明

精神与文化是人类社会的最高追求，也是不同历史时期、不同群体与地区人们的基本需求，尤其是积文明传承之结晶的传统文化，更是其中的基点所在。进入21世纪以来，随着中国社会的飞速发展与历史巨变，国人对精神与文化的追求也与日俱增，特别是当我们的物质世界在不断地告别历史、远离传统之际，我们对于精神家园的缅怀与追寻已成为愈浓的乡思。无论是经典秘籍、诸子百家，还是唐诗宋词、古文小说，都在被身处现代化的人们重新找回。这是民族精神与文化建设的动力所在，也是社会和谐发展的基础所系。基于此，我社对以往出版的传统文化精典著作重加整理，汇成本套“国学精典”丛书，计有《中国智慧精典》、《中国诗词精典》、《中国古文精典》、《中国书信精典》、《中国文言小说精典》、《中国话本小说精典》，共六种，旨在涵括传统国学之精粹。读者一编在手，既可以饱览诸子百家的智慧，又可领略唐诗宋词的美韵；既可鉴赏古代散文的汪洋纵恣，又可体会书柬信札中的文思华采；既可品味文言小说的隽永，又可欣赏话本小说的乐趣。每册内容，都可圈可点，当然，也都可随时读之，高阁藏之。进德修业，堪为良友。

山东大学出版社

2007年12月

目录

◎诗集传

【诗集传卷第三】

【诗集传卷第四】

【诗集传卷第五】

【诗集传卷第六】

【诗集传卷第七】

【诗集传卷第八】

【诗集传卷第九】

【诗集传卷第十】

【诗集传卷第十一】

【诗集传卷第十二】

【诗集传卷第十三】

【诗集传卷第十四】

桑扈之什

【诗集传卷第十五】

都人士之什

【诗集传卷第十六】

大雅

文王之什

【诗集传卷第十七】

生民之什

【诗集传卷第十八】

【诗集传卷第十九】

颂

【诗集传卷第二十】

◎古诗源

【古诗源卷一】

古逸

【古诗源卷二】

【古诗源卷三】

【古诗源卷五】

【古诗源卷六】

晋诗

【古诗源卷八】

【古诗源卷九】

【古诗源卷九】

【古诗源卷十】

宋诗

宋诗

齐诗

梁诗

梁诗

【古诗源卷十三】

【古诗源卷十四】

陈诗

◎ 唐诗三百首

【唐诗三百首卷一】

【唐诗三百首卷一】

乐府

【唐诗三百首卷二】

七言古诗

【唐诗三百首卷三】

七言古诗

【唐诗三百首卷四】

七言乐府

【唐诗三百首卷五】

【唐诗三百首卷五】

【唐诗三百首卷六】

七言律诗

【唐诗三百首卷六】

【唐诗三百首卷七】

七言绝句

◎千家诗

【千家诗卷一】

七言绝句

【千家诗卷一】

七言律诗

【千家诗卷二】

【千家诗卷三】

五言绝句

【千家诗卷三】

【千家诗卷四】

五言律诗

◎词选/续词选

【词选卷一】

【词选卷一】

【词选卷二】

【续词选卷一】

【续词选卷一】

【续词选卷二】

诗集传

◎（宋）朱熹 注
杨端志 周晓瑜 校理

前 言

《诗经》是西周初期到春秋末期五百多年间，周南、召南等十八个地域（地涉今陕西、山西、河南、河北、山东、江苏、湖北等省）的民歌、仿民歌总集。过去的时代，被儒家和历代王朝奉为经典。如今，被文学家、史学家和汉语史家以及广大爱好者视为瑰宝。它一直在中国人民的文化生活中占据着重要的地位，也必将对现代社会主义精神文明建设焕发出积极的影响。

《诗经》古注今注很多，最受广大读者欢迎的是南宋学者朱熹的《诗集传》。

《诗集传》是朱熹多年艰苦探索的结晶。我们今天看到的《诗集传序》是他四十八岁据《小序》解诗时写就的。但他六十岁时谈写出《诗集传》过程说："某向作《诗》解文字，初用《小序》，至解不行处，亦曲为之说，后来觉得不安。第二次解者，虽存《小序》，间为辩破，然终是不见诗人本意。后来方知，只尽去《小序》，便自可通。于是尽涤旧说，《诗》意方活。"（《朱子语类》卷八〇）他在四十八岁时写出初稿，后又二易其稿才定稿。而在他写初稿之前，还有一个艰苦的研读准备过程。这个问题，后来他曾对他的学生沈僩谈过："某旧时看《诗》，数十家之说，一一都从头记得，初间那里敢便判断那说是，那说不是。看熟久之，方见得这说似是，那说似不是。"（《朱子语类》卷八〇）从读书到定稿大约花去他十几年的心血。

《诗集传》特点有二：

一是训诂翔实。《诗经》距朱熹生活的时代已在1700～2300年之间，尽管其中大部分的作品是以口语为基础的民歌，但到朱熹生活的时代却已成为"古代汉语"，一般人读来会有很多困难。因此，朱熹为推行"诗教"，在训诂上用了很深的功夫，采取了"间注"和"章末注"相结合的办法。间注主要随字注出难字语音、叶韵、句读、文字异同；章末注主要分章注出僻字僻词的语义，串讲文意、点明本章或本诗主题思想。扫除了语言上多方面的障碍，最大限度地为阅读理解提供了方便。

二是"尽去《小序》"政治讽刺诗说，追求"诗人本意"。《诗经》本是反映先民生活画面的生动活泼的民歌或仿民歌。但是，到了汉代，士大夫们为强化其"经"的地位，附会上很多僵硬的政治色彩，并在各首诗之前分别加上一段说明其政治色彩的文字，称做"小序"。《小序》使得差不多每首诗都成了所谓"政治讽刺诗"。如《郑风·将仲子》小序便称"刺庄公也"云云。对此，朱熹进行了全面的检讨与批判，努力

使诗还其本来面目，前面所引文字已说明这个问题。如他在《将仲子》首章串讲中便援引莆田郑氏曰："此淫奔者之辞"云尔。抛却《小序》束缚，从而发现诗中很多是男女相悦的歌谣，这无疑是他对《诗经》研究的最大贡献。自此，为《诗经》研究开辟了一个崭新的途径。

另外，诸如《诗集传》多处以"《古器物款识》曰"、"《古器物铭》云"，引吉金文资料来证成《诗经》词例、文例，在训诂学史上也是首创性的。

《诗集传》至今仍然不失为阅读《诗经》的一个好注本。

但是，《诗集传》距今也近八百年了。随着时间的推移，今人阅读《诗集传》又出现了新的不便。为此，这次整理，我们据文学古籍刊行社影印宋刊本，做了如下工作：

1. 删去有错误的或一般读者所不十分需要的间注中的反切注音、叶韵、句读文字和校勘文字。

2. 用通行的现代简体字、新式标点、新式注码，重新编排原文、注文。

3. 纠正原文、注文中明显的文字错误。如《伐檀》原作"坎坎代檀兮"，"代"当为"伐"。朱注《玄鸟》"有娥氏"，"娥"当为"娀"；《猗嗟》"《春秋》桓公二年"，"二年"当为"三年"等。

由于整理者水平所限，时间仓促，缺点错误当所不免。诚望读者指正。

杨端志　周晓瑜

诗集传序

或有问于予曰："《诗》何为而作也？"予应之曰："人生而静，天之性也；感于物而动，性之欲也。夫既有欲矣，则不能无思。既有思矣，则不能无言。既有言矣，则言之所不能尽，而发于咨嗟咏叹之余者，必有自然之音响节族（音奏）而不能已焉。此《诗》之所以作也。"曰："然则其所以教者何也？"曰："《诗》者，人心之感物而形于言之余也。心之所感有邪正，故言之所形有是非。惟圣人在上，则其所感者无不正，而其言皆足以为教。其或感之之杂，而所发不能无可择者，则上之人必思所以自反，而因有以劝惩之，是亦所以为教也。昔周盛时，上自郊庙朝廷而下达于乡党闾巷，其言粹然无不出于正者，圣人固已协之声律，而用之乡人，用之邦国，以化天下。至于列国之诗，则天子巡狩，亦必陈而观之，以行黜陟之典。降自昭穆而后，浸以陵夷。至于东迁，而遂废不讲矣。孔子生于其时，既不得位，无以行劝惩黜陟之政，于是特举其籍而讨论之，去其重复，正其纷乱，而其善之不足以为法，恶之不足以为戒者，则亦刊而去之，以从简约，示久远，使夫学者即是而有以考其得失，善者师之而恶者改焉。是以其政虽不足以行于一时，而其教实被于万世，是则《诗》之所以为教者然也。"曰："然则国风、雅、颂之体，其不同若是，何也？"曰："吾闻之：凡《诗》之所谓'风'者，多出于里巷歌谣之作，所谓男女相与咏歌，各言其情者也。惟《周南》《召南》亲被文王之化以成德，而人皆有以得其性情之正，故其发于言者，乐而不过于淫，哀而不及于伤，是以二篇独为风诗之正经。自《邶》而下，则其国之治乱不同，人之贤否亦异，其所感而发者，有邪正是非之不齐，而所谓先王之风者，于此焉变矣。若夫'雅''颂'之篇，则皆成周之世，朝廷郊庙乐歌之辞。其语和而庄，其义宽而密，其作者往往圣人之徒，固所以为万世法程而不可易者也。至于'雅'之变者，亦皆一时贤人君子闵时病俗之所为，而圣人取之，其忠厚恻怛之心，陈善闭邪之意，尤非后世能言之士所能及之。此《诗》之为经，所以人事浃于下，天道备于上，而无一理之不具也。"曰："然则其学之也当奈何？"曰："本之'二南'以求其端，参之列国以尽其变，正之于'雅'以大其规；和之于'颂'以要其止，此学《诗》之大旨也，于是乎章句以纲之，训诂以纪之，讽咏以昌之，涵濡以体之，察之情性隐微之间，审之言行枢机之始，则修身及家、平均天下之道，其亦不待他求而得之于此矣。"问者唯唯而退。余时方辑《诗》传，因悉次是语以冠其篇云。

淳熙四年丁酉冬十月戊子新安朱熹序。

诗集传卷第一

国风[①]

周 南[②]

关 雎[③]

关关雎鸠，在河之洲。窈窕淑女，君子好逑[④]。 参差荇菜，左右流之；窈窕淑女，寤寐求之。求之不得，寤寐思服。悠哉悠哉，辗转反侧[⑤]。 参差荇菜，左右采之；窈窕淑女，琴瑟友之。参差荇菜，左右芼之；窈窕淑女，钟鼓乐之[⑥]。

【注释】

①国者，诸侯所封之域。而风者，民俗歌谣之诗也。谓之风者，以其被上之化以有言，而其言又足以感人，如物因风之动以有声，而其声又足以动物也。是以诸侯采之以贡于天子，天子受之而列于乐官。于以考其俗尚之美恶，而知其政治之得失焉。旧说"二南"为正风，所以用之闺门、乡党、邦国而化天下也。十三国为变风，则亦领在乐官，以时存肄，备观省而垂监戒耳。合之凡十五国云。

②周，国名；南，南方诸侯之国也，周国本在《禹贡》雍州境内岐山之阳，后稷十三世孙古公亶甫始居其地。传子王季历，至孙文王昌，辟国寖广。于是徙都于丰，而分岐周故地以为周公旦、召公奭之采邑。且使周公为政于国中，而召公宣布于诸侯。于是德化大成于内。而南方诸侯之国，江、沱、汝、汉之间，莫不从化，盖三分天下而有其二焉。至子武王发，又迁于镐，遂克商而有天下。武王崩，子成王诵立。周公相之，制作礼乐，乃采文王之世风化所及民俗之诗，被之管弦以为房中之乐。而又推之以及于乡党、邦国，所以著明先王风俗之盛，而使天下后世之修身齐家治国平天下者，皆得以取法焉。盖其得之国中者，杂以南国之诗而谓之《周南》。言自天子之国而被于诸侯，不但国中而已也。其得之南国者，则直谓之《召南》。言自方伯之国被于南方，而不敢以系于天子也。岐周，在今凤翔府岐山县。丰，在今京兆府鄠县终南山北。南方之国，即今兴元府京西湖北等路诸州。镐，在丰东二十五里。《小序》曰："《关雎》《麟趾》之化，王者之风，故系之周公。南，言化自北而南也。《鹊巢》《驺虞》之德，诸侯之风也。先王之所以教，故系之召公。"斯言得之矣。

③《关雎》三章，一章四句，二章章八句。孔子曰："《关雎》乐而不淫，哀而不伤。"愚谓此言为此诗者，得其性情之正，声气之和也。盖德如雎鸠，挚而有别，则后妃性情之正，固可以见其一端矣。至于寤寐反侧，琴瑟钟鼓，极其哀乐而皆不过其则焉。则诗人性情之正，又可以见其全体也。独其声气之和有不可得而闻者，虽若可恨，然学者姑即其词而玩其理以养心焉，

则亦可以得学诗之本矣。康衡曰:“妃匹之际,生民之始;万福之原。婚姻之礼正,然后品物遂而天命全。孔子论诗,以《关雎》为始。言太上者民之父母。后夫人之行,不侔乎天地,则无以奉神灵之统而理万物之宜。自上世以来,三代兴废,未有不由此者也。”

④兴也。关关,雌雄相应之和声也。雎鸠,水鸟,一名王雎,状类凫鹥,今江淮间有之。生有定偶而不相乱,偶常并游而不相狎。故毛传以为挚而有别,《列女传》以为人未尝见其乘居而匹处者,盖其性然也。河,北方流水之通名。洲,水中可居之地也。窈窕,幽闲之意。淑,善也。女者,未嫁之称,盖指文王之妃大姒为处子时而言也。君子,则指文王也。好,亦善也。逑,匹也。毛传云:挚字与至通,言其情意深至也。兴者,先言他物以引起所咏之词也。周之文王有圣德,又得圣女姒氏以为之配。宫中之人,于其始至,见其有幽闲贞静之德,故作是诗。言彼关关然之雎鸠,则相与和鸣于河洲之上矣。此窈窕之淑女,则岂非君子之善匹乎?言其相与和乐而恭敬,亦若雎鸠之情挚而有别也。后凡言兴者,其文意皆放此云。汉康衡曰:“‘窈窕淑女,君子好仇。’言能致其贞淑,不贰其操,情欲之感无介乎容仪,宴私之意不形乎动静。夫然后可以配至尊而为宗庙主。此纲纪之首,王教之端也。”可谓善说诗矣。

⑤兴也。参差,长短不齐之貌。荇,接余也。根生水底,茎如钗股,上青下白,叶紫赤,圆径寸余,浮在水面。或左或右,言无方也。流,顺水之流而取之也。或寤或寐,言无时也。服,犹怀也。悠,长也。辗者,转之半。转者,辗之周。反者,辗之过。侧者,转之留。皆卧不安席之意。　　此章本其未得而言。彼参差之荇菜,则当左右无方以流之矣。此窈窕之淑女,则当寤寐不忘以求之矣。盖此人此德,世不常有,求之不得,则无以配君子而成其内治之美,故其忧思之深,不能自已,至于如此也。

⑥兴也。采,取而择之也。芼,熟而荐之也。琴,五弦或七弦;瑟,二十五弦;皆丝属,乐之小者也。友者,亲爱之意也。钟,金属;鼓,革属;乐之大者也。乐则和平之极也。　　此章据今始得而言。彼参差之荇菜,既得之,则当采择而亨芼之矣。此窈窕之淑女,既得之,则当亲爱而娱乐之矣。盖此人此德世不常有,幸而得之,则有以配君子而成内治。故其喜乐尊奉之意,不能自已,又如此云。

葛　覃①

葛之覃兮,施于中谷,维叶萋萋。黄鸟于飞,集于灌木,其鸣喈喈②。　　葛之覃兮,施于中谷,维叶莫莫。是刈是濩,为絺为绤,服之无斁③。　　言告师氏,言告言归。薄污我私,薄浣我衣。害浣害否,归宁父母④。

【注释】

①《葛覃》三章,章六句。　　此诗后妃所自作,故无赞美之词。然于此可以见其已贵而能勤,已富而能俭,已长而敬不弛于师傅,已嫁而孝不衰于父母,是皆德之厚而人所难也。《小序》以为后妃之本,庶几近之。

②赋也。葛,草名。蔓生,可为絺绤者。覃,延;施,移也。中谷,谷中也。萋萋,盛貌。黄鸟,鹂也。灌木,丛木也。喈喈,和声之远闻也。赋者,敷陈其事而直言之者也。盖后妃既成絺绤而赋其事,追叙初夏之时,葛叶方盛,而有黄鸟鸣于其上也。后凡言赋者放此。

③赋也。莫莫,茂密貌。刈,斩;濩,煮也。精曰絺,粗曰绤。斁,厌也。　　此言盛夏之时,

葛既成矣，于是治以为布，而服之无厌。盖亲执其劳，而知其成之不易，所以心诚爱之，虽极垢弊而不忍厌弃也。

④赋也。言，辞也。师，女师也。薄，犹少也。污，烦挕之以去其污，犹治乱而曰乱也。浣：则濯之而已。私，燕服也。衣，礼服也。害，何也。宁，安也，谓问安也。　　上章既成絺绤之服矣，此章遂告其师氏，使告于君子以将归宁之意。且曰：盍治其私服之污，而浣其礼服之衣乎？何者当浣，而何者可以未浣乎：我将服之以归宁于父母矣。

卷　耳①

采采卷耳，不盈顷筐。嗟我怀人，寘彼周行②。　陟彼崔嵬，我马虺隤。我姑酌彼金罍，维以不永怀③。　陟彼高冈，我马玄黄。我姑酌彼兕觥，维以不永伤④。　陟彼砠矣，我马瘏矣，我仆痡矣，云何吁矣⑤。

【注释】

①《卷耳》四章，章四句。　　此亦后妃所自作，可以见其贞静专一之至矣。岂当文王朝会征伐之时，羑里拘幽之日而作欤？然不可考矣。

②赋也。采采，非一采也。卷耳，叶如鼠耳，丛生如盘。顷，欹也。筐，竹器。怀，思也。人，盖谓文王也。寘，舍也。周行，大道也。　　后妃以君子不在而思念之，故赋此诗。托言方采卷耳，未满顷筐，而心适念其君子，故不能复采，而寘之大道之旁也。

③赋也。陟，升也。崔嵬，土山之戴石者。虺隤，马罢不能升高之病。姑，且也。罍，酒器，刻为云雷之象，以黄金饰之。永，长也。　　此又托言欲登此崔嵬之山，以望所怀之人而往从之，则马罢病而不能进。于是且酌金罍之酒，而欲其不至于长以为念也。

④赋也。山脊曰冈。玄黄，玄马而黄，病极而变色也。兕，野牛，一角，青色，重千斤。觥，爵也，以兕角为爵也。

⑤赋也。石山戴土曰砠。瘏，马病不能进也。痡，人病不能行也。吁，忧叹也。《尔雅》注引此作"盱"，张目远望也。详见《何人斯》篇。

樛　木①

南有樛木，葛藟累之；乐只君子，福履绥之②。　南有樛木，葛藟荒之；乐只君子，福履将之③。　南有樛木，葛藟萦之；乐只君子，福履成之④。

【注释】

①《樛木》三章，章四句。

②兴也。南，南山也。木下曲曰樛。藟，葛类。累，犹系也。只，语助辞。君子，自众妾而指后妃。犹言小君内子也。履，禄；绥，安也。　　后妃能逮下而无嫉妒之心，故众妾乐其德而称愿之曰：南有樛木，则葛藟累之矣。乐只君子，则福履绥之矣。

③兴也。荒，奄也。将，犹扶助也。

④兴也。萦，旋；成，就也。

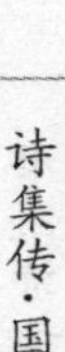

螽　斯①

螽斯羽，诜诜兮，宜尔子孙，振振兮②。　　螽斯羽，薨薨兮，宜尔子孙，绳绳兮③。　　螽斯羽，揖揖兮，宜尔子孙，蛰蛰兮④。

【注释】

①《螽斯》三章，章四句。

②比也。螽斯，蝗属，长而青，长角长股，能以股相切作声，一生九十九子。诜诜，和集貌。尔，指螽斯也。振振，盛貌。　　比者，以彼物比此物也。后妃不妒忌而子孙众多，故众妾以螽斯之群处和集而子孙众多比之。言其有是德而宜有是福也。后凡言比者放此。

③比也。薨薨，群飞声。绳绳，不绝貌。

④比也。揖揖，会聚也。蛰蛰，亦多意。

桃　夭①

桃之夭夭，灼灼其华；之子于归，宜其室家②，　　桃之夭夭，有蕡其实；之子于归，宜其家室③。　　桃之夭夭，其叶蓁蓁；之子于归，宜其家人④。

【注释】

①《桃夭》三章，章四句。

②兴也。桃，木名，华红，实可食。夭夭，少好之貌。灼灼，华之盛也。木少则华盛。之子，是子也，此指嫁者而言也。妇人谓嫁曰归。《周礼》仲春令会男女。然则桃之有华，正婚姻之时也。宜者，和顺之意。室，谓夫妇所居。家，谓一门之内。　　文王之化，自家而国，男女以正，婚姻以时。故诗人因所见以起兴，而叹其女子之贤，知其必有以宜其室家也。

③兴也。蕡，实之盛也，家室，犹室家也。

④兴也。蓁蓁，叶之盛也。家人，一家之人也。

兔　罝①

肃肃兔罝，椓之丁丁；赳赳武夫，公侯干城②。　　肃肃兔罝，施于中逵。赳赳武夫，公侯好仇③。　　肃肃兔罝，施于中林。赳赳武夫，公侯腹心④。

【注释】

①《兔罝》三章，章四句。

②兴也。肃肃，整饬貌。罝，罟也。丁丁，椓杙声也。赳赳，武貌。干，盾也。干城，皆所以捍外而卫内者。　　化行俗美，贤才众多，虽罝兔之野人，而其才之可用犹如此。故诗人因其所事以起兴而美之，而文王德化之盛，因可见矣。

③兴也。逵，九达之道。仇，与"逑"同。康衡引《关雎》亦作"仇"字。公侯善匹，犹曰圣人之耦，则非特干城而已。叹美之无已也。下章放此。

④兴也。中林，林中。腹心，同心同德之谓，则又非特好仇而已也。

芣苢[1]

采采芣苢，薄言采之；采采芣苢，薄言有之[2]。　　采采芣苢，薄言掇之；采采芣苢，薄言捋之[3]。　　采采芣苢，薄言袺之；采采芣苢，薄言襭之[4]。

【注释】

①《芣苢》三章，章四句。

②赋也。芣苢，车前也，大叶长穗，好生道旁。采，始求之也。有，既得之也。　化行俗美，家室和平，妇人无事，相与采此芣苢，而赋其事以相乐也。采之未详何用。或曰，其子治难产。

③赋也。掇，拾也。捋，取其子也。

④赋也。袺，以衣贮之而执其衽也。襭，以衣贮之而扱其衽于带间也。

汉广[1]

南有乔木，不可休思；汉有游女，不可求思。汉之广矣，不可泳思；江之永矣，不可方思[2]。　　翘翘错薪，言刈其楚；之子于归，言秣其马。汉之广矣，不可泳思；江之永矣，不可方思[3]。　　翘翘错薪，言刈其蒌；之子于归，言秣其驹。汉之广矣，不可泳思；江之永矣，不可方思[4]。

【注释】

①《汉广》三章，章八句。

②兴而比也。上竦无枝曰乔。思，语辞也，篇内同。汉水，出兴元府嶓冢山，至汉阳军大别山入江。江汉之俗，其女好游，汉魏以后犹然，如大堤之曲可见也。泳，潜行也。江水出永康军岷山，东流与汉水合，东北入海。永，长也。方，桴也。　文王之化，自近而远，先及于江汉之间，而有以变其淫乱之俗。故其出游之女，人望见之，而知其端庄静一，非复前日之可求矣。因以乔木起兴，江汉为此，而反复咏叹之也。

③兴而比也。翘翘，秀起之貌。错，杂也。楚，木名，荆属。之子，指游女也。秣，饲也。　以错薪起兴而欲秣其马，则悦之至。以江汉为比而叹其终不可求，则敬之深。

④兴而比也。蒌，蒌蒿也。叶似艾，青白色，长数寸，生水泽中。驹，马之小者。

汝坟[1]

遵彼汝坟，伐其条枚。未见君子，惄如调饥[2]。　　遵彼汝坟，伐其条肄。既见君子，不我遐弃[3]。　　鲂鱼赪尾，王室如燬，虽则如燬，父母孔迩[4]。

【注释】

①《汝坟》三章，章四句。

②赋也。遵,循也。汝水出汝州天息山,迳蔡颍州入淮。坟,大防也。枝曰条,干曰枚。惄,饥意也。调,一作"辀",重也。　　汝旁之国,亦先被文王之化者,故妇人喜其君子行役而归,因记其未归之时,思望之情如此。而追赋之也。

③赋也。斩而复生曰肄。遐,远也。　　伐其枚而又伐其肄,则逾年矣。至是乃见其君子之归,而喜其不远弃我也。

④比也。鲂,鱼名,身广而薄,少力细鳞,赪,赤也。鱼劳则尾赤。鲂尾本白而今赤,则劳甚矣。王室,指纣所都也。燬,焚也。父母,指文王也。孔,甚;迩,近也。　　是时文王三分天下有其二,而率商之叛国以事纣。故汝坟之人犹以文王之命供纣之役。其家人见其勤苦而劳之曰:"汝之劳既如此,而王室之政方酷烈而未已。虽其酷烈而未已,然文王之德如父母然,望之甚近,亦可以忘其劳矣。"此《序》所谓妇人能闵其君子,犹勉之以正者。盖曰:虽其别离之久,思念之深,而其所以相告语者,独有尊君亲上之意,而无情爱狎昵之私。则其德泽之深,风化之美,皆可见矣。一说,父母甚近,不可以懈于王事而贻其忧。亦通。

麟之趾[①]

麟之趾,振振公子。于嗟麟兮[②]!　　麟之定,振振公姓。于嗟麟兮[③]!　　麟之角,振振公族。于嗟麟兮[④]!

【注释】

①《麟之趾》三章,章三句。　　《序》以为《关雎》之应,得之。

②兴也。麟,麕身,牛尾,马蹄,毛虫之长也。趾,足也。麟之足不践生草,不履生虫。振振,仁厚貌。于嗟,叹辞。文王后妃德修于身,而子孙宗族皆化于善。故诗人以麟之趾兴公之子。言麟性仁厚,故其趾亦仁厚。文王后妃仁厚,故其子亦仁厚。然言之不足,故又嗟叹之。言是乃麟也,何必麕身、牛尾而马蹄,然后为王者之瑞哉!

③兴也。定,额也。麟之额未闻。或曰,有额而不以抵也。公姓,公孙也。姓之为言生也。

④兴也。麟一角,角端有肉。公族,公同高祖,祖庙未毁,有服之亲。

《周南》之国十一篇,三十四章,百五十九句。　　按:此篇首五诗皆言后妃之德。《关雎》,举其全体而言也。《葛覃》、《卷耳》,言其志行之在己。《樛木》、《螽斯》,美其德惠之及人。皆指其一事而言也。其词虽主于后妃,然其实则皆所以著明文王身修家齐之效也。至于《桃夭》、《兔罝》、《芣苢》,则家齐而国治之效。《汉广》、《汝坟》,则以南国之诗附焉,而见天下已有可平之渐矣。若《麟之趾》,则又王者之瑞,有非人力所致而自至者,故复以是终焉。而序者以为《关雎》之应也。夫其所以至此,后妃之德,固不为无所助矣。然妻道无成,则亦岂得而专之哉?今言诗者,或乃专美后妃而不本于文王,其亦误矣。

召南[①]

鹊　巢[②]

维鹊有巢，维鸠居之；之子于归，百两御之[③]。　维鹊有巢，维鸠方之；之子于归，百两将之[④]。　维鹊有巢，维鸠盈之；之子于归，百两成之[⑤]。

【注释】

①召：地名，召公奭之采邑也。旧说扶风雍县南有召亭，即其地。今雍县析为岐山、天兴二县，未知召亭的在何县。余已见《周南》说。

②《鹊巢》三章，章四句。

③兴也。鹊、鸠，皆鸟名。鹊善为巢，其巢最为完固。鸠性拙不能为巢，或有居鹊之成巢者。之子，指夫人也。两，一车也，一车两轮，故谓之两。御，迎也。诸侯之子嫁于诸侯，送御皆百两也。　南国诸侯被文王之化，能正心修身以齐其家。其女子亦被后妃之化，而有专静纯一之德。故嫁于诸侯，而其家人美之曰：维鹊有巢，则鸠来居之，是以之子于归，而百两迎之也。此诗之意，犹《周南》之有《关雎》也。

④兴也。方，有之也。将，送也。

⑤兴也。盈，满也，谓众媵侄娣之多。成，成其礼也。

采　蘩[①]

于以采蘩，于沼于沚。于以用之，公侯之事[②]。　于以采蘩，于涧之中。于以用之，公侯之宫[③]。　被之僮僮，夙夜在公。被之祁祁，薄言还归[④]。

【注释】

①《采蘩》三章，章四句。

②赋也。于，於也。蘩，白蒿也。沼，池也。沚，渚也。事，祭事也。　南国被文王之化，诸侯夫人能尽诚敬以奉祭祀，而其家人叙其事以美之也。或曰，蘩所以生蚕，盖古者后夫人有亲蚕之礼。此诗亦犹《周南》之有《葛覃》也。

③赋也。山夹水曰涧。宫，庙也。或曰，即《记》所谓"公桑蚕室"也。

④赋也。被，首饰也，编发为之。僮僮，竦敬也。夙，早也。公，公所也。祁祁，舒迟貌，去事有仪也。《祭义》曰："及祭之后，陶陶遂遂，如将复入然。"不欲遽去，爱敬之无已也。或曰，公，亦即所谓公桑也。

草　虫[①]

喓喓草虫，趯趯阜螽。未见君子，忧心忡忡；亦既见止，亦既觏止，我心则降[②]。　陟彼南山，言采其蕨。未见君子，忧心惙惙；亦既见止，亦既觏止，我心则说[③]。

陟彼南山，言采其薇。未见君子，我心伤悲。亦既见止，亦既觏止，我心则夷④。

【注释】

①《草虫》三章，章七句。

②赋也。喓喓，声也。草虫，蝗属，奇音青色。趯趯，跃貌。阜螽，蠜也。忡忡，犹冲冲也。止，语辞。觏，遇；降，下也。　南国被文王之化，诸侯大夫行役在外，其妻独居，感时物之变，而思其君子如此。亦若《周南》之《卷耳》也。

③赋也。登山盖托以望君子。蕨，鳖也，初生无叶时可食。亦感时物之变也。惙，忧貌。

④赋也。薇，似蕨而差大，有芒而味苦，山间人食之，谓之迷蕨。胡氏曰："疑即《庄子》所谓'迷阳'者。"夷，平也。

采　蘋①

于以采蘋，南涧之滨；于以采藻，于彼行潦②。　于以盛之，维筐及筥；于以湘之，维锜及釜③。　于以奠之。宗室牖下。谁其尸之，有齐季女④。

【注释】

①《采蘋》三章，章四句。

②赋也。蘋，水上浮萍也，江东人谓之薸。滨，厓也。藻，聚藻也，生水底，茎如钗股，叶如蓬蒿。行潦，流潦也。　南国被文王之化，大夫妻能奉祭祀，而其家人叙其事以美之也。

③赋也。方曰筐，圆曰筥。湘，烹也，盖粗熟而淹以为菹也。锜，釜属，有足曰锜，无足曰釜。　此足以见其循序有常，严敬整饬之意。

④赋也。奠，置也。宗室，大宗之庙也。大夫士祭于宗室。牖下，室西南隅，所谓奥也。尸，主也。齐，敬貌。季，少也。祭祀之礼，主妇主荐豆，实以菹醢。少而能敬，尤见其质之美，而化之所从来者远矣。

甘　棠①

蔽芾甘棠，勿翦勿伐。召伯所茇②。　蔽芾甘棠，勿翦勿败。召伯所憩③。　蔽芾甘棠，勿翦勿拜。召伯所说④。

【注释】

①《甘棠》三章，章三句。

②赋也。蔽芾，盛貌。甘棠，杜梨也，白者为棠，赤者为杜。翦，翦其枝叶也。伐，伐其条干也。伯，方伯也。茇，草舍也。　召伯循行南国，以布文王之政，或舍甘棠之下。其后人思其德，故爱其树而不忍伤也。

③赋也。败，折；憩，息也。勿败，则非特勿伐而已。爱之愈久而愈深也。下章放此。

④赋也。拜，屈；说，舍也。勿拜，则非特勿败而已。

行　露①

厌浥行露，岂不夙夜？谓行多露②。　谁谓雀无角？何以穿我屋？谁谓女无家？

何以速我狱？虽速我狱，室家不足[③]。 谁谓鼠无牙？何以穿我墉？谁谓女无家？何以速我讼？虽速我讼，亦不女从[④]。

【注释】

①《行露》三章，一章三句，二章章六句。

②赋也。厌浥，湿意。行，道；夙，早也。 南国之人遵召伯之教，服文王之化，有以革其前日淫乱之俗。故女子有能以礼自守，而不为强暴所污者，自述己志，作此诗以绝其人。言道间之露方湿，我岂不欲早夜而行乎？畏多露之沾濡而不敢尔。盖以女子早夜独行，或有强暴侵陵之患，故托以行多露而畏其沾濡也。

③兴也。家，谓以媒聘求为室家之礼也。速，召致也。 贞女之自守如此，然犹或见讼而召致于狱。因自诉而言：人皆谓雀有角，故能穿我屋，以兴人皆谓汝于我尝有求为室家之礼，故能致我于狱。然不知汝虽能至我于狱，而求为室家之礼，初未尝备，如雀虽能穿屋，而实未尝有角也。

④兴也。牙，牡齿也。墉，墙也。 言汝虽能致我于讼，然其求为室家之礼有所不足，则我亦终不汝从矣。

羔 羊[①]

羔羊之皮，素丝五纶。退食自公，委蛇委蛇[②]。 羔羊之革，素丝五緎。委蛇委蛇，自公退食[③]。 羔羊之缝，素丝五总。季蛇委蛇，退食自公[④]。

【注释】

①《羔羊》三章，章四句。

②赋也。小曰羔，大曰羊。皮，所以为裘，大夫燕居之服。素，白也。纶，未详，盖以丝饰裘之名也。退食，退朝而食于家也。自公，从公门而出也。委蛇，自得之貌。 南国化文王之政，在位皆节俭正直，故诗人美其衣服有常，而从容自得如此也。

③赋也。革，犹皮也。緎，裘之缝界也。

④赋也。缝，缝皮合之以为裘也。总，亦未详。

殷其雷[①]

殷其雷，在南山之阳。何斯违斯，莫敢或遑。振振君子，归哉归哉[②]！ 殷其雷，在南山之侧。何斯违斯，莫敢遑息。振振君子，归哉归哉[③]！ 殷其雷，在南山之下。何斯违斯，莫或遑处。振振君子，归哉归哉[④]！

【注释】

①《殷其雷》三章，章六句。

②兴也。殷，雷声也。山南曰阳。何斯，斯，此人也。违斯，斯，此所也。遑，暇也。振振，信厚也。 南国被文王之化，妇人以其君子从役在外而思念之，故作此诗。言殷殷然雷声则在南山之阳矣。何此君子独去此而不敢少暇乎？于是又美其德，且冀其早毕事而还

归也。

③兴也。息，止也。

④兴也。

摽有梅①

摽有梅，其实七兮。求我庶士，迨其吉兮②。　摽有梅，其实三兮。求我庶士，迨其今兮③。　摽有梅，顷筐塈之。求我庶士，迨其谓之④。

【注释】

①《摽有梅》三章，章四句。

②赋也。摽，落也。梅，木名，华白，实似杏而酢。庶，众；迨，及也。吉，吉日也。　南国被文王之化，女子知以贞信自守，惧其嫁不及时，而有强暴之辱也。故言梅落而在树者少，以见时过而太晚矣。求我之众士，其必有及此吉日而来者乎？

③赋也。梅在树者三，则落者又多矣。今，今日也。盖不待吉矣。

④赋也。塈，取也。顷筐取之，则落之尽矣。谓之，则但相告语而约可定矣。

小星①

嘒彼小星，三五在东；肃肃宵征，夙夜在公。寔命不同②。　嘒彼小星，维参与昴；肃肃宵征，抱衾与裯。寔命不犹③。

【注释】

①《小星》二章，章五句。　吕氏曰："夫人无妒忌之行，而贱妾安于其命，所谓上好仁而下必好义者也。"

②兴也。嘒，微貌。三五，言其稀，盖初昏或将旦时也。肃肃，齐遬貌。宵，夜。征，行也。寔，与"实"同。命，谓天所赋之分也。　南国夫人承后妃之化，能不妒忌以惠其下，故其众妾美之如此。盖众妾进御于君，不敢当夕，见星而往，见星而还，故因所见以起兴。其于义无所取，特取"在东"、"在公"两字之相应耳。遂言其所以如此者，由其所赋之分不同于贵者。是以深以得御于君为夫人之惠，而不敢致怨于来往之勤也。

③兴也。参、昴，西方二宿之名。衾，被也。裯，禅被也。兴亦取"与昴"、"与裯"二字相应。犹，亦同也。

江有汜①

江有汜，之子归，不我以。不我以，其后也悔②。　江有渚，之子归，不我与。不我与，其后也处③。　江有沱，之子归，不我过。不我过，其啸也歌④。

【注释】

①《江有汜》三章，章五句。　陈氏曰："《小星》之夫人惠及媵妾，而媵妾尽其心。江沱之

嫡惠不及媵妾，而媵妾不怨。盖父虽不慈，子不可以不孝，各尽其道而已矣。"

②兴也。水决复入为汜。今江陵、汉阳、安复之间盖多有之。之子，媵妾指嫡妻而言也。妇人谓嫁曰归。我，媵自我也。能左右之曰以，谓挟己而偕行也。　　是时汜水之旁，媵有待年于国，而嫡不与之偕行者。其后嫡被后妃夫人之化，乃能自悔而迎之。故媵见江水之有汜而因以起兴。言江犹有汜，而之子之归，乃不我以。虽不我以，然其后也亦悔矣。

③兴也。渚，小洲也，水岐成渚。与，犹以也。处，安也，得其所安也。

④兴也。沱，江之别者。过，谓过我而与俱也。蹙口出声以舒愤懑之气，言其悔时也。歌，则得其所处而乐矣。

野有死麕[①]

野有死麕，白茅包之；有女怀春，吉士诱之[②]。　　林有朴樕，野有死鹿；白茅纯束，有女如玉[③]。　　舒而脱脱兮，无感我帨兮，无使尨也吠[④]。

【注释】

①《野有死麕》三章，二章章四句，一章三句。

②兴也。麕，獐也，鹿属，无角。怀春，当春而有怀也。吉士，犹美士也。　　南国被文王之化，女子有贞洁自守，不为强暴所污者，故诗人因所见以兴其事而美之。或曰，赋也。言美士以白茅包死麕，而诱怀春之女也。

③兴也。朴樕，小木也。鹿，兽名，有角。纯束，犹包之也。如玉者，美其色也。上三句兴下一句也。或曰，赋也。言以朴樕藉死鹿，束以白茅，而诱此如玉之女也。

④赋也。舒，迟缓也。脱脱，舒缓貌。感，动；帨，巾；尨，犬也。　　此章乃述女子拒之之辞。言姑徐徐而来，毋支我之帨，毋惊我之犬，以甚言其不能相及也。其凛然不可犯之意，盖可见矣。

何彼襛矣[①]

何彼襛矣！唐棣之华；曷不肃雍，王姬之车[②]。　　何彼襛矣！华如桃李。平王之孙，齐侯之子[③]。　　其钓维何，维丝伊缗。齐侯之子，平王之孙[④]。

【注释】

①《何彼襛矣》三章，章四句。

②兴也。襛，盛也，犹曰戎戎也。唐棣，移也，似白杨。肃，敬；雍，和也。周王之女姬姓，故曰王姬。　　王姬下嫁于诸侯，车服之盛如此，而不敢挟贵以骄其夫家。故见其车者，知其能敬且和以执妇道。于是作诗美之曰："何彼戎戎而盛乎！乃唐棣之华也。此何不肃肃而敬，雍雍而和乎！乃王姬之车也。"此乃武王以后之诗，不可的知其何王之世。然文王太姒之教，久而不衰，亦可见矣。

③兴也。李，木名，华白，实可食。旧说，平，正也，武王女，文王孙，适齐侯之子。或曰，平王，即平王宜臼。齐侯，即襄公诸儿。事见《春秋》，未知孰是。　　以桃李二物兴男女二人也。

④兴也。伊，亦维也。缗，纶也。丝之合而为纶，犹男女之合而为婚也。

驺　虞①

彼茁者葭，壹发五豝。于嗟乎驺虞②！　　彼茁者蓬，壹发五豵。于嗟乎驺虞③！

【注释】

①《驺虞》二章，章三句。　　文王之化始于《关雎》，而至于《麟趾》，则其化之入人者深矣。形于《鹊巢》，而及于《驺虞》，则其泽之及物者广矣。盖意诚心正之功，不息而久，则其熏烝透彻，融液周遍，自有不能已者，非智力之私所能及也。故《序》以《驺虞》为《鹊巢》之应，而见王道之成，其必有所传矣。

②赋也。茁，生出壮盛之貌。葭，芦也，亦名苇。发，发矢；豝，牡豕也。一发五豝，犹言中必叠双也。驺虞，兽名，白虎黑文，不食生物者也。　　南国诸侯承文王之化，修身齐家以治其国，而其仁民之余恩，又有以及于庶类。故其春田之际，草木之茂，禽兽之多，至于如此。而诗人述其事以美之。且叹之曰：此其仁心自然，不由勉强，是即真所谓驺虞矣。

③赋也。蓬，草名。一岁曰豵，亦小豕也。

《召南》之国十四篇，四十章，百七十七句。　　愚按：《鹊巢》至《采蘋》，言夫人、大夫妻，以见当时国君、大夫被文王之化，而能修身以正其家也。《甘棠》以下，又见由方伯能布文王之化，而国君能修之家以及其国也。其词虽无及于文王者，然文王明德新民之功，至是而其所施者溥矣，抑所谓其民皞皞而不知为之者与？唯《何彼襛矣》之诗为不可晓，当阙所疑耳。　　《周南》、《召南》二国，凡二十五篇，先儒以为正风，今姑从之。　　孔子谓伯鱼曰："女为《周南》、《召南》矣乎？人而不为《周南》、《召南》，其犹正墙面而立也与！"　　《仪礼》、《乡饮酒》、《乡射》、《燕礼》，皆合乐《周南》、《关雎》、《葛覃》、《卷耳》，《召南》、《鹊巢》、《采蘩》、《采蘋》。《燕礼》又有房中之乐。郑氏注曰："弦歌《周南》、《召南》之诗而不用钟磬。云房中者，后夫人之所讽诵以事其君子。"　　程子曰："天下之治，正家为先。天下之家正，则天下治矣。二南，正家之道也。陈后妃、夫人、大夫妻之德，推之士庶人之家，一也。故使邦国至于乡党皆用之。自朝廷至于委巷，莫不讴吟讽诵，所以风化天下。"

诗集传卷第二

邶　风①

柏　舟②

泛彼柏舟，亦泛其流。耿耿不寐，如有隐忧。微我无酒，以敖以游③。　我心匪鉴，不可以茹；亦有兄弟，不可以据。薄言往愬，逢彼之怒④。　我心匪石，不可转也；我心匪席，不可卷也。威仪棣棣，不可选也⑤。　忧心悄悄，愠于群小。觏闵既多，受侮不少。静言思之，寤辟有摽⑥。　日居月诸，胡迭而微？心之忧矣，如匪浣衣。静言思之，不能奋飞⑦。

【注释】

①邶、鄘、卫，三国名。在《禹贡》，冀州，西阻太行，北逾衡漳，东南跨河，以及兖州桑土之野。及商之季，而纣都焉。武王克商，分自纣城、朝歌而北谓之邶，南谓之鄘，东谓之卫，以封诸侯。邶、鄘不详其始封，卫则武王弟康叔之国也。卫本都河北，朝歌之东，淇水之北，百泉之南。其后不知何时并得邶鄘之地。至懿公为狄所灭。戴公东徙渡河，野处漕邑。文公又徙居于楚丘。朝歌故城在今卫州卫县西二十二里，所谓殷墟。卫故都，即今卫县。漕、楚丘，皆在滑州，大抵今怀、卫、澶、相、滑、濮等州，开封大名府界，皆卫境也。但邶、鄘地既入卫，其诗皆为卫事，而犹系其故国之名，则不可晓。而旧说以此下十三国皆为变风焉。

②《柏舟》五章，章六句。

③比也。泛，流貌。柏，木名。耿耿小明，忧之貌也。隐，痛也。微，犹非也。　妇人不得于其夫，故以柏舟自比。言以柏为舟，坚致牢实，而不以乘载，无所依薄，但泛然于水中而已。故其隐忧之深如此，非为无酒可以遨游而解之也。《列女传》以此为妇人之诗。今考其辞气卑顺柔弱，且居变风之首，而与下篇相类，岂亦庄姜之诗也欤！

④赋也。鉴，镜；茹，度；据，依；愬，告也。　言我心既非鉴而不能度物。虽有兄弟，而又不可依以为重，故往告之而反遭其怒也。

⑤赋也。棣棣，富而闲习之貌。选，简择也。　言石可转而我心不可转，席可卷而我心不可卷，威仪无一不善，又不可得而简择取舍，皆自反而无阙之意。

⑥赋也。悄悄，忧貌。愠，怒意。群小，众妾也。言见怒于众妾也。觏，见；闵，病也。辟，拊心也。摽，拊心貌。

⑦比也。居、诸，语辞。迭，更；微，亏职也。匪浣衣，谓垢污不濯之衣。奋飞，如鸟奋翼而飞去也。　言日当常明，月则有时而亏。犹正嫡当尊，众妾当卑。今众妾反胜正嫡，是日月更迭而亏。是以忧之至于烦冤愦眊，如衣不浣之衣，恨其不能奋起而飞去也。

绿　衣[①]

绿兮衣兮，绿衣黄里；心之忧矣，曷维其已[②]！　绿兮衣兮，绿衣黄裳；心之忧矣，曷维其亡[③]！　绿兮丝兮，女所治兮；我思古人，俾无訧兮[④]。　絺兮绤兮，凄其以风；我思古人，实获我心[⑤]。

【注释】

①《绿衣》四章，章四句。　庄姜事见《春秋传》，此诗无所考，姑从《序》说。下三篇同。

②比也。绿，苍胜黄之间色。黄，中央土之正色。间色贱而以为衣，正色贵而以为里，言皆失其所也。已，止也。　庄公惑于嬖妾，夫人庄姜贤而失位，故作此诗。言绿衣黄里，以比贱妾尊显而正嫡幽微，使我忧之不能自已也。

③比也。上曰衣，下曰裳。《记》曰："衣正色，裳间色。"今以绿为衣，而黄者自里转而为裳，其失所益甚矣。亡之为言忘也。

④比也。女，指其君子而言也。治，谓理而织之也。俾，使；訧，过也。　言绿方为丝而女又治之，以比妾方少艾而女又嬖之也。然则我将如之何哉？我思古人有尝遭此而善处之者，以自厉焉。使不至于有过而已。

⑤比也。凄，寒风也。　絺绤而遇寒风，犹已之过时而见弃也。故思古人之善处此者，真能先得我心之所求也。

燕　燕[①]

燕燕于飞，差池其羽；之子于归，远送于野。瞻望弗及，泣涕如雨[②]。　燕燕于飞，颉之颃之；之子于归，远于将之。瞻望弗及，伫立以泣[③]。　燕燕于飞，下上其音；之子于归，远送于南。瞻望弗及，实劳我心[④]。　仲氏任只，其心塞渊。终温且惠，淑慎其身。先君之思，以勖寡人[⑤]。

【注释】

①《燕燕》四章，章六句。

②兴也。燕，䴏也，谓之燕燕者，重言之也。差池，不齐之貌。之子，指戴妫也。归，大归也。　庄姜无子，以陈女戴妫之子完为己子。庄公卒，完即位，嬖人之子州吁弑之。故戴妫大归于陈，而庄姜送之，作此诗也。

③兴也。飞而上曰颉，飞而下曰颃。将，送也。伫立，久立也。

④兴也。鸣而上曰上音，鸣而下曰下音。送于南者，陈在卫南。

⑤赋也。仲氏，戴妫字也。以恩相信曰任。只，语辞。塞，实；渊，深；终，竟；温，和；惠，顺；淑，善也。先君，谓庄公也。勖，勉也。寡人，寡德之人，庄姜自称也。　言戴妫之贤如此，又以先君之思勉我，使我常念之而不失其守也。杨氏曰："州吁之暴，桓公之死，戴妫之去，皆夫人失位不见答于先君所致也。而戴妫犹以先君之思勉其夫人，真可谓温且惠矣。"

日　月[①]

日居月诸，照临下土。乃如之人兮，逝不古处。胡能有定？宁不我顾[②]。　日居月诸，下土是冒。乃如之人兮，逝不相好。胡能有定？宁不我报[③]。　日居月诸，出自东方。乃如之人兮，德音无良。胡能有定？俾也可忘[④]！　日居月诸，东方自出。父兮母兮，畜我不卒。胡能有定？报我不述[⑤]！

【注释】

①《日月》四章，章六句。　此诗当在《燕燕》之前。下篇放此。

②赋也。日居月诸，呼而诉之也。之人，指庄公也。逝，发语辞。古处，未详，或云，以古道相处也。胡、宁，皆何也。　庄姜不见答于庄公，故呼日月而诉之。言日月之照临下土久矣，今乃有如是之人，而不以古道相处，是其心志回惑，亦何能有定哉？而何为其独不我顾也？见弃如此，而犹有望之之意焉。此诗之所以为厚也。

③赋也。冒，覆；报，答也。

④赋也。日旦必出东方，月望亦出东方。德音，美其辞；无良，丑其实也。俾也可忘，言何独使我为可忘者邪？

⑤赋也。畜，养；卒，终也。不得于夫，而叹父母养我之不终，盖忧患疾痛之极，必呼父母，人之至情也。述，循也，言不循义理也。

终　风[①]

终风且暴，顾我则笑。谑浪笑敖，中心是悼[②]。　终风且霾，惠然肯来。莫往莫来，悠悠我思[③]。　终风且曀，不日有曀。寤言不寐，愿言则嚏[④]。　曀曀其阴，虺虺其雷。寤言不寐，愿言则怀[⑤]。

【注释】

①《终风》四章，章四句。　说见上。

②比也。终风，终日风也。暴，疾也。谑，戏言也。浪，放荡也。悼，伤也。　庄公之为人狂荡暴疾，庄姜盖不忍斥言之，故但以终风且暴为比。言虽其狂暴如此，然亦有顾我而笑之时。但皆出于戏慢之意，而无爱敬之诚，则又使我不敢言而心独伤之耳。盖庄公暴慢无常，而庄姜正静自守，所以忤其意而不见答也。

③比也。霾，雨土蒙雾也。惠，顺也。悠悠，思之长也。　终风且霾，以比庄公之狂惑也。虽云狂惑，然亦或惠然而肯来。但又有莫往莫来之时，则使我悠悠而思之，望其君子之深，厚之至也。

④比也。阴而风曰曀。有，又也。不日有曀，言既曀矣，不旋日而不曀也。亦比人之狂惑暂开而复蔽也。愿，思也。嚏，鼽嚏也，人气感伤闭郁，又为风雾所袭，则有是疾也。

⑤比也。曀曀，阴貌。虺虺，雷将发而未震之声。以比人之狂惑愈深而未已也。怀，思也。

击 鼓[①]

击鼓其镗，踊跃用兵。土国城漕，我独南行[②]。　从孙子仲，平陈与宋。不我以归，忧心有忡[③]。　爰居爰处，爰丧其马。于以求之，于林之下[④]。　死生契阔，与子成说。执子之手，与子偕老[⑤]。　于嗟阔兮，不我活兮。于嗟洵兮，不我信兮[⑥]。

【注释】

①《击鼓》五章，章四句。

②赋也。镗，击鼓声。踊跃，坐作击刺之状也。兵，谓戈戟之属。土，土功也。国，国中也。漕，卫邑名。　卫人从军者自言其所为，因言卫国之民或役土功于国，或筑城于漕，而我独南行，有锋镝死亡之忧，危苦尤甚也。

③赋下。孙，氏；子仲，字；时军帅也。平，和也，合二国之好也。旧说以此为《春秋》隐公四年，州吁自立之时，宋、卫、陈、蔡伐郑之事，恐或然也。以，犹与也，言不与我而归也。

④赋也。爰，于也。于是居，于是处，于是丧其马，而求之于林下，见其失伍离次，无斗志也。

⑤赋也。契阔，隔远之意。成说，谓成其约誓之言。　从役者念其室家，因言始为室家之时，期以死生契阔，不相忘弃，又相与执手而期以偕老也。

⑥赋也。吁嗟，叹辞也。阔，契阔也。活，生。洵，信也，信与申同。　言昔者契阔之约如此，而今不得活，偕老之信如此，而今不得伸，意必死亡，不复得与其室家遂前约之信也。

凯 风[①]

凯风自南，吹彼棘心；棘心夭夭，母氏劬劳[②]。　凯风自南，吹彼棘薪；母氏圣善，我无令人[③]。　爰有寒泉，在浚之下；有子七人，母氏劳苦[④]。　睍睆黄鸟，载好其音；有子七人，莫慰母心[⑤]。

【注释】

①《凯风》四章，章四句。

②比也。南风谓之凯风，长养万物者也。棘，小木，丛生，多刺，难长，而心又其稚弱而未成者也。夭夭，少好貌。劬劳，病苦也。　卫之淫风流行，虽有七子之母，犹不能安其室。故其子作此诗，以凯风比母，棘心比子之幼时。盖曰：母生众子，幼而育之，其劬劳甚矣。本其始而言，以起自责之端也。

③兴也。圣，睿；令，善也。棘可以为薪则成矣，然非美材，故以兴子之壮大而无善也。复以圣善称其母而自谓无令人，其自责也深矣。

④兴也。浚，卫邑。　诸子自责，言寒泉在浚之下，犹能有所滋益于浚，而有子七人，反不能事母，而使母至于劳苦乎？于是乃若微指其事，而痛自刻责，以感动其母心也。母以淫风流行，不能自守，而诸子自责，但以不能事母，使母劳苦为词。婉词几谏，不显其亲之恶，可谓孝矣。下章放此。

⑤兴也。睍睆，清和圆转之意。　言黄鸟犹能好其音以悦人，而我七子独不能慰悦母

心哉！

雄 雉[1]

雄雉于飞，泄泄其羽；我之怀矣，自诒伊阻[2]。　雄雉于飞，下上其音；展矣君子，实劳我心[3]。　瞻彼日月，悠悠我思；道之云远，曷云能来[4]？　百尔君子，不知德行；不忮不求，何用不臧[5]？

【注释】

①《雄雉》四章，章四句。

②兴也。雉，野鸡，雄者有冠，长尾，身有文采，善斗。泄泄，飞之缓也。怀，思；诒，遗；阻，隔也。　妇人以其君子从役于外，故言雄雉之飞舒缓自得如此，而我之所思者，乃从役于外，而自遗阻隔也。

③兴也。下上其音，言其飞鸣自得也。展，诚也，言诚又言实，所以甚言此君子之劳我心也。

④赋也。悠悠，思之长也，见日月之往来，而思其君子从役之久也。

⑤赋也。百，犹凡也。忮，害；求，贪；臧，善也。　言凡尔君子，岂不知德行乎！若能不忮害又不贪求，则何所为而不善哉？忧其远行之犯患，冀其善处而得全也。

匏有苦叶[1]

匏有苦叶，济有深涉。深则厉，浅则揭[2]。　有洌济盈，有鷕雉鸣。济盈不濡轨，雉鸣求其牡[3]。　雍雍鸣雁，旭日始旦。士如归妻，迨冰未泮[4]。　招招舟子，人涉卬否，人涉卬否，卬须我友[5]。

【注释】

①《匏有苦叶》四章，章四句。

②比也。匏，瓠也。匏之苦者不可食，特可佩以渡水而已。然今尚有叶，则亦未可用之时也。济，渡处也。行渡水曰涉，以衣而涉曰厉，褰衣而涉曰揭。　此刺淫乱之诗。言匏未可用，而渡处方深，行者当量其深浅而后可渡。以比男女之际，亦当量度礼义而行也。

③比也。洌，水满貌。鷕，雌雉声。轨，车辙也。飞曰雌雄，走曰牝牡。　夫济盈必濡其辙，雉鸣当求其雄，此常理也。今济盈而曰不濡轨，雉鸣而反求其牡，以比淫乱之人不度礼义，非其配耦，而犯礼以相求也。

④赋也。雍雍，声之和也。雁，鸟名，似鹅，畏寒，秋南春北。旭，日初出貌。《婚礼》：纳采用雁，亲迎以昏，而纳采请期以旦。归妻以冰泮，而纳采请期迨冰未泮之时。　言古人之于婚姻，其求之不暴而节之以礼如此，以深刺淫乱之人也。

⑤比也。招招，号召之貌。舟子，舟人主济渡者。卬，我也。　舟人招人以渡，人皆从之，而我独否者，待我友之招而后从之也。以比男女必待其配耦而相从，而刺此人之不然也。

谷 风[1]

习习谷风，以阴以雨；黾勉同心，不宜有怒。采葑采菲，无以下体；德音莫违，及尔同

死②。　　行道迟迟，中心有违。不远伊迩，薄送我畿。谁谓荼苦？其甘如荠。宴尔新昏，如兄如弟③。　　泾以渭浊，湜湜其沚；宴尔新昏，不我屑以。毋逝我梁，毋发我笱。我躬不阅，遑恤我后④？　　就其深矣，方之舟之；就其浅矣，泳之游之。何有何亡？黾勉求之。凡民有丧，匍匐救之⑤。　　不我能慉，反以我为仇。既阻我德，贾用不售。昔育恐育鞠，及尔颠覆。既生既育，比予于毒⑥。　　我有旨蓄，亦以御冬；宴尔新昏，以我御穷，有洸有溃，既诒我肄。不念昔者，伊余来塈⑦。

【注释】

①《谷风》六章，章八句。

②比也。习习，和舒也。东风谓之谷风。葑，蔓菁也。菲，似葍，茎粗，叶厚而长，有毛。下体，根也。葑、菲根茎皆可食，而其根则有时而美恶。德音，美誉也。　　妇人为夫所弃，故作此诗，以叙其悲怨之情。言阴阳和而后雨泽降，如夫妇和而后家道成。故为夫妇者，当黾勉以同心，而不宜至于有怒。又言采葑、菲者，不可以其根之恶，而弃其茎之美，如为夫妇者，不可以其颜色之衰，而弃其德音之善。但德音之不违，则可以与尔同死矣。

③赋而比也。迟迟，舒行貌。违，相背也。畿，门内也。荼，苦菜，蓼属也。详见《良耜》。荠，甘菜；宴，乐也。新昏，夫所更娶之妻也。　　言我之被弃，行于道路，迟迟不进。盖其足欲前而心有所不忍，如相背然，而故夫之送我，乃不远而甚迩，亦至其门内而止耳。又言荼虽甚苦，反甘如荠，以比己之见弃，其苦有甚于荼，而其夫方且宴乐其新婚，如兄如弟而不见恤。盖妇人从一而终。今虽见弃，犹有望夫之情，厚之至也。

④比也。泾、渭，二水名。泾水出今原州百泉县笄头山东，南至永兴军高陵入渭。渭水出渭州渭源县鸟鼠山，至同州冯翊县入河。湜湜，清貌。沚，水渚也。屑，洁；以，与；逝，之也。梁，堰石障水而空其中，以通鱼之往来者也。笱，以竹为器，而承梁之空以取鱼者也。阅，容也。　　泾浊渭清，然泾未属渭之时，虽浊而未甚见，由二水既合，而清浊益分。然其别出之渚，流或稍缓，则犹有清处。妇人以自比其容貌之衰久矣。又以新婚形之，益见憔悴，然其心则固犹有可取者。但以故夫之安于新婚，故不以我为洁而与之耳。又言毋逝我之梁，毋发我之笱，以比欲戒新婚毋居我之处，毋行我之事。而又自思我身且不见容，何暇恤我已去之后哉？知不能禁而绝意之辞也。

⑤兴也。方，桴；舟，船也。潜行曰泳，浮水曰游。匍匐，手足并行，急遽之甚也。　　妇人自陈其治家勤劳之事。言我随事尽其心力而为之，深则方舟，浅则泳游，不计其有与亡，而强勉以求之。又周睦其邻里乡党，莫不尽其道也。

⑥赋也。慉，养；阻，却；鞠，穷也。　　承上章言我于女家勤劳如此，而女既不我养，而反以我为仇雠。惟其心既拒却我之善，故虽勤劳如此，而不见取，如贾之不见售也。因念其昔时相与为生。惟恐其生理穷尽，而及尔皆至于颠覆。今既遂其生矣，乃反比我于毒而弃之乎！张子曰："育恐，谓生于恐惧之中；育鞠，谓生于困穷之际。"亦通。

⑦兴也。旨，美；蓄，聚；御，当也。洸，武貌。溃，怒色也。肄，劳；塈，息也。　　又言我之所以蓄聚美菜者，盖欲以御冬月乏无之时，至于春夏，则不食之矣。今君子安于新婚而厌弃我，是但使我御其穷苦之时，至于安乐则弃之也。又言于我极其武怒，而尽遗我以勤劳之事，曾不念昔者我之来息时也。追言其始见君子之时接礼之厚，怨之深也。

式　微[①]

式微式微！胡不归？微君之故，胡为乎中露[②]？　式微式微！胡不归？微君之躬，胡为乎泥中[③]？

【注释】

①《式微》二章，章四句。　此无所考，姑从《序》说。

②赋也。式，发语辞。微，犹衰也。再言之者，言衰之甚也。微，犹非也。中露，露中也。言有霑濡之辱，而无所芘覆也。　旧说以为黎侯失国，而寓于卫，其臣劝之曰："衰微甚矣，何不归哉？我若非以君之故，则亦胡为而辱于此哉？"

③赋也。泥中，言有陷溺之难，而不见拯救也。

旄　丘[①]

旄丘之葛兮，何诞之节兮！叔兮伯兮，何多日也[②]？　何其处也？必有与也。何其久也？必有以也[③]。　狐裘蒙戎，匪车不东。叔兮伯兮，靡所与同[④]。　琐兮尾兮，流离之子。叔兮伯兮，褎如充耳[⑤]。

【注释】

①《旄丘》四章，章四句。　说同上篇。

②兴也。前高后下曰旄丘。诞，阔也。叔伯，卫之诸臣也。　旧说黎之臣子自言久寓于卫，时物变矣。故登旄丘之上，见其葛长大而节疏阔，因托以起兴曰："旄丘之葛，何其节之阔也？卫之诸臣，何其多日而不见救也？"此诗本责卫君，而但斥其臣，可见其优柔而不迫矣。

③赋也。处，安处也。与，与国也。以，他故也。　因上章"何多日也"而言何其安处而不来，意必有与国相俟而俱来耳。又言何其久而不来，意其或有他故而不得来耳。诗之曲尽人情如此。

④赋也。大夫狐苍裘。蒙戎，乱貌，言弊也。　又自言客久而裘弊矣。岂我之车不东告于女乎？但叔兮伯兮不与我同心，虽往告之而不肯来耳。至是始微讽切之。或曰：狐裘蒙戎，指卫大夫而讥其愦乱之意。匪车不东，言非其车不肯东来救我也，但其人不肯与俱来耳。今按黎国在卫西，前说近是。

⑤赋也。琐，细；尾，末也。流离，漂散也。褎，多笑貌。充耳，塞耳也。耳聋之人恒多笑。　言黎之君臣，流离琐尾，若此其可怜也。而卫之诸臣，褎然如塞耳而无闻，何哉？至是然后尽其词焉。流离患难之余，而其言之有序而不迫如此，其人亦可知矣。

简　兮[①]

简兮简兮，方将万舞。日之方中，在前上处[②]。　硕人俣俣，公庭万舞。有力如虎，执辔如组[③]。　左手执籥，右手秉翟。赫如渥赭，公言锡爵[④]。　山有榛，隰有苓。云谁之思？西方美人。彼美人兮，西方之人兮[⑤]！

【注释】

①《简兮》四章，三章章四句，一章六句。　旧三章章六句，今改定。　张子曰："为禄仕而抱关击柝，则犹恭其职也。为伶官，则杂于侏儒俳优之间，不恭甚矣。其得谓之贤者，虽其迹如此，而其中固有以过人，又能卷而怀之，是亦可以为贤矣，东方朔似之。"

②赋也。简，简易不恭之意。万者，舞之总名。武用干戚，文用羽籥也。日之方中，在前上处，言当明显之处。　贤者不得志而仕于伶官，有轻世肆志之心焉，故其言如此，若自誉而实自嘲也。

③赋也。硕，大也。俣俣，大貌。辔，今之缰也。组，织丝为之，言其柔也。御能使马，则辔柔如组矣。　又自誉其才之无所不备，亦上章之意也。

④赋也。执籥秉翟者，文舞也。籥如笛而六孔，或曰三孔。翟，雉羽也。赫，赤貌。渥，厚渍也。赭，赤色也。言其颜色之充盛也。公言锡爵，即《仪礼》燕饮而献工之礼也。以硕人而得此，则亦辱矣，乃反以其赉予之亲洽为荣而夸美之，亦玩世不恭之意也。

⑤兴也。榛，似栗而小。下湿曰隰。苓，一名大苦，叶似地黄，即今甘草也。西方美人，托言以指西周之盛王，如《离骚》亦以美人目其君也。又曰西方之人者，叹其远而不得见之词也。　贤者不得志于衰世之下国，而思盛际之显王，故其言如此，而意远矣。

泉　水①

毖彼泉水，亦流于淇。有怀于卫，靡日不思。娈彼诸姬，聊与之谋②。　出宿于泲，饮饯于祢。女子有行，远父母兄弟。问我诸姑，遂及伯姊③。　出宿于干，饮饯于言。载脂载辖，还车言迈。遄臻于卫，不瑕有害④。　我思肥泉，兹之永叹。思须与漕，我心悠悠。驾言出游，以写我忧⑤。

【注释】

①《泉水》四章，章六句。　杨氏曰："卫女思归，发乎情也。其卒也不归，止乎礼义也。圣人著之于经，以示后世。使知适异国者，父母终，无归宁之义，则能自克者知所处矣。"

②兴也。毖，泉始出之貌。泉水，即今卫州共城之百泉也。淇水，出相州林虑县东流，泉水自西北而东南来注之。娈，好貌。诸姬，谓侄娣也。　卫女嫁于诸侯，父母终，思归宁而不得，故作此诗。言毖然之泉水亦流于淇矣。我之有怀于卫，则亦无日而不思矣。是以即诸姬而与之谋为归卫之计。如下两章之云也。

③赋也。泲，地名。饮饯者，古之行者必有祖道之祭，祭毕，处者送之，饮于其侧而后行也。祢，亦地名，皆自卫来时所经之处也。诸姑、伯姊，即所谓诸姬也。　言始嫁来时，则固已远其父母兄弟矣。况今父母既终，而复可归哉！是以问于诸姑伯姊，而谋其可否云尔。郑氏曰："国君夫人，父母在则归宁，没则使大夫宁于兄弟。"

④赋也。干、言，地名，适卫所经之地也。脂，以脂膏涂其辖使滑泽也。辖，车轴也，不驾则脱之，设之而后行也。还，回旋也。旋其嫁来之车也。遄，疾；臻，至也。瑕，何，古音相近，通用。　言如是则其至卫疾矣，然岂不害于义理乎！疑之而不敢遂之辞也。

⑤赋也。肥泉，水名。须、漕，卫邑也。悠悠，思之长也。写，除也。既不敢归，然其思卫地不能忘也，安得出游于彼而写其忧哉？

北　门[①]

出自北门,忧心殷殷。终窭且贫,莫知我艰。已焉哉!天实为之,谓之何哉[②]!

王事適我,政事一埤益我。我入自外,室人交遍谪我。已焉哉!天实为之,谓之何哉[③]!　　王事敦我,政事一埤遗我。我入自外,室人交遍摧我。已焉哉!天实为之,谓之何哉[④]!

【注释】

①《北门》三章,章七句。　　杨氏曰:"忠信重禄,所以劝士也。卫之忠臣至于窭贫而莫知其艰,则无劝士之道矣。仕之所以不得志也。先王视臣如手足,岂有以事投遗之而不知其艰哉?然不择事而安之,无怼憾之辞,知其无可奈何而归之于天,所以为忠臣也。"

②比也。北门背阳向阴。殷殷,忧也。窭者,贫而无以为礼也。　　卫之贤者处乱世,事暗君,不得其志,故因出北门而赋以自比。又叹其贫窭,人莫知之,而归之于天也。

③赋也。王事,王命使为之事也。適,之也。政事,其国之政事也。一,犹皆也。埤,厚;室,家;谪,责也。　　王事既适我矣,政事又一切以埤益我。其劳如此,而窭贫又甚,室人至无以自安,而交遍谪我,则其困于内外极矣。

④赋也。敦,犹投掷也。遗,加;摧,沮也。

北　风[①]

北风其凉,雨雪其雱。惠而好我,携手同行。其虚其邪,既亟只且[②]!　　北风其喈,雨雪其霏。惠而好我,携手同归。其虚其邪,既亟只且[③]!　　莫赤匪狐,莫黑匪乌。惠而好我,携手同车。其虚其邪,既亟只且[④]!

【注释】

①《北风》三章,章六句。

②比也。北风,寒凉之风也。凉,寒气也。雱,雪盛也。惠,爱;行,去也。虚,宽貌。邪,一作"徐",缓也。亟,急也。只且,语助辞。　　言北风雨雪,以比国家危乱将至,而气象愁惨也。故欲与其相好之人去而避之。且曰是尚可以宽徐乎!彼其祸乱之迫已甚,而去不可不速矣。

③比也。喈,疾声也。霏,雨雪分散之状。归者,去而不反之辞也。

④比也。狐,兽名,似犬,黄赤色。乌,鸦,黑色。皆不祥之物,人所恶见者也,所见无非此物,则国将危乱可知。同行、同归,犹贱者也。同车,则贵者亦去矣。

静　女[①]

静女其姝,俟我于城隅。爱而不见,搔首踟蹰[②]。　　静女其娈,贻我彤管。彤管有炜,说怿女美[③]。　　自牧归荑,洵美且异。匪女之为美,美人之贻[④]。

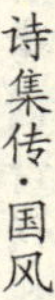

【注释】

①《静女》三章，章四句。

②赋也。静者，闲雅之意。姝，美色也。城隅，幽僻之处。不见者，期而不至也。踟蹰，犹踯躅也。此淫奔期会之诗也。

③赋也。娈，好貌，于是则见之矣。彤管，未详何物。盖相赠以结殷勤之意耳。炜，赤貌。言既得此物，而又悦怿此女之美也。

④赋也。牧，外野也。归，亦贻也。荑，茅之始生者。洵，信也。女，指荑而言也。　言静女又赠我以荑，而其荑亦美且异，然非此荑之为美也。特以美人之所赠，故其物亦美耳。

新　台①

新台有泚，河水瀰瀰。燕婉之求，籧篨不鲜②。　新台有洒，河水浼浼。燕婉之求，籧篨不殄③。　鱼网之设，鸿则离之；燕婉之求，得此戚施④。

【注释】

①《新台》三章，章四句。　凡宣姜事，首末见《春秋传》。然于诗则皆未有考也。诸篇放此。

②赋也。泚，鲜明也。瀰瀰，盛也。燕，安；婉，顺也。籧篨，不能俯，疾之丑者也。盖籧篨本竹席之名，人或编以为囷，其状如人之拥肿而不能俯者，故又因以名此疾也。鲜，少也。

旧说以为卫宣公为其子伋娶于齐，而闻其美，欲自娶之，乃作新台于河上而要之。国人恶之，而作此诗以刺之。言齐女本求与伋为燕婉之好，而反得宣公丑恶之人也。

③赋也。洒，高峻也。浼浼，平也。殄，绝也。言其病不已也。

④兴也。鸿，雁之大者。离，丽也。戚施，不能仰，亦丑疾也。　言设鱼网反得鸿，以兴求燕婉而反得丑疾之人，所得非所求也。

二子乘舟①

二子乘舟，泛泛其景。愿言思子，中心养养②。　二子乘舟，泛泛其逝。愿言思子，不瑕有害③。

【注释】

①《二子乘舟》二章，章四句。　太史公曰："今读《世家》言，至于宣公之子以妇见诛，弟寿争死以相让，此与晋太子申生不敢明骊姬之过同，俱恶伤父之志。然卒死亡，何其悲也。或父子相杀，兄弟相戮，亦独何哉？"

②赋也。二子，谓伋、寿也。乘舟，渡河如齐也。景，古"影"字。养养，犹漾漾，忧不知所定之貌。　旧说以为宣公纳伋之娶，是为宣姜。生寿及朔。朔与宣姜诉伋于公。公令伋之齐，使贼先待于隘而杀之。寿知之，以告伋。伋曰："君命也。不可以逃。"寿窃其节而先往。贼杀之。伋至，曰："君命杀我，寿有何罪？"贼又杀之。国人伤之而作是诗也。

③赋也。逝，往也。不瑕，疑词，义见《泉水》。此则见其不归而疑之也。

邶国十九篇，七十二章，三百六十三句。

诗集传卷第三

鄘风①

柏舟②

泛彼柏舟，在彼中河；髧彼两髦，实维我仪。之死矢靡他！母也天只，不谅人只③。

泛彼柏舟，在彼河侧；髧彼两髦，实维我特。之死矢靡慝！母也天只，不谅人只④。

【注释】

①说见上篇。

②《柏舟》二章，章七句。

③兴也。中河，中于河也。髧，发垂貌。两髦者，翦发夹囟，子事父母之饰，亲死然后去之。此盖指共伯也。我，共姜自我也。仪，匹；之，至；矢，誓；靡，无也。只，语助辞。谅，信也。

旧说以为卫世子共伯蚤死，其妻共姜守义，父母欲夺而嫁之。故共姜作此以自誓。言柏舟则在彼中河，两髦则实我之匹，虽至于死，誓无他心。母之于我，覆育之恩，如天罔极，而何其不谅我之心乎！不及父者，疑时独母在，或非父意耳。

④兴也。特，亦匹也。慝，邪也。以是为慝，则其绝之甚矣。

墙有茨①

墙有茨，不可扫也，中冓之言，不可道也。所可道也，言之丑也②。　墙有茨，不可襄也；中冓之言，不可详也。所可详也，言之长也③。　墙有茨，不可束也；中冓之言，不可读也。所可读也，言之辱也④。

【注释】

①《墙有茨》三章，章六句。　杨氏曰："公子顽通乎君母，闺中之言至不可读，其污甚矣。圣人何取焉而著之于经也？盖自古淫乱之君，自以谓密于闺门之中，世无得而知者，故自肆而不反。圣人所以著之于经，使后世为恶者，知虽闺中之言，亦无隐而不彰也。其为训戒深矣。"

②兴也。茨，蒺藜也，蔓生，细叶，子有三角，刺人。中冓，谓舍之交积材木也。道，言；丑，恶也。　旧说以为宣公卒，惠公幼，其庶兄顽烝于宣姜。故诗人作此诗以刺之。言其闺中之事皆丑恶而不可言，理或然也。

③兴也。襄，除也。详，详言之也。言之长者，不欲言而托以语长难竟也。

④兴也。束，束而去之也。读，诵言也。辱，犹丑也。

君子偕老[①]

君子偕老，副笄六珈。委委佗佗，如山如河，象服是宜。子之不淑，云如之何[②]！

玼兮玼兮，其之翟也。鬒发如云，不屑髢也。玉之瑱也，象之揥也。扬且之晳也。胡然而天也，胡然而帝也[③]。　　瑳兮瑳兮，其之展也。蒙彼绉絺，是绁袢也。子之清扬，扬且之颜也。展如之人兮，邦之媛也[④]。

【注释】

①《君子偕老》三章，一章七句，一章九句，一章八句。　　东莱吕氏曰："首章之末云'子之不淑，云如之何'，责之也；二章之末云'胡然而天也，胡然而帝也'，问之也；三章之末云'展如之人兮，邦之媛也'，惜之也。辞益婉而意益深矣。"

②赋也。君子，夫也。偕老，言偕生而偕死也。女子之生，以身事人，则当与之同生，与之同死。故夫死称未亡人，言亦待死而已，不当复有他适之志也。副，祭服之首饰，编发为之。笄，衡笄也，垂于副之两旁当耳，其下以紞悬瑱。珈之言加也，以玉加于笄而为饰也。委委佗佗，雍容自得之貌。如山，安重也。如河，弘广也。象服，法度之服也。淑，善也。　　言夫人当与君子偕老，故其服饰之盛如此，而雍容自得，安重宽广，又有以宜其象服。今宣姜之不善乃如此，虽有是服，亦将如之何哉？言不称也。

③赋也。玼，鲜盛貌。翟衣，祭服，刻绘为翟雉之形，而彩画之以为饰也。鬒，黑也。如云，言多而美也。屑，洁也。髢，发髢也。人少发则以髢益之，发自美则不洁于髢而用之矣。瑱，塞耳也。象，象骨也。揥，所以摘发也。扬，眉上广也。且，语助辞。晳，白也。胡然而天，胡然而帝，言其服饰容貌之美，见者惊犹鬼神也。

④赋也。瑳，亦鲜盛貌。展衣者，以礼见于君及见宾客之服也。蒙，覆也。绉絺，絺之蹙蹙者，以暑之服也。绁袢，束缚意。以展衣蒙絺绤而为之绁袢，所以自敛饬也。或曰，蒙，谓加絺绤于亵衣之上，所谓表而出之也。清，视清明也。扬，眉上广也。颜，额角丰满也。展，诚也。美女曰媛，见其徒有美色，而无人君之德也。

桑　中[①]

爰采唐矣，沫之乡矣。云谁之思？美孟姜矣。期我乎桑中，要我乎上宫，送我乎淇之上矣[②]。　　爰采麦矣，沫之北矣。云谁之思？美孟弋矣。期我乎桑中，要我乎上宫，送我乎淇之上矣[③]。　　爰采葑矣，沫之东矣。云谁之思？美孟庸矣。期我乎桑中，要我乎上宫，送我乎淇之上矣[④]。

【注释】

①《桑中》三章，章七句。　　《乐记》曰："郑卫之音，乱世之音也，比于慢矣。桑间濮上之音，亡国之音也。其政散，其民流，诬上行私而不可止也。"按"桑间"即此篇，故《小序》亦用《乐记》之语。

②赋也。唐，蒙菜也，一名兔丝。沫，卫邑也，《书》所谓妹邦者也。孟，长也。姜，齐女。言

贵族也。桑中、上宫、淇上，又妹乡之中小地名也。要，犹迎也。　　卫俗淫乱，世族在位，相窃妻妾。故此人自言将采唐于沬，而与其所思之人相期会迎送如此也。

③赋也。麦，谷名，秋种夏熟者。弋，《春秋》或作“姒”，盖杞女，夏后氏之后，亦贵族也。

④赋也。葑，蔓菁也。庸，未闻，疑亦贵姓也。

鹑之奔奔①

鹑之奔奔，鹊之强强；从之无良，我以为兄②。　　鹊之强强，鹑之奔奔；人之无良，我以为君③。

【注释】

①《鹑之奔奔》二章，章四句。　　范氏曰：“宣姜之恶，不可胜道也。国人疾而刺之，或远言焉，或切言焉。远言之者，《君子偕老》是也。切言之者，《鹑之奔奔》是也。卫诗至此，而人道尽，天理灭矣。中国无以异于夷狄，人类无以异于禽兽，而国随以亡矣。”胡氏曰：“杨时有言，《诗》载此篇，以见卫为狄所灭之因也。故在《定之方中》之前。因以是说考于历代，凡淫乱者，未有不至于杀身败国而亡其家者，然后知古诗垂戒之大。而近世有献议，乞于经筵不以国风进讲者，殊失圣经之旨矣。”

②兴也。鹑，鵪属。奔奔、强强，居有常匹，飞则相随之貌。人，谓公子顽。良，善也。　　卫人刺宣姜与顽非匹耦而相从也。故为惠公之言以刺之曰：人之无良，鹑鹊之不若，而我反以为兄，何哉？

③兴也。人，谓宣姜。君，小君也。

定之方中①

定之方中，作于楚宫。揆之以日，作于楚室。树之榛栗，椅桐梓漆。爰伐琴瑟②。　　升彼虚矣，以望楚矣。望楚与堂，景山与京，降观于桑。卜云其吉，终然允臧③。　　灵雨既零，命彼倌人。星言夙驾，说于桑田。匪直也人，秉心塞渊。騋牝三千④。

【注释】

①《定之方中》三章，章七句。　　按《春秋传》，卫懿公九年冬，狄入卫。懿公及狄人战于荧泽而败，死焉。宋桓公迎卫之遗民渡河而南，立宣姜子申以庐于漕，是为戴公。是年卒，立其弟燬，是为文公。于是齐桓公合诸侯以城楚丘而迁卫焉。文公大布之衣，大帛之冠，务材训农，通商惠工，敬教劝学，授方任能。元年革车三十乘，季年乃三百乘。

②赋也。定，北方之宿，营室星也。此星昏在正中，夏正十月也。于是时可以营制宫室，故谓之营室。楚宫，楚丘之宫也。揆，度也。树八尺之臬，而度其日出入之景，以定东西。又参日中之景，以正南北也。楚室，犹楚宫，互文以协韵耳。榛、栗，二木。其实榛小栗大，皆可供笾实。椅，梓实桐皮。桐，梧桐也。梓，楸之疏理白色而生子者。漆，木有液粘黑，可饰器物。四木皆琴瑟之材也。爰，于也。　　卫为狄所灭，文公徙居楚丘，营立宫室，国人悦之而作是诗以美之。苏氏曰：“种木者求用于十年之后，其不求近功，凡此类也。”

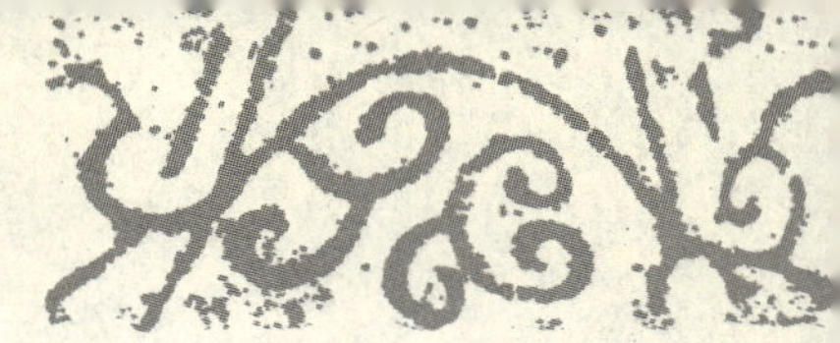

③赋也。虚，故城了。楚，楚丘也。堂，楚丘之旁邑也。景，测景以正方面也，与“既景乃冈”之景同。或曰，景，山名，见《商颂》。京，高丘也。桑，木名，叶可饲蚕者。观之以察其土宜也。允，信。臧，善也。　　此章本其始之望景观卜而言，以至于终，而果获其善也。

④赋也。灵，善。零，落也。倌人，主驾者也。星，见星也。说，舍止也。秉，操；塞，实；渊，深也。马七尺以上为騋。　　言方春时雨既降，而农桑之务作。文公于是命主驾者晨起驾车，亟往而劳劝之，然非独此人所以操其心者诚实而渊深也，盖其所畜之马，七尺而牝者，亦已至于三千之众矣。盖人操心诚实而渊深，则无所为而不成，其致此富盛宜矣。《记》曰：“问国君之富，数马以对。”今言騋牝之众如此，则生息之蕃可见，而卫国之富亦可知矣。此章又要其终而言也。

蝃　蝀[①]

蝃蝀在东，莫之敢指。女子有行，远父母兄弟[②]。　　朝隮于西，崇朝其雨。女子有行，远兄弟父母[③]。　　乃如之人也，怀昏姻也。大无信也，不知命也[④]。

【注释】

①《蝃蝀》三章，章四句。

②比也。蝃蝀，虹也。日与雨交，倏然成质，似有血气之类，乃阴阳之气不当交而交者，盖天地之淫气也。在东者，莫虹也。虹随日所映，故朝西而莫东也。　　此刺淫奔之诗。言蝃蝀在东，而人不敢指，以比淫奔之恶，人不可道。况女子有行，又当远其父母兄弟，岂可不顾此而冒行乎？

③比也。隮，升也。《周礼》十辉，九曰隮，注以为虹，盖忽然而见，如自下而升也。崇，终也。从旦至食时为终朝。言方雨而虹见，则其雨终朝而止矣。盖淫慝之气有害于阴阳之和也。今俗谓虹能截雨，信然。

④赋也。乃如之人，指淫奔者而言。昏姻，谓男女之欲。程子曰：“女子以不自失为信。”命，正理也。　　言此淫奔之人，但知思念男女之欲，是不能自守其贞信之节，而不知天理之正也。程子曰：“人虽不能无欲，然当有以制之。无以制之，而惟欲之从，则人道废而入于禽兽矣。以道制欲，则能顺命。”

相　鼠[①]

相鼠有皮，人而无仪。人而无仪，不死何为[②]？　　相鼠有齿，人而无止。人而无止，不死何俟[③]？　　相鼠有体，人而无礼。人而无礼，胡不遄死[④]？

【注释】

①《相鼠》三章，章四句。

②兴也。相，视也。鼠，虫之可贱恶者。　　言视彼鼠而犹必有皮，可以人而无仪乎？人而无仪，则其不死亦何为哉？

③兴也。止，容止也。俟，待也。

④兴也。体，支体也。遄，速也。

干旄①

孑孑干旄，在浚之郊。素丝纰之，良马四之。彼姝者子，何以畀之②？　孑孑干旟，在浚之都。素丝组之，良马五之。彼姝者子，何以予之③？　孑孑干旌，在浚之城。素丝祝之，良马六之。彼姝者子，何以告之④？

【注释】

①《干旄》三章，章六句。　此上三诗，《小序》皆以为文公时诗。盖见其列于《定中》、《载驰》之间故尔，他无所考也。然卫本以淫乱无礼，不乐善道而亡其国。今破灭之余，人心危惧，正其有以惩创往事而兴起善端之时也。故其为诗如此，盖所谓生于忧患，死于安乐者。《小序》之言，疑亦有所本云。

②赋也。孑孑，特出之貌。干旄，以旄牛尾注于旗干之首，而建之车后也。浚，卫邑名。邑外谓之郊。纰，织组也。盖以素丝织组而维之也。四之，两服两骖，凡四马以载之也。姝，美也。子，指所见之人也。畀，与也。言卫大夫乘此车马，建此旌旄，以见贤者。彼其所见之贤者，将何以畀之？而答其礼意之勤乎？

③赋也。旟，州里所建鸟隼之旗也。上设旌旄，其下系斿，斿下属縿，皆画鸟隼也。下邑曰都。五之，五马，言其盛也。

④赋也。析羽为旌。干旌，盖析翟羽设于旗干之首也。城，都城也。祝，属也。六之，六马，极其盛而言也。

载驰①

载驰载驱，归唁卫侯。驱马悠悠，言至于漕。大夫跋涉，我心则忧②。　即不我嘉，不能旋济。视尔不臧，我思不远。既不我嘉，不能旋济。视尔不臧，我思不閟③。　陟彼阿丘，言采其虻。女子善怀，亦各有行。许人尤之，众稚且狂④。　我行其野，芃芃其麦。控于大邦，谁因谁极？大夫君子，无我有尤。百尔所思，不如我所之⑤。

【注释】

①《载驰》四章，二章章六句，二章章八句。　事见《春秋传》。旧说此诗五章，一章六句，二章三章四句，四章六句，五章八句。苏氏合二章三章以为一章。按《春秋传》，叔孙豹赋《载驰》之四章，而取其控于大邦谁因谁极之意，与苏说合，今从之。范氏曰："先王制礼，父母没则不得归宁者，义也。虽国灭君死，不得往赴焉，义重于亡故也。"

②赋也。载，则也。吊失国曰唁。悠悠，远而未至之貌。草行曰跋，水行曰涉。　宣姜之女为许穆公夫人，闵卫之亡，驰驱而归，将以唁卫侯于漕邑。未至，而许之大夫有奔走跋涉而来者。夫人知其必将以不可归之意来告，故心以为忧也。既而终不果归，乃作此诗以自言其意尔。

③赋也。嘉、臧，皆善也。远，犹忘也。济，渡也。自许归卫，必有所渡之水也。閟，闭也，止也。言思之不止也。　言大夫既至，而果不以我归为善，则我亦不能旋反而济以至于卫

矣。虽视尔不以我为善，然我之所思，终不能自已也。

④赋也。偏高曰阿丘。蝱，贝母也，主疗郁结之病。善怀，多忧思也，犹《汉书》云："岸，善崩也。"行，道；尤，过也。　　又言以其既不适卫而思终不止也，故其在涂或升高以舒忧想之情，或采蝱以疗郁结之病。盖女子所以善怀者，亦各有道。而许国之众人以为过，则亦少不更事而狂妄之人尔。许人守礼，非稚且狂也。但以其不知己情之切至，而言若是尔。然而卒不敢违焉，则亦岂真以为稚且狂哉？

⑤赋也。芃芃，麦盛长貌。控，持而告之也。因，如因魏庄子之因。极，至也。大夫，即跋涉之大夫。君子，谓许国之众人也。　　又言归途在野，而涉芃芃之麦，又自伤许国之小而力不能救。故思欲为之控告于大邦，而又未知其将何所因而何所至乎！大夫君子无以我为有过，虽尔有所以处此百方，然不如使我得自尽其心之为愈也。

鄘国十篇，二十九章，百七十六句。

卫风

淇奥[①]

瞻彼淇奥，绿竹猗猗。有匪君子，如切如磋，如琢如磨。瑟兮僩兮，赫兮咺兮。有匪君子，终不可谖兮[②]。　　瞻彼淇奥，绿竹青青。有匪君子，充耳琇莹，会弁如星。瑟兮僩兮，赫兮咺兮，有匪君子，终不可谖兮[③]。　　瞻彼淇奥，绿竹如箦。有匪君子，如金如锡，如圭如璧。宽兮绰兮，猗重较兮，善戏谑兮，不为虐兮[④]。

【注释】

①《淇奥》三章，章九句。　　按《国语》，武公年九十有五，犹箴儆于国曰："自卿以下，至于师长士，苟在朝者，无谓我老耄而舍我，必恪恭于朝以交戒我。"遂作《懿戒》之诗以自警。而《宾之初筵》亦武公悔过之作。则其有文章而能听规谏，以礼自防也可知矣。卫之他君，盖无足以及此者。故《序》以此诗为美武公，而今从之也。

②兴也。淇，水名。奥，隈也。绿，色也。淇上多竹，汉世犹然，所谓淇园之竹是也。猗猗，始生柔弱而美盛也。匪，"斐"通，文章著见之貌也。君子，指武公也。治骨角者，既切以刀斧，而复磋以鑢鐋。治玉石者，既琢以槌凿，而复磨以沙石。言其德之修饬，有进而无已也。瑟，矜庄貌。僩，威严貌。咺，宣著貌。谖，忘也。　　卫人美武公之德，而以绿竹始生之美盛，兴其学问自修之进益也。《大学传》曰："如切如磋者，道学也。如琢如磨者，自修也。瑟兮僩兮者，恂慄也。赫兮喧兮者，威仪也。有斐君子终不可諠兮者，道盛德至善，民之不能忘也。"

③兴也。青青，坚刚茂盛之貌。充耳。瑱也。琇莹，美石也。天子玉瑱，诸侯以石。会，缝也。弁，皮弁也。以玉饰皮弁之缝中，如星之明也。　　以竹之坚刚茂盛，兴其服饰之尊严，而见其德之称也。

④兴也。箦，栈也。竹之密比似之，则盛之至也。金、锡，言其锻炼之精纯。圭、璧，言其生质之温润。宽，宏裕也。绰，开大也。猗，叹辞也。重较，卿士之车也。较，两輢上出轼者，谓

车两傍也。善戏谑不为虐者，言其乐易而有节也。　以竹之至盛，兴其德之成就，而又言其宽广而自如，和易而中节也。盖宽绰无敛束之意，戏虐非庄厉之时，皆常情所忽，而易致过差之地也。然犹可观而必有节焉，则其动容周旋之间，无适而非礼，亦可见矣。《礼》曰："张而不弛，文武不能也。弛而不张，文武不为也。一张一弛，文武之道也。"此之谓也。

考　槃[①]

考槃在涧，硕人之宽。独寐寤言，永矢弗谖[②]。　考槃在阿，硕人之薖。独寐寤歌，永矢弗过[③]。　考槃在陆，硕人之轴。独寐寤宿，永矢弗告[④]。

【注释】

①《考槃》三章，章四句。

②赋也。考，成也。槃，盘桓之意。言成其隐处之室也。陈氏曰："考，扣也。槃器名。盖扣之以节歌，如鼓盆拊缶之为乐也。"二说未知孰是。山夹水曰涧。硕，大；宽，广；永，长；矢，誓；谖，忘也。　诗人美贤者隐处涧谷之间，而硕大宽广，无戚戚之意，虽独寐而寤言，犹自誓其不忘此乐也。

③赋也。曲陵曰阿。薖，义未详。或云，亦宽大之意也。永矢弗过，自誓所愿不逾于此。若将终身之意也。

④赋也。高平曰陆。轴，盘桓不行之意。寤宿，已觉而犹卧也。弗告者，不以此乐告人也。

硕　人[①]

硕人其颀，衣锦褧衣。齐侯之子，卫侯之妻，东宫之妹，邢侯之姨。谭公维私[②]。　手如柔荑，肤如凝脂，领如蝤蛴，齿如瓠犀，螓首蛾眉。巧笑倩兮，美目盼兮[③]。　硕人敖敖，说于农郊。四牡有骄，朱幩镳镳。翟茀以朝。大夫夙退，无使君劳[④]。　河水洋洋，北流活活。施罛濊濊，鳣鲔发发。葭菼揭揭。庶姜孽孽，庶士有朅[⑤]。

【注释】

①《硕人》四章，章七句。

②赋也。硕人，指庄姜也。颀，长貌。锦，文衣也。褧，禅也。锦衣而加褧焉，为其文之太著也。东宫，太子所居之宫，齐太子得臣也。系太子言之者，明与同母，言所生之贵也。女子后生曰妹，妻之姊妹曰姨，姊妹之夫曰私。邢侯、谭公，皆庄姜姊妹之夫，互言之也。诸侯之女嫁于诸侯则尊同，故历言之。　庄姜事见《邶风》、《绿衣》等篇。《春秋传》曰："庄姜美而无子，卫人为之赋《硕人》。"即谓此诗。而其首章极称其族类之贵，以见其为正嫡小君，所宜亲厚，而重叹庄公之昏惑也。

③赋也。茅之始生曰荑，言柔而白也。凝脂，脂寒而凝者，亦言白也。领，颈也。蝤蛴，木蛊之白而长者，瓠犀，瓠中之子方正洁白，而比次整齐也。螓，如蝉而小，其额广而方正。蛾，蚕蛾也。其眉细而长曲。倩，口辅之美也。盼，白黑分明也。　此章言其容貌之美，犹前章之意也。

④赋也。敖敖，长貌。说，舍也。农郊，近郊也。四牡，车之四马。骄，壮貌。幩，镳饰也。镳者，马衔外铁，人君以朱缠之也。镳镳，盛也。翟，翟车也。夫人的翟羽饰车。茀，蔽也。妇人之车，前后设蔽。夙，早也。《玉藻》曰："君日出而视朝，退适路寝听政，使人视大夫，大夫退。然后适小寝释服。" 此言庄姜自齐来嫁，舍止近郊，乘是车马之盛，以入君之朝，国人乐得以为庄公之配，故谓诸大夫朝于君者宜早退，无使君劳于政事，不得与夫人相亲，而叹今之不然也。

⑤赋也。河在齐西卫东，北流入海。洋洋，盛大貌。活活，流貌。施，设也。罛，鱼罟也。涉涉，罟入水声也。鳣，鱼，似龙，黄色，锐头，口在颔下，背上腹下皆有甲，大者千余斤。鲔，似鳣而小，色青黑。发发，盛貌。葭，芦也。亦谓之荻。揭揭，长也。庶姜，谓侄娣。孽孽，盛饰也。庶士，谓媵臣。朅，武貌。 言齐地广饶，而夫人之来，士女佼好。礼仪盛备如此，亦首章之意也。

氓[①]

氓之蚩蚩，抱布贸丝。匪来贸丝，来即我谋。送子涉淇，至于顿丘。匪我愆期，子无良媒。将子无怒，秋以为期[②]。 乘彼垝垣，以望复关。不见复关，泣涕涟涟。既见复关，载笑载言。尔卜尔筮，体无咎言。以尔车来，以我贿迁[③]。 桑之未落，其叶沃若。于嗟鸠兮，无食桑葚；于嗟女兮，无与士耽。士之耽兮，犹可说也；女之耽兮，不可说也[④]。 桑之落矣，其黄而陨；自我徂尔，三岁食贫。淇水汤汤，渐车帷裳。女也不爽，士贰其行。士也罔极，二三其德[⑤]。 三岁为妇，靡室劳矣；夙兴夜寐，靡有朝矣。言既遂矣，至于暴矣。兄弟不知，咥其笑矣。静言思之。躬自悼矣[⑥]。 及尔偕老，老使我怨。淇则有岸，隰则有泮。总角之宴，言笑晏晏，信誓旦旦，不思其反。反是不思，亦已焉哉[⑦]！

【注释】

①《氓》六章，章十句。

②赋也。氓，民也，盖男子而不知其谁何之称也。蚩蚩，无知之貌，盖怨而鄙之也。布，币；贸，买也。贸丝，盖初夏时也。顿丘，地名；愆，过也。将，愿也，请也。 此淫妇为人所弃，而自叙其事以道其悔恨之意也。夫既与之谋而不遂往，又责所无以难其事，再为之约以坚其志，此其计亦狡矣。以御蚩蚩之氓，宜其有余，而不免于见弃。盖一失其身，人所贱恶，始虽以欲而迷，后必有时而悟，是以无往而不困耳。士君子立身一败，而万事瓦裂者，何以异此？可不戒哉！

③赋也。垝，毁；垣，墙也。复关，男子之所居也。不敢显言其人，故托言之耳。龟曰卜，蓍曰筮。体，兆卦之体也。贿，财；迁，徙也。 与之期矣，故及期而乘垝垣以望之。既见之矣，于是问其卜筮所得卦兆之体。若无凶咎之言，则以尔之车来迎，当以我之贿往迁也。

④比而兴也。沃若，润泽貌。鸠，鹘鸠也，似山雀而小，短尾，青黑色，多声。葚，桑实也。鸠食葚多则致醉。耽，相乐也。说，解也。 言桑之润泽，以比己之容色光丽，然又念其不可恃此而从欲忘反。故遂戒鸠无食桑葚，以兴下句戒女无与士耽也。士犹可说，而女不可说者，妇人被弃之后，深自愧悔之辞。主言妇人无外事，唯以贞信为节，一失其正，则余无可

观尔。不可便谓士之耽惑，实无所妨也。

⑤比也。陨，落；徂，往也。汤汤，水盛貌。渐，渍也。帷裳，车饰，亦名童容，妇人之车则有之。爽，差；极，至也。　言桑之黄落，以比己之容色凋谢。遂言自我往之尔家，而值尔之贫，于是见弃，复乘车而度水以归。复自言其过不在此而在彼也。

⑥赋也。靡，不；夙，早；兴，起也。咥，笑貌。　言我三岁为妇，尽心竭力，不以室家之务为劳。早起夜卧，无有朝旦之暇，与尔始相谋约之言既遂，而尔遽以暴戾加我。兄弟见我之归，不知其然，但咥然其笑而已。盖淫奔从人，不为兄弟所齿，故其见弃而归，亦不为兄弟所恤，理固有必然者，亦何所归咎哉？但自痛悼而已。

⑦赋而兴也。及，与也。泮，涯也。高下之判也。总角，女子未许嫁则未笄，但结发为饰也。晏晏，和柔也。旦旦，明也。　言我与女本期偕老，不知老而见弃如此，徒使我怨也。淇则有岸矣，隰则有泮矣。而我总角之时，与尔宴乐言笑，成此信誓，曾不思其反复，以至于此也。此则兴也。既不思其反复而至此矣，则亦如之何哉？亦已而已矣。《传》曰："思其终也，思其复也。"思其反之谓也。

竹　竿①

籊籊竹竿，以钓于淇。岂不尔思，远莫致之②。　泉源在左，淇水在右；女子有行，远兄弟父母③。　淇水在右，泉源在左；巧笑之瑳，佩玉之傩④。　淇水滺滺，桧楫松舟。驾言出游，以写我忧⑤。

【注释】

①《竹竿》四章，章四句。

②赋也。籊籊，长而杀也。竹，卫物；淇，卫地也。　卫女嫁于诸侯，思归宁而不可得，故作此诗。言思以竹竿钓于淇水，而远不可至也。

③赋也。泉源，即百泉也，在卫之西北，而东南流入淇，故曰在左。淇在卫之西南，而东流与泉源合，故曰在右。　思二水之在卫，而自叹其不如也。

④赋也。瑳，鲜白色。笑而见齿，其色瑳然，犹所谓粲然皆笑也。傩，行有度也。　承上章言二水在卫，而自恨其不得笑语游戏于其间也。

⑤赋也。滺滺，流貌。桧，木名，似柏。楫，所以行舟也。与《泉水》之卒章同意。

芄　兰①

芄兰之支，童子佩觿。虽则佩觿，能不我知？容兮遂兮，垂带悸兮②！　芄兰之叶，童子佩韘。虽则佩韘，能不我甲？容兮遂兮，垂带悸兮③！

【注释】

①《芄兰》二章，章六句。　此诗不知所谓，不敢强解。

②兴也。芄兰，草，一名萝摩，蔓生，断之有白汁，可啖。支，"枝"同。觿，锥也，以象骨为之，所以解结，成人之佩，非童子之饰也。知，犹智也。言其才能不足以知于我也。容、遂，舒缓放肆之貌。悸，带下垂之貌。

③兴也。韘，决也，以象骨为之，著右手大指，所以钩弦闿体。郑氏曰："沓也。"即《大射》所谓朱极三是也。以朱韦为之，用以驱沓右手食指将指无名指也。甲，长也。言其才能不足以长于我也。

河　广[①]

谁谓河广？一苇杭之。谁谓宋远？跂予望之[②]。　谁谓河广？曾不容刀！谁谓宋远？曾不崇朝[③]！

【注释】

①《河广》二章，章四句。　范氏曰："夫人之不往，义也。天下岂有无母之人欤？有千乘之国而不得养其母，则人之不幸也。为襄公者，将若之何？生则致其孝，没则尽其礼而已。卫有妇人之诗，自共姜至于襄公之母六人焉，皆止于礼义而不敢过也。夫以卫之政教淫僻，风俗伤败，然而女子乃有知礼而畏义如此者，则以先王之化犹有存焉故也。"

②赋也。苇。蒹葭之属。杭，度也。卫在河北，宋在河南。　宣姜之女为宋桓公夫人，生襄公而出归于卫。襄公即位，夫人思之而义不可往。盖嗣君承父之重，与祖为体，母出与庙绝，不可以私反，故作此诗。言谁谓河广乎？但以一苇加之，则可以渡矣。谁谓宋国远乎？但一跂足而望，则可以见矣。明非宋远而不可至也，乃义不可而不得往耳。

③赋也。小船曰刀。不容刀，言小也。崇，终也。行不终朝而至，言近也。

伯　兮[①]

伯兮朅兮，邦之桀兮。伯也执殳，为王前驱[②]。　自伯之东，首如飞蓬。岂无膏沐？谁適为容[③]？　其雨其雨，杲杲出日。愿言思伯，甘心首疾[④]。　焉得谖草，言树之背？愿言思伯，使我心痗[⑤]。

【注释】

①《伯兮》四章，章四句。　范氏曰："居而相离则思，期而不至则忧，此人之情也。文王之遣戍役，周公之劳归士，皆叙其室家之情、男女之思以闵之，故其民悦而忘死。圣人能通天下之志，是以能成天下之务。兵者，毒民于死者也。孤人之子，寡人之妻，伤天地之和，召水旱之灾，故圣王重之。如不得已而行，则告以归期，念其勤劳，哀伤惨怛，不啻在己。是以治世之诗则言其君上闵恤之情，乱世之诗则录其室家怨思之苦。以为人情不出乎此也。"

②赋也。伯，妇人目其夫之字也。朅，武貌。桀，才过人也。殳，长丈二而无刃。　妇人以夫久从征役而作是诗，言其君子之才之美如是，今方执殳而为王前驱也。

③赋也。蓬，草名，其华似柳絮，聚而飞，如乱发也。膏，所以泽发者。沐，涤首去垢也。適，主也。　言我发乱如此，非无膏沐可以为容，所以不为者，君子行役，无所主而为之故也。《传》曰："女为说己容。"

④比也。其者，冀其将然之辞。　冀其将雨，而杲然日出，以比望共君子之归而不归也。是以不堪忧思之苦，而宁甘心于首疾也。

⑤赋也。谖，忘也。谖草合欢，食之令人忘忧者。背，北堂也。痗，病也。　言焉得忘忧

之草树之于北堂，以忘吾忧乎？然终不忍忘也。是以宁不求此草，而但愿言思伯，虽至于心痗而不辞尔。心痗则其病益深，非特首疾而已也。

有狐[1]

有狐绥绥，在彼淇梁；心之忧矣，之子无裳[2]。　有狐绥绥，在彼淇厉；心之忧矣，之子无带[3]。　有狐绥绥，在彼淇侧；心之忧矣，之子无服[4]。

【注释】

①《有狐》三章，章四句。

②比也。狐者，妖媚之兽。绥绥，独行求匹之貌。石绝水曰梁。在梁，则可以裳矣。　国乱民散，丧其妃耦，有寡妇见鳏夫而欲嫁之，故托言有狐独行，而忧其无裳也。

③比也。厉，深水可厉处也。带，所以申束衣也。在厉，则可以带矣。

④比也。济乎水，则可以服矣。

木瓜[1]

投我以木瓜，报之以琼琚。匪报也，永以为好也[2]。　投我以木桃，报之以琼瑶。匪报也，永以为好也[3]。　投我以木李，报之以琼玖。匪报也，永以为好也。[4]

【注释】

①《木瓜》三章，章四句。

②比也。木瓜，楙木也，实如小瓜，酢可食。琼，玉之美者。琚，佩玉名。　言人有赠我以微物，我当报之以重宝，而犹未足以为报也，但欲其长以为好而不忘耳。疑亦男女相赠答之词，如《静女》之类。

③比也。瑶，美玉也。

④比也。玖，亦玉名也。

卫国十篇，三十四章，二百三句。　张子曰："卫国地滨大河，其地土薄，故其人气轻浮；其地平下，故其人质柔弱；其地肥饶，不费耕耨，故其人心怠惰。其人情性如此，则其声音亦淫靡。故闻其乐，使人懈慢而有邪僻之心也。"郑诗放此。

诗集传卷第四

王 风[1]

黍 离[2]

彼黍离离，彼稷之苗。行迈靡靡，中心摇摇。知我者，谓我心忧，不知我者，谓我何求。悠悠苍天，此何人哉[3]？　　彼黍离离，彼稷之穗。行迈靡靡，中心如醉。知我者，谓我心忧，不知我者，谓我何求。悠悠苍天，此何人哉[4]？　　彼黍离离，彼稷之实。行迈靡靡，中心如噎。知我者，谓我心忧，不知我者，谓我何求。悠悠苍天，此何人哉[5]？

【注释】

①王，谓周东都洛邑王城畿内方六百里之地，在《禹贡》豫州太华外方之间，北得河阳，渐冀州之南也。周室之初，文王居丰，武王居镐，至成王时，周公始营洛邑，为时会诸侯之所。以其土中，四方来者道里均故也。自是谓丰，镐为西都，而洛邑为东都。至幽王嬖褒姒生伯服，废申后及太子宜臼，宜臼奔申。申侯怒，与犬戎攻宗周，弑幽王于戏。晋文侯、郑武公迎宜臼于申而立之，是为平王。徙居东都王城，于是王室遂卑，与诸侯无异，故其诗不为"雅"而为"风"。然其王号未替也，故不曰"周"而曰"王"。其地则今河南府及怀、孟等州是也。

②《黍离》三章，章十句。　　元城刘氏曰："常人之情，于忧乐之事，初遇之，则其心变焉。次遇之，则其变少衰。三遇之，则其心如常矣。至于君子忠厚之情则不然。其行役往来，固非一见也。初见稷之苗矣，又见稷之穗矣，又见稷之实矣，而所感之心终始如一，不少变而愈深，此则诗人之意也。"

③赋而兴也。黍，谷名，苗似芦，高丈余，穗黑色，实圆重。离离，垂貌。稷，亦谷也。一名穄，似黍而小。或曰，粟也。迈，行也。靡靡，犹迟迟也。摇摇，无所定也。悠悠，远意。苍天者，据远而视之苍苍然也。　　周既东迁，大夫行役至于宗周，过故宗庙宫室，尽为禾黍。闵周室之颠覆，傍徨不忍去，故赋其所见黍之离离，与稷之苗，以兴行之靡靡，心之摇摇。既叹时人莫识己意，又伤所以致此者，果何人哉？追怨之深也。

④赋而兴也。穗，秀也。稷穗下垂，如心之醉，故以起兴。

⑤赋而兴也。噎，忧深不能喘息，如噎之然。稷之实犹心之噎，故以起兴。

君子于役[1]

君子于役，不知其期，曷至哉？鸡栖于埘，日之夕矣，羊牛下来。君子于役，如之何勿思[2]！　　君子于役，不日不月，曷其有佸？鸡栖于桀，日之夕矣，羊牛下括。君

子于役，苟无饥渴[3]。

【注释】

①《君子于役》二章，章八句。

②赋也。君子，妇人目其夫之辞。凿墙而栖曰埘。日夕则羊先归而牛次之。　　大夫久役于外，其室家思而赋之曰：君子行役，不知其还反之期，且今亦何所至哉？鸡则栖于埘矣，日则夕矣，羊牛则下来矣。是则畜产出入，尚有旦暮之节，而行役之君子乃无休息之时，使我如何而不思也哉？

③赋也。佸，会；桀，杙；括，至；苟，且也。　　君子行役之久，不可计以日月，而又不知其何时可以来会也。亦庶几其免于饥渴而已矣。此忧之深而思之切也。

君子阳阳[1]

君子阳阳，左执簧，右招我由房。其乐只且[2]！　君子陶陶，左执翱，右招我由敖。其乐只且[3]！

【注释】

①《君子阳阳》二章，章四句。

②赋也。阳阳，得志之貌。簧，笙竽管中金叶也。盖笙竽皆以竹管植于匏中，而窍其管底之侧，以薄金叶障之，吹则鼓之而出声，所谓簧也。故笙竽皆谓之簧。笙十三簧或十九簧，竽三十六簧也。由，从也。房，东房也。只且，语助声。　　此诗疑亦前篇妇人所作。盖其夫既归，不以行役为劳，而安于贫贱以自乐，其家人又识其意而深叹美之，皆可谓贤矣。岂非先王之泽哉！或曰，《序》说亦通，宜更详之。

③赋也。陶陶。和乐之貌。翱，舞者所持羽旄之属。敖，舞位也。

扬之水[1]

扬之水，不流束薪；彼其之子，不与我戍申。怀哉怀哉！曷月予还归哉[2]？　扬之水，不流束楚；彼其之子，不与我戍甫。怀哉怀哉！曷月予还归哉[3]？　扬之水，不流束蒲；彼其之子，不与我戍许。怀哉怀哉！曷月予还归哉[4]？

【注释】

①《扬之水》三章，章六句。　　申侯与犬戎攻宗周而弑幽王，则申侯者，王法必诛，不赦之贼，而平王与其臣庶不共戴天之仇也。今平王知有母而不知有父，知其立己为有德，而不知其弑父为可怨，至使复仞讨贼之师，反为报施酬恩之举，则其忘亲逆理，而得罪于天已甚矣。又况先王之制，诸侯有故，则方伯连帅以诸侯之师讨之。王室有故，则方伯连帅以诸侯之师救之。天子乡遂之民，供贡赋，卫王室而已。今平王不能行其威令于天下，无以保其母家，乃劳天子之民，远为诸侯戍守，故周人之戍申者，又以非其职而怨思焉。则其衰懦微弱而得罪于民，又可见矣。呜呼！《诗》亡而后《春秋》作，其不以此也哉！

②兴也。扬，悠扬也，水缓流之貌。彼其之子，戍人指其室家而言也。戍，屯兵以守也。申，

姜姓之国，平王之母家也，在今邓州信阳军之境。怀，思；曷，何也。　　平王以申国近楚，数被侵伐，故遣畿内之民戍之，而戍者怨思，作此诗也。兴取之不二字，如《小星》之例。

③兴也。楚，木也。甫，即吕也，亦姜姓。《书·吕刑》，《礼记》作《甫刑》，而孔氏以为吕侯后为甫侯是也。当时盖以申故而并戍之。今未知其国之所在，计亦不远于申、许也。

④兴也。蒲，蒲柳。《春秋传》云"董泽之蒲"，杜氏云"蒲，杨柳可以为箭者"，是也。许，国名，亦姜姓，今颍昌府许昌县是也。

中谷有蓷[①]

中谷有蓷，暵其干矣；有女仳离，嘅其叹矣。嘅其叹矣，遇人之艰难矣[②]。　中谷有蓷，暵其脩矣；有女仳离，条其啸矣，条其啸矣，遇人之不淑矣[③]。　中谷有蓷，暵其湿矣；有女仳离，啜其泣矣。啜其泣矣，何嗟及矣[④]！

【注释】

①《中谷有蓷》三章，章六句。　　范氏曰："世治则室家相保者，上之所养也。世乱则室家相弃者，上之所残也。其使之也勤，其取之也厚，则夫妇日以衰薄，而凶年不免于离散矣。伊尹曰：'匹夫匹妇不获自尽，民主罔与成厥功。'故读《读》者于一物失所，而知王政之恶；一女见弃，而知人民之困。周之政荒民散，而将无以为国，于此亦可见矣。"

②兴也。蓷，鵻也，叶似萑，方茎白华，华生节间，即今益母草也。暵，燥；仳，别也。嘅，叹声。艰难，穷厄也。　　凶年饥馑，室家相弃，妇人览物起兴，而自述其悲叹之词也。

③兴也。修，长也。或曰，干也，如脯之谓修也。条，条然啸貌。啸，蹙口出声也，悲恨之深，不止于叹矣。淑，善也。古者谓死丧饥馑，皆曰不淑。盖以吉庆为善事，凶祸为不善事，虽今人语犹然也。　　曾氏曰："凶年而遽相弃背，盖衰薄之甚者。而诗人乃曰遇斯人之艰难，遇斯人之不淑，而无怨怼过甚之辞焉，厚之至也。"

④兴也。暵湿者，旱甚则草之生于湿者亦不免也。啜，泣貌。何嗟及矣，言事已至此，末如之何，穷之甚也。

兔　爰[①]

有兔爰爰，雉离于罗。我生之初，尚无为；我生之后，逢此百罹。尚寐无吪[②]！
有兔爰爰，雉离于罦。我生之初，尚无造；我生之后，逢此百忧。尚寐无觉[③]！
有兔爰爰，雉离于罿。我生之初，尚无庸；我生之后，逢此百凶。尚寐无聪[④]！

【注释】

①《兔爰》三章，章七句。

②比也。兔性阴狡。爰爰，缓意。雉性耿介。离，丽；罗，网；尚，犹；罹，忧也。尚，庶几也。吪，动也。　　周室衰微，诸侯背叛，君子不乐其生，而作此诗。言张罗本以取兔，今兔狡得脱，而雉以耿介，反离于罗。以比小人致乱，而以巧计幸免，君子无辜，而以忠直受祸也。为此诗者，盖犹及见西周之盛。故曰：方我生之初，天下尚无事。及我生之后，而逢时之多难如此。然既无如之何，则但庶几寐而不动以死耳。或曰，兴也。以兔爰兴无为，以雉离兴百

罹也。下章放此。

③比也。罦，覆车也，可以掩兔。造，亦为也。觉，寤也。

④比也。罿，罬也，即罦也。或曰，施罗于车上也。庸，用；聪，闻也。无所闻，则亦死耳。

葛藟[1]

绵绵葛藟，在河之浒。终远兄弟，谓他人父。谓他人父，亦莫我顾[2]。　绵绵葛藟，在河之涘。终远兄弟，谓他人母。谓他人母，亦莫我有[3]。　绵绵葛藟，在河之漘。终远兄弟，谓他人昆。谓他人昆，亦莫我闻[4]。

【注释】

①《葛藟》三章，章六句。

②兴也。绵绵，长而不绝之貌。岸上曰浒。　世衰民散，有去其乡里家族，而流离失所者，作此诗以自叹。言绵绵葛藟，则在河之浒矣。今乃终远兄弟，而谓他人为己父。已虽谓彼为父，而彼亦不我顾，则其穷也甚矣。

③兴也。水涯曰涘。谓他人父者，其妻则母也。有，识有也。《春秋传》曰："不有寡君。"

④兴也。夷上洒下曰漘。漘之为言唇也。昆，兄也。闻，相闻也。

采葛[1]

彼采葛兮；一日不见，如三月兮[2]。　彼采萧兮；一日不见，如三秋兮[3]。　彼采艾兮；一日不见，如三岁兮[4]。

【注释】

①《采葛》三章，章三句。

②赋也。采葛所以为絺绤，盖淫奔者托以行也。故因以指其人，而言思念之深，未久而似久也。

③赋也。萧，荻也，白叶，茎粗，科生，有香气。祭则焫以报气，故采之。曰三秋，则不止三月矣。

④赋也。艾，蒿属，干之可灸，故采之。曰三岁，则不止三秋矣。

大车[1]

大车槛槛，毳衣如菼。岂不尔思？畏子不敢[2]。　大车啍啍，毳衣如璊。岂不尔思？畏子不奔[3]。　穀则异室，死则同穴。谓予不信，有如皦日[4]！

【注释】

①《大车》三章，章四句。

②赋也。大车，大夫车。槛槛，车行声也。毳衣，天子大夫之服。菼，芦之始生也。毳衣之属，衣绘而裳绣，五色皆备，其青者如菼尔。淫奔者相命之辞也。子，大夫也。不敢，不敢奔

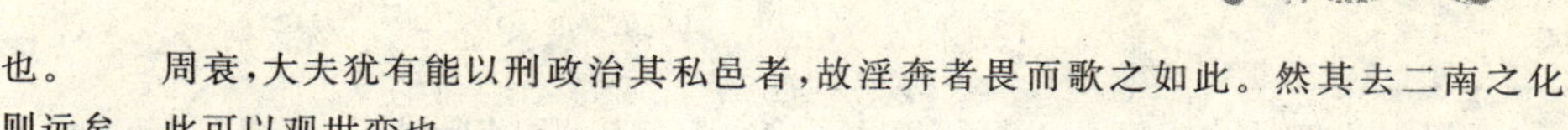

也。　周衰，大夫犹有能以刑政治其私邑者，故淫奔者畏而歌之如此。然其去二南之化则远矣。此可以观世变也。

③赋也。啍啍，重迟之貌。璊，玉赤色。五色备则有赤。

④赋也。穀，生；穴，圹；皦，白也。　民之欲相奔者，畏其大夫，自以终身不得如其志也。故曰：生不得相奔以同室。庶几死得合葬以同穴而已。谓予不信，有如皦日，约誓之辞也。

丘中有麻①

丘有中麻，彼留子嗟。彼留子嗟，将其来施施②。　丘中有麦，彼留子国。彼留子国，将其来食③。　丘中有李，彼留之子。彼留之子，贻我佩玖④。

【注释】

①《丘中有麻》三章，章四句。

②赋也。麻，谷名，子可食，皮可绩为布者。子嗟，男子之字也。将，愿也。施施，喜悦之意。　妇人望其所与私者而不来，故疑丘中有麻之处，复有与之私而留之者，今安得其施施然而来乎？

③赋也。子国，亦男子字也。来食，就我而食也。

④赋也。之子，并指前二人也。贻我佩玖，冀其有以赠己也。

《王风》十篇，二十八章，百六十二句。

郑　风①

缁　衣②

缁衣之宜兮，敝予又改为兮。适子之馆兮，还予授子之粲兮③。　缁衣之好兮，敝予又改造兮。适子之馆兮，还予授子之粲兮④。　缁衣之席兮，敝予又改作兮。适子之馆兮，还予授子之粲兮⑤。

【注释】

①郑，邑名。本在西都畿内咸林之地。宣王以封其弟友为采地。后为幽王司徒，而死于犬戎之难，是为桓公。其子武公掘突，定平王于东都，亦为司徒。又得虢桧之地，乃徙其封而施旧号于新邑，是为新郑。咸林，在今华州郑县。新郑，即今之郑州是也。其封域山川，详见《桧风》。

②《缁衣》三章，章四句。　《记》曰："好贤如《缁衣》。"又曰："于《缁衣》见好贤之至。"

③赋也。缁，黑色。缁衣，卿大夫居私朝之服也。宜，称；改，更；适，之；馆，舍；粲，餐也。或曰：粲，粟之精凿者。　旧说郑桓公、武公相继为周司徒，善于其职，周人爱之，故作是诗，言子之服缁衣也甚宜，敝则我将为子更为之。且将適子之馆，既还而又授子以粲，言好之无已也。

④赋也。好，犹宜也。

⑤赋也。席，大也。程子曰："席有安舒之义。服称其德则安舒也。"

将仲子①

将仲子兮，无逾我里，无折我树杞。岂敢爱之？畏我父母。仲可怀也，父母之言，亦可畏也②。　　将仲子兮，无逾我墙，无折我树桑。岂敢爱之？畏我诸兄。仲可怀也；诸兄之言，亦可畏也③。　　将仲子兮，无逾我园，无折我树檀。岂敢爱之？畏人之多言。仲可怀也；人之多言，亦可畏也④。

【注释】

①《将仲子》三章，章八句。

②赋也。将，请也。仲子，男子之字也。我，女子自我也。里，二十五家所居也。杞，柳属也，生水傍，树如柳，叶粗而白，色理微赤。盖里之地域沟树也。　　莆田郑氏曰："此淫奔者之辞。"

③赋也。墙，垣也。古者树墙下以桑。

④赋也。园者圃之藩，其内可种木也。檀，皮青，滑泽，材强韧，可为车。

叔于田①

叔于田，巷无居人。岂无居人？不如叔也，洵美且仁②。　　叔于狩，巷无饮酒。岂无饮酒？不如叔也，洵美且好③。　　叔适野，巷无服马。岂无服马？不如叔也，洵美且武④。

【注释】

①《叔于田》三章，章五句。

②赋也。叔，庄公弟共叔段也。事见《春秋》。田，取禽也。巷，里涂也。洵，信；美，好也。仁，爱人也。　　段不义而得众，国人爱之，故作此诗。言叔出而田，则所居之巷若无居人矣。非实无居人也，虽有而不如叔之美且仁，是以若无人耳。或疑此亦民间男女相说之词也。

③赋也。冬猎曰狩。

④赋也。适，之也。郊外曰野。服，乘也。

大叔于田①

叔于田，乘乘马。执辔如组，两骖如舞。叔在薮，火烈具举，襢裼暴虎，献于公所。将叔无狃，戒其伤女②。　　叔于田，乘乘黄。两服上襄，两骖雁行。叔在薮，火烈具扬。叔善射忌，又良御忌。抑磬控忌，抑纵送忌③。　　叔于田，乘乘鸨，两服齐首，两骖如手。叔在薮，火烈具阜。叔马慢忌，叔发罕忌，抑释掤忌，抑鬯弓忌④。

【注释】

①《大叔于田》三章,章十句。　　陆氏曰:"首章作《大叔于田》者,误。"苏氏曰:"二诗皆曰《叔于田》,故加'大'以别之。不知者乃以段有大叔之号,而读曰泰,又加'大'于首章,失之矣。"

②赋也,叔,亦段也。车衡外两马曰骖。如舞,谓谐和中节。皆言御之善也。薮,泽也。火,焚而射也。烈,炽盛貌。具,俱也。襢裼,肉袒也。暴,空手搏兽也。公,庄公也。狃,习也。国人戒之曰:请叔无习此事,恐其或伤女也。盖叔多材好勇,而郑人爱之如此。

③赋也。乘黄,四马皆黄也。衡下夹辕两马曰服。襄,驾也。马之上者为上驾,犹言上驷也。雁行者,骖少次服后,如雁行也。扬,起也。忌、抑,皆语助辞。骋马曰磬。止马曰控,舍拔曰纵,覆箭曰送。

④赋也。骊白杂毛曰鸨,今所谓乌骢也。齐首、如手,两服并首在前,而两骖在旁稍次其后,如人之两手也。阜,盛;慢,迟也。发,发矢也。罕,希;释,解也。掤,矢箭盖,《春秋传》作"冰"。鬯,弓囊也,与"韔"同。言其田事将毕,而从容整暇如此。亦喜其无伤之词也。

清　人①

清人在彭,驷介旁旁。二矛重英,河上乎翱翔②。　　清人在消,驷介麃麃。二矛重乔,河上乎逍遥③。　　清人在轴,驷介陶陶。左旋右抽,中军作好④。

【注释】

①《清人》三章,章四句。　　事见《春秋》。　　胡氏曰:"人君擅一国之名宠,生杀予夺,惟我所制尔。使高克不臣之罪已著,按而诛之可也。情状未明,黜而退之可也。爱惜其才,以礼驭之亦可也。乌可假以兵权,委诸竟上,坐视其离散而莫之恤乎?《春秋》书曰:'郑弃其师。'其责之深矣。"

②赋也。清,邑名。清人,清邑之人也。彭,河上地名。驷介,四马而被甲也。旁旁,驰驱不息之貌。二矛,酋矛、夷矛也。英,以朱羽为矛饰也。酋矛长二丈,夷矛长二丈四尺,并建于车上,则其英重累而见。翱翔,游戏之貌。　　郑文公恶高克,使将清邑之兵,御狄于河上,久而不召,师散而归,郑人为之赋此诗。言其师出之久,无事而不得归,但相与游戏如此,其势必至于溃败而后已尔。

③赋也。消,亦河上地名。麃麃,武貌。矛之上句曰乔,所以悬英也。英弊而尽,所存者乔而已。

④赋也。轴,亦河上地名。陶陶,乐而自适之貌。左,谓御在将车之左,执辔而御马者也。旋,还车也。右,谓勇力之士,在将车之右,执兵以击刺者也。抽,拔刃也。中军,谓将在鼓下,居车之中,即高克也。好,谓容好也。　　东莱吕氏曰:"言师久而不归,无所聊赖,姑游戏以自乐,必溃之势也。又言已溃而言将溃,其词深,其情危矣。"

羔　裘①

羔裘如濡,洵直且侯。彼其之子,舍命不渝②。　　羔裘豹饰,孔武有力。彼其之

子，邦之司直[3]。　羔裘晏兮，三英粲兮。彼其之子，邦之彦兮[4]。

【注释】

①《羔裘》三章，章四句。

②赋也。羔裘，大夫服也。如濡，润泽也。洵，信；直，顺；侯，美也。其，语助辞。舍，处；渝，变也。　言此羔裘润泽，毛顺而美，彼服此者当生死之际，又能以身居其所受之理而不可夺。盖美其大夫之词，然不知其所指矣。

③赋也。饰，缘袖也。礼，君用纯物，臣下之，故羔裘而以豹皮为饰也。孔，甚也。豹甚武而有力，故服其所饰之裘者如之。司，主也。

④赋也。晏，鲜盛也。三英，裘饰也。未详其制，粲，光明也。彦者，士之美称。

遵大路[1]

遵大路兮，掺执子之祛兮，无我恶兮，不寁故也[2]。　遵大路兮，掺执子之手兮，无我魗兮。不寁好也[3]。

【注释】

①《遵大路》二章，章四句。

②赋也。遵，循；掺，揽；祛，袂；寁，速；故，旧也。　淫妇为人所弃，故于其去也，揽其祛而留之曰：子无恶我而不留，故旧不可以遽绝也。宋玉赋有"遵大路兮揽子祛"之句，亦男女相说之词也。

③赋也。魗，与"丑"同。欲其不以己为丑而弃之也。好，情好也。

女曰鸡鸣[1]

女曰鸡鸣，士曰昧旦。子兴视夜，明星有烂。将翱将翔，弋凫与雁[2]。　弋言加之，与子宜之。宜言饮酒，与子偕老。琴瑟在御，莫不静好[3]。　知子之来之，杂佩以赠之。知子之顺之，杂佩以问之。知子之好之，杂佩以报之[4]。

【注释】

①《女曰鸡鸣》三章，章六句。

②赋也。昧，晦；旦，明也。昧旦，天欲旦晦明未辨之际也。明星，启明之星先日而出者也。弋，缴射，谓以生丝系矢而射也。凫，水鸟，如鸭，青色，背上有文。　此诗人述贤夫妇相警戒之词。言女曰"鸡鸣"，以警其夫，而士曰"昧旦"，则不止于鸡鸣矣。妇人又语其夫曰："若是，则子可以起而视夜之如何。"意者明星已出而烂然，而当翱翔而往，弋取凫雁而归矣。其相与警戒之言如此，则不留于宴昵之私可知矣。

③赋也。加，中也。《史记》所谓"以弱弓微缴加诸凫雁之上"是也。宜，和其所宜也。《内则》所谓"雁宜麦"之属是也。　射者男子之事，而中馈妇人之职。故妇谓其夫既得凫雁以归，则我当为子和其滋味之所宜，以之饮酒相乐，期于偕老。而琴瑟之在御者，亦莫不安静而和好。其和乐而不淫可见矣。

④赋也。来之，致其来者，如所谓修文德以来之。杂佩者，左右佩玉也。上横曰珩，下系三组，贯以蠙珠。中组之半贯一大珠，曰瑀。末悬一玉，两端皆锐，曰冲牙。两旁组半各悬一玉，长博而方，曰琚。其末各悬一玉，如半璧而内向，曰璜。又以两组贯珠，上系珩两端，下交贯于瑀，而下系于两璜，行则冲牙触璜而有声也。吕氏曰："非独玉也，觿燧箴管，凡可佩者皆是也。"赠，送；顺，爱；问，遗也。　　妇又语其夫曰："我苟知子之所致而来，及所亲爱者，则将解此杂佩以送遗报答之。"盖不唯治其门内之职，又欲其君子亲贤友善，结其欢心，而无所爱于服饰之玩也。

有女同车[①]

有女同车，颜如舜华。将翱将翔，佩玉琼琚。彼美孟姜，洵美且都[②]。　　有女同行，颜如舜英。将翱将翔。佩玉将将。彼美孟姜，德音不忘[③]。

【注释】

①《有女同车》二章，章六句。

②赋也。舜，木槿也，树如李，其华朝生暮落。孟，字；姜，姓；洵，信；都，闲雅也。　　此疑亦淫奔之诗。言所与同车之女其美如此。而又叹之曰，彼美色之孟姜，信美矣而又都也！

③赋也。英，犹华也。将将，声也。德音不忘，言其贤也。

山有扶苏[①]

山有扶苏，隰有荷华；不见子都，乃见狂且[②]！　　山有桥松，隰有游龙；不见子充，乃见狡童[③]。

【注释】

①《山有扶苏》二章，章四句。

②兴也。扶苏，扶胥，小木也。荷华，扶渠也。子都，男子之美者也。狂，狂人也。且，辞也。　　淫女戏其所私者曰："山则有扶苏矣，隰则有荷华矣，今乃不见子都，而见此狂人何哉？"

③兴也。上竦无枝曰桥，亦作乔。游，枝叶放纵也。龙，红草也，一名马蓼，叶大而色白，生水泽中，高丈余。子充，犹子都也。狡童，狡狯之小儿也。

萚　兮[①]

萚兮萚兮！风其吹女。叔兮伯兮，倡予和女[②]。　　萚兮萚兮！风其漂女。叔兮伯兮，倡予要女[③]。

【注释】

①《萚兮》二章，章四句。

②兴也。萚，木槁而将落者也。女，指萚而言也。叔、伯，男子之字也。予，女子自予也。女，叔伯也。　　此淫女之词，言萚兮萚兮，则风将吹女矣。叔兮伯兮，则盍倡予，而予将和

女矣。

③兴也。漂，“飘”同。要，成也。

狡 童①

彼狡童兮，不与我言兮。维子之故，使我不能餐兮②。 彼狡童兮，不与我食兮。维子之故，使我不能息兮③。

【注释】

①《狡童》二章，章四句。

②赋也。此亦淫女见绝而戏其人之词。言悦己者众，子虽见绝，未至于使我不能餐也。

③赋也。息，安也。

褰 裳①

子惠思我，褰裳涉溱。子不我思，岂无他人？狂童之狂也且②！ 子惠思我，褰裳涉洧。子不我思，岂无他士？狂童之狂也且③！

【注释】

①《褰裳》二章，章五句。

②赋也。惠，爱也。溱，郑水名。狂童，犹狂且狡童也。且，语辞也。 淫女语其所私者曰：“子惠然而思我，则将褰裳而涉溱以从子。子不我思，则岂无他人之可从，而必于子哉？”狂童之狂也且，亦谑之之辞。

③赋也。洧，亦郑水名。士，未娶者之称。

丰①

子之丰兮，俟我乎巷兮。悔予不送兮②。 子之昌兮，俟我乎堂兮。悔予不将兮③。 衣锦褧衣，裳锦褧裳。叔兮伯兮，驾予与行④。 裳锦褧裳，衣锦褧衣。叔兮伯兮，驾予与归⑤。

【注释】

①《丰》四章，二章章三句，二章章四句。

②赋也。丰，丰满也。巷，门外也。 妇人所期之男子已俟乎巷，而妇人以有异志不从，既则悔之，而作是诗也。

③赋也。昌，盛壮貌。将，亦送也。

④赋也。褧，禅也。叔、伯，或人之字也。 妇人既悔其始之不送而失此人也，则曰：“我之服饰既盛备矣，岂无驾车以迎我而偕行者乎？”

⑤赋也。妇人谓嫁曰归。

东门之墠[①]

东门之墠，茹藘在阪。其室则迩，其人甚远[②]。　东门之栗，有践家室。岂不尔思，子不我即[③]。

【注释】

①《东门之墠》二章，章四句。

②赋也。东门，城东门也。墠，除地町町者。茹藘，茅搜也，一名茜，可以染绛。陂者曰阪。门之旁有墠，墠之外有阪，阪之上有草，识其所与淫者之居也。室迩人远者，思之而未得见之词也。

③赋也。践，行列貌。门之旁有栗，栗之下有成行列之家室，亦识其处也。即，就也。

风　雨[①]

风雨凄凄，鸡鸣喈喈。既见君子，云胡不夷[②]？　风雨潇潇，鸡鸣胶胶。既见君子，云胡不瘳[③]？　风雨如晦，鸡鸣不已。既见君子，云胡不喜[④]？

【注释】

①《风雨》三章，章四句。

②赋也。凄凄，寒凉之气。喈喈，鸡鸣之声。风雨晦冥，盖淫奔之时。君子，指所期之男子也。夷，平也。　淫奔之女言当此之时见其所期之人而心悦也。

③赋也。潇潇，风雨之声。胶胶，犹喈喈也。瘳，病愈也。言积思之病至此而愈也。

④赋也。晦，昏；已，止也。

子　衿[①]

青青子衿，悠悠我心。纵我不往，子宁不嗣音[②]？　青青子佩，悠悠我思。纵我不往，子宁不来[③]？　挑兮达兮，在城阙兮。一日不见，如三月兮[④]。

【注释】

①《子衿》三章，章四句。

②赋也。青青，纯缘之色。具父母，衣纯以青。子，男子也。衿，领也。悠悠，思之长也。我，女子自我也。嗣音，继续其声问也。此亦淫奔之诗。

③赋也。青青，组绶之色。佩，佩玉也。

④赋也。挑，轻儇跳跃之貌。达，放恣也。

扬之水[①]

扬之水，不流束楚；终鲜兄弟，维予与女。无信人之言，人实廷女[②]。　扬之水，

不流束薪；终鲜兄弟，维予二人。无信人之言，人实不信[3]。

【注释】

①《扬之水》二章，章六句。

②兴也。兄弟，婚姻之称，《礼》所谓“不得嗣为兄弟”是也。予、女，男女自相谓也。人，它人也。廷，与“诳”同。　　淫者相谓，言扬之水则不流束楚矣，终鲜兄弟，则维予与女矣。岂可以它人离间之言而疑之哉？彼人之言特诳女耳。

③兴也。

出其东门[1]

出其东门，有女如云。虽则如云，匪我思存。缟衣綦巾，聊乐我员[2]。　　出其闉阇，有女如荼。虽则如荼，匪我思且，缟衣茹藘，聊可与娱[3]。

【注释】

①《出其东门》二章，章六句。

②赋也。如云，美且众也。缟，白色。綦，苍艾色。缟衣綦巾，女服之贫陋者，此人自目其室家也。员，与“云”同，语词也。　　人见淫奔之女而作此诗。以为此女虽美且众，而非我思之所存，不如己之室家，虽贫且陋，而聊可自乐也。是时淫风大行，而其间乃有如此之人，亦可谓能自好而不为习俗所移矣。羞恶之心，人皆有之，岂不信哉？

③赋也。闉，曲城也。阇，城台也。荼，茅华，轻白可爱者也。且，语助词。茹藘，可以染绛，故以名衣服之色。娱，乐也。

野有蔓草[1]

野有蔓草，零露漙兮。有美一人，清扬婉兮。邂逅相遇，适我愿兮[2]。　　野有蔓草，零露瀼瀼。有美一人，婉如清扬。邂逅相遇，与子偕臧[3]。

【注释】

①《野有蔓草》二章，章六句。

②赋而兴也。蔓，延也。漙，露多貌。清扬，眉目之间婉然美也。邂逅，不期而会也。　　男女相遇于野田草露之间，故赋其所在以起兴。言野有蔓草，则零露漙矣，有美一人，则清扬婉矣，邂逅相遇，则得以适我愿矣。

③赋而兴也。瀼瀼，亦露多貌。臧，美也。与子偕臧，言各得其所欲也。

溱　洧[1]

溱与洧，方涣涣兮；士与女，方秉蕳兮。女曰观乎？士曰既且。且往观乎？洧之外，洵訏且乐。维士与女，伊其相谑，赠之以勺药[2]。　　溱与洧，浏其清矣；士与女，殷其盈矣。女曰观乎？士曰既且。且往观乎？洧之外，洵訏且乐。维士与女，伊其

将谑，赠之以勺药③。

【注释】

①《溱洧》二章，章十二句。

②赋而兴也。涣涣，春水盛貌。盖冰解而水散之时也。蕑，兰也，其茎叶似泽兰，广而长节，节中赤，高四五尺。且，语辞。洵，信；猝，大也。勺药，亦香草也，三月开花，芳色可爱。

郑国之俗，三月上巳之辰，采兰水上以袚除不祥。故其女问于士曰："盍往观乎？"士曰："吾既往矣。"女复要之曰："且往观乎？"盖洧水之外，其地信宽大而可乐也。于是士女相与戏谑，且以勺药相赠而结恩情之厚也。此诗淫奔者自叙之词。

③赋而兴也。浏，深貌。殷，众也。将，当作"相"，声之误也。

郑国二十一篇，五十三章，二百八十三句。　　郑、卫之乐，皆为淫声。然以《诗》考之，卫诗三十有九，而淫奔之诗才四之一。郑诗二十有一，而淫奔之诗已不翅七之五。卫犹为男悦女之词，而郑皆为女惑男之语。卫人犹多刺讥惩创之意，而郑人几于荡然无复羞愧悔悟之萌。是则郑声之淫，有甚于卫矣。故夫子论为邦，独以郑声为戒而不及卫，盖举重而言，固自有次第也。《诗》"可以观"，岂不信哉！

诗集传卷第五

齐风[①]

鸡　鸣[②]

鸡既鸣矣，朝既盈矣。匪鸡则鸣，苍蝇之声[③]。　　东方明矣，朝既昌矣。匪东方则明，月出之光[④]。　　虫飞薨薨，甘与子同梦。会且归矣，无庶予子憎[⑤]！

【注释】

①齐，国名，本少昊时爽鸠氏所居之地，在《禹贡》为青州之域，周武王以封太公望，东至于海，西至于河，南至于穆陵，北至于无棣。太公，姜姓，本四岳之后，既封于齐，通工商之业，便鱼盐之利，民多归之，故为大国。今青、齐、淄、潍、德、棣等州，是其地也。

②《鸡鸣》三章，章四句。

③赋也。言古之贤妃御于君所，至于将旦之时，必告君曰："鸡既鸣矣，会朝之臣既已盈矣。"欲令君早起而视朝也。然其实非鸡之鸣也，乃苍蝇之声也。盖贤妃当夙兴之时，心常恐晚，故闻其似者而以为真，非其心存警畏，而不留于逸欲，何以能此？故诗人叙其事而美之也。

④赋也。东方明则日将出矣。昌，盛也。此再告也。

⑤赋也。虫飞，夜将旦而百虫作也。甘，乐；会，朝也。　　此三告也。言当此时，我岂不乐与子同寝而梦哉？然群臣之会于朝者，俟君不出，将散而归矣。无乃以我之故而并以子为憎乎？

还[①]

子之还兮，遭我乎猛之间兮，并驱从两肩兮，揖我谓我儇兮[②]。　　子之茂兮，遭我乎猛之道兮，并驱从两牡兮，揖我谓我好兮[③]。　　子之昌兮，遭我乎猛之阳兮。并驱从两狼兮，揖我谓我臧兮[④]。

【注释】

①《还》三章，章四句。

②赋也。还，便捷之貌。猛，山名也。从，逐也。兽三岁曰肩。儇，利也。　　猎者交错于道路，且以便捷轻利相称誉如此，而不自知其非也，则其俗之不美可见，而其来亦必有所自矣。

③赋也。茂，美也。

④赋也。昌，盛也。山南曰阳。狼，似犬，锐头白颊，高前广后。臧，善也。

著[①]

俟我于著乎而，充耳以素乎而，尚之以琼华乎而[②]。 俟我于庭乎而，充耳以青乎而，尚之以琼莹乎而[③]。 俟我于堂乎而，充耳以黄乎而，尚之以琼英乎而[④]。

【注释】

①《著》三章，章三句。

②赋也。俟，待也。我，嫁者自谓也。著，门屏之间也。充耳，以纩悬瑱，所谓纨也。尚，加也。琼华，美石似玉者，即所以为瑱也。 东莱吕氏曰："《婚礼》：'婿往妇家亲迎，既奠雁御轮而先归，俟于门外，妇至则揖以入。'时齐俗不亲迎，故女至婿门，始见其俟己也。"

③赋也。庭，在大门之内，寝门之外。琼莹，亦美石似玉者。 吕氏曰："此《婚礼》谓'婿道妇及寝门，揖入'时也。"

④赋也。琼英，亦美石似玉者。 吕氏曰："升阶而后至堂，此《婚礼》所谓'升自西阶'之时也。"

东方之日[①]

东方之日兮；彼姝者子，在我室兮。在我室兮，履我即兮[②]。 东方之月兮；彼姝者子，在我闼兮。在我闼兮，履我发兮[③]。

【注释】

①《东方之日》二章，章五句。

②兴也。履，蹑。即，就也。言此女蹑我之迹而相就也。

③兴也。闼，门内也。发，行去也。言蹑我而行去也。

东方未明[①]

东方未明，颠倒衣裳。颠之倒之，自公召之[②]。 东方未晞，颠倒裳衣。倒之颠之，自公令之[③]。 折柳樊圃，狂夫瞿瞿。不能辰夜，不夙则莫[④]。

【注释】

①《东方未明》三章，章四句。

②赋也。自，从也。群臣之朝，别色始入。 此诗人刺其君兴居无节，号令不时。言东方未明而颠倒其衣裳，则既早矣，而又已有从君所而来召之者焉，盖犹以为晚也。或曰，所以然者，以有自公所而召之者故也。

③赋也。晞，明之始升也。令，号令也。

④比也。柳，杨之下垂者，柔脆之木也。樊，蕃也。圃，菜园也。瞿瞿，惊顾之貌。夙，早也。 折柳樊圃，虽不足恃，然狂夫见之，犹惊顾而不敢越。以比辰夜之限甚明，人所易知，今乃不能知，而不失之早，则失之莫也。

南　山[①]

南山崔崔，雄狐绥绥；鲁道有荡，齐子由归。既曰归止，曷又怀止[②]？　葛屦五两，冠緌双止。鲁道有荡，齐子庸止。既曰庸止，曷又从止[③]？　蓺麻如之何？衡从其亩。取妻如之何？必告父母。既曰告止，曷又鞠止[④]？　析薪如之何？匪斧不克。取妻如之何？匪媒不得。既曰得止，曷又极止[⑤]？

【注释】

①《南山》四章，章六句。　《春秋》桓公十八年："公与夫人姜氏如齐，公薨于齐。"《传》曰："公将有行，遂与姜氏如齐。申繻曰：'女有家，男有室，无相渎也，谓之有礼，易此必败。'公会齐侯于泺，遂及文姜如齐，齐侯通焉。公谪之，以告。夏四月，享公，使公子彭生乘公，公薨于车。"此诗前二章刺齐襄，后二章刺鲁桓也。

②比也。南公，齐南山也。崔崔，高大貌。狐，邪媚之兽。绥绥，求匹之貌。鲁道，适鲁之道也。荡，平易也。齐子，襄公之妹，鲁桓公夫人文姜，襄公通焉者也。由，从也。妇人谓嫁曰归。怀，思也。止，语辞。　言南山有狐，以比襄公居高位而行邪行。且文姜既从此道归乎鲁矣，襄公何为而复思之乎？

③比也。两，二屦也。緌，冠上饰也。屦必两，緌必双，物各有偶，不可乱也。庸，用也，用此道以嫁于鲁也。从，相从也。

④兴也。蓺，树；鞠，穷也。　欲树麻者，必先纵横耕治其田亩。欲取妻者，必先告其父母。今鲁桓公既告父母而取妻矣，又曷为使之得穷其欲而至此哉？

⑤兴也。克，能也。极，亦穷也。

甫　田[①]

无田甫田，维莠骄骄；无思远人，劳心忉忉[②]。　无田甫田，维莠桀桀；无思远人，劳心怛怛[③]。　婉兮娈兮，总角丱兮，未几见兮，突而弁兮[④]。

【注释】

①《甫田》三章，章四句。

②比也。田，谓耕治之也。甫，大也。莠，害苗之草也。骄骄，张王之意。忉忉，忧劳也。

言无田甫田也，田甫田而力不给，则草盛矣。无思远人也，思远人而人不至，则心劳矣。以戒时人厌小而务大，忽近而图远，将徒劳而无功也。

③比也。桀桀，犹骄骄也。怛怛，犹忉忉也。

④比也。婉娈，少好貌。丱，两角貌。未几，未多时也。突，忽然高出之貌。弁，冠名。言总角之童，见之未久，而忽然戴弁以出者，非其躐等而强求之也，盖循其序而势有必至耳。此又以明小之可大，迩之可远，能循其序而修之，则可以忽然而至其极。若躐等而欲速，则反有所不达矣。

卢　令[①]

卢令令，其人美且仁[②]。　卢重环，其人美且鬈[③]。　卢重鋂，其人美且偲[④]。

【注释】

①《卢令》三章，章二句。

②赋也。卢，田犬也。令令，犬颔下环声。　此诗大意与《还》略同。

③赋也。重环，子母环也。鬈，须鬓好貌。

④赋也。鋂，一环贯二也。偲，多须之貌。《春秋传》所谓"于思"，即此字，古通用耳。

敝　笱[①]

敝笱在梁，其鱼鲂鳏；齐子归止，其从如云[②]。　敝笱在梁，其鱼鲂鱮；齐子归止，其从如雨[③]。　敝笱在梁，其鱼唯唯；齐子归止，其从如水[④]。

【注释】

①《敝笱》三章，章四句。　按《春秋》鲁庄公"二年，夫人姜氏会齐侯于禚"。"四年，夫人姜氏享齐侯于祝丘"。"五年，夫人姜氏如齐师"。"七年，夫人姜氏会齐侯于防"。又"会齐侯于谷"。

②比也。敝，坏；笱，罟也。鲂鳏，大鱼也。归，归齐也。如云，言众也。　齐人以敝笱不能制大鱼，比鲁庄公不能防闲文姜，故归齐而从之者众也。

③比也。鱮，似鲂，厚而头大，或谓之鲢。如雨，亦多也。

④比也。唯唯，行出入之貌。如水，亦多也。

载　驱[①]

载驱薄薄，簟茀朱鞹；鲁道有荡，齐子发夕[②]。　四骊济济，垂辔沵沵；鲁道有荡，齐子岂弟[③]。　汶水汤汤，行水彭彭；鲁道有荡，齐子翱翔[④]。　汶水滔滔，行人儦儦；鲁道有荡，齐子游遨[⑤]。

【注释】

①《载驱》四章，章四句。

②赋也。薄薄，疾驱声。簟，方文席也。茀，车后户也。朱，朱漆也。鞹，兽皮之去毛者。盖车革质而朱漆也。夕，犹宿也。发夕，谓离于所宿之舍。　齐人刺文姜乘此车而来会襄公也。

③赋也。骊，马黑色也。济济，美貌。沵沵，柔貌。岂弟，乐易也。言无忌惮羞愧之意也。

④赋也。汶，水名，在齐南、鲁北二国之竟。汤汤，水盛貌。彭彭，多貌。言行人之多，亦以见其无耻也。

⑤赋也。滔滔，流貌。儦儦，众貌。游遨，犹翱翔也。

猗嗟[1]

猗嗟昌兮，颀而长兮，抑若扬兮。美目扬兮。巧趋跄兮，射则臧兮[2]。　猗嗟名兮，美目清兮，仪既成兮。终日射侯，不出正兮。展我甥兮[3]。　猗嗟娈兮，清扬婉兮。舞则选兮，射则贯兮，四矢反兮，以御乱兮[4]。

【注释】

①《猗嗟》三章，章六句。　或曰：子可以制母乎？赵子曰："夫死从子，通乎其下，况国君乎？君者人神之主，风教之本也。不能正家，如正国何？若庄公者，哀痛以思父，诚敬以事母，威刑以驭下，车马仆从，莫不俟命，夫人徒往乎？夫人之往也，则公哀敬之不至，威命之不行耳。"东莱吕氏曰："此诗三章，讥刺之意皆在言外。嗟叹再三，则庄公所大阙者，不言可见矣。"

②赋也。猗嗟，叹辞。昌，盛也。颀，长貌。抑而若扬，美之盛也。扬，目之动也。跄，趋翼如也。臧，善也。　齐人极道鲁庄公威仪技艺之美如此，所以刺其不能以礼防闲其母，若曰惜乎其独少此耳！

③赋也，名。犹称也。言其威仪技艺之可名也。清，目清明也。仪既成，言其终事而礼无违也。侯，张布而射之者也。正，设的于侯中而射之者也。大射则张皮侯而设鹄，宾射则张布侯而设正。展，诚也。姊妹之子曰甥。言称其为齐之甥，而又以明非齐侯之子，此诗人之微词也。按《春秋》桓公三年，"夫人姜氏至自齐。"六年九月，"子同生"，即庄公也。十八年，桓"公乃与夫人如齐"。则庄公诚非齐侯之子也。

④赋也。娈，好貌。清，目之美也。扬，眉之美也。婉，亦好貌。选，异于众也；或曰，齐于乐节也。贯，中而贯革也。四矢，礼射每发四矢。反，复也，中皆得其故处也。言庄公射艺之精，可以御乱。如以金仆姑射南宫长万可见矣。

齐国十一篇，三十四章，一百四十三句。

魏风[1]

葛屦[2]

纠纠葛屦，可以履霜；掺掺女手，可以缝裳。要之襋之，好人服之[3]。　好人提提，宛然左辟，佩其象揥。维是褊心，是以为刺[4]。

【注释】

①魏，国名，本舜禹故都，在《禹贡》冀州雷首之北，析城之西，南枕河曲，北涉汾水。其地狭隘，而民贫俗俭，盖有圣贤之遗风焉。周初以封同姓，后为晋献公所灭而取其地。今河中府解州，即其地也。苏氏曰："魏地入晋久矣，其诗疑皆为晋而作，故列于《唐风》之前，犹《邶》《鄘》之于卫也。今按篇中'公行'、'公路'、'公族'皆晋官，疑实晋诗。又恐魏亦尝有此官，

盖不可考矣。”

②《葛屦》二章，一章六句，一章五句。　　广汉张氏曰：“夫子谓与其奢也宁俭，则俭虽失中，本非恶德。然而俭之过则至于吝啬迫隘，计较分毫之间，而谋利之心始急矣。《葛屦》、《汾沮洳》、《园有桃》三诗，皆言其急迫琐碎之意。”

③兴也。纠纠，缭戾寒凉之意。夏葛屦，冬皮屦。掺掺，犹纤纤也。女，妇未庙见之称也。娶妇三月庙见，然后执妇功。要，裳要。襋，衣领。好人，犹大人也。　　魏地狭隘，其俗俭啬而褊急。故以“葛屦”、“履霜”起兴，而刺其使女缝裳，又使治其要襋而遂服之也。此诗疑即缝裳之女所作。

④赋也。提提，安舒之意。宛然，让之貌也。让而辟者必左。揥所以摘发，用象为之，贵者之饰也。其人如此，若无有可刺矣，所以刺之者，以其褊迫急促，如前章之云耳。

汾沮洳[①]

彼汾且洳，言采其莫；彼其之子，美无度。美无度，殊异乎公路[②]。　　彼汾一方，言采其桑；彼其之子，美如英。美如英，殊异乎公行[③]。　　彼汾一曲，言采其荬；彼其之子，美如玉。美如玉，殊异乎公族[④]。

【注释】

①《汾沮洳》三章，章六句。

②兴也。汾，水名，出太原府晋阳山，西南入河。沮洳，水浸处下湿之地。莫，菜也，似柳，叶厚而长，有毛刺，可为羹。无度，言不可以尺寸量也。公路者，掌公之路车，晋以卿大夫之庶子为之。　　此亦刺俭不中礼之诗。言若此人者，美则美矣，然其俭啬褊急之态，殊不似贵人也。

③兴也。一方，彼一方也。《史记》：扁鹊“视见垣一方人”。英，华也。公行，即公路也。以其主兵车之行列，故谓之公行也。

④兴也。一曲，谓水曲流处。荬，水舄也，叶如车前草。公族，掌公之宗族，晋以卿大夫之适子为之。

园有桃[①]

园有桃，其实之殽；心之忧矣，我歌且谣。不我知者，谓我士也骄。彼人是哉！子曰何其！心之忧矣，其谁知之？其谁知之？盖亦勿思[②]！　　园有棘，其实之食；心之忧矣，聊以行国。不我知者，谓我士也罔极。彼人是哉！子曰何其！心之忧矣，其谁知之？其谁知之？盖亦勿思[③]！

【注释】

①《园有桃》二章，章十二句。

②兴也。殽，食也。合曲曰歌，徒歌曰谣。其，语辞。　　诗人忧其国小而无政，故作是诗。言园有桃，则其实之殽矣。心有忧，则我歌且谣矣。然不知我之心者，见其歌谣而反以为骄。且曰：彼之所为已是矣，而子之言独何为哉？盖举国之人莫觉其非，而反以忧之者为骄

也。于是忧者重嗟叹之，以为此之可忧，初不难知，彼之非我，特未之思耳！诚思之，则将不暇非我而自忧矣。

③兴也。棘，枣之短者。聊，且略之辞也。歌谣之不足，则出游于国中而写忧也。极，至也。罔极，言其心纵恣无所至极。

陟　岵[1]

陟彼岵兮，瞻望父兮。父曰嗟予子，行役夙夜无已！上慎旃哉，犹来无止[2]。
陟彼屺兮，瞻望母兮。母曰嗟予季，行役夙夜无寐！上慎旃哉，犹来无弃[3]。
陟彼冈兮，瞻望兄兮。兄曰嗟予弟，行役夙夜必偕！上慎旃哉，犹来无死[4]。

【注释】

①《陟岵》三章，章六句。

②赋也。山无草木曰岵。上，犹尚也。　　孝子行役不忘其亲，故登山以望其父之所在。因想象其父念己之言曰："嗟乎！我之子行役，夙夜勤劳，不得止息。"又祝之曰："庶几慎之哉！犹可以来归，无止于彼而不来也。"盖生则必归，死则止而不来矣。或曰，止，获也，言无为人所获也。

③赋也。山有草木曰屺。季，少子也。尤怜爱少子者，妇人之情也。无寐，亦言其劳之甚也。弃，谓死而弃其尸也。

④赋也。山脊曰冈。必偕，言与其侪同作同止，不得自如也。

十亩之间[1]

十亩之间兮，桑者闲闲兮，行与子还兮[2]。十亩之外兮，桑者泄泄兮，行与子逝兮[3]。

【注释】

①《十亩之间》二章，章三句。

②赋也。十亩之间，郊外所受场辅之地也。闲闲，往来者自得之貌。行，犹将也。还，犹归也。　　政乱国危，贤者不乐仕于其朝，而思与其友归于农圃，故其词如此。

③赋也。十亩之外，邻圃也。泄泄，犹闲闲也。逝，往也。

伐　檀[1]

坎坎伐檀兮，寘之河之干兮。河水清且涟猗。不稼不穑，胡取禾三百廛兮？不狩不猎，胡瞻尔庭有县貆兮？彼君子兮，不素餐兮[2]。　　坎坎伐辐兮，寘之河之侧兮。河水清且直猗。不稼不穑，胡取禾三亿兮？不狩不猎，胡瞻尔庭有县特兮？彼君子命，不素食兮[3]。　　坎坎伐轮兮，寘之河漘兮。河水清且沦猗。不稼不穑，胡取禾三百囷兮？不狩不猎，胡瞻尔庭有县鹑兮？彼君子兮，不素飧兮[4]。

【注释】

①《伐檀》三章，章九句。

②比也。坎坎，用力之声。檀，木可为车者。寘，与“置”同。干，厓也。涟，风行水成文也。猗，与“兮”同，语词也。《书》：“断断猗。”《大学》作“兮”。《庄子》亦云：“而我犹为人猗。”是也。种之曰稼，敛之曰穑。胡，何也。一夫所居曰廛。狩，亦猎也。貆，貉类。素，空；餐，食也。　　诗人言有人于此，用力伐檀，将以为车而行陆也。今乃寘之河干，则河水清涟而无所用，虽欲自食其力而不可得矣。然其志则自以为不耕则不可以得禾，不猎则不可以得兽，是以甘心穷饿而不悔也。诗人述其事而叹之，以为是真能不空食者。后世若徐稚之流，非其力不食，其厉志盖如此。

③比也。辐，车辐也。伐木以为辐也。直，波文之直也。十万曰亿，盖言禾秉之数也。兽三岁曰特。

④比也。轮，车轮也。伐木以为轮也。沦，小风水成文，转如轮也。囷，圆仓也。鹑，鹌属。熟食曰飧。

硕　鼠[①]

硕鼠硕鼠！无食我黍！三岁贯女，莫我肯顾。逝将去女，适彼乐土。乐土乐土！爰得我所[②]。　　硕鼠硕鼠！无食我麦！三岁贯女，莫交肯德。逝将去女，适彼乐国。乐国乐国！爰得我直[③]！　　硕鼠硕鼠！无食我苗！三岁贯女，莫我肯劳。逝将去女，适彼乐郊。乐郊乐郊！谁之永号[④]？

【注释】

①《硕鼠》三章，章八句。

②比也。硕，大也。三岁，言其久也。贯，习；顾，念；逝，往也。乐土，有道之国也。爰，于也。　　民困于贪残之政，故托言大鼠害己而去之也。

③比也。德，归恩也。直，犹宜也。

④比也。劳，勤劳也。谓不以我为勤劳也。永号，长呼也。言既往乐郊，则无复有害己者，当复为谁而永号乎？

魏国七篇，十八章，一百二十八句。

诗集传卷第六

唐风[①]

蟋　蟀[②]

蟋蟀在堂，岁聿其莫。今我不乐，日月其除。无已大康，职思其居。好乐无荒，良士瞿瞿[③]。　　蟋蟀在堂，岁聿其逝。今我不乐，日月其迈。无已大康，职思其外。好乐无荒，良士蹶蹶[④]。　　蟋蟀在堂，役车其休。今我不乐，日月其慆。无已大康，职思其忧。好乐无荒，良士休休[⑤]。

【注释】

①唐，国名，本帝尧旧都，在《禹贡》冀州之域，太行、恒山之西，太原、太岳之野。周成王以封弟叔虞为唐侯。南有晋水，至子燮，乃改国号曰晋。后徙曲沃，又徙居绛。其地土瘠民贫，勤俭质朴，忧深思远，有尧之遗风。其诗不谓之晋而谓之唐，盖仍其始封之旧号耳。唐叔所都，在今太原府；曲沃及绛，皆在今绛州。

②《蟋蟀》三章，章八句。

③赋也。蟋蟀，虫名，似蝗而小，正黑有光泽如漆，有角翅，或谓之促织，九月在堂。聿，遂；莫，晚；除，去也。大康，过于乐也。职，主也。瞿瞿，却顾之貌。　　唐俗勤俭，故其民间终岁劳苦，不敢少休。及其岁晚务闲之时，乃敢相与燕饮为乐。而言今蟋蟀在堂，而岁忽已晚矣，当此之时而不为乐，则日月将舍我而去矣。然其忧深而思远也。故方燕乐而又遽相戒曰：今虽不可以不为乐，然不已过于乐乎？盍亦顾念其职之所居者，使其虽好乐而无荒，若彼良士之长虑却顾焉，则可以不至于危亡也。盖其民俗之厚，而前圣遗风之远如此。

④赋也。逝、迈，皆去也。外，余也。其所治之事，固当思之，而所治之余，亦不敢忽。盖以事变或出于平常思虑之所不及，故当过而备之也。蹶蹶，动而敏于事也。

⑤赋也。庶人乘役车。岁晚则百工皆休矣。慆，过也。休休，安闲之貌。乐而有节，不至于淫，所以安也。

山有枢[①]

山有枢，隰有榆。子有衣裳，弗曳弗娄；子有车马，弗驰弗驱。宛其死矣，他人是愉[②]。　　山有栲，隰有杻。子有廷内，弗洒弗埽；子有钟鼓，弗鼓弗考。宛其死矣，他人是保[③]。　　山有漆，隰有栗。子有酒食，何不日鼓瑟？且以喜乐，且以永日。宛其死矣，他人入室[④]。

【注释】

①《山有枢》三章，章八句。

②兴也。枢，荎也，今刺榆也。榆，白枌也。娄，亦曳也。驰，走；驱，策也。宛，坐见貌。愉，乐也。　　此诗盖以答前篇之意而解其忧。故言山，则有枢矣；隰，则有榆矣，子有衣裳、车马而不服不乘，则一旦宛然以死，而它人取之以为己乐矣。盖言不可不及时为乐，然其忧愈深而意愈蹙矣。

③兴也。栲，山樗也，似樗，色小白，叶差狭。杻，檍也，叶似杏而尖，白色，皮正赤，其理多曲少直，材可为弓弩干者也。考，击也。保，居有也。

④兴也。君子无故琴瑟不离于侧。永，长也。人多忧则觉日短，饮食作乐，可以永长此日也。

扬之水[①]

扬之水，白石凿凿；素衣朱襮，从子于沃。既见君子，云何不乐[②]？　扬之水，白石皓皓，素衣朱绣，从子于鹄。既见君子，云何其忧[③]？　扬之水，白石粼粼；我闻有命，不敢以告人[④]。

【注释】

①《扬之水》三章，二章章六句，一章四句。

②比也。凿凿，巉岩貌。襮，领也。诸侯之服，绣黼领而丹。朱，纯也。子，指桓叔也。沃，曲沃也。　　晋昭侯封其叔父成师于曲沃，是为桓叔。其后沃盛强而晋微弱，国人将叛而归之，故作此诗。言水缓弱而石巉岩，以比晋衰而沃盛，故欲以诸侯之服从桓叔于曲沃，且自喜其见君子而无不乐也。

③比也。朱绣，即朱襮也。鹄，曲沃邑也。

④比也。粼粼，水清石见之貌。闻其命而不敢以告人者，为子隐也。桓叔将以倾晋，而民为之隐，盖欲其成矣。　　李氏曰："古者不轨之臣欲行其志，必先施小惠以收众情，然后民翕然从之。田氏之于齐亦犹是也。故其召公子阳生于鲁国，人皆知其已至而不言，所谓'我闻有命，不敢以告人'也。"

椒　聊[①]

椒聊之实，蕃衍盈升；彼其之子，硕大无朋。椒聊且，远条且[②]。　　椒聊之实，蕃衍盈匊；彼其之子，硕大且笃。椒聊且，远条且[③]。

【注释】

①《椒聊》二章，章六句。

②兴而比也。椒，树似茱萸，有针刺，其实味辛而香烈。聊，语助也。朋，比也。且，叹词。远条，长枝也。　　椒之蕃盛则采之盈升矣。彼其之子则硕大无朋矣。椒聊且，远条且，叹其枝远而实蕃盛也。此不知其所指，《序》亦以为沃也。

③兴而比也。两手曰匊。笃，厚也。

绸 缪[1]

绸缪束薪，三星在天。今夕何夕？见此良人！子兮子兮，如此良人何[2]！ 绸缪束刍，三星在隅。今夕何夕？见此邂逅！子兮子兮，如此邂逅何[3]！ 绸缪束楚，三星在户。今夕何夕？见此粲者！子兮子兮，如此粲者何[4]！

【注释】

①《绸缪》三章，章六句。

②兴也。绸缪，犹缠绵也。三星，心也。在天，昏始见于东方，建辰之月也。良人，夫称也。 国乱民贫，男女有失其时而后得遂其婚姻之礼者。诗人叙其妇语夫之词曰："方绸缪以束薪也，而仰见三星之在天，今夕不知何夕也，而忽见良人在此。"既又自谓曰："子兮子兮，其将奈比良人何哉！"喜之甚而自庆之词也。

③兴也。隅，东南隅也。昏见之星在此，则夜久矣。邂逅，相遇之意，此为夫妇相语之词也。

④兴也。户，室户也。户必南出，昏见之星在此，则夜分矣。粲，美也，此为夫语妇之词也。或曰：女三为粲，一妻二妾也。

杕 杜[1]

有杕之杜，其叶湑湑。独行踽踽。岂无他人？不如我同父。嗟行之人，胡不比焉？人无兄弟，胡不佽焉[2]？ 有杕之杜，其叶菁菁。独行睘睘。岂无他人？不如我同姓。嗟行之人，胡不比焉？人无兄弟，胡不佽焉[3]？

【注释】

①《杕杜》二章，章九句。

②兴也。杕，特也。杜，赤棠也。湑湑，盛貌。踽踽，无所亲之貌。同父，兄弟也。比，辅；佽，助也。 此无兄弟者自伤其孤特而求助于人之词。言杕然之杜，其叶犹湑湑然，而人无兄弟，则独行踽踽，曾杜之不如矣。然岂无他人可同行也哉？特以其不如我兄弟，是以不免于踽踽耳。于是嗟叹行路之人，何不闵我之独行而见亲。怜我之无兄弟而见助乎！

③兴也。菁菁，亦盛貌。睘睘，无所依貌。

羔 裘[1]

羔裘豹袪，自我人居居。岂无他人？维子之故[2]。 羔裘豹褎，自我人究究。岂无他人？维子之好[3]。

【注释】

①《羔裘》二章，章四句。 此诗不知所谓，不敢强解。

②赋也。羔裘，君纯羔，大夫以豹饰。袪，袂也。居居，未详。

③赋也。褎,犹袪也。究究,亦未详。

鸨　羽①

肃肃鸨羽,集于苞栩;王事靡盬,不能蓺稷黍。父母何怙?悠悠苍天,曷其有所②?　肃肃鸨翼,集于苞棘;王事靡盬,不能蓺黍稷。父母何食?悠悠苍天,曷其有极③?　肃肃鸨行,集于苞桑;王事靡盬,不能蓺稻粱。父母何尝?悠悠苍天,曷其有常④?

【注释】

①《鸨羽》三章,章七句。

②比也。肃肃,羽声。鸨,鸟名,似雁而大,无后趾。集,止也。苞,丛生也。栩,柞栎也,其子为皂斗,壳可以染皂者是也。盬,不攻致也。蓺,树;怙,恃也。　民从征役而不得养其父母,故作此诗。言鸨之性不树止,而今乃飞集于苞栩之上,如民之性本不便于劳苦,今乃久从征役,而不得耕田以供子职也。悠悠苍天,何时使我得其所乎?

③比也。极,已也。

④比也。行,列也。稻,即今南方所食稻米,水生而色白者也。粱,粟类也,有数色。尝,食也。常,复其常也。

无　衣①

岂曰无衣七兮!不如子之衣,安且吉兮②。　岂曰无衣六兮!不如子之衣,安且燠兮③。

【注释】

①《无衣》二章,章三句。

②赋也。侯伯七命,其车骑衣服皆以七为节。子,天子也。　《史记》:"曲沃桓叔之子武公,伐晋灭之,尽以其宝器赂周釐王,王以武公为晋君,列于诸侯。此诗盖述其请命之意。言我非无是七章之衣也,而必请命者,盖以不如天子之命服之为安且吉也。盖当是时,周室虽衰,典刑犹在。武公既负弑君篡国之罪,则人得讨之,而无以自立于天地之间,故赂王请命,而为说如此。然其倨慢无礼,亦已甚矣,釐王贪其宝玩,而不思天理民彝之不可废,是以诛讨不加,而爵命行焉。则王纲于是乎不振,而人纪或几乎绝矣,呜呼痛哉!

③赋也。天子之卿六命,变七言六者,谦也。不敢必当侯伯之命,得受六命之服,比于天子之卿亦幸矣。燠,暖也,言其可以久也。

有杕之杜①

有杕之杜,生于道左;彼君子兮,噬肯适我。中心好之,曷饮食之②!　有杕之杜,生于道周;彼君子兮,噬肯来游。中心好之,曷饮食之③!

【注释】

①《有杕之杜》二章，章六句。

②比也。左，东也。噬，发语词也。曷，何也。　　此人好贤而恐不足以致之，故言此杕然之杜生于道左，其荫不足以休息，如己之寡弱不足恃赖，则彼君子者亦安肯顾而适我哉！然其中心好之，则不已也，但无自而得饮食之耳。夫以好贤之心如此，则贤者安有不至，而何寡弱之足患哉！

③比也。周，曲也。

葛　生①

葛生蒙楚，蔹蔓于野；予美亡此，谁与独处②？　　葛生蒙棘，蔹蔓于域，予美亡此，谁与独息③？　　角枕粲兮，锦衾烂兮；予美亡此，谁与独旦④？　　夏之日，冬之夜。百岁之后，归于其居⑤。　　冬之夜，夏之日。百岁之后，归于其室⑥。

【注释】

①《葛生》五章，章四句。

②兴也。蔹，草名，似括楼，叶盛而细。蔓，延也。予美，妇人指其夫也。　　妇人以其夫久从征役而不归，故言葛生而蒙于楚，蔹生而蔓于野，各有所依托，而予之所美者独不在是，则谁与而独处于此乎？

③兴也。域，茔域也。息，止也。

④赋也。粲、烂，华美鲜明之貌。独旦，独处至旦也。

⑤赋也。夏日永，冬夜永。居，坟墓也。　　夏日冬夜，独居忧思，于是为切然君子之归无期，不可得而见矣，要死而相从耳。郑氏曰："言此者，妇人专一，义之至，情之尽。"苏氏曰："思之深而无异心，此唐风之厚也。"

⑥赋也。室，圹也。

采　苓①

采苓采苓！首阳之巅。人之为言，苟亦无信。舍旃舍旃！苟亦无然。人之为言，胡得焉②？　　采苦采苦！首阳之下。人之为言，苟亦无与。舍旃舍旃！苟亦无然。人之为言，胡得焉③？　　采葑采葑！首阳之东。人之为言，苟亦无从。舍旃舍旃！苟亦无然。人之为言，胡得焉④？

【注释】

①《采苓》三章，章八句。

②比也。首阳，首山之南也。巅，山顶也。旃，之也。　　此刺听谗之诗。言子欲采苓于首阳之巅乎？然人之为是言以告子者，未可遽以为信也。姑舍置之，而无遽以为然，徐察而审听之，则造言者无所得而谗止矣。或曰，兴也。下章放此。

③比也。苦，苦菜，生山田及泽中，得霜甜脆而美。与，许也。

④比也。从，听也。

唐国十二篇，三十三章，二百三句。

秦　风①

车　邻②

有车邻邻，有马白颠。未见君子，寺人之令③。　　阪有漆，隰有栗。既见君子，并坐鼓瑟。今者不乐，逝者其耋④。　　阪有桑，隰有杨。既见君子，并坐鼓簧。今者不乐，逝者其亡⑤。

【注释】

①秦，国名，其地在《禹贡》雍州之域，近鸟鼠山。初，伯益佐禹治水有功，赐姓嬴氏。其后中潏居西戎以保西垂。六世孙大骆生成及非子，非子事周孝王，养马于汧渭之间，马大繁息，孝王封为附庸而邑之秦。至宣王时，犬戎灭成之族，宣王遂命非子曾孙秦仲为大夫，诛西戎不克，见杀。及幽王为西戎、犬戎所杀，平王东迁，秦仲孙襄公以兵送之，王封襄公为诸侯，曰：能逐犬戎，即有岐、丰之地。襄公遂有周西都畿内八百里之地。至玄孙德公又徙于雍。秦，即今之秦州。雍，今京兆府兴平县是也。

②《车邻》三章，一章四句，二章章六句。

③赋也。邻邻，众车之声。白颠，额有白毛，今谓之的颡。君子，指秦君。寺人，内小臣也。令，使也。　　是时秦君始有车马及此寺人之官，将见者必先使寺人通之。故国人创见而夸美之也。

④兴也。八十曰耋。　　阪则有漆矣，隰则有栗矣。既见君子，则并坐鼓瑟矣。失今不乐，则逝者其耋矣。

⑤兴也。簧，笙中金叶，吹笙则鼓动之以出声者也。

驷　驖①

驷驖孔阜，六辔在手。公之媚子，从公于狩②。　　奉时辰牡，辰牡孔硕。公曰左之，舍拔则获③。　　游于北园，四马既闲。輶车鸾镳，载猃歇骄④。

【注释】

①《驷驖》三章，章四句。

②赋也。驷驖，四马皆黑色如铁也。孔，甚也。阜，肥大也。六辔者，两服两骖各两辔，而骖马两辔纳之于觖，故惟六辔在手也。媚子，所亲爱之人也。此亦前篇之意也。

③赋也。时，是；辰，时也。牡，兽之牡者也。辰牡者，冬献狼，夏献麋，春献鹿豕之类。奉之者，虞人翼以待射也。硕，肥大也。公曰左之者，命御者使左其车以射兽之左也。盖射必中其左，乃为中杀。五御所谓逐禽左者，为是故也。拔，矢括也。曰左之而舍拔无不获者，言

兽之多而射御之善也。

④赋也。田事已毕，故游于北园。闲，调习也。辅，轻也。鸾，铃也，效鸾鸟之声。镳，马衔也。驱逆之车，置鸾于马衔之两旁，乘车则鸾在衡，和在轼也。猃、歇骄，皆田犬名，长喙曰猃，短喙曰歇骄。以车载犬，盖以休其足力也。韩愈《画记》有骑拥田犬者，亦此类。

小 戎[①]

小戎俴收，五楘梁辀，游环胁驱。阴靷鋈续，文茵畅毂，驾我骐馵。言念君子，温其如玉。在其板屋，乱我心曲[②]。　四牡孔阜，六辔在手。骐骝是中，䯄骊是骖。龙盾之合，鋈以觼軜。言念君子，温其在邑。方何为期，胡然我念之[③]？　俴驷孔群，厹矛鋈錞，蒙伐有苑。虎韔镂膺，交韔二弓，竹闭绲縢。言念君子，载寝载兴。厌厌良人，秩秩德音[④]。

【注释】

①《小戎》三章，章十句。

②赋也。小戎，兵车也。俴，浅也。收，轸也。谓车前后两端横木，所以收敛所载者也。凡车之制，广皆六尺六寸。其平地任载者为大车，则轸深八尺。兵车则轸深四尺四寸，故曰小戎俴收也。五，五束也。楘，历录然文章之貌也。梁辀，从前轸以前稍曲而上，至衡则向下钩之，衡横于辀下，而辀形穹隆上曲如屋之梁，又以皮革五处束之，其文章历录然也。游环，靷环也。以皮为环当两服马之背上，游移前却无定处。引两骖马之外辔贯其中而执之，所以制骖马使不得外出。《左传》曰"如骖之有靳"是也。胁驱，亦以皮为之，前系于衡之两端，后系于轸之两端，当服马胁之外，所以驱骖马使不得内入也。阴，揜轨也。轨在轼前而以板横侧掩之，以其阴映此轨，故谓之阴也。靷，以皮二条前系骖马之颈，后系阴板之上也。鋈续，阴板之上有续靷之处，消白金沃灌其环以为饰也。盖车衡之长六尺六寸，止容二服，骖马之头不当于衡，故别为二靷以引车，亦谓之靳。《左传》曰"两靷将绝"是也。文茵，车中所坐虎皮褥也。畅，长也。毂者，车轮之中，外持辐内受轴者也。大车之毂一尺有半，兵车之毂三尺二寸，故兵车曰畅毂。骐，骐文也。马左足白曰馵。君子，妇人目其夫也。温其如玉，美之之词也。板屋者，西戎之俗以板为屋。心曲，心中委曲之处也。　西戎者，秦之臣子所与不共戴天之仇也。襄公上承天子之命，率其国人往而征之，故其从役者之家人先夸车甲之盛如此，而后及其私情。盖以义兴师，则虽妇人亦知勇于赴敌而无所怨也。

③赋也。赤马黑鬣曰骝。中，两服马也。黄马黑喙曰䯄。骊，黑色也。盾，干也。画龙于盾，合而载之，以为车上之卫。必载二者，备破毁也。觼，环之有舌者。軜，骖内辔也。置觼于轼前以系軜，故谓之觼軜。亦消沃白金以为饰也。邑，西鄙之邑也。方，将也。将以何时为归期乎？何为使我思念之极也。

④赋也。俴驷，四马皆以浅薄之金为甲，欲其轻而易于马之旋习也。孔，甚；群，和也。厹矛，三隅矛也。鋈錞，以白金沃矛之下端平底者也。蒙，杂也。伐，中干也，盾之别名。苑，文貌。画杂羽之文于盾上也。虎韔，以虎皮为弓室也。镂膺，镂金以饰马当胸带也。交韔，交二弓于韔中，谓颠倒安置之。必二弓，以备坏也。闭，弓檠也，《仪礼》作"柲"。绲，绳；縢，约也。以竹为闭，而以绳约之于弛弓之里，檠弓体使正也。载寝载兴，言思之深而起居不宁也。厌厌，安也。秩秩，有序也。

蒹　葭①

蒹葭苍苍，白露为霜。所谓伊人，在水一方。溯洄从之，道阻且长。溯游从之，宛在水中央②。　　蒹葭凄凄，白露未晞。所谓伊人，在水之湄。溯洄从之，道阻且跻。溯游从之，宛在水中坻③。　　蒹葭采采，白露未已。所谓伊人，在水之涘。溯洄从之，道阻且右。溯游从之，宛在水中沚④。

【注释】

①《蒹葭》三章，章八句。

②赋也。蒹，似萑而细，高数尺，又谓之蒹。葭，芦也。蒹、葭未败，而露始为霜，秋水时至，百川灌河之时也。伊人，犹言彼人也。一方，彼一方也。溯洄，逆流而上也。溯游，顺流而下也。宛然，坐见貌。在水之中央，言近而不可至也。　言秋水方盛之时，所谓彼人者，乃在水之一方，上下求之而皆不可得。然不知其何所指也。

③赋也。凄凄，犹苍苍也。晞，干也。湄，水草之交也。跻，升也。言难至也。小渚曰坻。

④赋也。采采，言其盛而可采也。已，止也。右，不相直而出其右也。小渚曰沚。

终　南①

终南何有？有条有梅。君子至止，锦衣狐裘。颜如渥丹，其君也哉②！　　终南何有？有纪有堂。君子至止，黻衣绣裳。佩玉将将。寿考不忘③。

【注释】

①《终南》二章，章六句。

②兴也。终南，山名，在今京兆府南。条，山楸也，皮叶白，色亦白，材理好，宜为车板。君子，指其君也。至止，至终南之下也。锦衣狐裘，诸侯之服也。《玉藻》曰："君衣狐白裘，锦衣以裼之。"渥，渍也。共君也哉，言容貌衣服称其为君也。此秦人美其君之词，亦《车邻》、《驷驖》之意也。

③兴也。纪，山之廉角也。堂，山之宽平处也。黻之状亚，两己相戾也。绣，刺绣也。将将，佩玉声也。寿考不忘者，欲其居此位，服此服，长久而安宁也。

黄　鸟①

交交黄鸟，止于棘。谁从穆公？子车奄息。维此奄息，百夫之特。临其穴，惴惴其慄。彼苍者天，歼我良人！如可赎兮，人百其身②！　　交交黄鸟，止于桑。谁从穆公？子车仲行。维此仲行，百夫之防。临其穴，惴惴其慄。彼苍者天，歼我良人！如可赎兮，人百其身③！　　交交黄鸟，止于楚。谁从穆公？子车针虎。维此针虎，百夫之御。临其穴，惴惴其慄。彼苍者天，歼我良人！如可赎兮，人百其身④！

【注释】

①《黄鸟》三章，章十二句。　　《春秋传》曰："君子曰：'秦穆之不为盟主也宜哉！死而弃民。'先王违世，犹诒之法，而况夺之善人乎？今纵无法以遗后嗣，而又收其良以死，难以在上矣。君子是以知秦之不复东征也。"愚按穆公于此，其罪不可逃也。但或以为穆公遗命如此，而三子自杀以从之，则三子亦不得为无罪。今观临穴惴慄之言，则是康公从父之乱命，迫而纳之于圹，其罪有所归矣。又按《史记》，秦武公卒，初以人从死，死者六十六人。至穆公遂用百七十七人，而三良与焉。盖其初特出于戎翟之俗，而无明王贤伯以讨其罪，于是习以为常，则虽以穆公之贤而不免。论其事者，亦徒闵三良之不幸，而叹秦之衰。至于王政不纲，诸侯擅命，杀人不忌。至于如此，则莫知其为非也。呜呼！俗之敝也久矣。其后始皇之葬，后宫皆令从死，工匠生闭墓中，尚何怪哉！

②兴也。交交，飞而往来之貌。从穆公，从死也。子车，氏；奄息，名；特，杰出之称；穴，圹也。惴惴，惧貌。慄，惧；歼，尽；良，善；赎，贸也。　　秦穆公卒，以子车氏之三子为殉，皆秦之良也。国人哀之，为之赋《黄鸟》，事见《春秋传》，即此诗也。言交交黄鸟，则止于棘矣，谁从穆公？则子车奄息也。盖以所见起兴也。临穴而惴慄，盖生纳之圹中也。三子皆国之良，而一旦杀之，若可贸以它人，则人皆愿百其身以易之矣。

③兴也。防，当也，言一人可当百夫也。

④兴也。御，犹当也。

晨　风[1]

鴥彼晨风，郁彼北林；未见君子，忧心钦钦。如何如何！忘我实多[2]！　　山有苞栎，隰有六驳；未见君子，忧心靡乐。如何如何！忘我实多[3]！　　山有苞棣，隰有树檖；未见君子，忧心如醉。如何如何！忘我实多[4]！

【注释】

①《晨风》三章，章六句。

②兴也。鴥，疾飞貌。晨风，鹯也。郁，茂盛貌。君子，指其夫也。钦钦，忧而不忘之貌。　　妇人以夫不在，而言鴥彼晨风，则归于郁然之北林矣，故我未见君子，而忧心钦钦也。彼君子者，如之何而忘我之多乎。此与《扊扅之歌》同意，盖秦俗也。

③兴也。驳，梓榆也，其皮青白如驳。　　山则有苞栎矣，隰则有六驳矣，未见君子，则忧心靡乐矣。靡乐，则忧之甚也。

④兴也。棣，唐棣也。檖，赤罗也，实似梨而小，酢可食。如醉，则忧又甚矣。

无　衣[1]

岂曰无衣？与子同袍。王于兴师，修我戈矛。与子同仇[2]。　　岂曰无衣？与子同泽。王于兴师，修我矛戟。与子偕作[3]。　　岂曰无衣？与子同裳。王于兴师，修我甲兵。与子偕行[4]。

【注释】

①《无衣》三章，章五句。　　秦人之俗大抵尚气概，先勇力，忘生轻死，故其见于诗如此。然本其初而论之，岐、丰之地，文王用之以兴二南之化，如彼其忠且厚也。秦人用之，未几而一变其俗，至于如此，则已悍然有招八州而朝同列之气矣。何哉？雍州土厚水深，其民厚重质直，无郑、卫骄堕浮靡之习。以善导之，则易以兴起而笃于仁义；以猛驱之，则其强毅果敢之资，亦足以强兵力农而成富强之业，非山东诸国所及也。呜呼！后世欲为定都立国之计者，诚不可不监乎此。而凡为国者，其于异民之路，尤不可以不审其所之也。

②赋也。袍，襺也。戈，长六尺六寸。矛，长二丈。王于兴师，以天子之命而兴师也。秦俗强悍，乐于战斗，故其人平居而相谓曰："岂以子之无衣？而与子同袍乎！"盖以王于兴师，则将修我戈矛，而与子同仇也。其欢爱之心，足以相死如此。苏氏曰："秦本周地，故其民犹思周之盛时而称先王焉。"或曰，兴也。取"与子同"三字为义，后章放此。

③赋也。泽，里衣也，以其亲肤，近于垢泽，故谓之泽。戟，车戟也，长丈六尺。

④赋也。行，往也。

渭　阳[①]

我送舅氏，曰至渭阳。何以赠之？路车乘黄[②]。　　我送舅氏，悠悠我思。何以赠之？琼瑰玉佩[③]。

【注释】

①《渭阳》二章，章四句。　　按《春秋传》晋献公烝于齐姜，生秦穆夫人、太子申生。娶大戎胡姬，生重耳。小戎子生夷吾。骊姬生奚齐、其娣生卓子。骊姬谮申生，申生自杀。又谮二公子，二公子皆出奔。献公卒，奚齐、卓子继立，皆为大夫里克所弑。秦穆公纳夷吾，是为惠公。卒。子圉立，是为怀公。立之明年，秦穆公又召重耳而纳之，是为文公。王氏曰："至渭阳者，送之远也。悠悠我思者，思之长也。路车乘黄、琼瑰玉佩者，赠之厚也。"广汉张氏曰："康公为太子，送舅氏而念母之不见，是固良心也。而卒不能自克于令狐之役，怨欲害乎良心也。使康公知循是心，养其端而充之，则怨欲可消矣。"

②赋也。舅氏，秦康公之舅，晋公子重耳也。出亡在外，穆公召而纳之。时康公为太子，送之渭阳而作此诗。渭，水名。秦时都雍，至渭阳者，盖车行送之于咸阳之地也。路车，诸侯之车也。乘黄，四马皆黄也。

③赋了。悠悠，长也。《序》以为时康公之母穆姬已卒，故康公送其舅而念母之不见也。或曰，穆姬之卒不可考，此但别其舅而怀思耳。琼瑰，石而次玉。

权　舆[①]

於我乎，夏屋渠渠；今也每食无余。于嗟乎！不承权舆[②]！　　於我乎，每食四簋；今也每食不饱。于嗟乎！不承权舆！[③]

【注释】

①《权舆》二章，章五句。　　汉楚元王敬礼申公、白公、穆生。穆生不耆酒，元王每置酒，尝

为穆生设醴。及王戊即位,常设,后忘设焉。穆生退曰:“可以逝矣。醴酒不设,王之意怠。不去,楚人将钳我于市。”遂称疾。申公、白公强起之,曰:“独不念先王之德欤?今王一旦失小礼,何足至此。”穆生曰:“先王之所以礼吾三人者,为道之存故也。今而忽之,是忘道也。忘道之人,胡可与久处?岂为区区之礼哉!”遂谢病去。亦此诗之意也。

②赋也。夏,大也。渠渠,深广貌。承,继也。权舆,始也。　　此言其君始有渠渠之夏屋以待贤者,而其后礼意寖衰,供亿寖薄,至于贤者每食而无余。于是叹之,言不能继其始也。

③赋也。簋,瓦器,容斗二升,方曰簠,圆曰簋,簠盛稻粱,簋盛黍稷。四簋,礼食之盛也。

秦国十篇,二十七章,一百八十一句。

诗集传卷第七

陈　风[①]

宛　丘[②]

子之汤兮，宛丘之上兮。洵有情兮，而无望兮[③]。　　坎其击鼓，宛丘之下。无冬无夏，值其鹭羽[④]。　　坎其击缶，宛丘之道。无冬无夏，值其鹭翿[⑤]。

【注释】

①陈，国名。太皞伏羲氏之墟，在《禹贡》豫州之东。其地广平，无名山大川，西望外方，东不及孟诸。周武王时，帝舜之胄有虞阏父为周陶正。武王赖其利器用，与其神明之后，以元女大姬妻其子满，而封之于陈。都于宛丘之侧，与黄帝帝尧之后，共为三恪，是为胡公。大姬妇人尊贵，好乐巫觋歌舞之事，其民化之。今之陈州，即其地也。

②《宛丘》三章，章四句。

③赋也。子，指游荡之人也。汤，荡也。四方高中央下曰宛丘。洵，信也。望，人所瞻望也。　国人见此人常游荡于宛丘之上，故叙其事以刺之。言虽信有情思而可乐矣，然无威仪可瞻望也。

④赋也。坎，击鼓声。值，植也。鹭，舂钼，今鹭鸶，好而洁白，头上有长毛十数枚。羽，以其羽为翳，舞者持以指麾也。言无时不出游，而鼓舞于是也。

⑤赋也。缶，瓦器，可以节乐。翿，翳也。

东门之枌[①]

东门之枌，宛丘之栩。子仲之子，婆娑其下[②]。　　穀旦于差，南方之原；不绩其麻，市也婆娑[③]。　　穀旦于逝，越以鬷迈。视尔如荍，贻我握椒[④]。

【注释】

①《东门之枌》三章，章四句。

②赋也。枌，白榆也，先生叶，郤著荚，皮色白。子仲之子，子仲氏之女也。婆娑，舞貌。　此男女聚会歌舞，而赋其事以相乐也。

③赋也。穀，善；差，择也。　既差择善旦以会于南方之原，于是弃其业以舞于市而往会也。

④赋也。逝，往；越，于；鬷，众也。迈，行也。荍，芘芣也，又名荆葵，紫色。椒，芬芳之物也。　言又以善旦而往，于是其众行，而男女相与道其慕悦之词曰："我视女颜色之美，如芘芣

之华。"于是遗我以一握之椒,而交情好也。

衡　门[①]

衡门之下,可以栖迟;泌之洋洋,可以乐饥[②]。　　岂其食鱼,必河之鲂?岂其取妻,必齐之姜[③]?　　岂其食鱼,必河之鲤?岂其取妻,必宋之子[④]?

【注释】

①《衡门》三章,章四句。

②赋也。衡门,横木为门也。门之深者,有阿塾堂宇,此惟横木为之。栖迟,游息也。泌,泉水也。洋洋,水流貌。　　此隐居自乐而无求者之词。言衡门虽浅陋,然亦可游息。泌水虽不可饱,然亦可以玩乐而忘饥也。

③赋也。姜,齐姓。

④赋也。子,宋姓。

东门之池[①]

东门之池,可以沤麻;彼美淑姬,可与晤歌[②]。　　东门之池,可以沤纻;彼美淑姬,可与晤语[③]。　　东门之池,可以沤菅;彼美淑姬,可与晤言[④]。

【注释】

①《东门之池》三章,章四句。

②兴也。池,城池也。沤,渍也。治麻者必先以水渍之。晤,犹解也。　　此亦男女会遇之词。盖因其会遇之地,所见之物,以起兴也。

③兴也。纻,麻属。

④兴也。菅,叶似茅而滑泽,茎有白粉,柔韧宜为索也。

东门之杨[①]

东门之杨,其叶牂牂;昏以为期,明星煌煌[②]。　　东门之杨。其叶肺肺;昏以为期,明星晢晢[③]。

【注释】

①《东门之杨》二章,章四句。

②兴也。东门,相期之地也。杨,柳之扬起者也。牂牂,盛貌。明星,启明也。煌煌,大明貌。　　此亦男女期会而有负约不至者,故因此所见以起兴也。

③兴也。肺肺,犹牂牂也。晢晢,犹煌煌也。

墓　门[①]

墓门有棘,斧以斯之;夫也不良,国人知之。知而不已,谁昔然矣[②]?　　墓门有

梅，有鸮萃止；夫也不良，歌以讯之。讯予不顾，颠倒思予[3]。

【注释】

①《墓门》二章，章六句。

②兴也。墓门，凶僻之地，多生荆棘。斯，析也。夫，指所刺之人也。谁昔，昔也。犹言畴昔也。　言墓门有棘，则斧以斯之矣。此人不良，则国人知之矣。国人知之而犹不自改，则自畴昔而已然，非一日之积矣。所谓不良之人，亦不知其何所指也。

③兴也。鸮鸮，恶声之鸟也。萃，集；讯，告也。颠倒，狼狈之状。　墓门有梅，则有鸮萃之矣。夫也不良，则有歌其恶以讯之者矣。讯之而不予顾，至于颠倒，然后思予，则岂有所及哉！或曰，"讯予"之"予"，疑当依前章作"而"字。

防有鹊巢[1]

防有鹊巢，邛有旨苕；谁侜予美？心焉忉忉[2]。　中唐有甓，邛有旨鹝；谁侜予美？心焉惕惕[3]。

【注释】

①《防有鹊巢》二章，章四句。

②兴也。防，人所筑以捍水者。邛，丘；旨，美也。苕，苕饶也。茎如劳豆而细，叶似蒺藜而青，其茎叶绿色，可生食，如小豆藿也。侜，侜张也，犹《郑风》之所谓"廷也"。予美，指所予私者也。忉忉，忧貌。　此男女之有私而忧或间之之词。故曰防则有鹊巢矣，邛则有旨苕矣。今此何人，而侜张予之所美，使我忧之而至于忉忉乎？

③兴也。庙中路谓之唐。甓，瓴甋也。鹝，小草，杂色如绶。惕惕，犹忉忉也。

月　出[1]

月出皎兮，佼人僚兮，舒窈纠兮，劳心悄兮[2]。　月出皓兮，佼人懰兮，舒懮受兮，劳心慅兮[3]。　月出照兮，佼人燎兮，舒夭绍兮，劳心惨兮[4]。

【注释】

①《月出》三章，章四句。

②兴也。皎，月光也。佼人，美人也。僚，好貌。窈，幽远也。纠，愁结也。悄，忧也。　此亦男女相悦而相念之辞。言月出则皎然矣，佼人则僚然矣，安得见之而舒窈纠之情乎？是以为之劳心而悄然也。

③兴也。懰，好貌。懮受，忧思也。慅，犹"悄"也。

④兴也。燎，明也。夭绍，纠紧之意。惨，忧也。

株　林[1]

胡为乎株林？从夏南。匪适株林，从夏南[2]。　驾我乘马，说于株野。乘我乘

驹，朝食于株[3]。

【注释】

①《株林》二章，章四句。　　《春秋传》：夏姬，郑穆公之女也，嫁于陈大夫夏御叔。灵公与其大夫孔宁、仪行父通焉。泄冶谏不听而杀之，后卒为其子征舒所弑。而征舒复为楚庄王所诛。

②赋也。株林，夏氏邑也。夏南，征舒字也。　　灵公淫于夏征舒之母。朝夕而往复夏氏之邑，故其民相与语曰："君胡为乎株林乎？曰从夏南耳。"然则非适株林也，特以从夏南故耳。盖淫乎夏姬，不可言也，故以从其子言之。诗人之忠厚如此。

③赋也。说，舍也。马六尺以下曰驹。

泽陂[1]

彼泽之陂，有蒲与荷；有美一人，伤如之何！寤寐无为，涕泗滂沱[2]。　　彼泽之陂，有蒲有蕑；有美一人，硕大且卷。寤寐无为，中心悁悁[3]。　　彼泽之陂，有蒲菡萏；有美一人，硕大且俨。寤寐无为，辗转伏枕[4]。

【注释】

①《泽陂》三章。章六句。

②兴也。陂，泽障也。蒲，水草，可为席者。荷，芙蕖也。自目曰涕，自鼻曰泗。　　此诗大旨与《月出》相类。言彼泽之陂，则有蒲与荷矣。有美一人而不可见，则虽忧伤而如之何哉！寤寐无为，涕泗滂沱而已矣。

③兴也。蕑，兰也，卷，鬓发之美也。悁悁，犹悒悒也。

④兴也。菡萏，荷华也。俨，矜庄貌。辗转伏枕，卧而不寐，思之深且久也。

陈国十篇，二十六章，百二十四句。

东莱吕氏曰："变风终于陈灵，其间男女夫妇之诗一何多邪！曰，有天地然后有万物，有万物然后有男女，有男女然后有夫妇，有夫妇然后有父子，有父子然后有君臣，有君臣然后有上下，有上下然后礼仪有所错。男女者，三纲之本，万事之先也。正风之所以为正者，举其正者以劝之也。变风之所以为变者，举其不正者以戒之也。道之升降，时之治乱，俗之污隆，民之死生，于是乎在。录之烦悉，篇之重复，亦何疑哉。"

桧风[1]

羔裘[2]

羔裘逍遥，狐裘以朝。岂不尔思？劳心忉忉[3]。　　羔裘翱翔，狐裘在堂。岂不尔

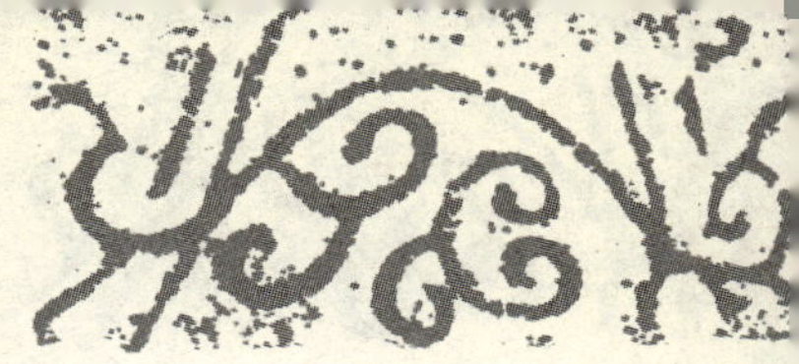

思？我心忧伤[④]。　羔裘如膏，日出有曜。岂不尔思？中心是悼[⑤]。

【注释】

①桧，国名。高辛氏火正祝融之墟，在《禹贡》豫州外方之北，荥波之南，居溱洧之间。其君妘姓，祝融之后。周衰，为郑桓公所灭而迁国焉。今之郑州，即其地也。苏氏以为桧诗皆为郑作，如邶、鄘之于卫也。未知是否。

②《羔裘》三章，章四句。

③赋也。缁衣羔裘，诸侯之朝服。锦衣狐裘，其朝天子之服也。　旧说桧君好洁其衣服，逍遥游宴，而不能自强于政治，故诗人忧之。

④赋也。翱翔，犹逍遥也。堂，公堂也。

⑤赋也。膏，脂所渍也。日出有曜，日照之则有光也。

素冠[①]

庶见素冠兮，棘人栾栾兮，劳心慱慱兮[②]。　庶见素衣兮，我心伤悲兮，聊与子同归兮[③]。　庶见素韠兮，我心蕴结兮，聊与子如一兮[④]。

【注释】

①《素冠》三章，章三句。　按《丧礼》，为父为君，斩衰三年。昔宰予欲短丧，夫子曰："子生三年，然后免于父母之怀，予也有三年之爱于其父母乎？三年之丧，天下之通丧也。"传曰："子夏三年之丧毕，见于夫子，援琴而弦，衎衎而乐。作而曰：'先王制礼，不敢不及。'夫子曰：'君子也。'闵子骞三年之丧毕，见于夫子，援琴而弦，切切而哀。作而曰：'先王制礼，不敢过也。'夫子曰：'君子也。'子路曰：'敢问何谓也？'夫子曰：'子夏哀已尽，能引而致之于礼，故曰君子也。闵子骞哀未尽，能自割以礼，故曰君子也。夫三年之丧，贤者之所轻，不肖者之所勉。'"

②赋也。庶，幸也。缟冠素纰，既祥之冠也。黑经白纬曰缟，缘边曰纰。棘，急也，丧事欲其揔揔尔哀遽之状也。栾栾，瘠貌。慱慱，忧劳之貌。　祥冠，祥则冠之，禫则除之。今人皆不能行三年之丧矣，安得见此服乎？当时贤者庶几见之，至于忧劳也。

③赋也。素冠则素衣矣。与子同归，爱慕之词也。

④赋也。韠，蔽膝也，以韦为之。冕服谓之韨，其余曰韠。韠从裳色，素衣素裳则素韠也。蕴结，思之不解也。与子如一，甚于同归矣。

隰有苌楚[①]

隰有苌楚，猗傩其枝；夭之沃沃，乐子之无知[②]。　隰有苌楚，猗傩其华；夭之沃沃，乐子之无家[③]。　隰有苌楚，猗傩其实；夭之沃沃，乐子之无室[④]。

【注释】

①《隰有苌楚》三章，章四句。

②赋也。苌楚，铫弋，今羊桃也，子如小麦，亦似桃。猗傩，柔顺也。夭，少好貌。沃沃，光泽

貌。子，指苌楚也。 政烦赋重，人不堪其苦，叹其不如草木之无知而无忧也。

③赋也。无家，言无累也。

④赋也。无室，犹无家也。

匪风[①]

匪风发兮，匪车偈兮；顾瞻周道，中心怛兮[②]。 匪风飘兮，匪车嘌兮；顾瞻周道，中心吊兮[③]。 谁能亨鱼？溉之釜鬵。谁将西归？怀之好音[④]。

【注释】

①《匪风》三章，章四句。

②赋也。发，飘扬貌。偈，疾驱貌。周道，适周之路也。怛，伤也。 周室衰微，贤人忧叹而作此诗。言常时风发而车偈，则中心怛然。今非风发也，非车偈也，特顾瞻周道而思王室之陵迟，故中心为之怛然耳。

③赋也。回风曰飘。嘌，漂摇不安之貌。吊，亦伤也。

④兴也。溉，涤也。鬵，釜属。西归，归于周也。 谁能亨鱼乎？有则我愿为之溉其釜鬵。谁将西归乎？有则我愿慰之以好音。以见思之之甚，但有西归之人，即思有以厚之也。

桧国四篇，十二章，四十五句。

曹风[①]

蜉蝣[②]

蜉蝣之羽，衣裳楚楚。心之忧矣，于我归处[③]。 蜉蝣之翼，采采衣服。心之忧矣，于我归息[④]。 蜉蝣掘阅，麻衣如雪。心之忧矣，于我归说[⑤]。

【注释】

①曹，国名。其地在《禹贡》兖州陶丘之北，雷夏菏泽之野。周武王以封其弟振铎。今之曹州，即其地也。

②《蜉蝣》三章，章四句。

③比也。蜉蝣，渠略也，似蛣蜣，身狭而长角，黄黑色，朝生暮死。楚楚，鲜明貌。 此诗盖以时人有玩细娱而忘远虑者，故以蜉蝣为比而刺之。言蜉蝣之羽翼，犹衣裳之楚楚可爱也。然其朝生暮死，不能久存，故我心忧之，而欲其于我归处耳。《序》以为刺其君，或然而未有考也。

④比也。采采，华饰也。息，止也。

⑤比也。掘阅，未详。说，舍息也。

候　人①

彼候人兮，何戈与祋。彼其之子，三百赤芾②。　　维鹈在梁，不濡其翼；彼其之子，不称其服③。　　维鹈在梁，不濡其咮；彼其之子，不遂其媾④。　　荟兮蔚兮，南山朝隮；婉兮娈兮，季女斯饥⑤。

【注释】

①《候人》四章，章四句。

②兴也。候人，道路迎送宾客之官。何，揭；祋，殳也。之子，指小人。芾，冕服之韠也。一命，缊芾黝珩。再命，赤芾黝珩。三命，赤芾葱珩。大夫以上，赤芾乘轩。　　此刺其君远君子而近小人之词。言彼候人而何戈与祋者，宜也。彼其之子，而三百赤芾，何哉？晋文公入曹，数其不用僖负羁，而乘轩者三百人，其谓是欤？

③兴也。鹈，洿泽水鸟也，俗所谓淘河也。

④兴也。咮，喙；遂，称；媾，宠也。遂之为称，犹今人谓遂意为称意。

⑤比也。荟、蔚，草木盛多之貌。朝隮，云气升腾也。婉，少貌。娈，好貌。　　荟蔚、朝隮，言小人众多而气焰盛也。季女婉娈自保，不妄从人，而反饥困，言贤者守道而反贫贱也。

鳲　鸠①

鳲鸠在桑，其子七兮；淑人君子，其仪一兮。其仪一兮，心如结兮②。　　鳲鸠在桑，其子在梅；淑人君子，其带伊丝。其带伊丝，其弁伊骐③。　　鳲鸠在桑，其子在棘；淑人君子，其仪不忒。其仪不忒，正是四国④。　　鳲鸠在桑，其子在榛；淑人君子，正是国人。正是国人，胡不万年⑤？

【注释】

①《鳲鸠》四章，章六句。

②兴也。鳲鸠，秸鞠也，亦名戴胜，今之布谷也。饲子朝从上下，莫从下上，平均如一也。如结，如物之固结而不散也。　　诗人美君子之用心均平专一，故言鳲鸠在桑，则其子七矣，淑人君子，则其仪一矣，其仪一，则心如结矣。然不知其何所指也。陈氏曰："君子动容貌斯远暴慢，正颜色斯近信，出辞气斯远鄙倍。其见于威仪动作之间者，有常度矣。岂固为是拘拘者哉！盖和顺积中，而英华发外，是以由其威仪一于外，而其心如结于内者，从可知也。"

③兴也。鳲鸠常言在桑，其子每章异木，子自飞去，母常不移也。带，大带也。大带用素丝，有杂色饰焉。弁，皮弁也。骐，马青黑色者。弁之色亦如此也。《书》云："四人骐弁。"今作"綦"。　　言鳲鸠在桑，则其子在梅矣，淑人君子，则其带伊丝矣。其带伊丝，则其弁伊骐矣。言有常度，不差忒也。

④兴也。有常度而其心一，故仪不忒，仪不忒，则足以正四国矣。《大学》传曰："其为父子兄弟足法而后民法之也。"

⑤兴也。仪不忒，故能正国人。胡不万年，愿其寿考之词也。

下泉[①]

冽彼下泉，浸彼苞稂；忾我寤叹，念彼周京[②]。　冽彼下泉，浸彼苞萧；忾我寤叹，念彼京周[③]。　冽彼下泉，浸彼苞蓍；忾我寤叹，念彼京师[④]。　芃芃黍苗，阴雨膏之；四国有王，郇伯劳之[⑤]。

【注释】

①《下泉》四章，章四句。　程子曰："《易》'剥'之为卦也，诸阳消剥已尽，独有上九一爻尚存，如硕大之果不见食，将有复生之理。上九亦变，则纯阴矣。然阳无可尽之理，变于上则生于下，无间可容息也。阴道极盛之时，其乱可知。乱极则自当思治，故众心愿载于君子，君子得舆也。诗《匪风》《下泉》，所以居变风之终也。"　陈氏曰："乱极而不治，变极而不正，则天理灭矣，人道绝矣。圣人于变风之极，则系以思治之诗，以示循环之理，以言乱之可治，变之可正也。"

②比而兴也。冽，寒也。下泉，泉下流者也。苞，草丛生也。稂，童粱，莠属也。忾，叹息之声也。周京，天子所居也。　王室陵夷，而小国困弊，故以寒泉下流而苞稂见伤为比，遂兴其忾然以念周京也。

③比而兴也。萧，蒿也。京周，犹周京也。

④比而兴也。蓍，筮草也。京师，犹京周也。详见《大雅·公刘》篇。

⑤比而兴也。芃芃，美貌。郇伯，郇侯，文王之后，尝为州伯，治诸侯有功。　言黍苗即芃芃然矣，又有阴雨以膏之，四国既有王矣，而又有郇伯以劳之，伤今之不然也。

曹国四篇，十五章，六十八句。

诗集传卷第八

豳　风[①]

七　月[②]

七月流火，九月授衣。一之日觱发，二之日栗烈。无衣无褐，何以卒岁？三之日于耜，四之日举趾。同我妇子，馌彼南亩。田畯至喜[③]。　七月流火，九月授衣。春日载阳，有鸣仓庚。女执懿筐，遵彼微行，爰求柔桑。春日迟迟，采蘩祁祁。女心伤悲，殆及公子同归[④]。　七月流火，八月萑苇。蚕月条桑，取彼斧斨，以伐远扬。猗彼女桑。七月鸣鵙，八月载绩。载玄载黄，我朱孔阳，为公子裳[⑤]。　四月秀葽，五月鸣蜩。八月其获，十月陨萚。一日之于貉，取彼狐狸，为公子裘。二之日其同，载缵武功。言私其豵，献豜于公[⑥]。　五月斯螽动股，六月莎鸡振羽；七月在野，八月在宇，九月在户，十月蟋蟀入我床下。穹窒熏鼠，塞向墐户。嗟我妇子，曰为改岁，入此室处[⑦]。　六月食郁及薁，七月亨葵及菽。八月剥枣，十月获稻；为此春酒，以介眉寿。七月食瓜，八月断壶，九月叔苴，采荼薪樗，食我农夫[⑧]。　九月筑场圃，十月纳禾稼。黍稷重穋，禾麻菽麦。嗟我农夫，我稼既同，上入执宫功。昼尔于茅，宵尔索绹。亟其乘屋，其始播百谷[⑨]。　二之日凿冰冲冲，三之日纳于凌阴。四之日其蚤，献羔祭韭。九月肃霜，十月涤场。朋酒斯飨，曰杀羔羊。跻彼公堂，称彼兕觥，万寿无疆[⑩]！

【注释】

①豳，国名。在《禹贡》雍州岐山之北，原隰之野。虞夏之际，弃为后稷，而封于邰，及夏之衰，弃稷不务，弃子不窋失其官守，而自窜于戎狄之间。不窋生鞠陶，鞠陶生公刘，能复修后稷之业，民以富实，乃相土地之宜，而立国于豳之谷焉。十世而大王徙居岐山之阳，十二世而文王始受天命，十三世而武王遂为天子。武王崩，成王立，年幼不能莅阼，周公旦以冢宰摄政，乃述后稷公刘之化，作诗一篇以戒成王，谓之《豳风》。而后人又取周公所作，及凡为周公而作之诗以附焉。豳，在今邠州三水县，邰，在今京兆府武功县。

②《七月》八章，章十一句。　《周礼·籥章》："中春昼击土鼓龡豳诗以逆暑，中秋夜迎寒亦如之。"即谓此诗也。王氏曰："仰观星日霜露之变，俯察昆虫草木之化，以知天时，以授民事，女服事乎内，男服事乎外，上以诚爱下，下以忠利上，父父子子，夫夫妇妇，养老而慈幼，食力而助弱，其祭祀也时，其燕飨也节，此七月之义也。"

③赋也。七月，斗建申之月，夏之七月也。后凡言月者放此。流，下也。火，大火，心也。以六月之昏，加于地之南方。至七月之昏，则下而流矣。九月霜降始寒，而蚕绩之功亦成，故

授人以衣，使御寒也。一之日，谓斗建子，一阳之月。二之日，谓斗建丑，二阳之月也。变月言日，言是月之日也。后凡言日者放此。盖周之先公已用此以纪候，故周有天下，遂以为一代之正朔也。觱发，风寒也。栗烈，气寒也。褐，毛布也。岁，夏正之岁也。于，往也。耜，田器也。于耜，言往修田器也。举趾，举足而耕也。我，家长自我也。馌，饷田也。田畯，田大夫，劝农之官也。　　周公以成王未知稼穑之艰难，故陈后稷、公刘风化之所由，使瞽矇朝夕讽诵以教之。此章首言七月暑退将寒，故九月而授衣以御之。盖十一月以后，风气日寒，不如是则无以卒岁也。正月则往修田器，二月则举趾而耕。少者既皆出而在田，故老者率妇子而饷之。治田早而用力齐，是以田畯至而喜之也。此章前段言衣之始，后段言食之始。二章至五章，终前段之意，六章至八章，终后段之意。

④赋也。载，始也。阳，温和也。仓庚，黄鹂也。懿，深美也。遵，循也。微行，小径也。柔桑，稚桑也。迟迟，日长而暄也。蘩，白蒿也，所以生蚕，今人犹用之。盖蚕生未齐，未可食桑，故以此啖之也。祁祁，众多也；或曰，徐也。公子，豳公之子也。　　再言流火授衣者，将言女功之始，故又本于此，遂言春日始和，有鸣仓庚之时，而蚕始生，而执深筐以求稚桑。然又有生而未齐者，则采蘩者众，而此治蚕之女感时而伤悲。盖是时公子犹娶于国中，而贵家大族连姻公室者，亦无不力于蚕桑之务。故其许嫁之女，预以将及公子同归，而远其父母为悲也。其风俗之厚，而上下之情，交相忠爱如此。后章凡言公子者放此。

⑤赋敢。萑苇，即蒹葭也。蚕月，治蚕之月。条桑，枝落之采其叶也。斧，隋銎；斨，方銎；远扬，远枝扬起者也。取叶存条曰猗。女桑，小桑也。小桑不可条取，故取其叶而存其条，猗猗然尔。鵙，伯劳也。绩，缉也。玄，黑而有赤之色。朱，赤色。阳，明也。　　言七月暑退将寒，而是岁御冬之备，亦庶几其成矣。又当预拟来岁治蚕之用，故于八月萑苇既成之际而收蓄之，将以为曲薄。至来岁治蚕之月，则采桑以供蚕食，而大小毕取，见蚕盛而人力至也。蚕事既备，又于鸣鵙之后，麻熟而可绩之时，则绩其麻以为布。而凡此蚕绩之所成者皆染之，或玄或黄，而其朱者尤为鲜明，皆以供上而为公子之裳。言劳于其事而不自爱以奉其上，盖至诚惨怛之意，上以是施之，下以是报之也。以上二章，专言蚕绩之事，以终首章前段无衣之意。

⑥赋也。不荣而实曰秀。葽，草名。蜩，蝉也。获，禾之早者可获也。陨，坠；萚，落也，谓草木陨落也。貉，狐狸也。于貉，犹言于耜，谓往取狐狸也。同，竭作以狩也。缵，习而继之也。豵，一岁豕。豣，三岁豕也。　　言自四月纯阳，而历一阴四阴，以至纯阴之月，则大寒之候将至。虽蚕桑之功无所不备，犹恐其不足以御寒，故于貉而取狐狸之皮，以为公子之裘也。兽之小者私之以为己有，而大者则献之于上，亦爱其上之无已也。此章专言狩猎，以终首章前段无褐之意。

⑦赋也。斯螽、莎鸡、蟋蟀，一物随时变化而异其名。动股，始跃而以股鸣也。振羽，能飞而以翅鸣也。宇，檐下也。暑则在野，寒则依人。穹，空隙也。窒，塞也。向，北出牖也。墐，涂也。庶人筚户，冬则涂之。东莱吕氏曰："十月而曰改岁，三正之通于民俗尚矣。周特举而迭用之耳。"　　言睹蟋蟀之依人，则知寒之将至矣。于是室中空隙者塞之，熏鼠使不得穴于其中，塞向以当北风，墐户以御寒气。而语其妇子曰：岁将改矣，天既寒而事亦已，可以入此室处矣。此见老者之爱也。此章亦以终首章前段御寒之意。

⑧赋也。郁，棣属。薁，蘡薁也。葵，菜名。菽，豆也。剥，击也。获稻以酿酒也。介，助也。介眉寿者，颂祷之辞也。壶，瓠也。食瓜断壶，亦去圃为场为渐也。叔，拾也。苴，麻子也。荼，苦菜也。樗，恶木也。　　自此至卒章皆言农圃饮食、祭祀、燕乐，以终首章后段之意。

而此章果酒嘉蔬，以供老疾，奉宾祭，瓜瓠苴荼，以为常食。少长之仪，丰俭之节然也。

⑨赋也。场圃同地，物生之时，则耕治以为圃而种菜茹，物成之际，则筑坚之以为场而纳禾稼。盖自田而纳之于场也。禾者，欲连藁秸之总名。禾之秀实而在野者曰稼。先种后熟曰重，后种先熟曰穋。再言禾者，稻秫菰粱之属皆禾也。同，聚也。宫，邑居之宅也。古者民受五亩之宅，二亩半为庐在田，春夏居之；二亩半为宅在邑，秋冬居之。功，葺治之事也；或曰，公室官府之役也。古者用民之力，岁不过三日，是也。索，绞也。绹，索也。乘，升也。

言纳于场者无所不备，则我稼同矣，可以上入都邑而执治宫室之事矣。故昼往取茅，夜而绞索，亟升其屋而治之。盖以来岁将复始播百谷，而不暇于此故也。不待督责而自相警戒，不敢休息如此。吕氏曰："此章终始农事，以极忧勤艰难之意。"

⑩赋也。凿冰，谓取冰于山也。冲冲，凿冰之意。《周礼》"正岁十二月令斩冰"是也。纳，藏也。藏冰，所以备暑也。凌阴，冰室也。豳土寒多，正月风未解冻，故冰犹可藏也。蚤，蚤朝也。韭，菜名。献羔祭韭而后启之。《月令》"仲春献羔开冰，先荐寝庙"是也。　苏氏曰："古者藏冰发冰，以节阳气之盛。夫阳气之在天地，譬犹火之著于物也，故常有以解之。十二月阳气蕴伏，锢而未发，其盛在下，则纳冰于地中。至于二月，四阳作，蛰虫起，阳始用事，则亦始启冰而庙荐之。至于四月，阳气毕达，阴气将绝，则冰于是大发。食肉之禄，老病丧浴，冰无不及。是以冬无愆阳，夏无伏阴，春无凄风，秋无苦雨，雷出不震，无灾霜雹，疠疾不降，民不夭札也。"胡氏曰："藏冰开冰，亦圣人辅相燮调之一事尔，不专恃此以为治也。"肃霜，气肃而霜降也。涤场者，农事毕而扫场地也。两尊曰朋。《乡饮酒》之礼，"两尊壶于房户间"是也。跻，升也。公堂，君之堂也。称，举也。疆，竟也。　张子曰："此章见民忠爱其君之甚。既劝趍其藏冰之役，又相戒速毕场功，杀羊以献于公，举酒而祝其寿也。"

鸱 鸮①

鸱鸮鸱鸮，既取我子，无毁我室。恩斯勤斯，鬻子之闵斯②。　迨天之未阴雨，彻彼桑土，绸缪牖户。今女下民，或敢侮予③。　予手拮据，予所捋荼，予所蓄租，予口卒瘏。曰予未有室家④。　予羽谯谯，予尾翛翛。予室翘翘，风雨所漂摇。予维音哓哓⑤。

【注释】

①《鸱鸮》四章，章五句。　事见《书·金縢》篇。

②比也。为鸟言以自比也。鸱鸮，鸺鹠，恶鸟，攫鸟子而食者也。室，鸟自名其巢也。恩，情爱也。勤，笃厚也。鬻，养；闵，忧也。　武王克商，使弟管叔鲜、蔡叔度监于纣子武庚之国。武王崩，成王立，周公相之，而二叔以武庚叛。且流言于国曰："周公将不利于孺子。"故周公东征。二年，乃得管叔、武庚而诛之。而成王犹未知公之意也，公乃作此诗以贻王。托为鸟之爱巢者，呼鸱鸮而谓之曰："鸱鸮鸱鸮，尔既取我之子矣，无更毁我之室也。以我情爱之心，笃厚之意，鬻养此子，诚可怜悯。今既取之，其毒甚矣，况又毁我室乎！"以比武庚既败管、蔡，不可更毁我王室也。

③比也。迨，及；彻，取也。桑土，桑根皮也。绸缪，缠绵也。牖，巢之通气处。户，其出入之处也。　亦为鸟言。我及天未阴雨之始，而往取桑根以缠绵巢之隙穴，使之坚固，以备阴雨之患，则此下土之民，谁敢有侮予者。亦以比己深爱王室而预防其患难之意。故孔子赞

之曰:“为此诗者,其知道乎!能治其国家,谁敢侮之?”

④比也。拮据,手口共作之貌。捋,取也。荼、萑苕,可藉巢者也。蓄,积;租,聚;卒,尽;瘏,病也。室家,巢也。　亦为鸟言。作巢之始,所以拮据以捋荼蓄租,劳苦而至于尽病者,以巢之未成也。以比己之前日所以勤劳如此者,以王室之新造而未集故也。

⑤比也。谯谯,杀也。翛翛,敝也。翘翘,危也。哓哓,急也。　亦为鸟言。羽杀尾敝以成其室,而未定也,风雨又从而飘摇之,则我之哀鸣安得而不急哉!以比己既劳悴,王室又未安,而多难乘之,则其作诗以喻王。亦不得而不汲汲也。

东　山①

我徂东山,慆慆不归。我来自东,零雨其濛。我东曰归,我心西悲。制彼裳衣,勿士行枚。蜎蜎者蠋,烝在桑野。敦彼独宿,亦在车下②。　我徂东山,慆慆不归。我来自东,零雨其濛。果赢之实,亦施于宇。伊威在室,蟏蛸在户。町畽鹿场。熠燿宵行。不可畏也,伊可怀也③。　我徂东山,慆慆不归。我来自东,零雨其濛。鹳鸣于垤,妇叹于室。洒扫穹窒,我征聿至。有敦瓜苦,烝在栗薪。自我不见,于今三年④。　我徂东山,慆慆不归。我来自东,零雨其濛。仓庚于飞,熠燿其羽;之子于归,皇驳其马。亲结其缡,九十其仪;其新孔嘉,其旧如之何⑤!

【注释】

①《东山》四章,章十二句。　《序》曰:“一章言其完也,二章言其思也,三章言其室家之望女也,四章乐男女之得及时也。君子之于人,序其情而闵其劳,所以说也。说以使民,民忘其死,其唯东山乎!”愚谓完谓全师而归,无死伤之苦。思谓未至而思,有怆恨之怀。至于室家望女,男女及时,亦皆其心之所愿而不敢言者。上之人乃先其未发而歌咏以劳苦之,则其欢欣感激之情为如何哉!盖古之劳诗皆如此。其上下之际情志交孚,虽家人父子之相语,无以过之。此其所以维持巩固数十百年,而无一旦土崩之患也。

②赋也。东山,所征之地也。慆慆,言久也。零,落也。濛,雨貌。裳衣,平居之服也。勿士行枚,未详其义。郑氏曰:“士,事也。行,陈也。枚,如箸,衔之,有衔结项中,以止语也。蜎蜎,动貌。蠋,桑虫似蚕者也。烝,发语声。敦,独处不移之貌。此则兴也。”　成王既得《鸱鸮》之诗,又感雷风之变,始悟而迎周公。于是周公东征已三年矣,既归,因作诗以劳归士。盖为之述其意而言曰:“我之东征既久,而归涂又有遇雨之劳,因追言其在东而言归之时,心已西向而悲。于是制其平居之服,而以为自今可以勿为行陈衔枚之事矣。”及其在涂,则又睹物起兴而自叹曰:“彼蜎蜎者蠋,则在彼桑野矣,此敦然而独宿者,则亦在此车下矣。”

③赋也。果赢,栝楼也。施,延也。蔓生延施于宇下也。伊威,鼠妇也。室不扫则有之。蟏蛸,小蜘蛛也。户无人出入,则结网当之。町畽,舍旁隙地也。无人焉,故鹿以为场也。熠燿,明不定貌。宵行,虫名,如蚕,夜行,喉下有光如萤也。　章首四句,言其往来之劳,在外之久,故每章重言,见其感念之深。遂言己东征室庐荒废至于如此,亦可畏矣。然岂可畏而不归哉?亦可怀思而已。此则述其归未至而思家之情也。

④赋也。鹳,水鸟似鹤者也。垤,蚁冢也。穹窒,见《七月》。　将阴雨则穴处者先知,故蚁出垤而鹳就食之,遂鸣于其上也。行者之妻,亦思其夫之劳苦而叹息于家,于是洒扫穹窒

以待其归，而其夫之行忽已至矣。因见苦瓜系于栗薪之上，而曰："自我之不见此，亦已三年矣。"栗，周土所宜木，与苦瓜皆微物也。见之而喜，则其行久而感深可知矣。

⑤赋而兴也。仓庚飞，婚姻时也。熠熠，鲜明也。黄白曰皇，骍白曰驳。缡，妇人之袆。母戒女而为之施衿结帨也。九其仪，十其仪，言其仪之多也。　赋时物以起兴，而言东征之归士，未有室家者，及时而婚姻，既甚美矣。其旧有室家者，相见而喜，当如何邪！

破　斧[①]

既破我斧，又缺我斨。周公东征，四国是皇。哀我人斯，亦孔之将[②]。　既破我斧，又缺我锜。周公东征，四国是吪。哀我人斯，亦孔之嘉[③]。　既破我斧，又缺我銶。周公东征，四国是遒。哀我人斯，亦孔之休[④]。

【注释】

①《破斧》三章，章六句。　范氏曰："象日以杀舜为事，舜为天子也则封之。管、蔡启商以叛，周公之为相也则诛之。迹虽不同，其道则一也。盖象之祸及于舜而已，故舜封之。管、蔡流言，将危周公以间王室，得罪于天下，故周公诛之。非周公诛之，天下之所当诛也。周公岂得而私之哉！"

②赋也。隋銎曰斧，方銎曰斨，征伐之用也。四国，四方之国也。皇，匡也。将，大也。　从军之士以前篇周公劳己之勤，故言此以答其意，曰：东征之役，既破我斧而缺我斨，其劳甚矣。然周公之为此举，盖将使四方莫敢不一于正而后已。其哀我人也。岂不大哉！然则虽有破斧缺斨之劳，而义有所不得辞矣。夫管、蔡流言以谤周公，而公以六军之众往而征之，使其心一有出于自私，而不在于天下。则抚之虽勤，劳之虽至，而从役之士岂能不怨也哉？今观此诗，则足以见周公之心大公至正，天下信其无有一豪自爱之私，抑又有以见当是之时，虽被坚执锐之人，亦皆能以周公之心为心，而不自为一身一家之计，盖亦莫非圣人之徒也。学者于此熟玩而有得焉，则其心正大，而天地之情真可见矣。

③赋也。锜，凿属。吪，化。嘉，善也。

④赋也。銶，木属。遒，敛而固之也。休。美也。

伐　柯[①]

伐柯如何？匪斧不克；取妻如何？匪媒不得[②]。　伐柯伐柯，其则不远；我觏之子，笾豆有践[③]。

【注释】

①《伐柯》二章，章四句。

②比也。柯，斧柄也。克，能也。媒，通二姓之言者。　周公居东之时，东人言此，以比平日欲见周公之难。

③比也。则，法也。我，东人自我也。之子，指其妻而言也。笾，竹豆也。豆，木豆也。践，行列之貌。　言伐柯而有斧，则不过即此旧斧之柯，而得其新柯之法。娶妻而有媒，则亦不过即此见之，而成其同牢之礼矣。东人言此，以比今日得见周公之易。深喜之之词也。

九罭[①]

九罭之鱼，鳟鲂；我觏之子，衮衣绣裳[②]。　鸿飞遵渚；公归无所，于女信处[③]。

鸿飞遵陆；公归不复，于女信宿[④]。　是以有衮衣兮，无以我公归兮，无使我心悲兮[⑤]。

【注释】

①《九罭》四章，一章四句，三章章三句。

②兴也。九罭，九囊之网也。鳟，似鲩而鳞细眼赤。鲂，已见上。皆鱼之美者也。我，东人自我也。之子，指周公也。衮衣裳九章：一曰龙，二曰山，三曰华虫、雉也，四曰火，五曰宗彝、虎蜼也，皆缋于衣；六曰藻，七曰粉米，八曰黼，九曰黻，皆绣于裳。天子之龙一升一降。上公但有降龙。以龙首卷然，故谓之衮也。此亦周公居东之时，东人喜得见之，而言九罭之网，则有鳟鲂之鱼矣，我觏之子，则见其衮衣绣裳之服矣。

③兴也。遵，循也。渚，小洲也。女，东人自相女也。再宿曰信。　东人闻成王将迎周公，又自相谓而言，鸿飞则遵渚矣，公归岂无所乎？今特于女信处而已。

④兴也。高平曰陆。不复，言将留相王室而不复来东也。

⑤赋也。承上二章，言周公信处信宿于此，是以东方有此服衮衣之人。又愿其留于此，无遽迎公以归，归则将不复来，而使我心悲也。

狼跋[①]

狼跋其胡，载疐其尾；公孙硕肤，赤舄几几[②]。　锒疐其尾，载跋其胡；公孙硕肤，德音不瑕[③]。

【注释】

①《狼跋》二章，章四句。　范氏曰："神龙或潜或飞，能大能小，其变化不测，然得而蓄之，若犬羊然，有欲故也。唯其可以蓄之，是以亦得醢而食之。凡有欲之类，莫不可制焉。唯圣人无欲，故天地万物不能易也。富贵贫贱死生，如寒暑昼夜相代乎前，吾岂有二其心乎哉！亦顺受之而已矣。舜受尧之天下不以为泰，孔子阨于陈蔡而不以为戚，周公远则四国流言，近则王不知，而赤舄几几，德音不瑕，其致一也。"

②兴也。跋，躐也。胡，颔下悬肉也。载，则；疐，跲也。老狼有胡，进而躐其胡，则退而跲其尾。公，周公也。孙，让；硕，大；肤，美也。赤舄，冕服之舄也。几几，安重貌。　周公虽遭疑谤，然所以处之不失其常，故诗人美之。言狼跋其胡，则疐其尾矣，公遭流言之变，而其安肆自得乃如此，盖共道隆德盛，而安土乐天有不足言者，所以遭大变而不失其常也。夫公之被毁，以管、蔡之流言也。而诗人以为此非四国之所为，乃公自让其大美而不居耳。盖不使谗邪之口得以加乎公之忠圣，此可见其爱公之深，敬公之至，而其立言亦有法矣。

③兴也。德音，犹令闻也。瑕，疵病也。　程子曰："周公之处己也，夔夔然存薛畏之心；其存诚也。荡荡然无顾虑之意。所以不失其圣，而德音不瑕也。"

豳国七篇，二十七篇，二百三句。

程元问于文中子曰："敢问《豳风》何风也？"曰："变风也。"元曰："周公之际，亦有变风乎？"曰："君臣相诮，其能正乎？正王终疑周公，则风遂变矣。非周公至诚，其孰卒正之哉！"元曰："居变风之末，何也？"曰："夷王以下，变风不复正矣。夫子盖伤之也，故终之以《豳风》。言变之可正也，惟周公能之，故系之以正。变而克正，危而克扶，始终不失其本，其惟周公乎！系之豳，远矣哉！"　《籥章》："龡豳诗以逆暑迎寒。"已见于《七月》之篇矣。又曰："祈年于田祖，则龡豳雅以乐田畯，祭蜡，则龡豳颂以息老物。"则考之于诗，末见其篇章之所在。故郑氏三分《七月》之诗以当之。其道情思者为风，正礼节者为雅，乐成功者为颂。然一篇之诗，首尾相应，乃剟取其一节而偏用之，恐无此理。故王氏不取，而但谓本有是诗而亡之。其说近是。或者又疑，但以《七月》全篇随事而变其音节，或以为风，或以为雅，或以为颂，则于理为通而事亦可行。如又不然，则雅颂之中，凡为农事而作者，皆可冠以豳号。其说具于《大田》、《良耜》诸篇，读者择焉可也。

诗集传卷第九

小雅①

鹿鸣之什②

鹿鸣③

呦呦鹿鸣，食野之苹；我有嘉宾，鼓瑟吹笙。吹笙鼓簧，承筐是将。人之好我，示我周行④。　呦呦鹿鸣，食野之蒿；我有嘉宾，德音孔昭。视民不恌。君子是则是效。我有旨酒，嘉宾式燕以敖⑤。　呦呦鹿鸣，食野之芩；我有嘉宾，鼓瑟鼓琴。鼓瑟鼓琴，和乐且湛。我有旨酒，以燕乐嘉宾之心⑥。

【注释】

①雅者，正也，正乐之歌也。其篇本有大小之殊，而先儒说又各有正变之别。以今考之，正小雅，燕飨之乐也；正大雅，会朝之乐，受厘陈戒之辞也。故或欢欣和说，以尽群下之情；或恭敬齐庄，以发先王之德。词气不同，音节亦异，多周公制作时所定也。及其变也，则事未必同，而各以其声附之。其次序时世，则有不可考者矣。

②雅颂无诸国别，故以十篇为一卷，而谓之"什"，犹军法以十人为什也。

③《鹿鸣》三章，章八句。　按《序》以此为燕群臣嘉宾之诗，而《燕礼》亦云工歌《鹿鸣》《四牡》《皇皇者华》即谓此也。《乡饮酒》用乐亦然。而《学记》言"大学始教，宵雅肄三"，亦谓此三诗。然则又为上下通用之乐也。岂本为燕群臣嘉宾而作，其后乃推而用之乡人也欤？然于朝曰君臣焉，于燕曰宾主焉，先王以礼使臣之厚，于此见矣。　范氏曰："食之以礼，乐之以乐，将之以实，求之以诚，此所以得其心也。贤者岂以饮食币帛为悦哉！夫婚姻不备，则贞女不行也；礼乐不备，则贤者不处也。贤者不处，则岂得乐而尽其心乎？"

④兴也。呦呦，声之和也。苹，藾萧也，青色，白茎如筯。我，主人也。宾，所燕之客，或本国之臣，或诸侯之使也。瑟，笙，燕礼所用之乐也。簧，笙中之簧也。承，奉也。筐，所以盛币帛者也。将，行也。奉筐而行币帛，饮则以酬宾送酒，食则以侑宾劝饱也。周行，大道也。古者于旅也语，故欲于此闻其言也。　此燕飨宾客之诗也。盖君臣之分，以严为主；朝廷之礼，以敬为主。然一于严敬，则情或不通，或无以尽其忠告之益。故先王因其饮食聚会，而制为燕飨之礼，以通上下之情。而其乐歌又以鹿鸣起兴，而言其礼意之厚如此，庶乎人之好我，而示我以大道也。《记》曰："私惠而不归德，君子不自留焉。"盖其所望于群臣嘉宾者，唯在于示我以大道，则必不以私惠为德而自留矣。呜呼！此其所以和乐而不淫也与！

⑤兴也。蒿，菣也，即青蒿也。孔，甚；昭，明也。视，与"示"同。恌，偷薄也。敖，游也。

言嘉宾之德音甚明，足以示民使不偷薄，而君子所当则效。则亦不待言语之间，而其所以示我者深矣。

⑥兴也。芩，草名，茎如钗股，叶如竹，蔓生。湛，乐之久也。燕，安也。　　言安乐其心，则非止养其体，娱其外而已，盖所以致其殷勤之厚，而欲其教示之无已也。

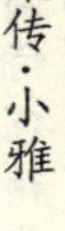

四牡[①]

四牡騑騑，周道倭迟。岂不怀归？王事靡盬，我心伤悲[②]。　四牡騑騑，啴啴骆马。岂不怀归？王事靡盬，不遑启处[③]。　翩翩者鵻，载飞载下，集于苞栩；王事靡盬，不遑将父[④]。　翩翩者鵻，载飞载止，集于苞杞；王事靡盬，不遑将母[⑤]。　驾彼四骆，载骤骎骎。岂不怀归？是用作歌，将母来谂[⑥]。

【注释】

①《四牡》五章，章五句。　按《序》言此诗所以劳使臣之来，甚协诗意，故《春秋传》亦云，而《外传》以为章使臣之勤。所谓使臣，虽叔孙之自称，亦正合其本事也。但《仪礼》又以为上下通用之乐，疑亦本为劳使臣而作，其后乃移以他用耳。

②赋也。騑騑，行不止之貌。周道，大路也。倭迟，回远之貌。盬，不坚固也。　此劳使臣之诗也。夫君之使臣，臣之事君，礼也。故为臣者奔走于王事，特以尽其职分之所当为而已，何敢自以为劳哉！然君之心则不敢以是而自安也，故燕飨之际，叙其情以闵其劳。言驾此四牡而出使于外，其道路之回远如此，当是时岂不思归乎？特以王事不可以不坚固，不敢徇私以废公，是以内顾而伤悲也。臣劳于事而不自言，君探其情而代之言，上下之间，可谓各尽其道矣。《传》曰："思归者，私恩也。靡盬者，公义也。伤悲者，情思也。无私恩，非孝子也。无公义，非忠臣也。君子不以私害公，不以家事辞王事。"范氏曰："臣之事上也，必先公而后私；君之劳臣也，必先恩而后义。"

③赋也。啴啴，众盛之貌。白马黑鬣曰骆。遑，暇；启，跪；处，居也。

④兴也。翩翩，飞貌。鵻，夫不也，今鹁鸠也。凡鸟之短尾者皆隹属。将，养也。　翩翩者鵻，犹或飞或下，而集于所安之处。今使人劳苦于外而不遑养其父，此君人者所以不能自安，而深以为忧也。范氏曰："忠臣孝子之行役，未尝不念其亲。君之使臣，岂待其劳苦而自伤哉？亦忧其忧如己而已矣！此圣人所以感人心也。"

⑤兴也。杞，枸杞也。

⑥赋也。骎骎，骤貌。谂，告也。　以其不获养父母之情而来告于君也。非使人作是歌也，设言其情以劳之耳。独言将母者，因上章之文也。

皇皇者华[①]

皇皇者华，于彼原隰；駪駪征夫，每怀靡及[②]。　我马维驹，六辔如濡。载驰载驱，周爰咨诹[③]。　我马维骐，六辔如丝。载驰载驱，周爰咨谋[④]。　我马维骆，六辔沃若。载驰载驱，周爰咨度[⑤]。　我马维骃，六辔既均，载驰载驱，周爰咨询[⑥]。

【注释】

①《皇皇者华》五章，章四句。　　按《序》以此诗为君遣使臣。《春秋》内外传皆云君教使臣，其说已见前篇。《仪礼》亦见《鹿鸣》。疑亦本为遣使臣而作，其后乃移以它用也。然叔孙穆子所谓君教使臣曰："每怀靡及，诹谋度询，必咨于周，敢不拜教？"可谓得诗之意矣。范氏曰："王者遣使于四方，教之以咨诹善道，将以广聪明也。夫臣欲助其君之德，必求贤以自助。故臣能从善，则可以善君矣。臣能听谏，则可以谏君矣。未有不自治而能正君者也。"

②兴也。皇皇，犹煌煌也。华，草木之华也。高平曰原，下湿曰隰。駪駪，众多疾行之貌。征夫，使臣与其属也。怀，思也。　　此遣使臣之诗也。君之使臣，固欲其宣上德而达下情，而臣之受命，亦唯恐其无以副君之意也。故先王之遣使臣也，美其行道之勤，而述其心之所怀曰："彼煌煌之华，则于彼原隰矣。此駪駪然之征夫，则其所怀思，常若有所不及矣。"盖亦因以为戒，然其词之婉而不迫如此，诗之忠厚，亦可见矣。

③赋也。如濡，鲜泽。周，遍；爰，于也。咨诹，访问也。　　使臣自以每怀靡及，故广询博访，以补其不及而尽其职也。程子曰："咨访，使臣之大务。"

④赋也。如丝，调忍也。谋，犹诹也。变文以协韵尔。下章放此。

⑤赋也。沃若，犹如濡也。度，犹谋也。

⑥赋也。阴白杂毛曰骃。均，调也。询，犹度也。

常　棣①

常棣之华，鄂不韡韡；凡今之人，莫如兄弟②。　　死丧之威，兄弟孔怀。原隰裒矣，兄弟求矣③。　　脊令在原，兄弟急难。每有良朋，况也永叹④。　　兄弟阋于墙，外御其务。每有良朋，烝也无戎⑤。　　丧乱既平，既安且宁。虽有兄弟，不如友生⑥。　　傧尔笾豆，饮酒之饫。兄弟既具，和乐且孺⑦。　　妻子好合，如鼓瑟琴。兄弟既翕，和乐且湛⑧。　　宜尔室家，乐尔妻帑。是究是图，亶其然乎⑨！

【注释】

①《常棣》八章，章四句。　　此诗首章略言至亲莫如兄弟之意。次章乃以意外不测之事言之，以明兄弟之情，其切如此。三章但言急难，则浅于死丧矣。至于四章，则又以其情意之甚薄，而犹有所不能已者言之。其《序》若曰：不待死丧，然后相收，但有急难，便当相助。言又不幸而至于或有小忿，犹必共御外侮。其所以言之者，虽若益轻以约，而所以著夫兄弟之义者，益深且切矣。至于五章，遂言安宁之后，乃谓兄弟不如友生，则是至亲反为路人，而人道或几乎息矣。故下两章乃复极言兄弟之恩，异形同气，死生若乐，无适而不相须之意。卒章又申告之，使反覆穷极而验其信然。可谓委曲渐次，说尽人情矣。读者宜深味之。

②兴也。常棣，棣也，子如樱桃，可食。鄂，鄂然外见之貌。不，犹岂不也。韡韡，光明貌。

此燕兄弟之乐歌。故言常棣之华，则其鄂然而外见者，岂不韡韡乎？凡今之人，则岂有如兄弟者乎？

③赋也。威，畏；怀，思；裒，聚也。　　言死丧之祸，它人所畏恶，惟兄弟为相恤耳。至于积尸裒聚于原野之间，亦惟兄弟为相求也。此诗盖周公既诛管、蔡而作。故此章以下，专以死丧急难斗阋之事为言。其志切，其情哀，乃处兄弟之变，如孟子所谓"其兄关弓而射之则已

垂涕泣而道之"者。《序》以为"闵管、蔡之失道者"得之，而又以为文武之诗则误矣。大抵旧说诗之时世，皆不足信。举此自相矛盾者，以见其一端，后不能悉辩也。

④兴也。脊令，雍渠，水鸟也。况，发语词，或曰，当作"怳"。脊令飞则鸣，行则摇，有急难之意，故以起兴。而言当此之时，虽有良朋，不过为之长叹息而已，力或不能相及也。东莱吕氏曰："疏其所亲，而亲其所疏，此失其本心者也。故此诗反复言朋友之不如兄弟，盖示之以亲疏之分，使之反循其本也。本心既得则由亲及疏，秩然有序。兄弟之亲既笃，而朋友之义亦敦矣，初非薄于朋友也。苟杂施而不孙，虽曰厚于朋友，如无源之水，朝满夕除，胡可保哉？或曰，人之在难，朋友亦可以坐视欤？曰每有良朋，况也永叹，则非不忧悯，但视兄弟急难为有差等耳。诗人之词容有抑扬，然《常棣》周公作也，圣人之言，大小高下皆宜，而前后左右不相悖。"

⑤赋也。阋，斗很也。御，禁也。烝，发语声。戎，助也。　　言兄弟设有不幸，斗很于内，然有外侮，则同心御之矣。虽有良朋，岂能有所助乎？富辰曰："兄弟虽有小忿，不废懿亲。"

⑥赋也。上章言患难之时，兄弟相救，非朋友可比。此章遂言安宁之后，乃有视兄弟不如友生者，悖理之甚也。

⑦赋也。傧，陈；饫，餍；具，俱也。孺，小儿之慕父母也。　　言陈笾豆以醉饱，而兄弟有不具焉，则无与共享其乐也。

⑧赋也。翕，合也。　　言其妻子好合，如琴瑟之和，则兄弟有不合焉，则无以久其乐矣。

⑨赋也。帑，子；究，穷；图，谋；亶，信也。　　宜尔室家者，兄弟具而后乐且孺也。乐尔妻帑者，兄弟翕而后乐且湛也。兄弟于人，其重如此。试以是究而图之，岂不信其然乎！东莱吕氏曰："告人以兄弟之当亲，未有不以为然者也。苟非是究是图，实从事如此，则亦未有诚知其然者也。不诚知其然，则所知者特其名而已矣。凡学盖莫不然。"

伐　木[①]

伐木丁丁，鸟鸣嘤嘤。出自幽谷，迁于乔木。嘤其鸣矣，求其友声。相彼鸟矣，犹求友声；矧伊人矣，不求友生！神之听之，终和且平[②]。　　伐木许许，酾酒有芎。既有肥羜，以速诸父。宁適不来，微我弗顾。于粲洒埽，陈馈八簋，既有肥牡，以速诸舅。宁适不来，微我有咎[③]。　　伐木于阪，酾酒有衍。笾豆有践，兄弟无远。民之失德，乾糇以愆。有酒湑我，无酒酤我。坎坎鼓我，蹲蹲舞我。迨我暇矣，饮此湑矣[④]。

【注释】

①《伐木》三章，章十二句。　　刘氏曰："此诗每章首辄云伐木，凡三云伐木，故知当为三章。旧作六章，误矣。"今从其说正之。

②兴也。丁丁，伐木声。嘤嘤，鸟声之和也。幽，深；迁，升；乔，高；相，视；矧，况也。　　此燕朋友故旧之乐歌。故以伐木之丁丁兴鸟鸣之嘤嘤，而言鸟之求友，遂以鸟之求友喻人之不可无友也。人能笃朋友之好，则神之听之，终和且平矣。

③兴也。许许，众人共力之声。《淮南子》曰："举大木者呼邪许。"盖举重劝力之歌也。酾酒者，或以筐，或以草，泲之而去其糟也，《礼》所谓"缩酌用茅"是也。芎，美貌。羜，未成羊也。速，召也。诸父，朋友之同姓而尊者也。微，无；顾，念也。於，叹辞。粲，鲜明貌。八簋，器

之盛也。诸舅，朋友之异姓而尊者也。先诸父而后诸舅者，亲疏之杀也。咎，过也。　言具酒食以乐朋友如此，宁使彼适有故而不来，而无使我恩意之不至也。孔子曰："所求乎朋友，先施之未能也。"此可谓能先施矣。

④兴也。衍，多也。践，陈列貌。兄弟，朋友之同侪者。无远，皆在也。先诸舅而后兄弟者，尊卑之等也。乾糇，食之薄者也。愆，过也。湑，亦酾也。酤，买也。坎坎，击鼓声。蹲蹲，舞貌。迨，及也。　方人之所以至于失朋友之义者，非必有大故，或但以乾糇之薄不以分人，而至于有愆耳。故我于朋友，不计有无，但及闲暇，则饮酒以相乐也。

天保①

天保定尔，亦孔之固。俾尔单厚，何福不除？俾尔多益，以莫不庶②。　天保定尔，俾尔戬穀。罄无不宜，受天百禄。降尔遐福，维日不足③。　天保定尔，以莫不兴。如山如阜，如冈如陵。如川之方至，以莫不增④。　吉蠲为饎，是用孝享。禴祠烝尝，于公先王。君曰卜尔，万寿无疆⑤。　神之吊矣，诒尔多福。民之质矣，日用饮食。群黎百姓，遍为尔德⑥。　如月之恒，如日之升，如南山之寿，不骞不崩；如松柏之茂，无不尔或承⑦。

【注释】

①《天保》六章，章六句。

②赋也。保，安也。尔，指君也。固，坚；单，尽也。除，除旧而生新也。庶，众也。　人君以《鹿鸣》以上五诗燕其臣，臣受赐者歌此诗以答其君。言天之安定我君，使之获福如此也。

③赋也。闻人氏曰："戬，与'剪'同，尽也。穀，善也。尽善云者，犹其曰单厚多益也。罄，尽；遐，远也。"　尔有以受天之禄矣，而又降尔以福，言天人之际，交相与也。《书》所谓"昭受上帝，天其申命用休"，语意正如此。

④赋也。兴，盛也。高平曰陆，大陆曰阜，大阜曰陵，皆高大之意。川之方至，言其盛长之未可量也。

⑤赋也。吉，言诹日择士之善。蠲，言斋戒涤濯之洁。饎，酒食也。享，献也。宗庙之祭，春曰祠，夏曰禴，秋曰尝，冬曰烝。公，先公也，谓后稷以下至公叔祖类也。先王，大王以下也。君，通谓先公之王也。卜，犹期也。此尸传神意以嘏主人之词。文王时周未有曰先王者，此必武王以后所作也。

⑥赋也。吊，至也。神之至矣，犹言祖考来格也。诒，遗；质，实也。言其质实无伪，日用饮食而已。群，众也。黎，黑也。犹秦言黔首也。百姓，庶民也。为尔德者，言则而象之，犹助尔而为德也。

⑦赋也。恒，弦；升，出也。月上弦而就盈，日始出而就明。骞，亏也。承，继也。言旧叶将落而新叶已生，相继而长茂也。

采薇①

采薇采薇，薇亦作止；曰归曰归，岁亦莫止。靡室靡家，玁狁之故；不遑启居，玁狁之

故[②]。　采薇采薇，薇亦柔止；曰归曰归，心亦忧止。忧心烈烈，载饥载渴。我戍未定，靡使归聘[③]。　采薇采薇，薇亦刚止；曰归曰归，岁亦阳止。王事靡盬，不遑启处。忧心孔疚，我行不来[④]。　彼尔维何？维常之华；彼路斯何？君子之车。戎车既驾，四牡业业。岂敢定居？一月三捷[⑤]。　驾彼四牡，四牡骙骙；君子所依，小人所腓。四牡翼翼，象弭鱼服。岂不日戒？猃狁孔棘[⑥]！　昔我往矣，杨柳依依；今我来思，雨雪霏霏。行道迟迟，载渴载饥。我心伤悲，莫如我哀[⑦]。

【注释】

①《采薇》六章，章八句。

②兴也。薇，菜名。作，出生地也。莫，晚；靡，无也。猃狁，北狄也。遑，暇；启，跪也。此遣戍役之诗。以其出戍之时采薇以食，而念归期之远也。故为其自言，而以采薇起兴曰："采薇采薇，则薇亦作止矣。曰归曰归，则岁亦莫止矣。然凡此所以使我舍其家室而不暇启居者，非上之人固为是以苦我也，直以猃狁侵陵之故，有所不得已而然耳。"盖叙其勤苦悲伤之情，而又风以义也。程子曰："毒民不由其上，则人怀敌忾之心矣。"又曰："古者戍役，两期而还。今年春莫行，明年夏代者至，复留备秋，至过十一月而归。又明年中春至，春暮遣次戍者。每秋与冬初，两番戍者皆在疆圉，如今之防秋也。"

③兴也。柔，始生而弱也。烈烈，忧貌。载，则也。定，止；聘，问也。　言戍人念归期之远，而忧劳之甚，然戍事未已，则无人可使归而问其室家之安否也。

④兴也。刚，既成而刚也。阳，十月也。时纯阴用事，嫌于无阳，故名之曰阳月也。孔，甚；疚，病也。来，归也。此见士之竭力致死无还心也。

⑤兴也。尔，华盛貌。常，常棣也。路，戎车也。君了，谓将帅也。业业，壮也。捷，胜也。　彼尔然而盛者，常棣之华也。彼路车者，君子之车也。戎车既驾，而四牡盛矣。则何敢以定居乎？庶乎一月之间三战而三捷尔。

⑥赋也。骙骙，强也。依，犹乘也。腓，犹芘也。程子曰："腓，随动也，如足之腓，足动则随而动也。翼翼，行列整治之状。象弭，以象骨饰弓绡也。鱼，兽名，似猪，东海有之，其皮背上斑文，腹下纯青，可为弓鞬矢服也。戒，警；棘，急也。"　言戎车者，将帅之所依乘，戍役之所芘倚，且其行列整治而器械精好如此，岂不日相警戒乎；猃狁之难甚急，诚不可以忘备也。

⑦赋也。杨柳，蒲柳也。霏霏，雪甚貌。迟迟，长远也。　此章又设为役人预自道其归时之事，以见其勤劳之甚也。程子曰："此皆极道其劳苦忧伤之情也。上能察其情，则虽劳而不怨，虽忧而能励矣。"范氏曰："予于采薇，见先王以人道使人，后世则牛羊而已矣。"

出　车[①]

我出我车，于彼牧矣。自天子所，谓我来矣。召彼仆夫，谓之载矣。王事多难，维其棘矣[②]。　我出我车，于彼郊矣。设此旐矣，建彼旄矣。彼旟旐斯，胡不旆旆！忧心悄悄，仆夫况瘁[③]。　王命南仲，往城于方。出车彭彭，旂旐央央。天子命我，城彼朔方。赫赫南仲，猃狁于襄[④]。　昔我往矣，黍稷方华；今我来思，雨雪载涂。王事多难，不遑启居。岂不怀归？畏此简书[⑤]。　喓喓草虫，趯趯阜螽。未见君

子,忧心忡忡;既见君子,我心则降。赫赫南仲,薄伐西戎[6]。　春日迟迟,卉木萋萋,仓庚喈喈。采蘩祁祁。执讯获醜,薄言还归。赫赫南仲,猃狁于夷[7]。

【注释】

①《出车》六章,章八句。

②赋也。牧,郊外也。自,从也。天子,周王也。仆夫,御夫也。　此劳还率之诗。追言其始受命出征之时,出车于郊外而语其人曰:"我受命于天子之所而来,于是乎召御夫使之载其车以行,而戒之曰:'王事多难,是行也不可以缓矣。'"

③赋也。郊在牧内,盖前军已至牧,而后军犹在郊也。设,陈也。龟蛇曰旐。建,立也。旄,注旄于旗干之首也。鸟隼曰旟。鸟隼龟蛇,《曲礼》所谓"前朱雀而后玄武"也。杨氏曰:"师行之法,四方之星各随其方以为左右前后,进退有度,各司其局,则士无失伍离次矣。"旆旆,飞扬之貌。悄悄,忧貌。况,兹也,或云当作"怳"。　言出车在郊,建设旗帜,彼旗帜者,岂不旆旆而飞扬乎?但将帅方以任大责重为忧,而仆夫亦为之恐惧而憔悴耳。东莱吕氏曰:"古者出师,以丧礼处之,命下之日,士皆泣涕。夫子之言'行三军',亦曰'临事而惧',皆此意也。"

④赋也。王,周王也。南仲,此时大将也。方,朔方,今灵夏等州之地。彭彭,众盛貌。交龙为旂,此所谓左青龙也。央央,鲜明也。赫赫,威名光显也。襄,除也,或曰,上也,与"怀山襄陵"之襄同,言胜之也。　东莱吕氏曰:"大将传天子之命以令军众,于是车马众盛,旗旐鲜明,威灵气焰,赫然动人矣。兵事以哀敬为本,而所尚则威,二章之戒惧,三章之奋扬,并行而不相悖也。"程子曰:"城朔方而猃狁之难除,御戎狄之道,守备为本,不以攻战为先也。"

⑤赋也。华,盛也。涂,冻释而泥涂也。简书,戒命也。邻国有急,则以简书相戒命也。或曰,简书,策命临遣之词也。　此言其既归在涂,而本其所往时所见,与今还时所遭,以见其出之久也。东莱吕氏曰:"《采薇》之所谓往,遣戍时也;此诗之所谓往,在道时也。《采薇》之所谓来,戍毕时也;此诗之所谓来,归而在道时也。"

⑥赋也。此言将帅之出征也,其室家感时物之变而念之,以为未见而忧之如此,必既见然后心可降耳。然此南仲今何在乎?方往伐西戎而未归也。岂既却猃狁而还师以伐昆夷也与?薄之为言聊也,盖不劳余力矣。

⑦赋也。卉,草也。萋萋,盛貌。仓庚,黄鹂也。喈喈,声之和也。讯,其魁者当讯问者也。醜,徒众也。夷,平也。　欧阳氏曰:"述其归时,春日暄妍,草木荣茂,而禽鸟和鸣于此之时,执讯获醜而归,岂不乐哉!"郑氏曰:"此时亦伐西戎,独言乎猃狁者,猃狁大,故以为始,以为终。"

杕　杜[1]

有杕之杜,有睆其实;王事靡盬,继嗣我日。日月阳止,女心伤止,征夫遑止[2]。

有杕之杜,其叶萋萋;王事靡盬,我心伤悲。卉木萋止,女心悲止,征夫归止[3]。

陟彼北山,言采其杞。王事靡盬,忧我父母。檀车幝幝,四牡痯痯,征夫不远[4]。　匪载匪来,忧心孔疚。期逝不至,而多为恤。卜筮偕止,会言近止,征夫

迩止[⑤]。

【注释】

①《杕杜》四章，章七句。　　郑氏曰："遣将帅及戍役，同歌同时，欲其同心也。反而劳之，异歌异日，殊尊卑也。"《记》曰："赐君子小人不同日。"此其义也。王氏曰："出而用兵，则均服同食，一众心也。入而振旅，则殊尊卑，辨贵贱，定众志也。"范氏曰："《出车》劳率，故美其功。《杕杜》劳众，故极其情。先王以己之心为人之心，故能曲尽其情，使民忘其死以忠于上也。"

②赋也。睆，实貌。嗣，续也。阳，十月也。遑，暇也。　　此劳还役之诗。故追述其未还之时，室家感于时物之变而思之曰："特生之杜，有睆其实，则秋冬之交矣。而征夫以王事出，乃以日继日，而无休息之期，至于十月，可以归而犹不至。"故女心悲伤，而曰征夫亦可以暇矣。曷为而不归哉？或曰，兴也，下章放此。

③赋也。萋萋，盛貌，春将莫之时也。归止，可以归也。

④赋也。檀木坚，宜为车。幝幝，敝貌。痯痯，罢貌。　　登山采杞，则春已莫而杞可食矣。盖托以望其君子，而念其以王事诒父母之忧也。然檀车之坚而敝矣，四牡之壮而罢矣，则征夫之归亦不远矣。

⑤赋也。载，装；疚，病；逝，往；恤，忧；偕，俱；会，合也。　　言征夫不装载而来归，固已使我念之而甚病矣。况归期已过而犹不至，则使我多为忧恤，宜如何哉？故且卜且筮，相袭俱作，合言于繇而皆曰近矣，则征夫其亦迩而将至矣。范氏曰："以卜筮终之，言思之切而无所不为也。"

南　陔[①]

【注释】

①此笙诗也，有声无词，旧在《鱼丽》之后。以《仪礼》考之，其篇次当在此。今正之，说见《华黍》。

《鹿鸣之什》十篇，一篇无辞，凡四十六章，二百九十七句。

白华之什[①]

白　华[②]

【注释】

①毛公以《南陔》以下三篇无辞，故升《鱼丽》以足《鹿鸣》什数，而附笙诗三篇于其后，因以《南有嘉鱼》为次什之首。今悉依《仪礼》正之。

②笙诗也。说见上下篇。

华　黍①

【注释】

①亦笙诗也。《乡饮酒礼》:“鼓瑟而歌《鹿鸣》、《四牡》、《皇皇者华》,然后笙入堂下,磬南北面立,乐《南陔》、《白华》、《华黍》。”《燕礼》亦“鼓瑟,歌《鹿鸣》、《四牡》、《皇华》,然后笙入立于县中,奏《南陔》、《白华》、《华黍》。”《南陔》以下,今无以考其名篇之义,然曰笙,曰乐,曰奏,而不言歌,则有声而无词明矣。所以知其篇第在此者,意古经篇题之下必有谱焉,如《投壶》鲁薛鼓之节而亡之耳。

鱼　丽①

鱼丽于罶,鲿鲨;君子有酒,旨且多②。　鱼丽于罶,鲂鳢;君子有酒,多且旨③。　鱼丽于鰋,鰋鲤;君子有酒,旨且有④。　物其多矣,维其嘉矣⑤。　物其旨矣,维其偕矣⑥。　物其有矣,维其时矣⑦。

【注释】

①《鱼丽》六章,三章章四句,三章章二句。　按《仪礼·乡饮酒》及《燕礼》,前乐即毕,皆间歌《鱼丽》,笙《由庚》;歌《南有嘉鱼》,笙《崇丘》;歌《南山有台》,笙《由仪》。间,代也,言一歌一吹也。然则此六者,盖一时之诗,而皆为燕飨宾客上下通用之乐。毛公分《鱼丽》以足前什,而说者不察,遂分《鱼丽》以上为文武诗,《嘉鱼》以下为成王诗,其失甚矣。

②兴也。丽,历也。罶,以曲薄为笱,而承梁之空者。鲿,杨也,今黄颊鱼是也,似燕头,鱼身,形厚而长大,颊骨正黄,鱼之大而有力解飞者。鲨,鮀也,鱼狭而小,常张口吹沙,故又名吹沙。君子,指主人。旨且多,旨而又多也。　此燕飨通用之乐歌。即燕飨所荐之差,而极道其美且多,见主人礼意之勤,以优宾也。或曰,赋也,下二章放此。

③兴也。鳢,鲖也;又曰,鲩也。

④兴也。鰋,鲇也。有,犹多也。

⑤赋也。

⑥赋也。

⑦赋也。苏氏曰:“多则患其不嘉,旨则患其不齐,有则患其不时。今多而能嘉,旨而能齐,有而能时,言曲全也。”

由　庚①

【注释】

①此亦笙诗,说见《鱼丽》。

南有嘉鱼①

南有嘉鱼,烝然罩罩;君子有酒,嘉宾式燕以乐②。　南有嘉鱼,烝然汕汕;君子

有酒，嘉宾式燕以衎[③]。　　南有樛木，甘瓠累之；君子有酒，嘉宾式燕绥之[④]。

翩翩者雏，烝然来思；君子有酒，嘉宾式燕又思[⑤]。

【注释】

①《南有嘉鱼》四章，章四句。　　说见《鱼丽》。

②兴也。南谓江汉之间。嘉鱼，鲤质，鳟鲫肌，出于沔南之丙穴。烝然，发语声也。罩，篧也，编细竹以罩鱼者也。重言罩罩，非一之词也。　　此亦燕飨通用之乐。故其辞曰：南有嘉鱼，则必烝然而罩罩之矣。君子有酒，则必与嘉宾共之，而式燕以乐矣。此亦因所荐之物，而道达主人乐宾之意也。

③兴也。汕，樔也，以薄汕鱼也。衎，乐也。

④兴也。　　东莱吕氏曰："瓠有甘有苦，甘瓠则可食者也。弱木下垂而美实累之，固结而不可解也。"愚谓此兴之取义者，似比而实兴也。

⑤兴也。此兴之全不取义者也。思，语词也。又，既燕而又燕，又见其至诚有加而无已也。或曰，又思，言其又思念而不忘也。

崇　丘[①]

【注释】

①说见《鱼丽》。

南山有台[①]

南山有台，北山有莱。乐只君子，邦家之基。乐只君子，万寿无期[②]。　　南山有桑，北山有杨。乐只君子，邦家之光。乐只君子，万寿无疆[③]。　　南山有杞，北山有李。乐只君子，民之父母。乐只君子，德音不已[④]。　　南山有栲，北山有杻。乐只君子，遐不眉寿？乐只君子，德音是茂[⑤]。　　南山有枸，北山有楰。乐只君子，遐不黄耇？乐只君子，保艾尔后[⑥]。

【注释】

①《南山有台》五章，章六句。　　说见《鱼丽》。

②兴也。台，夫须，即莎草也。莱，草名，叶香可食者也。君子，指宾客也。　　此亦燕飨通用之乐。故其辞曰：南山则有台矣，北山则有莱矣，乐只君子，则邦家之基矣。乐只君子，则万寿无期矣。所以道达主人尊宾之意，美其德而祝其寿也。

③兴也。

④兴也。杞，树如樗，一名狗骨。

⑤兴也。栲，山樗；杻，檍也。遐，"何"通。眉寿，秀眉也。

⑥兴也。枸，枳枸，树高大似白杨，有子著枝端，大如指，长数寸，啖之甘美如饴，八月熟，亦名木蜜。楰，鼠梓，树叶木理如楸，亦名苦楸。黄，老人发白复黄也。耇，老人面冻梨色，如浮垢也。保，安；艾，养也。

由 仪[①]

【注释】

①说见《鱼丽》。

蓼 萧[①]

蓼彼萧斯，零露湑兮；既见君子，我心写兮。燕笑语兮，是以有誉处兮[②]。　蓼彼萧斯，零露瀼瀼；既见君子，为龙为光。其德不爽，寿考不忘[③]。　蓼彼萧斯，零露泥泥；既见君子，孔燕岂弟。宜兄宜弟，令德寿岂[④]。　蓼彼萧斯，零露浓浓；既见君子，鞗革冲冲。和鸾雍雍，万福攸同[⑤]。

【注释】

①《蓼萧》四章，章六句。

②兴也。蓼，长大貌。萧，蒿也。湑，湑然萧上露貌。君子，指诸侯也。写，输写也。燕，谓燕饮。誉，善声也。处，安乐也。苏氏曰："誉，'豫'通。凡诗之誉，皆言乐也。"亦通。　诸侯朝于天子，天子与之燕以示慈惠，故歌此诗。言蓼彼萧斯，则零露湑然矣。既见君子，则我心输写而无留恨矣。是以燕笑语而有誉处也。其曰既见，盖于其初燕而歌之也。

③兴也。瀼瀼，露蕃貌。龙，宠也。为龙为光，喜其德之词也。爽，差也。其德不爽，则寿考不忘矣。褒美而祝颂之，又因以劝戒之也。

④兴也。泥泥，露濡貌。孔，甚；岂，乐；弟，易也。宜兄宜弟，犹曰宜其家人。盖诸侯继世而立，多疑忌其兄弟，如晋诅无畜群公子，秦针惧选之类。故以宜其兄弟美之，亦所以警戒之也。寿岂，寿而且乐也。

⑤兴也。浓浓，厚貌。鞗，辔也。革，辔首也，马辔所把之外，有余而垂者也。冲冲，垂貌。和、鸾，皆铃也。在轼曰和，在镳曰鸾。皆诸侯车马之饰也。《庭燎》亦以君子目诸侯，而称其鸾旂之美，正此类也。攸，所；同，聚也。

湛 露[①]

湛湛露斯，匪阳不晞；厌厌夜饮，不醉无归[②]。　湛湛露斯，在彼丰草；厌厌夜饮，在宗载考[③]。　湛湛露斯，在彼杞棘；显允君子，莫不令德[④]。　其桐其椅，其实离离；岂弟君子，莫不令仪[⑤]。

【注释】

①《湛露》四章，章四句。　《春秋传》宁武子曰："诸侯朝正于王，王宴乐之，于是赋《湛露》。"曾氏曰："前两章言厌厌夜饮，后两章言令德令仪。虽过三爵，亦可谓不继以淫矣。"

②兴也。湛湛，露盛貌。阳，日；晞，乾也。厌厌，安也，亦久也，足也。夜饮，私燕也。《燕礼》宵则两阶及庭门皆设大烛焉。　此亦天子燕诸侯之诗。言湛湛露斯，非日则不晞。

犹厌厌夜饮，不醉则不归。盖于其夜饮之终而歌之也。

③兴也。丰，茂也。夜饮必于宗室，盖路寝之属也。考，成也。

④兴也。显，明；允，信也。君子，指诸侯为宾者也。令，善也。令德，谓其饮多而不乱，德足以将之也。

⑤兴也。离离，垂也。令仪，言醉而不丧其威仪也。

《白华之什》十篇，五篇无辞，凡二十三章，一百四句。

诗集传卷第十

彤弓之什

彤　弓①

彤弓弨兮，受言藏之。我有嘉宾，中心贶之。钟鼓既设，一朝飨之②。　彤弓弨兮，受言载之。我有嘉宾，中心喜之。钟鼓既设，一朝右之③。　彤弓弨兮，受言櫜之。我有嘉宾，中心好之。钟鼓既设，一朝酬之④。

【注释】

①《彤弓》三章，章六句。　《春秋传》宁武子曰："诸侯敌王所忾，而献其功，于是乎赐之彤弓一，彤矢百，玈弓矢千，以觉报宴。"注曰："忾，恨怒也。觉，明也。谓诸侯有四夷之功，王赐之弓矢，又为歌《彤弓》以明报功宴乐。"郑氏曰："凡诸侯赐弓矢，然后专征伐。"东莱吕氏曰："所谓专征者，如四夷入边，臣子篡弑，不容待报者。其他则九伐之法，乃大司马所职，非诸侯所专也。与后世强臣，拜表辄行者异矣。"

②赋也。彤弓，朱弓也。弨，弛貌。贶，与也。大饮宾曰飨。　此天子燕有功诸侯，而锡以弓矢以乐歌也。东莱吕氏曰："受言藏之，言其重也。受弓人所献，藏之王府，以待有功，不敢轻予人也。中心贶之，言其诚也。中心实欲贶之，非由外也。一朝飨之，言其速也。以王府宝藏之弓，一朝举以畀人，未尝有迟留顾惜之意也。后世视府藏为私分，至有以武库兵赐弄臣者，则与受言藏之者异矣。赏赐非出于利诱，则迫于事势，至有朝赐铁券而暮屠戮者，则与中心贶之者异也。屯膏吝赏，功臣解体，至有印刓而不忍予者，则与一朝飨之者异也。"

③赋也。载，抗之也。喜，乐也。右，劝也，尊也。

④赋也。櫜，韬；好，说；酬，报也。饮酒之礼，主人献宾，宾酢主人，主人又酌自饮，而遂酌以饮宾，谓之酬。酬，犹厚也，劝也。

菁菁者莪①

菁菁者莪，在彼中阿；既见君子，乐且有仪②。　菁菁者莪，在彼中沚；既见君子，我心则喜③。　菁菁者莪，在彼中陵；既见君子，锡我百朋④。　泛泛杨舟，载沉载浮；既见君子，我心则休⑤。

【注释】

①《菁菁者莪》四章，章四句。

②兴也。菁菁，盛貌。莪，罗蒿也。中阿，阿中也。大陵曰阿。君子，指宾客也。　此亦燕饮宾客之诗。言菁菁者莪，则在彼中阿矣。既见君子，则我心喜乐而有礼仪矣。或曰，以菁菁者莪比君子容貌威仪之盛也。下章放此。

③兴也。中沚，沚中也。喜，乐也。

④兴也，中陵，陵中也。古者货贝，五贝为朋。锡我百朋者，见之而喜，如得重货之多也。

⑤兴也。杨舟，杨木为舟也。载，则也。载沉载浮，犹言载清载浊、载驰载驱之类，以兴未见君子而心不定也。休者，休休然，言安定也。

六　月[①]

六月栖栖，戎车既饬。四牡骙骙，载是常服。猃狁孔炽，我是用急。王于出征，以匡王国[②]。　比物四骊，闲之维则。维此六月，既成我服。我服既成，于三十里。王于出征，以佐天子[③]。　四牡修广，其大有颙。薄伐猃狁，以奏肤公。有严有翼，共武之服。共武之服，以定王国[④]。　猃狁匪茹，整居焦获。侵镐及方，至于泾阳。织文鸟章，白旆央央。元戎十乘，以先启行[⑤]。　戎车既安，如轾如轩。四牡既佶，既佶且闲。薄伐猃狁，至于大原。文武吉甫，万邦为宪[⑥]。　吉甫燕喜，既多受祉。来归自镐，我行永久。饮御诸友，炰鳖脍鲤。侯谁在矣？张仲孝友[⑦]。

【注释】

①《六月》六章，章八句。

②赋也。六月，建未之月也。栖栖，犹皇皇不安之貌。戎车，兵车也。饬，整也。骙骙，强貌。常服，戎事之常服，以韎韦为弁，又以为衣，而素裳白舄也。猃狁，即猃狁，北狄也。孔，甚；炽，盛；匡，正也。　成康既没，周室寖衰，八世而厉王胡暴虐，周人逐之，出居于彘。猃狁内侵，逼近京邑。王崩，子宣王靖即位。命尹吉甫帅师伐之，有功而归。诗人作歌以叙其事如此。《司马法》："冬夏不兴师。"今乃六月而出师者，以猃狁甚炽，其事危急，故不得已而王命于是出征，以正王国也。

③赋也。比物，齐其力也。凡大事，祭祀、朝觐、会同，毛马而颁之。凡军事，物马而颁之。毛马齐其色，物马齐其力，吉事尚文，武事尚强也。则，法也。服，戎服也。三十里，一舍也。古者吉行日五十里，师行日三十里。　既比其物，而曰四骊，则其色又齐，可以见马之有余矣。闲习之而皆中法，则又可以见教之有素矣。于是，此月之中，即成我服，既成我服，即日引道，不徐不疾，尽舍而止，又见其应变之速，从事之敏，而不失其常度也。王命于此而出征，欲其有以敌王所忾而佐天子耳。

④赋也。修，长；广，大也。颙，大貌。奏，荐；肤，大；公，功；严，威；翼，敬也。共，与"供"同。服，事也。言将帅皆严敬以恭武事也。

⑤赋也。茹，度；整，齐也。焦、获、镐、方，皆地名。焦，未详所在。获，郭璞以为瓠中，则今在耀州三原县也。镐，刘向以为千里之镐，则非镐京之镐矣，亦未详其所在也。方，疑即朔方也。泾阳，泾水之北，在丰镐之西北。言其深入为寇也。织帜字同。鸟章，鸟隼之章也。白旆，继旐者也。央央，鲜明貌。元，大也。戎，戎车也，军之前锋也。启，开；行，道也。犹

言发程也。　　言玁狁不自度量，深入为寇如此，是以建此旌旗，选锋锐进，声其罪而致讨焉。直而壮，律而臧。有所不战，战必胜矣。

⑥赋也。轾，车之覆而前也。轩，车之却而后也。凡车从后视之如轾，从前视之如轩，然后适调也。佶，壮健貌。大原，地名，亦曰大卤，今在大原府阳曲县。至于大原，言逐出之而已，不穷追也。先王治戎狄之法如此。吉甫，尹吉甫，此时大将也。宪，法也。非文无以附众，非武无以威敌，能文能武，则万邦以之为法矣。

⑦赋也。祉，福，御，进；侯，维也。张仲，吉甫之友也。善父母曰孝，善兄弟曰友。　　此言吉甫燕饮喜乐。多受福祉，盖以其归自镐而行永久也。是以饮酒进馔于朋友，而孝友之张仲在焉。言其所与燕者之贤，所以贤吉甫而善是燕也。

采　芑[①]

薄言采芑，于彼新田，于此菑亩。方叔莅止，其车三千，师干之试。方叔率止，乘其四骐。四骐翼翼，路车有奭。簟笰鱼服，钩膺鞗革[②]。　　薄言采芑，于彼新田，于此中乡。方叔莅止，其车三千，旂旐央央。方叔率止，约軧错衡。八鸾玱玱，服其命服，朱芾斯皇。有玱葱珩[③]。　　鴥彼飞隼，其飞戾天，亦集爰止。方叔莅止，其车三千，师干之试。方叔率止，钲人伐鼓，陈师鞠旅。显允方叔，伐鼓渊渊，振旅阗阗[④]。　　蠢尔蛮荆，大邦为仇。方叔元老，克壮其犹。言叔率止，执讯获醜。戎车啴啴，啴啴焞焞，如霆如雷。显允方叔，征伐玁狁，蛮荆来威[⑤]。

【注释】

①《采芑》四章，章十二句。

②兴也。芑，苦菜也，青白色，摘其叶有白汁出，肥可生食，亦可蒸为茹，即今苦荬菜。宜马食。军行采之，人马皆可食也。田一岁曰菑，二岁曰新田，三岁曰畬。方叔，宣王卿士，受命为将者也。莅，临也。其车三千，法当用三十万众。盖兵车一乘，甲士三人，步卒七十二人，又二十五人，将重车在后，凡百人也。然此亦极其盛而言，未必实有此数也。师，众；干，扞也。试，肄习也，言众且练也。率，总率之也。翼翼，顺序貌。路车，戎路也。奭，赤貌，簟笰，以方文竹簟为车蔽也。钩膺，马娄颔有钩，而在膺有樊有缨也。樊，马大带；缨，鞅也。鞗革，见《蓼萧》篇。　　宣王之时，蛮荆背叛，王命方叔南征。军行采芑而食，故赋其事以起兴曰：薄言采芑，则于彼新田，于此菑亩矣。方叔莅止．则其车三千，师干之试矣。又遂言其车马之美，以见军容之盛也。

③兴也。中乡，民居，其田尤治。约，束；軧，毂也。以皮缠束兵车之毂而朱之也。错，文也。铃在镳曰鸾。马口两旁各一，四马故八也。玱玱，声也。命服，天子所命之服也。朱芾，黄朱之芾也。皇，犹煌煌也。玱，玉声。葱，苍色如葱者也。珩，佩首横玉也。礼：三命赤芾葱珩。

④兴也。隼，鹞属，急疾之鸟也。戾，至；爰，于也。钲，铙也，镯也。伐，击也。钲以静之，鼓以动之，征鼓各有人，而言钲人伐鼓，互文也。鞠，告也。二千五百人为师，五百人为旅。此言将战，陈其师旅而誓告之也。陈师告旅，亦互文耳。渊渊，鼓声，平和不暴怒也。谓战时进士众也。振，止；旅，众也。言战罢而止其众以入也。《春秋传》曰："出曰治兵，入曰振

旅。"是也。阗阗，亦鼓声也，或曰，盛貌。程子曰："振旅亦以鼓行金止。"　言隼飞戾天，而亦集于所止，以兴师众之盛，而进退有节，如下文所云也。

⑤赋也。蠢者，动而无知之貌，蛮荆，荆州之蛮也。大邦，犹言中国也。元，大。犹，谋也。言方叔虽老而谋则壮也。啴啴，众也。焞焞，盛也。霆，疾雷也。方叔盖尝与于北伐之功者，是以蛮荆闻其名而皆来畏服也。

车　攻①

我车既攻，我马既同。四牡庞庞，驾言徂东②。　田车既好，四牡孔阜。东有甫草，驾言行狩③。　之子于苗，选徒嚣嚣。建旐设旄，搏兽于敖④。　驾彼四牡，四牡奕奕。赤芾金舄。会同有绎⑤。　决拾既佽，弓矢既调，射夫既同，助我举柴⑥。　四黄既驾，两骖不猗。不失其驰，舍矢如破⑦。　萧萧马鸣，悠悠旆旌。徒御不惊，大庖不盈⑧。　之子于征，有闻无声。允矣君子，展也大成⑨。

【注释】

①《车攻》八章。章四句。　以五章以下考之，恐当作四章，章八句。

②赋也。攻，坚；同，齐也。《传》曰："宗庙齐豪，尚纯也；戎事齐力，尚强也；田猎齐足，尚疾也。"庞庞，充实也。东，东都洛邑也。　周公相成王，营洛邑，为东都以朝诸侯，周室既衰，久废其礼。至于宣王，内修政事，外攘夷狄，复文武之竟土。修车马，备器械，复会诸侯于东都，因田猎而选车徒焉。故诗人作此以美之。首章泛言将往东都也。

③赋也。田车，田猎之车；好，善也。阜，盛大也。甫草，甫田也，后为郑地，今开封府中牟县西圃田泽是也。宣王之时，未有郑国，圃田属东都畿内，故往田也。　此章指言将往狩于圃田也。

④赋也。之子，有司也。苗，狩猎之通名也。选，数也。嚣嚣，声众盛也。数车徒者，其声嚣嚣，则车徒之众可知。且车徒不哗，而惟数者有声，又见其静治也。敖，近荥阳，地名也。　此章言至东都而选徒以猎也。

⑤赋也。奕奕，连络布散之貌。赤芾，诸侯之服。金舄，赤舄而加金饰，亦诸侯之服也。时见曰会，殷见曰同。绎，陈列联属之貌也。　此章言诸侯来会，朝于东都也。

⑥赋也。决，以象骨为之，著于右手大指，所以钩弦开体。拾，以皮为之，著于左臂以遂弦，故亦名遂。佽，比也。调，谓弓强弱与矢轻重相得也。射夫，盖诸侯来会者。同，协也。柴，《说文》作"㧘"，谓积禽也。使诸侯之人助而举之，言获多也。　此章言既会同而田猎也。

⑦赋也。猗，偏倚不正也。驰，驰驱之法也。舍矢如破，巧而力也。苏氏曰："不善射御者，诡遇则获，不然不能也。今御者不失其驰驱之法，而射者舍矢如破，则可谓善射御矣。此章言田猎而见其射御之善也。"

⑧赋也。萧萧、悠悠，皆闲暇之貌。徒，步卒也。御，车御也。惊，如《汉书》"夜军中惊"之惊。不惊，言比卒事不喧哗也。大庖，君庖也。不盈，言取之有度，不极欲也。盖古者田猎获禽，面伤不献，践毛不献，不成禽不献。择取三等。自左膘而射之达于右腢为上杀，以为乾豆，奉宗庙。达右耳本者次之，以为宾客。射左髀达于右䯚为下杀，以充君庖。每禽取三十焉，每等得十，其余以与士大夫习射于泽宫，中者取之。是以获虽多而君庖不盈也。张子曰："馔虽多而无余者，均及于众而有法耳。凡事有法，则何患乎不均也。"旧说，不惊，惊也；

不盈，盈也。亦通。　此章言其终事严而颁禽均也。

⑨赋也。允，信；展，诚也。闻师之行而不闻其声，言至肃也。信矣其君子也，诚哉其大成也。　此章总序其之始终而深美之也。

吉　日[①]

吉日维戊，既伯既祷。田车既好，四牡孔阜。升彼大阜，从其群醜[②]。　吉日庚午，既差我马。兽之所同，麀鹿麌麌。漆沮之从，天子之所[③]。　瞻彼中原，其祁孔有，儦儦俟俟。或群或友，悉率左右，以燕天子[④]。　既张我弓，既挟我矢。发彼小豝，殪此大兕。以御宾客，且以酌醴[⑤]。

【注释】

①《吉日》四章，章六句。　东莱吕氏曰："《车攻》、《吉日》，所以为复古者，何也？盖搜狩之礼，可以见王赋之复焉，可以见军实之盛焉，可以见师律之严焉，可以见上下之情焉，可以见综理之周焉。欲明文武之功业者，此亦足以观也。"

②赋也。戊，刚日也。伯，马祖也。谓天驷房星之神也。醜，众也，谓禽兽之群众也。　此亦宣王之诗。言田猎将用马力，故以吉日祭马祖而祷之。既祭而车牢马健，于是可以历险而从禽也。以下章推之，是日也，其戊辰与？

③赋也。庚午，亦刚日也。差，择，齐其足也。同，聚也。鹿牝曰麀。麌麌，众多也。漆沮，水名，在西都畿内泾渭之北，所谓洛水，今自盐韦流入鄜坊，至同州入河也。　戊辰之日既祷矣，越二日庚午，遂择其马而乘之。视兽之所聚，麀鹿最多之处而从之。于漆沮之旁为盛，宜为天子田猎之所也。

④赋也。中原，原中也。祁，大也。望则儦儦，行则俟俟。兽三曰群，二曰友。燕，乐也。　言从王者视彼禽兽之多，于是率其同事之人，各共其事，以乐天子也。

⑤赋也。发，发矢也。豕牝曰豝。壹矢而死曰殪。兕，野牛也。言能中微而制大也。御，进也。醴，酒名。《周官》"五齐，二曰醴齐"注曰："醴成而汁滓相将，如今甜酒也。"　言射而获禽以为俎实，进于宾客而酌醴也。

鸿　雁[①]

鸿雁于飞，肃肃其羽；之子于征，劬劳于野。爰及矜人，哀此鳏寡[②]。　鸿雁于飞，集于中泽；集于中泽；之子于垣，百堵皆作。虽则劬劳，其究安宅[③]。　鸿雁于飞，哀鸣嗷嗷。维此哲人，谓我劬劳；维彼愚人，谓我宣骄[④]。

【注释】

①《鸿雁》三章。章六句。

②兴也。大曰鸿，小曰雁。肃肃，羽声也。之子，流民自相谓也。征，行也。劬劳，病苦也。矜，怜也。老而无妻曰鳏，老而无夫曰寡。　旧说，周室中衰，万民离散，而宣王能劳来还定安集之，故流民喜之而作此诗。追叙其始而言曰：鸿雁于飞，则肃肃其羽矣。之子于征，则劬劳于野矣。且其劬劳者，皆鳏寡可哀怜之人也。然今亦未有以见其为宣王之诗。后三

篇放此。

③兴也。中泽，泽中也。一丈为板，五板为堵。究，终也。　　流民自言，鸿雁集于中泽，以兴己之得其所止而筑室以居，今虽劳苦而终获安定也。

④比也。流民以鸿雁哀鸣自比而作此歌也。哲，知。宣，示也。知者闻我歌，知其出于劬劳，不知者谓我闲暇而宣骄也。《韩诗》云："劳者歌其事。"《魏风》亦云："我歌且谣"；"不我知者，谓我士也骄"。大抵歌多出于劳苦，而不知者常以为骄也。

庭　燎[①]

夜如何其？夜未央。庭燎之光。君子至止，鸾声将将[②]。　　夜如何其？夜未艾。庭燎晣晣。君子至止，鸾声哕哕[③]。　　夜如何其？夜乡晨。庭燎有辉。君子至止，言观其旂[④]。

【注释】

①《庭燎》三章，章五句。

②赋也。其，语词。央，中也。庭燎，大烛也。诸侯将朝，则司烜以物百枚并而束之，设于门内也。君子，诸侯也。将将，鸾镳声。　　王将起视朝，不安于寝，而问夜之早晚曰：夜如何哉？夜虽未央，而庭燎光矣。朝者至而闻其鸾声矣。

③赋也。艾，尽也。晣晣，小明也。哕哕，近而闻其徐行声有节也。

④赋也。乡晨，近晓也。辉，火气也。天欲明而见其烟光相杂也。既至而观其旂，则辨色矣。

沔　水[①]

沔彼流水，朝宗于海；鴥彼飞隼，载飞载止。嗟我兄弟，邦人诸友。莫肯念乱，谁无父母[②]？　　沔彼流水，其流汤汤；鴥彼飞隼，载飞载扬。念彼不迹，载起载行。心之忧矣，不可弭忘[③]。　　鴥彼飞隼，率彼中陵；民之讹言，宁莫之惩？我友敬矣，谗言其兴[④]。

【注释】

①《沔水》三章，二章章八句，一章六句。　　疑当作三章，章八句，卒章脱前两句耳。

②兴也。沔，水流满也。诸侯春见天子曰朝，夏见曰宗。　　此忧乱之诗。言流水犹朝宗于海，飞隼犹或有所止，而我之兄弟诸友乃无肯念乱者，谁独无父母乎？乱则忧或及之，是岂可以不念哉！

③兴也。汤汤，波流盛貌。不迹，不循道也。载起载行，言忧念之深，不遑宁处也。弭，止也。水盛隼扬，以兴忧念之不能忘也。

④兴也。率，循；讹，伪；惩，止也。　　隼之高飞，犹循彼中陵，而民之讹言，乃无惩止之者！然我之友诚能敬以自持矣，则谗言何自而兴乎？始忧于人而卒反诸己也。

鹤鸣[①]

鹤鸣于九皋，声闻于野。鱼潜在渊，或在于渚。乐彼之园，爰有树檀。其下维萚。它山之石，可以为错[②]。　鹤鸣于九皋，声闻于天。鱼在于渚，或潜在渊。乐彼之园，爰有树檀。其下维榖。它山之石，可以攻玉[③]。

【注释】

①《鹤鸣》二章，章九句。

②比也。鹤，鸟名，长颈，竦身，高脚，顶赤，身白，颈尾黑，其鸣高亮，闻八九里。皋，泽中水溢出所为坎，从外数至九，喻深远也。萚，落也。错，砺石也。　此诗之作，不可知其所由，然必陈善纳海之词也。盖鹤鸣于九皋，而声闻于野，言诚之不可掩也。鱼潜在渊，而或在于渚，言理之无定在也。园有树檀，而其下维萚，言爱当知其恶也。他山之石，而可以为错，言憎当知其善也。由是四者引而伸之，触类而长之，天下之理其庶几乎。

③比也。榖，一名楮，恶木也。攻，错也。　程子曰："玉之温润，天下之至美也。石之粗厉，天下之至恶也。然两玉相磨，不可以成器，以石磨之，然后玉之为器得以成焉。犹君子之与小人处也。横逆侵加，然后修省畏避，动心忍性，增益预防，而义理生焉，道德成焉，吾闻诸邵子云。"

《彤弓之什》十篇，四十章，二百五十九句。　疑脱两句，当为二百六十一句。

诗集传卷第十一

祈父之什

祈　父[①]

祈父，予王之爪牙。胡转予于恤？靡所止居[②]！　　祈父，予王之爪士。胡转予于恤？靡所底止[③]！　　祈父，亶不聪？胡转予于恤？有母之尸饔[④]！

【注释】

①《祈父》三章，章四句。　　《序》以为刺宣王之诗。说者又以为宣王三十九年，战于千亩，王师败绩于姜氏之戎，故军士怨而作此诗。东莱吕氏曰："太子晋谏灵王之词曰：'自我先王厉、宣、幽、平而贪天祸，至于今未弭。'宣王，中兴之主也。至与幽、厉并数之，其词虽过，观是诗所刺，则子晋之言岂无所自欤？"但今考之诗文，未有以见其必为宣王耳。下篇放此。

②赋也。祈父，司马也，职掌封圻之兵甲，故以为号。《康诰》曰"祈父薄违"是也。予，六军之士也。或曰，司右虎贲之属也。爪牙，鸟兽所用以为威者也。恤，忧也。　　军士怨于久役，故呼祈父而告之曰："予乃王之爪牙，汝何转我于忧恤之地，使我无所止居乎？"

③赋也。爪士，爪牙之士也。底，至也。

④赋也。亶，诚；尸，主也。饔，熟食也。言不得奉养，而使母反主劳苦之事也。　　东莱吕氏曰："越勾践伐吴，有父母耆老而无昆弟者皆遣归。魏公子无忌救赵，亦令独子无兄弟者归养。则古者有亲老而无兄弟，其当免征役，必有成法。故责司马之不聪，其意谓此法人皆闻之，汝独不闻乎？乃驱吾从戎，使吾亲不免薪水之劳也。责司马者，不敢斥王也。"

白　驹[①]

皎皎白驹，食我场苗。絷之维之，以永今朝。所谓伊人，于焉逍遥[②]。　　皎皎白驹，食我场藿。絷之维之，以永今夕。所谓伊人，于焉嘉客[③]。　　皎皎白驹，贲然来思。尔公尔侯，逸豫无期。慎尔优游，勉尔遁思[④]。　　皎皎白驹，在彼空谷。生刍一束，其人如玉。毋金玉尔音，而有遐心[⑤]。

【注释】

①《白驹》四章，章六句。

②赋也，皎皎，洁白也。驹，马之未壮者，谓贤者所乘也。场，圃也。絷，绊其足；维，系其靷也。永，久也。伊人，指贤者也。逍遥，游息也。　　为此诗者以贤者之去而不可留也，故托以其所乘之驹食我场苗而絷维之，庶几以永今朝。使其人得以于此逍遥而不去，若后人

留客而投其辖于井中也。

③赋也。藿,犹苗也。夕,犹朝也。嘉客,犹逍遥也。

④赋也。贲然,光采之貌也,或以为来之疾也。思,语词也。尔,指乘车之贤人也。慎,勿过也。勉,毋决也。遁思,犹言去意也。　　言此乘白驹者若其肯来,则以尔为公,以尔为侯,而逸乐无期矣,犹言"横来,大者王,小者侯"也。岂可以过于优游,决于遁思,而终不我顾哉?盖爱之切,而不知好爵之不足縻,留之苦,而不知其志之不得遂也。

⑤赋也。贤者必去而不可留矣,于是叹其乘白驹入空谷,束生刍以秣之。而其人之德美如玉也,盖已邈乎其不可亲矣。然犹冀其相闻而无绝也,故语之曰:"毋贵重尔之音声,而有远我之心也。"

黄　鸟①

黄鸟黄鸟,无集于榖!无啄我粟!此邦之人,不我肯穀。言旋言归,复我邦族②!　黄鸟黄鸟,无集于桑!无啄我粱!此邦之人,不可与明。言旋言归,复我诸兄③!　黄鸟黄鸟,无集于栩!无啄我黍!此邦之人,不可与处。言旋言归,复我诸父④!

【注释】

①《黄鸟》三章,章七句。　　东莱吕氏曰:"宣王之末,民有失所者,意它国之可居也,及其至彼,则又不若故乡焉,故思而欲归。使民如此,亦异于还定安集之时矣。"今按诗文,未见其为宣王之世。下篇亦然。

②比也。榖,木名;穀,善;旋,回;复,反也。　　民适异国,不得其所,故作此诗。托为呼其黄鸟而告之曰:"尔无集于榖,而啄我之粟!苟此邦之人不以善道相与,则我亦不久于此而将归矣。"

③比也。

④比也。

我行其野①

我行其野,蔽芾其樗。昏姻之故,言就尔居。尔不我畜,复我邦家②。　　我行其野,言采其蓫。婚姻之故,言就尔宿。尔不我畜,言归思复③。　　我行其野,言采其葍。不思旧姻,求尔新特。成不以富,亦祇以异④。

【注释】

①《我行其野》三章,章六句。　　王氏曰:"先王躬行仁义以道民,厚矣,犹以为未也,又建官置师,以孝友睦姻任恤六行教民。为其有父母也,故教以孝。为其有兄弟也,故教以友。为其有同姓也,故教以睦。为其有异姓也,故教以姻。为邻里乡党相保相受也,故教以任。相赒相救也,故教以恤。以为徒教之或不率也,故使官师以时书其德行而劝之。以为徒劝之或不率也,于是乎有不孝不睦不姻不弟不任不恤之刑焉。方是时也,安有如此诗所刺之民乎?"

②赋也。樗，恶木也。婿之父，妇之父，相谓曰昏姻。畜，养也。　　民适异国，依其昏姻而不见收恤，故作此诗。言我行于野中，依恶木以自蔽。于是思昏姻之故而就尔居，而尔不我畜也，则将复我之邦家矣。

③赋也。蓫，牛颓，恶菜也，今人谓之羊蹄菜。

④赋也。葍，䔰，恶菜也。特，匹也。　　言尔之不思旧姻而求新匹也，虽实不以彼之富，而厌我之贫，亦祗以其新而异于故耳。此见诗人责人忠厚之意。

斯　干[①]

秩秩斯干，幽幽南山。如竹苞矣，如松茂矣。兄及弟矣，式相好矣，无相犹矣[②]。　似续妣祖，筑室百堵，西南其户。爰居爰处，爰笑爰语[③]。　约之阁阁，椓之橐橐。风雨攸除，鸟鼠攸去，君子攸芋[④]。　如跂斯翼，如矢斯棘，如鸟斯革。如翚斯飞，君子攸跻[⑤]。　殖殖其庭，有觉其楹，哙哙其正，哕哕其冥。君子攸宁[⑥]。　下莞上簟，乃安斯寝。乃寝乃兴，乃占我梦。吉梦维何？维熊维罴，维虺维蛇[⑦]。　大人占之，维熊维罴，男子之祥；维虺维蛇，女子之祥[⑧]。　乃生男子，载寝之床，载衣之裳，载弄之璋。其泣喤喤，朱芾斯皇，室家君王[⑨]。　乃生女子，载寝之地，载衣之裼，载弄之瓦。无非无仪，唯酒食是议，无父母诒罹[⑩]。

【注释】

①《斯干》九章，四章章七句，五章章五句。　　旧说，厉王既流于彘，宫室圮坏，故宣王即位，更作宫室，既成而落之。今亦未有以见，其必为是时之诗也。或曰：《仪礼》下管《新宫》，《春秋传》宋元公赋《新宫》，恐即此诗。然亦未有明证。

②赋也。秩秩，有序也。斯，此也。干，水涯也。南山，终南之山也。苞，丛生而固也。犹，谋也。　　此筑室既成，而燕饮以落之，因歌其事。言此室临水而面山，其下之固如竹之苞，其上之密如松之茂。又言居是室者，兄弟相好而无相谋，则颂祷之辞，犹所谓"聚国族于斯"者也。张子曰："犹，似也。人情大抵施之不报则辍，故恩不能终。兄弟之间，各尽己之所宜施者，无学其不相报而废恩也。君臣父子朋友之间，亦莫不用此道尽己而已。"愚按此文意或未必然，然意则善矣。或曰，犹当作"尤"。

③赋也。似，嗣也。妣先于祖者，协下韵尔。或曰，谓姜嫄后稷也。西南其户，天子之宫，其室非一，在东者西其户，在北者南其户，犹言南东其亩也。爰，于也。

④赋也。约，束板也。阁阁，上下相乘也。椓，筑也。橐橐，杵声也。除，亦去也。无风雨鸟鼠之害，言其上下四旁皆牢密也。芋，尊大也。君子之所居，以为尊且大也。

⑤赋也。跂，竦立也。翼，敬也。棘，急也。矢行缓则枉，急则直也。革，变；翚，雉；跻，升也。　　言其大势严正，如人之竦立，而其恭翼翼也。其廉隅整饬，如矢之急而直也。其栋宇峻起，如鸟之警而革也。其檐阿华采而轩翔，如翚之飞而矫其翼也。盖其堂之美如此，而君子之所升以听事也。

⑥赋也。殖殖，平正也，庭，宫寝之前庭也。觉，高大而直也。楹，柱也。哙哙，犹快快也。正，向明之处也。哕哕，深广之貌。冥，奥窔之间也。言其室之美如此，而君子之所休息以安身也。

⑦赋也。莞，蒲席也。竹苇曰簟。罴，似熊而长头高脚，猛憨多力，能拔树。虺，蛇属，细颈大头，色如文绶，大者长七八尺。　祝其君安其室居，梦兆而有祥，亦颂祷之词也。下章放此。

⑧赋也，大人，大卜之属，占梦之官也。熊、罴，阳物在山，强力壮毅，男子之祥也。虺、蛇，阴物穴处，柔弱隐伏，女子之祥也。　或曰："梦之有占，何也？"曰："人之精神与天地阴阳流通，故昼之所为，夜之所梦，其善恶吉凶，各以类至。是以先王建官设属，使之观天地之会，辨阴阳之气，以日月星辰占六梦之吉凶，献吉梦，赠恶梦。其与天人相遇之际，察之祥而敬之至也。故曰，王前巫而后史，宗祝瞽侑，皆在左右，王中心无为也，以守至正。"

⑨赋也。半圭曰璋。喤，大声也。芾，天子纯朱，诸侯黄朱。皇，犹煌煌也。君，诸侯也。　寝之于床，尊之也。衣之以裳，服之盛也。弄之以璋，尚其德也。言男子之生于是室者，皆将服朱煌煌然，有室有家，为君为王矣。

⑩赋也。裼，褓也。瓦，纺砖也。仪，善；罹，忧也。　寝之于地，卑之也。衣之以褓，即其用而无加也。弄之以瓦，习其所有事也。有非，非妇人也。有善，非妇人也。盖女子以顺为正，无非足矣，有善则亦非其吉祥可愿之事也。唯酒食是议，而无遗父母之忧，则可矣。《易》曰："无攸遂，在中馈，贞吉。"而孟子之母亦曰："妇人之礼，精五饭，幂酒浆，养舅姑，缝衣裳而已矣。"故有闺门之修，而无境外之志，此之谓也。

无　羊[1]

谁谓尔无羊？三百维群。谁谓尔无牛？九十其犉。尔羊来思，其角濈濈；尔牛来思，其耳湿湿[2]。　或降于阿，或饮于池，或寝或讹。尔牧来思，何蓑何笠，或负其餱。三十维物，尔牲则具[3]。　尔牧来思，以薪以蒸，以雌以雄。尔羊来思，矜矜兢兢，不骞不崩。麾之以肱，毕来既升[4]。　牧人乃梦，众维鱼矣；旐维旟矣。大人占之：众维鱼矣，实维丰年；旐维旟矣，室家溱溱[5]。

【注释】

①《无羊》四章，章八句。

②赋也。黄牛黑唇曰犉。羊以三百为群，其群不可数也。牛之犉者九十，非犉者尚多也。聚其角而息，濈濈然。呞而动其耳，湿湿然。王氏曰："濈濈，和也。羊以善触为患，故言其和，谓聚而不相触也。湿湿，润泽也。牛病则耳燥，安则润泽也。"　此诗言牧事有成，而牛羊众多也。

③赋也。讹，动；何，揭也。蓑笠所以备雨。三十维物，齐其色而别之，凡为色三十也。　言牛羊无惊畏，而牧人持雨具，赍饮食，从其所适，以顺其性。是以生养蕃息，至于其色无所不备，而于用无所不有也。

④赋也。麄曰薪，细曰蒸。雌、雄，禽兽也。矜矜兢兢，坚强也。骞，亏也。崩，群疾也。肱，臂也。既，尽也。升，入牢也。　言牧人有余力，则出取薪蒸，搏禽兽，其羊亦驯扰从人，不假箠楚，但以手麾之，使来则毕来，使升则既升也。

⑤赋也。占梦之说未详。溱溱，众也，或曰，众，谓人也。旐，郊野所建，统人少。旟，州里所建，统人多。盖人不如鱼之多，旐所统不如旟所统之众，故梦人乃是鱼，则为丰年，旐乃是旟，则为人众。

节南山[1]

节彼南山，维石岩岩。赫赫师尹，民具尔瞻。忧心如惔，不敢戏谈。国既卒斩，何用不监[2]？　节彼南山，有实有猗。赫赫师尹，不平谓何？天方薦瘥，丧乱弘多。民言无嘉，憯莫惩嗟[3]。　尹氏大师，维周之氐。秉国之均，四方是维，天子是毗，俾民不迷。不吊昊天，不宜空我师[4]。　弗躬弗亲，庶民弗信；弗问弗仕，勿罔君子。式夷式已，无小人殆。琐琐姻亚，则无膴仕[5]。　昊天不佣，降此鞠讻。昊天不惠，降此大戾。君子如届，俾民心阕。君子如夷，恶怒是违[6]。　不吊昊天，乱靡有定。式月斯生，俾民不宁。忧心如酲，谁秉国成？不自为政，卒劳百姓[7]。　驾彼四牡，四牡项领。我瞻四方，蹙蹙靡所骋[8]。　方茂尔恶，相尔矛矣。既夷既怿，如相酬矣[9]。　昊天不平，我王不宁。不惩其心，覆怨其正[10]。

家父作诵，以究王讻。式讹尔心，以畜万邦[11]。

【注释】

①《节南山》十章，六章章八句，四章章四句。　《序》以此为幽王之诗。而《春秋》桓十五年，有"家父来聘"，于周为桓王之世，上距幽王之终已七十五年，不知其人之同异。大抵《序》之时世，皆不足信。今姑阙焉可也。

②兴也。节，高峻貌。岩岩，积石貌。赫赫，显盛貌。师尹，大师尹氏也。大师，三公。尹氏，盖吉甫之后。《春秋》书"尹氏卒"，公羊子以为讥世卿者，即此也。具，俱；瞻，视；惔，燔；卒，终；斩，绝；监，视也。　此诗家父所作，刺王用尹氏以致乱。言节彼南山，则维石岩岩矣。赫赫师尹，则民具尔瞻矣。而其所为不善，使人忧心如火燔灼，又畏其威而不敢言也。然则国既终斩绝矣，汝何用而不察哉？

③兴也。有实其猗，未详其义。《传》曰："实，满；猗，长也。"笺云："猗，倚也，言草木满其旁，倚之畎谷也。"或以为草木之实猗猗然，皆不甚通。薦，"荐"通，重也。瘥，病；弘，大；憯，曾；惩，创也。　节彼南山，则有实其猗矣。赫赫师尹，而不平其心，则谓之何哉？苏氏曰："为政者不平其心，则下之荣瘁劳佚，有大相绝者矣。是以神怒而重之以丧乱，人怨而谤讟其上。然尹氏曾不惩创咨嗟，求所以自改也。"

④赋也。氐，本；均，平；维，持；毗，辅；吊，愍；空，穷；师，众也。　言尹氏大师，维周之氐，而秉国之均，则是宜有以维持四方，毗辅天子，而使民不迷，乃其职也。今乃不平其心，而既不见愍吊于昊天矣，则不宜久在其位，使天降祸乱，而我众并及空穷也。

⑤赋也。仕，事；罔，欺也。君子，指王也。夷，平；已，止；殆，危也。琐琐，小貌。婿之父曰姻，两婿相谓曰亚。膴，厚也。　言王委政于尹氏，尹氏又委政于姻亚之小人，而以其未尝问未尝事者，欺其君也。故戒之曰：汝之弗躬弗亲，庶民已不信矣。其所弗问弗事，则岂可以罔君子哉？当平其心，视所任之人，有不当者则已之。无以小人之故，而至于危殆其国也。琐琐姻亚，而必皆膴仕，则小人进矣。

⑥赋也。傭，均；鞠，穷；讻，乱；戾，乖；届，至；阕，息；违，远也。　言昊天不均，而降此穷极之乱；昊天不顺，而降此乖戾之变。然所以靖之者，亦在夫人而已。君子无所苟而用其至，则必躬必亲，而民之乱心息矣。君子无所偏而平其心，则式夷式已，而民之恶怒远矣。

伤王与尹氏之不能也。夫为政不平以召祸乱者，人也。而诗人以为天实为之者，盖无所归咎而归之天也。抑有以见君臣隐讳之义焉，有以见天人合一之理焉。后皆放此。

⑦赋也。酒病曰酲。成，平；卒，终也。　　苏氏曰："天不之恤，故乱未有所止，而祸患与岁月增长。君子忧之曰：谁秉国成者？乃不自为政，而以付之姻亚之小人，其卒使民为之受其劳弊以至此也！"

⑧赋也。项，大也。蹙蹙，缩小之貌。　　言驾四牡而四牡项领，可以骋矣。而视四方则皆昏乱，蹙蹙然无可往之所，亦将何所骋哉！东莱吕氏曰："本根病则枝叶皆瘁，是以无可往之地也。"

⑨赋也。茂，盛；相、视；怿，悦也。　　言方盛其恶以相加，则视其矛戟，如欲战斗。及既夷平悦怿，则相与欢然如宾主而相酬酢，不以为怪也。盖小人之性无常，而习于斗乱，其喜怒之不可期如此，是以君子无所适而可也。

⑩赋也。尹氏之不平，若天使之，故曰"昊天不平"。若是则我王亦不得宁矣。然尹氏犹不自惩创其心，乃反怨人之正己者，则其为恶，何时而已哉？

⑪赋也。家，氏；父，字；周大夫也。究，穷；讹，化；畜，养也。　　家父自言作为此诵，以穷究王政昏乱之所由，冀其改心易虑，以畜养万邦也。陈氏曰："尹氏厉威，使人不得戏谈，而家父作诗，乃复自表其出于己，以身当尹氏之怒而不辞者，盖家父周之世臣，义与国俱存亡故也。"东莱吕氏曰："篇终矣，故穷其乱本而归之王心焉。致乱者虽尹氏，而用尹氏者，则王心之蔽也。"李氏曰："孟子曰：'人不足与适也，政不足与间也，惟大人为能格君心之非。'盖用人之失，政事之过，虽皆君之非，然不必先论也。惟格君心之非，则政事无不善矣，用人皆得其当矣。"

正　月①

正月繁霜，我心忧伤。民之讹言，亦孔之将。念我独兮，忧心京京。哀我小心，癙忧以痒②。　　父母生我，胡俾我瘉。不自我先，不自我后。好言自口，莠言自口。忧心愈愈，是以有侮③。　忧心茕茕，念我无禄。民之无辜，并其臣仆。哀我人斯，于何从禄？瞻乌爰止，于谁之屋④？　　瞻彼中林，侯薪侯蒸。民今方殆，视天梦梦。既克有定，靡人弗胜。有皇上帝，伊谁云憎⑤？　　谓山盖卑，为冈为陵。民之讹言，宁莫之惩？召彼故老，讯之占梦。具曰予圣，谁知乌之雌雄⑥？　　谓天盖高，不敢不局；谓地盖厚，不敢不蹐。维号斯言，有伦有脊。哀今之人，胡为虺蜴⑦？　　瞻彼阪田，有菀其特。天之扤我，如不我克。彼求我则，如不我得。执我仇仇，亦不我力⑧。　　心之忧矣，如或结之，今兹之正，胡然厉矣？燎之方扬，宁或灭之。赫赫宗周，褒姒烕之⑨。　　终其永怀，又窘阴雨。其车既载，乃弃尔辅。载输尔载，将伯助予⑩。　　无弃尔辅，员于尔辐。屡顾尔仆，不输尔载。终逾绝险，曾是不意⑪。　　鱼在于沼，亦匪克乐。潜虽伏矣，亦孔之炤。忧心惨惨，念国之为虐⑫。　　彼有旨酒，又有嘉殽。洽比其邻，昏姻孔云。念我独兮，忧心殷殷⑬。　　佌佌彼有屋，蔌蔌方有穀。民今之无禄，天夭是椓。哿矣富人，哀此茕独⑭！

【注释】

①《正月》十三章，八章章八句，五章章六句。

②赋也。正月，夏之四月，谓之正月者，以纯阳用事，为正阳之月也。繁，多；讹，伪；将，大也。京京，亦大也。瘉忧，幽忧也。痒，病也。　此诗亦大夫所作。言霜降失节，不以其时，既使我心忧伤矣。而造为奸伪之言，以惑群听者，又方甚大。然众从莫以为忧，故我独忧之，以至于病也。

③赋也。瘉，病；自，从；莠，丑也。愈愈，益甚之意。　疾痛故呼父母，而伤己适丁是时也。讹言之人，虚伪反覆，言之好丑，皆不出于心而但出于口，是以我之忧心益甚，而反见侵侮也。

④赋也。茕茕，忧意也。无禄，犹言不幸尔。辜，罪；并，俱也。古者以罪人为臣仆，亡国所虏，亦以为臣仆。箕子所谓"商其沦丧，我罔为臣仆"是也。　言不幸而遭国之将亡，与此无罪之民，将俱被囚虏而同为臣仆。未知将复从何人而受禄，如视乌之飞，不知其将止于谁之屋也。

⑤兴也。中林，林中也。侯，维；殆，危也。梦梦，不明也。皇，大也。上帝，天之神也。程子曰："以其形体谓之天，以其主宰谓之帝。"　言瞻彼中林，则维薪维蒸，分明可见也。民今方危殆，疾痛号诉于天，而视天反梦梦然，若无意于分别善恶者。然此特值其未定之时耳，及其既定，则未有不为天所胜者也。夫天岂有所憎而祸之乎？福善祸淫，亦自然之理而已。申包胥曰："人众则胜天，天定亦能胜人。"疑出于此。

⑥赋也。山脊曰冈，广平曰陵。惩，止也。故老，旧臣也。讯，问也。占梦，官名，掌占梦者也。具，俱也。乌之雌雄相似而难辨者也。　谓山盖卑，而其实则冈陵之崇也。今民之讹言如此矣，而王犹安然莫之止也。及其询之故老，讯之占梦，则又皆自以为圣人，亦谁能别其言之是非乎？子思言于卫侯曰："君之国事，将日非矣。"公曰："何故？"对曰："有由然焉。君出言自以为是，而卿大夫莫敢矫其非。卿大夫出言亦自以为是，而士庶人莫敢矫其非。君臣既自贤矣，而群下同声贤之，贤之则顺而有福，矫之则逆而有祸，如此则善安从生？诗曰：'具曰予圣，谁知乌之雌雄？'抑亦似君之君臣乎？"

⑦赋也。局，曲也。蹐，累足也。号，长言之也。脊，理；蜴，螈也。虺、蜴，皆毒螫之虫也。　言遭世之乱，天虽高而不敢不局，地虽厚而不敢不蹐。其所号呼而为此言者，又皆有伦理而可考也。哀今之人，胡为肆毒以害人，而使之至此乎？

⑧兴也。阪田，崎岖垸埆之处。菀，茂盛之貌。特，特生之苗也。扤，动也。力，谓用力。　瞻彼阪田，犹有菀然之特，而天之扤我，如恐其不我克，何哉？亦无所归咎之词也。夫始而求之以为法则，惟恐不我得也。及其得之，则又执我坚固如仇雠然，然终亦莫能用也。求之甚艰，而弃之甚易，其无常如此。

⑨赋也。正，政也，厉，暴恶也。火田为燎。扬，盛也。宗周，镐京也。褒姒，幽王之嬖妾，褒国女，姒姓也。烕，亦"灭"也。　言我心之忧如结者，为国政之暴恶故也。燎之方盛之时，则宁有能扑而灭之者乎？然赫赫然之宗周，而一褒姒足以灭之，盖伤之也。时宗周未灭，以褒姒淫妒谗谄而王惑之，知其必灭周也。

⑩比也。阴雨则泥泞而车易以陷也。载，车所载也。辅，如今人缚杖于辐，以防辅车也。输，堕也。将，请也。伯，或者之字也。　苏氏曰："王为淫虐，譬如行险而不知止。君子永思其终，知其必有大难，故曰终其永怀，又窘阴雨。王又不虞难之将至，而弃贤臣焉，故曰

乃弃尔辅。君子求助于未危，故难不至，苟其载之既堕，而后号伯以助予，则无及矣。”

⑪比也。员，益也。辅，所以益幅也。屡，数；顾，视也。仆，将车者也。　此承上章，言若能无弃尔辅，以益其辐，而又数数顾视其仆，则不堕尔所载，而逾于绝险，若初不以为意者。盖能谨其初，则厥终无难也。一说，王曾不以是为意乎？

⑫比也。沼，池也。炤，明，易见也。　鱼在于沼，其为生已蹙矣。其潜虽深，然亦炤然而易见，言祸乱之及，无所逃也。

⑬赋也。洽、比，皆合也。云，旋也。殷殷，疾痛也。　言小人得志，有旨酒嘉肴以合比其邻里，怡怿其婚姻，而我独忧心至于疼痛也。昔人有言，燕雀处堂，母子相安，自以为乐也。突决栋焚，而怡然不知祸之将及，其此之谓乎。

⑭赋也。佌佌，小貌。蔌蔌，窭陋貌，指王所用之小人也。穀，禄；夭，祸；椓，害；哿，可；独，单也。　佌佌然之小人既已有屋矣，蔌蔌窭陋者又将有穀矣，而民今独无禄者，是天祸椓丧之尔。亦无所归怨之词也。乱至于此，富人犹或可胜，茕独甚矣。此孟子所以言文王发政施仁，必先鳏寡孤独也。

十月之交[①]

十月之交，朔月辛卯，日有食之，亦孔之醜。彼月而微，此日而微，今此下民，亦孔之哀[②]！　日月告凶，不用其行；四国无政，不用其良。彼月而食，则维其常；此日而食，于何不臧[③]？　烨烨震电，不宁不令，百川沸腾，山冢崒崩。高岸为谷，深谷为陵。哀今之人，胡憯莫惩[④]？　皇父卿士，番维司徒。家伯为宰，仲允膳夫。棸子内史，蹶维趣马。楀维师氏，艳妻煽方处[⑤]。　抑此皇父，岂曰不时？胡为我作，不即我谋？彻我墙屋，田卒汙莱。曰予不戕，礼则然矣[⑥]。　皇父孔圣，作都于向。择三有事，亶侯多藏。不慭遗一老，俾守我王。择有车马，以居徂向[⑦]。　黾勉从事，不敢告劳。无罪无辜，谗口嚣嚣。下民之孽，匪降自天。噂沓背憎，职竞由人[⑧]。　悠悠我里，亦孔之痗。四方有羡，我独居忧。民莫不逸，我独不敢休。天命不彻，我不敢效我友自逸[⑨]。

【注释】

①《十月之交》八章，章八句。

②赋也。十月，以夏正言之，建亥之月也。交，日月交会，谓晦朔之间也。历法，周天三百六十五度四分度之一。左旋于地，一昼一夜，则其行一周而又过一度。日月皆右行于天，一昼一夜，则日行一度，月行十三度十九分度之七。故日一岁而一周天，月二十九日有奇而一周天，又逐及于日而与之会。一岁凡十二会。方会，则月光都尽而为晦。已会，则月光复苏而为朔。朔后晦前各十五日，日月相对，则月光正满而为望。晦朔而日月之合，东西同度，南北同道，则月掩日而日为之食。望而日月之对，同度同道，则月亢日而月为之食。是皆有常度矣。然王者修德行政，用贤去奸，能使阳盛足以胜阴，阴衰不能侵阳。则日月之行，虽或当食，而月常避日。故其迟速高下，必有参差而不正相合，不正相对者，所以当食而不食也。若国无政，不用善，使臣子背君父，妾妇乘其夫，小人陵君子，夷狄侵中国，则阴盛阳微，当食必食。虽曰行有常度，而实为非常之变矣。苏氏曰："日食，天变之大者也。然正阳之月，古

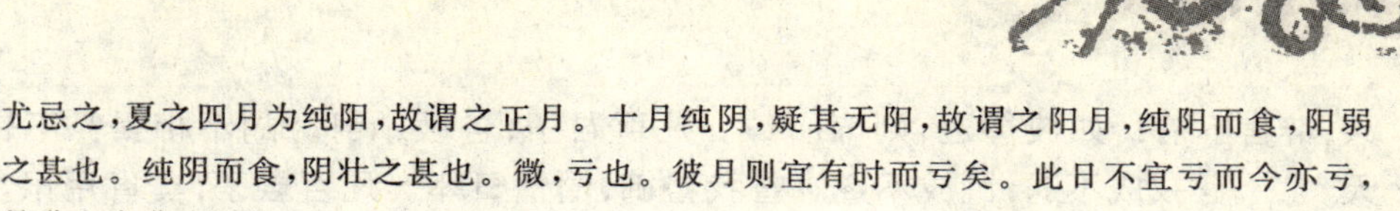

尤忌之，夏之四月为纯阳，故谓之正月。十月纯阴，疑其无阳，故谓之阳月，纯阳而食，阳弱之甚也。纯阴而食，阴壮之甚也。微，亏也。彼月则宜有时而亏矣。此日不宜亏而今亦亏，是乱亡之兆也。”

③赋也。行，道也。　　凡日月之食，皆有常度矣。而以为不用其行者，月不避日，失其道也。然其所以然者，则以四国无政，不用善人故也。如此则日月之食，皆非常矣。而以月食为其常，日食为不臧者，阴亢阳而不胜，犹可言也。阴胜阳而掩之，不可言也。故《春秋》日食必书，而月食则无纪焉。亦以此尔。

④赋也。烨烨，电光貌。震，雷也。宁，安徐也。令，善；沸，出；腾，乘也。山顶曰冢。崒，崔嵬也。高岸崩陷，故为谷，深谷填塞，故为陵。憯，曾也。　　言非但日食而已，十月而雷电，山崩水溢，亦灾异之甚者。是宜恐惧修省，改纪其政，而幽王曾莫之惩也。董子曰：“国家将有失道之败，而天乃先出灾异以谴告之。不知自省，又出怪异以警惧之。尚不知变，而伤败乃至。此见天心仁爱人君，而欲止其乱也。”

⑤赋也。皇父、家伯、仲允，皆字也。番、棸、蹶、楀，皆氏也。卿士，六卿之外，更为都官，以总六官之事也。或曰，卿士，盖卿之士，《周礼》太宰之属有“上中下士”，《公羊》所谓“宰士”，《左氏》所谓“周公以蔡仲为己卿士”是也。盖以宰属而兼总六官，位卑而权重也。司徒掌邦教，冢宰掌邦治，皆卿也。膳夫，上士，掌王之饮食膳羞者也。内史，中大夫，掌爵禄废置杀生予夺之法者也。趣马，中士，掌王马之政者也。师氏，亦中大夫，掌司朝得失之事者也。美色曰艳。艳妻，即褒姒也。煽，炽也。方处，方居其所，未变徙也。　　言所以致变异者，由小人用事于外，而嬖妾蛊惑王心于内，以为之主故也。

⑥赋也。抑，发语词。时，农隙之时也。作，动；即，就；卒，尽也。污，停水也，莱，草秽也。戕，害也。　　言皇父不自以为不时，欲动我以徙，而不与我谋，乃遽彻我墙屋，使我田不获治，卑者污而高者莱。又曰，非我戕汝，乃下供上役之常礼耳。

⑦赋也。孔，甚也。圣，通明也。都，大邑也。《周礼》：“畿内大都方百里，小都方五十里，皆天子公卿所封也。”向，地名，在东都畿内，今孟州河阳县是也。三有事，三卿也。亶，信；侯，维；藏，蓄也。憖者，心不欲而自强之词。有车马者，亦富民也。徂，往也。　　言皇父自以为圣，而作都则不求贤，而但取富人以为卿。又不自强留一人以卫天子，但有车马者，则悉与俱往，不忠于上，而但知贪利以自私也。

⑧赋也。嚣，众多貌。孽，灾害也。噂，聚也。沓，重复也。职，主；竞，力也。　　言黾勉从皇父之役，未尝敢告劳也。犹且无罪而遭谗。然下民之孽，非天之所为也。噂噂沓沓，多言以相说，而背则相憎，专力为此者，皆由谗口之人耳。

⑨赋也。悠悠，忧也。里，居；痗，病；羡，余；逸，乐；彻，均也。　　当是之时，天下病矣。而独忧我里之甚病。且以为四方皆有余，而我独忧，众人皆得逸豫，而我独劳者，以皇父病之，而被祸尤甚故也。然此乃天命之不均。吾岂敢不安于所遇，而必效我友之自逸哉！

雨无正①

浩浩昊天，不骏其德。降丧饥馑，斩伐四国。旻天疾威，弗虑弗图。舍彼有罪，既伏其辜。若此无罪，沦胥以铺②。　　周宗既灭，靡所止戾。正大夫离居，莫知我勚。三事大夫，莫肯夙夜。邦君诸侯，莫肯朝夕。庶曰式臧，覆出为恶③。　　如何昊

天，辟言不信！如彼行迈，则靡所臻。凡百君子，各敬尔身。胡不相畏？不畏于天[④]。　戎成不退，饥成不遂。曾我暬御，憯憯日瘁。凡百君子，莫肯用讯。听言则答，谮言则退[⑤]。　哀哉不能言，匪舌是出，维躬是瘁。哿矣能言，巧言如流，俾躬处休[⑥]。　维曰于仕，孔棘且殆。云不可使，得罪于天子；亦云可使，怨及朋友[⑦]。　谓尔迁于王都，曰予未有室家。鼠思泣血，无言不疾。昔尔出居，谁从作尔室[⑧]？

【注释】

①《无雨正》七章，二章章十句，二章章八句，三章章六句。　欧阳公曰："古之人于诗多不命题，而篇名往往无义例。其或有命名者，则必述诗之意，如《巷伯》、《常武》之类是也。今《雨无正》之名，据《序》所言，与诗绝异，当阙其所疑。"元城刘氏曰："尝读《韩诗》有《雨无极》篇，《序》云：'雨无极，正大夫刺幽王也。'至其诗之文，则比《毛诗》篇首多'雨无其极，伤我稼穑'八字。"愚按刘说似有理，然第一、二章，本皆十句，今遽增之，则长短不齐，非诗之例。又此时实正大夫离居之后，暬御之臣所作。其曰"正大夫刺幽王者"，亦非是。且其为幽王诗，亦未有所考也。

②赋也。浩浩，广大也。昊，亦广大之意。骏，大；德，惠也。谷不熟曰饥，蔬不熟曰馑。疾威，犹暴虐也。虑、图，皆谋也。舍，置；沦，陷；胥，相；铺，遍也。　此时饥馑之后，群臣离散，其不去者，作诗以责去者。故推本而言，昊天不大其惠，降此饥馑，而杀伐四国之人，如何昊天曾不思虑图谋而遽为此乎？彼有罪而饥死，则是既伏其辜矣，舍之可也。此无罪者，亦相与而陷于死亡，则如之何哉？

③赋也。宗，族姓也，戾，定也。正，长也。《周官》八职，一曰正，谓六官之长，皆上大夫也。离居，盖以饥馑散去，而因以避谗谮之祸也。我，不去者自我也。勚，劳也。三事，三公也。大夫，六卿及中下大夫也。臧，善；覆，反也。　言将有易姓之祸，其兆已见，而天变人离又如此。庶几曰王改而为善，乃覆出为恶而不悛也。或曰，疑此亦东迁后诗也。

④赋也。如何昊天，呼天而诉之也。辟，法；臻，至也。凡百君子，指群臣也。　言如何乎昊天也？法度之言而不听信，则如彼行往而无所底至也。然凡百君子岂可以王之为恶而不敬其身哉？不敬尔身，不相畏也。不相畏，不畏天也。

⑤赋也。戎，兵；遂，进也。《易》曰："不能退，不能遂。"是也。暬御，近侍也。《国语》曰："居寝有暬御之箴。"盖如汉侍中之官也。憯憯，忧貌。瘁，病；讯，告也。　言兵寇已成，而王之为恶不退；饥馑已成，而王之迁善不遂，使我暬御之臣忧之而惨惨日瘁也。凡百君子莫肯以是告王者，虽王有问而欲听其言，则亦答之而已，不敢尽言也。一有谮言及已，则皆退而离居，莫肯夙夜朝夕于王矣。其意若曰：王虽不善，而君臣之义，岂可以若是恝乎！

⑥赋也。出，出之也。瘁，病；哿，可也。言之忠者，当世之所谓不能言者也，故非但出诸口，而适以瘁其躬。佞人之言，当世所谓能言者也，故巧好其言，如水之流，无所凝滞，而使其身处于安乐之地，盖乱世昏主，恶忠直而好谀佞类如此，诗人所以深叹之也。

⑦赋也。于，往；棘，急；殆，危也。　苏氏曰："人皆曰往仕耳，曾不知仕之急且危也。当是之时，直道者，王之所谓不可使，而枉道者，王之所谓可使也。直道者得罪于君，而枉道者见怨于友，此仕之所以难也。"

⑧赋也。尔，谓离居者。鼠思，犹言癙忧也。　当是时，言之难能而仕之多患如此。故群臣有去者，有居者。居者不忍王之无臣，已之无徒，则告去者使复还于王都。去者不听，而

托于无家以拒之，至于忧思泣血，有无言而无不痛疾者，盖其惧祸之深至于如此。然所谓无家者，则非其情也，故诘之曰："昔尔之去也，谁为尔作室者？而今以是辞我哉？"

《祈父之什》十篇，六十四章，四百二十六句。

诗集传卷第十二

小旻之什

小 旻[1]

旻天疾威，敷于下土。谋犹回遹，何日斯沮？谋臧不从，不臧覆用。我视谋犹，亦孔之邛[2]。　潝潝訿訿，亦孔之哀，谋之其臧，则具是违；谋之不臧，则具是依。我视谋犹，伊于胡底[3]？　我龟既厌，不我告犹。谋夫孔多，是用不集。发言盈庭，谁敢执其咎？如匪行迈谋，是用不得于道[4]。　哀哉为犹，匪先民是程，匪大犹是经；维迩言是听，维迩言是争。如彼筑室于道谋，是用不溃于成[5]。　国虽靡止，或圣或否。民虽靡朊，或哲或谋，或肃或艾。如彼泉流，无沦胥以败[6]。　不敢暴虎，不敢冯河。人知其一，莫知其它。战战兢兢，如临深渊，如履薄冰[7]。

【注释】

①《小旻》六章，三章章八句，三章章七句。　苏氏曰："《小旻》、《小宛》、《小弁》、《小明》，四诗皆以'小'名篇，所以别其名为'小雅'也。其在'小雅'者谓之小，故其在'大雅'者谓之《召旻》、《大明》，独《宛》、《弁》阙焉。意者，孔子删之矣。虽去其'大'而其'小'者犹谓之'小'，盖即用其旧也。"

②赋也。旻，幽远之意。敷，布；犹，谋；回，邪；遹，辟；沮，止；臧，善；覆，反；邛，病也。大夫以王惑于邪谋，不能断以从善，而作此诗。言旻天之疾威，布于下土，使王之谋犹邪辟，无日而止。谋之善者则不从，而其不善者反用之，故我视其谋犹，亦甚病也。

③赋也。潝潝，相和也。訿訿，相诋也。具，俱；底，至也。　言小人同而不和，其虑深矣。然于谋之善者则违之，其不善者则从之，亦何能有所定乎？

④赋。集，成也。　卜筮数则渎而龟厌之，故不复告其所图之吉凶。谋夫众则是非相夺而莫适所从，故所谋终亦不成。盖发言盈庭，各是其是，无肯任其责而决之者。犹不行不迈，而坐谋所适，谋之虽审，而亦何得于道路哉？

⑤赋也。先民，古之圣贤也。程，法；犹，道；经，常；溃，遂也。　言哀哉今之为谋，不以先民为法，不以大道为常，其所听而争者，皆浅末之言。以是相持，如将筑室而与行道之人谋之，人人得为异论，其能有成也哉？古语曰："作舍道边，三年不成。"盖出于此。

⑥赋也。止，定也。圣，通明也。朊，大也，多也。艾，与"乂"同，治也。沦，陷；胥，相也。

　言国论虽不定，然有圣者焉，有否者焉。民虽不多，然有哲者焉，有谋者焉，有肃者焉，有艾者焉。但王不用善，则虽有善者不能自存，将如泉流之不反，而沦胥以至于败矣。圣哲谋肃乂，即《洪范》五事之德。岂作此诗者，亦传箕子之学也与？

⑦赋也。徒搏曰暴；徒步曰冯，如冯几然也。战战，恐也。兢兢，戒也，如临深渊，恐坠也。

如履薄冰，恐陷也。　众人之虑，不能及远，暴虎冯河之患，近而易见，则知避之。丧国亡家之祸，隐于无形，则不知以为忧也。故曰，战战兢兢，如临深渊，如履薄冰，惧及其祸之词也。

小　宛[1]

宛彼鸣鸠，翰飞戾天。我心忧伤，念昔先人。明发不寐，有怀二人[2]。　人之齐圣，饮酒温克。彼昏不知，壹醉日富。各敬尔仪，天命不又[3]。　中原有菽，庶民采之；螟蛉有子，蜾蠃负之。教诲尔子，式穀似之[4]。　题彼脊令，载飞载鸣。我日斯迈，而月斯征。夙兴夜寐，无忝尔所生[5]。　交交桑扈，率场啄粟。哀我填寡，宜岸宜狱。握粟出卜，自何能穀[6]？　温温恭人，如集于木；惴惴小心，如临于谷。战战兢兢，如履薄冰[7]。

【注释】

①《小宛》六章，章六句。　此诗之词最为明白，而意极恳至。说者必欲为刺王之言，故其说穿凿破碎，无理尤甚。今悉改定，读者详之。

②兴也。宛，小貌。鸣鸠，斑鸠也。翰，羽；戾，至也。明发，谓将旦而光明开发也。二人，父母也。　此大夫遭时之乱，而兄弟相戒以免祸之诗，故言彼宛然之小鸟，亦翰飞而至于天矣，则我心之忧伤，岂能不念昔之先人哉？是以明发不寐，而有怀乎父母也。言此以为相戒之端。

③赋也。齐，肃也。圣，通明也。克，胜也。富，犹甚也。又，复也。　言齐圣之人虽醉，犹温恭自持以胜，所谓不为酒困也。彼昏然而不知者，则一于醉而日甚矣。于是言各敬谨尔之威仪，天命已去，将不复来，不可以不恐惧也。时王以酒败德，臣下化之，故此兄弟相戒，首以为说。

④兴也。中原，原中也。菽，大豆也。螟蛉，桑上小青虫也，似步屈。蜾蠃，土蜂也，似蜂而小腰，取桑虫负之于木空中，七日而化为其子。式，用；穀，善也。　中原有菽，则庶民采之矣，以兴善道人皆可行也。螟蛉有子，则蜾蠃负之，以兴不似者可教而似也。教诲尔子，则用善而似之可也。善也，似也，终上文两句所兴而言也。戒之以不惟独善其身，又当教其子使为善也。

⑤兴也。题，视也，脊令，飞则鸣，行则摇。载，则；而，汝；忝，辱也。　视彼脊令，则且飞而且鸣矣。我既日斯迈，则汝亦月斯征矣。言当各务努力，不可暇逸取祸，恐不及相救恤也。夙兴夜寐，各求无辱于父母而已。

⑥兴也。交交，往来之貌。桑扈，窃脂也，俗呼青觜，肉食之不食粟。填，与"瘨"同，病也。岸，亦狱也，《韩诗》作"犴"。乡亭之系曰犴，朝廷曰狱。　扈不食粟，而今则率场啄粟矣。病寡不宜岸狱，今则宜岸宜狱矣。言王不恤鳏寡，喜陷之于刑辟也。然不可不求所以自善之道，故握持其粟出而卜之曰："何自而能善乎？"言握粟，以见其贫窭之甚。

⑦赋也。温温，和柔貌。如集于木，恐队也。如临于谷，恐陨也。

小　弁[1]

弁彼鸒斯，归飞提提。民莫不穀，我独于罹。何辜于天？我罪伊何？心之忧矣，云

如之何[②]？　　踧踧周道，鞫为茂草。我心忧伤，惄焉如捣。假寐永叹，维忧用老。心之忧矣，疢如疾首[③]。　　维桑与梓，必恭敬止。靡瞻匪父，靡依匪母。不属于毛，不离于里。天之生我，我辰安在[④]？　　菀彼柳斯，鸣蜩嘒嘒。有漼者渊，萑苇淠淠。譬彼舟流，不知所届。心之忧矣，不遑假寐[⑤]。　　鹿斯之奔，维足伎伎。雉之朝雊，尚求其雌。譬彼坏木，疾用无枝。心之忧矣，宁莫之知[⑥]？　　相彼投兔，尚或先之；行有死人，尚或墐之。君子秉心，维其忍之。心之忧矣，涕既陨之[⑦]。　　君子信谗，如或酬之。君子不惠，不舒究之。伐木掎矣，析薪杝矣。舍彼有罪，予之佗矣[⑧]。　　莫高匪山，莫浚匪泉。君子无易由言，耳属于垣。无逝我梁，无发我笱！我躬不阅，遑恤我后[⑨]！

【注释】

①《小弁》八章，章八句。　　幽王娶于申，生大子宜臼。后得褒姒而惑之，生子伯服。信其谗，黜申后，逐宜臼，而宜臼作此以自怨也。《序》以为大子之傅述大子之情，以为是诗，不知其何所据也。《传》曰："高子曰：'《小弁》，小人之诗也。'孟子曰：'何以言之？'曰：'怨'。曰：'固哉！高叟之为诗也。有人于此，越人关弓而射之，则己谈笑而道之。无它，疏之也。其兄关弓而射之，则己垂涕泣而道之。无它，戚之也。《小弁》之怨，亲亲也。亲亲，仁也。固矣夫高叟之为诗也！'曰：'《凯风》何以不怨？'曰：'《凯风》，亲之过小者也。《小弁》，亲之过大者也。亲之过大而不怨，是愈疏也。亲之过小而怨，是不可矶也。愈疏，不孝也。不可矶，亦不孝也。'孔子曰：'舜其至孝矣，五十而慕。'"

②兴也。弁，飞拊翼貌。鸒，雅乌也，小而多群，腹下白，江东呼为鸭乌。斯，语词也。提提，群飞安闲之貌。穀，善；罹，忧也。　　旧说幽王大子宜臼被废，而作此诗。言弁彼鸒斯，则归飞提提矣。民莫不善，而我独于忧，则鸒斯之不如也。何辜于天，我罪伊何者，怨而慕也。舜号泣于旻天曰："父母之不我爱，于我何哉？"盖如此矣。心之忧矣，云如之何，则知其无可奈何而安之之词也。

③兴也。踧踧，平易也。周道，大道也。鞫，穷；惄，思；捣，舂也。不脱衣冠而寐曰假寐。疢，犹疾也。　　踧踧周道，则将鞫为茂草矣。我心忧伤，则惄焉如捣矣。精神愦眊，至于假寐之中而不忘永叹。忧之之深，是以未老而老也。疢如疾首，则又忧之甚矣。

④兴也。桑、梓，二木。古者五亩之宅，树之墙下，以遗子孙给蚕食，具器用者也。瞻者，尊而仰之。依者，亲而倚之。属，连也。毛，肤体之余气末属也。离，丽也。里，心腹也。辰，犹时也。　　言桑梓父母所植，尚且必加恭敬，况父母至尊至亲，宜莫不瞻依也。然父母之不我爱，岂我不属于父母之毛乎？岂我不离于父母之里乎？无所归咎，则推之于天曰："岂我生时不善哉？何不祥至是也！"

⑤兴也。菀，茂盛貌。蜩，蝉也。嘒嘒，声也。漼，深貌。淠淠，众也。届，至；遑，暇也。

菀彼柳斯，则鸣蜩嘒嘒矣。有漼者渊，则萑苇淠淠矣。今我独见弃逐，如舟之流于水中，不知其何所至乎！是以忧之之深，昔犹假寐而今不暇也。

⑥兴也。伎伎，舒貌。宜疾而舒，留其群也。雊，雉鸣也。坏，伤病也。宁，犹何也。　　鹿斯之奔，则足伎伎然。雉之朝雊，亦知求其妃匹。今我独见弃逐，如伤病之木，憔悴而无枝，是以忧之而人莫之知也。

⑦兴也。相，视；投，奔；行，道；墐，埋；秉，执；陨，坠也。　　相彼被逐而投人之兔，尚或有哀其穷而先脱之者。道有死人，尚或有哀其暴露而埋藏之者。盖皆有不忍之心焉。今王信

谗，弃逐其子，曾视投兔死人之不如，则其秉心亦忍矣。是以心忧而涕陨也。

⑧赋而兴也。酬，报；惠，爱；舒，缓；究，察也。掎，倚也，以物倚其巅也。杝，随其理也。佗，加也。　言王惟谗是听，如受酬爵，得即饮之。曾不加惠爱，舒缓而究察之。夫苟舒缓而究察之，则谗者之情得矣。伐木者尚倚其巅，析薪者尚随其理，皆不妄挫折之。今乃舍彼有罪之谮人，而加我以非其罪，曾伐木析薪之不若也。此则兴也。

⑨赋而比也。山极高矣，而或陟其巅。泉极深矣，而或入其底。故君子不可易于其言，恐耳属于垣者，有所观望左右而生谗谮也。王于是卒以褒姒为后，伯服为大子。故告之曰："毋逝我梁，毋发我笱，我躬不阅，遑恤我后。"盖比词也。东莱吕氏曰："唐德宗将废大子，而立舒王。李泌谏之，且曰：'愿陛下还宫勿露此意。左右闻之，将树功于舒王。大子危矣。'此正君子无易由言，耳属于垣之谓也。《小弁》之作，大子既废矣。而犹云尔者，盖推本乱之所由生，言语以为偕也。"

巧　言[①]

悠悠昊天，曰父母且。无罪无辜，乱如此怃！昊天已威，予慎无罪！昊天泰怃，予慎无辜[②]！　乱之初生，僭始既涵；乱之又生，君子信谗。君子如怒，乱庶遄沮；君子如祉，乱庶遄已[③]。　君子屡盟，乱是用长。君子信盗，乱是用暴。盗言孔甘，乱是用餤。匪其止共，维王之邛[④]。　奕奕寝庙，君子作之；秩秩大猷，圣人莫之。他人有心，予忖度之。跃跃毚兔，遇犬获之[⑤]。　荏染柔木，君子树之；往来行言，心焉数之，蛇蛇硕言，出自口矣。巧言如簧，颜之厚矣[⑥]。　彼何人斯？居河之麋。无拳无勇，职为乱阶。既微且尰，尔勇伊何？为犹将多，尔居徒几何[⑦]？

【注释】

①《巧言》六章，章八句。　以五章"巧言"二字名篇。

②赋也。悠悠，远大之貌。且，语词；怃，大也。已、泰，皆甚也。慎，审也。　大夫伤于谗，无所控告，而诉之于天，曰："悠悠昊天，为人之父母，胡为使无罪之人遭乱如此其大也？昊天之威已甚矣，我审无罪也。昊天之威甚大矣，我审无辜也。"此自诉而求免之词也。

③赋也。僭始，不信之端也。涵，容受也。君子，指王也。遄，疾；沮，止也。祉，犹喜也。

言乱之所以生者，由谗人以不信之言始人，而王涵容不察其真伪也。乱之又生者，则既信其谗言而用之矣。君子见谗人之言，若怒而责之，则乱庶几遄沮矣。见贤者之言，若喜而纳之，则乱庶几遄已矣。今涵容不断，谗信不分，是以谗者益胜，而君子益病也。苏氏曰："小人为谗于其君，必以渐入之。其始也进而尝之，君容之而不拒，知言之无忌，于是复进。既而君信之，然后乱成。"

④赋也。屡，数也。盟，邦国有疑，则杀牲歃血，告神以相要束也。盗，指谗人也。餤，进；邛，病也。　言君子不能已乱，而屡盟以相要，则乱是用长矣。君子不能堲谗，而信盗以为虐，则乱是用暴矣。谗言之美，如食之甘，使人嗜之而不厌，则乱是用进矣。然此谗人不能供其职事，徒以为王之病而已。夫良药苦口而利于病，忠言逆耳而利于行，维其言之甘而悦焉，则其国岂不殆哉！

⑤兴而比也。奕奕，大也。秩秩，序也。猷，道；莫，定也。跃跃，跳疾貌。毚，狡也。　奕

奕寝庙，则君子作之。秩秩大猷，则圣人莫之。以兴他人有心，则予得而忖度之。而又以跃跃毚兔，遇犬获之比焉。反覆兴比，以见谗人之心，我皆得之，不能隐其情也。

⑥兴也。荏染，柔貌。柔木，桐梓之属，可用者也。行言，行道之言也。数，辨也。蛇蛇，安舒也。硕，大也。谓善言也。颜厚者，颀不知耻也。　　荏染柔木，则君子树之矣。往来行言，则心能辨之矣。若善言而出于口者，宜也。巧言如簧，则岂可出于口哉？言之徒可羞愧，而彼颜之厚，不知以为耻也。孟子曰："为机变之巧者，无所用耻焉。"其斯人之谓与？

⑦赋也。何人，斥谗人也。此必有所指矣，贱而恶之，故为不知其姓名，而曰何人也。斯，语词也。水草交谓之麋。拳，力；阶，梯也。骭疡为微，肿足为尰。犹，谋；将，大也。　　言此谗人居下湿之地，虽无拳勇可以为乱，而谗口交斗，专为乱之阶梯。又有微尰之疾，亦何能勇哉？而为谗谋则大且多如此，是必有助之者矣。然其所与居之徒众，几何人哉？言亦不能甚多也。

何人斯[①]

彼何人斯？其心孔艰。胡逝我梁，不入我门？伊谁云从？维暴之云[②]。　　二人从行，谁为此祸？胡逝我梁，不入唁我？始者不如，今云不我可[③]。　　彼何人斯？胡逝我陈？我闻其声，不见其身。不愧于人，不畏于天[④]？　　彼何人斯？其为飘风。胡不自北？胡不自南？胡逝我梁？祇搅我心[⑤]！　　尔之安行，亦不遑舍；尔之亟行，遑脂尔车？壹者之来，云何其盱[⑥]？　　尔还而入，我心易也；还而不入，否难知也。壹者之来，俾我祇也[⑦]。　　伯氏吹埙，仲氏吹篪。及尔如贯，谅不我知，出此三物，以诅尔斯[⑧]。　　为鬼为域，则不可得。有靦面目，视人罔极。作此好歌，以极反侧[⑨]。

【注释】

①《何人斯》八章，章六句。　　此诗与上篇文意相似，疑出一手。但上篇先刺听者，此篇专责谗人耳。王氏曰："暴公不忠于君，不义于友，所谓大故也，故苏公绝之。然其绝之也，不斥暴公，言其从行而已。不著其谮也，示以所疑而已。既绝之矣，而犹告以壹者之来，俾我祇也。盖君子之处己也忠，其遇人也恕，使其由此悔悟，更以善意从我，固所愿也。虽其不能如此，我固不为已甚，岂若小丈夫哉？一与人绝，则丑诋固拒，惟恐其复合也。"

②赋也。何人，亦若不知其姓名也。孔，甚；艰，险也。我，旧说以为苏公也。暴，暴公也。皆畿内诸侯也。　　旧说暴公为卿士，而谮苏公，故苏公作诗以绝之。然不欲直斥暴公，故但指其从行者而言：彼何人者？其心甚险，胡为往我之梁，而不入我之门乎？既而问其所从，则暴公也。夫以从暴公而不入我门，则暴公之谮己也明矣。但旧说于诗无明文可考，未敢信其必然耳。

③赋也。二人。暴公与其徒也。唁，吊失位也。　　言二人相从而行，不知谁谮己而祸之乎？即使我得罪矣，而其逝我梁也，又不入而唁我。女始者与我亲厚之时，岂尝如今不以我为可乎？

④赋也。陈，堂涂也，堂下至门之径也。　　在我之陈，则又近矣。闻其声而不见其身，言其踪迹之诡秘也。不愧于人，则以人为可欺也。天不可欺，女独不畏于天乎？奈何其谮

我也！

⑤赋也。飘风，暴风也。搅，扰乱也。　言其往来之疾若飘风然。自北自南，则于我不相值也。今则逝我之梁，则适所以搅乱我心而已。

⑥赋也。安，徐；遑，暇；舍，息；亟，疾；盱，望也。《字林》云："盱，张目也。"《易》曰："盱豫悔。"《三都赋》云："盱衡而语。"是也。　言尔平时徐行犹不暇息，而况亟行，则何暇脂其车哉？今脂其车，则非亟也。乃托以亟行而不入见我，则非其情矣。何不一来见我？如何而使我望汝之切乎？

⑦赋也。还，反；易，说；祇，安也。　言尔之往也，既不入我门矣，傥还而入，则我心犹庶乎其说也。还而不入，则尔之心我不可得而知矣。何不一来见我，而使我心安乎？董氏曰："是诗至此，其词益缓。若不知其为谮矣。"

⑧赋也。伯仲，兄弟也。俱为王臣，则有兄弟之义矣。乐器，土曰埙，大如鹅子，锐上平底，似称锤，六孔。竹曰篪，长尺四寸，围三寸，七孔，一孔上出，径三分，凡八孔，横吹之。如贯，如绳之贯物也，言相连属也。谅，诚也。三物，犬、豕、鸡也。刺其血以诅盟也。　伯氏吹埙，而仲氏吹篪，言其心相亲爱，而声相应和也。与汝如物之在贯，岂诚不我知而谮我哉？苟曰诚不我知，则出此三物以诅之可也。

⑨赋也。蜮，短狐也，江淮水皆有之，能含沙以射水中人影，其人辄病，而不见其形也。靦，面见人之貌也。好，善也。反侧，反覆不正直也。　言汝为鬼为蜮，则不可得而见矣。女乃人也，靦然有面目与人相视，无穷极之时，岂其情终不可测哉？是以作此好歌，以究极尔反侧之心也。

巷　伯①

萋兮斐兮，成是贝锦。彼谮人者，亦已大甚②。　哆兮侈兮，成是南箕。彼谮人者，谁适与谋③？　缉缉翩翩，谋欲谮人。慎尔言也，谓乐不信④。　捷捷幡幡，谋欲谮言。岂不尔受？既其女迁⑤。　骄人好好，劳人草草。苍天苍天！视彼骄人，矜此劳人⑥！　彼谮人者，谁适与谋？取彼谮人，投畀豺虎。豺虎不食，投畀有北。有北不受，投畀有昊⑦。　杨园之道，猗于亩丘。寺人孟子，作为此诗。凡百君子，敬而听之⑧。

【注释】

①《巷伯》七章，四章章四句，一章五句，一章八句，一章六句。　巷，是宫内道名。秦汉所谓"永巷"是也。伯，长也。王宫内道宫之长，即寺人也。故以名篇。班固《司马迁赞》云："迹其所以自伤悼，《小雅·巷伯》之伦。"其意亦谓《巷伯》本以被谮而遭刑也。而杨氏曰："寺人，内侍之微者，出入于王之左右，亲近于王而日见之，宜无闲之可伺矣。今也亦伤于谗，则疏远者可知。故其诗曰：凡百君子，敬而听之，使在位知戒也。"其说不同，然亦有理，姑存于此云。

②比也。萋、斐，小文之貌。贝，水中介虫也，有文彩似锦。　时有遭谗而被宫刑为巷伯者，作此诗。言因萋斐之形，而文致之以成贝锦，以比谗人者因人之小过而饰成大罪也。彼为是者，亦已大甚矣。

③比也。哆、侈，微张之貌。南箕四星，二为踵，二为舌，其踵狭而舌广，则大张矣。适，主

也。谁适与谋？言某谋之闳也。

④赋也。缉缉，口舌声；或曰，缉缉，人之罪也；或曰，有条理貌。皆通。翩翩，往来貌。谮人者自以为得意矣，然不慎尔言，听者有时而悟，且将以尔为不信矣。

⑤赋也。捷捷，儇利貌。幡幡，反覆貌。王氏曰："上好谮，则固将受女。然好谮不已，则遇谮之祸，亦既迁而及女矣。"曾氏曰："上章及此，皆忠告之词。"

⑥赋也。好好，乐也。草草，忧也。骄人谮行而得意，劳人遇谮而失度，其状如此。

⑦赋也。再言彼谮人者，谁适与谋者，甚嫉之，如重言之也。或曰，衍文也。投，弃也。北，北方寒凉不毛之地也。不食、不受，言谗谮之人，物所共恶也。昊，昊天也，投畀昊天，使制其罪。此皆设言以见欲其死亡之甚也。故曰："好贤如《缁衣》，恶恶如《巷伯》。"

⑧兴也。杨园，下地也。猗，加也。亩丘，高地也。寺人，内小臣，盖以谗被宫而为此官也。孟子，其字也。　　杨园之道，而猗于亩丘，以兴贱者之言，或有补于君子也。盖谮始于微者，而其渐将及于大臣，故作诗使听而谨之也。刘氏曰："其后王后太子及大夫，果多以谗废者。"

谷风[①]

习习谷风，维风及雨；将恐将惧，维予与女。将安将乐，女转弃予[②]。　　习习谷风，维风及颓。将恐将惧，寘予于怀。将安将乐，弃予如遗[③]。　　习习谷风，维山崔嵬。无草不死，无木不萎。忘我大德，思我小怨[④]。

【注释】

①《谷风》三章，章六句。

②兴也。习习，和调貌。谷风，东风也。将，且也。恐惧，谓危难忧患之时也。　　此朋友相怨之诗。故言习习谷风，则维风及雨矣。将恐将惧之时，则维予与女矣。奈何将安将乐，而女转弃予哉？

③兴也。颓，风之焚轮者也。寘，与"置"同。置于怀，亲之也。如遗，忘去而不复存省也。

④比也。崔嵬，山巅也。　　习习谷风，维山崔嵬，则风之所被者广矣。然犹无不死之草，无不萎之木。况于朋友，岂可以忘大德而思小怨乎？或曰，兴也。

蓼莪[①]

蓼蓼者莪，匪莪伊蒿；哀哀父母，生我劬劳[②]！　　蓼蓼者莪，匪莪伊蔚；哀哀父母，生我劳瘁[③]！　　瓶之罄矣，维罍之耻。鲜民之生，不如死之久矣！无父何怙？无母何恃？出则衔恤，入则靡至[④]。　　父兮生我，母兮鞠我。拊我畜我，长我育我。顾我复我，出入腹我。欲报之德，昊天罔极[⑤]！　　南山烈烈，飘风发发。民莫不穀，我独何害[⑥]？　　南山律律，飘风弗弗。民莫不穀，我独不卒[⑦]！

【注释】

①《蓼莪》六章，四章章四句，二章章八句。　　晋王裒以父死非罪，每读诗至"哀哀父母，生我劬劳"，未尝不三复流涕。受业者为废此篇。诗之感人如此。

②比也。蓼，长大貌。莪，美菜也。蒿，贱草也。　　人民劳苦，孝子不得终养，而作此诗。言昔谓之莪，而今非莪也，特蒿而已。以比父母生我以为美材，可赖以终其身，而今乃不得其养以死。于是乃言父母生我之劬劳，而重自哀伤也。

③比也。蔚，牡蔽也，三月始生，七月始华，如胡麻华而紫赤，八月为角，似小豆，角锐而长。瘁，病也。

④比也。瓶小罍大，皆酒器也。罄，尽；鲜，寡；恤，忧；靡，无也。　　言瓶资于罍而罍资瓶，犹父母与子相依为命也。故瓶罄矣，乃罍之耻，犹父母不得其所，乃子之责。所以穷独之民，生不如死也。盖无父则无所怙，无母则无所恃，是以出则中心衔恤，入则如无所归也。

⑤赋也。生者，本其气也。鞠、畜，皆养也。拊，拊循也。育，覆育也。顾，旋视也。复，反覆也。腹，怀抱也。罔，无；极，穷也。　　言父母之恩如此，欲报之以德，而其恩之大，如天无穷，不知所以为报也。

⑥兴也。烈烈，高大貌。发发，疾貌。穀，善也。　　南山烈烈，则飘风发发矣。民莫不善，而我独何为遭此害也哉！

⑦兴也。律律，犹烈烈也。弗弗，犹发发也。卒，终也，言终养也。

大　东①

有饛簋飧，有捄棘匕。周道如砥，其直如矢。君子所履，小人所视。睠言顾之，潸焉出涕②。　　小东大东，杼柚其空。纠纠葛屦，可以履霜。佻佻公子，行彼周行。既往既来，使我心疚③。　　有冽氿泉，无浸获薪。契契寤叹，哀我惮人。薪是获薪，尚可载也；哀我惮人，亦可息也④。　　东人之子，职劳不来；西人之子，粲粲衣服。舟人之子，熊罴是裘；私人之子，百僚是试⑤。　　或以其酒，不以其浆；鞙鞙佩璲，不以其长。维天有汉，监亦有光；跂彼织女，终日七襄⑥。　　虽则七襄，不成报章。睆彼牵牛，不以服箱。东有启明，西有长庚。有捄天毕，载施之行⑦。

维南有箕，不可以簸扬；维北有斗，不可以挹酒浆。维南有箕，载翕其舌；维北有斗，西柄之揭⑧。

【注释】

①《大东》七章，章八句。

②兴也。饛，满簋貌。飧，熟食之。捄，曲貌。棘匕，以棘为匕，所以载鼎肉而升之于俎也。砥，砺石，言平也。矢，言直也。君子，在位；履，行；小人，下民也。睠，反顾也。潸，涕下貌。

　　《序》以为东国困于役而伤于财，谭大夫作此以告病。言有饛簋飧，则有捄棘匕，周道如砥，则其直如矢，是以君子履之，而小人视焉。今乃顾之而出涕者，则以东方之赋役，莫不由是而西输于周也。

③赋也。小东、大东，东方小大之国也，自周视之，则诸侯之国，皆在东方。杼，持纬者也。柚，受经者也。空，尽也。佻，轻薄不奈劳苦之貌。公子，诸侯之贵臣也。周行，大路也。疚，病也。　　言东方小大之国，杼柚皆已空矣。至于以葛屦履霜，而其贵戚之臣，奔走往来，不胜其劳，使我心忧而病也。

④兴也。冽，寒意也。侧出曰氿泉。获，艾也。契契，忧苦也。惮，劳也。尚，庶几也。载，

载以归也。　苏氏曰："薪已获矣，而复渍之，则腐。民已劳矣，而复事之，则病。故已艾，则庶其载而畜之。已劳，则庶其息而安之。"

⑤赋也。东人，诸侯之人也。职，专主也。来，慰抚也。西人，京师人也。粲粲，鲜盛貌。舟人，舟楫之人也。熊罴是裘，言富也。私人，私家皂隶之属也。僚，官；试，用也。舟人、私人，皆西人也。　此言赋役不均，群小得志也。

⑥赋也。鞙鞙，长貌。璲，瑞也。汉，天河也。跂，隅貌。织女，星名，在汉旁。三星跂然如隅也。七襄，未详。《传》曰："反也。"笺云："驾也。"驾，谓更其肆也。盖天有十二次，日月所止舍，所谓肆也。经星一昼一夜，左旋一周而有余，则终日之间，自卯至酉，当更七次也。

言东人或馈之以酒，而西人曾不以为浆。东人或与之以鞙然之佩，而西人曾不以为长。维天之有汉，则庶乎其有以监我。而织女之七襄，则庶乎其能成文章以报我矣。无所赴诉，而言惟天庶乎其恤我耳！

⑦赋也。睆，明星貌。牵牛，星名。服，驾也。箱，车箱也。启明、长庚，皆金星也。以其先日而出，故谓之启明；以其后日而入，故谓之长庚。盖金、水二星常附日行，而或先或后，但金大水小，故独以金星为言也。天毕，毕星也，状如掩兔之毕。行，行列也。　言彼织女不能成报我之章，牵牛不可以服我之箱，而启明、长庚、天毕者，亦无实用，但施之行列而已，至是则知天亦无若我何矣！

⑧赋也。箕、斗二星，以夏秋之间见于南方。云北斗者，以其在箕之北也。或曰，北斗常见不隐者也。翕，引也。舌，下二星也。南斗柄固指西，若北斗而西柄，则亦秋时也。　言南箕既不可以簸扬糠粃，北斗既不可以挹酌酒浆，而箕引其舌，反若有所吞噬；斗西揭其柄，反若有所挹取于东，是天非徒无若我何，乃亦若助西人而见困。甚怨之词也。

四　月[①]

四月维夏，六月徂暑。先祖匪人，胡宁忍予[②]？　秋日凄凄，百卉具腓。乱离瘼矣，爰其适归[③]？　冬日烈烈，飘风发发。民莫不谷，我独何害[④]？　山有嘉卉，侯栗侯梅。废为残贼，莫知其尤[⑤]。　相彼泉水，载清载浊。我日构祸，曷云能穀[⑥]？　滔滔江汉，南国之纪。尽瘁以仕，宁莫我有[⑦]？　匪鹑匪鸢；翰飞戾天。匪鳣匪鲔，潜逃于渊[⑧]。　山有蕨薇，隰有杞桋。君子作歌，维以告哀[⑨]。

【注释】

①《四月》八章，章四句。

②兴也。徂，往也。四月、六月，亦以夏正数之，建巳建未之月也。　此亦遭乱自伤之诗。言四月维夏，则六月徂暑矣。我先祖岂非人乎？何忍使我遭此祸也。无所归咎之词也。

③兴也。凄凄，凉风也。卉，草；腓，病；离，忧；瘼，病；奚，何；适，之也。　秋日凄凄，则百卉具腓矣。乱离瘼矣，则我将何所适归乎哉？

④兴也。烈烈。犹栗栗也。发发，疾貌。谷，善也。　夏则暑，秋则病，冬则烈，言祸乱日进，无时而息也。

⑤兴也。嘉，善；侯，维；废，变；尤，过也。　山有嘉卉，则维栗与梅矣。在位者变为残贼，则谁之过哉？

⑥兴也。相，视；载，则；构，合也。　相彼泉水，犹有时而清，有时而浊。而我乃日日遭

害，则曷云能善乎？

⑦兴也。滔滔，大水貌。江、汉，二水名。纪，纲纪也，谓经带包络之也。瘁，病也，有，识有也。　　滔滔江汉，犹为南国之纪。今也尽瘁以仕，而王何其不我有哉！

⑧赋也。鹑，雕也。鸢，亦鸷鸟也。其飞上薄云汉。鳣、鲔，大鱼也。　　鹑鸢则能翰飞戾天，鳣鲔则能潜逃于渊，我非是四者，则亦无所逃矣！

⑨兴也。杞，枸檵也。桋，赤楝也，树叶细而歧锐，皮理错戾，好丛生山中，中为车辋。　　山则有蕨薇，隰则有杞桋，君子作歌，则维以告哀而已。

《小旻之什》十篇，六十五章，四百十四句。

诗集传卷第十三

北山之什

北　山[①]

陟彼北山，言采其杞。偕偕士子，朝夕从事。王事靡盬，忧我父母[②]。　溥天之下，莫非王土；率土之滨，莫非王臣。大夫不均，我从事独贤[③]。　四牡彭彭，王事傍傍。嘉我未老，鲜我方将。旅力方刚，经营四方[④]。　或燕燕居息，或尽瘁事国。或息偃在床，或不已于行[⑤]。　或不知叫号，或惨惨劬劳。或栖迟偃仰，或王事鞅掌[⑥]。　或湛乐饮酒，或惨惨畏咎。或出入风议，或靡事不为[⑦]。

【注释】

①《北山》六章，三章章六句，三章章四句。

②赋也。偕偕，强壮貌。士子，诗人自谓也。　大夫行役而作此诗。自言陟北山而采杞以食者，皆强壮之人而朝夕从事者也。盖以王事不可以不勤，是以贻我父母之忧耳。

③赋也。溥，大；率，循；滨，涯也。言土之广，臣之众，而王不均平，使我从事独劳也。不斥王而曰大夫，不言独劳而曰独贤，诗人之忠厚如此。

④赋也。彭彭然，不得息也。傍傍然，不得已也。嘉，善；鲜，少也。以为少而难得也。将，壮也，旅，与“膂”同。　言王之所以使我者，善我之未老而方壮，旅力可以经营四方耳。犹上章之言独贤也。

⑤赋也。燕燕，安息貌。瘁，病；已，止也。　言役使之不均也。下章放此。

⑥赋也。不知叫号，深居安逸，不闻人声也。鞅掌，失容也。言事烦劳，不暇为仪容也。

⑦赋也。咎，犹罪过也。出入风议，言亲信而从容也。

无将大车[①]

无将大车，祇自尘兮；无思百忧，祇自疷兮[②]。　无将大车，维尘冥冥；无思百忧，不出于颎[③]。　无将大车，维尘雍兮；无思百忧，祇自重兮[④]。

【注释】

①《无将大车》三章，章四句。

②兴也。将，扶进也。大车，平地任载之车，驾牛者也。祇，适；疷，病也。　此亦行役劳苦而忧思者之作。言将大车则尘污之，思百忧则病及之矣。

③兴也。冥冥，昏晦也。颎，与“耿”同，小明也。在忧中耿耿然不能出也。

④兴也。雍，犹蔽也。重，犹累也。

小　明[1]

明明上天，照临下土。我征徂西，至于艽野。二月初吉，载离寒暑。心之忧矣，其毒大苦。念彼共人，涕零如雨。岂不怀归？畏此罪罟[2]！　昔我往矣，日月方除；曷云其还，岁聿云莫。念我独兮，我事孔庶。心之忧矣，惮我不暇。念彼共人，眷眷怀顾。岂不怀归？畏此谴怒[3]！　昔我往矣，日月方奥；曷云其还？政事愈蹙。岁聿云莫，彩萧获菽。心之忧矣，自诒伊戚。念彼共人，兴言出宿。岂不怀归？畏此反覆[4]！　嗟尔君子，无恒安处。靖共尔位，正直是与。神之听之，式穀以女[5]。　嗟尔君子，无恒安息。靖共尔位，好是正直。神之听之，介尔景福[6]。

【注释】

①《小明》五章，三章章十二句，二章章六句。

②赋也。征，行；徂，往也。艽野，地名，盖荒远之地也。二月，亦以夏正数之，建卯月也。初吉，朔日也。毒，言心中如有药毒也。共人，僚友之处者也。怀，思；罟，网也。　大夫以二月西征，至于岁莫，而未得归，故呼天而诉之。复念其僚友之处者，且自言其畏罪而不敢归也。

③赋也。除，除旧生新也。谓二月初吉也。庶，众；惮，劳也。眷眷，勤厚之意。谴怒，罪责也。　言昔以是时往，今未知何时可还而岁已莫矣。盖身独而事众，是以勤劳而不暇也。

④赋也。奥，暖；蹙，急；诒，遗；戚，忧；兴，起也。反覆，倾侧无常之意也。　言以政事愈急。是以至此岁莫而犹不得归。又自咎其不能见几远去，而自遗此忧，至于不能安寝，而出宿于外也。

⑤赋也。君子，亦指其僚友也。恒，常也。靖，与“静”同。与，犹助也。穀，禄也。以，犹与也。　上章既自伤悼，此章又戒其僚友曰：嗟尔君子，无以安处为常，言当有劳时勿怀安也。当靖共尔位，惟正直之人是助，则神之听之，而以穀禄与女矣。

⑥赋也。息，犹处也。好是正直，爱此正直之人也。介，景，皆大也。

鼓　钟[1]

鼓钟将将，淮水汤汤，忧心且伤，淑人君子，怀允不忘[2]。　鼓钟喈喈，淮水湝湝。忧心且悲。淑人君子，其德不回[3]。　鼓钟伐鼛，淮有三洲，忧心且妯。淑人君子，其德不犹[4]。鼓钟钦钦，鼓瑟鼓琴，笙磬同音。以雅以南，以籥不僭[5]。

【注释】

①《鼓钟》四章，章五句。　此诗之义有不可知者，今姑释其训诂名物，而略以王氏、苏氏之说解之，未敢信其必然也。

②赋也。将将，声也。淮水出信阳军桐柏山，至楚州连水军入海。汤汤，沸腾之貌。淑，善；怀，思；允，信也，　此诗之义未详。王氏曰：“幽王鼓钟淮水之上，为流连之乐，久而忘反。

闻者忧伤，而思古之君子不能忘也。”

③赋也。喈喈，犹将将。湝湝，犹汤汤。悲，犹伤也。回，邪也。

④赋也。鼛，大鼓也，《周礼》作“皋”，云“皋鼓寻有四尺”。三洲，淮上地。苏氏曰：“始言汤汤，水盛也。中言湝湝，水流也。终言三洲，水落而洲见也。言幽王之久于淮上也。妯，动；犹，若也。言不若今王之荒乱也。”

⑤赋也，钦钦，亦声也。磬，乐器，以石为之。琴瑟在堂，笙磬在下。同音，言其和也。雅，二雅也。南，二南也。籥，籥舞也。僭，乱也。言三者皆不僭也。　　苏氏曰：“言幽王之不德，岂其乐非古欤？乐则是而人则非也。”

楚　茨[①]

楚楚者茨，言抽其棘；自昔何为？我蓺黍稷。我黍与与，我稷翼翼，我仓既盈，我庾维亿。以为酒食。以飨以祀，以妥以侑，以介景福[②]。　　济济跄跄，絜尔牛羊。以往烝尝。或剥或亨，或肆或将。祝祭于祊，祀事孔明。先祖是皇，神保是飨，孝孙有庆。报以介福，万寿无疆[③]。　　执爨踖踖，为俎孔硕。或燔或炙，君妇莫莫，为豆孔庶。为宾为客，献酬交错。礼仪卒度，笑语卒获。神保是格，报以介福，万寿攸酢[④]。　　我孔熯矣，式礼莫愆。工祝致告，徂赉孝孙。苾芬孝祀，神嗜饮食。卜尔百福。如几如式，既齐既稷，既匡既敕。永锡尔极，时万时亿[⑤]。　　礼仪既备，钟鼓既戒，孝孙徂位，工祝致告。神具醉止，皇尸载起。鼓钟送尸，神保聿归。诸宰君妇，废彻不迟。诸父兄弟，备言燕私[⑥]。　　乐具入奏，以绥后禄。尔殽既将，莫怨具庆。既醉既饱，小大稽首。神嗜饮食，使君寿考。孔惠孔时，维其尽之。子子孙孙，勿替引之[⑦]。

【注释】

①《楚茨》六章，章十二句。　　吕氏曰：“《楚茨》极言祭祀所以事神受福之节，致详致备，所以推明先王致力于民者尽，则致力于神者详。观其威仪之盛，物品之丰，所以交神明，逮群下，至于受福无疆者，非德盛政修，何以致之？”

②赋也。楚楚，盛密貌。茨，蒺藜也。抽，除也。我，为有田禄而奉祭祀者之自称也。与与、翼翼，皆蕃盛貌。露积曰庾。十万曰亿。飨，献也。妥，安坐也。《礼》曰：“诏妥尸。”盖祭祀筮族人之子为尸。既奠，迎之使处神坐，而拜以安之也。侑，劝也。恐尸或未饱，祝侑之曰：“皇尸未实也。”介，大也。景，亦大也。　　此诗述公卿有田禄者力于农事，以奉其宗庙之祭。故言蒺藜之地，有抽除其棘者，古人何乃为此事乎？盖将使我于此蓺黍稷也。故我之黍稷既盛，仓庾既实，则为酒食以飨祀妥侑，而介大福也。

③赋也。济济跄跄，言有容也。冬祭曰烝，秋祭曰尝。剥，解剥其皮也。亨，煮熟之也。肆，陈之也。将，奉持而进之也。祊，庙门内也。孝子不知神之所在，故使祝博求之于门内待宾客之处也。孔，甚也。明，犹备也，著也。皇，大也，君也。保，安也。神保，盖尸之嘉号。《楚辞》所谓“灵保”，亦以巫降神之称也。孝孙，主祭之人也。庆，犹福也。

④赋也。爨，灶也。踖踖，敬也。俎，所以载牲体也。硕，大也。燔，烧肉也。炙，炙肝也。皆所以从献也。《特牲》：“主人献尸，宾长以肝从；主妇献尸，兄弟以燔从。”是也。君妇，主

妇也。莫莫,清静而敬至也。豆,所以盛内羞庶羞,主妇荐之也。庶,多也。宾客筮而戒之,使助祭者,既献尸而遂与之相献酬也。主人酌宾曰献,宾饮主人曰酢,主人又自饮而复饮宾曰酬。宾受之,奠于席前而不举,至旅而后少长相劝,而交错以遍也。卒,尽也。度,法度也。获,得其宜也。格,来酢报也。

⑤赋也。熯,竭也。善其事曰工。苾芬,香也。卜,予也。几,期也。《春秋传》曰:"易几而哭。"是也。式,法;齐,整;稷,疾;匡,正;敕,戒;极,至也。　礼行既久,筋力竭矣,而式礼莫愆,敬之至也。于是祝致神意以嘏主人曰:"尔饮食芳洁,故报尔以福禄,使其来如几,其多如法。尔礼容庄敬,故报尔以众善之极,使尔无一事而不得乎此。各随其事而报之以其类也。"《少牢》嘏词曰:"皇尸命工祝,承致多福无疆于女孝孙,来女孝孙,使女受禄于天,宜稼于田,眉寿万年,勿替引之。"此大夫之礼也。

⑥赋也。戒,告也。徂位,祭事既毕,主人往阼阶下西面之位也。致告,祝传尸意,告利于主人,言孝子之利养成毕也。于是神醉而尸起,送尸而神归矣。曰皇尸者,尊称之也。鼓钟者,尸出入奏肆夏也。鬼神无形,言其醉而归者,诚敬之至,如见之也。诸宰,家宰,非一人之称也。废,去也。不迟,以疾为敬,亦不留神惠之意也。祭毕既归宾客之俎,同姓则留与之燕,以尽私恩,所以尊宾客,亲骨肉也。

⑦赋也。凡庙之制,前庙以奉神,后寝以藏衣冠。祭于庙而燕于寝。故于此将燕,而祭时之乐皆入奏于寝也。且于祭既受禄矣,故以燕为将受后禄而绥之也。尔殽既进,与燕之人无有怨者,而皆欢庆醉饱,稽首而言曰:向者之祭,神既嗜君之饮食矣,是以使君寿考也。又言,君之祭祀甚顺甚时,无所不尽,子子孙孙当不废而引长之也。

信南山[1]

信彼南山,维禹甸之。畇畇原隰,曾孙田之。我疆我理,南东其亩[2]。　上天同云,雨雪雰雰,益之以霢霂,既优既渥,既霑既足,生我百谷[3]。　疆埸翼翼,黍稷彧彧。曾孙之穑,以为酒食。畀我尸宾,寿考万年[4]。　中田有庐,疆埸有瓜。是剥是菹,献之皇祖。曾孙寿考,受天之祜[5]。　祭以清酒,从以骍牡,享于祖考。执其鸾刀,以启其毛,取其血膋[6]。　是烝是享,苾苾芬芬,祀事孔明。先祖是皇,报以介福,万寿无疆[7]。

【注释】

①《信南山》六章,章六句。

②赋也。南山,终南山也。甸,治也。畇畇,垦辟貌。曾孙,主祭者之称。曾,重也。自曾祖以至无穷,皆得称之也。疆者,为之大界也。理者,定其沟涂也。亩,垄也。长乐刘氏曰:"其遂东入于沟,则其亩南矣。其遂南入于沟,则其亩东矣。"　此诗大指与《楚茨》略同,此即其篇首四句之意也。言信乎此南山者。本禹之所治,故其原隰垦辟,而我得田之。于是为之疆理,而顺其地势水势之所宜,或南其亩或东其亩也。

③赋也。同云,云一色也,将雪之候如此。雰雰,雪貌。霢霂,小雨貌。优,渥;霑;足。皆饶洽之意也。冬有积雪,春而益之。以小雨润泽,则饶洽矣。

④赋也。埸,畔也。翼翼,整饬貌。彧彧,茂盛貌,畀,与也。　言其田整饬而谷茂盛者,皆曾孙之穑也。于是以为酒食,而献之于尸及宾客也。阴阳和。万物遂,而人心欢悦,以奉

宗庙,则神降之福,故寿考万年也。

⑤赋也。中田,田中也。菹,酢菜也。祜,福也。　　一井之田,其中百亩为公田,内以二十亩分八家为庐舍,以便田事,于畔上种瓜以尽地利,瓜成,剥削淹渍以为菹,而献皇祖,贵四时之异物,顺孝子之心也。

⑥赋也。清酒,清洁之酒,郁鬯之属也。骍,赤色,周所尚也。祭礼,先以郁鬯灌地,求神于阴,然后迎牲。执者,主人亲执也。鸾刀,刀有铃也,膋,脂膏也。启其毛,以告纯也。取其血,以告杀也。取其膋,以升臭也。合之黍稷,实之于萧而燔之,以求神于阳也。《记》曰:"周人尚臭,灌用鬯臭,郁合鬯,臭阴达于渊泉。灌以圭璋,用玉气也。既灌然后迎牲,致阴气也。萧合黍稷,臭阳达于墙屋。故既奠然后焫萧合膻芗。凡祭慎诸此。魂气归于天,形魄归于地,故祭求诸阴阳之义也。"

⑦赋也。烝,进也;或曰,冬祭名。

甫　田[①]

倬彼甫田,岁取十千。我取其陈,食我农人。自古有年。今适南亩,或耘或耔。黍稷薿薿。攸介攸止,烝我髦士[②]。　　以我齐明,与我牺羊,以社以方。我田既臧,农夫之庆。琴瑟击鼓,以御田祖,以祈甘雨,以介我稷黍,以穀我士女[③]。　　曾孙来止,以其妇子,馌彼南亩。田畯至喜。攘其左右,尝其旨否。禾易长亩,终善且有。曾孙不怒。农夫克敏[④]。　　曾孙之稼,如茨如梁;曾孙之庾,如坻如京。乃求千斯仓,乃求万斯箱。黍稷稻粱,农夫之庆。报以介福,万寿无疆[⑤]。

【注释】

①《甫田》四章,章十句。

②赋也。倬,明貌。甫,大也。十千,谓一成之田,地方十里,为田九万亩,而以其万亩为公田,盖九一之法也。我,食禄主祭之人也。陈,旧粟也。农人,私百亩而养公田者也。有年,丰年也。适,往也。耘,除草也。耔,雍本也。盖后稷为田,一亩三甽,广尺深尺,而播种于其中。苗叶以上,稍耨垄草,因壝其土以附苗根。垄尽亩平,则根深而能风与旱也。薿,茂盛貌。介,大;烝,进;髦,俊也。俊士,秀民也。古者士出于农,而工商不与焉。管仲曰:"农之子恒为农,野处而不昵,其秀民之能为士者,心足赖也。"即谓此也。　　此诗述公卿有田禄者力于农事,以奉方社田祖之祭。故言于此大田,岁取万亩之人以为禄食。及其积之久而有余,则又存其新而散其旧,以食农人,补不足,助不给也。盖以自古有年,是以陈陈相因,所积如此。然其用之之节,又合宜而有序如此,所以粟虽甚多,而无红腐不可食之患也。又言自古既有年矣,今适南亩,农人方且或耘或耔,而其黍稷又已茂盛,则是又将复有年矣。故于其所美大止息之处,进我髦士而劳之也。

③赋也。齐,与"粢"同。《曲礼》曰:"稷曰明粢。"此言齐明,便文以协韵耳。牺羊,纯色之羊也。社,后土也,以句龙氏配。方,秋祭四方,报成万物。《周礼》所谓"罗弊献禽以祀祊"是也。臧,善;庆,福;御,迎也。田祖,先啬也,谓始耕田者,即神农也。《周礼·籥章》:"凡国祈年于田祖,则吹'豳雅',击土鼓,以乐田畯。"是也。穀,养也;又曰,善也。言仓廪实而知礼节也。　　言奉其齐盛牺牲以祭方社,而曰我田之所以善者,非我之所能致也,乃赖农夫之福而致之耳。又作乐以祭田祖而祈雨,庶有以大其稷黍,而养其民人也。

④赋也。曾孙，主祭者之称，非独宗庙为然。《曲礼》:“外事曰:曾孙某侯某，武王祷名山大川，曰有道曾孙周王发。”是也。馌，饷；攘，取；旨，美；易，治；长，竟；有，多；敏，疾也。曾孙之来，适见农夫之妇子来馌耘者，于是与之偕至其所。而田畯亦至而喜之，乃取其左右之馈而尝其旨否，言其上下相亲之甚也。既又见其禾之易治，竟亩如一，而知其终当善而且多。是以曾孙不怒，而其农夫益以敏于其事也。

⑤赋也。茨，屋盖，言其密比也。梁，车梁，言其穹窿也。坻，水中之高地也。京，高丘也。箱，车箱也。　　此言收成之后，禾稼既多，则求仓以处之，求车以载之。而言凡此黍稷稻粱，皆赖农夫之庆而得之，是宜报以大福，使之万寿无疆也。其归美于下而欲厚报之如此。

大　田[①]

大田多稼，既种既戒，既备乃事。以我覃耜，俶载南亩。播厥百谷，既庭且硕。曾孙是若[②]。　　既方既皂，既坚既好，不稂不莠。去其螟螣，及其蟊贼。无害我田稚，田祖有神。秉畀炎火[③]。　　有渰萋萋，兴雨祁祁。雨我公田，遂及我私。彼有不获稚，此有不敛穧。彼有遗秉，此有滞穗。伊寡妇之利[④]。　　曾孙来止，以其妇子。馌彼南亩，田畯至喜。来方禋祀，以其骍黑，与其黍稷。以享以祀，以介景福[⑤]。

【注释】

①《大田》四章，二章章八句，二章章九句。前篇有“击鼓以御田祖”之文，故或疑此《楚茨》、《信南山》、《甫田》、《大田》四篇，即为“豳雅”。其详见于《豳风》之末。亦未知其是否也。然前篇上之人以我田既臧为农夫之庆，而欲报之以介福；此篇农夫以雨我公田，遂及我私，而欲其享祀以介景福。上下之情，所以相赖而相报者如此。非盛德其孰能之。

②赋也。种，择其种也。戒，饬其具也。覃，利；俶，始；载，事；庭，直；硕，大；若，顺也。苏氏曰:“田大而种多，故于今岁之冬，具来岁之种戒来岁之事。凡既备矣，然后事之，取其利耜而始事于南亩，既耕而播之，其耕之也勤，而种之也时，故其生者皆直而大，以顺曾孙之所欲。此诗为农夫之词，以颂美其上，若以答前篇之意也。”

③赋也。方，房也，谓孚甲始生而未合时也。实未坚者曰皂。稂。童粱；莠，似苗，皆害苗之草也。食心曰螟，食叶曰螣，食根曰蟊，食节曰贼，皆害苗之虫也。稚，幼禾也。　　言其苗既盛矣，又必去此四虫，然后可以无害田中之禾。然非人力所及也，故愿田祖之神为我持此四虫，而付之炎火之中也。姚崇遣使捕蝗，引此为证，夜中设火，火边掘坑，且焚且瘗，盖古之遗法如此。

④赋也。渰，云兴貌。萋萋，盛貌。祁祁，徐也。云欲盛，盛则多雨。雨欲徐，徐则入土。公田者，方里而井，井九百亩，其中为公田，八家皆私百亩，而同养公田也。穧，束；秉，把也。滞，亦遗弃之意也。　　言农夫之心先公后私，故望此云雨而曰:天其雨我公田，而遂及我之私田乎！冀怙君德而蒙其余惠，使收成之际，彼有不及获之稚禾，此有不及敛之穧束，彼有遗弃之禾把，此有滞漏之禾穗，而寡妇尚得取之以为利也。此见其丰成有余，而不尽取，又与鳏寡共之，既足以为不费之惠，而亦不弃于地也。不然则粒米狼戾，不殆于轻视天物而慢弃之乎！

⑤赋也。精意以享谓之禋。　　农夫相告曰:曾孙来矣。于是与其妇子馌彼南亩之获者，而田畯亦至而喜之也。曾孙之来，又禋祀四方之神而赛祷焉。四方各用其方色之牲，此言

骍黑，举南北以见其余也。以介景福，农夫欲曾孙之受福也。

瞻彼洛矣[①]

瞻彼洛矣，维水泱泱。君子至止，福禄如茨。韎韐有奭，以作六师[②]。 瞻彼洛矣，维水泱泱，君子至止，鞞琫有珌。君子万年，保其家室[③]。 瞻彼洛矣，维水泱泱。君子至止，福禄既同。君子万年，保其家邦[④]。

【注释】

①《瞻彼洛矣》三章，章六句。

②赋也。洛，水名，在东都，会诸侯之处也。泱泱，深广也。君子，指天子也。茨，积也。韎，茅搜所染色也。韐，韠也，合韦为之，《周官》所谓"韦弁"，兵事之服也。奭，赤貌。作，犹起也。六师，六军也。天子六军。 此天子会诸侯于东都以讲武事，而诸侯美天子之诗。言天子至此洛水之上，御戎服而起六师也。

③赋也。鞞，容刀之鞞，今刀鞘也。琫，上饰。珌，下饰，亦戎服也。

④赋也。同，犹聚也。

裳裳者华[①]

裳裳者华，其叶湑兮；我觏之子，我心写兮。我心写兮，是以有誉处兮[②]。 裳裳者华，芸其黄矣；我觏之子，维其有章矣。维其有章矣，是以有庆矣[③]。 裳裳者华，或黄或白；我觏之子，乘其四骆。乘其四骆，六辔沃若[④]。 左之左之，君子宜之；右之右之，君子有之。维其有之，是以似之[⑤]。

【注释】

①《裳裳者华》四章。章六句。

②兴也。裳裳，犹堂堂。董氏云："古本作常，常棣也。"湑，盛貌。觏，见；处，安也。 此天子美诸侯之辞，盖以答瞻彼洛矣也。言裳裳者华。则其叶湑然而美盛矣，我觏之子，则其心倾写而悦乐之矣。夫能使见者悦乐之如此。则其有誉处宜矣。此章与《蓼萧》首章文势全相似。

③兴也。芸黄，盛也。章，文章也。有文章，斯有福庆矣。

④兴也。言其车马威仪之盛。

⑤赋也。言其才全德备，以左之，则无所不宜；以右之，则无所不有。维其有之于内，是以形之于外者，无不似其所有也。

《北山之什》十篇，四十六章，三百三十四句。

诗集传卷第十四

桑扈之什

桑　扈①

交交桑扈，有莺其羽。君子乐胥，受天之祜②。　　交交桑扈，有莺其领。君子乐胥，万邦之屏③。　　之屏之翰，百辟为宪。不戢不难，受福不那④。　　兕觥其觩，旨酒思柔。彼交匪敖，万福来求⑤。

【注释】

①《桑扈》四章，章四句。

②兴也。交交，飞往来之貌。桑扈，窃脂也。莺然，有文章也。君子，指诸侯，胥，语词。祜，福也。　　此亦天子燕诸侯之诗。言交交桑扈，则有莺其羽矣。君子乐胥，则受天之祜矣。颂祷之词也。

③兴也。领，颈；屏，蔽也。言其能为小国之藩卫，盖任方伯连帅之职者也。

④赋也。翰，干也，所以当墙两边障土者也。辟，君；宪，法也。言其所统之诸侯，皆以之为法也。戢，敛；难，慎；那，多也。不戢，戢也。不难，难也。不那，那也。盖曰岂不敛乎？岂不慎乎？其受福岂不多乎？古语声急而然也。后放此。

⑤赋也。兕觥，爵也。觩，角上曲貌。旨，美也。思，语词也。敖，"傲"通。交际之间无所傲慢，则我无事于求福而福反来求我也。

鸳　鸯①

鸳鸯于飞，毕之罗之；君子万年，福禄宜之②。　　鸳鸯在梁，戢其左翼；君子万年，宜其遐福③。　　乘马在厩，摧之秣之；君子万年，福禄艾之④。　　乘马在厩，秣之摧之；君子万年，福禄绥之⑤。

【注释】

①《鸳鸯》四章，章四句。

②兴也。鸳鸯，匹鸟也。毕，小罔长柄者也。罗，罔也。君子，指天子也。　　此诸侯所以答《桑扈》也。鸳鸯于飞，则毕之罗之矣。君子万年，则福禄宜之矣。亦颂祷之词也。

③兴也。石绝水为梁。戢，敛也。张子曰："禽鸟并栖，一正一倒，戢其左翼，以相依于内，舒其右翼，以防患于外。盖左不用而右便故也。"遐，远也，久也。

④兴也。摧，莝；秣，粟；艾，养也。苏氏曰："艾，老也。言以福禄终其身也。"亦通。　　乘

马在厩，则摧之秣之矣。君子万年，则福禄艾之矣。

⑤兴也。绥，安也。

頍弁[1]

有頍者弁，实维伊何？尔酒既旨，尔殽既嘉。岂伊异人？兄弟匪他。茑与女萝，施于松柏。未见君子，忧心弈弈；既见君子，庶几说怿[2]。　　有頍者弁，实维何期？尔酒既旨，尔殽既时。岂伊异人？兄弟具来。茑与女萝，施于松上。未见君子，忧心怲怲；既见君子，庶几有臧[3]。　　有頍者弁，实维在首。尔酒既旨，尔殽既阜。岂伊异人，兄弟甥舅。如彼雨雪，先集维霰。死丧无日，无几相见。乐酒今夕，君子维宴[4]。

【注释】

①《頍弁》三章，章十二句。

②赋而兴又比也。頍，弁貌；或曰，举首貌。弁，皮弁。嘉、旨，皆美也。匪他，非他人也。茑，寄生也，叶似当卢，子如覆盆子，赤黑甜美。女萝，兔丝也，蔓连草上，黄赤如金。此则比也。君子，兄弟为宾者也。弈弈，忧心无所薄也。　　此亦燕兄弟亲戚之诗，故言有頍者弁，实维伊何乎？尔酒既旨，尔殽既嘉，则岂伊异人乎？乃兄弟而匪他也。又言茑萝施于木上，以比兄弟亲戚缠绵依附之意。是以未见而忧，既见而喜也。

③赋而兴又比也。何期，犹伊何也。时，善；具，俱也。怲怲，忧盛满也。臧，善也。

④赋而兴又比也。阜，犹多也。甥舅，谓母姑姊妹妻族也。霰，雪之始凝者也。将大雨雪，必先微温，雪自上下，遇温气而搏谓之霰，久而寒胜，则大雪矣。言霰集则将雪之候，以比老至则将死之征也。故卒言死丧无日，不能久相见矣，但当乐饮以尽今夕之欢。笃亲亲之意也。

车舝[1]

间关车之舝兮，思娈季女逝兮。匪饥匪渴，德音来括。虽无好友，式燕且喜[2]。　　依彼平林，有集维鷮；辰彼硕女，令德来教。式燕且誉，好尔无射[3]。　　虽无旨酒，式饮庶几；虽无嘉殽，式食庶几。虽无德与女，式歌且舞[4]。　　陟彼高冈，析其柞薪。析其柞薪，其叶湑兮；鲜我觏尔，我心写兮[5]。　　高山仰止，景行行止。四牡騑騑，六辔如琴。觏尔新昏，以慰我心[6]。

【注释】

①《车舝》五章，章六句。

②赋也。间关，设舝声也。舝，车轴头铁也。无事则脱，行则设之，婚礼亲迎者乘车。娈，美貌。逝，往；括，会也。　　此燕乐其新婚之诗。故言间关然设此车舝者，盖思彼娈然之季女，故乘此车往而迎之也。匪饥也，匪渴也。望其德音来括，而心如饥渴耳。虽无他人，亦当宴饮以相喜乐也。

③兴也。依，茂木貌。鷮，雉也，微小于翟，走而且鸣，其尾长，肉甚美。辰，时；硕，大也。尔，即季女也。射，厌也。　　依彼平林，则有集维鷮，辰彼硕女，则以令德来配己而教诲之。是以式燕且誉，而悦慕之无厌也。

④赋也。旨，嘉，皆美也。女，亦指季女也。言我虽无旨酒嘉殽美德以与女，女亦当饮食歌舞以相乐也。

⑤兴也。陟，登；柞，栎；湑，盛；鲜，少；觏，见也。　　陟冈而析薪，则其叶湑兮矣，我得见尔，则我心写兮矣。

⑥兴也。仰，瞻望也。景行，大道也。如琴，谓六辔调和如琴瑟也。慰，安也。　　高山则可仰，景行则可行，马服御良，则可以迎季女而慰我心也。此又举其始终而言也。《表记》曰："《小雅》曰：'高山仰止，景行行止。'子曰：'诗之好仁如此，乡道而行，中道而废，忘身之老也，不知年数之不足也。俛焉日有孳孳，毙而后已。'"

青　蝇[①]

营营青蝇，止于樊；岂弟君子，无信谗言[②]。　　营营青蝇，止于棘；谗人罔极，交乱四国[③]。　　营营青蝇，止于榛；谗人罔极，构我二人[④]。

【注释】

①《青蝇》三章，章四句。

②比也。营营，往来飞声，乱人听也。青蝇，污秽能变白黑。樊，藩也。君子，谓王也。诗人以王好听谗言，故以青蝇飞声比之，而戒王以勿听也。

③兴也。棘，所以为藩也。极，犹已也。

④兴也。构，合也，犹交乱也。己与听者为二人。

宾之初筵[①]

宾之初筵，左右秩秩。笾豆有楚，殽核维旅。酒既和旨，饮酒孔偕。钟鼓既设，举酬逸逸。大侯既抗，弓矢斯张，射夫既同，献尔发功。发彼有的，以祈尔爵[②]。　　籥舞笙鼓。乐既和奏，烝衎烈祖。以洽百礼，百礼既至。有壬有林，锡尔纯嘏，子孙其湛。其湛曰乐，各奏尔能。宾载手仇，室人入又。酌彼康爵，以奏尔时[③]。　　宾之初筵，温温其恭，其未醉止，威仪反反；曰既醉止，威仪幡幡。舍其坐迁，屡舞僊僊。其未醉止，威仪抑抑；曰既醉止，威仪怭怭。是曰既醉，不知其秩[④]。　　宾既醉止，载号载呶。乱我笾豆，屡舞僛僛。是曰既醉，不知其邮。侧弁之俄，屡舞傞傞。既醉而出，并受其福；醉而不出，是谓伐德。饮酒孔嘉，维其令仪[⑤]。　　凡此饮酒，或醉或否。既立之监，或佐之史。彼醉不臧，不醉反耻。式勿从谓，无俾大怠。匪言勿言，匪由勿语。由醉之言，俾出童羖。三爵不识，矧敢多又[⑥]？

【注释】

①《宾之初筵》五章，章十四句。　　毛氏《序》曰："卫武公刺幽王也。"韩氏《序》曰："卫武公

饮酒悔过也。"今按此诗意，与《大雅·抑》戒相类，必武公自悔之作。当从韩义。

②赋也。初筵，初即席也。左右，筵之左右也。秩秩，有序也。楚，列貌。殽，豆实也。核，笾实也。旅，陈也。和旨，调美也。孔，甚也。偕，齐一也。设，宿设而又迁于下也。《大射》"乐人宿县。厥明将射，乃迁乐于下，以避射位"是也。举酬，举所奠之酬爵也。逸逸，往来有序也。大侯，君侯也。天子熊侯，白质；诸侯麋侯，赤质；大夫布侯，画以虎豹，士布侯，画以鹿豕。天子侯身一丈，其中三分居一，白质画熊，其外则丹地，画以云气。抗，张也。凡射，张侯而不系左下纲，中掩束之。至将射，司马命张侯，弟子脱束，遂系下纲也。大侯张而弓矢亦张，节也。射夫既同，比其耦也。射礼；选群臣为三耦，三耦之外，其余各自取匹，谓之众耦。献，犹奏也。发，发矢也。的，质也。祈，求也。爵，射不中者，饮丰上之觯也。

卫武公饮酒悔过而作此诗。此章言因射而饮者初筵礼仪之盛。酒既调美，而饮者齐一，至于设钟鼓，举酬爵，抗大侯，张弓矢，而众耦拾发，各心竞云，我以此求爵汝也。

③赋也。籥舞，文舞也。烝，进；衎，乐；烈，业；洽，合也。百礼，言其备也。壬，大；林，盛也。言礼之盛大也。锡，神锡之也。尔，主祭者也。嘏，福；湛，乐也。各奏尔能，谓子孙各酌献尸，尸酢而卒爵也。仇，读曰斛。室人，有室中之事者，谓佐食也。又，复也。宾手挹酒，室人复酌，为加爵也。康，安也。酒所以安体也；或曰，康，读曰抗。《记》曰："崇坫康圭。"此亦谓坫上之爵也。时，时祭也。苏氏曰："时物也。"　此言因祭而饮者，始时礼乐之盛如此也。

④赋也。反反，顾礼也。幡幡，轻数也。迁，徙；屡，数也。仙仙，轩举之状。抑抑，慎密也。怭怭，媟嫚也。秩，常也。此言凡饮酒者常始乎治而卒乎乱也。

⑤赋也。号，呼；呶，讙也。僛僛，倾侧之状。邮，与"尤"同，过也。侧，倾也。俄，倾貌。傞傞，不止也。出，去；伐，害；孔，甚；令，善也。　此章极言醉者之状。因言宾醉而出。则与主人俱有美誉，醉至若此，是害其德也。饮酒之所以甚美者，以其有令仪耳。今若此，则无复有仪矣。

⑥赋也。监、史，司正之属。《燕礼》、《乡射》，恐有懈倦失礼者，立司正以监之，察仪法也。谓，告，由，从也。童羖，无角之羖羊，必无之物也。识，记也。　言饮酒者或醉或不醉，故既立监而佐之以史。则彼醉者所为不善而不自知，使不醉者仅为之羞愧也。安得从而告之，使勿至于不怠乎。告之若曰，所不当言者勿言，所不当从者勿语，醉而忘言，则将罚女使出童羖矣。设言必无之物以恐之也。女饮至三爵，已昏然无所记矣，况敢又多饮乎？又丁宁以戒之也。

鱼　藻①

鱼在在藻，有颁其首；王在在镐，岂乐饮酒②。　鱼在在藻，有莘有尾；王在在镐，饮酒乐岂③。　鱼在在藻，依于其蒲；王在在镐，有那其居④。

【注释】

①《鱼藻》三章，章四句。

②兴也。藻，水草也。颁，大首貌。岂，亦乐也。　此天子燕诸侯，而诸侯美天子之诗也。言鱼何在乎？在乎藻也，则有颁其首矣。王何在乎？在乎镐京也，则岂乐饮酒矣。

③兴也。莘，长也。

④兴也。那，安；居。处也。

采　菽[1]

采菽采菽，筐之筥之；君子来朝，何锡予之？虽无予之，路车乘马。又何予之？玄衮及黼[2]。　　觱沸槛泉，言采其芹；君子来朝，言观其旂。其旂淠淠，鸾声嘒嘒，载骖载驷，君子所届[3]。　　赤芾在股，邪幅在下。彼交匪纾，天子所予。乐只君子，天子命之；乐只君子，福禄申之[4]。　　维柞之枝，其叶蓬蓬。乐只君子，殿天子之邦。乐只君子。万福攸同。平平左右，亦是率从[5]。　　泛泛杨舟，绋缅维之；乐只君子，天子葵之。乐只君子，福禄膍之。优哉游哉。亦是戾矣[6]！

【注释】

①《采菽》五章，章八句。

②兴也。菽，大豆也。君子，诸侯也。路车，金路以赐同姓，象路以赐异姓也。玄衮，玄衣而画以卷龙也。黼，如斧形，刺之于裳也。周制：诸公衮冕九章，已见《九罭》篇；侯伯鷩冕七章，则自华虫以下；子男毳冕五章，衣自宗彝以下而裳黼黻；孤卿絺冕三章，则衣粉米而裳黼黻；大夫玄冕，则玄衣黻裳而已。　　此天子所以答《鱼藻》也。采菽采菽，则必以筐筥盛之。君子来朝，则必有以锡予之。又言今虽无以予之，然已有路车乘马、玄衮及黼之赐矣。其言如此者，好之无已，意犹以为薄也。

③兴也。觱沸，泉出貌。槛泉，正出也。芹，水草，可食。淠淠，动貌。嘒嘒，声也。届，至也。　　觱沸槛泉，则言采其芹。诸侯来朝，则言观其旂。见其旂，闻其鸾声，又见其马，则知君子之至于是也。

④赋也。胫本曰股。邪幅，偪也，邪缠于足，如今行縢，所以束胫在股下也。交，交际也。纾，缓也。　　言诸侯服此芾偪，见于天子，恭敬齐遬，不敢纾缓，则为天子所与，而申之以福禄也。

⑤兴也。柞，见《车舝》篇。蓬蓬，盛貌。殿，镇也。平平，辩治也。左右，诸侯之臣也。率，循也。　　维柞之枝，则其叶蓬蓬然。乐只君子，则宜殿天子之邦，而为万富之所聚。又言其左右之臣，亦从之而至此也。

⑥兴也。绋，綍也。缅、维，皆系也。言以大索缅其舟而系之。葵，揆也。揆，犹度也。膍，厚；戾，至也。　　泛泛杨舟，则必以绋缅维之。乐只君子，则天子必葵之，福禄必膍之，于是又叹其优游而至于此也。

角　弓[1]

骍骍角弓，翩其反矣；兄弟昏姻，无胥远矣[2]。　　尔之远矣，民胥然矣。尔之教矣，民胥效矣[3]。　　此令兄弟，绰绰有裕；不令兄弟，交相为瘉[4]。　　民之无良，相怨一方。受爵不让，至于已斯亡[5]。　　老马反为驹，不顾其后。如食宜饇，如酌孔取[6]。　　毋教猱升木，如涂涂附。君子有徽猷，小人与属[7]。　　雨雪瀌瀌，见晛曰消，莫肯下遗，式居娄骄[8]。　　雪雨浮浮，见晛曰流。如蛮如髦，我是用忧[9]。

【注释】

①《角弓》八章,章四句。

②兴也。骍骍,弓调和貌。角弓,以角饰弓也。翩,反貌,弓之为物,张之则内向而来,弛之则外反而去,有似兄弟婚姻,亲疏远近之意。胥,相也。　　此刺王不亲九族,而好谗佞,使宗族相怨之诗。言骍骍角弓,既翩然而反矣。兄弟婚姻,则岂可以相远哉?

③赋也。尔,王也。上之所为,下必有甚者。

④赋也。令,善;绰,宽;裕,饶;瘉,病也。　　言虽王化之不善,然此善兄弟,则绰绰有裕而不变。彼不善之兄弟,则由此而交相病矣。盖指谗己之人而言矣。

⑤赋也。一方,彼一方也。　　相怨者各据其一方耳。若以责人之心责己,爱己之心爱人,使彼己之间交见而无蔽,则岂有相怨者哉?况兄弟相怨相谗,以取爵位,而不知逊让,终亦必亡而已矣!

⑥比也。饫,饱;孔,甚也。　　言其但知谗害人以取爵位,而不知其不胜任,如老马惫矣,而反自为驹,不顾其后,将有不胜任之患也。又如食之已多宜饱矣,酌之所取亦已甚矣。

⑦比也。猱,猕猴也。性善升木,不待教而能也。涂,泥;附,著;徽,美;猷,道;属,附也。　言小人骨肉之恩本薄,王又好谗佞以来之,是犹教猱升木,又如于泥涂之上,加以泥涂附之也。苟王有美道,则小人将反为善以附之。不至于如此矣。

⑧比也。瀌瀌,盛貌。晛,日气也。张子曰:"谗言遇明者当自止,而王甘信之,不肯贬下而遗弃之,更益以长慢也。"

⑨比也。浮浮,犹瀌瀌也。流,流而去也。蛮,南蛮也。髦,夷髦也,《书》作"髳",言其无礼义而相残贼也。

菀　柳[①]

有菀者柳,不尚息焉。上帝甚蹈,无自昵焉。俾予靖之,后予极焉[②]。　　有菀者柳,不尚愒焉。上帝甚蹈,无自瘵焉。俾予靖之,后予迈焉[③]。　　有鸟高飞,亦傅于天;彼人之心,于何其臻?曷予靖之?居以凶矜[④]!

【注释】

①《菀柳》三章,章六句。

②比也。柳,茂木也。尚,庶几也。上帝,指王也;蹈,当作"神",言威灵可畏也。昵,近;靖,安也。极,求之尽也。　　王者暴虐,诸侯不朝,而作此诗,言彼有菀然茂盛之柳,行路之人岂不庶几欲就止息乎?以比人谁不欲朝事王者,而王甚威神,使人畏之而不敢近耳。使我朝而事之,以靖王室,后必将极其所欲以求于我。盖诸侯皆不朝而己独至,则王必责之无已,如齐威王朝周而后反为所辱也。或曰,兴也。下章放此。

③比也。愒,息;瘵,病也。迈,过也,求之过其分也。

④兴也。傅,臻,皆至也。彼人,斥王也。居,犹徒然也。凶矜,遭凶祸而可怜也。　　鸟之高飞,极至于天耳。彼王之心,于何所极乎?言其贪纵无极,求责无已,人不知其所至也。如此则岂予能靖之乎?乃徒然自取凶矜耳。

《叠扈之计》十篇,四十三章,二百八十二句。

诗集传卷第十五

都人士之什

都人士[①]

彼都人士，狐裘黄黄。其容不改，出言有章。行归于周，万民所望[②]。　彼都人士，台笠缁撮。彼君子女，绸直如发。我不见兮，我心不说[③]。　彼都人士，充耳琇实。彼君子女，谓之尹吉。我不见兮，我心宛结[④]。　彼都人士，垂带而厉。彼君子女，卷发如虿。我不见兮，言从之迈[⑤]。　匪伊垂之，带则有余；匪伊卷之，发则有旟。我不见兮，云何盱矣[⑥]？

【注释】

①《都人士》五章，章六句。

②赋也。都，王都也。黄黄，狐裘色也。不改，有常也。章，文章也。周，镐京也。乱离之后，人不复见昔日都邑之盛，人物仪容之美，而作此诗以叹惜之也。

③赋也。臺，夫须也。缁撮，缁布冠也，其制小，仅可撮其髻也。君子女，都人贵家之女也。绸直如发，未详其义，然以四章、五章推之，亦言其发之美耳。

④赋也，琇，美石也，以美石为瑱。尹吉，未详。郑氏曰："吉，读为姞。尹氏、姞氏，周之婚姻旧姓也。人见都人之女，咸谓尹氏姞氏之女，言其有礼法也。"李氏曰："所谓尹吉，犹晋言王谢，唐言崔卢也。"苑，犹屈也，积也。

⑤赋也。厉，垂带之貌。卷发，鬓傍短发不可敛者，曲上卷然以为饰也。虿，螫虫也，尾末揵然，似发之曲上者。迈，行也。盖曰是不可得见也，得见则我从之迈矣。思之甚也。

⑥赋也。旟，扬也。盱，望也。说见《何人斯》篇。　此言士之带非故垂之也，带自有余耳。女之发非故卷之也，发自有旟耳。言其自然闲美，不假修饰也。然不可得而见矣，则如何而不望之乎？

采绿[①]

终朝采绿，不盈一匊。予发曲局，薄言归沐[②]。　终朝采蓝，不盈一襜。五日为期，六日不詹[③]。　之子于狩，言韔其弓；之子于钓，言纶之绳[④]。　其钓维何？维鲂及鲊。维鲂及鲊，薄言观者[⑤]。

【注释】

①《采绿》四章，章四句。

②赋也。自旦及食时为终朝。绿，王刍也。两手曰匊。局，卷也，犹言首如飞蓬也。妇人思其君子，而言终朝采绿而不盈一匊者，思念之深，不专于事也。又念其发之曲局，于是舍之而归沐，以待其君子之还也。

③赋也。蓝，染草也。衣蔽前谓之襜，即蔽膝也。詹，与“瞻”同。五日为期，去时之约也。六日不詹，过期而不见也。

④赋也。之子，谓其君子也。理丝曰纶。言君子若归而欲往狩耶？我则为之韔其弓；欲往钓耶？我则为之纶其绳。望之切，思之深，欲无往而不与之俱也。

⑤赋也。于其钓而有获也，又将从而观之。亦上章之意也。

黍　苗[①]

芃芃黍苗，阴雨膏之；悠悠南行，召伯劳之[②]。　我任我辇，我车我牛。我行即集，盖云归哉[③]！　我徒我御，我师我旅。我行即集，盖云归处[④]。　肃肃谢功，召伯营之；烈烈征师，召伯成之[⑤]。　原隰既平，泉流既清，召伯有成，王心则宁[⑥]。

【注释】

①《黍苗》五章，章四句。　此宣王时诗，与《大雅·嵩高》相表里。

②兴也。芃芃，长大貌。悠悠，远行之意。　宣王封申伯于谢，命召穆公往营城邑，故将徒役南行，而行者作此。言芃芃黍苗，则惟阴雨能膏之；悠悠南行，则惟召伯能劳之也。

③赋也。任，负任者也。辇，人挽车也。牛，所以驾大车也。集，成也。营谢之役，既成而归也。

④赋也。徒，步行者。御，乘车者。五百人为旅，五旅为师。《春秋传》曰：“君行师从，卿行旅从。”

⑤赋也。肃肃，严正之貌。谢，邑名，申伯所封国也，今在邓州信阳军。功，工役之事也。营，治也。烈烈，威武貌。征，行也。

⑥赋也。土治曰平，水治曰清。　言召伯营谢邑，相其原隰之宜，通其水泉之利，此功既成，宣王之心则安也。

隰　桑[①]

隰桑有阿，其叶有难；既见君子，其乐如何[②]？　隰桑有阿，其叶有沃；既见君子，云何不乐[③]？　隰桑有阿，其叶有幽；既见君子，德音孔胶[④]。　心乎爱矣，遐不谓矣？中心藏之，何日忘之[⑤]？

【注释】

①《隰桑》四章，章四句。

②兴也。隰，下湿之处，宜桑者矣。阿，美貌。难，盛貌。皆言枝叶条垂之状。　此喜见君子之诗。言隰桑有阿，则其叶有难矣。既见君子，则其叶如何哉？词意大概与《菁莪》相类。然所谓君子，则不知其何所指矣。或曰，比也。下章放此。

③兴也。沃，光泽貌。

④兴也。幽，黑色也。胶，固也。

⑤赋也。遐，与“何”同，《表记》作“瑕”。郑氏注曰：“瑕之言胡也。”谓，犹告也。　　言我心中诚爱君子，而既见之，则何不遂以告之，而但中心藏之，将使何日而忘之耶？《楚辞》所谓“思公子兮未敢言”，意盖如此。爱子根于中者深，故发之迟而存之久也。

白　华[1]

白华菅兮，白茅束兮；之子之远，俾我独兮[2]。　　英英白云，露彼菅茅；天步艰难，之子不犹[3]。　　滮池北流，浸彼稻田；啸歌伤怀，念彼硕人[4]。　　樵彼桑薪，卬烘于煁；维彼硕人，实劳我心[5]。　　鼓钟于宫，声闻于外。念子懆懆，视我迈迈[6]。　　有鹙在梁，有鹤在林；维彼硕人，实劳我心[7]。　　鸳鸯在梁，戢其左翼；之子无良，二三其德[8]。　　有扁斯石，履之卑兮；之子之远，俾我疷兮[9]。

【注释】

①《白华》八章，章四句。

②比也。白华，野菅也，已沤为菅。之子，斥幽王也。俾，使也。我，申后自我也。　　幽王娶申女以为后，又得褒姒而黜申后，故申后作此诗。言白华为菅，则白茅为束，二物至微，犹必相须为用，何之子之远，而俾我独耶！

③比也。英英，轻明之貌。白云，水上轻清之气，当夜而上腾者也。露，即其散而下降者也。步，行也。天步，犹言时运也。犹，图也。或曰：犹，如也。　　言云之泽物，无微不被，今时运艰难，而之子不图，不如白云之露菅茅也。

④比也。滮，流貌。北流，丰镐之间，水多北流。硕人，尊大之称，亦谓幽王也。　　言小水微流，尚能浸灌。王之尊大，而反不能通其宠泽。所以使我啸歌伤怀而念之也。

⑤比也。樵，采也。桑薪，薪之善者也。卬，我；烘，燎也。煁，无釜之灶，可燎而不可烹饪者也。　　桑薪宜以烹饪，而但为燎烛，以比嫡后之尊，而仅见卑贱也。

⑥比也。懆懆，忧貌。迈迈，不顾也。　　鼓钟于宫，则声闻于外矣。念子懆懆，而反视我迈迈，何哉？

⑦比也。鹙疷，秃鹙也。梁，鱼梁也。　　苏氏曰：“鹙鹤皆以鱼为食，然鹤之于鹙，清浊则有间矣。今鹙在梁而鹤在林，鹙则饱而鹤则饥矣。幽王进褒姒而黜申后，譬之养鹙而弃鹤也。”

⑧比也。戢其左翼，言不失其常也。良，善也。二三其德，则鸳鸯之不如矣。

⑨比也。扁，卑貌。俾，使；疷，病也。　　有扁然而卑之石，则履之者亦卑矣。如妾之贱，则宠之者亦贱矣。是以之子之远而俾我疷也。

绵　蛮[1]

绵蛮黄鸟，止于丘阿；道之云远，我劳如何？饮之食之，教之诲之；命彼后车，谓之载之[2]。　　绵蛮黄鸟，止于丘隅；岂敢惮行？畏不能趋。饮之食之，教之诲之；命彼

后车，谓之载之[③]。　　绵蛮黄鸟，止于丘侧；岂敢惮行？畏不能极。饮之食之，教之诲之；命彼后车，谓之载之[④]。

【注释】

①《绵蛮》三章，章八句。

②比也。绵蛮，鸟声。阿，曲阿也。后车，副车也。　　此微贱劳苦，而思有所托者，为鸟言以自比也。盖曰绵蛮之黄鸟，自言止于丘阿而不能前，盖道远而劳甚矣。当是时也，有能饮之食之，教之诲之，又命后车以载之者乎？

③比也。隅，角；惮，畏也。趋，疾行也。

④比也。侧，傍；极，至也。《国语》云："齐朝驾则夕极于鲁国。"

瓠　叶[①]

幡幡瓠叶，采之亨之；君子有酒，酌言尝之[②]。　　有兔斯首，炮之燔之；君子有酒，酌言献之[③]。　　有兔斯首，燔之炙之；君子有酒，酌言酢之[④]。　　有兔斯首，燔之炮之；君子有酒，酌言酬之[⑤]。

【注释】

①《瓠叶》四章，章四句。

②赋也。幡幡，瓠叶貌。　　此亦燕饮之诗。言幡幡瓠叶，采之亨之，至薄也。然君子有酒，则亦以是酌而尝之。盖述主人之谦词，言物虽薄，而必与宾客共之也。

③赋也。有兔斯首，一兔也，犹数鱼以尾也。毛曰炮，加火曰燔，亦薄物也。献，献之于宾也。

④赋也。炕火曰炙，谓以物贯之而举于火上以炙之。酢，报也。宾既卒爵，而酌主人也。

⑤赋也。酬，导饮也。

渐渐之石[①]

渐渐之石，维其高矣；山川悠远，维其劳矣。武人东征，不遑朝矣[②]。　　渐渐之石，维其卒矣；山川悠远，曷其没矣？武人东征，不遑出矣[③]。　　有豕白蹢，烝涉波矣；月离于毕，俾滂沱矣。武人东征，不遑他矣[④]。

【注释】

①《渐渐之石》三章，章六句。

②赋也。渐渐，高峻之貌。武人，将帅也。遑，暇也，言无朝旦之暇也。　　将帅出征，经历险远，不堪劳苦，而作此诗也。

③赋也。卒，崔嵬也，谓山巅之末也。曷，何；没，尽也。　　言所登历何时而可尽也？不遑出，谓但知深入，不暇谋出也。

④赋也。蹢，蹄；烝，众也。离，月所宿也。毕，星名。豕涉波，月离毕，将雨之验也。　　张子曰："豕之负涂曳泥，其常性也。今其足皆白，众与涉波而去，水患之多可知矣。此言久役

又逢大雨，甚劳苦而不暇及他事也。”

苕之华[①]

苕之华，芸其黄矣；心之忧矣，维其伤矣[②]！　　苕之华，其叶青青；知我如此，不如无生[③]！　　牂羊坟首，三星在罶。人可以食，鲜可以饱[④]。

【注释】

①《苕之华》三章，章四句。　　陈氏曰：“此诗其辞简，其情哀。周室将亡，不可救矣。诗人伤之而已。”

②比也。苕，陵苕也。《本草》云：“即今之紫葳，蔓生附于乔木之上，其华黄赤色，亦名凌霄。”　　诗人自以身逢周室之衰，如苕附物而生，虽荣不久，故以为比，而自言其心之忧伤也。

③比也。青青，盛貌。然亦何能久哉！

④赋也。牂羊，牝羊也。坟，大也。羊瘠则首大也。罶，笱也，罶中无鱼而水静，但见三星之光而已。　　言饥馑之余，百物雕耗如此，苟且得食足矣，岂可望其饱哉！

何草不黄[①]

何草不黄？何日不行？何人不将，经营四方[②]？　　何草不玄？何人不矜？哀我征夫，独为匪民[③]！　　匪兕匪虎，率彼旷野。哀我征夫，朝夕不暇[④]！　　有芃者狐，率彼幽草；有栈之车，行彼周道[⑤]。

【注释】

①《何草不黄》四章，章四句。

②兴也。草衰则黄。将，亦行也。　　周室将亡，征役不息，行者苦之，故作此诗，言何草而不黄？何日而不行？何人而不将？以经营于四方也哉？

③兴也。玄，赤黑色也。既黄而玄也。无妻曰矜。言从役过时而不得归，失其世家之乐也。哀我征夫，岂独为匪民哉？

④赋也。率，循也。旷，空也。　　言征夫非兕非虎，何为使之循旷野，而朝夕不得闲暇也？

⑤兴也。芃，尾长貌。栈车，役车也。周道，大道也。言不得休息也。

《都人士之什》十篇，四十三章，二百句。

诗集传卷第十六

大　雅①

文王之什

文　王②

文王在上，于昭于天。周虽旧邦，其命维新。有周不显，帝命不时。文王陟降，在帝左右③。　亹亹文王，令闻不已。陈锡哉周！侯文王孙子。文王孙子，本支百世；凡周之士，不显亦世④。　世之不显，厥犹翼翼。思皇多士，生此王国。王国克生，维周之桢。济济多士，文王以宁⑤。　穆穆文王，于缉熙敬止。假哉天命，有商孙子。商之孙子，其丽不亿。上帝既命，侯于周服⑥。　侯服于周，天命靡常。殷士肤敏，祼将于京。厥作祼将，常服黼冔。王之荩臣，无念尔祖⑦。　无念尔祖，聿修厥德。永言配命，自求多福。殷之未丧师，克配上帝。宜鉴于殷，骏命不易⑧。　命之不易，无遏尔躬。宣昭义问，有虞殷自天。上天之载，无声无臭。仪刑文王，万邦作孚⑨。

【注释】

①说见《小雅》。

②《文王》七章，章八句。　东莱吕氏曰："《吕氏春秋》引此诗，以为周公所作。味其词意，信非周公不能作也。"　今案此诗，一章言文王有显德，而上帝有成命也。二章言天命集于文王，则不唯尊荣其身，又使其子孙百世为天子诸侯也。三章言命周之福，不唯及其子孙，而又及其群臣之后嗣也。四章言天命既绝于商，则不唯诛罚其身，又使其子孙亦来臣服于周也。五章言绝商之祸，不唯及其子孙，而又及其群臣之后嗣也。六章言周之子孙臣庶，当以文王为法，而以商为监也。七章又言当以商为监，而以文王为法也。其于天人之际，兴亡之理，丁宁反覆，至深切矣。故立之乐官，而因以为天子诸侯朝会之乐，盖将以戒乎后世之群臣，而又以昭先王之德于天下也。《国语》以为两君相见之乐，特举其一端言耳。然此诗之首章言文王之昭于天，而不言其所以昭；次章言其令闻不已，而不言其所以闻；至于四章，然后所以昭明而不已者乃可得而见焉。然亦多咏叹之言，而语其所以为德之实，则不越乎"敬"之一字而已。然则后章所谓修厥德而仪刑之者，岂可以他求哉？亦勉于此而已矣！

③赋也。于，叹辞。昭，明也。命，天命也。不显，犹言岂不显也。帝，上帝也。不时，犹言岂不时也。左右，旁侧也。　周公追述文王之德，明周家所以受命而代商者，皆由于此，

以戒成王。此章言文王既设，而其神在上，昭明于天。是以周邦虽自后稷始封，千有余年，而其受天命，则自今始也。夫文王在上而昭于天，则其德显矣。周虽旧邦，而命则新，则其命时矣。故又曰：有周岂不显乎？帝命岂不时乎？盖以文王之神在天，一升一降，无时不在上帝之左右，是以子孙蒙其福泽，而君有天下也。《春秋传》天王追命诸侯之词曰："叔父陟恪，在我先王之左右，以佐事上帝。"语意与此正相似。或疑"恪"亦"降"字之误，理或然也。

④赋也。亹亹，强勉之貌。令闻，善誉也。陈，犹敷也。哉，语辞，侯，维也。本，宗子也。支，庶子也。　　文王非有所勉也，纯亦不已，而人见其若有所勉耳。其德不已，故今既设而其令闻犹不已也。令闻不已，是以上帝敷锡于周，维文王孙子，则使之本宗百世为天子，支庶百世为诸侯。而又及其臣子，使凡周之士，亦世世修德，与周匹休焉。

⑤赋也。犹，谋。翼翼，勉敬也。思，语辞。皇，美；桢，干也。济济，多貌。　　此承上章而言，其传世岂不显乎？而其谋犹皆能勉敬如此也。美哉此众多之贤士！而生于此文王之国也。文王之国能生此众多之士，则足以为国之干，而文王亦赖以为安矣。盖言文王得人之盛，而宜其传世之显也。

⑥赋也。穆穆，深远之意。缉，续。熙，明，亦不已之意。止，语辞。假，大；丽，数也。不亿，不止于亿也。侯，维也。　　言穆穆然文王之德，不已其敬如此，是以天命集焉，以有商孙子观之，则可见矣。盖商之孙子，其数不止于亿，然以上帝之命集于文王，而今皆维服于周矣。

⑦赋也。诸侯之大夫入天子之国曰某士。则殷士者，商孙子之臣属也。肤，美。敏，疾也。祼，灌鬯也。将，行也，酌而送之也。京，周之京师也。黼，黼裳也。冔，殷冠也。盖先代之后，统承先生，修其礼物，作宾于王家，时王不敢变焉，而亦所以为戒也。王，指成王也。荩，进也。言其忠爱之笃，进进无已也。无念，犹言岂得无念也。尔祖，文王也。　　言商之孙子而侯服于周，以天命之不可常也。故殷之士助祭于周京而服商之服也。于是呼王之荩臣而告之曰：得无念尔祖文王之德乎？盖以戒王而不敢斥言，犹所谓"敢告仆夫"云尔。刘向曰："孔子论诗，至于'殷士肤敏，祼将于京'，喟然叹曰：'大哉天命！善不可不传于后嗣，是以富贵无常。'盖伤微子之事周，而痛殷之亡也。"

⑧赋也。聿，发语辞。永，长；配，合也。命，天理也。师，众也。上帝，天之主宰也。骏，大也。不易，言其难也。　　言欲念尔祖，在于自修其德，而又常自省察，使其所行无不合于天理，则盛大之福，自我致之，有不外求而得矣。又言殷未失天下之时，其德足以配乎上帝矣，今其子孙仍如此，宜以为鉴而自省焉，则知天命之难保矣。《大学》传曰："得众则得国，失众则失国。"此之谓也。

⑨赋也。遏，绝；宣，布；昭，明；义，善也。问，"闻"通。有，"又"通。虞，度；载，事；仪，象；刑，法；孚，信也。　　言天命之不易保，故告之使无若纣之自绝于天，而布明其善誉于天下。又度殷之所以废兴者，而折之于天。然上天之事，无声无臭，不可得而度也。惟取法于文王，则万邦作而信之矣。子思子曰："维天之命，于穆不已。"盖曰天之所以为天也。於乎不显，文王之德之纯，盖曰文王之所以为文也，纯亦不已。夫知天之所以为天，又知文王之所以为文，则夫与天同德者，可得而言矣。是诗首言文王在上，于昭于天，文王陟降，在帝左右，而终之以此，其旨深矣。

大　明[1]

明明在下，赫赫在上。天难忱斯，不易维王。天位殷適，使不挟四方[2]。　　挚仲

氏任，自彼殷商。来嫁于周，曰嫔于京。乃及王季，维德之行。大任有身，生此文王[③]。　维此文王，小心翼翼。昭事上帝，聿怀多福。厥德不回，以受方国[④]。

天监在下，有命既集。文王初载，天作之合。在洽之阳，在渭之涘。文王嘉止，大邦有子[⑤]。　大邦有子，伣天之妹。文定厥祥，亲迎于渭。造舟为梁，不显其光[⑥]。　有命自天，命此文王，于周于京，缵女维莘。长子维行，笃生武王。保右命尔，燮伐大商[⑦]。　殷商之旅，其会如林。矢于牧野，维予侯兴。上帝临女，无贰尔心[⑧]。　牧野洋洋，檀车煌煌，驷騵彭彭。维师尚父，时维鹰扬。凉彼武王，肆伐大商，会朝清明[⑨]。

【注释】

①《大明》八章，四章章八句，四章章六句。　名义见《小旻》篇。一章言天命无常，惟德是与。二章言王季太任之德，以及文王。三章言文王之德。四章、五章、六章言文王太姒之德，以及武王。七章言武王伐纣。八章言武王克商，以终首章之意。其章以六句八句相间。又《国语》以此及下篇皆为两君相见之乐。说见上篇。

②赋也。明明，德之明也。赫赫，命之显也。忱，信也。不易，难也。天位，天子之位也。殷適，殷之適嗣也。挟，有也。　此亦周公戒成王之诗。将陈文武受命，故先言在下者有明明之德，则在上者有赫赫之命，达于上下，去就无常，此天之所以难忱，而为君之所以不易也。纣居天位，为殷嗣，乃使之不得挟四方而有之，盖以此尔。

③赋也。挚，国名。仲，中女也。任，挚国姓也。殷商，商之诸侯也。嫔，妇也。京，周京也。曰嫔于京，迭言以释上句之意，犹曰"釐降二女于妫汭，嫔于虞"也。王季，文王父也。身，怀孕也。　将言文王之圣而追本其所从来者如此。盖曰自其父母而已然矣。

④赋也。小心翼翼，恭慎之貌，即前篇之所谓"敬"也。文王之德于此为盛。昭，明；怀，来；回，邪也。方国，四方来附之国。

⑤赋也。监，视；集，就；载，年；合，配也。洽，水名，本在今同州郃阳夏阳县，今流已绝，故去水而加邑，渭水亦径此入河也。嘉，婚礼也。大邦，莘国也。子，大姒也。　将言武王伐商之事，故此又推其本，而言天之监照，实在于下，其命既集于周矣。故于文王之初年，而默定其配，所以洽阳渭涘，当文王将婚之期，而大邦有子也。盖曰，非人之所能为矣。

⑥赋也。伣，磬也，《韩诗》作"磬"。《说文》云："伣，譬也。"孔氏曰："如今俗语譬喻物，曰'磬作'然也。"文，礼；祥，吉也。言卜得吉而以纳币之礼，定其祥也。造，作；梁，桥也。作船于水，比之而加版于其上，以通行者，即今之浮桥也。《传》曰："天子造舟，诸侯维舟，大夫方舟，士特舟。"张子曰："造舟为梁，文王所制，而周世遂以为天子之礼也。"不显，显也。

⑦赋也。缵，继也。莘，国名。长子、长女，大姒也。行，嫁；笃，厚也。言既生文王而又生武王也。右，助；燮，和也。　言天既命文王于周之京矣，而克缵大任之女事者，维此莘国以其长女来嫁于我也。天又笃厚之，使生武王，保之助之命之，而使之顺天命以伐商也。

⑧赋也。如林，言众也。《书》曰："受率其旅若林。"矢，陈也。牧野在朝歌南七十里。侯，维；贰，疑也。尔，武王也。　此章言武王伐纣之时，纣众会集如林以拒武王，而皆陈于牧野，则维我之师为有兴起之势耳。然众心犹恐武王以众寡之不敌，而有所疑也。故勉之曰："上帝临汝，毋贰尔心。"盖知天命之必然，而赞其决也。然武王非心有所疑也，设言以见众心之同，非武王之得已耳。

⑨赋也。洋洋，广大之貌。檀，坚木，宜为车者也。煌煌，鲜明貌。骍马白腹曰騵。彭彭，强

壮貌。师尚父，太公望为太师而号尚父也。鹰扬，如鹰之飞扬而将击，言其猛也。凉，《汉书》作"亮"。佐，助也。肆，纵兵也。会朝，会战之旦也。　此章言武王师众之盛，将帅之贤，伐商以除秽浊，不崇朝而天下清明，所以终首章之意也。

绵①

绵绵瓜瓞。民之初生，自土沮漆。古公亶父，陶复陶穴。未有家室②。　古公亶父，来朝走马。率西水浒，至于岐下。爰及姜女，聿来胥宇③。　周原朊朊，堇荼如饴。爰始爰谋，爰契我龟。曰止曰时，筑室于兹④。　乃慰乃止，乃左乃右，乃疆乃理，乃宣乃亩。自西徂东，周爰执事⑤。　乃召司空，乃召司徒，俾立室家。其绳则直，缩版以载，作庙翼翼⑥。　捄之陾陾，度之薨薨，筑之登登，削屡冯冯。百堵皆兴，鼛鼓弗胜⑦。　乃立皋门，皋门有伉；乃立应门，应门将将；乃立冢土，戎醜攸行⑧。　肆不殄厥愠，亦不陨厥问。柞棫拔矣，行道兑矣。混夷駾矣，维其喙矣⑨。　虞芮质厥成，文王蹶厥生。予曰有疏附，予曰有先后，予曰有奔奏，予曰有御侮⑩。

【注释】

①《绵》九章，章六句。一章言在豳，二章言至岐，三章言定宅，四章言授田居民，五章言作宗庙，六章言治宫室，七章言作门社，八章言至文王而服混夷，九章遂言文王受命之事。余说见上篇。

②比也。绵绵，不绝貌。大曰瓜，小曰瓞。瓜之近本初生者小，其蔓不绝，至末而后大也。民，周人也。自，从；土，地也。沮、漆，二水名，在豳地。古公，号也。亶父，名也；或曰，字也。后乃追称太王焉。陶，窑灶也。复，重窑也。穴，土室也。家，门内之通名也。豳地近西戎而苦寒，故其俗如此。　此亦周公戒成王之诗。追述太王始迁岐周，以开王业，而文王因之以受天命也。此其首章。言瓜之先小后大，以比周人始生于漆沮之上，而古公之时居于窑灶土室之中，其国甚小，至文王而后大也。

③赋也。朝，早也。走马，避狄难也。浒，水厓也，漆沮之侧也。岐下，岐山之下也。姜女，太王妃也。胥，相；宇，宅也。孟子曰："太王君邠，狄人侵之，事之以皮币珠玉犬马而不得免。乃属其耆老而告之曰：'狄人之所欲者，吾土地也。吾闻之也，君子不以其所以养人者害人。二三子何患乎无君？我将去之。'去邠，逾梁山，邑于岐山之下居焉。邠人曰：'仁人也，不可失也。'从之者如归市。"

④赋也。周，地名，在岐山之南。广平曰原。朊朊，肥美貌。堇，乌头也。荼，苦菜，蓼属也。饴，饧也。契，所以然火而灼龟者也，《仪礼》所谓"楚焞"是也。或曰，以刀刻龟甲欲钻之处也。　言周原土地之美，虽物之苦者亦甘。于是太王始于豳人之从己者谋居之，又契龟而卜之，既得吉兆，乃告其民曰："可以止于是而筑室矣。"或曰，时谓土功之时也。

⑤赋也。慰，安；止，居也。左右，东西列之也。疆，谓画其大界。理，谓别其条理也。宣，布散而居也。或曰，导其沟洫也。亩，治其田畴也。自西徂东，自西水浒而徂东也。周，遍也，言靡事不为也。

⑥赋也。司空，掌营国邑。司徒，掌徒役之事。绳，所以为直。凡营度位处，皆先以绳正之，

既正，则束版而筑也。缩，束也。载，上下相承也。言以索束版，投土筑讫，则升下而上以相承载也。君子将营宫室，宗庙为先，厩库为次，居室为后。翼翼，严正也。

⑦赋也。捄，盛土于器也。陾陾，众也。度，投土于版也。薨薨，众声也。登登，相应声。削屡，墙成而削治重复也。冯冯，墙坚声。五版为堵。兴，起也。此言治宫室也。鼛鼓，长一丈二尺。以鼓役事，弗胜者，言其乐事劝功，鼓不能止也。

⑧赋也。《传》曰："王之郭门曰皋门。"伉，高貌。王之正门曰应门。将将，严正貌。太王之时未有制度，特作二门，其名如此。及周有天下，遂尊以为天子之门，而诸侯不得立焉。冢土，大社也，亦大王所立，而后因以为天子之制也。戎醜，大众也。起大事，动大众，必有事乎社而后出谓之宜。

⑨赋也。肆，故今也，犹言遂也，承上起下之辞。殄，绝；愠，怒；陨，坠也。问，"闻"通，谓声誉也。柞，栎也，枝长叶盛，丛生有刺。棫，白桵也，小木，亦丛生有刺。拔，挺拔而上，不拳曲蒙蔽也。兑，通也，始通道于柞棫之间也。駾，突；喙，息也。　　言大王虽不能殄绝混夷之愠怒，亦不陨坠己之声闻。盖虽圣贤不能必人之不怒己，但不废其自修之实耳。然大王始至此岐山之时，林木深阻，人物鲜少，至于其后，生齿渐繁，归附日众，则木拔道通，混夷畏之，而奔突窜伏，维其喙息而已。言德盛而混夷自服也。盖已为文王之时矣。

⑩赋也。虞，芮，二国名。质，正；成，平也。《传》曰："虞芮之君，相与争田，久而不平，乃相与朝周。入其境，则耕者让畔，行者让路。入其邑，男女异路，斑白者不提挈。入其朝，士让为大夫，大夫让为卿，二国之君感而相谓曰：'我等小人，不可以履君子之境。'乃相让以其所争田为闲田而退。天下闻之而归者四十余国。"苏氏曰："虞在陕之平陆，芮在同之冯翊，平陆有闲原焉，则虞芮之所让也。"蹶生，未详其义。或曰，蹶，动而疾也。生，犹起也。予，诗人自予也。率下亲上曰疏附，相道前后曰先后，喻德宣誉曰奔奏，武臣折冲曰御侮。言昆夷既服，而虞芮来质其讼之成，于是诸侯归服者众，而文王由此动其兴起之势。是虽其德之盛，然亦由有此四臣之助而然。故各以予曰起之。其辞繁而不杀者，所以深叹其得人之盛也。

棫　朴①

芃芃棫朴，薪之槱之；济济辟王，左右趣之②。　　济济辟王，左右奉璋。奉璋峨峨，髦士攸宜③。　　淠彼泾舟，烝徒楫之；周王于迈，六师及之④。　　倬彼云汉，为章于天；周王寿考，遐不作人⑤？　　追琢其章，金玉其相。勉勉我王，纲纪四方⑥。

【注释】

①《棫朴》五章，章四句。　　此诗前三章言文王之德，为人所归。后二章言文王之德，有以振作纲纪天下之人，而人归之。自此以下至《假乐》，皆不知何人所作，疑多出于周公也。

②兴也。芃芃，木盛貌。朴，丛生也。言根枝迫迮相附著也。槱，积也。济济，容貌之美也。辟，君也。君王，谓文王也。　　此亦以咏歌文王之德。言芃芃棫朴，则薪之槱之矣。济济辟王，则左右趣之矣。盖德盛而人心归附趣向之也。

③赋也。半珪曰璋。祭祀之礼，王祼以圭瓒，诸臣助之。亚祼以璋瓒，左右奉之。其判在内，亦有趣向之意。峨峨，盛壮也。髦，俊也。

④兴也。淠,舟行貌。泾,水名。烝,众;楫,棹;于,往;迈,行也。六师,六军也。　言淠彼泾舟,则舟中之人无不楫之。周王于迈,则六师之众追而及之。盖众归其德,不令而从也。

⑤兴也。倬,大也。云汉,天河也,在箕、斗二星之间,其长竟天。章,文章也。文王九十七乃终,故言寿考。遐,与"何"同。作人,谓变化鼓舞之也。

⑥兴也。追,雕也。金曰雕,玉曰琢。相,质也。勉勉,犹言不已也。凡网罟张之为纲,理之为纪。　追之琢之,则所以美其文者至矣。金之玉之,则所以美其质者至矣。勉勉我王,则所以纲纪乎四方者至矣。

旱　麓①

瞻彼旱麓,榛楛济济;岂弟君子,干禄岂弟②。　瑟彼玉瓒,黄流在中;岂弟君子,福禄攸降③。　鸢飞戾天,鱼跃于渊;岂弟君子,遐不作人④?　清酒既载,骍牡既备。以享以祀,以介景福⑤。　瑟彼柞棫,民所燎矣;岂弟君子,神所劳矣⑥。　莫莫葛藟,施于条枚;岂弟君子,求福不回⑦。

【注释】

①《旱麓》六章,章四句。

②兴也。旱,山名。麓,山足也。榛,似栗而小。楛,似荆而赤。济济,众多也。岂弟,乐易也。君子,指文王也。　此亦以咏歌文王之德。言旱山之麓,则榛楛济济然矣。岂弟君子,则其干禄也岂弟矣。干禄岂弟,言其干禄之有道,犹曰其争也君子云尔。

③兴也。瑟,缜密貌。玉瓒,圭瓒也,以圭为柄,黄金为勺,青金为外,而朱其中也。黄流,郁鬯也,酿秬黍为酒,筑郁金煮而和之,使芬芳条鬯,以瓒酌而祼之也。攸,所;降,下也。言瑟然之玉瓒,则必有黄流在其中。岂弟之君子,则必有福禄下其躬。明宝器不荐于亵味,而黄流不注瓦缶。则知盛德必享于禄寿,而福泽不降于淫人矣。

④兴也。鸢,鸱类。戾,至也。李氏曰:"《抱朴子》曰:'鸢之在下无力,及至乎上,耸身直翅而已。'盖鸢之飞全不用力,亦如鱼跃,怡然自得而不知其所以然也。"遐,"何"通。　言鸢之飞,则戾于天矣。鱼之跃,则出于渊矣。岂弟君子,而何不作人乎?言其必作人也。

⑤赋也。载,在尊也。备,全具也。承上章言有岂弟之德,则祭必受福也。

⑥兴也。瑟,茂密貌。燎,爨也。劳,慰抚也。

⑦兴也。莫莫,盛貌。回,邪也。

思　齐①

思齐大任,文王之母。思媚周姜,京室之妇。大姒嗣徽音,则百斯男②。　惠于宗公。神罔时怨,神罔时恫。刑于寡妻,至于兄弟,以御于家邦③。　雝雝在宫,肃肃在庙;不显亦临,无射亦保④。　肆戎疾不殄,烈假不瑕,不闻亦式,不谏亦入⑤。　肆成人有德,小子有造。古之人无斁,誉髦斯士⑥。

【注释】

①《思齐》五章，二章章六句，三章章四句。

②赋也。思，语辞。齐，庄；媚，爱也。周姜，大王之妃大姜也。京，周也。大姒，文王之妃也。徽，美也。百男，举成数而言其多也。　此诗亦歌文王之德，而推本言之，曰：此庄敬之大任，乃文王之母，实能媚于周姜，而称其为周室之妇。至于大姒，又能继其美德之音，百子孙众多。上有圣母，所以成之者远，内百贤妃，所以助之者深也。

③赋也。惠，顺也。宗公，宗庙先公也。恫，痛也。刑，仪法也。寡妻，犹言寡小君也。御，迎也。　言文王顺于先公，而鬼神歆之无怨恫者。其仪法内施于闺门，而至于兄弟，以御于家邦也。孔子曰："家齐而后国治。"孟子曰："言举斯心，加诸彼而已。"张子曰："言接神人，各得其道也。"

④赋也。雍雍，和之至也。肃肃，敬之至也。不显，幽隐之处也。射，与"斁"同，厌也。保，犹守也。　言文王在闺门之内则极其和，在宗庙之中则极其敬，虽居幽隐，亦常若有临之者；虽无厌射，亦常有所守焉。其纯亦不已盖如是。

⑤赋也。肆，故今也。戎，大也。疾，犹难也。大难，如羑里之囚，及昆夷狎狁之属也。殄，绝；烈，光；假，大；瑕，过也。此两句与"不殄厥愠，不陨厥问"相表里。闻，前闻也。式，法也。　承上章言文王之德如此，故其大难虽不殄绝，而光大亦无玷缺，虽事之无所前闻者，而亦无不合于法度。虽无谏诤之者，而亦未尝不入于善。《传》所谓性与天合是也。

⑥赋也。冠以上为成人。小子，童子也。造，为也。古之人，指文王也。誉，名。髦，俊也。　承上章言文王之德见于事者如此。故一时人材，皆得其所成就。盖由其德纯而不已，故令此士皆有誉于天下而成其俊乂之美也。

皇　矣[①]

皇矣上帝，临下有赫。监观四方，求民之莫。维此二国，其政不获。维彼四国，爰究爰度。上帝耆之，憎其式廓。乃眷西顾，此维与宅[②]。　作之屏之，其菑其翳；修之平之，其灌其栵。启之辟之，其柽其椐；攘之剔之，其檿其柘。帝迁明德，串夷载路。天立厥配，受命既固[③]。　帝省其山，柞棫斯拔，松柏斯兑。帝作邦作对，自大伯王季。维此王季，因心则友，则友其兄，则笃其庆。载锡之光，受禄无丧，奄有四方[④]。　维此王季，帝度其心，貊其德音。其德克明，克明克类，克长克君，王此大邦，克顺克比。比于文王，其德靡悔。既受帝祉，施于孙子[⑤]。　帝谓文王，无然畔援，无然歆羡，诞先登于岸。密人不恭，敢距大邦，侵阮徂共。王赫斯怒，爰整其旅，以按徂旅，以笃于周祜，以对于天下[⑥]。　依其在京，侵自阮疆，陟我高冈。无矢我陵，我陵我阿；无饮我泉，我泉我池；度其鲜原，居岐之阳，在渭之将，万邦之方，下民之王[⑦]。　帝谓文王，予怀明德。不大声以色，不长夏以革。不识不知，顺帝之则。帝谓文王，询尔仇方，同尔兄弟。以尔钩援，与尔临冲，以伐崇墉[⑧]。　临冲闲闲，崇墉言言，执讯连连，攸馘安安。是类是祃，是致是附，四方以无侮。临冲茀茀，崇墉仡仡。是伐是肆，是绝是忽，四方以无拂[⑨]。

【注释】

①《皇矣》八章,章十二句。　　一章二章,言天命太王。三章四章,言天命王季。五章六章,言天命文王伐密。七章八章,言天命文王伐崇。

②赋也。皇,大;临,视也。赫,威明也。监,亦视也。莫,定也。二国,夏、商也。不获,谓失其道也。四国,四方之国也。究,寻;度,谋也。耆、憎、式廓,未详其义。或曰,耆,政也;憎,当作"增";式廓,犹言规模也。此谓岐周之地也。　　此诗叙大王大伯王季之德,以及文王伐密伐崇之事也。此其首章先言天之临下甚明,但求民之安定而已。彼夏商之政既不得矣,故求于四方之国。苟上帝之所欲致者,则增大其疆境之规模,于是乃眷然顾视西土,以此岐周之地,与大王为居宅也。

③赋也。作,拔起也。屏,去之也。菑,木立死者也。翳,自毙者也。或曰,小木蒙密蔽翳者也。修、平,皆治之使疏密正直得宜也。灌,丛生者也。栵,行生者也。启、辟,芟除也。柽,河柳也,似杨,赤色,生河边。椐,樻也,肿节,似扶老,可为杖者也。攘、剔,谓穿剔去其繁冗使成长也。檿,山桑也。与柘皆美材,可为弓干,又可蚕也。明德,谓明德之君,即太王也。串夷载路,示详。或曰,串夷即混夷;载路,渭满路而去。所谓"混夷駾矣"者也。配,贤妃也,谓大姜。　　此章言大王迁于岐周之事。盖岐周之地,本皆山林险阻,无人之境,而近于混夷。大王居之,人物渐盛,然后渐次开辟如此。乃上帝迁此明德之君,使居其地,而昆夷远遁,天又为之立贤妃以助之。是以受命坚固,而卒成王业也。

④赋也。拔、兑,见《绵》篇。此亦言其山林之间道路通也。对,犹当也。作对,言择其可当此国者以君之也。大伯,大王之长子。王季,大王之少子也。因心,非勉强也。善兄弟曰友。兄,谓大伯也。笃,厚;载,则也。"奄"字之义,在忽遂之间。　　言帝省其山,而见其木拔道通,则知民之归之者益众矣。于是既作之邦,又与之贤君以嗣其业,盖自其初生大伯王季之时而已定矣。于是大伯见王季生文王,又知天命之有在,故适吴不反。大王没而国传于王季,及文王而周道大兴也。然以大伯而避王季,则王季疑于不友,故又特言王秀所以友其兄者,乃因其心之自然,而无待于勉强,既受大伯之让则益修其德,以厚周家之庆,而与其兄以让德之光。犹曰彰其知人之明,不为徒让耳。其德如是,故能受天禄而不失,至于文武而奄有四方也。

⑤赋也。度,能度物制义也。貊,《春秋传》、《乐记》皆作"莫",谓其默然清静也。克明,能察是非也。克类,能分善恶也。克长,教诲不倦也。克君,赏庆刑威也。言其赏不僭,故人以为庆;刑不滥,故人以为威也。顺,慈和遍服也。比,上下相亲也。比于,至于也。悔,遗恨也。　　言上帝制王季之心,使有尺寸能度义,又清静其德音,使无非间之言。是以王季之德能此六者。至于文王,而其德尤无遗恨。是以既受上帝之福,而延及子孙也。

⑥赋也。帝谓文王,设为天命文王之词,如下所言也。无然,犹言不可如此也。畔,离畔也。援,攀援也,言舍此而取彼也。歆,欲之动也。羡,爱慕也,言肆情以徇物也。岸,道之极至处也。密,密须氏也,姞姓之国,在今宁州。阮,国名,在今泾州。徂,往也。共,阮国之地名,今泾州之共池是也。其旅,周师也。按,遏也。徂旅,密师之往共者也。祜,福;对,答也。　　人心有所畔援,有所歆羡,则溺于人欲之流,而不能以自济。文王无是二者,故独能先知先觉,以造道之极至。盖天实命之,而非人力之所及也。是以密人不恭,敢违其命,而擅兴师旅以侵阮而往至于共,则赫怒整兵,而往遏其众,以厚周家之福而答天下之心。盖亦因其可怒而怒之,初未尝有所畔援歆羡也。此文王征伐之始也。

⑦赋也。依，安貌。京，周京也。矢，陈；鲜，善；将，侧；方，乡也。　　言文王安然在周之京，而所整之兵既遏密人，遂以阮疆而出以侵密。所陟之冈，即为我冈，而人无敢陈兵于陵，饮水于泉，以拒我也。于是相其高原而从都焉，所谓程邑也，其地于汉为扶风安陵，今在京兆府咸阳县。

⑧赋也。予，设为上帝之自称也。怀，眷念也。明德，文王之明德也。以，犹与也。夏、革，未详。则，法也。仇方，雠国也。兄弟，与国也，钩援，钩梯也，所以钩引上城，所谓云梯者也。临，临车也，在上临下者也。冲，冲车也，从旁冲突者也。皆攻城之具也。崇，国名，在今京兆府鄠县。墉，城也。《史记》：崇侯虎谮西伯于纣，纣囚西伯于羑里。西伯之臣，闳夭之徒，求美女奇物善马以献纣。纣乃赦西伯，赐之弓矢欃钺，得专征伐。曰，谮西伯者崇侯虎也。西伯归，三年，伐崇侯虎而作丰邑。　　言上帝眷念文王，而言其德之深微，不暴著其形迹，又能不作聪明，以循天理，故又命之以伐崇也。吕氏曰："此言文王德不形而功无迹，与天同体而已。虽兴兵以伐崇，莫非顺帝之则而非我也。"

⑨赋也。闲闲。徐缓也。言言，高大也。连连，属续状。馘，割耳也。军法获者不服，则杀而献其左耳。安安，不轻暴也。类，将出师祭上帝也。祃，至所征之地而祭始造军法者，谓黄帝及蚩尤也。致，致其至也。附，使之来附也。茀茀，强盛貌。仡仡，坚壮貌。肆，纵兵也。忽，灭；拂，戾也。《春秋传》曰："文王伐崇，三旬不降，退修教而复伐之，因垒而降。"

言文王伐崇之初，缓攻徐战，告祀群神，以致附来者，而四方无不畏服。及终不服，则纵兵以灭之，而四方无不顺从也。夫始攻之缓、战之徐也，非力不足也。非示之弱也，将以致附而全之力。及其终不下而肆之也，则天诛不可以留，而罪人不可以不得故也。此所谓文王之师也。

灵　台①

经始灵台，经之营之。庶民攻之，不日成之。经始勿亟，庶民子来②。　　王在灵囿，麀鹿攸伏。麀鹿濯濯，白鸟翯翯。王在灵沼，于牣鱼跃③。　　虡业维枞，贲鼓维镛，于论鼓钟，于乐辟雍④。　　于论鼓钟，于乐辟雍。鼍鼓逢逢，矇瞍奏公⑤。

【注释】

①《灵台》四章，二章章六句，二章章四句。　　东莱吕氏曰："前二章，乐文王有台池鸟兽之乐也。后二章，言文王有钟鼓之乐也。皆述民乐之词也。"

②赋也。经，度也。灵台，文王所作，谓之灵者，言其倏然而成，如神灵之所为也。营，表；攻，作也。不日，不终日也。亟，急也。　　国之有台，所以望氛祲，察灾祥，时观游，节劳佚也。文王之台，方其经度营表之际，而庶民已来作之，所以不终日而成也。虽文王心恐烦民，戒令勿亟，而民心乐之，如子趣父事，不召自来也。孟子曰："文王以民力为台为沼，而民欢乐之，谓其台曰灵台，谓其沼曰灵沼。"此之谓也。

③赋也。灵囿，台之下有囿，所以域养禽兽也。麀，牝鹿也。伏，安其所处，不惊扰也。濯濯，肥泽貌。翯翯，洁白貌。灵沼，囿之中有沼也。牣，满也。鱼满而跃，言多而得其所也。

④赋也。虡，植木以悬钟磬，其横者曰栒。业，栒上大版，刻之捷业如锯齿者也。枞，业上悬钟磬处，以彩色为崇牙，其状枞枞然者也。贲，大鼓也，长八尺。鼓四尺，中围加三之一。镛，大钟也。论，伦也，言得其伦理也。辟，"璧"通。雍，泽也。辟雍，天子之学，大射行礼之

处也，水旋丘如璧，以节观者，故曰辟雍。

⑤赋也。鼍似蜥蜴，长丈余，皮可冒鼓。逢逢，和也。有眸子而无见曰矇，无眸子曰瞍。古者乐师皆以瞽者为之，以其善听而审于音也。公，事也。闻鼍鼓之声，而知矇瞍方奏其事也。

下　武[①]

下武维周，世有哲王。三后在天，王配于京[②]。　王配于京，世德作求。永言配命，成王之孚[③]。　成王之孚，下土之式。永言孝思，孝思维则[④]。　媚兹一人，应侯顺德。永言孝思，昭哉嗣服[⑤]。　昭兹来许，绳其祖武。于万斯年，受天之祜[⑥]。　受天之祜，四方来贺。于万斯年，不遐有佐[⑦]。

【注释】

①《下武》六章，章四句。　或疑此诗有成王字，当为康王以后之诗。然考寻文意，恐当只如旧说。且其文体亦与上下篇血脉通贯，非有误也。

②赋也。下，义未详；或曰，字当作"文"，言文王武王实造周也。哲王，通言大王王季也。三后，大王王季文王也。在天，既没而其精神上与天合也。王，武王也。配，对也，谓继其位以对三后也。京，镐京也。　此章美武王能缵大王王季文王之绪，而有天下也。

③赋也。　言武王能继先王之德，而长言合于天理，故能成王者之信于天下也。若暂合而遽离，暂得而遽失，则不足以成其信矣。

④赋也。式、则，皆法也。　言武王所以能成王者之信，而为四方之法者，以其长言孝思而不忘，是以其孝可为法耳，若有时而忘之，则其孝者伪耳，何足法哉？

⑤赋也。媚，爱也。一人，谓武王。应，如"丕应徯志"之应。侯，维；服，事也。　言天下之人皆爱戴武王以为天子，而所以应之，维以顺德，是武王能长言孝思，而明哉其嗣先王之事也！

⑥赋也。昭兹，承上句而言，"兹"、"哉"声相近，古盖通用也。来，后世也。许，犹所也，绳，继；武，迹也。　言武王之道昭明如此，来世能继其迹，则久荷天禄而不替矣。

⑦赋也。贺，朝贺也。周末秦强，天子致胙，诸侯皆贺。遐，"何"通。佐，助也。盖曰岂不有助乎云尔？

文王有声[①]

文王有声，遹骏有声。遹求厥宁，遹观厥成。文王烝哉[②]！　文王受命，有此武功。既伐于崇，作邑于丰。文王烝哉[③]！　筑城伊淢，作丰伊匹。匪棘其欲，遹追来孝。王后烝哉[④]！　王公伊濯，维丰之垣。四方攸同，王后维翰。王后烝哉[⑤]！　丰水东注，维禹之绩。四方攸同，皇王维辟，皇王烝哉[⑥]！　镐京辟廱，自西自东，自南自北，无思不服。皇王烝哉[⑦]！　考卜维王，宅是镐京。维龟正之，武王成之。武王烝哉[⑧]！　丰水有芑，武王岂不仕？诒厥孙谋，以燕翼子。

武王烝哉[⑨]！

【注释】

①《文王有声》八章，章五句。　　此诗以武功称文王。至于武王，则言“皇王维辟，无思而不服”而已。盖文王既造其始，则武王续而终之，无难也。又以见文王之文，非不足于武，而武王之有天下，非以力取之也。

②赋也。遹，义未详，疑为“聿”同，发语辞。骏，大；烝，君也。　　此诗言文王迁丰，武王迁镐之事。而首章推本之曰：文王之有声也，甚大乎其有声也。盖以求天下之安宁，而观其成功耳。文王之德如是，信乎其克君也哉！

③赋也。伐崇事见《皇矣》篇。作邑，徙都也。丰，即崇国之地，在今鄠县杜陵西南。

④赋也。淢，成沟也。方十里为成，成间有沟，深广各八尺。匹，称；棘，急也。王后，亦指文王也。　　言文王营丰邑之城，因旧沟为限而筑之，其作邑居，亦称其城而不侈大。皆非急成己之所欲也，特追先人之志，而来致其孝耳。

⑤赋也。公，功也。濯，著明也。　　王之功所以著明者，以其能筑此丰之垣故尔。四方于是来归，而以文王为桢干也。

⑥赋也。丰水东北流，径丰邑之东，入渭而注入河。绩，功也。皇王，有天下之号，指武王也。辟，君也。　　言丰水东注，由禹之功，故四方得以来同于此，而以武王为君。此武王未作镐京时也。

⑦赋也。镐京，武王所营也。在丰水东，去丰邑二十五里。张子曰：“周家自后稷居邰，公刘居豳，大王邑岐，而文王则迁于丰，至武王又居于镐。当是时民之归者日众，其地有不能容，不得不迁也。”辟廱，说见前篇。张子曰：“灵台辟廱，文王之学也。镐京辟廱，武王之学也。至此始为天子之学矣。”无思不服，心服也。孟子曰：“天下不心服而王者，未之有也。”此言武王徙居镐京，进学行礼，而天下自服也。

⑧赋也。考，稽；宅，居；正，决也。成之，作邑居也。张子曰：“此举谥者，追述其事之言也。”

⑨兴也。芑，草名。仕，事；诒，遗；燕，安；翼，敬也。子，成王也。　　镐京犹在丰水下流，故取以起兴。言丰水犹有芑、武王岂无所事乎？诒厥孙谋，以燕翼子，则武王之事也。谋及其孙，则子可以无事矣。或曰，赋也。言丰水之傍，生物繁茂，武王岂不欲有事于此哉？但以欲遗孙谋以安翼子，故不得而不迁耳。

《文王之什》十篇，六十六章，四百一十四句。郑《谱》：“此以上为文武时诗，以下为成王周公时诗。”今案《文王》首句即云“文王在上”，则非文王之诗矣。又曰“无念尔祖”，则非武王之诗矣。《大明》、《有声》，并言文武者非一，安得为文武之时所作乎？盖正雅皆成王、周公以后之诗，但此“什”皆为追述文武之德，故《谱》因此而误耳。

诗集传卷第十七

生民之什

生民[①]

厥初生民，时维姜嫄。生民如何？克禋克祀，以弗无子，履帝武敏，歆攸介攸止。载震载夙，载生载育。时维后稷[②]。　诞弥厥月，先生如达。不坼不副，无灾无害。以赫厥灵，上帝不宁。不康禋祀，居然生子[③]。　诞寘之隘巷，牛羊腓字之；诞寘之平林，会伐平林。诞寘之寒冰，鸟覆翼之。鸟乃去矣，后稷呱矣。实覃实订，厥声载路[④]。　诞实匍匐，克岐克嶷，以就口食。蓺之荏菽，荏菽旆旆，禾役穟穟。麻麦幪幪，瓜瓞唪唪[⑤]。　诞后稷之穑，有相之道。茀厥丰草，种之黄茂。实方实苞，实种实褎，实发实秀，实坚实好，实颖实栗，即有邰家室[⑥]。　诞降嘉种，维秬维秠，维穈维芑。恒之秬秠，是获是亩；恒之穈芑，是任是负，以归肇祀[⑦]。　诞我祀如何？或舂或揄，或簸或蹂。释之叟叟，烝之浮浮。载谋载惟，取萧祭脂。取羝以軷，载燔载烈，以兴嗣岁[⑧]。　卬盛于豆，于豆于登，其香始升，上帝居歆。胡臭亶时？后稷肇祀，庶无罪悔，以迄于今[⑨]。

【注释】

①《生民》八章，四章章十句，四章章八句。　此诗未详所用，岂郊祀之后，亦有受釐颁胙之礼也欤？旧说，第三章八句，第四章十句。今案第三章当为十句，第四章当为八句，则“去”、“呱”、“订”、“路”音韵谐协，“呱”声载“路”之势相贯，而此诗八章，皆以十句八句相间为次。又二章以后，七章以前，每章章之首皆有“诞”字。

②赋也。民，人也，谓周人也。时，是也。姜嫄，炎帝后，姜姓，有邰氏女，名嫄，为高辛之世妃。精意以享谓之禋。祀，祀郊禖也。弗之言祓也。祓无子，求有子也。古者立郊禖，盖祭天于郊，而以先媒配也。变媒言禖者，神之也。其礼以玄鸟至之日，用大牢祀之。天子亲往，后率九嫔御乃礼天子所御，带以弓韣，授以弓矢，于郊禖之前也。履，践也。帝，上帝也。武，迹；敏，拇；歆，动也，犹惊异也。介，大也。震，娠也。夙，肃也。生子者，及月辰居侧室也。育，养也。　姜嫄出祀郊禖，见大人迹而履其拇，遂歆歆然如有人道之感，于是即其所大所止之处而震动有娠，乃周人所由以生之始也。周公制礼，尊后稷以配天，故作此诗，以推本其始生之详，明其受命于天，固有以异于常人也。然巨迹之说，先儒或颇疑之。而张子曰：“天地之始，固未尝先有人也，则人固有化而生者矣，盖天地之气生之也。”苏氏亦曰：“凡物之异于常物者，其取天地之气常多，故其生也或异，麒麟之生，异于犬羊，蛟龙之生，异于鱼鳖，物固有然者矣。神人之生，而有以异于人，何足怪哉？”斯言得之矣。

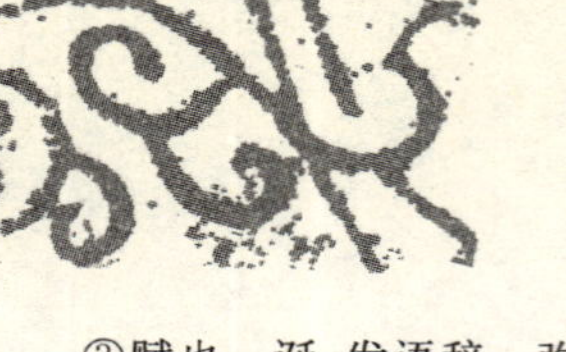

③赋也。诞,发语辞。弥,终也,终十月之期也。先生,首先也。达,小羊也。羊子易生,无留难也。拆、副,皆裂也。赫,显也。不宁,宁也。不康,康也。居然,犹徒然也。　凡人之生,必拆副灾害其母,而首生之子尤难。今姜嫄首生后稷,如羊子之易,无拆副灾害之苦,是显其灵异也。上帝岂不宁乎?岂不康我禋祀乎?而使我无人道而徒然生是子也。

④赋也。隘,狭;腓,芘;字,爱;会,值也,值人伐木而收入。覆,盖;翼,藉也。以一翼覆之,以一翼藉之地。呱,啼声也。覃,长;讦,大;载,满也。满路,言其声之大也。　无人道而生子,或者以为不详,故弃之。而有此异也,于是始收而养之。

⑤赋也。匍匐,手足并行也。岐、嶷,峻茂之状。就,向也。口食,自能食也。盖六七岁时也。蓺,树也。荏菽,大豆也。旆旆,枝旟扬起也。役,列也。穟穟,苗美好之貌也。幪幪然,茂密也。唪唪然,多实也。　言后稷能食时已有种植之志,盖其天然性也。《史记》曰:"弃为儿时,其游戏好种植麻麦,麻麦美。及为成人,遂好耕农,尧举以为农师。"

⑥赋也。相,助也,言尽人力之助也。茀,治也。种,布之也。黄茂,嘉谷也。方,房也。苞,甲而未拆也。此清其种也。种,甲拆而可为种也。褎,渐长也。发,尽发也。秀,始穟也。坚,其实坚也。好,形味好也。颖,实繁硕而垂末也。栗,不秕也。既收成,见其实皆栗栗然不秕也。邰,后稷之母家也。岂其或灭或迁,而遂以其地封后稷欤?　言后稷之穑如此,故尧以其有功于民,封于邰,使即其母家而居之,以言姜嫄之祀。故周人亦世祀姜嫄焉。

⑦赋也。降,降是种于民也。《书》曰:"稷降播种。"是也。秬,黑黍也。秠,黑黍,一稃二米者也。穈,赤粱粟也。芑,白粱粟也。恒,遍也,谓遍种之也。任,肩任也。负,背负也。既成则获而栖之于亩,任负而归,以供祭祀也。秬秠言获亩,穈芑言任负,互文耳。肇,始也。稷始受国为祭主,故曰肇祀。

⑧赋也。我祀,承上章而言后稷之祀也。揄,抒臼也。簸,扬去糠也。蹂,蹂禾取谷以继之也。释,淅米也。叟叟,声也。浮浮,气也。谋,卜日择士也。惟,齐戒具修也。萧,蒿也。脂,膟膋也。宗庙之祭,取萧合膟膋爇之,使臭达墙屋也。羝,牡羊也。軷,祭行道之神也。燔,傅诸火也。烈,贯之而加于火也。四者皆祭祀之事,所以兴来岁而继往岁也。

⑨赋也。卬,我也。木曰豆,以荐菹醢也。瓦曰登,以荐大羹也。居,安也。鬼神食气曰歆。胡,何;臭,香;亶,诚也。时,言得其时也。庶,近;迄,至也。　此章言其尊祖配天之祭。其香始升,而上帝已安而飨之,言应之疾也。此何但芳臭之荐,信得其时哉!盖自后稷之肇祀,则庶无罪悔而至于今矣。曾氏曰:"自后稷肇祀以来,前后相承,竞竞业业,惟恐一有罪悔,获戾于天。阅数百年,而此心不易。故曰:'庶无罪悔,以迄于今。'言周人世世用心如此也。"

行　苇①

敦彼行苇,牛羊勿践履。方苞方体,维叶泥泥。戚戚兄弟,莫远具尔。或肆之筵,或授之几②。　肆筵设席,授几有缉御。或献或酢,洗爵奠斝,醓醢以荐,或燔或炙。嘉殽脾臄,或歌或咢③。　敦弓既坚,四鍭既钧,舍矢既均。序宾以贤。敦弓既句,既挟四鍭。四鍭如树,序宾以不侮④。　曾孙维主,酒醴维醹。酌以大斗,以祈黄耇。黄耇台背,以引以翼。寿考维祺,以介景福⑤。

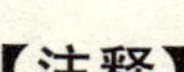

【注释】

①《行苇》四章，章八句。　毛七章，二章章六句，五章章四句。郑八章，章四句。毛首章以四句兴二句，不成文理，二章又不协韵；郑首章有起兴而无所兴，皆误。今正之如此。

②兴也。敦，聚貌，勾萌之时也。行，道也。勿，戒止之词也。苞，甲而未坼也。体，成形也。泥泥，柔泽貌。戚戚，亲也。莫，犹勿也。具，俱也。尔，与"迩"同。肆，陈也。　疑此祭毕而燕父兄耆老之诗。故言敦彼行苇，而牛羊勿践履，则方苞方体，而叶泥泥矣。戚戚兄弟而莫远具尔，则或肆之筵，而或授之几矣。此方言其开燕设席之初，而殷勤笃厚之意。蔼然已见于言语之外矣。读者详之。

③赋也。设席，重席也。缉，续；御，侍也。有相续代而侍者，言不乏使也。进酒于客曰献，客答之曰酢。主人又洗爵酬客，客受而奠之，不举也。斝，爵也。夏曰醆，殷曰斝，周曰爵。醓，醢之多汁者也。燔，用肉。炙，用肝。臄，口上肉也。歌者，比于琴瑟也。徒击鼓曰咢。　言侍御献酬饮食歌乐之盛也。

④赋也。敦，"雕"通，画也。天子雕弓。坚，犹劲也。镞，金镞翦羽矢也。钧，参亭也，谓三分之，一在前，二在后。三订之而平者，前有铁重也。舍，释也，谓发矢也。均，皆中也。贤射多中也。《投壶》曰："某贤于某若干纯，奇则曰奇，均则日左右均。"是也。句，"彀"通，谓引满也。《射礼》："搢三挟一，既挟四镞则遍释矣。"如树，如手就树之，言贯革而坚正也。不侮，敬也。令弟子辞，所谓"无怃，无敖，无偝立，无逾言"者也。或曰，不以中病不中者也。射以中多为俊，以不侮为德。　言既燕而射，以为乐也。

⑤赋也。曾孙，主祭者之称，今祭毕而燕，故因而称之也。醹，厚也。大斗，柄长三尺。祈，求也。黄耇，老人之称。以祈黄耇，犹曰"以介眉寿"云耳。《古器物款识》云："用蕲万寿"、"用蕲眉寿"、"永命多福"、"用蕲眉寿，万年无疆"，皆此类也。台，鲐也，大老则背有鲐文。引，导；翼，辅；祺，吉也。　此颂祷之辞。欲其饮此酒而得老寿，又相引导辅翼，以享寿祺，介景福也。

既　醉[①]

既醉以酒，既饱以德。君子万年，介尔景福[②]。　既醉以酒，尔殽既将。君子万年，介尔昭明[③]。　昭明有容，高朗令终。令终有俶，公尸嘉告[④]。　其告维何？笾豆静嘉。朋友攸摄，摄以威仪[⑤]。　威仪孔时，君子有孝子。孝子不匮，永锡尔类[⑥]。　其类维何？室家之壸。君子万年，永锡祚胤[⑦]。　其胤维何？天被尔禄。君子万年，景命有仆[⑧]。　其仆维何？釐尔女士。釐尔女士，从以孙子[⑨]。

【注释】

①《既醉》八章，章四句。

②赋也。德，恩惠也。君子，谓王也。尔，亦指王也。　此父兄所以答《行苇》之诗。言享其饮食恩意之厚，而愿其受福如此也。

③赋也，肴，俎实也。将，行也，亦奉持而进之意。昭明，犹光大也。

④赋也。融，明之盛也。《春秋传》曰："明而未融。"朗，虚明也。令终，善终也。《洪范》所谓

"考终命",《古器物铭》所谓"令终"、"令命"是也。俶,始也。公尸,君尸也。周称王,而尸但曰公尸,盖因其旧。如秦已称皇帝,而其男女犹称公子、公主也。嘉告,以善言告之,谓嘏辞也。盖欲善其终者,必善其始,今固未终也,而既有其始矣。于是公尸以此告之。

⑤赋也。静嘉,清洁而美也。朋友,指宾客助祭者,说见《楚茨》篇。摄,检也。　公尸告以汝之祭祀,笾豆之荐既静嘉矣,而朋友相摄佐者,又皆有威仪,当神意也。自此至终篇,皆述尸告之辞。

⑥赋也。孝子,主人之嗣子也。《仪礼》祭祀之终,有"嗣举奠"。匮,竭;类,善也。　言汝之威仪既得其宜,又有孝子以举奠,孝子之孝诚而不竭,则宜永锡尔以善矣。东莱吕氏曰:"君子既孝而嗣子又孝,其孝可谓源源不竭矣。"

⑦赋也。壸,宫中之巷也。言深远而严肃也。祚,福禄也。胤,子孙也。锡之以善,莫大于此。

⑧赋也。仆,附也。　言将使尔有子孙者,先当使尔被天禄,而为天命之所附属。下章乃言子孙之事。

⑨赋也。釐,予也。女士,女之有士行者,谓生淑媛使之为妃也。从,随也,谓又生贤子孙也。

凫　鹥①

凫鹥在泾,公尸来燕来宁。尔酒既清,尔殽既馨。公尸燕饮,福禄来成②。　凫鹥在沙,公尸来燕来宜。尔酒既多,尔殽既嘉。公尸燕饮,福禄来为③。　凫鹥在渚,公尸来燕来处。尔酒既湑,尔殽伊脯。公尸燕饮,福禄来下④。　凫鹥在潨,公尸来燕来宗。既燕于宗,福禄攸降。公尸燕饮,福禄来崇⑤。　凫鹥在亹,公尸来止熏熏。旨酒欣欣,燔炙芬芬。公尸燕饮,无有后艰⑥。

【注释】

①《凫鹥》五章,章六句。

②兴也。凫,水鸟,如鸭者。鹥,鸥也。泾,水名。尔,自歌工而指主人也。馨,香之远闻也。　此祭之明日,绎而宾尸之乐。故言凫鹥则在泾矣,公尸则来燕来宁矣。酒清殽馨则公尸燕饮,而福禄来成矣。

③兴也。为,犹助也。

④兴也。渚,水中高地也。湑,酒之泲者也。

⑤兴也。潨,水会也。"来宗"之宗,尊也。"于宗"之宗,庙也。崇,积而高大也。

⑥兴也。亹,水流峡中,两岸如门也。熏熏,和说也。欣欣,乐也。芬芬,香也。

假　乐①

假乐君子,显显令德。宜民宜人,受禄于天。保右命之,自天申之②。　干禄百福,子孙千亿。穆穆皇皇,宜君宜王,不愆不忘,率由旧章③。　威仪抑抑,德音秩秩。无怨无恶,率由群匹。受福无疆,四方之纲④。　之纲之纪,燕及朋友。

百辟卿士，媚于天子。不解于位，民之攸塈[5]。

【注释】

①《假乐》四章，章六句。

②赋也。嘉，美也。君子，指王也。民，庶民也。人，在位者也。申，重也。　言王之德既宜民人而受天禄矣，而天之于王，犹反复眷顾之不厌，既保之右之命之，而又申重之也。疑此即公尸之所以答《凫鹥》者也。

③赋也。穆穆，敬也。皇皇，美也。君，诸侯也。王，天子也。愆，过。率，循也。旧章，先王之礼乐政刑也。　言王者干禄而得百福，故其子孙之蕃，至于千亿。適为天子，庶为诸侯，无不穆穆皇皇以遵先王之法者。

④赋也。抑抑，密也。秩秩，有常也。匹，类也。　言有威仪声誉之美，又能无私怨恶以任众贤，是以能受无疆之福，为四方之纲。此与下章，皆称愿其子孙之辞也。或曰，无怨无恶，不为人所怨恶也。

⑤赋也。燕，安也。朋友，亦谓诸臣也。解，惰；塈，息也。　言人君能纲纪四方，而臣下赖之以安，则百辟卿士，媚而爱之，维欲其不解于位，而为民所安息也。东莱吕氏曰："君燕其臣，臣媚其君，此上下交而为泰之时也。泰之时，所忧者怠荒而已。此诗所以终于不解于位，民之攸塈也。方嘉之又规之者，盖皋陶赓歌之意也。民之劳逸在下，而枢机在上，上逸则下劳矣，上劳则下逸矣。不解于位，乃民之所由休息也。"

公　刘[1]

笃公刘，匪居匪康。乃埸乃疆，乃积乃仓，乃裹糇粮，于橐于囊。思辑用光。弓矢斯张，干戈戚扬。爰方启行[2]。　笃公刘，于胥斯原。既庶既繁，既顺乃宣，而无永叹。陟则在巘，复降在原。何以舟之？维玉及瑶，鞞琫容刀[3]。　笃公刘，逝彼百泉，瞻彼溥原。乃陟南冈，乃觏于京。京师之野，于时处处，于时庐旅，于时言言，于时语语[4]。　笃公刘，于京斯依，跄跄济济，俾筵俾几，既登乃依。乃造其曹，执豕于牢，酌之用匏。食之饮之，君之宗之[5]。　笃公刘，既溥既长，既景乃冈，相其阴阳。观其流泉，其军三单，度其隰原。彻田为粮，度其夕阳，豳居允荒[6]。

笃公刘，于豳斯馆，涉渭为乱，取厉取锻。止基乃理，爰众爰有。夹其皇涧，遡其过涧。止旅乃密，芮鞫之即[7]。

【注释】

①《公刘》六章，章十句。

②赋也。笃，厚也。公刘，后稷之曾孙也，事见《豳风》。居，安；康，宁也。埸，疆，田畔也。积，露积也。糇，食；粮，糗也。无底曰橐，有底曰囊。辑，和；戚，斧；扬，钺；方，始也。　旧说召康公以成王将莅政，当戒以民事，故咏公刘之事以告之曰：厚哉！公刘之于民也。其在西戎，不敢宁居，治其田畴，实其仓廪，既富且强，于是裹其糇粮，思以辑和其民人，而光显其国家，然后以其弓矢斧钺之备，爰始启行，而迁都于豳焉。盖亦不出其封内也。

③赋也。胥，相也。庶、繁，谓居之者众也。顺，安；宣，遍也，言居其遍。无永叹，得其所，不思旧也。巘，山顶也。舟，带也。鞞，刀鞘也。琫，刀上饰也。容刀，容饰之刀也；或曰，容刀，

如言"容臭",谓鞞琫之中,容此刀耳。　　言公刘至豳,欲相土以居,而带此剑佩,以上下于山原也。东莱吕氏曰:"以如是之佩服,而亲如是之劳苦,斯其所以为厚于民也欤?"

④赋也。溥,大;觏,见也。京,高丘也。师,众也。京师,高丘而众居也。董氏曰:"所谓京师者,盖起于此,其后世因以所都为京师也。"时,是也。处处,居室也。庐,寄也。旅,宾旅也。直言曰言,论难曰语。　　此章言营度邑居也。自下观之,则往百泉而望广原。自上观之,则陟南冈而觏于京。于是为之居室,于是庐其宾,于是言其所言,于是语其所语,无不于斯焉。

⑤赋也。依,安也。跄跄济济,群臣有威仪貌。俾,使也,使人为之设筵几也。登,登筵也。依,依几也。曹,群牧之处也。以豕为殽,用匏为爵,俭以质也。宗,尊也,主也。嫡子孙主祭祀,而族人尊之以为主也。　　此章言宫室既成而落之,既以饮食劳其群臣,而又为之君,为之宗焉。东莱吕氏曰:"既飨燕而定经制,以整属其民,上则皆统于君,下则各统于宗。盖古者建国立宗,其事相须。楚执戎蛮子,而致邑立宗,以诱其遗民,即其事也。"

⑥赋也。溥,广也。言其芟夷垦辟,土地既广而且长也。景,考日景以正四方也。冈,登高以望也。相,视也。阴阳,向背寒暖之宜也。流泉,水泉灌溉之利也。三单,未详。彻,通也。一井之田九百亩,八家皆私百亩,同养公田,耕则通力而作,收则计亩而分也。周之彻法自此始,其后周公盖因而修之耳。山西曰夕阳。允,信;荒,大也。　　此言辨土宜以授所徙之民,定其军赋与其税法,又度山西之田以广之,而豳人之居于此益大矣。

⑦赋也。馆,客舍也。乱,舟之截流横渡者也。厉,砥;锻,铁;止,居;基,定也。理,疆理也。众,人多也。有,财足也。遡,乡也。皇、过,二涧名。芮,水名,出吴山西北,东入泾。《周礼·职方》作"汭"。鞫,水外也。　　此章又总叙其始终。言其始来未定居之时,涉谓取材,而为舟以来往。取厉取锻,而成宫室。既止基于此矣,乃疆理其田野,则日益繁庶富足,其居有夹涧者,有遡涧者,其止居之众日以益密,乃复即芮鞫而居之,而豳地日以广矣。

泂　酌[1]

泂酌彼行潦,挹彼注兹。可以馀饎。岂弟君子,民之父母[2]。　　泂酌彼行潦,挹彼注兹。可以濯罍。岂弟君子,民之攸归[3]。　　泂酌彼行潦,挹彼注兹。可以濯溉。岂弟君子,民之攸塈[4]。

【注释】

①《泂酌》三章,章五句。

②兴也。泂,远也。行潦,流潦也。馀,烝米一熟,而以水沃之,乃再烝也。饎,酒食也。君子,指王也。　　旧说以为召康王戒成王。言远酌彼行潦,挹之于彼而注之于此,尚可以馀饎,况岂弟之君子,岂不为民之父母乎?《传》曰:"岂以强教之,弟以悦安之,民皆有父之尊,有母之亲。"又曰:"民之所好好之,民之所恶恶之,此之谓民之父母。"

③兴也。濯,涤也。

④兴也。溉,亦涤也。塈,息也。

卷　阿[1]

有卷者阿,飘风自南。岂弟君子,来游来歌,以矢其音[2]。　　伴奂尔游矣,优游尔

休矣。岂弟君子，俾尔弥尔性，似先公酋矣[3]。　　尔土宇昄章，亦孔之厚矣。岂弟君子，俾尔弥尔性，百神尔主矣[4]。　　尔受命长矣，茀禄尔康矣。岂弟君子，俾尔弥尔性，纯嘏尔常矣[5]。　　有冯有翼，有孝有德，以引以翼。岂弟君子，四方为则[6]。　　颙颙卬卬，如圭如璋，令闻令望。岂弟君子，四方为纲[7]。　　凤凰于飞，翙翙其羽，亦集爰止。蔼蔼王多吉士，维君子使，媚于天子[8]。　　凤凰于飞，翙翙其羽，亦傅于天。蔼蔼王多吉人，维君子命，媚于庶人[9]。　　凤凰鸣矣，于彼高冈；梧桐生矣，于彼朝阳。菶菶萋萋，雝雝喈喈[10]　　君子之车，既庶且多；君子之马，既闲且驰。矢诗不多，维以遂歌[11]。

【注释】

①《卷阿》十章，六章章五句，四章章六句。

②赋也。卷，曲也。阿，大陵也。岂弟君子，指王也。矢，陈也。　　此诗旧说亦召康公作。疑公从成王游歌于卷阿之上，因王之歌，而作此以为戒。此章总叙以发端也。

③赋也。伴奂、优游，闲暇之意。尔，君子，皆指王也。弥，终也。性，犹命也。酋，终也。　　言尔既伴奂优游矣，又呼而告之，言使尔终其寿命，似先君善始而善终也。自此至第四章，皆极言寿考福禄之盛，以广王心而歆动之。五章以后，乃告以所以致此之由也。

④赋也。昄章，大明也。或曰，昄当作"版"，版章，犹版图也。　　言尔土宇昄章既甚厚矣，又使尔终其身常为天地山川鬼神之主也。

⑤赋也。茀、嘏，皆福也。常，常享之也。

⑥赋也。冯，谓可为依者。翼，谓可为辅者。孝，谓能事亲者。德，谓得于己者。引，导其前也。翼，相其左右也。东莱吕氏曰："贤者之行非一端，必曰有孝有德。何也？盖人主常与慈祥笃实之人处，其所以兴起善端，涵养德性，镇其躁而消其邪，日改月化，有玉在言语之间者矣。"　　言得贤以自辅如此，则其德日修，而四方以为则矣。自此章以下，乃言所以致上章福禄之由也。

⑦赋也。颙颙卬卬，尊严也。如圭如璋，纯洁也。令闻，善誉也。令望，威仪可望法也。　　承上章言得冯翼孝德之助，则能如此，而四方以为纲矣。

⑧兴也。凤凰，灵鸟也。雄曰凤，雌曰凰。翙翙，羽声也。郑氏以为因时凤凰至，故以为喻，理或然也。蔼蔼，众多也。媚，顺爱也。　　凤凰于飞，则翙翙其羽，而集于其所止矣。蔼蔼王多吉士，则维王之所使，而皆媚于天子矣。既曰君子，又曰天子，犹曰"王于出征，以佐天子"云尔。

⑨兴也。媚于庶人，顺爱于民也。

⑩比也。又以兴下章之事也。山之东曰朝阳。凤凰之性，非梧桐不栖，非竹实不食。菶菶萋萋，梧桐生之盛也。雝雝喈喈，凤凰鸣之和也。

⑪赋也。承上章之兴也。菶菶萋萋，则雝雝喈喈矣。君子之车马，则既众多而闲习矣。其意若曰：是亦足以待天下之贤者，而不厌其多矣。遂歌，盖继王之声而遂歌之，犹《书》所谓"赓载歌"也。

民　劳[1]

民亦劳止，汔可小康。惠此中国，以绥四方。无纵诡随，以谨无良。式遏寇虐，憯不

畏明。柔远能迩，以定我王[②]。　　民亦劳止，汔可小休。惠此中国，以为民逑。无纵诡随，以谨惽怓。式遏寇虐，无俾民忧，无弃尔劳，以为王休[③]。　　民亦劳止，汔可小息。惠此京师，以绥四国。无纵诡随，以谨罔极。式遏寇虐，无俾作慝。敬慎威仪，以近有德[④]。　　民亦劳止，汔可小愒。惠此中国，俾民忧泄。无纵诡随，以谨醜厉。式遏寇虐，无俾正败。戎虽小子，而式弘大[⑤]。　　民亦劳止，汔可小安。惠此中国，国无有残。无纵诡随，以谨缱绻。式遏寇虐，无俾正反。王欲玉女，是用大谏[⑥]。

【注释】

①《民劳》五章，章十句。

②赋也。汔，几也。中国，京师也。四方，诸夏也。京师，诸夏之根本也。诡随，不顾是非而妄随人也。谨，敛束之意。憯，曾也。明，天之明命也。柔，安也。能，顺习也。　《序》说以此为召穆公刺厉王之诗。以今考之，乃同列相戒之辞耳，未必专为刺王而发。然其忧时感事之意，亦可见矣。苏氏曰："人未有无故而妄从人者，维无良之人，将悦其君而窃其权以为寇虐，则为之。故无纵诡随，则无良之人肃，而寇虐无畏之人止，然后柔远能迩，而王室定矣。"穆公名虎，康公之后。厉王名胡，成王七世孙也。

③赋也。逑，聚也。惽怓，犹欢哗也。劳，犹功也。言无弃尔之前功也。休，美也。

④赋也。罔极，为恶无穷极之人也。有德，有德之人也。

⑤赋也。愒，息；泄，去；厉，恶也。正败，正道败坏也。戎，汝也，言汝虽小子，而其所为甚广大，不可不谨也。

⑥赋也。缱绻，小人之固结其君者也。正反，反于正也。玉，宝爱之意。言王欲以女为玉而宝爱之，故我用王之意，大谏正于女。盖托为王意以相戒也。

板[①]

上帝板板，下民卒瘅。出话不然，为犹不远。靡圣管管，不实于亶。犹之未远，是用大谏[②]。　　天之方难，无然宪宪。天之方蹶，无然泄泄。辞之辑矣，民之洽矣。辞之怿矣，民之莫矣[③]。　　我虽异事，及尔同僚。我即而谋，听我嚣嚣。我言维服，勿以为笑。先民有言，询于刍荛[④]。　　天之方虐，无然谑谑。老夫灌灌，小子跻跻。匪我言耄，尔用忧谑。多将熇熇，不可救药[⑤]。　　天之方懠，无为夸毗。威仪卒迷，善人载尸。民之方殿屎，则莫我敢葵。丧乱蔑资，曾莫惠我师[⑥]。　　天之牖民，如埙如篪。如璋如圭，如取如携。携无曰益，牖民孔易。民之多辟，无自立辟[⑦]。　　价人维蕃，大师维垣。大邦维屏，大宗维翰。怀德维宁，宗子维城。无俾城坏，无独斯畏[⑧]。　　敬天之怒。无敢戏豫；敬天之渝，无敢驰驱。昊天曰明，及尔出王。昊天曰旦，及尔游衍[⑨]。

【注释】

①《板》八章，章八句。

②赋也。板板，反也。卒，尽；瘅，病；犹，谋也。管管，无所依也。亶，诚也。　《序》以此

为凡伯刺厉王之诗。今考其意，亦与前篇相类，但责之益深切耳。此章首言天反其常道，而使民尽病矣。而女之出言皆不合理，为谋又不久远，其心以为无复圣人，但恣己妄行，而无所依据，又不实之于诚信，岂其谋之未远而然乎！世乱乃人所为，而曰上帝板板者，无所归咎之辞也。

③赋也。宪宪，欣欣也。蹶，动也。泄泄，犹沓沓也，盖弛缓之意。孟子曰："事君无义，进退无礼，言则非先王之道者，犹中沓沓也。"辑，和；洽，合；怿，悦；莫，定也。辞辑而怿，则言必以先王之道矣。所以民无不合，无不定也。

④赋也。异事，不同职也。同僚，同为王臣也。《春秋传》曰："同官为僚"。即，就也。嚣嚣，自得不肯受言之貌。服，事也，犹曰我所言者乃今之急事也。先民，古之贤人也。刍荛，采薪者。古人尚询及刍荛，况其僚友乎？

⑤赋也。谑，戏侮也。老夫，诗人自称。灌灌，款款也。跻跻，骄貌。耄，老而昏也。熇熇，炽盛也。　苏氏曰："老者知其不可，而尽其款诚以告之，少者不信而骄之。故曰：非我老耄而妄言，乃汝以忧为戏也。夫忧未至而救之，犹可为也。苟俟其益多，则如火之盛，不可复救矣。"

⑥赋也。懠，怒；夸，大；毗，附也。小人之于人，不以大言夸之，则以谀言毗之也。尸，则不言不为，饮食而已者也。殿屎，呻吟也。葵，揆也。蔑，犹灭也。资，与"咨"同。嗟叹声也。惠，顺；师，众也。　戒小人毋得夸毗，使威仪迷乱，而善人不得有所为也。又言民方愁苦呻吟，而莫敢揆度其所以然者，是以至于散乱灭亡，而卒无能惠我师者也。

⑦赋也。牖，开明也，犹言天启其心也。埙唱而篪和，璋判而圭合，取求携得而无所费，皆言易也。辟，邪也。　言天之开民，其易如此，以明上之化下，其易亦然。今民既多邪辟矣，岂可又自立邪辟以道之邪？

⑧赋也。价，大也，大德之人也。藩，篱；师，众；垣，墙也。大邦，强国也。屏，树也，所以为蔽也。大宗，强族也。翰，干也。宗子，同姓也。　言是六者，皆君之所恃以安，而德其本也。有德则得是五者之助，不然则亲戚叛之而城坏。城坏则藩垣屏翰皆坏而独居，独居而所可畏者至矣。

⑨赋也。渝，变也。王，"往"通，言出而有所往也。旦，亦明也。衍，宽纵之意。　言天之聪明无所不及，不可以不敬也。板板也，难也，蹶也，虐也，懠也，其怒而变也，甚矣，而不之敬也。亦知其有日监在兹者乎？张子曰："天体物而不遗，犹仁体事而无不在也。礼仪三百，威仪三千，无一事而非仁也。昊天曰明，及尔出王，昊天曰旦，及尔游衍，无一物之不体也。"

《生民之什》十篇，六十一章，四百三十三句。

诗集传卷第十八

荡之什

荡[1]

荡荡上帝，下民之辟。疾威上帝，其命多辟。天生烝民，其命匪谌；靡不有初，鲜克有终[2]。　文王曰咨！咨女殷商！曾是强御，曾是掊克；曾是在位，曾是在服。天降慆德，女兴是力[3]。　文王曰咨！咨女殷商！而秉义类，强御多怼，流言以对，寇攘式内。侯作侯祝，靡届靡究[4]。　文王曰咨！咨女殷商！女炰烋于中国，敛怨以为德。不明尔德，时无背无侧。尔德不明，以无陪无卿[5]。　文王曰咨！咨女殷商！天不湎尔以酒，不义从式。既愆尔止，靡明靡晦。式号式呼，俾昼作夜[6]。　文王曰咨！咨女殷商！如蜩如螗，如沸如羹。小大近丧，人尚乎由行。内奰于中国，覃及鬼方[7]。　文王曰咨！咨女殷商！匪上帝不时，殷不用旧。虽无老成人，尚有典刑。曾是莫听，大命以倾[8]。　文王曰咨！咨女殷商！人亦有言，颠沛之揭。枝叶未有害，本实先拨。殷鉴不远，在夏后之世[9]。

【注释】

①《荡》八章，章八句。

②赋也。荡荡，广大貌。辟，君也。疾威，犹暴虐也。多辟，多邪僻也。烝，众；谌，信也。

言此荡荡之上帝，乃下民之君也。今此暴虐之上帝，其命乃多邪僻者。何哉？盖天生众民，其命有不可信者。盖其降命之初，无有不善，而人少能以善道自终，是以致此大乱，使天命亦罔克终，如疾威而多僻也。盖始为怨天之辞，而卒自解之如此。刘康公曰："民受天地之中以生，所谓命也。能者养之以福，不能者败之以祸，此之谓也。"

③赋也。此设为文王之言也。咨，嗟也。殷商，纣也。强御，暴虐之臣也。掊克，聚敛之臣也。服，事也。慆，慢；兴，起也。力，如"力行"之力。　诗人知厉王之将亡，故为此诗，托于文王所以嗟叹殷纣者。言此暴虐聚敛之臣，在位用事，乃天将慆慢之德而害民。然非其自为之也，乃汝兴起此人而力为之耳。

④赋也。而，亦女也。义，善；怼，怨也。流言，浮浪不根之言也。侯，维也。作，读为"诅"，诅祝，怨谤也。　言汝当用善类，而反任此暴虐多怨之人，使用流言以应对。则是为寇盗攘窃而反居内矣，是以致怨谤之无极也。

⑤赋也。炰烋，气健貌。敛怨以为德，多为可怨之事，而反自以为德也。背，后；侧，傍；陪，贰也。言前后左右公卿之臣，皆不称其官，如无人也。

⑥赋也。湎，饮酒变色也。式，用也。言天不使尔沉湎于酒，而惟不义是从是用也。止，容

止也。

⑦赋也。蜩、螗，皆蝉也。如蝉鸣，如沸羹，皆乱意也。小者大者几于丧亡矣，尚且由此而行，不知变也。奰，怒；覃，延也。鬼方，远夷之国也。言自近及远，无不怨怒也。

⑧赋也。老成人，旧臣也。典刑，旧法也。　　言非上帝为此不善之时，但以殷不用旧，致此祸尔。虽无老成人与图先王旧政，然典刑尚在，可以循守。乃无听用之者，是以大命倾覆而不可救也。

⑨赋也。颠沛，仆拔也。揭，木根蹶起之貌。拨，犹绝也。鉴，视也。夏后，桀也。　　言大木揭然将蹶，枝叶未有折伤，而其根本之实已先绝，然后此木乃相随而颠拔尔。苏氏曰："商周之衰，典刑未废，诸侯未畔，四夷未起，而其君先为不义以自绝于天，莫可救止，正犹此尔。殷鉴在夏，盖为文王叹纣之辞。然周鉴之在殷，亦可知矣。"

抑[①]

抑抑威仪，维德之隅。人亦有言，靡哲不愚。庶人之愚，亦职维疾；哲人之愚，亦维斯戾[②]。　　无竞维人，四方其训之。有觉德行，四国顺之。讦谟定命，远犹辰告。敬慎威仪，维民之则[③]。　　其在于今，兴迷乱于政。颠覆厥德，荒湛于酒。女虽湛乐从，弗念厥绍。罔敷求先王，克共明刑[④]。　　肆皇天弗尚，如彼泉流，无沦胥以亡。夙兴夜寐，洒扫廷内。维民之章，修尔车马，弓矢戎兵。用戒戎作，用逷蛮方[⑤]。　　质尔人民，谨尔侯度，用戒不虞。慎尔出话，敬尔威仪，无不柔嘉。白圭之玷，尚可磨也；斯言之玷，不可为也[⑥]。　　无易由言，无曰苟矣，莫扪朕舌。言不可逝矣。无言不雠，无德不报。惠于朋友，庶民小子。子孙绳绳，万民靡不承[⑦]。

视尔友君子，辑柔尔颜，不遐有愆。相在尔室，尚不愧于屋漏。无曰不显，莫予云觏。神之格思，不可度思，矧可射思[⑧]！　　辟尔为德，俾臧俾嘉。淑慎尔止，不愆于仪。不僭不贼，鲜不为则。投我以桃，报之以李。彼童而角，实虹小子[⑨]。

荏染柔木，言缗之丝。温温恭人，维德之基。其维哲人，告之话言，顺德之行。其维愚人，覆谓我僭，民各有心[⑩]。　　於乎小子，未知臧否。匪手携之，言示之事。匪面命之，言提其耳。借曰未知，亦既抱子。民之靡盈，谁夙知而莫成[⑪]？　　昊天孔昭，我生靡乐。视尔梦梦，我心惨惨。诲尔谆谆，听我藐藐。匪用为教，覆用为虐。借曰未知，亦聿既耄[⑫]。　　於乎小子，告尔旧止。听用我谋，庶无大悔。天方艰难，曰丧厥国。取譬不远，昊天不忒。回遹其德，俾民大棘[⑬]。

【注释】

①《抑》十二章，三章章八句，九章章十句。　　《楚语》："左使倚相曰：昔卫武公年数九十五矣，犹箴儆于国曰：自卿以下，至于师长士，苟在朝者，无谓我老耄而舍我。必恭恪于朝夕，以交戒我。在舆有旅贲之规，位宁有官师之典。倚几有诵训之谏，居寝有𫋇御之箴，临事有瞽史之道，宴居有师工之诵。史不失书，矇不失诵，以训御之。于是作懿戒以自儆。及其没也，谓之睿圣武公。"韦昭曰："懿，读为'抑'。"即此篇也。董氏曰："侯包言武公行年九十有五，犹使人日诵是诗而不离于其侧，然则《序》说为刺厉王者误矣。"

②赋也。抑抑，密也。隅，廉角也。郑氏曰："人密审于威仪者，是其德必严正也。故古之贤者，道行心平，可外占而知内。如宫室之制，内有绳直，则外有廉隅也。"哲，知；庶，众；职，主；戾，反也。　　卫武公作此诗，使人日诵于其侧以自警。言抑抑威仪，乃德之隅，则有哲人之德者，固必有哲人之威仪矣。而今之所谓哲者，未尝有其威仪，则是无哲而不愚矣。夫众人之愚，盖有禀赋之偏，宜有是疾，不足为怪。哲人而愚，则反戾其常矣。

③赋也。竞，强也。觉，直大也。訏，大；谟，谋也。大谋，谓不为一身之谋，而有天下之虑也。定，审定不改易也。命，号令也。犹，图也。远谋，谓不为一时之计，而为长久之规也。辰，时；告，戒也。辰告，谓以时播告也。则，法也。　　言天地之性人为贵，故能尽人道，则四方皆以为训。有觉德行。则四国皆顺从之。故必大其谋，定其命，远图时告，敬其威仪，然后可以为天下法矣。

④赋也。今，武公自言己今日之所为也。兴，尚也。女，武公使人诵诗而命己之辞也。后凡言"女"，言"尔"，言"小子"者，放此。湛乐从，言惟湛乐之是从也。绍，谓所承之绪也。敷求先王，广求先王所行之道也。共，执；刑，法也。

⑤赋也。弗尚，厌弃之也。论，陷；胥，相；章，表；戒，备；戎，兵；作，起；逷，远也。　　言天所不尚，则无乃沦陷相与而亡，如泉流之易乎。是以内自庭除之近，外及蛮方之远，细而寝兴洒扫之常，大而车马戎兵之变，虑无不周，备无不饬也。上章所谓"訏谟定命，远犹辰告"者，于此见矣。

⑥赋也。质，成也，定也。侯度，诸侯所守之法度也。虞，虑；话，言；柔，安；嘉，善；玷；缺也。　　言既治民守法，防意外之患矣，又当谨其言语。盖玉之玷缺，尚可磨鑢使平，言语一失，莫能救之，其戒深切矣。故南容一日三复此章，而孔子以其兄之子妻之。

⑦赋也。易，轻；扪，持；逝，去；仇，答；承，奉也。　　言不可轻易其言，盖无人为我执持。其舌者，故言语由己，易致差失，常当执守，不可放去也。且天下之理，无有言而不雠，无有德而不报者。若尔能惠于朋友，庶民小子，则子孙绳绳，而万民靡不承矣。皆谨言之效也。

⑧赋也。辑，和也。遐，"何"通。愆，过也。尚，庶几也。屋漏，室西北隅也。觏，见；格，至；度，测；矧，况也。射，"斁"通，厌也。　　言视尔友于君子之时，和柔而之颜色，其戒惧之意，常若自省曰："岂不至于有过乎？"盖常人之情，其修于显著，无不如此。然视尔独居于室之时，亦当庶几不愧于屋漏，然后可尔。无曰此非显明之处，而莫予见也。当知鬼神之妙，无物不体，其至于是，有不可得而测者。不显亦临，犹惧有失，况可厌射而不敬乎？此言不但修之于外，又当戒谨恐惧乎其所不睹不闻也。子思子曰："君子不动而敬，不言而信。"又曰："夫微之显，诚之不可掩如此。"此正心诚意之极功，而武公及之，则亦圣贤之徒矣。

⑨赋也。辟，君也，指武公也。止，容止也。僭，差；贼，害；则，法也。无角曰童。虹，溃乱也。　　既戒以修德之事，而又言为德而人法之犹投桃报李之必然也。彼谓不必修德而可以服人者，是牛羊之童者，而求其角也，亦徒溃乱汝而已，岂可得哉？

⑩兴也。荏染，柔貌。柔木，柔忍之木也。缗，纶也，被之纶以为弓也。话言，古之善言也。覆，犹反也。僭，不信也。民各有心，言人心不同，愚智相越之远也。

⑪赋也。非徒手携之也，而又示之以事。非徒面命之也，而又提其耳。所以喻之者详且切矣。假令言汝未有知识，则汝既长大而抱子，宜有知矣。人若不自盈满，能受教戒，则岂有既早知而反晚成者乎？

⑫赋也。梦梦，不明，乱意也。惨惨，忧貌。谆谆，详熟也。藐藐，忽略貌。耄，老也。八十九十曰耄。左史所谓"年九十有五"时也。

⑬赋也。旧，旧章也；或曰，久也。止，语词。庶，幸；悔，恨；忒，差；遹，僻；棘，急也。　言天运方此艰难，将丧厥国矣。我之取譬，夫岂远哉！观天道福祸之不差忒，则知之矣。今女乃回遹其德，而使民至于困急，则丧厥国也必矣。

桑柔[①]

菀彼桑柔，其下侯旬。捋采其刘，瘼此下民。不殄心忧，仓兄填兮。倬彼昊天，宁不我矜[②]？　四牡骙骙，旟旐有翩。乱生不夷，靡国不泯。民靡有黎，具祸以烬。於乎有哀，国步斯频[③]。　国步蔑资，天不我将。靡所止疑，云徂何往？君子实维，秉心无竞。谁生厉阶？至今为梗[④]！　忧心慇慇，念我土宇。我生不辰，逢天僤怒。自西徂东，靡所定处。多我觏痻，孔棘我圉[⑤]。　为谋为毖，乱况斯削。告尔忧恤，诲尔序爵。谁能执热，逝不以濯？其何能淑？载胥及溺[⑥]！　如彼溯风，亦孔之僾；民有肃心，荓云不逮。好是稼穑，力民代食。稼穑维宝，代食维好[⑦]。

天降丧乱，灭我立王。降此蟊贼，稼穑卒痒。哀恫中国，具赘卒荒。靡有旅力，以念穹苍[⑧]。　维此惠君，民人所瞻。秉心宣犹，考慎其相。维彼不顺，自独俾臧。自有肺肠，俾民卒狂[⑨]。　瞻彼中林，甡甡其鹿。朋友已谮，不胥以穀。人亦有言，进退维谷[⑩]。　维此圣人，瞻言百里；维彼愚人，覆狂以喜。匪言不能，胡斯畏忌[⑪]？　维此良人，弗求弗迪；维彼忍心，是顾是复。民之贪乱，宁为荼毒[⑫]？

大风有隧，有空大谷。维此良人，作为式穀。维彼不顺，征以中垢[⑬]。　大风有隧，贪人败类。听言则对，诵言如醉。匪用其良，覆俾我悖[⑭]。　嗟尔朋友！予岂不知而作？如彼飞虫，时亦弋获。既之阴女，反予来赫[⑮]！　民之罔极，职凉善背。为民不利，如云不克。民之回遹，职竞用力[⑯]。　民之未戾，职盗为寇，凉曰不可。覆背善詈，虽曰匪予，既用尔歌[⑰]。

【注释】

①《桑柔》十六章，八章章八句，八章章六句。

②比也。菀，茂；旬，遍；刘，残；殄，绝也。仓兄，与“怆怳”同，悲闵之意也。填，未详；旧说与“尘”、“陈”同，盖言久也；或疑与“瘨”字同，为病之义，但《召旻》篇内二字并出。又恐未然，今姑阙之。倬，明貌。　旧说此为芮伯刺厉王而作。《春秋传》亦曰：“芮良夫之诗。”则其说是也。以桑为比者，桑之为物，其叶最盛，然及其采之也。一朝而尽，无黄落之渐。故取以比周之盛时，如叶之茂，其阴无所不遍。至于厉王肆行暴虐，以败其成业，王室忽焉凋弊，如桑之既采，民失其荫而受其病。故君子忧之不绝于心，悲闵之甚而至于病，遂号天而诉之也。

③赋也。夷，平；泯，灭；黎，黑也，谓黑首也。具，俱也。烬，灰烬也。步，犹连也。频，急蹙也。　厉王之乱。天下征役不息，故其民见其车马旌旗而厌苦之。自此至第四章，皆征役者之怨辞也。

④赋也。蔑，灭；资，咨；将，养也。疑，读如《仪礼》“疑立”之疑，定也。徂，亦往也。竞，争；厉，怨；梗，病也。　言国将危亡，天不我养，居无所定，徂无所往，然非君子之有争心也。

谁实为此祸阶，使至今为病乎？盖曰祸有根原，其所从来也远矣。

⑤赋也。土，乡；宇，居；辰，时；僤，厚；觏，见；痻，病；棘，急。圉，边也，或曰御也。多矣我之见病也。急矣我之在边也。

⑥赋也。毖，慎；况，滋也。序爵，辨别贤否之道也。执照，手持热物也。　　苏氏曰："王岂不谋且慎哉？然而不得其道，适所以长乱而自削耳。故告之以其所当忧，而诲之以序爵。且曰：谁能执热而不濯者？贤者之能已乱，犹濯之能解热耳。不然，则其何能善哉？相与入于陷溺而已。"

⑦赋也，溯，乡；僾，唈；肃，进；荓，使也。　　苏氏曰："君子视厉王之乱，闷然如溯风之人，唈而不能息。虽有欲进之心，皆使之曰世乱矣，非吾所能及也。'于是退而稼穑，尽其筋力，与民同事，以代禄食而已。当是时也，仕进之忧，甚于稼穑之劳。故曰：'稼穑维宝，代食维好。'言虽劳而无患也。"

⑧赋也。恫，痛；具，俱也。赘，属也，言危也。《春秋传》曰："君若缀旒然。"与此"赘"同。卒，尽；荒，虚也。旅，与"膂"同。穹苍，天也；穹言其形，苍言其色。　　言"天降丧乱"，固已灭我所立之王矣。又"降此蟊贼"，则我之稼穑又病，而不得以代食矣。哀此中国，皆危尽荒，是以危困之极，无力以念天祸也。此诗之作，不知的在何时，其言"灭我立王"，则疑在共和之后也。

⑨赋也。惠，顺也，顺于义理也。宣，遍；犹，谋；相，辅，狂，惑也。　　言彼顺理之君所以为民所尊仰者，以其能秉持其心，周遍谋度，考择其辅相，必众以为贤，而后用之。彼不顺理之君则自以为善而不考众谋，自有私见而不通众志，所以使眩惑，至于狂乱也。

⑩兴也。甡甡，众多并行之貌。谮，不信也。胥，相；穀，善；谷，穷也。言朋友相谮不能相善，曾鹿之不如也。　　言上无明君，下有恶俗，是以进退皆穷也。

⑪赋也。圣人炳于几先，所视而言者，无远而不察。愚人不知祸之将至，而反狂以喜，今用事者盖如此。我非不能言也，如此畏忌何哉？言王暴虐，人不敢谏也。

⑫赋也。迪，进也。忍，残忍也。顾，念；复，重也。荼，苦菜也，味苦气辛，能杀物，故谓之荼毒也。　　言不求善人进而用之，其所顾念重复而不已者，乃忍心不仁之人。民不堪命，所以肆行贪乱，而安为荼毒也。

⑬兴也。隧，道；式，用；穀，善也。征以中垢，未详其义。或曰，征，行也。中，隐暗也。垢，污秽也。　　大风之行有隧，盖多出于空谷之中，以兴下文君子小人所行，亦各有道耳。

⑭兴也。败类，犹言圮族也。王使贪人为政，我以其或能听我之言而对之。然亦知其不能听也。故诵言而中心如醉。由王不用善人，而反使我至此悖眊也。厉王说荣夷公，芮良夫曰："王室其将卑乎？夫荣公好专利而不备大难。夫利，百物之所生也，天地之所载也，而或专之，其害多矣。"此诗所谓贪人，其荣公也与？芮伯之忧，非一日矣。

⑮赋也。如彼飞虫，时亦弋获，言己之所言或亦有中，犹曰千虑而一得也。之，往；阴，覆也。赫，威怒之貌。我以言告女，是往阴覆于女，女反来加赫然之怒于己也。张子曰："既往密告于女，反谓我来恐动也。"亦通。

⑯赋也。职，专也。凉，义未详。《传》曰："凉，薄也。"郑读作"谅"，信也。疑郑说为得之。善背，工为反覆也。克，胜也。回遹，邪僻也。　　言民之所以贪乱而不知所止者，专由此人名为直谅，而实善背，又为民所不利之事，如恐不胜而力为之也。又言民之所以邪僻者，亦由此辈专竞用力而然也。反复其言，所以深恶之也。

⑰赋也。戾，定也。民之所以未定者，由有盗臣为之寇也。盖其为信也，亦以小人为不可

矣。及其反背也，则又工为恶言以詈君子，是其色厉内荏，真可谓穿窬之盗矣。然其人又自文饰，以为此非我言也，则我已作尔歌矣。言得其情，且事已著明，不可掩复也。

云汉[①]

倬彼云汉，昭回于天。王曰於乎，何辜今之人？天降丧乱，饥馑荐臻。靡神不举，靡爱斯牲。圭璧既卒，宁莫我听[②]？　旱既大甚，蕴隆虫虫。不殄禋祀，自郊徂宫。上下奠瘗，靡神不宗。后稷不克，上帝不临。耗斁下土，宁丁我躬[③]？　旱既大甚，则不可推。兢兢业业，如霆如雷。周余黎民，靡有孑遗。昊天上帝，则不我遗。胡不相畏？先祖于摧[④]！　旱既大甚，则不可沮。赫赫炎炎，云我无所。大命近止，靡瞻靡顾。群公先正，则不我助。父母先祖，胡宁忍予[⑤]？　旱既大甚，涤涤山川。旱魃为虐，如惔如焚。我心惮暑，忧心如熏。群公先正，则不我闻。昊天上帝，宁俾我遁[⑥]？　旱既大甚，黾勉畏去。胡宁瘨我以旱？憯不知其故！祈年孔夙，方社不莫。昊天上帝，则不我虞。敬恭明神，宜无悔怒[⑦]。　旱既大甚，散无友纪。鞫哉庶正，疚哉冢宰。趣马师氏，膳夫左右。靡人不周，无不能止。瞻卬昊天，云如何里[⑧]？　瞻卬昊天，有嘒其星。大夫君子，昭假无赢。大命近止，无弃尔成。何求为我？以戾庶正。瞻卬昊天，曷惠其宁[⑨]？

【注释】

①《云汉》八章，章十句。

②赋也。云汉，天河也。昭，光。回，转也。言其光随天而转也。荐，“荐”通，重也。靡神不举，所谓国有凶荒，则索鬼神而祭之也。圭璧，礼神之玉也。卒，尽也。宁，犹何也。　旧说以为宣王承厉王之烈，内有拨乱之志，遇灾而惧，侧身修行，欲销去之。天下喜于王化复行，百姓见忧，故仍叔作此诗以美之。言云汉者，夜晴则天河明，故述王仰诉于天之词如此也。

③赋也。蕴，蓄；隆，盛也。虫虫，热气也。殄，绝也。郊，祀天地也。宫，宗庙也。上祭天，下祭地，奠其礼，瘗其物。宗，尊也。克，胜也。言后稷欲救此旱灾而不能胜也。临，享也。稷以亲言，帝以尊言也。斁，败；丁，当也。何以当我之身而有是灾也？或曰，与其耗斁下土，宁使灾害当我身也。亦通。

④赋也。推，去也。兢兢，恐也。业业，危也。如霆如雷，言畏之甚也。孑，无右臂貌。遗，余也。言大乱之后，周之余民，无复有半身之遗者。而上天又降旱灾，使我亦不见遗也。摧，灭也，言先祖之祀将自此而灭也。

⑤赋也。沮，止也。赫赫，旱气也。炎炎，热气也。无所，无所容也。大命近止，死将至也。瞻，仰；顾，望也。群公先正，《月令》所谓“雩祀百辟卿士之有益于民者，以祈谷实”者也。于群公先正，但言其不见助，至父母先祖，则以恩望之矣。所谓“垂涕泣而道之”也。

⑥赋也。涤涤，言山无木，川无水，如涤而除之也。魃，旱神也。惔，燎之也。惮，劳也，畏也。熏，灼；遁，逃也。言天又不肯使我得逃遁而去也。

⑦赋也。黾勉畏去，出无所之也。瘨，病；憯，曾也。祈年。孟春祈谷于上帝，孟冬祈来年于天宗是也。方，祭四方也。社，祭土神也。虞，度；悔，恨也。言天曾不度我之心，如我之敬

事明神，宜可以无恨怒也。

⑧赋也。友纪，犹言纲纪也；或曰，友，疑作“有”。鞫，穷也。庶正，众官之长也。疚，病也。冢宰，又众长之长也。趣马，掌马之官。师氏，掌以兵守王门者。膳夫，掌食之官也。岁凶，年谷不登，则趣马不秣，师氏弛其兵，驰道不除，祭事不县，膳夫彻膳，左右布而不修，大夫不食粱，士饮酒不乐。周，救也。无不能止，言诸臣无有一人不周救百姓者，无有自言不能而遂止不为也。里，忧也，与《汉书》“无俚”之“俚”同，聊赖之意也。

⑨赋也。嘒，明貌。昭，明；假，至也。久旱而仰天以望雨，则有嘒然之明星，未有雨征也。然群臣竭其精诚，而助王以昭假于天者，已无余矣。虽今死亡将近，然不可以弃其前功。当益求所以昭假者而修之，固非求为我一身而已，乃所以定众正也。于是语终又仰天而诉之曰：果何时而惠我以安宁乎？张子曰：“不敢斥言雨者，畏惧之甚，且不敢必云尔。”

嵩　高[1]

嵩高维岳，骏极于天。维岳降神，生甫及申。维申及甫，维周之翰。四国于蕃，四方于宣[2]。　亹亹申伯，王缵之事。于邑于谢，南国是式。王命召伯，定申伯之宅。登是南邦，世执其功[3]。　王命申伯，式是南邦。因是谢人，以作尔庸。王命召伯，彻申伯土田。王命傅御，迁其私人[4]。　申伯之功，召伯是营。有俶其城，寝庙既成。既成藐藐，王锡申伯，四牡跻跻，钩膺濯濯[5]。　王遣申伯，路车乘马。我图尔居，莫如南土。锡尔介圭，以作尔宝。往近王舅，南土是保[6]。　申伯信迈，王饯于郿。申伯还南，谢于诚归。王命召伯，彻申伯土疆。以峙其粻，式遄其行[7]。　申伯番番，既入于谢，徒御啴啴。周邦咸喜，戎有良翰。不显申伯，王之元舅，文武是宪[8]。　申伯之德，柔惠且直。揉此万邦，闻于四国。吉甫作诵，其诗孔硕。其风肆好，以赠申伯[9]。

【注释】

①《嵩高》八章，章八句。

②赋也。山大而高曰嵩。岳，山之尊者，东岱，南霍，西华，北恒是也。骏，大也。甫，甫侯也。即穆王时作《吕刑》者。或曰，此是宣王时人，而作《吕刑》者之子孙也。申，申伯也。皆姜姓之国也。翰，干；蕃，蔽也。　宣王之舅申伯出封于谢，而尹吉甫作诗以送之。言岳山高大，而降其神灵和气，以生甫侯申伯，实能为周王之桢干屏蔽，而宣其德泽于天下也。盖申伯之先，神农之后，为唐虞四岳，总领方岳诸侯，而奉岳神之祭，能修其职，岳神享之。故此诗推本申伯之所以生，以为岳降神而为之也。

③赋也。亹亹，强勉之貌。缵，继也，使之继其先世之事也。邑，国都之处也。谢，在今邓州南阳县，周之南土也。式，使诸侯以为法也。召伯，召穆公虎也。登，成也。世执其功，言使申伯后世常守其功也。或曰，大封之礼，召公之世职也。

④赋也。庸，城也，言因谢邑之人而为国也。郑氏曰：“庸，功也。为国以起其功也。”彻，定其经界，正其赋税也。傅御，申伯家臣之长也。私人，家人。迁，使就国也。汉明帝送侯印与东平王苍诸子，而以手诏赐其国中傅，盖古制如此。

⑤赋也。俶，始作也。藐藐，深貌。跻跻，壮貌。濯濯，光明貌。

⑥赋也。介圭,诸侯之封圭也。近,辞也。

⑦赋也。郿,在今凤翔府郿县,在镐京之西,岐周之东,而申在镐京之东南。时王在岐周,故饯于郿也。言信迈诚归,以见王之数留,疑于行之不果故也。峙,积;粻,粮;遄,速也。召伯之营谢也,则已敛其税赋,积其馃粮,使庐市有止宿之委积,故能使申伯无留行也。

⑧赋也。番番,武勇貌。啴啴,众盛也。戎,女也。申伯既入于谢,周人皆以为喜,而相谓曰:"汝今有良翰矣。"元,长;宪,法也。言文武之士皆以申伯为法也。或曰,申伯能以文王武王为法也。

⑨赋也。揉,治也。吉甫,尹吉甫,周之卿士。诵,工师所诵之词也。硕,大;风,声;肆,遂也。

烝民[①]

天生烝民,有物有则。民之秉彝,好是懿德。天监有周,昭假天下。保兹天子,生仲山甫[②]。　仲山甫之德,柔嘉维则。令仪令色,小心翼翼。古训是式,威仪是力。天子是若,明命使赋[③]。　王命仲山甫,式是百辟,缵戎祖考,王躬是保。出纳王命,王之喉舌。赋政于外,四方爰发[④]。　肃肃王命,仲山甫将之;邦国若否,仲山甫明之。既明且哲,以保其身。夙夜匪解,以事一人[⑤]。　人亦有言,柔则茹之,刚则吐之,维仲山甫,柔亦不茹,刚亦不吐,不侮矜寡,不畏强御[⑥]。　人亦有言,德輶如毛,民鲜克举之。我仪图之。维仲山甫举之,爱莫助之。衮职有阙,维仲山甫补之[⑦]。　仲山甫出祖,四牡业业,征夫捷捷,每怀靡及。四牡彭彭,八鸾锵锵。王命仲山甫,城彼东方[⑧]。　四牡骙骙,八鸾喈喈。仲山甫徂齐,式遄其归。吉甫作诵,穆如清风。仲山甫永怀,以慰其心[⑨]。

【注释】

①《烝民》八章,章八句。

②赋也。烝,众;则,法;秉,执;彝,常;懿,美;监,视;昭,明;假,至;保,祐也。仲山甫,樊侯之字也。　宣王命樊侯仲山甫筑城于齐,而尹吉甫作诗以送之。言天生众民,有是物必有是则。盖自百骸九窍五藏而达之君臣父子夫妇长幼朋友,无非物也。而莫不有法焉,如视之明,听之聪,貌之恭,言之顺,君臣有义,父子有亲之类是也。是乃民所执之常性,故其情无不好此美德者。而况天之监视有周,能以昭明之德感格于下,故保祐之,而为之生此贤佐曰仲山甫焉。则所以钟其秀气,而全其美德者,又非特如凡民而已也。昔孔子读诗至此而赞之曰:"为此诗者,其知道乎!故有物必有则,民之秉彝也,故好是懿德。"而孟子引之,以证性善之说。其指深矣,读者其致思焉。

③赋也。嘉,美;令,善也。仪,威仪也。色,颜色也。翼翼,恭敬貌。古训,先王之遗典也。式,法;力,勉;若,顺;赋,布也。　东莱吕氏曰:"柔嘉维则,不过其则也。过其则,斯为弱,不得谓之柔嘉矣。令仪令色,小心翼翼,言其表里柔嘉也。古训是式,威仪是力,言其学问进修也。天子是若,明命使赋,言其发而措之事业也。"此章盖备举仲山甫之德。

④赋也。式,法;戎,女也。王躬是保,所谓保其身体者也。然则仲山甫盖以冢宰兼太保,而太保抑其世官也与?出,承而布之也。纳,行而复之也。喉舌,所以出言也。发,发而应之

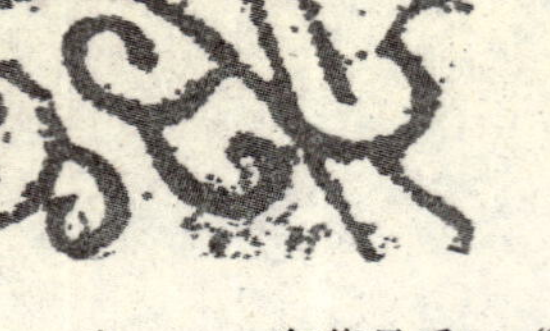

也。　东莱吕氏曰："仲山甫之职，外则总领诸侯，内则辅养君德，入则典司政本，出则经营四方。"此章盖备举仲山甫之职。

⑤赋也。肃肃，严也。将，奉行也。若，顺也。顺否，犹臧否也。明，谓明于理；哲，谓察于事。保身，盖顺理以守身，非趋利避害而偷以全躯之谓也。解，怠也。一人，天子也。

⑥赋也。人亦有言，世俗之言也。茹，纳也。　不茹柔，故不侮矜寡。不吐刚，故不畏强御。以此视之，则仲山甫之柔嘉，非软美之谓，而其保身未尝枉道以徇人可知矣。

⑦赋也。辅，轻；仪，度；图，谋也。衮职，王职也。天子龙衮，不敢斥言王阙，故曰衮职有阙也。　言人皆言德甚轻而易举，然人莫能举也。我于是谋度其能举之者，则惟仲山甫而已。是以心诚爱之，而恨其不能有以助之。盖爱之者，秉彝好德之性也。而不能助者，能举与否，在彼而已，固无待于人之助，而亦非人之所能助也。至于王职有阙失，亦维仲山甫独能补之。盖惟大人然后能格君心之非，未有不能自举其德，而能补君之阙者也。

⑧赋也。祖，行祭也。业业，健貌。捷捷，疾貌。东方，齐也。《传》曰："古者诸侯之居逼隘，则王者迁其邑而定其居。"盖去薄姑而迁于临菑也。孔氏曰："《史记》齐献公元年，'徙薄姑都治临菑'。计献公当夷王之时，与此传不合。岂徙于夷王之时，至是而始备其城郭之守欤？"

⑨赋也。式遄其归，不欲其久于外也。穆，深长也。清风，清微之风，化养万物者也。以其远行而有所怀思，故以此诗慰其心焉。曾氏曰："赋政于外，虽仲山甫之聪，然保王躬，补王阙，尤其所急。城彼东方，其心永怀，盖有所不安者。尹吉甫深知之，作诵而告以遄归，所以安其心也。"

韩　奕[①]

奕奕梁山，维禹甸之，有倬其道。韩侯受命，王亲命之，缵戎祖考。无废朕命，夙夜匪解，虔共尔位，朕命不易。榦不庭方，以佐戎辟[②]。　四牡奕奕，孔修且张。韩侯入觐，以其介圭，入觐于王。王锡韩侯，淑旂绥章，簟茀错衡，玄衮赤舄，钩膺镂锡。鞹鞃浅幭，鞗革金厄[③]。　韩侯出祖，出宿于屠。显父饯之，清酒百壶。其殽维何？炰鳖鲜鱼。其蔌维何？维笋及蒲。其赠维何？乘马路车。笾豆有且，侯氏燕胥[④]。　韩侯取妻，汾王之甥，蹶父之子。韩侯迎止，于蹶之里。百两彭彭，八鸾锵锵，不显其光。诸娣从之，祁祁如云。韩侯顾之，烂其盈门[⑤]。　蹶父孔武，靡国不到。为韩姞相攸，莫如韩乐。孔乐韩土，川泽讦讦，鲂鲊甫甫，麀鹿噳噳。有熊有罴，有猫有虎。庆既令居，韩姞燕誉[⑥]。　溥彼韩城，燕师所完。以先祖受命，因时百蛮。王锡韩侯，其追其貊。奄受北国，因以其伯。实墉实壑，实亩实籍。献其貔皮，赤豹黄罴[⑦]。

【注释】

①《韩奕》六章，章十二句。

②赋也。奕奕，大也。梁山，韩之镇也，今在同州韩城县。甸，治也。倬，明貌。韩，国名，侯爵，武王之后也。受命，盖即位除丧，以士服入见天子而听命也。缵，继；戎，汝也。言王锡命之，使继世而为诸侯也。虔，敬；易，改；干，正也。不庭方，不来庭之国也。辟，君也。此

又戒之以修其职业之词也。　　韩侯初立来朝，始受王命而归，诗人作此以送之。《序》亦以为尹吉甫作，今未有据。下篇云"召穆公凡伯"者，放此。

③赋也。修，长；张，大也。介圭，封圭，执之为贽，以合瑞于王也。淑，善也。交龙曰旂。绥章，染鸟羽或旄牛尾为之，注于旂竿之首，为表章者也。镂，刻金也。马眉上饰曰锡，今当卢也。鞹，去毛之革也。鞃，式中也。谓两较之间，横木可凭者，以鞹持之，使牢固也。浅，虎皮也。幭，覆式也，字一作"幦"，又作"幎"，以有毛之皮覆式上也。鞗革，辔首也。金厄，以金为杯，缠搤辔首也。

④赋也。既觐而反国必祖者，尊其所往，去则如始行焉。屠，地名，或曰即杜也。显父，周之卿士也。蔌，菜肴也。笋，竹萌也。蒲，蒲蒻也。且，多貌。侯氏，觐礼诸侯来朝者之称。胥，相也，或曰语辞。

⑤赋也。此言韩侯既觐而还，遂以亲迎也。汾王，厉王也。厉王流于彘，在汾水之上，故诗人以目王焉。犹言莒郊公、黎比公也。蹶父，周之卿士，姞姓也。诸娣，诸侯一娶九女，二国媵之，皆有娣姪也。祁祁，徐靓也。如云，众多也。

⑥赋也。韩姞，蹶父之子，韩侯妻也。相攸，择可嫁之所也。讦讦、甫甫，大也。噳噳，众也。猫，似虎而浅毛。庆，喜；令，善也。喜其有此善居也。燕，安；誉，乐也。

⑦赋也。溥，大也。燕，召公之国也。师，众也。追、貊，夷狄之国也。墉，城；壑，池；籍，税也。貔，猛兽名。　　韩初封时，召公为司空。王命以其众为筑此城，如召伯营谢，山甫城齐，春秋诸侯城邢、城楚丘之类也。王以韩侯之先因是百蛮而长之，故锡之追貊，使为之伯，以修其城池，治其田亩，正其税法，而贡其所有于王也。

江　汉①

江汉浮浮，武夫滔滔。匪安匪游，淮夷来求。既出我车，既设我旟。匪安匪舒，淮夷来铺②。　　江汉汤汤，武夫洸洸。经营四方，告成于王。四方既平，王国庶定。时靡有争，王心载宁③。　　江汉之浒，王命召虎，式辟四方，彻我疆土。匪疚匪棘，王国来极。于疆于理，至于南海④。　　王命召虎，来旬来宣。文武受命，召公维翰。无曰予小子，召公是似。肇敏戎公，用锡尔祉⑤。　　万尔圭瓒，秬鬯一卣，告于文人。锡山土田，于周受命，自召祖命。虎拜稽首，天子万年⑥。　　虎拜稽首，对扬王休。作召公考，天子万寿。明明天子，令闻不已。矢其文德，洽此四国⑦。

【注释】

①《江汉》六章，章八句。

②赋也。浮浮，水盛貌。滔，顺流貌。淮夷，夷之在淮上者也。铺，陈也，陈师以伐之也。　宣王命召穆公，平淮南之夷，诗人美之。此章总序其事。言行者皆莫敢安徐，而曰吾之来也，惟淮夷是求是伐耳。

③赋也。洸洸，武貌。庶，幸也。　　此章言既伐而成功也。

④赋也。虎，召穆公名也。辟，与"阔"同。彻，井其田也。疚，病；棘，急也。极，中之表也，居中而为四方所取正也。　　言江汉既平，王又命召公阔四方之侵地，而治其疆界。非以病之，非以急之也，但使其来取正于王国而已。于是遂疆理之，尽南海而止也。

⑤赋也。旬，遍；宣，布也。自江汉之浒言之，故曰来。召公，召康公奭也。翰，干也。予小子，王自称也。肇，开；戎，女；公，功也。　又言王命召虎来此江汉之浒，遍治其事，以布王命。而曰：昔文武受命，惟召公为桢干，今女无曰以予小子之故也，但自为嗣女召公之事耳。能开敏女功，则我当锡女以祉福，如下章所云也。

⑥赋也。釐，赐；卣，尊也。文人，先祖之有文德者，谓文王也。周，岐周也。召祖。穆公之祖康公也。　此叙王赐召公策命之词。言锡尔圭瓒秬鬯者，使之以祀其先祖。又告于文人，而锡之山川土田，以广其封邑。盖古者爵人必于祖庙，示不敢专也。又使往受命于岐周，从其祖康公受命于文王之所，以宠异之。而召公拜稽首，以受王命之策书也。人臣受恩，无可以报谢者，但言使君寿考而已。

⑦赋也。对，答；扬，称；休，美；考，成；矢，陈也。　言穆公既受赐，遂答称天子之美命，作康公之庙器，而勒王策命之词，以考其成，且祝天子以万寿也。《古器物铭》云："剌拜稽首，敢对扬天子休命，用作朕皇考龚伯尊敦。剌其眉寿，万年无疆。"语正相类。但彼自祝其寿，而此祝君寿耳。既又美其君之令闻，而进之以不已，劝其君以文德，而不欲其极意于武功。古人受君之心，于此可见矣。

常　武[1]

赫赫明明，王命卿士，南仲大祖，大师皇父。整我六师，以脩我戎。既敬既戒，惠此南国[2]。　王谓尹氏，命程伯休父，左右陈行，戒我师旅。率彼淮浦，省此徐土。不留不处，三事就绪[3]。　赫赫业业，有严天子，王舒保作。匪绍匪游，徐方绎骚。震惊徐方，召雷如庭，徐方震惊[4]。　王奋厥武，如震如怒。进厥虎臣，阚如虓虎。铺敦淮渍，仍执醜虏。截彼淮浦，王师之所[5]。　王旅啴啴，如飞如翰，如江如汉。如山之苞，如川之流。绵绵翼翼，不测不克，濯征徐国[6]。　王犹允塞，徐方既来。徐方既同，天子之功。四方既平，徐方来庭。徐方不回，王曰还归[7]。

【注释】

①《常武》六章，章八句。

②赋也。卿士，即皇父之官也。南仲，见《出车》篇。大祖，始祖也。大师，皇父之兼官也。我，为宣王之自我也。戎，兵器也。　宣王自将以伐淮北之夷，而命卿士之谓南仲为大祖兼大师而字皇父者，整治其从行之六军，修其戎事，以除淮夷之乱，而惠此南方之国。诗人作此以美之。必言南仲大祖者，称其世功以美大之也。

③赋也。尹氏，吉甫也，盖为内史掌策命卿大夫也。程伯休父，周大夫。三事，未详；或曰，三农之事也。　言王诏尹氏，策命程伯休父为司马，使之左右陈其行列，循淮浦而省徐州之土。盖伐淮北徐州之夷也。上章既命皇父，而此章又命程伯休父者，盖王亲命大师以三公治其军事，而使内史命司马六卿副之耳。

④赋也。赫赫，显也。业业，大也。严，威也。天子自将，其威可畏也。王舒保作，未详其义。或曰，舒，徐；保，安；作，行也。言王师舒徐而安行也。绍，纠紧也。游，遨游也。绎，连络也。骚，扰动也。　夷厉以来，周室衰弱，至是而天子自将以征不庭。其师始出，不疾不迟，而徐方之人皆已震动，如雷霆作于其上，不遑安也。

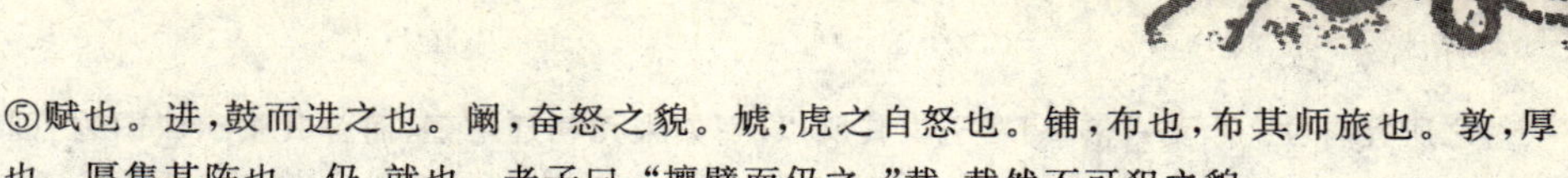

⑤赋也。进，鼓而进之也。阚，奋怒之貌。虓，虎之自怒也。铺，布也，布其师旅也。敦，厚也。厚集其陈也。仍，就也。老子曰："攘臂而仍之。"截，截然不可犯之貌。

⑥赋也。啴啴，众盛貌。翰，羽；苞，本也。如飞如翰，疾也。如江如汉，众也。如山，不可动也。如川，不可御也。绵绵，不可绝也。翼翼，不可乱也。不测，不可知也。不克，不可胜也。濯，大也。

⑦赋也。犹，道；允，信；塞，实；庭，朝；回，违也。还归，班师而归也。　前篇召公帅师以出，归告成功，故备载其褒赏之词。此篇王实亲行，故于卒章反复其辞，以归功于天子。言王道甚大，而远方怀之，非独兵威然也。《序》所谓"因以为戒者"是也。

瞻　卬①

瞻卬昊天，则不我惠。孔填不宁，降此大厉。邦靡有定，士民其瘵。蟊贼蟊疾，靡有夷届，罪罟不收，靡有夷瘳②。　人有土田，女反有之；人有民人，女覆夺之。此宜无罪，女反收之；彼宜有罪，女覆说之③。　哲夫成城，哲妇倾城。懿厥哲妇，为枭为鸱。妇有长舌，维厉之阶。乱匪降自天，生自妇人。匪教匪诲，时维妇寺④

　鞫人忮忒，谮始竟背。岂曰不极？伊胡为慝？如贾三倍，君子是识。妇无公事，休其蚕织⑤。　天何以刺？何神不富？舍尔介狄，维予胥忌。不吊不祥，威仪不类。人之云亡，邦国殄瘁⑥！　天之降罔，维其优矣；人之云亡，必之忧矣。天之降罔，维其几矣；人之云亡，心之悲矣⑦。　觱沸槛泉，维其深矣；心之忧矣，宁自今矣？不自我先，不自我后。藐藐昊天，无不克巩。无忝皇祖，式救尔后⑧。

【注释】

①《瞻卬》七章，三章章十句，四章章八句。

②赋也。填，久；厉，乱；瘵，病也。蟊贼，害苗之虫也。疾，害；夷，平；届，极；罟，网也。此刺幽王嬖褒姒任奄人以致乱之诗，首言昊天不惠而降乱，无所归咎之词也。苏氏曰："国有所定，则民受其福；无所定，则受其病。于是有小人为之蟊贼，刑罪为之罔罟，凡此皆民之所以病也。"

③赋也。反，覆；收，拘；说，赦也。

④赋也。哲，知也。城，犹国也。哲妇，盖指褒姒也。倾，覆；懿，美也。枭鸱，恶声之鸟也。长舌，能多言者也。阶，梯也；寺，奄人也。　言男子正位乎外，为国家之主，故有知则能立国。妇人以无非无仪为善，无所事哲，哲则适以覆国而已。故此懿美之哲妇而反为枭鸱，盖以其多言而能为祸乱之梯也。若是，则乱岂真自天降，如首章之说哉？特由此妇人而已。盖其言虽多，而非有教诲之益者，是惟妇人与奄人耳，岂可近哉？上文但言妇人之祸，末句兼以奄人为言，盖二者常相倚而为奸，不可不并以为戒也。欧阳公常言"宦者之祸，甚于女宠"，其言尤为深切。有国家者可不戒哉？

⑤赋也。鞫，穷；忮，害；忒，变也。谮，不信也。竟，终；背，反；极，已；慝，恶也。贾，居货者也。三倍，获利之多也。公事，朝廷之事。蚕织，妇人之业。　言妇、寺能以其知辨穷人之言，其心忮害而变诈无常。既以谮妄唱始于前，而终或不验于后。则亦不复自谓其言之放恣无所极已，而反曰是何足为慝乎？夫商贾之利，非君子之所宜识，如朝廷之事，非妇人

之所宜与也。今贾三倍，而君子识其所以然；妇人无朝廷之事，而舍其蚕织以图之，则岂不为慝哉？

⑥赋也。刺，责；介，大；胥，相；吊，闵也。　　言天何用责王，神何用不富王哉？凡以王信用妇人之故也。是必将有夷狄之大患。今王舍之不忌，而反以我之正言不讳为忌，何哉？夫天之降不祥，庶几王惧而自修。今王遇灾而不恤，又不谨其威仪，又无善人以辅之，则国之殄瘁宜矣。或曰，介狄，即指妇、寺，犹所谓"女戎"者也。

⑦赋也。罔，罟；优，多；几，近也。盖承上章之意而重言之，以警王也。

⑧兴也。觱沸，泉涌貌。槛泉，泉上出者。藐藐，高远貌。巩，固也。　　言泉之濆涌上出，其源深矣。我心之忧，亦非适今日然也。然而祸乱之极，适当此时，盖已无可为者。惟天高远，虽若无意于物，然其功用神明不测，虽危乱之极，亦无不能巩固之者。幽王苟能改过自新，而不忝其祖，则天意可回，来者犹必可救，而子孙亦蒙其福矣。

召旻[1]

旻天疾威，天笃降丧。瘨我饥馑，民卒流亡。我居圉卒荒[2]。　　天降罪罟，蟊贼内讧。昏椓靡共。溃溃回遹，实靖夷我邦[3]。　　皋皋訿訿，曾不知其玷。兢兢业业。孔填不宁，我位孔贬[4]。　　如彼岁旱，草不溃茂。如彼栖苴，我相此邦，无不溃止[5]。　　维昔之富，不如时；维今之疚，不如兹。彼疏斯粺，胡不自替？职兄斯引[6]。　　池之竭矣，不云自频。泉之竭矣，不云自中。溥斯害矣，职兄斯弘，不灾我躬[7]。　　昔先王受命，有如召公，日辟国百里；今也日蹙国百里。於乎哀哉！维今之人，不尚有旧[8]！

【注释】

①《召旻》七章，四章章五句，三章章七句。　　因其首章称旻天，卒章称召公，故谓之《召旻》，以别《小旻》也。

②赋也。笃，厚；瘨，病；卒，尽也。居，国中也。圉，边垂也。　　此刺幽王任用小人，以致饥馑侵削之诗也。

③赋也。讧，溃也。昏椓，昏乱椓丧之人也。共，与"恭"同，一说，与"供"通，谓供其职也。溃溃，乱也。回遹，邪僻也。靖，治；夷，平也。　　言此蟊贼昏椓者，皆溃乱邪僻之人，而王乃使之治平我邦，所以致乱也。

④赋也。皋皋，顽慢之意。訿訿，务为谤毁也。玷，缺也。填，久也。　　言小人在位，所为如此，而王不知其缺。至于戒敬恐惧，甚久而不宁者，其位乃更见贬黜。其颠倒错乱之甚如此。

⑤赋也。溃，遂也。栖苴，水中浮草栖于木上者，言枯槁无润泽也。相，貌；溃，乱也。

⑥赋也。时，是；疚，病也；疏，粝也。粺，则精矣。替，废也。兄，"怳"同。引，长也。　　言昔之富未尝若是之疚也，而今之疚又未有若此之甚也。彼小人之与君子，如疏与粺，其分审矣。而曷不自替以避君子乎？而使我心专为此故，至于怆怳引长，而不能自已也。

⑦赋也。频，崖；溥，广；弘，大也。　　池，水之钟也。泉，水之发也。故池之竭由外之不入，泉之竭由内之不出。言祸乱有所从起，而今不云然也。此其为害亦已广矣。是使我心

专为此故，至于怆恍日益弘大，而忧之曰："是岂不灾及我躬也乎?"

⑧赋也。先王，文武也。召公，康公也。辟，开；蹙，促也。　　文王之世，周公治内，召公治外，故周人之诗，谓之《周南》，诸侯之诗，谓之《召南》，所谓日辟国百里云者，言文王之化自北而南，至于江汉之间，服从之国日以益众，及虞芮质成，而其旁诸侯闻之，相帅归周者四十余国焉。今谓幽王之时。促国，盖犬戎内侵，诸侯外畔也。又叹息哀痛而言，今世虽乱，岂不犹有旧德可用之人哉！言有之而不用耳。

《荡之什》十一篇，九十二章，七百六十九句。

诗集传卷第十九

颂[①]

周颂

清庙之什

清庙[②]

於穆清庙，肃雍显相。济济多士，秉文之德，对越在天，骏奔走在庙。不显不承，无射于人斯[③]。

【注释】

①颂者，宗庙之乐歌，《大序》所谓"美盛德之形容，以其成功，告于神明"者也。盖颂与"容"，古字通用，故《序》以此言之。《周颂》三十一篇，多周公所定，而亦或有康王以后之诗。《鲁颂》四篇、《商颂》五篇，因亦以类附焉。凡五卷。

②《清庙》一章，八句。　　《书》称："王在新邑，烝祭岁，文王骍牛一，武王骍牛一。"实周公摄政之七年，而此其升歌之辞也。《书大传》曰："周公升歌《清庙》，苟在庙中，尝见文王者，愀然如复见文王焉。"《乐记》曰："《清庙》之瑟，朱弦而疏越，壹倡而三叹，有遗音者矣。"郑氏曰："朱弦，练朱弦，练则声浊。越，瑟底孔也，疏之使声迟也。唱，发歌句也。三叹，三人从叹之耳。"汉因秦乐，乾豆上，奏登歌，独上歌不以筦弦乱人声，欲在位者遍闻之，犹古《清庙》之歌也。

③赋也。於，叹辞。穆，深远也。清，清静也。肃，敬；雍，和；显，明；相，助也。谓助祭之公卿诸侯也。济济，众也。多士，与祭执事之人也。越，于也。骏，大而疾也。承，尊奉也。斯，语辞。　　此周公既成洛邑而朝诸侯，因率之以祀文王之乐歌。言於穆哉此清静之庙，其助祭之公侯，皆敬且和，而其执事之人又无不执行文王之德，既对越其在天之神，而又骏奔走其在庙之主。如此，则是文王之德岂不显乎？岂不承乎？信乎其无有厌斁于人也。

维天之命[①]

维天之命，於穆不已。於乎不显，文王之德之纯[②]。假以溢我，我其收之；骏惠我文王，曾孙笃之[③]。

【注释】

①《维天之命》一章，八句。

②赋也。天命，即天道也。不已，言无穷也。纯，不杂也。　此亦祭文王之诗。言天道无穷，而文王之德纯一不杂，与天无间，以赞文王之德之盛也。子思子曰："维天之命，於穆不已，盖曰天之所以为天也。於乎不显　文王之德之纯，盖曰文王之所以为文也，纯亦不已。"程子曰："天道不已，文王纯于天道亦不已。纯则无二无杂，不已则无间断先后。"

③何之为"假"，声之转也。恤之为"溢"，字之讹也。收，受；骏，大；惠，顺也。曾孙，后王也。笃，厚也。　言文王之神将何以恤我乎？有则我当受之，以大顺文王之道，后王又当笃厚之而不忘也。

维　清[1]

维清缉熙，文王之典，肇禋。迄用有成，维周之祯[2]。

【注释】

①《维清》一章，五句。

②赋也。清，清明也。缉，续；熙，明；肇，始；禋，祀；迄，至也。此亦祭文王之诗。言所当清明而缉熙者，文王之典也。故自始祀至今有成，实惟周之祯祥也。然此诗疑有阙文焉。

烈　文[1]

列文辟公，锡兹祉福，惠我无疆，子孙保之[2]。无封靡于尔邦，维王其崇之。念兹戎功，继序其皇之[3]。无竞维人，四方其训之；不显维德，百辟其刑之。於乎前王不忘[4]！

【注释】

①《烈文》一章，十三句。　此篇以"公"、"疆"两韵相叶，未详当从何读，意亦可互用也。

②赋也。烈，光也。辟公，诸侯也。　此祭于宗庙而献助祭诸侯之乐歌。言诸侯助祭，使我获福，则是诸侯锡此祉福，而惠我以无疆，使我子孙保之也。

③封靡之义未详，或曰，封，专利以自封殖也；靡，汰侈也。崇，尊尚也。戎，大；皇，大也。　言汝能无封靡于尔邦，则王当尊汝。又念汝有此助祭锡福之大功，则使汝之子孙继序而益大之也。

④又言莫强于人，莫显于德，先王之德所以人不能忘者，用此道也。此戒饬而劝勉之也。《中庸》引"不显惟德，而辟其刑之"，而曰："故君子笃恭而天下平。"《大学》引"於乎前王不忘"，而曰："君子贤其贤而亲其亲，小人乐其乐而利其利，此以没世不忘也。"

天　作[1]

天作高山，大王荒之；彼作矣，文王康之。彼徂矣，岐[2]有夷之行。子孙保之[3]。

【注释】

①《天作》一章，七句。

②沈括曰："《后汉书·西南夷传》作'彼岨者岐'。"今按《书》"岨"但作"徂"，而引《韩诗》薛君章句亦但训为"往"，独"矣"字正作者，如沈氏说。然其注末复云"岐虽阻僻"，则似又有"岨"意。韩子亦云"彼岐有岨"，疑或别有所据。故今从之，而定读"岐"字绝句。

③赋也。高山，谓岐山也。荒，治；康，安也。岨，险僻之意也。夷，平；行，路也。　此祭大王之诗。言天作岐山，而大王始治之。大王既作，而文王又安之。于是彼险僻之岐山，人归者众，而有平易之道路。子孙当世世保守而不失也。

昊天有成命[①]

昊天有成命，二后受之。成王不敢康，夙夜基命宥密。於缉熙，单厥心，肆其靖之[②]。

【注释】

①《昊天有成命》一章，七句。　此康王以后之诗。

②赋也。二后，文、武也。成王，名诵，武王之子也。基，积累于下以承藉乎上者也。宥，宏深也。密，静密也。於，叹词。靖，安也。　此诗多道成王之德，疑祀成王之诗也。言天祚周以天下，既有定命，而文武受之矣。成王继之，又能不敢康宁，而其夙夜积德，以承藉天命者，又宏深而静密。是能继续光明文武之业而尽其心，故今能安静天下，而保其所受之命也。《国语》叔向引此诗而言曰："是道成王之德也。成王能明文昭定武烈者也。"以此证之，则其为祀成王之诗无疑矣。

我　将[①]

我将我享，维羊维牛。维天其右之[②]。仪式刑文王之典，日靖四方。伊嘏文王，既右享之[③]。我其夙夜畏天之威，于时保之[④]。

【注释】

①《我将》一章，十句。　程子曰："万物本乎天，人本乎祖，故冬至祭天而以祖配之，以冬至气之始也。万物成形于帝，而人成形于父，故季秋享帝而以父配之，以季秋成物之时也。陈氏曰："古者祭天于园丘，扫地而行事，器用陶匏，牲用犊，其礼极简。圣人之意以为未足以尽其意之委曲，故于季秋之月，有大享之礼焉。天，即帝也。郊而曰天，所以尊之也，故以后稷配焉。后稷远矣，配稷于郊，亦以尊稷也。明堂而曰帝，所以亲之也，以文王配焉。文王亲也，配文王于明堂，亦以亲文王也。尊尊而亲亲，周道备矣。然则郊者古礼，而明堂者周制也。周公以义起之也。"东莱吕氏曰："于天维庶其飨之，不敢加一辞焉。于文王则言仪式其典，日靖四方，天不待赞，法文王所以法天也。卒章惟言畏天之威，而不及文王者，统于尊也。畏天所以畏文王也，天与文王一也。"

②赋也。将，奉；享，献。右，尊也。神坐东向，在馔之右，所以尊之也。以宗祀文王于明堂，以配上帝之乐歌。言奉其牛羊以享上帝，而曰天庶其降而在此牛羊之右乎？盖不敢必也。

③仪、式、刑，皆法也。嘏，锡福也。　言我仪式刑文王之典，以靖天下，则此能锡福之文

王既降而在此之右，以享我祭。若有以见其必然矣。

④又言天与文王既皆右享我矣，则我其敢不夙夜畏天之威，以保天与文王所以降鉴之意乎？

时　迈[①]

时迈其邦，昊天其子之[②]。实右序有周，薄言震之。莫不震迭。怀柔百神，及河乔岳，允王维后[③]。明昭有周，式序在位，载戢干戈，载櫜弓矢。我求懿德，肆于时夏，允王保之[④]。

【注释】

①《时迈》一章，十五句。　《春秋传》曰："昔武王克商，作颂曰：'载戢干戈。'"而《外传》又以为"周文公之颂"。则此诗乃武王之世，周公所作也。《外传》又曰："金奏《肆夏》、《繁遏》、《渠》，天子以飨元侯也。"韦昭注云："《肆夏》一名《樊》，《韶夏》一名《遏》，《纳夏》一名《渠》，即《周礼》九夏之三也。"吕叔玉云："《肆夏》，《时迈》也。《繁遏》，《执竞》也。《渠》，《思文》也"。

②赋也。迈，行也。邦，诸侯之国也。周制，十有二年，王巡守殷国，柴望祭告，诸侯毕朝。　此巡守而朝会祭告之乐歌也。言我之以时巡行诸侯也，天其子我乎哉？盖不敢必也。

③右，尊；序，次；震，动；迭，惧；怀，来；柔，安；允，信也。　既而曰：天实右序有周矣，是以使我薄言震之，而四方诸侯莫不震惧。又能怀柔百神，以至于河之深广，岳之崇高，而莫不感格。则是信乎周王之为天下君矣！

④戢，聚；櫜，韬；肆，陈也。夏，中国也。　又言明昭乎我周也，既以庆让黜陟之典，式序在位之诸侯，又收敛其干戈弓矢，而益求懿美之德，以布陈于中国，则信乎王之能保天命也。或曰，此诗即所谓《肆夏》，以其有"肆于时夏"之语而命之也。

执　竞[①]

执竞武王，无竞维烈；不显成康，上帝是皇[②]。自彼成康，奄有四方，斤斤其明[③]。钟鼓喤喤，磬管将将；降福穰穰[④]。降福简简，威仪反反。既醉既饱，福禄来反[⑤]。

【注释】

①《执竞》一章，章十四句。此昭王以后之诗。《国语》说见前篇。

②赋也，此祭武王、成王、康王之诗。竞，强也。言武王持其自强不息之心，故其功烈之盛，天下莫得而竞。岂不显哉？成王康王之德，亦上帝之所君也。

③斤斤，明之察也，言成康之德明著如此也。

④喤喤，和也。将将，集也。穰穰，多也。言今作乐以祭而受福也。

⑤简简，大也。反反，谨重也。反，覆也。言受福之多而愈益谨重，是以既醉既饱，而福禄之来，反覆而不厌也。

思　文[①]

思文后稷，克配彼天。立我烝民，莫匪尔极。贻我来牟，帝命率育，无此疆尔界，陈

常于时夏②。

【注释】

①《思文》一章，八句。　　《国语》说见《时迈》篇。

②赋也。思，语辞。文，言有文德也。立，"粒"通。极，至也，德之至也。贻，遗也。来，小麦；牟，大麦也。率，遍；育，养也。　　言后稷之德，真可配天，盖使我烝民得以粒食者，莫非其德之至也。且其贻我民以来牟之种，乃上帝之命，以此遍养下民者。是以无此远近彼此之殊，而得以陈其君臣父子之常道于中国也。或曰，此诗即所谓《纳夏》者，亦以其有"时夏"之语而命之也。

《清庙之什》十篇，十章，九十五句。

臣工之什

臣　工①

嗟嗟臣工，敬尔在公。王釐尔成，来咨来茹②。　　嗟嗟保介，维莫之春，亦又何求？如何新畬？於皇来牟，将受厥明。明昭上帝，迄用康年。命我众人，庤乃钱镈，奄观铚艾③。

【注释】

①《臣工》一章，十五句。

②赋也。嗟嗟，重叹以深敕之也。臣工，群臣百官也。公，公家也。釐，赐也。成，成法也。茹，度也。　　此戒农官之诗。先言王有成法以赐女，女当来咨度也。

③保介，见《月令》、《吕览》，其说不同，然皆为籍田而言，盖农官之副也。莫春，斗柄建辰，夏正之三月也。畬，二岁田也。於皇，叹美之辞。来牟，麦也。时，上帝之明赐也，言麦将熟也。迄，至也。康年，犹丰年也。众人，甸徒也。庤，具也。钱，铫；镈，鉏；皆田器也。铚，获禾短镰也。艾，获也。　　此乃言所戒之事。言三月则当治其新畬矣，今如何哉？然麦亦将熟，则可以受上帝之明赐，而此明昭之上帝，又将赐我新畬以丰年也。于是命甸徒具农器以治其新畬，而又将忽见其收成也

噫　嘻①

噫嘻成王！既昭假尔，率时农夫，播厥百谷。骏发尔私，终三十里；亦服尔耕，十千维耦②。

【注释】

①《噫嘻》一章，八句。

②赋也。噫嘻，亦叹词也。昭，明；假，格也。尔，田官也。时，是；骏，大；发，耕也。私，私田

也。三十里，万夫之地。四旁有川，内方三十二里有奇，言三十里，举成数也。耦，二人并耕也。　此连上篇，亦戒农官之词。昭假尔，犹言格汝众庶。盖成王始置田官，而尝戒命之也。尔当率是农夫播其百谷，使之大发其私田，皆服其耕事，万人为耦而并耕也。盖耕本以二人为耦，今合一川之众为言，故云万人毕出，并力齐心，如合一耦也。此必乡遂之官，司稼之属，其职以万夫为界者。沟洫用贡法，无公田，故皆谓之私。苏氏曰："民曰'雨我公田，遂及我私'；而君曰'骏发尔私，终三十里'。其上下之间，交相忠爱如此。"

振　鹭[1]

振鹭于飞，于彼西雝；我客戾止，亦有斯容[2]。在彼无恶，在此无斁。庶几夙夜，以永终誉[3]！

【注释】

①《振鹭》一章，八句。

②赋也。振，群飞貌。鹭，白鸟。雝，泽也。客，谓二王之后。夏之后杞，商之后宋，于周为家，天子有事膰焉，有丧拜焉者也。　此二王之后来助祭之诗。言鹭飞于西雍之水，而我客来助祭者，其容貌修整，亦如鹭之洁白也。或曰兴也。

③彼，其国也。在国无恶之者，在此无厌之者，如是则庶几其能夙夜以永终此誉矣。陈氏曰："在彼不以我革其命而有恶于我，知天命无常，惟德是与，其心服也。在我不以彼坠其命而有厌于彼，崇德象贤，统承先王，忠厚之至也。"

丰　年[1]

丰年多黍，多稌。亦有高廪，万亿及秭。为酒为醴，烝畀祖妣，以洽百礼，降福孔皆[2]。

【注释】

①《丰年》一章，七句。

②赋也。稌，稻也。黍宜高燥而寒，稌宜下温而暑，黍稌皆熟，则百谷无不熟矣。亦，助语辞。数万至万曰亿，数亿至亿曰秭。烝，进；畀，予；洽，备；皆，遍也。此秋冬报赛田事之乐歌。盖祀田祖先农方社之属也。言其收入之多，至于可以供祭祀，备百礼，而神降之福，将甚遍也。

有　瞽[1]

有瞽有瞽，在周之庭[2]。设业设虡，崇牙树羽，应田县鼓，鞉磬柷圉。既备乃奏，箫管备举[3]。喤喤厥声，肃雍和鸣，先祖是听。我客戾止，永观厥成[4]。

【注释】

①《有瞽》一章，十三句。

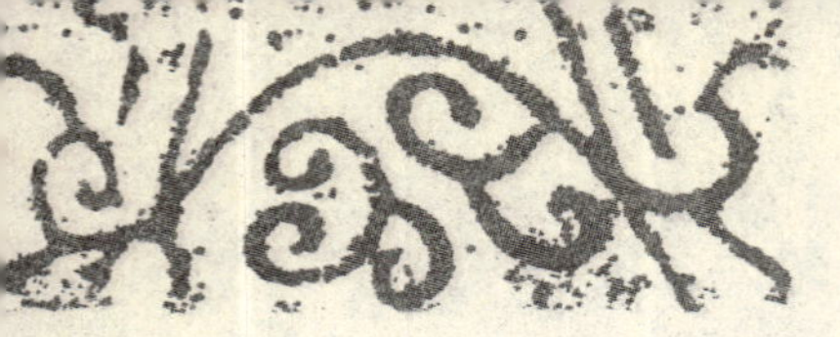

②赋也。瞽，乐官无目者也。　　《序》以此为始作乐而合乎祖之诗。两句总序其事也。

③业、虡、崇牙，见《灵台》篇。树羽，置五采之羽崇牙之上也。应，小鞞；田，大鼓也。郑氏曰："田，当作'𫐓，小鼓也'。"县鼓，周制也。夏后氏足鼓，殷楹鼓，周县鼓。鼗，如鼓而小，有柄，两耳，持其柄摇之，则傍耳还自击。磬，石磬也。柷，状如漆桶，以木为之，中有椎连底挏之，令左右击，以起乐者也。圉，亦作"敔"，状如伏虎，背上有二十七钼铻刻，以木长尺栎之，以止乐者也。箫，编小竹管为之。管，如篴，并两而吹之者也。

④我客，二王后也。观，视也。成，乐阕也。如"《箫韶》九成"之成。独言二王后者，犹曰"虞宾在位，我有嘉客"，盖尤以是为盛耳。

潜[①]

猗与漆沮，潜有多鱼。有鳣有鲔，鲦鲿鰋鲤，以享以祀，以介景福[②]。

【注释】

①《潜》一章，六句。

②赋也。猗与，叹辞。潜，槮也。盖积柴养鱼，使得藏隐避寒，因以薄围取之也。或曰藏之深也。鲦，白鲦也。《月令》：季冬"命渔师始渔，天子亲往，乃尝鱼，先荐寝庙"。季冬荐鲔于寝庙，此其乐歌也。

雝[①]

有来雝雝，至止肃肃。相维辟公，天子穆穆[②]。於荐广牡，相予肆祀。假哉皇考，绥予孝子[③]。宣哲维人，文武维后。燕及皇天，克昌阙后[④]。绥我眉寿，介以繁祉。既右烈考，亦右文母[⑤]。

【注释】

①《雝》一章，十六句。　　《周礼》大师"及彻，帅学士而歌彻"。说者以为即此诗。《论语》亦曰："以《雝》彻。"然而此盖彻祭所歌，而亦名为《彻》也。

②赋也。雝雝，和也。肃肃，敬也。相，助祭也。辟公，诸侯也。穆穆，天子之客也。　　此武王祭文王之诗。言诸侯之来，皆和且敬，以助我之祭事，而天子有穆穆之容也。

③於，叹辞也。广牡，大牲也。肆，陈；假，大也。皇考，文王也。绥，安也。孝子，武王自称也。　　言此和敬之诸侯，荐大牲以助我之祭事。而大哉之文王，庶其享之，以安我孝子之心也！

④宣，通；哲，知；燕，安也。　　此美文王之德，宣哲则尽人之道，文武则备君之德，故能安人以及于天，而克昌其后嗣也。苏氏曰："周人以讳事神，文王名昌，而此诗曰'克昌阙后'，何也？曰：周之所谓讳，不以其名号之耳，不遂废其文也。讳其名而废其文者，周礼之末失也。"

⑤右，尊也。《周礼》所谓"享右祭祀"是也。烈考，犹皇考也。文母，大姒也。　　言文王昌厥后而安之以眉寿，助之以多福，使我得以右于烈考文母也。

载　见[①]

载见辟王，曰求厥章。龙旂阳阳，和铃央央。鞗革有鸧。休有烈光[②]。率见昭考，以孝以享[③]，以介眉寿，永言保之。思皇多祜，烈文辟公，绥以多福，俾缉熙于纯嘏[④]。

【注释】

①《载见》一章，十四句。

②赋也。载，则也，发语辞也。章，法度也。交龙曰旂。阳，明也。轼前曰和，旂上曰铃。央央、有鸧，皆声和也。休，美也。　此诸侯助祭于武王庙之诗。先言其来朝，禀受法度，其车服之盛如此。

③昭考，武王也。庙制，太祖居中，左昭右穆。周庙文王当穆，武王当昭。故《书》称“穆考文王”，而此诗及《访落》皆谓武王为昭考。　此乃言王率诸侯以祭武王庙也。

④思，语辞。皇，大也，美也。　又言孝享以介眉寿，而受多福，是皆诸侯助祭有以致之，使我得继而明之，以至于纯嘏也。盖归德于诸侯之辞，犹《烈文》之意也。

有　客[①]

有客有客，亦白其马。有萋有且，敦琢其旅[②]。有客宿宿，有客信信。言授之絷，以絷其马[③]。薄言追之，左右绥之。既有淫威，降福孔夷[④]。

【注释】

①《有客》一章，十二句。

②赋也。客，微子也。周既灭商，封微子于宋，以祀其先王，而以客礼待之，不敢臣也。亦，语辞也。殷尚白，修其礼物，仍殷之旧也。萋、且，未详。《传》曰：“敬慎貌。”敦琢，选择也。旅，其卿大夫从行者也。

此微子来见祖庙之诗。而此一节言其始至也。

③一宿曰宿，再宿曰信。絷其马，爱之不欲其去也。此一节言其将去也。

④追之，已去而复还之，爱之无已也。左右绥之，言所以安而留之者无方也。淫威，未洋。旧说，淫，大也；统承先王，用天子礼乐，所谓淫威也。夷，易也，大也。此一节言其留之地。

武[①]

於皇武王，无竞维烈。允文文王，克开阙后；嗣武受之，胜殷遏刘，耆定尔功[②]。

【注释】

①《武》一章，七句。　《春秋传》以此为《大武》之首章也。《大武》，周公象武王武功之舞，歌此诗以奏之。《礼》曰：“朱干玉戚，冕而舞大武。”然《传》以此诗为武王所作，则篇内已有武王之谥，而其说误矣。

②赋也。於，叹辞。皇，大；遏，止；刘，杀；耆，致也。　　周公象武王之功，为《大武》之乐。言武王无竞之功，实文王开之。而武王嗣而受之，胜殷止杀，以致定其功也。

《臣工之什》十篇，十章，一百六句。

闵予小子之什

闵予小子①

闵予小子，遭家不造，嬛嬛在疚。於乎皇考，永世克孝②。念兹皇祖，陟降庭止。维予小子，夙夜敬止③。於乎皇王，继序思不忘④。

【注释】

①《闵予小子》一章，十一句。　　此成王除丧朝庙所作，疑后世遂以为嗣王朝庙之乐。后三篇放此。

②赋也。成王免丧，始朝于先王之庙，而作此诗也。闵，病也。予小子，成王自称也。造，成也。嬛，与"茕"同。无所依怙之意。疚，哀病也。匡衡曰："茕茕在疚，言成王丧毕思慕，意气未能平也。"盖所以就文武之业，崇大化之本也。皇考，武王也。叹武王之终身能孝也。

③皇祖，文王也。承上文言武王之孝，思念文王，常若见其陟降于庭，犹所谓见尧于墙，见尧于羹也。《楚辞》云："三公揖让，登降堂只。"与此文势正相似。而匡衡引此句，颜注亦云："若神明临其朝庭。"是也。

④皇王，兼指文武也。承上文言我之所以夙夜敬止者，思继此序而不忘耳。

访　落①

访予落止，率时昭考。於乎悠哉！朕未有艾。将予就之，继犹判涣。维予小子，未堪家多难。绍庭上下，陟降厥家。休矣皇考，以保明其身②。

【注释】

①《访落》一章，十二句。　　说同上篇。

②赋也。访，问；落，始；悠，远也。艾，如"夜未艾"之"艾"。判，分；涣，散；保，安；明，显也。　　成王既朝于庙，因此作诗，以道延访群臣之意。言我将谋之于始，以循我昭考武王之道。然而其道远矣，予不能及也。将使予勉强以就之，而所以继之者，犹恐其判涣而不合也，则亦继其上下于庭，陟降于家，庶几赖皇考之休，有以保明吾身而已矣。

敬　之①

敬之敬之！天维显思，命不易哉！无曰高高在上，陟降厥士，日监在兹②。维予小

子，不聪敬止。日就月将，学有缉熙于光明。佛时仔肩，示我显德行[③]。

【注释】

①《敬之》一章，十二句。

②赋也。显，明也。思，语辞也。士，事也。　　成王受群臣之戒而述其言曰：敬之哉！敬之哉！天道甚明，其命不易保也。无谓其高而不吾察，当知其聪明明畏，常若陟降于吾之所为，而无日不临监于此者，不可以不敬也。

③将，进也。佛，"弼"通。仔肩，任也。　　此乃自为答之之言，曰：我不聪而未能敬也，然愿学焉，庶几日有所就，月有所进，续而明之，以至于光明。又赖群臣辅助我所负荷之任，而示我以显明之德行，则庶乎其可及尔！

小　毖[①]

予其惩而毖后患。莫予荓蜂，自求辛螫。肇允彼桃虫，拚飞维鸟。未堪家多难，予又集于蓼[②]。

【注释】

①《小毖》一章，八句。　　苏氏曰："《小毖》者，谨之于小也。谨之于小，则大患无由至矣。"

②赋也。惩，有所伤而知戒也。毖，慎；荓，使也。蜂，小物而有毒。肇，始；允，信也。桃虫，鷦鷯，小鸟也。拚，飞貌。鸟，大鸟也。鷦鷯之雏，化而为雕，故古语曰："鷦鷯生雕。"言始小而终大也。蓼，辛苦之物也。　　此亦《访落》之意。成王自言："予何所惩而谨后患乎？荓蜂而得辛螫，信桃虫而不知其能为大鸟，此其所当惩者。"盖指管蔡之事也。"然我方幼冲，未堪多难，而又集于辛苦之地，群臣奈何舍我而弗助哉？"

载　芟[①]

载芟载柞，其耕泽泽[②]。千耦其耘，徂隰徂畛[③]。侯主侯伯，侯亚侯旅。侯强侯以，有嗿其馌，思媚其妇。有依其士，有略其耜，俶载南亩[④]。播厥百谷，实函斯活[⑤]，驿驿其达，有厌其杰[⑥]。厌厌其苗，绵绵其麃[⑦]。载获济济，有实其积，万亿及秭。为酒为醴，烝畀祖妣，以洽百礼[⑧]。有飶其香，邦家之光。有椒其馨，胡考之宁[⑨]。匪且有且，匪今斯今，振古如兹[⑩]。

【注释】

①《载芟》一章，三十一句。　　此诗未详所用，然辞意与《丰年》相似，其用应亦不殊。

②赋也。除草曰芟，除木曰柞。《秋官》"柞氏掌攻草木"是也。泽泽，解散也。

③耘，去苗间草也。隰，为田之处也。畛，田畔也。

④主，家长也。伯，长子也。亚，仲叔也。旅，众子弟也。强，民之有余力而来助者。《遂人》所谓"以强予任甿"者也。能左右之曰以。《大宰》所谓"闲民转移执事"者，若今时佣力之人，随主人所左右者也。嗿，众饮食声也。媚，顺；依，爱；士，夫也。言饷妇与耕夫相慰劳也。略，利；俶，始；载，事也。

⑤函，含；活，生也。既播之，其实含气而生也。

⑥驿驿，苗生貌。达，出土也。厌，受气足也。杰，先长者也。

⑦绵绵，详密也。麃，耘也。

⑧济济，人众貌，实，积之实也。积，露积也。

⑨飶，芬香也，未详何物。胡，寿也。以燕享宾客，则邦家之所以光也。以共养耆老，则胡考之所以安也。

⑩且，此；振，极也。言非独此处有此稼穑之事，非独今时有今丰年之庆，盖自极古以来，已如此矣。犹言自古有年也。

良　耜[①]

畟畟良耜，俶载南亩[②]。播厥百谷，实函斯活[③]。或来瞻女，载筐及筥，其饷伊黍[④]。其笠伊纠，其镈斯赵，以薅荼蓼[⑤]。荼蓼朽止，黍稷茂止[⑥]。获之挃挃，积之栗栗，其崇如墉，其比如栉，以开百室[⑦]。百室盈止，妇子宁止[⑧]。杀时犉牡，有捄有角，以似以续。续古之人[⑨]。

【注释】

①《良耜》一章，二十三句。　　或疑《思文》、《臣工》、《噫嘻》、《丰年》、《载芟》、《良耜》等篇即所谓"豳颂"者，其详见于《豳风》及《大田》篇之末，亦未知其是否也。

②赋也。畟畟，严利也。

③说见前篇。

④或来瞻女，妇子来馌者也。筐，筥，饷具也。

⑤纠，然笠之轻举也。赵，刺；薅，去也。荼，陆草；蓼，水草；一物而有水陆之异也。今南方犹谓蓼为辣荼，或用以毒溪取鱼，即所谓荼毒也。

⑥毒草朽则土热而苗盛。

⑦挃挃，获声也。栗栗，积之密也。栉，理发器，言密也。百室，一族之人也。五家为比，五比为闾，四闾为族，族人辈作相助，故同时入谷也。

⑧盈，满；宁，安也。

⑨无韵，未详。　　黄牛黑唇曰犉。捄，曲貌。续，谓续先祖以奉祭祀。

丝　衣[①]

丝衣其紑，载弁俅俅。自堂徂基，自羊徂牛，鼐鼎及鼒。兕觥其觩，旨酒思柔。不吴不敖，胡考之休[②]。

【注释】

①《丝衣》一章，九句。　　此诗或紑、俅、牛、觩、柔、休并叶基韵，或基、鼒并叶紑韵。

②赋也。丝衣，祭服也。紑，洁貌。载，戴也。弁，爵弁也，士祭于王之服。俅俅，恭顺貌。基，门塾之基。鼐，大鼎；鼒，小鼎也。思，语辞。柔，和也。吴，哗也。　　此亦祭而饮酒之诗。言此服丝衣爵弁之人，升门堂，视壶濯笾豆之属，降往于基。告濯具，又视牲，从羊至

牛，反告充，已及举鼎幂告洁，礼之次也。又能谨其威仪，不喧哗，不怠敖，故能得寿考之福。

酌①

於铄王师，遵养时晦。时纯熙矣，是用大介。我龙受之，蹻蹻王之造。载用有嗣，实维尔公允师②。

【注释】

①《酌》一章，八句。　　酌，即勺也。《内则》："十三舞勺。"即以此诗为节而舞也。然此诗与《赉》、《般》，皆不用诗中字名篇，疑取乐节之名，如曰《武宿夜》云尔。

②赋也。於，叹辞。铄，盛；遵，循；熙，光；介，甲也。所谓"一戎衣"也。龙，宠也。蹻蹻，武貌。造，为；载，则；公，事；允，信也。　　此亦颂武王之诗。言其初有於铄之师而不用，退而循养，与时皆晦，既纯光矣，然后一戎衣而天下大定。后人于是宠而受此蹻蹻然王者之功，其所以嗣之者，亦维武王之事是师尔。

桓①

绥万邦，娄丰年，天命匪解。桓桓武王，保有厥士，于以四方，克定厥家。於昭于天。皇以间之②。

【注释】

①《桓》一章，九句。　　《春秋传》以为《大武》之六章，则今之篇次，盖已失其旧矣。又篇内已有武王之谥，则其谓武王时作者亦误矣。《序》以为讲武类祃之诗，岂后世取其义而用之于其事也与?

②赋也。绥，安也。桓桓，武貌。大军之后，必有凶年。而武王克商，则除害以安天下，故屡获丰年之详。《传》所谓"周饥，克殷而年丰"是也。然天命之于周，久而不厌也。故此桓桓之武王，保有其士而用之于四方，以定其家，其德上昭于天也。间字之义未详。《传》曰："间，代也，言君天下以代商也。"此亦颂武王之功。

赉①

文王既勤止，我应受之，敷时绎思。我徂维求定，时周之命，於绎思②！

【注释】

①《赉》一章，六句。　　《春秋传》以此为《大武》之三章，而《序》以为大封于庙之诗，说同上篇。

②赋也。应，当也。敷，布；时，是也。绎，寻绎也。於，叹辞。绎思，寻绎而思念也。　　此颂文武之功，而言其大封功臣之意也。言文王之勤劳天下至矣，其子孙受而有之，然而不敢专也。布此文王功德之在人而可绎思者，以赉有功而往求天下之安定。又以为凡此皆周之命，而非复商之旧矣，遂叹美之，而欲诸臣受封赏者。绎思文王之德而不忘也。

般[①]

於皇时周，陟其高山，嶞山乔岳，允犹翕河。敷天之下，裒时之对，时周之命[②]。

【注释】

①《般》一章，七句。　　般义未详。

②赋也。高山，泛言山耳。嶞，则其狭而长者。乔，高也。岳，则其高而大者。允犹，未详。或曰，允，信也；犹，与"由"同。翕河，河善泛溢，今得其性，故翕而不为暴也。裒，聚也。对，答也。言美哉此周也！其巡守而登此山以柴望，又道于河以周四岳，凡以敷天之下莫不有望于我，故聚而朝之方岳之下，以答其意耳。

《闵予小子之什》十一篇，十一章，一百三十六句。

诗集传卷第二十

鲁　颂①

駉②

駉駉牡马，在坰之野，薄言駉者。有驈有皇，有骊有黄，以车彭彭。思无疆，思马斯臧③。駉駉牡马，在坰之野，薄駉言者。有骓有駓，有骍有骐，以车伾伾。思无期，思马斯才④。駉駉牡马，在坰之野，薄言駉者。有驒有骆，有駵有雒，以车绎绎。思无斁，思马斯作⑤。　駉駉牡马，在坰之野，薄言駉者。有骃有騢，有驔有鱼，以车祛祛。思无邪，思马斯徂⑥。

【注释】

①鲁，少皞之墟，在《禹贡》徐州蒙羽之野，成王封周公长子伯禽，今袭庆东平府沂、密、海等州即其地也。成王以周公有大勋劳于天下，故赐伯禽以天子之礼乐。鲁于是乎有《颂》，以为庙乐。其后又自作诗以美其君，亦谓之《颂》。旧说皆以为伯禽十九世孙僖公申之诗，今无所考。独《閟宫》一篇，为僖公之诗无疑耳。夫以其诗之僭如此，然天子犹录之者，盖其体固列国之风，而所歌者，乃当时之事，则犹未纯于天子之《颂》。若其所歌之事，又皆有先王礼乐教化之遗意焉。则其文疑若犹可予也。况夫子鲁人，亦安得而削之哉？然因其实而著之，而其是非得失，自有不可掩者，亦《春秋》之法也。或曰，鲁之无风，何也？先儒以为时王褒周公之后，比于先代，故巡守不陈其诗，而其篇第不列于太师之职，是以宋、鲁无风。其或然欤！或谓夫子有所讳而削之，则左氏所记当时列国大夫赋诗，及吴季子观周乐，皆无曰鲁风者，其说不得通矣。

②《駉》四章，章八句。

③赋也。駉駉，腹干肥张貌。邑外谓之郊，郊外谓之牧，牧外谓之野，野外谓之林，林外谓之坰。骊马白跨曰驈，黄白曰皇，纯黑曰骊，黄骍曰黄。彭彭，盛貌。思无疆，言其思之深广无穷也。臧，善也。此诗言僖公牧马之盛，由其立心之远。故美之曰：思无疆，则思马斯臧矣。卫文公秉心塞渊，而騋牝三千，亦此意也。

④赋也。仓白杂毛曰骓，黄白杂毛曰駓，赤黄曰骍，青黑曰骐。伾伾，有力也。无期，犹无疆也。才，材力也。

⑤赋也。青骊驎曰驒，色有深浅，斑驳如鱼鳞，今之连钱骢也。白马黑鬣曰骆，黑身白鬣曰雒。绎绎，不绝貌。斁，厌也。作，奋起也。

⑥赋也。阴白杂毛曰骃，阴浅黑色，今泥骢也。彤白杂毛曰騢，豪骭曰驔，豪在骭而白也。二目白曰鱼，似鱼目也。祛祛，强健也。徂，行也。孔子曰："《诗》三百，一言以蔽之，曰：'思无邪。'"盖诗之言美恶不同，或劝或惩，皆有以使人得其情性之正，然其明白简切，通于上下，未有若此言者。故特称之，以为可当三百篇之义，以其要为不过乎此也。学者诚能深味其

言，而审于念虑之间，必使无所思而不出于正，则曰用云为，莫非天理之流行矣。苏氏曰："昔之为诗者，未必知此也。孔子读诗至此，而有合于其心焉，是以取之，盖'断章'云尔。"

有　駜[①]

有駜有駜，駜彼乘黄。夙夜在公，在公明明。振振鹭，鹭于下；鼓咽咽，醉言舞。于胥乐兮[②]！　　有駜有駜，駜彼乘牡。夙夜在公，在公饮酒。振振鹭，鹭于飞；鼓咽咽，醉言归。于胥乐兮[③]！　　有駜有駜，駜彼乘駽。夙夜在公，在公载燕。自今以始，岁其有。君子有穀，诒孙子。于胥乐兮[④]！

【注释】

①《有駜》三章，章九句。

②兴也。駜，马肥强貌。明明，辨治也。振振，群飞貌。鹭，鹭羽，舞者所持，或坐或伏，如鹭之下也。咽，与"渊"同，鼓声之深长也。或曰，鹭亦兴也。胥，相也，醉而起舞以相乐也。此燕饮而倾祷之辞也。

③兴也。鹭于飞，舞者振作鹭羽如飞也。

④兴也。青骊曰駽，今铁骢也。载，则也。有，有年也。穀，善也，或曰禄也。诒，遗也。颂祷之辞也。

泮　水[①]

思乐泮水，薄采其芹。鲁侯戾止，言观其旂。其旂茷茷，鸾声哕哕。无小无大，从公于迈[②]。　　思乐泮水，薄采其藻。鲁侯戾止。其马蹻蹻。其马蹻蹻，其音昭昭。载色载笑，匪怒伊教[③]。　　思乐泮水，薄采其茆。鲁侯戾止，在泮饮酒。既饮旨酒，永锡难老。顺彼长道，屈此群醜[④]。　　穆穆鲁侯，敬明其德。敬慎威仪，维民之则。允文允武，昭假烈祖。靡有不孝，自求伊祜[⑤]。　　明明鲁侯，克明其德。既作泮宫，淮夷攸服。矫矫虎臣，在泮献馘。淑问如皋陶，在泮献囚[⑥]。　　济济多士，克广德心。桓桓于征，狄彼东南。烝烝皇皇，不吴不扬。不告于讻，在泮献功[⑦]。　　角弓其觩，束矢其搜。戎车孔博，徒御无斁。既克淮夷，孔淑不逆。式固尔犹，淮夷卒获[⑧]。　　翩彼飞鸮，集于泮林，食我桑黮，怀我好音。憬彼淮夷，来献其琛。元龟象齿，大赂南金[⑨]。

【注释】

①《泮水》八章，章八句。

②赋其事以起兴也。思，发语辞也。泮水，泮宫之水也。诸侯之学，乡射之宫，谓之泮宫。其东西南方有水，形如半壁，以其半于辟雍，故曰泮水，而宫亦以名也。芹，水菜也。戾，至也。茷茷，飞扬也。哕哕，和也。此饮于泮宫而颂祷之辞也。

③赋其事以起兴也。蹻蹻，盛貌。色，和颜色也。

④赋其事以起兴也。茆，凫葵也，叶大如手，赤圆而滑，江南人谓之莼菜者也。长道，犹大道

也。屈，服；醜，众也。此间以下皆颂祷之辞也。

⑤赋也。昭，明也。假，与“格”同。烈祖，周公、鲁公也。

⑥赋也。矫矫，武貌。馘，所格者之左耳也。淑，善；问，讯囚也。囚，所虏获者。盖古者出兵受成于学，及其反也。释奠于学，而以讯馘告。故诗人因鲁侯在泮，而愿其有是功也。

⑦赋也。广，推而大之也。德心，善意也。狄，犹逖也。东南，谓淮夷也。烝烝皇皇，盛也。不吴不扬，肃也。不告于讻，师克而和，不争功也。

⑧赋也。觩，弓健貌，五十矢为束；或曰，百矢也。搜，矢疾声也。博，广大也。无斁，言竞劝也。逆，违命也。盖能审固其谋犹，则淮夷终无不获矣。

⑨兴也。鸮，恶声之鸟也。黮，桑实也。憬，觉悟也。琛，宝也。元龟，尺二寸。赂，遗也。南金，荆扬之金也。此章前四句兴后四句，如《行苇》首章之例。

闷宫[①]

閟宫有侐，实实枚枚。赫赫姜嫄，其德不回。上帝是依。无灾无害，弥月不迟。是生后稷，降之百福。黍稷重穋，稙稚菽麦，奄有下国，俾民稼穑。有稷有黍，有稻有秬，奄有下土，缵禹之绪[②]。　后稷之孙，实维大王。居岐之阳，实始翦商。至于文武，缵大王之绪。致天之届，于牧之野。无贰无虞，上帝临女，敦商之旅，克咸厥功。王曰叔父，建尔元子，俾侯于鲁。大启尔宇，为周室辅[③]。　乃命鲁公，俾侯于东，锡之山川，土田附庸。周公之孙，庄公之子，龙旂承祀，六辔耳耳。春秋匪解，享祀不忒。皇皇后帝，皇祖后稷。享以骍牺，是飨是宜，降福既多。周公皇祖，亦其福女[④]。　秋而载尝，夏而楅衡。白牡骍刚，牺尊将将。毛炰胾羹，笾豆大房。万舞洋洋，孝孙有庆。俾尔炽而昌，俾尔寿而臧。保彼东方，鲁邦是常。不亏不崩，不震不腾。三寿作朋，如冈如陵[⑤]。　公车千乘，朱英绿縢，二矛重弓。公徒三万，贝胄朱綅。烝徒增增，戎狄是膺，荆舒是惩。则莫我敢承。俾尔昌而炽，俾尔寿而富。黄发台背，寿胥与试。俾尔昌而大，俾尔耆而艾。万有千岁。眉寿无有害[⑥]。　泰山岩岩，鲁邦所詹。奄有龟蒙，遂荒大东，至于海邦。淮夷来同，莫不率从。鲁侯之功[⑦]。　保有凫绎，遂荒徐宅。至于海邦，淮夷蛮貊，及彼南夷，莫不率从，莫敢不诺。鲁侯是若[⑧]。　天锡公纯嘏，眉寿保鲁，居常与许，复周公之宇。鲁侯燕喜，令妻寿母。宜大夫庶士，邦国是有。既多受祉，黄发儿齿[⑨]。　徂来之松，新甫之柏，是断是度，是寻是尺，松桷有舄。路寝孔硕，新庙奕奕，奚斯所作。孔曼且硕，万民是若[⑩]。

【注释】

①《閟宫》九章，五章章十七句，二章章八句，二章章十句。　旧说八章，二章章十七句，一章十二句，一章三十八句，二章章八句，二章章十句。多寡不均，杂乱无次。盖不知第四章有脱句而然。今正其误。

②赋也。閟，深闭也。宫，庙也。侐，清静也。实实，巩固也。枚枚，砻密也。时盖修之，故诗人歌咏其事，以为颂祷之词。而推本后稷之生，而下及于僖公耳。回，邪也。依，犹眷顾也。

说见《生民》篇。先种曰稙，后种曰稚。奄有下国，封于邰也。绪，业也。禹治洪水既平，后稷乃始播百谷。

③赋也。翦，断也。大王自豳徒居岐阳，四方之民，咸归往之，于是而王迹始著，盖有翦商之渐矣。届，极也，犹言穷极也。虞，虑也。无贰无虞，上帝临女，犹《大明》云"上帝临女，无贰尔心"也。敦，治之也。咸，同也。言辅佐之臣，同有其功，而周公亦与焉也。王，成王也。叔父，周公也。元子，鲁公伯禽也。启，开；宇，居也。

④赋也。附庸，犹属城也。小国不能自达于天子，而附于大国也。上章既告周公以封伯禽之意，此乃言其命鲁公而封之也。庄公之子，其一闵公，其一僖公。知此是僖公者，闵公在位不久，未有可颂，此必是僖公也。耳耳，柔从也。春秋，错举四时也。忒，过差也。成王以周公有大功于王室，故命鲁公以夏正孟春郊祀上帝，配以后稷，牲用骍牡。皇祖，谓群公。此章以后，皆言僖公致敬郊庙，而神降之福，国人称愿之如此也。

⑤赋也。尝，秋祭名。楅衡，施于牛角，所以止触也。《周礼·封人》云："凡祭饰其牛牲，设其楅衡。"是也。秋将尝而夏楅衡其牛，言夙戒也。白牡，周公之牲也。骍刚，鲁公之牲也。白牡，殷牲也。周公有王礼，故不敢与文武同。鲁公则无所嫌，故用骍刚。牺尊，画牛于尊腹也。或曰，尊作牛形，凿其背以受酒也。毛炰，《周礼·封人》："祭祀有毛炰之豚。"注云："爓去其毛而炰之也。"胾，切肉也。羹，大羹，铏羹也。大羹，太古之羹，湆煮肉汁不和，盛之以登，贵其质也。铏羹，肉汁之有菜和者也，盛之铏器，故曰铏羹。大房，半体之俎，足下有跗，如堂房世。万，舞名。震、腾，惊动也。三寿，未详。郑氏曰："三卿也。"或曰，愿公寿与冈陵等而为三也。

⑥赋也。千乘，大国之赋也。成方十里，出革车一乘。甲士三人，左持弓，右持矛，中人御。步卒七十二人。将重车者二十五人。千乘之地，则三百六十里有奇也。朱英，所以饰矛。绿縢，所以约弓也。二矛，夷矛、酋矛也。重弓，备折坏也。徒，卒兵也。三万，举成数也。车千乘，法当用十万人，而为步卒者七万二千人。然大国之赋，适满千乘，苟尽用之，是举国而行也。故其用之，大国三军而已。三军，为车三百七十五乘、三万七千五百人，其为步卒不过二万七千人。举其中而以成数言。故曰三万也。贝胄，贝饰胄也。朱綅，所以缀也。增增，众也。戎，西戎；狄，北狄；膺，当也。荆，楚之别号。舒，其与国也。惩，艾；承，御也。僖公尝从齐桓公伐楚，故以此美之而祝其昌大寿考也。寿胥与试之义未详。王氏曰："寿考者相与为公用也。"苏氏曰："愿其寿而相与试其才力以为用也。"

⑦赋也。泰山，鲁之望也。詹，与"瞻"同。龟、蒙，二山名。荒，奄也。大东，极东也。海邦，近海之国也。

⑧赋也。凫、绎，二山名。宅，居也，谓徐国也。诺，应辞。若，顺也。泰山、龟、蒙、凫、绎，鲁之所有，其余则国之东南，势相联属，可以服从之国也。

⑨赋也。常，或作"尝"，在薛之旁。许，许田也。鲁朝宿之邑也。皆鲁之故地。见侵于诸侯而未复者，故鲁人以是愿僖公也。令妻，令善之妻，声姜也。寿母，寿考之母，成风也。闵公八岁被弑，必是未娶，其母叔姜，亦应未老，此言令妻寿母，又可见公为僖公无疑也。有，常有也。儿齿，齿落更生细者，亦寿征也。

⑩赋也。徂来、新甫，二山名。八尺曰寻。舄，大貌。路寝，正寝也。新庙，僖公所修之庙。奚斯，公子鱼也。作者，教护属功课章程也。曼，长；硕，大也。万民是若，顺万民之望也。

《鲁颂》四篇，二十四章，二百四十三句。

商　颂①

那②

猗与那与！置我鞉鼓，奏鼓简简，衎我烈祖③。汤孙奏假，绥我思成。鞉鼓渊渊，嘒嘒管声。既和且平，依我磬声。於赫汤孙，穆穆厥声④。庸鼓有斁，万舞有奕。我有嘉客，亦不夷怿⑤。自古在昔，先民有作。温恭朝夕，执事有恪⑥。顾予烝尝，汤孙之将⑦。

【注释】

①契为舜司徒而封于商，传十四世而汤有天下。其后三宗迭兴，及纣无道，为武王所灭。封其庶兄微子启于宋，修其礼乐以奉商后。其地在《禹贡》徐洲泗滨，西及豫州盟猪之野。其后政衰，商之礼乐日以放失。七世至戴公时，大夫正考甫得《商颂》十二篇于周太师，归以祀其先王。至孔子编《诗》而又亡其七篇。然其存者亦多阙文疑义，今不敢强通也。商都亳，宋都商丘，皆在今应天府亳州界。

②《那》一章，二十二句。　　闵马父曰"正考父校商之名《颂》，以《那》为首，其辑之乱曰"云，即此诗也。

③赋也。猗，叹辞。那，多；置，陈也。简简，和大也。衎，乐也。烈祖，汤也。《记》曰："商人尚声，臭味未成，涤荡其声，乐三阙，然后出迎牲。"即此是也。旧说以此为祀成汤之乐也。

④汤孙，主祀之时王也。假，与"格"同。言奏乐以格于祖考也。绥，安也。思成，未详。郑氏曰："安我以所思而成之人，谓神明来格也。"《礼记》曰："齐之日，思其居处，思其笑语，思其志意，思其所乐，思其所嗜，齐三日乃见其所为齐者。祭之日，入室，僾然必有见乎其位。周旋出户，肃然必有闻乎其容声。出户而听，忾然必有闻乎其叹息之声。"此之谓思成。苏氏曰："其所见闻本非有也。生于思耳。"此二说近是。盖齐而思之，祭而如有见闻，则成此人矣。郑注颇有脱误，今正之。渊渊，深远也。嘒嘒，清亮也。磬，玉磬也。堂上升歌之乐，非石磬也。穆穆，美也。

⑤庸，"镛"通。斁，斁然盛也。奕，奕然有次序也。盖上文言鞉鼓管籥作于堂下，其声依堂上之玉磬，无相夺伦者，至于此，则九献之后，钟鼓交作，万舞陈于庭，而祀事毕矣。嘉客，先代之后，来助祭者也。夷，悦也。亦不夷怿者，言皆悦怿也。

⑥恪，敬也。言恭敬之道，古人所行，不可忘也。闵马父曰："先圣王之传恭，犹不敢专，称曰自古，古曰在昔，昔曰先民。"

⑦将，奉也。言汤其尚顾我烝尝哉？此汤孙之所奉者，致其丁宁之意，庶几其顾之也。

烈　祖①

嗟嗟烈祖，有秩斯祜。申锡无疆，及尔斯所②，既载清酤。赉我思成，亦有和羹，既戒既平。鬷假无言，时靡有争。绥我眉寿，黄耇无疆③。约軧错衡，八鸾鸧鸧，以假以享。我受命溥将，自天降康，丰年穰穰。来假来飨，降福无疆④。顾予烝尝，汤孙

之将[5]。

【注释】

①《烈祖》一章，二十二句。

②赋也。烈祖，汤也。秩，常；申，重也。尔，主祭之君，盖自歌者指之也。斯所，犹言此处也。　　此亦祀成汤之乐。言嗟嗟烈祖，有秩秩无穷之福，可以申锡无疆，是以及于尔今王之所，而修其祭祀，如下所云也。

③酤，酒；赉，与也。思成，义见上篇。和羹，味之调节也。戒，夙戒也。平，犹和也。《仪礼》于祭祀燕享之始，每言"羹定"，盖以羹熟为节，然后行礼。定，即戒平之谓也。鬷，《中庸》作"奏"，正与上篇义同。盖古声奏、族相近，族声转平而为鬷耳。无言、无争，肃敬而齐一也。言其载清酤而既与我以思成矣，及进和羹，而肃敬之至，则又绥我以眉寿黄耇之福也。

④约軧错衡、八鸾，见《采芑》篇。鸧，见《载见》篇。言助祭之诸侯，乘是车以假以享于祖宗之庙也。溥，广；将，大也。穰穰，多也。

言我受命既广大，而天降以丰年黍稷之多，使得以祭也。假之而祖考来假，享之而祖考来飨，则降福无疆矣。

⑤说见前篇。

玄　鸟[1]

天命玄鸟，降而生商。宅殷土芒芒。古帝命武汤，正域彼四方[2]。方命厥后，奄有九有。商之先后，受命不殆，在武丁孙子[3]。武丁孙子，武王靡不胜。龙旂十乘，大糦是承[4]。邦畿千里，维民所止。肇域彼四海[5]。四海来假，来假祁祁。景员维河。殷受命咸宜，百禄是何[6]。

【注释】

①《玄鸟》一章，二十二句。

②赋也。玄鸟，鳦也。春分玄鸟降，高辛氏之妃，有娀氏女简狄，祈于郊禖，鳦遗卵，简狄吞之而生契。其后世遂为有商氏，以有天下，事见《史记》。宅，居也。殷，地名。芒芒，大貌。古，犹昔也。帝，上帝也。武汤，以其有武德号之也。正，治也。域，封竟也。　　此亦祭祀宗庙之乐，而追叙商人之所由生，以及其有天下之初也。

③方命厥后，四方诸侯无不受命也。九有，九州也。武丁，高宗也。言商之先后，受天命而不危殆，故今武丁孙子犹赖其福。

④武王，汤号，而其后世亦以自称也。龙旂，诸侯所建交龙之旂也。大糦，黍稷也。承，奉也。　　言武丁孙子，今袭汤号者，其武无所不胜。于是诸侯无不奉黍稷以来助祭也。

⑤止，居；肇，开也。言王畿之内，民之所止，不过千里，而其封域则极乎四海之广也。

⑥假，与"格"同，祁祁，众多貌。景员维河之义未详。或曰，景，山名，商所都也，见《殷武》卒章。《春秋传》亦曰："商汤有景亳之命。"是也。员，与下篇"幅陨"义同，盖言周也。河，大河也。言景山四周皆大河也。何，任也，《春秋传》作"荷"。

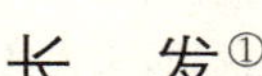

长　发①

濬哲维商，长发其祥。洪水芒芒，禹敷下土方②。外大国是疆，幅陨既长。有娀方将，帝立子生商③。　　玄王桓拨，受小国是达，受大国是达。率履不越，遂视既发。相土烈烈，海外有截④。　　帝命不违，至于汤齐。汤降不迟，圣敬日跻。昭假迟迟，上帝是祗。帝命式于九围⑤。　　受小球大球，为下国缀旒。何天之休。不竞不絿，不刚不柔。敷政优优。百禄是遒⑥。　　受小共大共，为下国骏厖。何天之龙，敷奏其勇。不震不动，不戁不竦。百禄是总⑦。　　武王载旆，有虔秉钺，如火烈烈，则莫我敢曷。苞有三蘖，莫遂莫达。九有有截，韦顾既伐，昆吾夏桀⑧。

昔在中叶，有震且业。允也天子，降于卿士。实维阿衡，实左右商王⑨。

【注释】

①《长发》七章，一章八句，四章章七句，一章九句，一章六句。《序》以此为大禘之诗。盖祭其祖之所出，而以其祖配也。苏氏曰："大禘之祭，所及者远，故其诗历言商之先君，又及其卿士伊尹，盖与祭于禘者也。"《商书》曰："兹予大享于先王，尔祖其从与享之。"是礼也，岂其起于商之世欤？今按大禘不及群庙之主，此宜为祫祭之诗。然经无明文，不可考也。

②绝句。《楚辞·天问》："禹降省下土方。"盖用此语。

③赋也。濬，深；哲，知；长，久也。方，四方也。外大国，远诸侯也。幅，犹言边幅也。陨，读作"员"，谓周也。有娀，契之母家也。将，大也。言商世世有濬哲之君，其受命之祥，发见也久矣。方禹治洪水，以外大国为中国之竟，而幅员广大之时，有娀氏始大，故帝立其女之子而造商室也。盖契于是时始为舜司徒，掌布五教于四方，而商之受命，实基于此。

④赋也。玄王，契也。玄者，深微之称；或曰，以玄鸟降而王也。王者，追尊之号。桓，武；拨，治；达，通也。受小国大国无所不达，言其无所不宜也。率，循；履，礼；越，过；发，应也。言契能循礼不过越，遂视其民，则既发以应之矣。相土，契之孙也。截，整齐也。至是而商益大，四方诸侯归之，截然整齐矣。其后汤以七十里起，岂尝中衰也与？

⑤赋也。汤齐之义未详。苏氏曰："至汤而王业成，与天命会也。"降，犹生也。迟迟，久也。祗，敬；式，法也。九围，九州也。　　商之先祖，既有明德，天命未尝去之，以至于汤。汤之生也，应期而降，适当其时，其圣敬又日跻升，以至昭假于天，久而不息，惟上帝是敬。故帝命之，使为法于九州也。

⑥赋也。小球、大球之义未详。或曰，小国、大国所贽之玉也。郑氏曰："小球，镇圭，尺有二寸。大球，大圭，三尺也。皆天子之所执也。"下国，诸侯也。缀，犹结也。旒，旗之垂者也。言为天子而为诸侯所系属，如旗之縿为旒所缀著也。何，荷；竞，强；絿，缓也。优优，宽裕之意。遒，聚也。

⑦赋也。小共、大共、骏厖之义未详。或曰，小国、大国所共之贡也。郑氏曰："共，执也，犹小球大球也。"苏氏曰："共，'珙'通，合珙之玉也。"《传》曰："骏，大也。厖，厚也。"董氏曰："《齐诗》作'骏厖'，谓马也。"龙，宠也。敷奏其勇，犹言大进其武功也。戁，恐；竦，惧也。

⑧赋也。武王，汤也。虔，诚也。言恭行天讨也。曷，"遏"通；或曰，曷，谁何也。苞，本也。蘖，旁生萌蘖也，言一本生三蘖也。本则夏桀；蘖则韦也、顾也、昆吾也，皆桀之党也。郑氏

曰："韦，彭姓。顾、昆吾，己姓。" 言汤既受命，载旆秉钺，以征不义，桀与三蘖，皆不能遂其恶，而天下截然归商矣。初伐韦，次伐顾，次伐昆吾，乃伐夏桀，当时用师之序如此。

⑨赋也。叶，世；震，惧；业，危也。承上文而言。昔在，则前乎此矣。岂谓汤之前世中衰时与？允也天子，指汤也。降，言天赐之世。卿士，则伊尹也。言至于汤，得伊尹而有天下也。阿衡，伊尹官号也。

殷武[①]

挞彼殷武，奋伐荆楚。罙入其阻，裒荆之旅，有截其所。汤孙之绪[②]。 维女荆楚，居国南乡。昔有成汤，自彼氐羌，莫敢不来享，莫敢不来王。曰商是常[③]。 天命多辟，设都于禹之绩。岁事来辟，勿予祸適。稼穑匪解[④]。 天命降监，下民有严，不僭不滥，不敢怠遑。命于下国，封建厥福[⑤]。 商邑翼翼，四方之极。赫赫厥声，濯濯厥灵。寿考且宁，以保我后生[⑥]。 陟彼景山，松柏丸丸。是断是迁，方斫是虔。松桷有梴，旅楹有闲。寝成孔安[⑦]。

【注释】

①《殷武》六章，三章章六句，二章章七句，一章五句。

②赋也。挞，疾貌。殷武，殷王之武也。罙，冒；裒，聚也。汤孙，谓高宗。 旧说以此为祀高宗之乐。盖自盘庚设而殷道衰，楚人叛之，高宗挞然用武以伐其国。入其险阻，以致其众，尽平其地，使截然齐一，皆高宗之功也。《易》曰："高宗伐鬼方，三年克之。"盖谓此欤？

③赋也。氐羌，夷狄国，在西方。享，献也。世见曰王。 苏氏曰："既克之，则告之曰：'尔虽远，亦居吾国之南耳，昔成汤之世，虽氐羌之远，犹莫敢不来朝。'曰：'此商之常礼也。况汝荆楚，曷敢不至哉？'"

④赋也。多辟，诸侯也。来辟，来王也。適，"谪"通。言天命诸侯各建都邑于禹所治之地，而皆以岁事来至于商，以祈王之不谴，曰："我之稼穑，不敢解也，庶可以免咎矣。"言荆楚既平，而诸侯畏服也。

⑤赋也。监，视；严，威也。僭，赏之差也。滥，刑之过也。遑，暇；封，大也。 言天命降监不在乎他，皆在民之视听，则下民亦有严矣。惟赏不僭，刑不滥，而不敢怠遑，则天命之以天下，而大建其福。此高宗所以受命而中兴也。

⑥赋也。商邑，王都也。翼翼，整敕貌。极，表也。赫赫，显盛也。濯濯，光明也。言高宗中兴之盛如此。寿考且宁云者，盖高宗之享国五十有九年。我后生，谓后嗣子孙也。

⑦赋也。景，山名，商所都也。丸丸，直也。迁，徙；方，正也。虔，亦截也。梴，长貌。旅，众也。闲，闲然而大也。寝，庙中之寝也。安，所以安高宗之神也。此盖特为百世不迁之庙，不在三昭三穆之数，既成始祔而祭之之诗也。然此章与《閟宫》之卒意文意略同，未详何谓。

《商颂》五篇，十六章，一百五十四句。

古诗源

◎（清）沈德潜 选

傅根清
李进友 校理

前言

清代学者沈德潜编纂的《古诗源》，共十四卷，是从上古到隋代的诗歌选集。

沈德潜(1673—1769)，字确士，号归愚，江苏长洲(今江苏苏州)人。乾隆间举鸿博未遇，及成进士，年已将近七十，高宗弘历称其为"老名士"。他曾被召面对，详论历代诗歌的源流升降，深受弘历的赏识，让他在上书房当值，后擢升为礼部侍郎。后弘历以年老体衰，许其告归，并特准其原衔食俸。由此可见弘力对沈氏的器重程度。

沈德潜少时曾跟随吴江叶燮问学，所以，他论诗的宗旨完全根据叶燮，以"诗人之本"和"诗之本"二者并举；他还进一步由"诗人之本"而看到"诗教"的温柔敦厚，由"诗之本"看到"诗品"的应重格调。诚可谓"青出于蓝而胜于蓝"。在他所编的《古诗源》、《五朝诗别裁》、《唐诗别裁集》中，都贯注了这种精神。

《古诗源》上起唐虞，下迄陈隋，除《诗经》、《楚辞》这两部诗歌总集以外，上自统治者的郊庙乐章，下至童谣、里谚，共七百余首，唐以前的一些著名诗篇，大多数已选录在内。他在自序中说："不敢谓已尽古诗，而古诗之雅者略尽于此，凡为学诗者导之源也。"他又说："诗至有唐为极盛，然诗之盛非诗之源也。……唐以前之诗，昆仑以降之水也。……唐诗者宋元之上流，而古诗又唐人之发源。"这也就是他定是编为《古诗源》的原因。即使以现代的文学发展史的眼光来审视，他在选编时"于古逸存其概，于汉家得其详，于魏晋猎其华，而亦不废夫宋齐后之作者。既以编诗，亦以论世，使览者穷本知变，以渐窥《风》、《雅》之遗意"的用意，仍然是值得肯定的。

从所选的篇目内容和他的疏释圈点，我们可以看出，沈德潜选诗时很注意诗的发展演变，注重乐府叙事诗，注重谣谚，所以，在内容上他很注意政治变动和人民疾苦的反映；在艺术形式上，他反对雕琢堆砌。这些都是极有见地的。

从他的《例言》中的说明，可以看出沈德潜独到的文学见解和不囿于陈见的学术态度。首先，在汉诗以前，以"古逸"为卷首，是"穷诗之源"；其次，汉人诗在五言以外，单列"乐府"一类，注意选录长于"措词叙事"的乐府诗，以补《文选》的不足；第三，诗的评价不一定同于钟嵘的意见；第四，魏晋以后，仍注重童谣、里谚的搜集；第五，收入少量词旨可取的后人拟作，而屏却空泛的谈理诗。当然，受时代的局限，《古诗源》也选入不少属于封建糟粕一类的东西。但从总体上看，微瑕不足掩其美瑜，编者的功劳是不可埋没的。

正因如此，《古诗源》问世后，被誉为是学习唐以前诗歌、了解中国诗歌源流的范本，得到了较广的流传。即便是今天，仍然有它的存在价值。

傅根清　李进友

序

诗至有唐为极盛，然诗之盛非诗之源也。今夫观水者至观海止矣，然由海而溯之，近于海为九河，其上为洚水、为孟津，又其上由积石以至昆仑之源。《记》曰：祭川者先河后海。重其源也。唐以前之诗，昆仑以降之水也。汉京魏氏，去《风》、《雅》未远，无异辞矣。即齐梁之绮缛，陈隋之轻艳，风标品格，未必不逊于唐。然缘此遂谓非唐诗所由出，将四海之水非孟津以下所由注，有是理哉？

有明之初，承宋元遗习，自李献吉以唐诗振，天下靡然从风；前后七子，互相羽翼，彬彬称盛。然其敝也，株守太过，冠裳土偶，学者咎之。由守乎唐而不能上穷其源，故分门立户者得从而为之辞。则唐诗者宋元之上流，而古诗又唐人之发源也。

予前与树滋陈子辑唐诗成帙，窥其盛矣。兹复溯隋陈而上，极乎黄轩，凡三百篇、楚骚而外，自郊庙乐章讫童谣里谚，无不备采。书成，得一十四卷。不敢谓已尽古诗，而古诗之雅者略尽于此，凡为学诗者导之源也。

昔河汾王氏，删汉、魏以下诗，继孔子三百篇后，谓之续经。天下后世群起攻之曰僭。夫王氏之僭，以其拟圣人之经，非谓其录删后诗也。使误用其说，谓汉魏以下学者不当搜辑，是惩热羹而吹齑，见人噎而废食，其亦翦翦拘拘之见尔矣。

予之成是编也，于古逸存其概，于汉京得其详，于魏晋猎其华，而亦不废夫宋齐后之作者。既以编诗，亦以论世。使览者穷本知变，以渐窥《风》、《雅》之遗意，犹观海者由逆河上之以溯昆仑之源，于诗教未必无少助也夫！

康熙己亥夏五长洲沈德潜书于南徐之见山楼。

古诗源卷一

古逸

击壤歌[①]

日出而作，日入而息。凿井而饮，耕田而食。帝力于我何有哉[②]。

【注释】

①《帝王世纪》：帝尧之世，天下太和，百姓无事，有老人击壤而歌。

②帝尧以前，近于荒渺，虽有《皇娥》、《白帝》二歌，系王嘉伪撰，共事近诬，故以《击壤歌》为始。

康衢谣[①]

立我蒸民，莫匪尔极。不识不知，顺帝之则。

【注释】

①《列子》：帝治天下五十年，不知天下治与不治与？亿兆愿戴己与？乃微服游于康衢，闻儿童谣云。

伊耆氏蜡辞[①]

土反其宅，水归其壑。昆虫毋作，草木归其泽[②]。

【注释】

①《礼记·郊特牲》云：伊耆氏始为蜡。蜡者，索也。岁十二月，合聚万物而索飨之也。祝辞曰。

②末句言草木归根于薮泽，不生于耕稼之土也。

尧戒[①]

战战栗栗，日谨一日。人莫踬于山，而踬于垤[②]。

【注释】

①《淮南子·人间训》。

②大圣人忧勤惕厉语。

卿云歌[1]

卿云烂兮，糺缦缦兮[2]。日月光华，旦复旦兮[3]。

【注释】

①《尚书大传》：舜将禅禹，于是俊乂百工，相和而歌《卿云》。帝倡之，八伯咸稽首而和，帝乃载歌。

②糺，同"纠"。

③旦复旦，隐寓禅代之旨。

八伯歌

明明上天，烂然星陈。日月光华，弘于一人。

帝载歌

日月有常，星辰有行。四时从经，万姓允诚。于予论乐，配天之灵。迁于贤善，莫不咸听。鼚乎鼓之，轩乎舞之。菁华已竭，褰裳去之。

南风歌[1]

南风之薰兮，可以解吾民之愠兮；南风之时兮，可以阜吾民之财兮。

【注释】

①《家语》：舜弹五弦之琴，歌《南风》之诗，其诗曰。

禹玉牒辞

祝融司方发其英，沐日浴月百宝生[1]。

【注释】

①竟似歌行中名语，开后人奇警一派。

夏后铸鼎繇[1]

逢逢白云，一南一北，一西一东。九鼎既成。迁于三国[2]。

【注释】

①《困学纪闻》云:太卜三兆,其颂皆千有二百。《夏后铸鼎繇》云云。

②"北"与"国"为韵,而以"一西一东"句间之,章法甚奇。

商　铭[①]

嗛嗛之德,不足就也,不可以矜,而只取忧也。嗛嗛之食,不足狃也,不能为膏,而只离咎也[②]。

【注释】

①见《国语》。

②嗛嗛,小貌。转以德居食先,此古人章法。

麦秀歌[①]

麦秀渐渐兮,禾黍油油。彼狡童兮,不与我好兮。

【注释】

①《史记》:箕子朝周,过故殷墟,感宫室毁坏生禾黍,箕子伤之,欲哭则不可,欲泣为其近妇人,乃作《麦秀》之诗以歌之。

采薇歌[①]

登彼西山兮,采其薇矣。以暴易暴兮,不知其非矣。神农虞夏,忽焉没兮,吾适安归矣。吁嗟徂兮,命之衰矣。

【注释】

①《史记》:武王已平殷乱,天下宗周。伯夷,叔齐耻之,义不食周粟,采薇首阳山,饿且死,作歌。

盥盘铭[①]

与其溺于人也,宁溺于渊;溺于渊,犹可游也;溺于人,不可救也[②]。

【注释】

①以下铭辞见《大戴礼》。

②诸铭中,有切者,有不必切者,无非借器自儆。若句句黏著,便类后人咏物。

带　铭

火灭修容,慎戒必恭。恭则寿[①]。

【注释】

①语极古奥。“恭则寿”,所谓威仪定命也。

杖铭

恶乎危?于忿懥。恶乎失道?于嗜欲;恶乎相忘?于富贵。

衣铭

桑蚕苦,女工难,得新捐故后必寒。

笔铭

豪毛茂茂,陷水可脱,陷文不活[①]。

【注释】

①起句不入韵。

矛铭

造矛造矛,少间弗忍,终身之羞。余一人所闻,以戒后世子孙[①]。

【注释】

①末二句忽转一韵,叠用两句韵作结,唐人古体每每用之,其原盖出于此。《葛覃》第三章、《饭牛歌》二章,亦同。

书车[①]

自致者急,载人者缓。取欲无度,自致而反[②]。

【注释】

①《太平御览》引《太公金匮》:武王曰:吾随师尚父之言。因为书铭。

②圣贤反己之学,不肯自恕。

书户

出畏之,入惧之。

书 履

行必履正，无怀侥幸。

书 砚

石墨相著而黑。邪心谗言，无得污白。

书 锋

忍之须臾，乃全汝躯[①]。

【注释】

①与《矛铭》意同。

书 杖

辅人无苟，扶人无咎。

书 井

原泉滑滑，连旱则绝。取事有常，赋敛有节[①]。

【注释】

①书井忽然触到赋敛，古人随事寄托，不工肖物。

白云谣[①]

白云在天，丘陵自出。道里悠远，山川间之。将子无死，尚复能来。

【注释】

①《穆天子传》：乙丑，天子觞西王母于瑶池之上，西王母为天子谣曰。

祈 招[①]

祈招之愔愔，式昭德音。思我王度，式如玉，式如金。形民之力，而无醉饱之心。

【注释】

①《左传》：楚子革云：周穆王欲肆其心，周行天下，将皆必有车辙马迹焉。祭公谋父作《祈

招》之诗，以止王心。

懿氏繇①

凤凰于飞，和鸣锵锵。有妫之后，将育于姜。五世其昌，并于正卿。八世之后，莫之与京。

【注释】

①《左传》：陈大夫懿氏卜妻敬仲，其妻占之曰吉，词曰。

鼎　铭①

一命而偻，再命而伛，三命而俯。循墙而走，亦莫余敢侮。饘于是，鬻于是，以糊余口②。

【注释】

①《左传》：宋正考父佐戴武、宣，三命滋益恭，其鼎铭云。

②人有卑屈而召侮者，"莫余敢侮"，方是主敬之验。孔子亦云："恭近于礼，远耻辱也。"

虞　箴①

芒芒禹迹，画为九州。经启九道，民有寝庙，兽有茂草。各有攸处，德用不扰。在帝夷羿，冒于原兽。忘其国恤，而思其麀牡。武不可重，用不恢于夏家。兽臣司原，敢干仆夫②。

【注释】

①《左传》：魏庄子谓晋侯曰：昔辛甲之为太史，命百官箴王之阙，于虞人之箴曰。

②起第三句入韵。

饭牛歌①

南山矸，白石烂，生不逢尧与舜禅。短布单衣适至骭，从昏饭中薄夜半。长夜漫漫何时旦②。　　沧浪之水白石粲，中有鲤鱼长尺半。敝布单衣裁至骭，清朝饭牛至夜半。黄犊上坂且休息，吾将舍汝相齐国。　　出东门兮厉石班，上有松柏青且阑。粗布衣兮缊缕，时不遇兮尧舜主。牛兮努力食细草，大臣在尔侧，吾当与汝适楚国③。

【注释】

①《淮南子》：宁戚欲干齐桓公，困穷无以自达。于是为商旅，将任车以商于齐，暮宿于郭门外，桓公迎郊客，夜开门辟，任车爝火甚众，戚饭牛车下，击牛角而疾商歌。桓公闻之曰：异

哉，非常人也。命后车载之，因授以政。

②“长夜”句感慨。

③自命大臣，何等自负。“适楚国”，即后世“北走胡南走越”意。战国策士之习，已萌于此。

琴歌①

百里奚，五羊皮。忆别时，烹伏雌。炊扊扅，今日富贵忘我为。

【注释】

①《风俗通》：百里奚为秦相，堂上乐作，所赁浣妇自言知音。因抚弦而歌。问之，乃故妻也。

暇豫歌①

暇豫之吾吾，不如鸟乌。人皆集于菀，已独集于枯。

【注释】

①《国语》：晋优施通于骊姬，姬欲害申生而难里克，乃饮里克酒。中饮，优施起舞曰。

宋城者讴①

睅其目，皤其腹，弃甲而复。于思于思，弃甲复来。

【注释】

①《左传》：郑公子受命于楚，伐宋，宋师败绩。囚华元。宋人以兵车百乘，文马四驷，赎华元于郑。半入，华元逃归。后宋城，华元为植。巡功，城者讴以讥之，华元使骖乘者答之，役人又复歌之。

骖乘答歌

牛则有皮，犀兕尚多，弃甲则那①。

【注释】

①那，犹言何害也。

役人又歌

从其有皮，丹漆若何①。

【注释】

①答语亦滑稽，而役人之歌，滑稽更甚。

鹳鹆歌①

鹳之鹆之，公出辱之。鹳鹆之羽，公在外野。往馈之马，鹳鹆跦跦。公在乾侯，征褰与襦。鹳鹆之巢，远哉遥遥。稠父丧劳，宋父以骄。鹳鹆鹳鹆，往歌来哭②。

【注释】

①《左传》：鲁文公之世童谣也。至昭公时，有鹳鹆来巢。公攻季氏，败。出奔齐外野，次乾侯。八年，死于外，归葬。昭公名稠，公子宋立，是为定公。

②数十年后事，一一皆验。跦跦，跳行貌。褰，裤也。襦，在外短衣也。

泽门之皙讴①

泽门之皙，实兴我役。邑中之黔，实慰我心。

【注释】

①《左传》：宋皇国父为太宰，为平公筑台于门，妨于农收。子罕请俟农功之毕，公弗许，筑者讴曰。

忼慷歌①

贪吏而不可为而可为，廉吏而可为而不可为。贪吏而不可为者，当时有污名；而可为者，子孙以家成。廉吏而可为者。当时有清名；而不可为者，子孙困穷被褐而负薪。贪吏常苦富，廉吏常苦贫。独不见楚相孙叔敖，廉洁不受钱②。

【注释】

①歌见孙叔敖碑。与《史记·滑稽传》所载相类，附录《史记》于此：楚相孙叔敖死，其子穷困负薪，优孟怜之，即为孙叔敖衣冠，抵掌谈语。岁余，像孙叔敖。楚王置酒，优孟前为寿，王大惊，以为孙叔敖复生也，欲以为相。优孟曰：楚相不足为也。孙叔敖为相，尽忠为廉，王得以伯。今死，其子贫负薪。必如孙叔敖，不如自杀。因歌云云。王乃召孙叔敖子，封之寝丘。

②将廉吏之不可为说透，而主意于末一语缀出，情深语竭。楚王听之，不觉自入。

子产诵二章①

取我衣冠而褚之，取我田畴而伍之。孰杀子产，吾其与之。

我有子弟，子产诲之。我有田畴，子产殖之。子立而死，谁其嗣之？

【注释】

①《左传》：子产从政一年，舆人诵之云云。及三年，又诵之云云。

孔子诵二章①

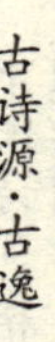

麛裘而鞸，投之无戾。鞸之麛裘，投之无邮。

衮衣章甫，实获我所。章甫衮衣，惠我无私。

【注释】

①《家语》：孔子始用于鲁，鲁人鹥诵之云云。及三月，政成。化既行。又诵之云云。

去鲁歌①

彼妇之口，可以出走。彼妇之谒，可以死败。盖优哉游哉，维以卒岁。

【注释】

①《史记》：孔子相鲁，鲁大治。齐人归女乐，季桓子受之。三日不听政；郊，又不致膰于大夫。孔子遂行，歌曰。

蟪蛄歌①

违山十里，蟪蛄之声，犹尚在耳②。

【注释】

①《说苑》：孔子歌云云，政尚静而恶哗也。

②《史记》云：鲁之衰也，洙泗之间，盖龂龂如也，即恶哗之意。

临河歌①

狄水衍兮风扬波，舟楫颠倒更相加，归来归来胡为斯②。

【注释】

①《水经注》：孔子适赵，临河不济，叹而作歌。

②狄，水名，在临济。旧作"秋"，误。

楚聘歌①

大道隐兮礼为基，贤人窜兮将待时，天下如一兮欲何之。

【注释】

①《孔丛子》：楚王使使奉金币聘夫子。宰予、冉有曰："夫子之道，至是行矣。"遂请见。问曰："太公勤身苦志，八十而遇文王，孰与许由之贤？"子曰："许由独善其身者也，太公兼利天

下者也。然今世无文王，虽有太公，孰能识之？”歌曰。

获麟歌①

唐虞世兮麟凤游，今非其时来何求，麟兮麟兮我心忧②。

【注释】

①《孔丛子》：叔孙氏之车子钼商樵于野而获麟焉。众莫之识，以为不祥。夫子往观焉。泣曰：“麟也。麟出而死，吾道穷矣。”歌云云。

②和平语人人自深，此圣人之言也。

龟山操①

予欲望鲁兮，龟山蔽之。手无斧柯，奈龟山何②？

【注释】

①《琴操》：季桓子受齐女乐，孔子欲谏不得，退而望鲁龟山作歌，喻季之蔽鲁也。

②所以七日诛少正卯也。故知圣人不尚姑息。

盘　操①

干泽而渔，蛟龙不游。覆巢毁卵，凤不翔留。惨予心悲，还原息陬。

【注释】

①《琴操》。

水仙操

《琴苑要录》：《水仙操》，伯牙所作也。伯牙学琴于成连，三年而成。至于精神寂漠，情之专一，未能得也。成连曰：“吾之学，不能移人之情。吾师有方子春，在东海中。”乃赍粮从之。至蓬莱山，留伯牙曰：“吾将迎吾师。”刺船而去，旬时不返。伯牙心悲，延颈四望。但闻海水之汩没，山林窅冥，群鸟悲号。仰天叹曰：“先生将移我情。”乃援琴而作歌。

繄洞渭兮流澌濩，舟楫逝兮仙不还。移形素兮蓬莱山，歍钦伤宫仙不还①。

【注释】

①歍，音“乌”。歍钦，未详。《伯姬引》亦用“歍钦”字。　　一序已尽琴理，歌辞略见大意。

接舆歌①

凤兮凤兮，何如德之衰也。来世不可待，往世不可追也。天下有道，圣人成焉；天下

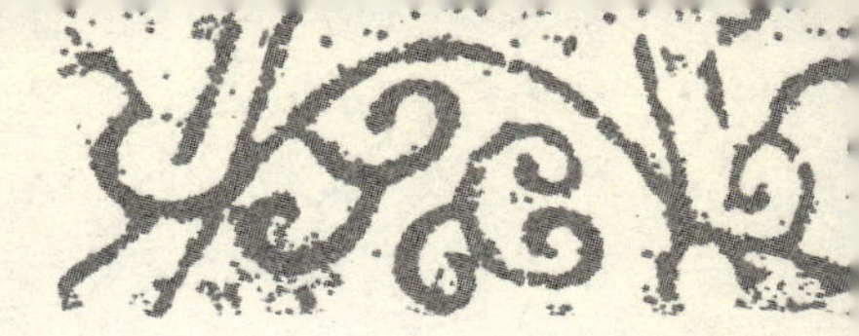

无道，圣人生焉。方今之时，仅免刑焉。福轻乎羽，莫之知载；祸重乎地，莫之知避。已乎已乎，临人以德；殆乎殆乎，画地而趍。迷阳迷阳，"无伤"吾行。吾行却曲，无伤吾足[②]。

【注释】

①事见《庄子》。《论语》所载大同小异。

②圣人生焉，谓徒生于世也。　　迷阳，草名，其肤多刺，故曰"无伤"云云。

成人歌[①]

蚕则绩而蟹有匡，范则冠而蝉有緌，兄则死而子皋为之衰[②]。

【注释】

①《檀弓》：成人有其兄死而不为衰者，闻高子皋为成宰，遂为衰。成人歌曰。

②成，鲁邑名。匡，蟹背壳似匡也。范，蜂也。緌，谓蝉喙，长在腹下。此嗤兄死者，其衰之不为兄也。

渔父歌[①]

日月昭昭乎寖已驰，与子期乎芦之漪。
日已夕兮，予心忧悲；月已驰兮，何不渡为？事寖急兮将奈何？
芦中人，岂非穷士乎[②]？

【注释】

①《吴越春秋》：伍员奔吴，追者在后。至江，江中有渔父，子胥呼之，渔父欲渡，因歌云云。子胥止芦之漪，渔父又歌云云。既渡，渔父视之有饥色，曰："为子取饷"。渔父去，子胥疑之，乃潜深苇之中。父来，持麦饭鲍鱼羹盎浆。求之不见，因歌而呼之云云。子胥出，饮食毕，解百金之剑以赠，渔父不受。问其姓名，不答。子胥诫渔父曰："掩子之盎浆，无令其露。"渔父诺。胥行数步，渔者覆船自沉于江。

②合上章为韵，其声愈促。

偕隐歌[①]

天下有道，我黻子佩。天下无道，我负子戴。

【注释】

①《琴清英》云：祝牧与其妻偕隐，乃作歌。

徐人歌[①]

延陵季子兮不忘故，脱千金之剑兮带丘墓。

【注释】

①刘向《新序》:延陵季子将聘晋,带宝剑。徐君不言,而色欲之。季子未献也,然其心已许之。使反,而徐君已死。季子于是以剑带徐君墓树而去。徐人为之歌。

越人歌[①]

今夕何夕兮,搴洲中流。今日何日兮,得与王子同舟。蒙羞被好兮,不訾诟耻。心几烦而不绝兮,得知王子。山有木兮木有枝,心说君兮君不知[②]。

【注释】

①刘向《说苑》:鄂君子皙泛舟于新波之中,乘青翰之舟,张翠盖,会钟鼓之音。越人拥楫而歌,于是鄂君乃揄修袂行而拥之,举绣被而覆之。

②与"思公子兮未敢言"同一婉至。

越谣歌[①]

君乘车,我戴笠,他日相逢下车揖。君担簦,我跨马,他日相逢为君下。

【注释】

①《风土记》:越俗性率朴,初与人交,有礼,封土坛,祭以犬鸡,祝曰。

琴　歌[①]

乐莫乐兮新相知,悲莫悲兮生别离。

【注释】

①《列女传》:齐人杞梁殖袭莒,战死。其妻哭于城下,七日而城崩。故《琴操》云:殖死,其妻援琴作歌曰。

灵宝谣[①]

吴王出游观震湖,龙威丈人山隐居。北上包山入灵墟,乃入洞庭窃禹书。天地大文不可舒,此文长传百六初,若强取出丧国庐。

【注释】

①《灵宝要略》:吴王阖闾出游包山,见一人,自言姓山名隐居。阖闾扣之,乃入洞庭,取素书一卷呈阖闾,其文不可识,令人赍之问孔子。孔子曰:丘闻童谣云云。

吴夫差时童谣[①]

梧宫秋,吴王愁[②]。

【注释】

①《述异记》：吴王有别馆在句容，楸梧成林，故名梧宫，或云即馆娃宫，宫有梧桐园。

②国家愁惨之状，尽于六字中。不啻闻"雍门之弹"矣。秋，隐语也。

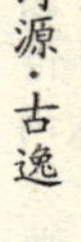

乌鹊歌[①]

南山有乌，北山张罗。乌自高飞，罗当奈何？
乌鹊双飞，不乐凤凰。妾是庶人，不乐宋王[②]。

【注释】

①《彤管集》：韩凭为宋康王舍人，妻何氏美，王欲之。捕舍人，筑青陵之台。何氏作《乌鹊歌》以见志，遂自缢。

②妙在质直。唐孟郊《列女操》："波澜誓不起，妾心井中水。"此一种也。

答夫歌

其雨淫淫，河大水深，日出当心[①]。

【注释】

①王得诗，以问苏贺。贺曰："雨淫淫，愁且思也。河水深，不得往来也。日当心，死志也。"语特奇创。

越群臣祝[①]

皇天祐助，前沉后扬。祸为德根，忧为福堂。威人者灭，服从者昌。王离牵致，其后无殃。君臣生离，感动上皇，众夫悲哀，莫不感伤。臣请薄脯，酒行二觞[②]。　　大王德寿，无疆无极。乾坤受灵，神祇辅翼。我王厚之，祉祐在侧。德销百殃，利受其福。去彼吴庭，来归越国。

【注释】

①《吴越春秋》：越王勾践五年，与大夫种、范蠡入臣于吴。群臣送之浙江之上，临水祖道，军陈固陵，大夫前为祝。词曰。

②前沉后扬，吴越初终，尽此四字。

祝越王辞[①]

皇天祐助，我王受福。良臣集谋，我王之德。宗庙辅政，鬼神承翼。君不忘臣，臣尽其力。上天苍苍，不可掩塞。觞酒二升，万福无极[②]。　　我王仁贤，怀道抱德。灭仇破吴，不忘返国。赏无所悋，群邪杜塞。君臣同和，福祐千亿。觞酒二升，万岁

难极。

【注释】

①《吴越春秋》：越王既灭吴，伯诸侯，置酒文台，群臣为乐。大夫种进祝酒，词曰。

②君不忘臣，臣尽其力。恐君臣之不终，故有此语。

弹　歌[①]

断竹续竹，飞土逐宍[②]

【注释】

①《吴越春秋》：越王欲谋伐吴，范蠡进善射者陈音。王问曰："孤闻子善射，道何所生？"对曰："臣闻弩生于弓，弓生于弹，弹起于古之孝子，不忍见父母为禽兽所食，故作弹以守之。"歌曰。

②宍，古"肉"字。　二字为句。　刘勰云："断竹黄歌，贤之至也。"

禳田者祝[①]

瓯窭满篝，污邪满车。五谷蕃熟，穰穰满家[②]。

【注释】

①《史记》：齐威王使淳于髡于赵，请兵御楚。赍金百斤，车马十驷。髡仰天大笑，冠缨索绝。王曰："先生少之乎？"髡曰："臣从东方来，见道旁禳田者，操豚蹄，酒一盂而祝云云。臣见所持者狭，而所欲者奢，故笑之。"

②瓯窭，少意。篝，笼也。言少者犹满篝也。污邪，下田也。　词极古茂。起二语亦可二字成句。《诗》"螮蝀在东"同此。

巴 谣 歌[①]

神仙得者茅初成，驾龙上升入太清。时下玄洲戏赤城，继世而往在我盈，帝若学之腊嘉平。

【注释】

①《茅盈内传》：秦始皇三十一年九月庚子，茅盈高祖濛于华山之中，乘云贺鹤，白日升天。先是时有巴谣歌辞云云。始皇闻谣歌而问其故，父老具对曰："此仙人之谣歌，劝帝求长生之术。"于是始皇欣然，乃有寻仙之志，因改腊月嘉平。

渡易水歌[①]

风萧萧兮易水寒，壮士一去兮不复还[②]。

【注释】

①《史记》：燕太子丹使荆轲刺秦王，至易水之上，既祖取道，高渐离击筑，荆轲和而歌，为变徵之声，士皆垂泪涕泣。又前而歌曰。

②至今读之，犹存变徵之声。

三秦记民谣

武功太白，去天三百。孤云两角，去天一握。山水险阻，黄金子午。蛇盘乌栊，势与天通[①]。

【注释】

①奇奥。

楚人谣[①]

楚虽三户，亡秦必楚[②]。

【注释】

①《史记》：楚怀王为张仪所欺，客死于秦，至王负刍，遂为秦所灭，百姓哀之。

②哀痛激烈，比“松柏之歌”尤甚。

河图引蜀谣

汶阜之山，江出其腹，帝以会昌，神以建福。

湘中渔歌

帆随湘转，望衡九面[①]。

【注释】

①《禹贡》：“夹右碣石，入于河。”简而能达，不图此复遇之。

太公兵法引黄帝语[①]

日中不彗，是谓失时。操刀不割，失利之期。执柯不伐，贼人将来。涓涓不塞，将为江河。荧荧不救，炎炎奈何？两叶不去，将用斧柯。为虺弗摧，行将为蛇[②]。

【注释】

①以下古逸谐语。

②“两叶不去”二句，古人未尝不造句也。　　不必果出黄帝，然其语可录。

六　韬

天下攘攘，皆为利往。天下熙熙，皆为利来。

管　子

墙有耳，伏寇在侧。

左传引逸诗

翘翘车乘，招我以弓。岂不欲往，畏我友朋[①]。
俟河之清，人寿几何。兆云询多，职竞作罗[②]。
虽有丝麻，无弃菅蒯。虽有姬姜，无弃蕉萃[③]。凡百君子，莫不代匮[④]。

【注释】

①陈敬仲引。　　难进之思凛然。

②郑子驷引。

③蕉萃，同“顦顇”。

④见子重伐莒篇。

左　传

山有木，工则度之；宾有礼，主则择之[①]。
心苟无暇，何恤乎无家[②]。
畏首畏尾，身其余几[③]。
虽鞭之长，不及马腹[④]。

【注释】

①鲁羽父引周谚。

②晋士蒍引谚。

③郑子家引古言。

④晋伯宗引古语。

国　语

兽恶其网，民怨其上[①]。

众心成城，众口铄金[②]。
从善如登，从恶如崩[③]。

【注释】

①单襄公引谚。
②州鸠对周景王引谚。
③卫彪傒引谚。

孔子家语

相马以舆，相士以居[①]。

【注释】

①英雄短气。

列　子

生相怜，死相捐[①]。
人不婚宦，情欲失半。人不衣食，君臣道息[②]。

【注释】

①《杨朱篇》引谚。
②古语。

韩非子

奔车之上无仲尼，覆舟之下无伯夷。

慎　子

不聪不明，不能为王。不瞽不聋，不能为公[①]。

【注释】

①要知聪明聋瞽，并行不悖。冕而前旒，黈纩塞耳，亦不专主聪明也。

鲁连子

心诚怜，白发玄。情不怡，艳色媸。

战国策

宁为鸡口，无为牛后[①]。
削株掘根，无与祸邻，祸乃不存[②]。

【注释】

①苏秦为赵合从，说韩曰：闻之鄙语云云。　　一云：鸡尸牛从。尸，主也。从，牛子也。
②张仪说秦，臣闻之云云。

史　记[①]

蓬生麻中，不扶自直。白沙在泥，与之皆黑[②]。
当断不断，反受其乱[③]。
长袖善舞，多钱善贾[④]。
农不如工，工不如商；刺绣文，不如倚市门[⑤]。

【注释】

①下俱汉以后矣。因众人称引。按之时代，未能皆有所属，故亦入古逸中。
②与芝兰、鲍鱼同意。
③《黄歇传赞》引语。
④《蔡泽传》太史公引韩非语。
⑤《货殖传》。

汉　书

狡兔死，走狗烹；飞鸟尽，良弓藏；敌国破，谋臣亡[①]。
不习为吏，视已成事[②]。
水至清则无鱼，人至察则无徒[③]。
千人所指，无病而死[④]。

【注释】

①《韩信传》。
②贾谊引鄙谚。
③东方朔《客难》。
④王嘉上封事谏成帝益封董贤，引里谚云。　　比"高明之家，鬼瞰其室"及"美服患人指"等语，更为可危可惧。一能胜予，况千人乎？

列女传引古语

力田不如遇丰年，力桑不如见国卿。刺绣文，不如倚市门。

说　苑

绵绵之葛，在于旷野。良工得之，以为絺纻。良工不得，枯死于野。

刘向别录引古语

唇亡而齿寒，河水崩，其坏在山。

新　序

蠹喙仆柱梁，蚊芒走牛羊。

风俗通

狐欲渡河，无奈尾何[①]。
妇死腹悲，惟身知之。
县官漫漫，怨死者半。
金不可作，世不可度[②]。

【注释】

①小狐肸济，濡其尾。更为古奥。
②点破秦皇汉武。

桓子新论引谚

人闻长安乐，则出门而西向笑；知肉味美，则对屠门而大嚼。

牟子引古谚[①]

少所见，多所怪，见橐驼言马肿背[②]。

【注释】

①东汉牟融。
②谑语使读者失笑。

易纬引古诗

一夫两心，拔刺不深[①]。

踬马破车，恶妇破家。

【注释】

①可反证同心断金。

四民月令引农语[1]

三月昏，参星夕。杏花盛，桑叶白。
河射角，堪夜作。犁星没，水生骨。

【注释】

①东汉崔寔撰。

月令注引里语

蜻蛉鸣，衣裘成；蟋蟀鸣，懒妇惊。

水经注引谚

射的白，斛米百。射的玄，斛米千。[1]

【注释】

①射的，山名，远望状若射侯。土人以验年之登否。

山经引相家书

山川而能语，葬师食无所。肺腑而能语，医师色如土。

文选注引古谚

越阡度陌，互为主客。

魏志王昶引谚

救寒无若重裘，止谤莫若自修。

梁史

屋漏在上，知之在下。

史照通鉴疏引谚

足寒伤心，民怨伤国。

古谚古语

触露不掐葵，日中不翦韭。

将飞者翼伏，将奋者足跼；将噬者爪缩，将文者且朴。上求材，臣残木；上求鱼，臣干谷[①]。

无乡之社，易为黍肉。无国之稷，易为求福。

【注释】

①上可以多求乎？造句简古。

古诗源卷二

汉诗

高 帝

大风歌[①]

大风起兮云飞扬，威加海内兮归故乡，安得猛士兮守四方[②]。

【注释】

①《史记》：高祖既定天下，还过沛，留置酒沛宫，悉召故人父老子弟佐酒。发沛中儿，得百二十人，教之歌。酒酣，上击筑自歌曰。

②上言扫除群雄，末言守成也。　时帝春秋高，韩、彭已诛，而孝惠仁弱，人心未定，思猛士，其有悔心乎？

鸿鹄歌[①]

鸿鹄高飞，一举千里。羽翼已就，横绝四海。横绝四海，又可奈何？虽有缯缴，将安所施？

【注释】

①《史记》：高帝欲立戚夫人子赵王如意，后不果。戚夫人涕泣，帝曰："为我楚舞，我为若楚歌。"其旨言太子得四皓为辅，羽翼成就，不可易也。

项 羽

垓下歌[①]

力拔山兮气盖世，时不利兮骓不逝；骓不逝兮可奈何，虞兮虞兮奈若何[②]。

【注释】

①《史记》：汉围项羽垓下，夜闻汉军皆楚歌，惊曰："汉皆已得楚乎？"起饮帐中，有美人虞常从，骏马名骓常骑之，乃悲歌慷慨。歌数阕，美人和之。

②可奈何、奈若何，呜咽缠绵。从古真英雄必非无情者。　虞姬和歌竟似唐绝句矣，故不录。

唐山夫人①

安世房中歌②

大孝备矣，休德昭明。高张四县③，乐充宫庭。芬树羽林，云景杳冥。金支秀华，庶旄翠旌④。　　七始华始，肃倡和声。神来晏娭⑤，庶几是听。鬻鬻音送，细齐人情。忽乘青玄，熙事备成。清思眑眑，经纬冥冥⑥。　　我定历数，人告其心。敕身齐戒，施教申申。乃立祖庙，敬明尊亲。大矣孝熙，四极爰辏。　　王侯秉德，其邻翼翼。显明昭式，清明鬯矣。皇帝孝德，竟全大功，抚安四极。　　海内有奸，纷乱东北。诏抚成师，武臣承德。行乐交逆，箫勺群慝。肃为济哉，盖定燕国。

大海荡荡水所归，高贤愉愉民所怀。太山崔，百卉殖。民何贵，贵有德⑦。　　安其所，乐终产。乐终产，世继绪。飞龙秋，游上天。高贤愉，乐民人。　　丰草葽，女萝施。善何如，谁能回。大莫大，成教德。长莫长，被无极⑧。　　雷震震，电耀耀。明德乡，治本约。治本约，泽弘大。加被宠，咸相保。施德大，世曼寿。　　都荔遂芳，窅窊桂华。孝奏天仪，若日月光。乘玄四龙，回驰北行。羽旄殷盛，芬哉芒芒。孝道随世，我署文章⑨。　　冯冯翼翼，承天之则。吾易久远，烛明四极。慈惠所爱。美若休德。杳杳冥冥，克绰永福。　　硙硙即即，师象山则。呜呼孝哉，案抚戎国。蛮夷竭欢，象来致福。兼临是爱，终无兵革⑩。　　嘉荐芳矣，告灵飨矣。告灵既飨，德音孔臧。惟德之臧，建侯之常。承保天休，令问不忘。　　皇皇鸿明，荡侯休德。嘉承天和，伊乐厥福。在乐不荒，唯民之则。浚则师德，下民咸殖。令问在旧，孔容翼翼⑪。　　孔容之常，承帝之明。下民之乐，子孙保光。承顺温良，受帝之光。嘉荐令芳，寿考不忘。　　承帝明德，师象山则。云施称民，永受厥福。承容之常，承帝之明。下民安乐，受福无疆⑫。

【注释】

①高帝姬。韦昭曰：唐山，姓也。

②《汉书·礼乐志》曰：汉房中祠乐，高祖唐山夫人所作也。

③县，同“悬”。

④末四句幽光灵响。不专以典重见长。

⑤娭，同“嬉”。

⑥“鬻鬻”二语，写乐音深静，可补《乐记》所缺。

⑦以下忽焉变调，或急或繁，各极音节之妙。

⑧此章忽用比兴。

⑨孝道随世，《中庸》所云“达孝”也。

⑩《礼乐志》曰：硙硙，崇积也。即即，充实也。

⑪规语得体。

⑫《郊庙歌》近《颂》，《房中歌》近《雅》，古奥中带和平之音，不肤不庸，有典有则，是西京极大

文字。　　首言大孝备矣，以下反反覆覆，屡称孝德。汉朝数百年家法，自此开出。累代庙号，首冠以孝，有以也。

朱虚侯章

耕田歌①

深耕溉种，立苗欲疏。非其种者，锄而去之。

【注释】

①《史记》：诸吕擅权，章忿刘氏不得职。尝入侍晏，太后令为酒吏，章曰："臣将种也，请以军法行酒。"太后曰："可。"酒酣，章乃作《耕田歌》。顷之，诸吕有一人醉亡酒，章追拔剑斩之。太后大惊。业已许其军法，无以罪也。

紫芝歌①

莫莫高山，深谷逶迤。晔晔紫芝，可以疗饥。唐虞世远，吾将何归。驷马高盖，其忧甚大。富贵之畏人兮，不若贫贱之肆志。

【注释】

①《古今乐录》：四皓隐于商山作歌。

武　帝

瓠子歌二首①

瓠子决兮将奈何，浩浩洋洋兮虑殚为河。殚为河兮地不得宁，功无已时兮吾山平。吾山平兮钜野溢，鱼弗郁兮柏冬日②。正道弛兮离常流，蛟龙骋兮放远游。归旧川兮神哉沛，不封禅兮安知外，为我谓河伯兮何不仁，泛滥不止兮愁吾人。啮桑浮兮淮泗满，久不返兮水维缓③。

河汤汤兮激潺湲，北渡回兮迅流难。搴长茭兮湛美玉，河伯许兮薪不属。薪不属兮卫人罪，烧萧条兮噫乎何以御水。隤林竹兮楗石菑，宣防塞兮万福来④。

【注释】

①《史记》：元封二年，帝既封禅，乃发卒万人，塞瓠子决河。还自临祭，令群臣从官皆负薪。时东郡烧草薪少，乃下淇园之竹以为楗。上既临河决，悼其功之不就，为作歌二章，于是卒

塞瓠子，筑宫名曰宣房。

②柏，同“迫”。

③啮桑，县名。

④好大喜功之举，不无畏天忧世之心，文章古奥，自是西京气象。

秋风辞①

秋风起兮白云飞，草木黄落兮雁南归。兰有秀兮菊有芳，怀佳人兮不能忘。泛楼船兮济汾河，横中流兮扬素波。箫鼓鸣兮发棹歌，欢乐极兮哀情多。少壮几时兮奈老何②。

【注释】

①《汉武帝故事》：帝行幸河东，祠后土，顾视帝京，忻然中流，与群臣饮宴，自作《秋风辞》。

②《离骚》遗响。　　文中子谓乐极哀来，其悔心之萌乎？

李夫人歌①

是耶非耶，立而望之，翩何姗姗其来迟。

【注释】

①《汉书·外戚传》：夫人早卒，方士齐少翁言能致其神。乃夜张灯烛，设帷帐，令帝居帐中，遥望见好女如李夫人之貌。不得就视，帝愈悲感，为作诗。

柏梁诗①

日月星辰和四时，帝。骖驾驷马从梁来。梁孝王武。郡国士马羽林材，大司马。总领天下诚难治。丞相石庆。和扶四夷不易哉。大将军卫青。刀笔之吏臣执之，御史大夫倪宽。撞钟伐鼓声中诗。太常周建德。宗室广大日益滋。宗正刘安国。周卫交戟禁不时，卫尉路博德。总领从宗柏梁台。光禄勋徐自为。平理清谳决嫌疑，廷尉杜周。修饰舆马待驾来。太仆公孙贺。郡国吏功差次之，大鸿胪壶充国。乘舆御物主治之。少府王温舒。陈粟万石扬以箕，大司农张成。徼道宫下随讨治。执金吾中尉豹。三辅盗贼天下危，左冯翊盛宣。盗阻南山为民灾。右扶风李成信。外家公主不可治，京兆尹。椒房率更领其材。詹事陈掌。蛮夷朝贺帝舍其，典属国。柱枅欂栌相枝持。大匠。枇杷橘栗桃李梅，大官令。走狗逐兔张罘罳。上林令。啮妃女唇甘如饴，郭舍人。迫窘诘屈几穷哉②。东方朔。

【注释】

①元封三年，作柏梁台，诏群臣二千石，有能为七言诗乃得上坐。

②此七言古权舆，亦后人联句之祖也。武帝句，帝王气象，以下难追后尘矣。存之以备一

体。　　篇中三“之”字，三“治”字，二“哉”字，二“时”字，二“材”字，古人作诗，不忌重复，且如三百篇《株林》一诗，四句中连用二“林”字，二“南”字。《采薇》首章连用“猃狁之故”句。此类不可胜数。　　《三秦记》谓《柏梁台》诗是元封三年作，然梁孝王薨于孝景之世；又光禄勋、大鸿胪、大司农，执金吾、京兆尹、左冯翊、右扶风皆武帝太初元年所更名，不应预书于元封之时，其为后人拟作无疑也。不然，大君之前，郭舍人敢狂荡无礼，而东方朔以滑稽语为戏耶？

落叶哀蝉曲[①]

罗袂兮无声，玉墀兮尘生。虚房冷而寂寞，落叶依于重扃，望彼美之女兮，安得感余心之未宁。

【注释】

①王子年《拾遗记》：汉武帝思李夫人，不可复得。时穿昆灵之池，泛翔禽之舟，帝自造歌曲，使妇伶歌之。时日已西颓，凉风激水，女伶歌声甚遒，因赋《落叶哀蝉曲》。

蒲梢天马歌[①]

天马徕兮从西极[②]，经万里兮归有德。承灵威兮降外国，涉流沙兮四夷服。

【注释】

①《史记》：武帝伐大宛，得千里马名蒲梢，作此歌。

②徕，古“来”字。

韦　孟

讽谏诗[①]

肃肃我祖，国自豕韦。黼衣失黻，四牡龙旂。彤弓斯征，抚宁遐荒。总齐群邦，以翼大商。迭彼大彭，勋绩维光。至于有周，历世会同。王赧听谮，实绝我邦。我邦既绝，厥政斯逸。赏罚之行，非由王室。庶尹群后，靡扶靡卫。五服崩离，宗周以坠。我祖斯微，迁于彭城。在予小子，勤唉厥生。阨此嫚秦，耒耜斯耕。悠悠嫚秦，上天不宁。乃眷南顾，授汉于京。于赫有汉，四方是征。靡适不怀，万国攸平。乃命厥弟，建侯于楚。俾我小臣，惟傅是辅。矜矜元王，恭俭静一。惠此黎民，纳彼辅弼。享国渐世，垂烈于后。乃及夷王，克奉厥绪。咨命不永，惟王统祀。左右陪臣，斯惟皇士。如何我王，不思守保。不惟履冰，以继祖考。邦事是废，逸游是娱。犬马悠悠，是放是驱。务此鸟兽，忽此稼苗。蒸民以匮，我王以媮。所弘匪德，所亲非俊。惟囿是恢，惟谀是信。睮睮谄夫，谔谔黄发。如何我王，曾不是察，既藐下臣，追欲纵逸。嫚彼显祖，轻此削黜。嗟嗟我王，汉之睦亲。曾不夙夜，以休令闻。穆穆天子，照临下土。明明群司。执宪靡顾。正遐由近，殆其兹怙。嗟嗟我王，曷不斯思。匪思匪监，嗣其罔则。弥弥其逸，岌岌其国。致冰匪霜，至坠匪嫚。瞻惟我王，时靡不练。兴国救颠，孰违悔过。追思黄发，秦穆以霸。岁月其徂，年其逮耇。于赫君子，庶显于后。我王如何，曾不斯览。黄发不近，胡不时鉴[②]。

【注释】

①《汉书》：孟为元王傅，傅子夷王及孙王戊。戊荒淫不遵道，作诗讽谏曰。

②迭彼大彭，迭，互也。言与大彭互为伯于商也。　唉，叹声。　渐世，没世也。　惟王统祀以上，历叙废兴，即寓讽谏之意。　睮睮，目媚貌。　"穆穆天子"六句，言天子之明，群臣之执法。欲正远人，先从近始，而王怙恃不悛，危殆无日矣。　"致冰匪霜"二句，言致冰岂非由霜乎？致坠岂非由嫚乎？　"瞻惟我王"下，望其改过之词。练，习也。言王于上之所言，无不练习也。　肃肃穆穆，汉诗中有此拙重之作。去变雅未远，后张华、二陆、潘岳辈四言，恹恹欲息矣，故悉汰之。

东方朔

诫子诗[①]

明者处世，莫尚于中。优哉游哉，于道相从。首阳为拙，柳下为工。饱食安步，以仕代农。依隐玩世，诡时不逢。才尽身危，好名得华。有群累生，孤贵失和。遗余不匮，自尽无多。圣人之道，一龙一蛇，形见神藏，与物变化。随时之宜，无有常家[②]。

【注释】

①《汉书》取前十句为东方赞。

②言有群孤贵皆失，以其有常家也。东方先生一生得力，尽在此乎。

乌孙公主

悲愁歌[①]

吾家嫁我兮天一方，远托异国兮乌孙王。穹庐为室兮毡为墙，以肉为食兮酪为浆。常思汉土兮心内伤，愿为黄鹄兮还故乡。

【注释】

①《汉书·西域传》：元封中，遣江都王建女细君为公主，以妻乌孙昆莫。昆莫年老，言语不通，公主悲，乃自作歌。

司马相如

封禅颂①

自我天覆，云之油油。甘露时雨，厥壤可游。滋液渗漉，何生不育。嘉谷六穗，我穑曷蓄。非惟雨之，又润泽之。非惟遍之，我泛布濩之。万物熙熙，怀而慕思。名山显位，望君之来。君乎君乎，侯不迈哉。般般之兽，乐我君圃。白质黑章，其仪可嘉。旼旼穆穆，君子之能。盖闻其声，今观其来。厥涂靡踪，天瑞之征。兹亦于舜，虞氏以兴。濯濯之麟，游彼灵畤。孟冬十月，君徂郊祀。驰我君舆，帝用享祉。三代之前，盖未尝有。宛宛黄龙，兴德而升。采色炫耀，熿炳辉煌。正阳显见，觉悟黎蒸。于传载之，云受命所乘。厥之有章，不必谆谆。依类托寓，谕以封峦②。

【注释】

①《史记》：长卿病甚，武帝使所忠往求其书。及至，已卒。其妻曰："长卿未死时为一卷书，曰：'有使来求书奏之。'"其遗札言封禅事，所忠奏焉。

②"非惟雨之"四语，"盖闻其声"二语，悠扬生动，不专以古拙胜也。后述祥瑞三段，井井有法。

卓文君

白头吟①

皑如山上雪，皎若云间月。闻君有两意，故来相决绝。今日斗酒会，明旦沟水头。躞蹀御沟上，沟水东西流。凄凄复凄凄，嫁娶不须啼。愿得一心人，白头不相离。竹竿何嫋嫋，鱼尾何簁簁。男儿重意气，何用钱刀为？

【注释】

①《西京杂记》：相如将聘茂陵女为妾，文君作《白头吟》以自绝，相如乃止。

苏　武①

诗四首②

骨肉缘枝叶，结交亦相因。四海皆兄弟，谁为行路人。况我连枝树，与子同一身。

昔为鸳与鸯，今为参与辰。昔者长相近，邈若胡与秦。惟念当离别，恩情日以新。
鹿鸣思野草，可以喻嘉宾。我有一樽酒，欲以赠远人。愿子留斟酌，叙此平生亲③。

结发为夫妻，恩爱两不疑。欢娱在今夕，燕婉及良时。征夫怀远路，起视夜何其。
参辰皆已没，去去从此辞。行役在战场，相见未有期。握手一长叹，泪为生别滋。
努力爱春华，莫忘欢乐时，生当复来归，死当长相思④。

黄鹄一远别，千里顾徘徊。胡马失其群，思心常依依。何况双飞龙，羽翼临当乖。
幸有弦歌曲，可以喻中怀。请为游子吟，泠泠一何悲。丝竹厉清声，慷慨有余哀。
长歌正激烈，中心怆以摧。欲展清商曲，念子不能归。俯仰内伤心，泪下不可挥。
愿为双黄鹄，送子俱远飞。

烛烛晨明月，馥馥秋兰芳。芬馨良夜发，随风闻我堂。征夫怀远路，游子恋故乡。
寒冬十二月，晨起践严霜。俯观江汉流，仰视浮云翔。良友远别离，各在天一方。
山海隔中州，相去悠且长。嘉会难再遇，欢乐殊未央。愿君崇令德，随时爱景光⑤。

【注释】

①苏李诗一唱三叹，感寤具存，无急言竭论，而意自长、言自远也。故知庞言繁称，道所不贵。

②首章别兄弟，次章别妻，三、四章别友，非皆别李陵也。钟竟陵俱解作别陵，未必然。

③卢子谅云："恩由契阔申，义随周旋积。"夺胎于"恩情日以新"句，而此殊浑然。　两"人"字复韵。

④两"时"字复韵。

⑤写情款款，淡而弥悲。连上首应是赠李作。

李　陵

与苏武诗三首

良时不再至，离别在须臾。屏营衢路侧，执手野踟蹰。仰视浮云驰，奄忽互相逾。
风波一失所，各在天一隅。长当从此别，且复立斯须。欲因晨风发，送子以贱躯①。

嘉会难再遇，三载为千秋。临河濯长缨，念子怅悠悠。远望悲风至，对酒不能酬。
行人怀往路，何以慰我愁。独有盈觞酒，与子结绸缪。

携手上河梁，游子暮何之。徘徊蹊路侧，悢悢不得辞。行人难久留，各言长相思。
安知非日月，弦望自有时。努力崇明德，皓首以为期②。

【注释】

①一片化机，不关人力，此五言诗之祖也。　音极和，调极谐，字极稳。然自是汉人古诗，后人摹仿不得，所以为至。　唐人句云："孤云与飞鸟，相失片时间。"推为名句。读"奄忽互相逾"句，高下何止倍蓰耶？

②此别永无会期矣，却云弦望有时，缠绵温厚之情也。　"努力崇明德"，正与"愿君崇令德"二语相答。

别　歌[1]

径万里兮渡沙漠，为君将兮奋匈奴。路穷绝兮矢刃摧，士众灭兮名已隤。老母已死，虽欲报恩将安归。

【注释】

①《汉书》：昭帝即位，匈奴与汉和亲。汉使求苏武等，单于许武还。李陵置酒贺武，因起舞而歌，泣下数行，遂与武决。

李延年

歌一首[1]

北方有佳人，绝世而独立。一顾倾人城，再顾倾人国。宁不知倾城与倾国，佳人难再得[2]。

【注释】

①《汉书》：李延年性知音律，善歌舞，武帝爱之。延年起舞而歌云云。上叹息曰："世岂有此人乎？"平阳主因言延年有女弟，上召见之。妙丽善舞，由是得幸。

②欲进女弟，而先为此歌，倡优下贱之技也，然写情自深。古来破家亡国，何必皆庸愚主耶。

燕刺王旦[1]

歌

归空城兮，狗不吠，鸡不鸣。横术何广广兮，固知国中之无人。

【注释】

①《汉书》：旦自以武帝子，且长，不得立，乃与姊盖长公主、左将军上官桀交通，谋废立。事觉，昭帝使使者赐玺书，王以绶自绞，夫人随旦自杀者二十余人。

华容夫人

歌

发纷纷兮寘渠，骨籍籍兮亡居。母求死子兮妻求死夫，裴回两渠间兮君子将安居[①]。

【注释】

①杜少陵“鬼妾”、“鬼马”等语，似从此种化出。

昭　帝

淋池歌[①]

秋素景兮泛洪波，挥纤手兮折芰荷。凉风凄凄扬棹歌，云光开曙月低河，万岁为乐岂云多[②]。

【注释】

①《拾遗记》：时穿淋池，中植芰荷。帝时命水嬉，毕景忘归，使宫人歌曰。

②“月低河”句，已开六朝风气。

杨　恽

拊缶歌[①]

田彼南山，芜秽不治。种一顷豆，落而为萁。人生行乐耳，须富贵何时[②]。

【注释】

①详见《汉书》恽《答孙会宗书》。

②以力田之无年，比仁宦之失志，未尝斥朝廷也，然竟缘此得祸，哀哉。

王昭君

怨　诗[①]

秋木萋萋，其叶萎黄。有鸟处山，集于苞桑。养育毛羽，形容生光。既得升云，上游曲房。离宫绝旷，身体摧藏。志念抑沉，不得颉颃。虽得委食，心有徊徨。我独伊何，来往变常。翩翩之燕，远集西羌。高山峨峨，河水泱泱。父兮母兮，道里悠长。呜呼哀哉，忧心恻伤[②]。

【注释】

①此将入匈奴时所作。

②若明诉入胡之若，不特说不尽，说出亦浅也。呼父呼母，声泪俱绝。下视石季伦拟作，琐屑不足道矣。

班婕妤

怨歌行[①]

新裂齐纨素，皎洁如霜雪。裁成合欢扇，团团似明月。出入君怀袖，动摇微风发。常恐秋节至，凉飚夺炎热。弃捐箧笥中，恩情中道绝[②]。

【注释】

①婕妤初为孝成所宠，其后赵氏日盛，婕妤恐久见危，求供养太后长信宫，作《纨扇诗》以自悼焉。

②用意微婉，音韵和平。《绿衣》诸什，此其嗣响。

赵飞燕

归风送远操[①]

凉风起兮天陨霜，怀君子兮渺难望，感予心兮多慨慷。

【注释】

①《西京杂记》：赵后有宝琴名凤凰，亦善为《归风送远操》。

梁　鸿

五噫歌[①]

陟彼北芒兮，噫。顾瞻帝京兮，噫。宫阙崔巍兮，噫。民之劬劳兮，噫。辽辽未央兮，噫。

【注释】

①《后汉书》:鸿东出关,过京师,作《五噫》之歌。肃宗闻而悲之,求鸿不得。

马 援

武溪深行[1]

滔滔武溪一何深,鸟飞不度,兽不敢临。嗟哉武溪多毒淫。

【注释】

①崔豹《古今注》:《武溪深》,马援南征时作。门生爰寄生善笛,援作歌以和之。

班 固

宝鼎诗[1]

岳修贡兮川效珍,吐金景兮歊浮云。宝鼎见兮色纷缊,焕其炳兮被龙文。登祖庙兮享圣神,昭灵德兮弥亿年。

【注释】

①《东都赋》诗之一。

张 衡

四愁诗

张衡不乐久处机密。阳嘉中,出为河间相。时国王骄奢,不遵法度,又多豪右并兼之家。衡下车,治威严,能内察属县。奸猾行巧劫,皆密知名。下吏收捕,尽服擒。诸豪侠游客,悉惶惧逃出境。郡中大治。争讼息,狱无系囚。时天下渐弊,郁郁不得志,为《四愁诗》。屈原以美人为君子,以珍宝为仁义,以水深雪雰为小人。思以道术相报,贻于时君,而惧谗邪不得以通。其辞曰:

我所思兮在太山,欲往从之梁父艰,侧身东望涕沾翰。美人赠我金错刀,何以报之英琼瑶。路远莫致倚逍遥,何为怀忧心烦劳。　　我所思兮在桂林,欲往从之湘水深,侧身南望涕沾襟。美人赠我金琅玕,何以报之双玉盘。路远莫致倚惆怅,何为怀忧心烦伤。　我所思兮在汉阳，欲往从之陇阪长，侧身西望涕沾裳。美人赠我貂襜褕，何以报之明月珠。路远莫致倚踟蹰，何为怀忧心烦纡。　我所思兮在雁门，欲往从之雪纷纷，侧身北望涕沾巾。美人赠我锦绣段，何以报之青玉案。路远莫致倚增叹，何为怀忧心烦惋①。

【注释】

①心烦纡郁，低徊情深，《风》、《骚》之变格也。少陵七歌源于此，而不袭其迹，最善夺胎。《五噫》、《四愁》，如何拟得？后人拟者，画西施之貌耳。

李　尤

九曲歌

年岁晚暮时已斜，安得力士翻日车。（阙）

古诗源卷三

汉诗

蔡邕

樊惠渠歌 并序

阳陵县东，其地衍隩，土气辛螫，嘉谷不殖，而泾水长流。光和五年，京兆尹樊君勤恤民隐，乃立新渠。曩之卤田，化为甘壤。农民怡悦，相与讴谈疆畔，斐然成章，谓之樊惠渠云。其歌曰：

我有长流，莫或阏之。我有沟浍，莫或达之。田畴斥卤，莫修莫厘。饥馑困悴，莫恤莫思。乃有樊君，作人父母，立我畎亩。黄潦膏凝，多稼茂止。惠乃无疆，如何勿喜。我壤既营，我疆斯成。泯泯我人，既富且盈。为酒为酿，蒸彼祖灵。贻福惠君，寿考且宁。

饮马长城窟行①

青青河边草，绵绵思远道。远道不可思，宿昔梦见之。梦见在我傍，忽觉在他乡。他乡各异县，展转不可见。枯桑知天风，海水知天寒。入门各自媚，谁肯相为言。客从远方来，遗我双鲤鱼。呼儿烹鲤鱼，中有尺素书。长跪读素书，书中竟何如。上有加餐食，下有长相忆②。

【注释】

①亦作古辞。

②通首皆思妇之词。缠绵宛折，篇法极妙。　　宿昔，夙夜也。《列子·周穆王篇》：周之尹氏，大治产，有老役夫昔昔梦为国君，尹氏昔昔梦为人仆。　　前面一路换韵，联折而下，节拍甚急。"枯桑"二句，忽用排偶承接，急者缓之，最是古人神妙处。

翠鸟

庭陬有若榴，绿叶含丹荣。翠鸟时来集，振翼修容形。回顾生碧色，动摇扬缥青。幸脱虞人机，得亲君子庭。驯心托君素，雌雄保百龄。

琴歌

练余心兮浸太清，涤秽浊兮存正灵。和液畅兮神气宁，情志泊兮心亭亭，嗜欲息兮无由生。踔宇庙而遗俗兮，眇翩翩而独征[①]。

【注释】

①琴理之最深者。唐人王昌龄、李颀时亦得之。

秦嘉

留郡赠妇诗

嘉为郡上掾，其妻徐淑，寝疾还家，不获面别，赠诗云尔：

人生譬朝露，居世多屯蹇。忧艰常早至，欢会常苦晚。念当奉时役，去尔日遥远。遣车迎子还，空往复空返。省书情悽怆，临食不能饭。独坐空房中，谁与相劝勉。长夜不能眠，伏枕独展转。忧来如循环，匪席不可卷。　　皇灵无私亲，为善荷天禄。伤我与尔身，少小罹茕独。既得结大义，欢乐苦不足。念当远别离，思念叙款曲。河广无舟梁，道近隔丘陆。临路怀惆怅，中驾正踯躅。浮云起高山，悲风激深谷。良马不回鞍，轻车不转毂。针药可屡进，愁思难为数。贞士笃终始，恩义不可属。　　肃肃仆夫征，锵锵扬和铃。清晨当引迈，束带待鸡鸣。顾看空房中，仿佛想姿形。一别怀万恨，起坐为不宁。何用叙我心，遗思致款诚。宝钗好耀首，明镜可鉴形。芳香去垢秽，素琴有清声。诗人感木瓜，乃欲答瑶琼。愧彼赠我厚，惭此往物轻。虽知未足报，贵用叙我情[①]。

【注释】

①末章韵脚复“形”字。　　词气和易，感人自深，然去西汉浑厚之风远矣。

孔融

杂诗

远送新行客，岁暮乃来归。入门望爱子，妻妾向人悲。闻子不可见，日已潜光辉。孤坟在西北，常念君来迟。褰裳上墟丘，但见蒿与薇。白骨归黄泉，肌体乘尘飞。生时不识父，死后知我谁。孤魂游穷暮，飘飖安所依。人生图孳息[①]，尔死我念追。俯仰内伤心，不觉泪沾衣。人生自有命，但恨生日希[②]。

【注释】

①孯,古“嗣”字。

②少陵《奉先咏怀》,有“入门闻号咷,幼子饥已卒”句,觉此更深可哀。

辛延年

羽林郎

昔有霍家奴,姓冯名子都。依倚将军势,调笑酒家胡。胡姬年十五,春日独当炉。长裾连理带,广袖合欢襦。头上蓝田玉,耳后大秦珠。两鬟何窈窕,一世良所无。一鬟五百万,两鬟千万余。不意金吾子,娉婷过我庐。银鞍何煜爚,翠盖空踟蹰。就我求清酒,丝绳提玉壶。就我求珍肴,金盘脍鲤鱼。贻我青铜镜,结我红罗裾。不惜红罗裂,何论轻贱躯。男儿爱后妇,女子重前夫。人生有新故,贵贱不相逾。多谢金吾子,私爱徒区区[①]。

【注释】

①骈丽之词,归宿却极贞正,风之变而不失其正者也。　　“一鬟五百万”二句,须知不是论鬟。

宋子侯

董娇娆

洛阳城东路,桃李生路傍。花花自相对,叶叶自相当。春风东北起,花叶正低昂。不知谁家子,提笼行采桑。纤手折其枝,花落何飘飖。请谢彼姝子,何为见损伤。高秋八九月,白露变为霜。终年会飘堕,安得久馨香。秋时自零落,春月复芬芳。何时盛年去,欢爱永相忘。吾欲竟此曲,此曲愁人肠。归来酌美酒,挟瑟上高堂[①]。

【注释】

①大意以花落比盛年之易逝也。婀娜其姿,无穷摇曳。　　方舟《汉诗说》云:“‘请谢彼姝子’二句,是问词。‘高秋八九月’四句,是姝子答词。‘秋时自零落’四句,又是答姝子之词。正意全在‘吾欲竟此曲’四句,见欢日无多,劝之及时行乐尔。”

苏伯玉妻

盘中诗

山树高，鸟鸣悲。泉水深，鲤鱼肥。空仓雀，常苦饥。吏人妇，会夫希。出门望，见白衣。谓当是，而更非。还入门，中心悲。北上堂，西入阶。急机绞，杼声催。长叹息，当语谁？君有行，妾念之。出有日，还无期。结巾带，长相思。君忘妾，未知之。妾忘君，罪当治。妾有行，宜知之。黄者金，白者玉。高者山，下者谷。姓者苏，字伯玉。人才多，知谋足。家居长安身在蜀，何惜马蹄归不数。羊肉千斤酒百斛，令君马肥麦与粟。今时人，知四足。与其书，不能读，当从中央周四角[①]。

【注释】

①使伯玉感悔，全在柔婉，不在怨怒，此深于情。 “君有行”，征行也，平声。“妾有行”，行谊也，去声。 似歌谣，似乐府，杂乱成文，而用意忠厚。千秋绝调。

窦玄妻

古怨歌[①]

茕茕白兔，东走西顾。衣不如新，人不如故。

【注释】

①玄状貌绝异，天子使出其妻，妻以公主。妻悲怨，寄书及歌与玄，时人怜之。

蔡琰

悲愤诗[①]

汉季失权柄，董卓乱天常。志欲图篡弑，先害诸贤良。逼迫迁旧邦，拥王以自强。海内兴义师，欲共讨不祥。卓众来东下，金甲耀日光。平土人脆弱，来兵皆胡羌。猎野围城邑，所向悉破亡。斩截无孑遗，尸骸相撑拒。马边悬男头，马后载妇女。长驱西入关，迥路险且阻。还顾邈冥冥，肝脾为烂腐。所略有万计，不得令屯聚。或有骨肉俱，欲言不敢语。失意几微间，辄言毙降虏。要当以亭刃，我曹不活汝。岂敢惜性命，不堪其詈骂。或便加棰杖，毒痛参并下。旦则号泣行，夜则悲吟坐。欲死不能得，欲生无一可。彼苍者何辜，乃遭此厄祸。边荒与华异，人俗少义理。处所多霜雪，胡风春夏起。翩翩吹我衣，肃肃入我耳。感时念父母，哀叹无终已。

有客从外来，闻之常欢喜。迎问其消息，辄复非乡里。邂逅徼时愿，骨肉来迎己。己得自解免，当复弃儿子。天属缀人心，念别无会期。存亡永乖隔，不忍与之辞。儿前抱我颈，问母欲何之。人言母当去，岂复有还时？阿母常仁恻，今何更不慈？我尚未成人，奈何不顾思！见此崩五内，恍惚生狂痴。号呼手抚摩，当发复回疑。兼有同时辈，相送告别离。慕我独得归，哀叫声摧裂。马为立踟蹰，车为不转辙。观者皆歔欷，行路亦呜咽。去去割情恋，遄征日遐迈。悠悠三千里，何时复交会。念我出腹子，胸臆为摧败。既至家人尽，又复无中外。城郭为山林，庭宇生荆艾。白骨不知谁，从横莫覆盖，出门无人声，豺狼嗥且吠。茕茕对孤景，怛咤靡肝肺。登高远眺望，魂神忽飞逝。奄若寿命尽，傍人相宽大。为复强视息，虽生何聊赖。托命于新人，竭心自勗励。流离成鄙贱，常恐复捐废。人生几何时，怀忧终年岁②。

【注释】

①《后汉书》：琰归董祀后，感伤乱离，追怀悲愤。作诗。

②段落分明，而灭去脱卸转接痕迹，若断若续，不碎不乱，少陵《奉先咏怀》、《北征》等作，往往似之。　激昂酸楚，读去如惊蓬坐振，沙砾自飞，在东汉人中，力量最大。　使人忘其失节，而只觉可怜。由情真，亦由情深也。世所传《十八拍》，时多率句，应属后人拟作。

诸葛亮

梁甫吟①

步出齐城门，遥望荡阴里。里中有三坟，累累正相似。问是谁家墓，田疆古冶子。力能排南山，文能绝地纪。一朝被谗言，二桃杀三士。谁能为此谋，国相齐晏子②。

【注释】

①《三国志》曰：诸葛亮躬耕陇亩，好为《梁父吟》。

②武侯好吟《梁父》，非必但指此章，或篇帙散落，惟此流传耳。韵用二“子”字。

乐府歌辞

练时日①

练时日，候有望。焫膋萧，延四方。九重开，灵之斿。垂惠恩，鸿祜休。灵之车，结玄云，驾飞龙，羽旄纷。灵之下，若风马。左苍龙，右白虎。灵之来，神哉沛。先以

雨，般裔裔。灵之至，庆阴阴。相放悲[②]。震淡心。灵已坐，五音饬。虞至旦，承灵亿。牲茧栗，粢盛香。尊桂酒，宾八乡。灵安留，吟青黄。遍观此，眺瑶堂。众嫭并，绰奇丽。颜如荼，兆逐靡。被华文，厕雾縠。曳阿锡，佩珠玉。侠嘉夜，茝兰芳。淡容与，献嘉觞[③]。

【注释】

①以下七章皆郊祀歌。

②放悲，同"仿佛"。

③古色奇响，幽气灵光，奕奕纸上。屈子《九歌》后，另开面目。　"灵之斿"以下，铺排六段，而变幻错综，不板不实，备极飞扬生动。　"众嫭"四句，写美人之多，秾丽中则，《招魂》之遗也。　此章总叙，下为分献之词。

青　阳

青阳开动，根荄以遂。膏润并爱，跂行毕逮。霆声发荣，壏处倾听。枯槁复产，乃成厥命。众庶熙熙，施及夭胎。群生啿啿，惟春之祺[①]。

【注释】

①四章分祭四时之神，天气时物，无不毕达，直是胸有造化。　啿啿，丰厚貌。

朱　明

朱明盛长，旉与万物。桐生茂豫，靡有所诎。敷华就实，既阜既昌。登成甫田，百鬼迪尝。广大建祀，肃雍不忘。神若宥之，传世无疆。

西　颢

西颢沆砀，秋气肃杀。含秀垂颖，续旧不废。奸伪不萌，妖孽伏息。隅辟越远，四貉咸服。既畏兹威，惟慕纯德。附而不骄，正心翊翊[①]。

【注释】

①续旧不废，言肃杀中有生机也。

玄　冥

玄冥凌阴，蛰虫盖藏。草木零落，抵冬降霜。易乱除邪，革正异俗。兆民反本，抱素怀朴。条理信义，望礼五岳。籍敛之时，掩收嘉谷。

惟泰元

惟泰元尊，媪神蕃釐。经纬天地，作成四时。精建日月，星辰度理。阴阳五行，周而复始。云风雷电，降甘露雨。百姓蕃滋，咸循厥绪。继统恭勤，顺皇之德。鸾路龙鳞，罔不肸饰。嘉笾列陈，庶几宴享。灭除凶灾，烈腾八荒。钟鼓笙竽，云舞翔翔。招摇灵旗，九夷宾将[①]。

【注释】

①泰元，天也；媪神，地也。言天神至尊，地神多福。

天　马[①]

太一况[②]，天马下。沾赤汗，沫流赭。志俶傥，精权奇。籋浮云，晻上驰。体容与，迣万里[③]。今安匹，龙为友。　　天马徕，从西极。涉流沙，九夷服。天马徕，出泉水。虎脊两，化若鬼。天马徕，历无皂。经千里，循东道。天马徕，执徐时。将摇举，谁与期。天马徕，开远门。竦予身，逝昆仑。天马徕，龙之媒。游阊阖，观玉台[④]。

【注释】

①《汉书》：元鼎四年秋，马生渥洼水中，作《天马之歌》。太初四年春，贰师将军李广利斩大宛王首，获汗血马，作《西极天马之歌》。

②况，同"贶"。

③迣，即"逝"。

④历无皂，同"草"。言历不毛之地，而来东道也。

战城南[①]

战城南，死郭北。野死不葬乌可食。为我谓乌，且为客豪。野死谅不葬，腐肉安能去子逃。水声激激，蒲苇冥冥。枭骑战斗死，驽马裴徊鸣。梁筑室，何以南，何以北。禾黍不获君何食。愿为忠臣安可得，思子良臣，良臣诚可思。朝行出攻，暮不夜归[②]。

【注释】

①以下四章铙歌。　　汉鼓吹铙歌十八曲，字多讹误，兹录其可诵者。

②太白云："野战格斗死，败马嘶鸣向天悲。"自是唐人语。读"枭骑"十字，何等简劲，末段思良臣，怀颇、牧之意也。

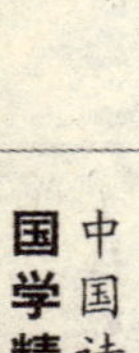

临高台

临高台以轩，下有清水清且寒，江有香草目以兰，黄鹄高飞离哉翻。关弓射鹄，令吾主寿万年。收中吾[①]。

【注释】

①刘履曰："篇末'收中吾'三字，其义未详。疑曲调之余声，如《乐录》所谓'羊无夷'、'伊那何'之类。"

有所思

有所思，乃在大海南。何用问遗君，双珠玳瑁簪，用玉绍缭之。闻君有他心，拉杂摧烧之。摧烧之，当风扬其灰。从今已往，勿复相思，相思与君绝。鸡鸣狗吠，兄嫂当知之。妃呼豨，秋风肃肃晨风飔，东方须臾高知之[①]。

【注释】

①怨而怒矣。然怨之切，正望之深。末段余情无尽。　　此亦人臣思君而托言者也。"鸡鸣"二句，即《野有死麕》章意。

上邪

上邪，我欲与君相知，长命无绝衰。山无陵，江水为竭，冬雷震震，夏雨雪，天地合，乃敢与君绝[①]。

【注释】

①"山无陵"下共五事，重叠言之，而不见其排，何笔力之横也。

箜篌引[①]

公无渡河，公竟渡河。堕河而死，当奈公何[②]。

【注释】

①以下六章相和曲。　　《古今注》：朝鲜津卒霍里子高，晨起刺船。有一白首狂夫，披发提壶，乱流而渡。其妻随而止之，不及，遂堕河而死。妻援箜篌而鼓之，作《公无渡河》之曲，声甚凄怆。曲终，亦投河而死。子高还，语其妻丽玉。丽玉伤之，乃引箜篌而写其声，名曰《箜篌引》。

②缠绵凄恻。《黄牛峡谣》，音节相似。

江　南[①]

江南可采莲，莲叶何田田，鱼戏莲叶间。鱼戏莲叶东，鱼戏莲叶西，鱼戏莲叶南，鱼戏莲叶北[②]。

【注释】

①梁武帝作《江南弄》本此。

②奇格。

薤露歌[①]

薤上露，何易晞。露晞明朝更复落，人死一去何时归。

【注释】

①《古今注》：《薤露》、《蒿里》本出田横门人。横自杀，门人伤之，为作悲歌二章。孝武时，李延年分为二曲。《薤露》，送王公贵人；《蒿里》，送士大夫庶人。使挽柩者歌之，亦谓之挽歌。

蒿里曲

蒿里谁家地，聚敛魂魄无贤愚。鬼伯一何相催促，人命不得少踟蹰。

鸡　鸣[①]

鸡鸣高树巅，狗吠深宫中。荡子何所之，天下方太平？刑法非有贷，柔协正乱名。黄金为君门，璧玉为轩堂。上有双樽酒，作使邯郸倡。刘王碧青甓，后出郭门王。舍后有方池，池中双鸳鸯。鸳鸯七十二，罗列自成行。鸣声何啾啾，闻我殿东厢。兄弟四五人，皆内侍中郎。五日一时来，观者满路傍。黄金络马头，颎颎何煌煌。桃生露井上，李树生桃傍，虫来啮桃根，李树代桃僵。树木身相代，兄弟还相忘。

【注释】

①此曲前后辞不相属，盖采诗入乐，合而成章，非有错简紊误也。后多放此。

陌上桑[①]

日出东南隅，照我秦氏楼。秦氏有好女，自名为罗敷。罗敷善蚕桑，采桑城南隅。青丝为笼系，桂枝为笼钩。头上倭堕髻，耳中明月珠。缃绮为下裙，紫绮为上襦。行者见罗敷，下担捋髭须。少年见罗敷，脱帽著帩头。耕者忘其犁，锄者忘其锄。来归相怨怒，但坐观罗敷。一解。使君从南来，五马立踟蹰。使君遣吏往，问是谁家

姝。秦氏有好女，自名为罗敷。罗敷年几何？二十尚不足，十五颇有余。使君谢罗敷：宁可共载不？罗敷前置辞：使君一何愚！使君自有妇，罗敷自有夫。二解。东方千余骑，夫婿居上头。何用识夫婿？白马从骊驹。青丝系马尾，黄金络马头。腰中鹿卢剑，可直千万余。十五府小史，二十朝大夫；三十侍中郎，四十专城居。为人洁白皙，鬑鬑颇有须。盈盈公府步，冉冉府中趋。坐中数千人，皆言夫婿殊②。三解。

【注释】

①一曰《艳歌罗敷行》。

②铺陈秾至，与辛延年《羽林郎》一副笔墨。此乐府体别于古诗者在此。　　但坐观罗敷，坐，缘也。归家怨怒室人，缘观罗敷之故也。　　“谢使君”四语，大义凛然。末段盛称夫婿，若有章法，若无章法，是古人入神处。　　篇中韵脚，三“头”字，二“隅”字，二“余”字，二“夫”字，二“须”字。

长歌行

青青园中葵，朝露待日晞。阳春布德泽，万物生光辉。常恐秋节至，焜黄华叶衰。百川东到海，何时复西归。少壮不努力，老大徒伤悲②。

【注释】

①连下章平调曲。　　古诗云：“长歌正激烈。”魏文《燕歌行》云：“短歌微吟不能长。”言声有长短也。

②“阳春”十字，正大光明。谢康乐“皇心美阳泽，万象咸光昭”，庶几相类。

君子行

君子防未然，不处嫌疑间。瓜田不纳履，李下不正冠。嫂叔不亲授，长幼不比肩。劳谦得其柄，和光甚独难。周公下白屋，吐哺不及餐。一沐三握发，后世称圣贤。

相逢行①

相逢狭路间，道隘不容车。不知何年少，夹毂问君家。君家诚易知，易知复难忘。黄金为君门，白玉为君堂。堂上置樽酒，作使邯郸倡。中庭生桂树，华灯何煌煌。兄弟两三人，中子为侍郎。五日一来归，道上自生光。黄金络马头，观者盈道傍。入门时左顾，但见双鸳鸯。鸳鸯七十二，罗列自成行。音声何噰噰，鹤鸣东西厢。大妇织罗绮，中妇织流黄。小妇无所为，挟瑟上高堂。丈人且安坐，调丝方未央②。

【注释】

①清调曲。　　一云《相逢狭路间行》，亦云《长安有狭斜行》。

②末段后人摘为《三妇艳》。

善哉行[1]

来日大难，口燥唇干。今日相乐，皆当喜欢。一解。经历名山，芝草翻翻。仙人王乔，奉药一丸。二解。自惜袖短，内手知寒。惭无灵辄，以报赵宣。三解。月没参横，北斗阑干。亲交在门，饥不及餐。四解。欢日尚少，戚日苦多。以何忘忧，弹筝酒歌。五解。淮南八公，要道不烦。参驾六龙，游戏云端[2]。六解。

【注释】

①以下六章瑟调曲。

②此言来者难知，劝人及时行乐也。忽云求仙，忽云报恩，忽云结客，忽云饮酒，而仍终之以游仙，无伦无次，杳渺恍惚。

西门行

出西门，步念之。今日不作乐，当待何时。一解。夫为乐，为乐当及时，何能坐愁怫郁，当复待来兹。二解。饮醇酒，炙肥牛。请呼心所欢，何用解愁忧。三解。人生不满百，常怀千岁忧。昼短而夜长，何不秉烛游。四解。自非仙人王子乔，计会寿命难与期。自非仙人王子乔，计会寿命难与期。五解。人寿非金石，年命安可期。贪财爱惜费，但为后世嗤。六解。

东门行

出东门，不顾归，来入门，怅欲悲，盎中无斗储，还视桁上无悬衣。拔剑东门去，儿女牵衣啼。他家但愿富贵，贱妾与君共铺糜。共铺糜，上用沧浪天故，下为黄口小儿[1]。今时清廉，难犯教言，君复自爱莫为非。今时清廉，难犯教言，君复自爱莫为非。行吾去为迟，平慎行，望君归[2]。

【注释】

①句中或有讹字。

②始劝其安贫贱，继恐其触法网。铺糜之妇，岂在咏雄雉者下哉！即出复归，既归复出，功名儿女，缠绵胸次，情事展转如见。　　叠说一过，丁宁反覆之意。末二句进以禔身，涉世之道也。　　魏文《艳歌何尝行》“上惭沧浪之天，下顾黄口小儿”本此，而语句易解。

孤儿行

孤儿生，孤儿遇生，命当独苦。父母在时，乘坚车，驾驷马。父母已去，兄嫂令我行贾。南到九江，东到齐与鲁。腊月来归，不敢自言苦。头多虮虱，面目多尘，大兄言办饭，大嫂言视马。上高堂，行取[①]殿下堂[②]，孤儿泪下如雨。使我朝行汲，暮得水来归。手为错，足下无非[③]。怆怆履霜，中多蒺藜，拔断蒺藜，肠肉中怆欲悲。泪下渫渫，清涕累累。冬无复襦，夏无单衣。居生不乐，不如早去，下从地下黄泉。春风动，草萌芽。三月蚕桑，六月收瓜。将是瓜车，来到还家。瓜车反覆[④]，助我者少，啗瓜者多。愿还我蒂，独且急归。兄与嫂严，当兴较计。乱曰：里中一何譊譊，愿欲寄尺书，将与地下父母，兄嫂难与久居[⑤]。

【注释】

①取，同"趋"。

②古屋之高严，通呼为殿。

③《左传》："共其扉屦。"扉，草屦也，通作"非"。

④反，同"翻"。

⑤极琐碎，极古奥；断续无端，起落无迹，泪痕血点，结掇而成。乐府中有此一种笔墨。

始用虞韵，次用支微齐韵，次用歌麻韵，次用霁韵，末用鱼韵。惟中间有双句不在韵内者，如"头多虮虱，面目多尘"，"上高堂，行取殿下堂"等句。故摇曳其词，令读者不能骤领耳。

"黄泉"句乃一韵住处，今不归入韵内，岂中间或有脱落耶？至"多"与"瓜"，本属一韵，下"蒂"字乃另换韵也。

艳歌行

翩翩堂前燕，冬藏夏来见。兄弟两三人，流宕在他县。故衣谁当补，新衣谁当绽。赖得贤主人，览取为我绽。夫婿从门来，斜柯西北盼。语卿且勿盼，水清石自见。石见何累累，远行不如归[①]。

【注释】

①此居停之妇，为客缝衣，而其夫不免见疑也。末云"水清石见"，心迹固明矣。然岂如"归去为得计"乎？"贤主人"指居停妇言。　　与《陌上桑》、《羽林郎》同见性情之正。《国风》之遗也。

陇西行[①]

天上何所有，历历种白榆。桂树夹道生，青龙对道隅。凤皇鸣啾啾，一母将九雏。顾视世间人，为乐甚独殊。好妇出迎客，颜色正敷愉。伸腰再拜跪，问客平安不。请客北堂上，坐客毡氍毹。清白各异樽，酒上正华疏。酌酒持与客，客言主人持。却略再拜跪，然后持一杯。谈笑未及竟，左顾敕中厨。促令办粗饭，慎莫使稽留。废礼送客出，盈盈府中趋。送客亦不远，足不过门枢。取妇得如此，齐姜亦不如。健妇持门户，亦胜一丈夫[②]。

【注释】

①一云《步出夏门行》。

②起八句若不相属，古诗往往有之，不必曲为之说。　　却略，奉觞在手，退而行礼，故稍却也，写得婉媚。通体极赞中，自有讽意。

淮南王篇[①]

淮南王，自言尊，百尺高楼与天连。后园凿井银作床，金瓶素绠汲寒浆。汲寒浆，饮少年，少年窈窕何能贤，扬声悲歌音绝天。我欲渡河河无梁，愿化双鹄还故乡。还故乡，入故里。徘徊故乡，苦身不已。繁舞寄声无不泰，徘徊桑梓游天外[②]。

【注释】

①舞曲歌辞。

②此哀淮南求仙无益，而以身受祸也。措词特隐。

伤歌行[①]

昭昭素明月，辉光烛我床。忧人不能寐，耿耿夜何长。微风吹闺闼，罗帷自飘扬。揽衣曳长带，屣履下高堂。东西安所之，徘徊以彷徨。春鸟翻南飞，翩翩独翱翔。悲声命俦匹，哀鸣伤我肠。感物怀所思，泣涕忽沾裳。伫立吐高吟，舒愤诉穹苍[②]。

【注释】

①以下杂曲歌辞。

②不追琢，不属对，和平中自有骨力。

悲　歌

悲歌可以当泣，远望可以当归。思念故乡，郁郁累累。欲归家无人，欲渡河无船。心思不能言，肠中车轮转[①]。

【注释】

①起最矫健。李太白时或有之。

枯鱼过河泣

枯鱼过河泣，何时悔复及。作书与鲂鲊，相教慎出入[①]。

【注释】

①汉人每有此种奇想。

古　歌

秋风萧萧愁杀人，出亦愁，入亦愁。座中何人，谁不怀忧，令我白头。胡地多飙风，

树木何修修。离家日趋远，衣带日趋缓。心思不能言，肠中车轮转[①]。

【注释】

①苍莽而来，飘风急雨，不可遏抑。　"离家"二句，同《行行重行行》篇，然"以"字浑，"趋"字新，此古诗、乐府之别。

古八变歌

北风初秋至，吹我章华台。浮云多暮色，似从崦嵫来。枯桑鸣中林，络纬响空阶。翩翩飞蓬征，怆怆游子怀。故乡不可见。长望始此回。

猛虎行

饥不从猛虎食，暮不从野雀栖。野雀安无巢，游子为谁骄。

乐府

行胡从何方，列国持何来。氍毹毾㲪五木香，迷迭艾蒳及都梁[①]。

【注释】

①首二句指入贡之人言，本用阳韵，而第二句以"来"字间之。首句用韵，次句不入韵也。

古诗源卷四

汉诗

古诗为焦仲卿妻作①

孔雀东南飞,五里一徘徊。十三能织素,十四学裁衣。十五弹箜篌,十六诵诗书。
十七为君妇,心中常苦悲。君既为府吏,守节情不移。贱妾留空房,相见常日稀。
鸡鸣入机织,夜夜不得息。三日断五匹,大人故嫌迟。非为织作迟,君家妇难为。
妾不堪驱使,徒留无所施。便可白公姥,及时相遣归。府吏得闻之,堂上启阿母:
儿已薄禄相,幸复得此妇。结发同枕席,黄泉共为友。共事二三年,始尔未为久。
女行无偏斜,何意致不厚?阿母谓府吏:何乃太区区!此妇无礼节,举动自专由。
吾意久怀忿,汝岂得自由!东家有贤女,自名秦罗敷。可怜体无比,阿母为汝求。
便可速遣之,遣去慎莫留。府吏长跪答,伏惟启阿母:今若遣此妇,终老不复取!
阿母得闻之,椎床便大怒:小子无所畏,何敢助妇语!吾已失恩义,会不相从许!
府吏默无声,再拜还入户。举言谓新妇,哽咽不能语:我自不驱卿,逼迫有阿母。
卿但暂还家,吾今且报府。不久当归还,还必相迎取。以此下心意,慎勿违吾语。
新妇谓府吏:勿复重纷纭,往昔初阳岁,谢家来贵门。奉事循公姥,进止敢自专?
昼夜勤作息,伶俜萦苦辛。谓言无罪过,供养卒大恩。仍更被驱遣,何言复来还?
妾有绣腰襦,葳蕤自生光。红罗复斗帐,四角垂香囊。箱帘六七十,绿碧青丝绳。
物物各自异,种种在其中。人贱物亦鄙,不足迎后人。留待作遗施,于今无会因。
时时为安慰,久久莫相忘。鸡鸣外欲曙,新妇起严妆。著我绣裌裙,事事四五通:
足下蹑丝履,头上玳瑁光,腰若流纨素,耳著明月珰。指如削葱根,口如含朱丹。
纤纤作细步,精妙世无双。上堂拜阿母,母听去不止:昔作女儿时,生小出野里。
本自无教训,兼愧贵家子。受母钱帛多,不堪母驱使。今日还家去,念母劳家里。
却与小姑别,泪落连珠子:新妇初来时,小姑始扶床。今日被驱遣,小姑如我长。
勤心养公姥,好自相扶将。初七及下九,嬉戏莫相忘。出门登车去,涕落百余行。
府吏马在前,新妇车在后。隐隐何甸甸,俱会大道口。下马入车中,低头共耳语:
誓不相隔卿,且暂还家去。吾今且赴府,不久当还归,誓天不相负。新妇谓府吏:
感君区区怀,君既若见录,不久望君来。君当作磐石,妾当作蒲苇。蒲苇纫如丝,
磐石无转移。我有亲父兄,性行暴如雷。恐不任我意,逆以煎我怀。举手长劳劳,
二情同依依。入门上家堂,进退无颜仪。阿母大拊掌:不图子自归!十三教汝织,
十四能裁衣,十五弹箜篌,十六知礼仪,十七遣汝嫁,谓言无誓违。汝今何罪过,

不迎而自归?兰芝惭阿母，儿实无罪过。阿母大悲摧。还家十余日，县令遣媒来。云有第三郎，窈窕世无双。年始十八九，便言多令才。阿母谓阿女:汝可去应之。阿女衔泪答:兰芝初还时，府吏见丁宁，结誓不别离。今日违情义，恐此事非奇。自可断来信，徐徐更谓之。阿母白媒人:贫贱有此女，始适还家门;不堪吏人妇，岂合令郎君?幸可广问讯，不得便相许。媒人去数日，寻遣丞请还。说有兰家女，承籍有宦官。云有第五郎，娇逸未有婚。遣丞为媒人，主簿通语言。直说太守家，有此令郎君，既欲结大义，故遣来贵门。阿母谢媒人:女子先有誓，老姥岂敢言?阿兄得闻之，怅然心中烦。举言谓阿妹:作计何不量!先嫁得府吏，后嫁得郎君，否泰如天地，足以荣汝身。不嫁义郎体，其往欲何云?兰芝仰头答:理实如兄言。谢家事夫婿，中道还兄门，处分适兄意，那得自任专?虽与府吏要，渠会永无缘!登即相许和，便可作婚姻。媒人下床去，诺诺复尔尔。还部白府君:下官奉使命，言谈大有缘。府君得闻之，心中大欢喜。视历复开书:便利此月内，六合正相应。良吉三十日，今已二十七，卿可去成婚。交语速装束，络绎如浮云。青雀白鹄舫，四角龙子幡。婀娜随风转，金车玉作轮。踯躅青骢马，流苏金楼鞍。赍钱三百万，皆用青丝穿。杂彩三百匹，交广市鲑珍。从人四五百，郁郁登郡门。阿母谓阿女:适得府君书，明日来迎汝。何不作衣裳?莫令事不举。阿女默无声，手巾掩口啼，泪落便如泻。移我琉璃榻，出置前窗下。左手持刀尺，右手执绫罗。朝成绣袂裙，晚成单罗衫。晻晻日欲暝，愁思出门啼。府吏闻此变，因求假暂归。未至二三里，摧藏马悲哀。新妇识马声，蹑履相逢迎。怅然遥相望，知是故人来。举手拍马鞍，嗟叹使心伤。自君别我后，人事不可量。果不如先愿，又非君所详。我有亲父母，逼迫兼弟兄，以我应他人，君还何所望!府吏谓新妇:贺卿得高迁!磐石方且厚，可以卒千年;蒲苇一时纫，便作旦夕间。卿当日胜贵，吾独向黄泉。新妇谓府吏:何意出此言!同是被逼迫，君尔妾亦然。黄泉下相见，勿违今日言!执手分道去，各各还家门。生人作死别，恨恨那可论。念与世间辞，千万不复全。府吏还家去，上堂拜阿母:今日大风寒，寒风摧树木，严霜结庭兰。儿今日冥冥，令母在后单。故作不良计，勿复怨鬼神。命如南山石，四体康且直。阿母得闻之，零泪应声落:汝是大家子，仕宦于台阁。慎勿为妇死，贵贱情何薄!东家有贤女，窈窕艳城郭。阿母为汝求，便复在旦夕。府吏再拜还，长叹空房中。作计乃尔立，转头向户里，渐见愁煎迫。其日牛马嘶，新妇入青庐。奄奄黄昏后，寂寂人定初。我命绝今日，魂去尸长留。揽裙脱丝履，举身赴清池。府吏闻此事，必知长别离。徘徊庭树下，自挂东南枝。两家求合葬，合葬华山傍。东西植松伯，左右种梧桐。枝枝相覆盖，叶叶相交通。中有双飞鸟，自名为鸳鸯。仰头相向鸣，夜夜达五更。行人驻足听，寡妇起彷徨。多谢后世人，戒之慎勿忘②。

【注释】

①汉末建安中，庐江府小吏焦仲卿妻刘氏，为促卿母所遣，自誓不嫁。其家逼之，乃投水而死。仲卿闻之，亦自缢于庭树。时伤之，为诗云尔。

②共一千七百八十五字，古今第一首长诗也。淋淋漓漓，反反覆覆，杂述十数人口中语，而各肖其声音面目，岂非化工之笔？　长篇诗若平平叙去，恐无色泽。中间须点染华缛，五色陆离，使读者心目俱炫。如篇中"新妇出门时，妾有绣罗襦"一段，"太守择日后，青雀白鹄舫"一段是也。　作诗贵剪裁。入手若叙两家家世，末段若叙两家如何悲恸，岂不冗漫拖沓？故竟以一二语了之，极长诗中具有剪裁也。　"别小姑"一段，悲怆之中，复极温厚。风人之旨，固应尔耳。唐人作《弃妇》篇，直用其语云：忆我初来时，小姑始扶床。今别小姑去，小姑如我长。"下忽接二语云："回头语小姑，莫嫁如兄夫。"轻薄无余味矣，故君子立言有则。　"否泰如天地"一语，小人但慕富贵，不顾礼义，实有此口吻。　蒲苇，磐石，即以新妇语诮之。乐府中每多此种章法。

古诗十九首[1]

行行重行行，与君生别离。相去万余里，各在天一涯。道路阻且长，会面安可知。胡马依北风，越鸟巢南枝。相去日已远，衣带日已缓。浮云蔽白日，游子不顾反。思君令人老，岁月忽已晚。弃捐勿复道，努力加餐饭[2]。

【注释】

①十九首非一人一时作。《玉台》以中几章为枚乘；《文心雕龙》以《孤竹》一篇为傅毅之词；昭明以不知姓氏，统名为《古诗》。从昭明为允。

②起是俚语，极韵。　陆贾曰："邪臣之蔽贤，犹浮云之障日月。"古《杨柳行》曰："谗邪害公正，浮云蔽白日。"　"思君令人老"本《小弁》"维忧用老"句。

青青河畔草，郁郁园中柳。盈盈楼上女，皎皎当窗牖。娥娥红粉妆，纤纤出素手。昔为倡家女，今为荡子妇。荡子行不归，空床难独守[1]。

【注释】

①用叠字，从《卫·硕人》"河水洋洋，北流活活"一章化出。

青青陵上柏，磊磊硐中石。人生天地间，忽如远行客。斗酒相娱乐，聊厚不为薄。驱车策驽马，游戏宛与洛。洛中何郁郁，冠带自相索。长衢罗夹巷，王侯多第宅。两宫遥相望，双阙百余尺。极宴娱心意，戚戚何所迫[1]。

【注释】

①起言柏与石长存，而人异于树石也。

今日良宴会，欢乐难具陈。弹筝奋逸响，新声妙入神。令德唱高言，识曲听其真。齐心同所愿，含意俱未申。人生寄一世，奄忽若飙尘。何不策高足，先据要路津。无为守穷贱，轗轲长苦辛[1]。

【注释】

①"据要津"乃诡词也，古人感愤，每有此种。

西北有高楼，上与浮云齐。交疏结绮窗，阿阁三重阶。上有弦歌声，音响一何悲。谁能为此曲？无乃杞梁妻。清商随风发，中曲正徘徊。一弹再三叹，慷慨有余哀。不惜歌者苦，但伤知音稀。愿为双鸣鹤，奋翅起高飞①。

【注释】

①"但伤知音稀"，与"识曲听其真"同意。

涉江采芙蓉，兰泽多芳草。采之欲遗谁？所思在远道。还顾望旧乡，长路漫浩浩。同心而离居，忧伤以终老。

明月皎夜光，促织鸣东壁。玉衡指孟冬，众星何历历。白露沾野草，时节忽复易。秋蝉鸣树间，玄鸟逝安适。昔我同门友，高举振六翮。不念携手好，弃我如遗迹。南箕北有斗，牵牛不复轭。良无磐石固，虚名复何益①？

【注释】

①"南箕"二语，言有名而无实也，此兴意与"玉衡指孟冬"正用者自别。

冉冉孤生竹，结根泰山阿。与君为新婚，兔丝附女罗。兔丝生有时，夫妇会有宜。千里远结婚，悠悠隔山陂。思君令人老，轩车来何迟？伤彼蕙兰花，含英扬光辉。过时而不采，将随秋草萎。君亮执高节，贱妾亦何为①？

【注释】

①起四句比中用比。　　"悠悠隔山陂"，情已离矣，而望之无已。不敢作决绝怨恨语，温厚之至也。

庭中有奇树，绿叶发华滋。攀条折其荣，将以遗所思。馨香盈怀袖，路远莫致之。此物何足贵，但感别经时①。

【注释】

①"何足贵"，《文选》作"何足贡"，谓献也，较有味。

迢迢牵牛星，皎皎河汉女。纤纤擢素手，札札弄机杼。终日不成章，泣涕零如雨。河汉清且浅，相去复几许。盈盈一水间，脉脉不得语①。

【注释】

①相近而不能达情，弥复可伤。此亦托兴之词。

回车驾言迈，悠悠涉长道。四顾何茫茫，东风摇百草。所遇无故物，焉得不速老。盛衰各有时，立身苦不早。人生非金石，岂能长寿考。奄忽随物化，荣名以为宝①。

【注释】

①不得已而托之身后之名，与托之游仙饮酒者同意。

东城高且长，逶迤自相属。回风动地起，秋草萋已绿。四时更变化，岁暮一何速。晨风怀苦心，蟋蟀伤局促。荡涤放情志，何为自结束。燕赵多佳人，美者颜如玉。被服罗裳衣，当户理清曲。音响一何悲，弦急知柱促。驰情整中带，沉吟聊踯躅。思为双飞燕，衔泥巢君屋①。

【注释】

①或以"燕赵多佳人"下，另作一首。

驱车上东门，遥望郭北墓。白杨何萧萧，松柏夹广路。下有陈死人，杳杳即长暮。潜寐黄泉下，千载永不寤。浩浩阴阳移，年命如朝露。人生忽如寄，寿无金石固。万岁更相送，贤圣莫能度。服食求神仙，多为药所误。不如饮美酒，被服纨与素①。

【注释】

①《庄子》曰："人而无人道，是谓陈人也。"郭象曰："陈，久也。"

去者日以疏，来者日以亲。出郭门直视，但见丘与坟。古暮犁为田，松柏摧为薪。白杨多悲风，萧萧愁杀人。思还故里闾，欲归道无因。

生年不满百，常怀千岁忧。昼短苦夜长，何不秉烛游。为乐当及时，何能待来兹。愚者爱惜费，但为后世嗤。仙人王子乔，难可与等期。

凛凛岁云暮，蝼蛄夕鸣悲。凉风率已厉，游子寒无衣。锦衾遗洛浦，同袍与我违。独宿累长夜，梦想见容辉。良人惟古欢，枉驾惠前绥。愿得常巧笑，携手同车归。既来不须臾，又不处重闱。亮无晨风翼，焉能凌风飞。盼睐以适意，引领遥相睎。徙倚怀感伤，垂涕沾双扉①。

【注释】

①此相见无期，托之于梦也。"既来不须臾"二语，恍恍惚惚，写梦境入神。

孟冬寒气至，北风何惨慄。愁多知夜长，仰观众星列。三五明月满，四五蟾兔缺。客人远方来，遗我一书札。上言长相思，下言久离别。置书怀袖中，三岁字不灭。一心抱区区，惧君不识察①。

【注释】

①置书怀袖，亲之也；三岁不灭，永之也。然区区之诚，君岂能察识哉？用意措词，微而

婉矣。

客从远方来，遗我一端绮。相去万余里，故人心尚尔。文彩双鸳鸯，裁为合欢被。著以长相思，缘以结不解。以胶投漆中，谁能别离此。

明月何皎皎，照我罗床帏。忧愁不能寐，揽衣起徘徊。客行虽云乐，不如早旋归。出户独彷徨，愁思当告谁？引领还入房，泪下沾裳衣。

《十九首》大率逐臣弃妻朋友阔绝死生新故之感。中间或寓言，或显言，反复低徊，抑扬不尽，使读者悲感无端，油然善入，此《国风》之遗也。　言情不尽，其情乃长。后人患在好尽耳。读《十九首》应有会心。　清和平远，不必奇阔之思，惊险之句，而汉京诸古诗皆在其下，五言中方员之至。

拟苏李诗

晨风鸣北林，熠熠东南飞。愿言所相思，日暮不垂帷。明月照高楼，想见余光辉。玄鸟夜过庭，仿佛能复飞。褰裳路踟蹰，彷徨不能归。浮云日千里，安知我心悲。思得琼树枝，以解长渴饥[①]。　凤皇鸣高冈，有翼不好飞。安知凤皇德，贵其来见稀。阙。　红尘蔽天地，白日何冥冥。微阴盛杀气，凄风从此兴。招摇西北指，天汉东南倾。嗟尔穹庐子，独行如履冰。短褐中无绪，带断续以绳，泻水置瓶中，焉辨淄与渑。巢父不洗耳，后世有何称。

【注释】

①拟诗非不高古，然乏和宛之音，去苏李已远。

古　诗

上山采蘼芜，下山逢故夫。长跪问故夫：新人复何如？新人虽言好，未若故人姝。颜色类相似，手爪不相如。新人从门入，故人从阁去。新人工织缣，故人工织素。织缣日一匹，织素五丈余。将缣来比素，新人不如故[①]。　悲与亲友别，气结不能言。赠予以自爱，道远会见难。人生无几时，颠沛在其间。念子弃我去，新心有所欢。结志青云上，何时复来还？

【注释】

①手爪谓手所织。

古诗三首

橘柚垂华实，乃在深山侧。闻君好我甘，窃独自雕饰。委身玉盘中，历年冀见食。芳菲不相投，青黄忽改色。人傥欲我知，因君为羽翼[①]。

【注释】

①区区之诚，冀达高远。通首托物寄兴，不露正意，弥见其高。

十五从军征，八十始得归。道逢乡里人：家中有阿谁？遥望是君家，松柏冢累累。兔从狗窦入，雉从梁上飞。中庭生旅谷，井上生旅葵。烹谷持作饭，采葵持作羹。羹饭一时熟，不知贻阿谁。出门东向望，泪落沾我衣[①]。

【注释】

①“遥望”二句，乃乡人答词，下从征者入门之词。古人诗每灭去针线痕迹。　通章用支微韵，而“烹谷持作饭，采葵持作羹”二句，不入韵中，最是摇曳之至，非古人不能用韵也。

新树兰蕙葩，杂用杜蘅草。终朝采其华，日暮不盈抱。采之欲遗谁？所思在远道。馨香易销歇，繁华会枯槁。怅望何所言，临风送怀抱[①]。

【注释】

①韵脚两用“抱”字。

古诗一首

步出城东门，遥望江南路。前日风雪中，故人从此去。我欲渡河水，河水深无梁。愿为双黄鹄，高飞还故乡。

古诗二首

采葵莫伤根，伤根葵不生。结交莫羞贫。羞贫友不成。

甘瓜抱苦蒂，美枣生荆棘。利傍有倚刀，贪人还自贼。

古 绝 句

藁砧今何在？山上复有山。何当大刀头，破镜飞上天[①]。

【注释】

①通首隐语。

菟丝从长风，根茎无断绝。无情尚不离，有情安可别？

古歌

高田种小麦，终久不成穗。男儿在他乡，焉得不憔悴[①]？

【注释】

①兴意若相关若不相关，所以为妙。

淮南民歌[①]

一尺布，尚可缝；一斗粟，尚可舂。兄弟二人不相容。

【注释】

①《汉书》：淮南厉王长，高帝少子也。废法不轨，文帝徙之蜀严，道死，民作歌云。　下杂录歌谣。

颍川歌[①]

颍水清，灌氏宁；颍水浊，灌氏族。

【注释】

①《汉书》：灌夫不好文学，喜任侠，重然诺。诸所与交通，无非豪杰大猾。家累数千万，食客日数十百人。陂池田园，宗族宾客，为权利横颍川，颍川儿歌之。

郑白渠歌[①]

田于何所，池阳谷口。郑国在前，白渠起后。举锸如云，决渠为雨。泾水一石，其泥数斗。且溉且粪，长我禾黍。衣食京师，亿万之口。

【注释】

①《汉书》：汉太始中，赵中大夫白公奏穿郑国渠，引泾水溉田。民得其饶，歌曰。

鲍司隶歌[①]

鲍氏骢，三人司隶再入公。马虽瘦，行步工。

【注释】

①《列异传》云：鲍宣，宣子永，永子昱，三世皆为司隶，而乘一骢马。京师人歌之。

陇头歌二首[①]

陇头流水，流离四下。念我行役，飘然旷野。登高望远，涕零双堕。

陇头流水，鸣声幽咽。遥望秦川，肝肠断绝。

牢 石 歌[①]

牢耶石耶，五鹿客耶？印何累累，绶若若耶？

【注释】

①《汉书·佞幸传》：元帝时，宦官石显为中书令，与仆射牢梁、少府五鹿充宗，结为党友，附倚者皆得宠位。民歌云云。

五 鹿 歌[①]

五鹿岳岳，朱云折其角。

【注释】

①《汉书》：五鹿充宗贵幸，为《梁丘易》，元帝令与诸《易》家辩论，诸儒莫能抗。有荐朱云者，摄齐登堂，抗首而讲，音动左右，故诸儒语曰。

匈 奴 歌[①]

失我焉支山，令我妇女无颜色。失我祁连山，使我六畜不蕃息。

【注释】

①《十道志》：焉支、祁连二山，皆美水草，匈奴失之，乃作此歌。

成帝时燕燕童谣[①]

燕，燕，尾涎涎。张公子，时相见。木门仓琅根。燕飞来，啄皇孙。皇孙死，燕啄矢[②]。

【注释】

①《汉书·五行志》：成帝为微行出游，常与富平侯张放俱，称富平侯家人。过河阳主作乐，见舞者赵飞燕而幸之。后宫皇子，卒皆诛死。

②首二"燕"字，一字一句。张公子，谓富平侯也。

逐弹丸[1]

苦饥寒,逐弹丸。

【注释】

①《西京杂记》:韩嫣好弹,以金为丸。京师儿童,闻嫣出弹,辄随之。

成帝时歌谣[1]

邪径败良田,谗口乱善人。桂树华不实,黄爵巢其颠。昔为人所羡,今为人所怜[2]。

【注释】

①见《汉书·五行志》。

②桂,赤色,汉家象。"华不实",无继嗣也。王莽自谓黄象。"巢其颠",篡形已成也。

投阁[1]

惟寂寞,自投阁,爰清静,作符命。

【注释】

①《汉书》:王莽篡位后,复上符命者,莽尽诛之。时扬雄校书天禄阁,使者欲收雄,雄恐,乃从阁自投。几死,京师语曰。

灶下养[1]

灶下养,中郎将。烂羊胃,骑都尉。烂羊头,关内侯。

【注释】

①《东观汉记》:更始在长安,所授官爵,皆群小贾人,或膳夫、庖人。长安语曰。

城中谣[1]

城中好高髻,四方高一尺。城中好广眉,四方且半额。城中好大袖,四方全匹帛。

【注释】

①《后汉书》:前世长安城中谣言。改政移风,必有其本;上之所好,下必甚焉。

蜀中童谣[1]

黄牛白腹,五铢当复。

【注释】

①《后汉书·五行志》:世祖时建武六年蜀中童谣。是时公孙述僭号于蜀,时人窃言王莽称黄,述欲继之,故称白。五铢,汉家物,明当复也,述遂诛灭。

顺帝时京都童谣[①]

直如弦,死道边。曲如钩,反封侯。

【注释】

①《后汉书·五行志》:李固争清河王当立,梁翼立蠡吾侯。固幽毙于狱,而胡广、赵戒、袁汤等一时封侯。京都童谣云。

考城谚[①]

父母何在在我庭,化我鸱枭哺所生。

【注释】

①《后汉书》:仇览,考城人,为蒲亭长。初到亭,有陈元之母,告元不孝。览亲到元家,为陈人伦孝行,谕以祸福。元卒成孝子,乡邑为之谚曰。

桓帝初小麦童谣[①]

小麦青青大麦枯,谁当获者妇与姑。丈夫何在西击胡。吏置马,君具车,请为诸君鼓咙胡[②]。

【注释】

①《后汉书·五行志》:元嘉中,凉州诸羌,一时俱反,命将出师,每战常负,故云云。

②鼓咙胡,不敢公言,私咽语也。

桓灵时童谣[①]

举秀才,不知书。举孝廉,父别居。寒素清白浊如泥,高第良将怯如黾。

【注释】

①《后汉书》曰:桓帝之世,更相滥举。人为之谣。

城上乌童谣[①]

城上乌,尾毕逋。公为吏,子为徒。一徒死,百乘车。车班班,入河间。河间姹女工

数钱。以钱为室金为堂，石上慊慊舂黄粱。梁下有悬鼓，我欲击之丞相怒[2]。

【注释】

①《后汉书·五行志》曰：桓帝初京师童谣。按此刺为政之贪也。“车班班，入河间”，言桓帝将崩，乘舆入河间迎灵帝也。“河间姹女工数钱”以下，灵帝既立，其母永乐太后好聚金钱，教灵帝卖官受钱，天下忠义之士，欲击悬鼓以陈，而大吏既怒，无如何也。

②歌谣领其大意，不必字字归著。与其穿凿，毋宁阙疑。

灵帝末京都童谣[1]

侯非侯，王非王，千乘万骑上北邙。

【注释】

①《后汉书·五行志》曰：灵帝之末，京都童谣。　献帝初立，未有爵号，为中常侍段珪等所执，公卿百官，皆随其后，到河上乃得还，此为非侯非王上北邙者也。

丁令威歌[1]

有鸟有鸟丁令威，去家千岁今来归。城郭如故人民非，何不学仙冢累累。

【注释】

①《搜神记》：辽东城门有华表柱，忽有一白鹤集柱头。时有少年欲射之，鹤乃飞，徘徊空中而言云。

苏耽歌[1]

乡原一别，重来事非。甲子不记，陵谷迁移。白骨蔽野，青山旧时。翘足高屋，下见群儿。我是苏仙，弹我何为？翻身云外，却返吾居[2]。

【注释】

①《神仙传》：苏耽仙去后，一鹤降郡屋，久而不去，郡僚子弟弹之，鹤乃举足画屋，若书字焉，其辞云云。

②连上首，应是后人拟作。词有可取，取之。

古诗源卷五

魏 诗

武 帝[1]

短歌行[2]

对酒当歌，人生几何？譬如朝露，去日苦多。慨当以慷，幽思难忘。何以解忧，惟有杜康。青青子衿，悠悠我心。但为君故，沉吟至今。呦呦鹿鸣，食野之苹。我有嘉宾，鼓瑟吹笙。明明如月，何时可掇。忧从中来，不可断绝。越陌度阡，枉用相存。契阔谈宴，心念旧恩。月明星稀，乌鹊南飞。绕树三匝，何枝可依。山不厌高，海不厌深。周公吐哺，天下归心[3]。

【注释】

①孟德诗犹是汉音。子桓以下，纯乎魏响。　　沉雄俊爽，时露霸气。

②言当及时为乐也。

③“月明星稀”四句，喻客子无所依托。“山不厌高”四句，言王者不却众庶，故能成其大也。

观沧海

东临碣石，以观沧海。水何澹澹，山岛竦峙。树木丛生，百草丰茂。秋风萧瑟，洪波涌起。日月之行，若出其中。星汉灿烂，若出其里。幸甚至哉，歌以咏志[1]。

【注释】

①有吞吐宇宙气象。

土不同

乡土不同，河朔隆寒。流澌浮漂，舟船行难。锥不入地，蘴籁深奥。水竭不流，冰坚可蹈，士隐者贫，勇侠轻非。心常叹怨，戚戚多悲。幸甚至哉，歌以咏志[1]。

【注释】

①即好勇疾贫乱也之意。写得苍劲萧瑟。

龟虽寿

神龟虽寿，犹有竟时。腾蛇成雾，终为土灰。老骥伏枥，志在千里。烈士暮年，壮心不已。盈缩之期，不独在天。养怡之福，可得永年。幸甚至哉，歌以咏志[①]。

【注释】

①“盈缩之期，不独在天”，言已可造命也。　　曹公四言，于《三百篇》外，自开奇响。

薤露

惟汉二十世，所任诚不良。沐猴而冠带，知小而谋强。犹豫不敢断，因狩执君王。白虹为贯日，已亦先受殃。贼臣执国柄，杀主灭宇京。荡覆帝基业，宗庙以燔丧。播越西迁移，号泣而且行。瞻彼洛城郭，微子为哀伤[①]。

【注释】

①此指何进召董卓事，汉末实录也。

蒿里行

关东有义士，兴兵讨群凶。初期会盟津，乃心在咸阳。军合力不齐，踌躇而雁行。势利使人争，嗣还自相戕。淮南弟称号，刻玺于北方。铠甲生虮虱，万姓以死亡。白骨露于野，千里无鸡鸣。生民百遗一，念之断人肠[①]。

【注释】

①此指本初、公路辈，讨董卓而不能成功也。　　借古乐府写时事，始于曹公。

苦寒行

北上太行山，难哉何巍巍。羊肠坂诘屈，车轮为之摧。树木何萧瑟，北风声正悲。熊罴对我蹲，虎豹夹路啼。谿谷少人民，雪落何霏霏。延颈长叹息，远行多所怀。我心何怫郁。思欲一东归。水深桥梁绝，中路正徘徊。迷惑失故路，薄暮无宿栖。行行日已远，人马同时饥。担囊行取薪，斧冰持作糜。悲彼《东山》诗，悠悠使我哀。

却东西门行

鸿雁出塞北，乃在无人乡。举翅万里余，行止自成行。冬节食南稻，春日复北翔。田中有转蓬，随风远飘扬。长与故根绝，万岁不相当。奈何此征夫，安得去四方。戎马不解鞍，铠甲不离傍。冉冉老将至，何时返故乡。神龙藏深泉，猛兽步高冈。

狐死归首丘，故乡安可忘。

文　帝[①]

短歌行

仰瞻帷幕，俯察几筵。其物如故，其人不存。神灵倏忽，弃我遐迁。靡瞻靡恃，泣涕涟涟。呦呦游鹿，衔草鸣麑。翩翩飞鸟，挟子巢栖。我独孤茕，怀此百离。忧心孔疚，莫我能知。人亦有言，忧令人老。嗟我白发，生一何早。长吟永叹，怀我圣考。曰仁者寿，胡不是保[②]。

【注释】

①子桓诗有文士气，一变乃父悲壮之习矣。要其便娟婉约，能移人情。

②此思亲之作。

善哉行

上山采薇，薄暮苦饥。谿谷多风，霜露沾衣。野雉群雊，猴猿相追。还望故乡，郁何垒垒。高山有崖，林木有枝。忧来无方，人莫之知。人生如寄，多忧何为？今我不乐，岁月如驰，汤汤川流，中有行舟。随波回转，有似客游。策我良马，被我轻裘。载驰载驱，聊以忘忧[①]。

【注释】

①此诗客游之感。“忧来无方”，写忧剧深。末指客游似行舟，反以行舟似客游言之，措语既工复活。

杂　诗

漫漫秋夜长，烈烈北风凉。展转不能寐，披衣起彷徨。彷徨忽已久，白露沾我裳。
俯视清水波，仰看明月光。天汉回西流，三五正纵横。草虫鸣何悲，孤雁独南翔。
郁郁多悲思，绵绵思故乡。愿飞安得翼，欲济河无梁。向风长叹息，断绝我中肠。

西北有浮云，亭亭如车盖，惜哉时不遇，适与飘风会。吹我东南行，行行至吴会。
吴会非我乡，安得久留滞。弃置勿复陈，客子常畏人[①]。

【注释】

①二诗以自然为宗，言外有无穷悲感。

至广陵于马上作[1]

观兵临江水，水流何汤汤。戈矛成山林，玄甲耀日光。猛将怀暴怒，胆气正纵横。谁云江水广，一苇可以航。不战屈敌虏，戢兵称贤良。古公宅岐邑，实始翦殷商。孟献营虎牢，郑人惧稽颡。充国务耕殖，先零自破亡。兴农淮泗间，筑室都徐方。量宜运权略，六军咸悦康。岂如《东山》诗，悠悠多忧伤。[2]

【注释】

①《魏志》：黄初六年，幸广陵故城，临江观兵。戍卒十余万，旌旗数百里，因于马上作诗。

②本难飞渡，却云一苇可航，此勉强之词也。然命意使事，居然独胜。

寡　妇

友人阮元瑜早亡，伤其妻寡居，为作是诗。

霜露纷兮交下，木叶落兮凄凄。候雁叫兮云中，归燕翩兮徘徊。妾心感兮惆怅，白日忽兮西颓。守长夜兮思君，魂一夕兮九乖，怅延伫兮仰视，星月随兮天回，徒引领兮入房，窃自怜兮孤栖。愿从君兮终没，愁何可兮久怀[1]。

【注释】

①潘岳《寡妇赋》序曰："阮瑀既没，魏文悼之，并命知旧作寡妇之赋。"指是篇也。

燕歌行[1]

秋风萧瑟天气凉，草木摇落露为霜。群燕辞归雁南翔，念君客游思断肠。慊慊思归恋故乡，何为淹留寄他方。贱妾茕茕守空房，忧来思君不敢忘，不觉泪下沾衣裳。援琴鸣弦发清商，短歌微吟不能长。明月皎皎照我床，星汉西流夜未央。牵牛织女遥相望，尔独何故限河梁[2]。

【注释】

①广题曰：燕，地名。言良人从役于燕，而为此曲。

②和柔巽顺之意，读之油然相感。节奏之妙，不可思议。　句句用韵，掩抑徘徊。"短歌微吟不能长"，恰似自言其诗。

甄　后

塘上行

蒲生我池中，其叶何离离。傍能行仁义，莫若妾自知。众口铄黄金，使君生别离。

念君去我时，独愁常苦悲。想见君颜色，感结伤心脾。念君常苦悲。夜夜不能寐。莫以贤豪故，弃捐素所爱。莫以鱼肉贱，弃捐葱与薤。莫以麻枲贱，弃捐菅与蒯。出亦复苦愁，入亦复苦愁。边地多悲风，树木何翛翛。从军致独乐，延年寿千秋[1]。

【注释】

①末路反用说开。汉人乐府，往往有之。

明　帝

种瓜篇

种瓜东井上，冉冉自逾垣。与君新为婚，瓜葛相结连。寄托不肖躯，有如倚太山。兔丝无根株，蔓延自登缘。萍藻托清流，常恐身不全。被蒙丘山惠，贱妾执拳拳。天日照知之，想君亦俱然。

曹　植[1]

朔风诗

仰彼朔风，用怀魏都。愿骋代马，倏忽北徂。凯风永至，思彼蛮方。愿随越鸟，翻飞南翔。四气代谢，悬景运周[2]。别如俯仰，脱若三秋。昔我初迁，朱华未希。今我旋止，素雪云飞。俯降千仞，仰登天阻。风飘蓬飞，载离寒暑。千仞易陟，天阻可越。昔我同袍，今永乖别。子好芳草，岂忘尔贻。繁华将茂，秋霜悴之。君不垂眷，岂云其诚。秋兰可喻，桂树冬荣。弦歌荡思，谁与消忧。临川暮思，何为泛舟。岂无和乐，游非我邻。谁忘泛舟，愧无榜人[3]。

【注释】

①子建诗五色相宜，八音朗畅，使才而不矜才，用博而不呈博。苏李以下，故推大家。仲宣、公干，乌可执金鼓而抗颜行也。

②景，同“影”。

③言君虽不垂眷，而己岂得不言其诚乎？故下接秋兰云云。结意和平夷愉，诗中正则。

鰕䱇篇[1]

鰕䱇游黄潦，不知江海流。燕雀戏藩柴，安识鸿鹄游。世士诚明性，大德因无俦。驾言登五岳，然后小陵丘。俯观上路人，势利惟是谋。仇高念皇家，远怀柔九州。

抚剑而雷音，猛气纵横浮。泛泊徒嗷嗷，谁知壮士忧。

【注释】

①鉏，同“鳝”，从旦不从且。他本误作“鉏”，无此字也。

泰山梁甫行

八方各异气，千里殊风雨。剧哉边海民，寄身于草野，妻子象禽兽，行止依林阻。柴门何萧条，狐兔翔我宇。

箜篌引

置酒高殿上，亲友从我游。中厨辨丰膳，烹羊宰肥牛。秦筝何慷慨，齐瑟和且柔。阳阿奏奇舞，京洛出名讴。乐饮过三爵，缓带倾庶羞。主称千年寿，宾奉万年酬。久要不可忘，薄终义所尤。谦谦君子德，磬折欲何求。惊风飘白日，光景驰西流。盛时不可再，百年忽我遒。生存华屋处，零落归山丘。先民谁不死，知命复何忧。

怨歌行

为君既不易，为臣良独难。忠信事不显，乃有见疑患。周公佐成王，金縢功不刊。推心辅王室，二叔反流言。待罪居东国，泫涕常流连。皇灵大动变，震雷风且寒。拔树偃秋稼，天威不可干。素服开金縢，感悟求其端。公旦事既显，成王乃哀叹。吾欲竟此曲，此曲悲且长。今日乐相乐，别后莫相忘[①]。

【注释】

①“忠信事不显”，言忠信之心，不欲人知也。如周公纳祝词于匮中之类。　末四句竟用成语，古人不忌。

名都篇[①]

名都多妖女，京洛出少年。宝剑直千金，被服丽且鲜。斗鸡东郊道，走马长楸间。驰骋未能半，双兔过我前。揽弓捷鸣镝，长驱上南山。左挽因右发，一纵两禽连。余巧未及展，仰手接飞鸢，观者咸称善，众工归我妍。我归宴平乐，美酒斗十千。脍鲤臇胎鰕，寒鳖炙熊蹯。鸣俦啸匹侣，列坐竟长筵。连翩击鞠壤，巧捷惟万端。白日西南驰，光景不可攀。云散还城邑，清晨复来还[②]。

【注释】

①名都者，邯郸、临淄之类也。以刺时人骑射之妙，游骋之乐，而无忧国之心也。

②郑玄《周礼》注曰：凡鸟兽未孕曰禽，不独鸟也。　《名都》、《白马》二篇，敷陈藻彩，所谓

修词之章也。起句以“妖女”陪“少年”，乃客意也。

美女篇[①]

美女妖且闲，采桑歧路间。桑条纷冉冉，落叶何翩翩。攘袖见素手，皓腕约金环。头上金爵钗，腰佩翠琅玕。明珠交玉体，珊瑚间木难。罗衣何飘飖，轻裾随风还。顾盼遗光彩，长啸气若兰。行徒用息驾，休者以忘餐。借问女安居，乃在城南端。青楼临大路，高门结重关。容华耀朝日，谁不希令颜。媒氏何所营，玉帛不时安。佳人慕高义，求贤良独难。众人徒嗷嗷，安知彼所观。盛年处房室，中夜起长叹[②]。

【注释】

①美女者，以喻君子，言君子有美行，愿得贤君而事之。若不遇时，虽见征求，终不屈也。

②《南越志》曰：木难，金翅鸟沫所成碧色珠也。　　“玉帛不时安”，安，定也。　　篇中复二“难”字。　　写美女如见君子品节，此不专以华缛胜人。

白马篇[①]

白马饰金羁，连翩西北驰。借问谁家子，幽并游侠儿。少小去乡邑，扬声沙漠垂。宿昔秉良弓，楛矢何参差。控弦破左的，右发摧月支。仰手接飞猱，俯身散马蹄。狡捷过猴猿，勇剽若豹螭。边城多警急，胡虏数迁移。羽檄从北来，厉马登高堤。长驱蹈匈奴，左顾凌鲜卑。弃身锋刃端，性命安可怀。父母且不顾，何言子与妻。名编壮士籍，不得中顾私。捐躯赴国难，视死忽如归。

【注释】

①白马者，言人当立功为国，不可念私也。

圣皇篇

圣皇应历数，正康帝道休。九州咸宾服，威德洞八幽。三公奏诸公，不得久淹留。藩位任至重，旧章咸率由。侍臣省文奏，陛下体仁慈。沉吟有爱恋，不忍听可之。迫有官典宪，不得顾恩私。诸王当就国，玺绶何累缞。便时舍外殿，宫省寂无人。主上增顾念，皇母怀苦辛。何以为赠赐，倾府竭宝珍。文钱百亿万，采帛若烟云。乘舆服御物，锦罗与金银。龙旂垂九旒，羽盖参班轮。诸王自计念，无功荷厚德。思一效筋力，糜躯以报国。鸿胪拥节卫，副使随经营。贵戚并出送，夹道交辎軿。车服齐整设，铧烨曜天精。武骑卫前后，鼓吹箫笳声。祖道魏东门，泪下沾冠缨。攀盖因内顾，俯仰慕同生。行行将日暮，何时还阙庭。车轮为徘徊，四马踌躇鸣。路人尚酸鼻，何况骨肉情[①]。

【注释】

①处猜嫌疑贰之际，以执法归臣下，以恩赐归君上，此立言最得体处。王摩诘诗云："执政方持法，明君为此心。"深得斯旨。　　"何以为赠赐"一段，极形君赐之盛，若夸耀不绝口者，然其情愈悲矣。

吁嗟篇

吁嗟此转蓬，居世何独然。长去本根逝，夙夜无休闲。东西经七陌，南北越九阡。卒遇回风起，吹我入云间。自谓终天路，忽然下沈泉。惊飙接我出，故归彼中田。当南而更北，谓东而反西。宕宕当何依，忽亡而忽存。飘飖周八泽，连翩历五山。流转无恒处，谁知我苦艰。愿为中林草，秋随野火燔。糜灭岂不痛，愿与根荄连[2]。

【注释】

①时法制待藩国峻迫，植十一年三徙都，故云。

②迁转之痛，至愿归糜灭，情事有不忍言者矣。此而不怨，是愈疏也。陈思之怨，为独得其正云。

弃妇篇

石榴植前庭，绿叶摇缥青。丹华灼烈烈。璀璨有光荣。光荣晔流离，可以戏淑灵。有鸟飞来集，拊翼以悲鸣。悲鸣夫何为，丹华实不成。拊心常叹息，无子当归宁。有子月经天，无子若流星。天月相终始，流星没无精。栖迟失所宜，下与瓦石并。忧怀从中来，叹息通鸡鸣。反侧不能寐，逍遥于前庭。踟蹰还入房，肃肃帷幕声。搴帷更摄带，抚弦弹鸣筝。慷慨有余音，要妙悲且清。收泪长叹息，何以负神灵。招摇待霜露，何必春夏成。晚获为良实，愿君且安宁[1]。

【注释】

①怨而委之于命，可以怨矣。结希恩万一，情愈悲，词愈苦。　　篇中用韵，二"庭"字，二"灵"字，二"鸣"字，二"成"字，二"宁"字。

当来日大难

日苦短，乐有余，乃置玉樽办东厨。广情故，心相于。阖门置酒，和乐欣欣。游马后来，辕车解轮。今日同堂，出门异乡。别易会难，各尽杯觞。

野田黄雀行

高树多悲风，海水扬其波。利剑不在掌，结友何须多。不见篱间雀，见鹞自投罗。

罗家得雀喜，少年见雀悲，拔剑捎罗网，黄雀得飞飞。飞飞摩苍天，来下谢少年①。

【注释】

①是游侠，亦是仁人，语悲而音爽。

当墙欲高行

龙欲升天须浮云，人之仕进待中人。众口可以铄金，谗言三至，慈母不亲。愦愦俗间，不辨伪真，愿欲披心自说陈。君门以九重，道远河无津。

赠徐幹

惊风飘白日，忽然归西山。园景光未满①，众星粲以繁。志士营世业，小人亦不闲。聊且夜行游，游彼双阙间。文昌郁云兴，迎风高中天。春鸠鸣飞栋，流猋激棂轩。顾念蓬室士，贫贱诚足怜。薇藿弗充虚，皮褐犹不全。慷慨有悲心，兴文自成篇。宝弃怨何人，和氏有其愆。弹冠俟知已，知已谁不然？良田无晚岁，膏泽多丰年。亮怀璠玙美，积久德愈宣。亲交义在敦，申章复何言②。

【注释】

①景，同"影"。

①文昌，魏殿名。迎风，观名。　　"良田"二句，喻有德者必荣也。

赠丁仪

初秋凉气发，庭树微销落。凝霜依玉除，清风飘飞阁。朝云不归山，霖雨成川泽。黍稷委畴陇，农夫安所获。在贵多忘贱，为恩谁能博。狐白足御冬，焉念无衣客。思慕延陵子，宝创非所惜。子其宁尔心，亲交义不薄。

又赠丁仪王粲一首

从军度函谷，驱马过西京。山岑高无极，泾渭扬浊清。壮哉帝王居，佳丽殊百城。员阙出浮云，承露抌泰清。皇佐扬天惠，四海无交兵。权家虽爱胜，全国为令名。君子在末位，不能歌德声。丁生怨在朝，王子欢自营。欢怨非贞则，中和诚可经①。

【注释】

①《西都赋》曰："抌仙掌与承露。"抌，摩也。概与"抌"古字通。　　皇佐，谓太祖也。权家，兵家也。　　诗以议论胜，末进以中和，古人规箴有体。　　家令谓子建函京之作，指此。

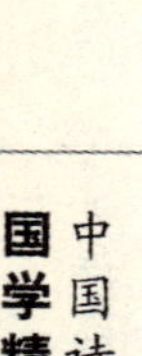

赠白马王彪

序曰：黄初四年正月，白马王、任城王与余俱朝京师，会节气到洛阳，任城王薨。至七月，与白马王还国。后有司以二王归藩，道路宜异宿止，意毒恨之，盖以大别在数日，是用自剖，与王辞焉，愤而成篇。

谒帝承明庐，逝将归旧疆。清晨发皇邑，日夕过首阳。伊洛广且深，欲济川无梁。泛舟越洪涛，怨彼东路长。顾瞻恋城阙，引领情内伤。　太谷何寥廓，山树郁苍苍。霖雨泥我涂，流潦浩纵横。中逵绝无轨，改辙登高冈。修坂造云日，我马玄以黄。　玄黄犹能进，我思郁以纡。郁纡将何念，亲爱在离居。本图相与偕，中更不克俱。鸱枭鸣衡轭，豺狼当路衢。苍蝇间白黑，谗巧令亲疏。欲还绝无蹊，揽辔止踟蹰。　踟蹰亦何留，相思无终极。秋风发微凉，寒蝉鸣我侧。原野何萧条，白日忽西匿。归鸟赴高林，翩翩厉羽翼。孤兽走索群，衔草不遑食。感物伤我怀，抚心长太息。　太息将何为，天命与我违。奈何念同生，一往形不归。孤魂翔故域，灵柩寄京师。存者忽复过，亡没身自衰。人生处一世，去若朝露晞。年在桑榆间，影响不能追。自顾非金石，咄唶令心悲[①]。　心悲动我神，弃置莫复陈，丈夫志四海，万里犹比邻。恩爱敬不亏，在远分日亲。何必同衾帱，然后展殷勤。忧思成疾疢，无乃儿女仁。仓卒骨肉情，能不怀苦辛[②]。　苦辛何虑思，天命信可疑虚无求列仙，松子久吾欺。变故在斯须，百年谁能持。离别永无会，执手将何时，王其爱玉体，俱享黄发期。收泪即长路，援笔从此辞[③]。

【注释】

①此章乃一篇正意，置在孤兽索群下，章法绝佳。

②此章无可奈何之词。人当极无聊后，每作此以强解也。

③末章如赋中之乱，几于生人作死别矣。

赠王粲

端坐苦愁思，揽衣起西游。树木发春华，清池激长流。中有孤鸳鸯，哀鸣求匹俦。我愿执此鸟，惜哉无轻舟。欲归忘故道，顾望但怀愁。悲风鸣我侧，羲和逝不留。重阴润万物，何惧泽不周。谁令君多念，自使怀百忧。

送应氏诗二首

步登北邙阪，遥望洛阳山。洛阳何寂寞，宫室尽烧焚。垣墙皆顿擗，荆棘上参天。不见旧耆老，但睹新少年。侧足无行径，荒畴不复田。游子久不归，不识陌与阡。中野何萧条，千里无人烟。念我平常居，气结不能言[①]。

【注释】

①时董卓迁献帝于西京，洛阳被烧，故诗中云然。

清时难屡得，嘉会不可常。天地无终极，人命若朝霜。愿得展嬿婉，我友之朔方。亲昵并集送，置酒此河阳。中馈岂独薄，宾饮不尽觞。爱至望苦深，岂不愧中肠。山川阻且远，别促会日长。愿为比翼鸟，施翮起高翔。

杂诗

高台多悲风，朝日照北林，之子在万里，江湖迥且深。方舟安可极，离思故难任。孤雁飞南游，过庭长哀吟。翘思慕远人，愿欲托遗音。形影忽不见，翩翩伤我心。

转蓬离本根，飘飖随长风。何意回飚举，吹我入云中。高高上无极，天路安可穷。类此游客子，捐躯远从戎。毛褐不掩形，薇藿常不充。去去莫复道，沈忧令人老①。

【注释】

①陈思最工起调，如"高台多悲风"、"转蓬离本根"之类是也。

南国有佳人，容华若桃李。朝游江北岸，夕宿潇湘沚。时俗薄朱颜，谁为发皓齿。俯仰岁将暮，荣耀难久恃。

揽衣出中闺，逍遥步两楹。闲房何寂寞，绿草被阶庭。空室自生风，百鸟翔南征。春思安可忘，忧戚与我并。佳人在远道，妾身独单茕。欢会难再遇，芝兰不重荣。人皆弃旧爱，君岂若平生。寄松为女萝，依水如浮萍。束身奉衿带，朝夕不堕倾。傥终顾盼恩，永副我中情。

仆夫早严驾，吾将远行游。远游欲何之，吴国为我仇。将骋万里涂，东路安足由。江介多悲风，淮泗驰激流。愿欲一轻济，惜哉无方舟。闲居非吾志，甘心赴国忧①。

【注释】

①即《自试表》中意。

七哀诗①

明月照高楼，流光正徘徊。上有愁思妇，悲叹有余哀。借问叹者谁？言是宕子妻。君行逾十年，孤妾常独栖。君若清路尘，妾若浊水泥。浮沉各异势，会合何时谐。愿为西南风，长逝入君怀。君怀良不开，贱妾当何依②。

【注释】

①《韵语阳秋》：痛而哀，义而哀，感而哀，怨而哀，耳目闻见而哀，口叹而哀，鼻酸而哀，谓之七哀。

②此种大抵思君之辞，绝无华饰。性情结撰，其品最工。

情诗

微阴翳阳景，清风飘我衣。游鱼潜绿水，翔鸟薄天飞。眇眇客行士，遥役不得归。始出严霜结，今来白露晞。游子叹《黍离》，处者歌《式微》。慷慨对嘉宾，凄怆内伤悲。

七步诗

煮豆持作羹，漉豉以为汁。萁在釜中然，豆在釜中泣。本是同根生，相煎何太急[②]！

【注释】

①《世说新语》：文帝尝令东阿王七步中作诗，不成者行大法，应声云云，帝有惭色。

②至性语，贵在质朴。　　一本只作四句，略有异同。

古诗源卷六

魏诗

王　粲

赠蔡子笃诗[①]

翼翼飞鸾，载飞载东。我友云徂，言戾旧邦。舫舟翩翩，以溯大江。蔚矣荒涂，时行靡通。慨我怀慕，君子所同。悠悠世路，乱离多阻。济岱江行，邈焉异处。风流云散，一别如雨。人生实难，愿其弗与。瞻望遐路，允企伊伫。烈烈冬日，肃肃凄风。潜鳞在渊，归雁载轩。苟非鸿雕，郭能飞翻。虽则追慕，予思罔宣。瞻望东路，惨怆增叹。率彼江流，爰逝靡期。君子信誓，不迁于时。及子同寮，生死固之。何以赠行，言授斯诗。中心孔悼，涕泪涟洏。嗟尔君子，如何勿思。

【注释】

①蔡睦，字子笃。为尚书。仲宣与之同避难荆州。子笃还，仲宣作此赠之。

七哀诗

西京乱无象，豺虎方遘患。复弃中国去，远身适荆蛮。亲戚对我悲，朋友相追攀。出门无所见，白骨蔽平原。路有饥妇人，抱子弃草间。顾闻号泣声，挥涕独不还。未知身死处，何能两相完？驱马弃之去，不忍听此言。南登霸陵岸，回首望长安。悟彼下泉人，喟然伤心肝[①]。

【注释】

①“未知身死处”二句，妇人之词。　此杜少陵《无家别》、《垂老别》诸篇之祖也。　隐侯谓“仲宣霸岸之篇”，指此。

荆蛮非吾乡，何为久滞淫。方舟溯大江，日暮愁我心。山冈有余暎，岩阿增重阴。狐狸驰赴穴，飞鸟翔故林。流波激清响，猴猿临岸吟。迅风拂裳袂，白露沾衣襟。独夜不能寐，摄衣起抚琴。丝桐感人情，为我发悲音。羁旅无终极，忧思壮难任。

边城使心悲，昔我亲更之。冰雪截肌肤，风飘无期。百里不见人，草木谁当迟[①]。登城望亭隧，翩翩飞戍旗。行者不顾反，出门与家辞。子弟多俘虏，哭泣无已时。

天下尽乐土,何为久留兹。蓼虫不知辛,去来勿与咨。

【注释】

①迟,与"治"同,平声。

陈 琳

饮马长城窟行

饮马长城窟,水寒伤马骨。往谓长城吏:慎莫稽留太原卒。官作自有程,举筑谐汝声。男儿宁当格斗死,何能怫郁筑长城。长城何连连,连连三千里。边城多健少,内舍多寡妇。作书与内舍:便嫁莫留住。善侍新姑嫜,时时念我故夫子。报书往边地:君今出语一何鄙!身在祸难中,何为稽留他家子?生男慎莫举,生女哺用脯。君独不见长城下,死人骸骨相撑拄?结发行事君,慊慊心意间。明知边地苦,贱妾何能久自全①!

【注释】

①"举筑谐汝声",言同声用力也。　　"作书与内舍",健少作书也。"报书往边地"二句,内舍答书也。"身在祸难中"六语,又健少之词。"结发行事君"四句,又内舍之词。无问答之痕,而神理井然,可与汉乐府竟爽矣。

刘 桢

赠从弟三首

泛泛东流水,磷磷水中石。苹藻生其涯,华纷何扰弱。采之荐宗庙,可以羞嘉客。岂无园中葵,懿此出深泽。

亭亭山上松,瑟瑟谷中风。风声一何盛,松枝一何劲。冰霜正惨凄,终岁常端正。岂不罹凝寒,松柏有本性。

凤凰集南岳,徘徊孤竹根。于心有不厌,奋翅凌紫氛。岂不常勤苦,羞与黄雀群,何时当来仪,将须圣明君①。

【注释】

①赠人之作,通用此体,亦是一格。

徐　幹

室　思

人靡不有初，想君能终之。别来历年岁，旧恩何可期。重新而忘故，君子所犹讥。寄声虽在远，岂忘君须臾。既厚不为薄，想君时见思[①]。

【注释】

①此托言闺人之词也。自处于厚，而望君不薄，情极深至。

杂　诗

浮云何洋洋，愿因能我词。飘飘不可寄，徙倚徒相思。人离皆复会，君独无返期。自君之出矣，明镜暗不治。思君如流水，何有穷已时[①]。

【注释】

①末四句后人拟者多矣，总逊其自然。

应　场

侍五官中郎将建章台集诗一首[①]

朝雁鸣云中，音响一何哀。问子游何乡，戢翼正徘徊。言我寒门来，将就衡阳栖。往春翔北土，今冬客南淮。远行蒙霜雪，毛羽日摧颓。常恐伤肌骨，身陨沉黄泥。简珠堕沙石，何能中自谐。欲因云雨会，濯翼陵高梯。良遇不可值，伸眉路何阶。公子敬爱客，乐饮不知疲。和颜既以畅，乃肯顾细微。赠诗见存慰，小子非所宜。为且极欢情，不醉其无归。凡百敬尔位，以副饥渴怀[②]。

【注释】

①建安十六年，天子命世子丕为五官中郎将。

②简珠，喻君子。沙石，喻小人。《淮南子》曰：周之简珪，产于垢土。简，大也。　　魏人公燕，俱极平庸，后人应酬诗从此开出。篇中代雁为词，音调悲切，异于众作，存此以备一格。

别　诗

朝云浮四海，日暮归故山。行役怀旧土，悲思不能言。悠悠涉千里，未知何时旋。

应璩

百一诗[①]

下流不可处，君子慎厥初。名高不宿著，易用受侵诬。前者隳官去，有人适我闾。田家无所有，酌醴焚枯鱼。问我何功德，三入承明庐。所占于此土，是谓仁智居。文章不经国，筐箧无尺书。用等称才学，往往见叹誉。避席跪自陈，贱子实空虚。宋人遇周客，惭愧靡所如[②]。

【注释】

①《百一诗》序曰："时谓曹爽曰：今公闻周公巍巍之称，安知百虑有一失乎？""百一"之名取此。　璩诗百余篇，大率讽刺时事。

②"下流"一章，自悔也。　"问我何功德"至"往往见叹誉"，皆问者之词。下四句自答。　遇周客，指宋之愚人宝燕石事。

杂诗

细微苟不慎，堤溃自蚁穴。腠理早从事，安复劳针石。哲人睹未形，愚夫暗明白。曲突不见宾，焦烂为上客。思愿献良规，江海倘不逆。狂言虽寡善，犹有如鸡跖。鸡跖食不已，齐王为肥泽[①]。

【注释】

①进言听言意，愈隐愈显。

缪袭

克官渡[①]

克绍官渡由白马，僵尸流血被原野，贼众如犬羊，王师尚寡。沙塠傍，风飞扬，转战不利士卒伤。今日不胜后何望；土山地道不可当，卒胜大捷震冀方。屠城破邑，神武遂章[②]。

【注释】

①《晋书·乐志》曰：改汉《上之回》为《克官渡》，言曹公与袁绍战，破之于官渡也。

②音节自佳。

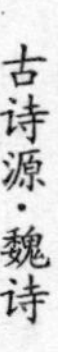

定武功[①]

定武功，济黄河。河水汤汤，旦暮有横流波。袁氏欲衰，兄弟寻干戈。决漳水，水流滂沱，嗟城中，如流鱼，谁能复顾室家。计穷虑尽，求来连和。和不时，心中忧戚。贼众内溃，君臣奔北。拔邺城，奄有魏国。王业艰难，览观古今，可为长叹。

【注释】

①改汉《战城南》为《定武功》，言曹公初破邺，武功之定，始乎此也。

屠柳城[①]

屠柳城，功诚难。越度陇塞，路漫漫。北逾冈平，但闻悲风正酸。蹋顿授首，遂登白狼山。神武慹海外，永无北顾患[②]。

【注释】

①改汉《巫山高》为《屠柳城》，言曹公越北塞，历白檀，破二郡乌桓于柳城也。

②慹，音“质”，怖也。《汉书·朱博传》：豪强慹服。

战荥阳[①]

战荥阳，汴水陂。戎士愤怒，贯甲驰。阵未成，退徐荥。二万骑，堑垒平。戎马伤，六军惊。势不集，众几倾。白日没，时晦冥。顾中牟，心屏营。同盟疑，计无成。赖我武皇，万国宁。

【注释】

①改汉《思悲翁》为《战荥阳》，言曹公也。

挽　歌

生时游国都，死没弃中野。朝发高堂上，暮宿黄泉下。白日入虞渊，悬车息驷马。造化虽神明，安能复存我？形容稍歇灭，齿发行当堕。自古皆有然，谁能离此者。

左延年

从军行[①]

苦哉边地人，一岁三从军。三子到敦煌，二子诣陇西。五子远斗去，五妇皆怀身。

【注释】

①亦作汉词。

阮　籍

咏　怀[①]

夜中不能寐，起坐弹鸣琴。薄帷鉴明月，清风吹我襟。孤鸿号外野，翔鸟鸣北林。徘徊将何见，忧思独伤心。

【注释】

①阮公《咏怀》，反覆零乱，兴寄无端，和愉哀怨，杂集于中，令读者莫求归趣。此其为阮公之诗也，必求时事以实之，则凿矣。　　其原自《离骚》来。

二妃游江滨，逍遥顺风翔。交甫怀环珮，婉娈有芬芳。猗靡情欢爱，千载不相忘。倾城迷不蔡，容好结中肠。感激生忧思，萱草树兰房。膏沐为谁施，其雨怨朝阳。如何金石交，一旦更离伤[①]。

【注释】

①即未见好德如好色意。

嘉树下成蹊，东园桃与李。秋风吹飞藿，零落从此始。繁华有憔悴，堂上生荆杞。驱马舍之去，去上西山趾。一身不自保，何况恋妻子。凝霜被野草，岁暮亦云已[①]。

【注释】

①岁暮，隐指时乱也。一结见否终则倾，有去之恐不速意。

平生少年时，轻薄好弦歌。西游咸阳中，赵李相经过。娱乐为终极，白日忽蹉跎。驱车复来归，反顾望三河。黄金百镒尽，资用常苦多。北临太行道，失路将如何[①]？

【注释】

①汉成帝数微行，近幸小臣赵李从微贱专宠。此借言游侠之俦也。颜延年注谓赵飞燕、李夫人，恐不可从。

昔闻东陵瓜，近在青门外。连畛距阡陌，子母相钩带。五色耀朝日，嘉宾四面会。膏火自煎熬，多财为患害。布衣可终身，宠禄岂足赖。

灼灼西隤日，余光照我衣。回风吹四壁，寒鸟相因依。周周尚衔羽，蛩蛩亦念饥。

如何当路子，磬折忘所归。岂为夸誉名，憔悴使心悲。宁与燕雀翔，不随黄鹄飞。黄鹄游四海，中路将安归①。

【注释】

①周周，鸟名，衔羽而饮。蛩蛩，亦作“邛邛”，兽名，相并而行。　此章为知进而不知退者言。末见己非冲天之质，宜相随燕雀，不宜与黄鹄并举也。盖鄙之之词。　韵用二“归”字。

步出上东门，北望首阳岑。下有采薇士，上有嘉树林。良辰在何许，凝霜沾衣襟。寒风振山冈，玄云起重阴。鸣雁飞南征，鶗鴂发哀音。素质由商声，凄怆伤我心①。

【注释】

①隐侯曰：致此彫素之质，由于商声用事秋时也。“游”字应作“由”，古人字类无定也。

湛湛长江水，上有枫树林。皋兰被径路，青骊逝骎骎。远望令人悲，春气感我心。三楚多秀士，朝云进荒淫。朱华振芬芳，高蔡相追寻。一为黄雀哀，泪下谁能禁①。

【注释】

①末四句隐用庄辛谏楚王语意。

开秋兆凉气，蟋蟀鸣床帷。感物怀殷忧，悄悄令心悲。多言焉所告，繁辞将诉谁？微风吹罗袂，明日耀清晖。晨鸡鸣高树，命驾起旋归①。

【注释】

①“多言”、“繁辞”二语，重言之。

昔年十四五，志尚好诗书。被褐怀珠玉，颜闵相与期。开轩临四野，登高望所思。丘墓蔽山冈，万代同一时。千秋万岁后，荣名安所之。乃悟羡门子，噭噭今自嗤①。

【注释】

①翻“荣名以为宝”句。噭噭，指颜、闵相与期也。

裴徊蓬池上，还顾望大梁。绿水扬洪波，旷野莽茫茫。走兽交横驰，飞鸟相随翔。是时鹑火中，日月正相望。朔风厉严寒，阴气下微霜。羁旅无俦匹，俯仰怀哀伤。小人计其功，君子道其常。岂惜终憔悴，咏言著斯章①。

【注释】

①君子道其常，往往憔悴，然岂缘此为惜乎？是真能立志砥节者。“君子道其常，小人计其功”，本孙卿子语。

独坐空堂上，谁可与欢者。出门临永路，不见行车马。登高望九州，悠悠分旷野。

孤鸟西北飞，离兽东南下。日暮思亲友，晤言用自写。

悬车在西南，羲和将欲倾。流光耀四海，忽忽至夕冥。朝为咸池晖，蒙汜受其荣。岂知穷达士，一死不再生。视彼桃李花，谁能久荧荧？君子在何许？叹息未合并。瞻仰景山松，可以慰吾情。

西方有佳人，皎若白日光。被服纤罗衣，左右珮双璜。修容耀姿美，顺风振微芳。登高眺所思，举袂当朝阳。寄颜云霄间，挥袖凌虚翔。飘飖恍惚中，流盼顾我傍。悦怿未交接，晤言用感伤。

于心怀寸阴，羲阳将欲冥。挥袂抚长剑，仰观浮云征。云间有玄鹤，抗志扬哀声。一飞冲青天，旷世不再鸣。岂与鹑鷃游，连翩戏中庭①。

【注释】

①旷世不再鸣，犹王仲淹献策后，不复再出也，为高士写照。后《凤凰》一章，有“子欲居九夷”意。

驾言发魏都，南向望吹台。箫管有遗音，梁王安在哉？战士食糟糠，贤者处蒿莱。歌舞曲未终，秦兵已复来。夹林非吾有，朱宫生尘埃。军败华阳下，身竟为土灰。

朝阳不再盛，白日忽西幽。去此若俯仰，如何似九秋。人生若尘露，天道邈悠悠。齐景升丘山，涕泗纷交流。孔圣临长川，惜逝忽若浮。去者余不及，来者吾不留。愿登太华山，上与松子游。渔父知世患，乘流泛轻舟。

儒者通六艺，立志不可干。违礼不为动，非法不肯言。渴饮清泉流，饥食并一箪。岁时无以祀，衣服常苦寒。屣履咏南风，缊袍笑华轩。信道守诗书，义不受一餐。烈烈褒贬辞，老氏用长叹①。

【注释】

①儒者守义，老氏守雌。道既不同，宜闻言而长叹也。魏晋人崇尚老庄，然此诗言各从其志，无进退两家意。

林中有奇鸟，自言是凤凰。清朝饮醴泉，日夕栖山冈。高鸣彻九州，延颈望八荒。适逢商风起，羽翼自摧藏。一去昆仑西，何时复回翔。但恨处非位，怆悢使心伤①。

【注释】

①凤凰本以鸣国家之盛，今九州八荒，无可展翅，而远去昆仑之西，于洁身之道得矣，其如处非其位何？所以怆然而心伤也。

出门望佳人，佳人岂在兹。三山招松乔，万世谁与期。存亡有长短，慷慨将焉知。忽忽朝日隤，行行将何之。不见季秋草，摧折在今时。

颜延年曰：说者谓阮籍在晋文代，常虑祸患，故发此咏。看来诸咏非一时所作，因情触景，随兴寓言，有说破者，有不说破者，忽哀忽乐，俶诡不羁。

《十九首》后，复有此种笔墨，文章一转关也。　　咏怀诗当领其大意，不必逐章分解。

大人先生歌

天地解兮六合开，星辰陨兮日月颓，我腾而上将何怀？

嵇　康[①]

杂　诗

微风清扇，云气四除。皎皎亮月，丽于高隅。兴命公子，携手同车。龙骥翼翼，扬镳踟蹰。肃肃宵征，造我友庐。光灯吐辉，华幔长舒。鸾觞酌醴，神鼎烹鱼。弦超子野，叹过绵驹。流咏太素，俯赞玄虚。孰克英贤，与尔剖符[②]。

【注释】

①叔夜四言，时多俊语。不摹仿《三百篇》，允为晋人先声。

②言咏赞道妙，游心恬漠，谁能以英贤之德，与尔分符而仕乎？

赠秀才入军[①]

良马既闲，丽服有晖。左揽繁弱，右接忘归。风驰电逝，蹑景追飞。凌厉中原，顾盼生姿。携我好仇，载我轻车。南凌长阜，北厉清渠。仰落惊鸿，俯引渊鱼。盘于游田，其乐只且[②]。

【注释】

①从兄秀才公穆，即熹也。

②《新序》曰：楚王载繁弱之弓，忘归之矢，以射兕于云梦。

轻车迅迈，息彼长林。春木载荣，布叶垂阴。习习谷风，吹我素琴。咬咬黄鸟，顾俦弄音。感悟驰情，思我所钦。心之忧矣，永啸长吟。

浩浩洪流，带我邦畿。萋萋绿林，奋荣扬晖。鱼龙瀺灂，山鸟群飞。驾言出游，日夕忘归。思我良朋，如渴如饥。愿言不获，怆矣其悲。

息徒兰圃，秣马华山。流磻平皋，垂纶长川。目送归鸿，手挥五弦。俯仰自得，游心太玄。嘉彼钓叟，得鱼忘筌。郢人逝矣，谁与尽言。

闲夜肃清，郎月照轩。微风动袿，组帐高褰。旨酒盈樽，莫与交欢。鸣琴在御，谁与鼓弹。仰慕同趣，其馨如兰。佳人不存，能不永叹？

首章赠人军，以下皆相思之词。　　共十九章，此系节录。

幽愤诗[①]

嗟余薄祜，少遭不造。哀茕靡识，越在襁褓。母兄鞠育，有慈无威。恃爱肆姐，不训不师。爰及冠带，凭宠自放。抗心希古，任其所尚，托好老庄，贱物贵身。志在守朴，养素全真。曰余不敏，好善暗人。子玉之败，屡增维尘。大人含弘，藏垢怀耻。民之多僻，政不由己。惟此褊心，显明臧否。感悟思愆，怛若创痏。欲寡其过，谤议沸腾。性不伤物，频致怨憎。昔惭柳惠，今愧孙登。内负宿心，外恧良朋。仰慕严郑，乐道闲居。与世无营，神气晏如。咨予不淑，婴累多虞。匪降自天，实由顽疏。理弊患结，卒致囹圄。对答鄙讯，絷此幽阻。实耻讼冤，时不我与。虽曰义直，神辱志沮。澡身沧浪，岂曰能补。嗈嗈鸣雁，奋翼北游。顺时而动，得意忘忧。嗟我愤叹，曾莫能俦。事与愿违，遘兹淹留。穷达有命，亦又何求。古人有言，善莫近名。奉时恭默，咎悔不生。万石周慎，安亲保荣。世务纷纭，只搅予情。安乐必诫，乃终利贞。煌煌灵芝，一年三秀。予独何为，有志不就。惩难思复，心焉内疚。庶勖将来，无馨无臭。采薇山阿，散发岩岫。永啸长吟，颐性养寿[②]。

【注释】

①《晋书》：康与吕安善。安后为兄所枉诉，以事系狱。词相证引，遂收康，康乃作此诗。

②通篇直直叙去，自怨自艾，若隐若晦。"好善暗人"，牵引之由也；"显明臧否"，得祸之由也。至云"澡身沧浪，岂云能补"，悔恨之词切矣。末托"颐性养寿"，正恐未必能然之词。华亭鹤唳，隐然言外。肆姐，恣肆也。　　季札谓叔孙穆子曰："子好善而不能择人。""好善暗人"，悔与吕安交也。　　孙登谓嵇康曰："子才多识寡，难乎免于今之世也。"　　严郑，谓严君平、郑子真。　　"万石周慎"，指万石君奋子郎中令建。周，至也。

吴　谣[①]

曲有误，周郎顾。

【注释】

①附。　　《吴志》:周瑜精意音乐,三爵之后,有阙误,瑜必知之,知之必顾,时人语曰。

孙皓天纪中童谣[1]

阿童复阿童,衔刀游渡江。不畏岸上虎,但畏水中龙。

【注释】

①《晋书·五行志》:孙皓天纪中童谣。晋武闻之,加王濬龙骧将军。及征吴,江西众军无过者,而濬先定秣陵。

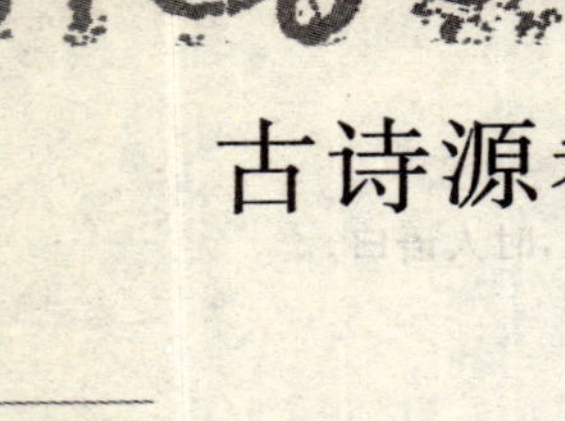

古诗源卷七

晋诗

司马懿

燕饮诗[①]

天地开辟，日月重光。遭逢际会，奉辞遐方。将扫逋秽，还过故乡。肃清万里，总齐八荒。告成归老，待罪武阳。

【注释】

①《晋书》：高祖伐公孙渊，过温，见父老故旧，燕饮累日，作歌。

张　华[①]

励志诗

太仪斡运，天回地游。四气鳞次，寒暑环周。星火既夕，忽焉素秋。凉风振落，熠燿宵流。

吉士思秋，实感物化。日与月与，荏苒代谢。逝者如斯，曾无日夜。嗟尔庶士，胡宁自舍。

仁道不遐，德輶如羽。求焉斯至，众鲜克举。大猷玄漠，将抽厥绪。先民用作，遗我高矩。

虽有淑姿，放心纵逸。田般于游，居多遐日。如彼梓材，弗勤丹漆。虽劳朴斲，终复素质。

养由矫矢，兽号于林。蒱卢萦缴，神感飞禽。末技之妙，动物应心。研精耽道，安有幽深。

安心恬荡，栖志浮去。体之以质，彪之以文。如彼南亩，力耒既勤。藨蓘致功，必有丰殷。

水积成渊，载澜载清。土积成山，歊蒸郁冥。山不让尘，川不辞盈。勉致含弘，以隆德声。

高以下基，洪由纤起。川广自源，成人在始。累微以著，乃物之理。纆牵之长，实累千里。

复礼终朝，天下归仁，若金受砺，若泥在钧。进德修业，辉光日新。隰朋仰慕，予亦何人[2]。

【注释】

①茂先诗，《诗品》谓其"儿女情多，风云气少"。此亦不尽然。总之笔力不高，少凌空矫捷之致。

②养由基抚弓而盼，猨乃抱木而号。何者？诚在于心，而精通于物。见《淮南子》。 蒱卢，即蒱且也。蒱且子见双鸟过之，其不被弋者亦下。见《汲冢书》。 纆牵，索也。千里之马，系以长索，则为累矣。见《国策》。

答何劭

吏道何其迫，窘然坐自拘。缨緌为徽纆，文宪焉可逾。恬旷苦不足，烦促每有余。良朋贻新诗，示我以游娱。穆如洒清风，奂若春华敷。自昔同寮寀，于今比园庐。衰夕近辱殆。遮几并悬舆。散发重阴下，抱杖临清渠。属耳听莺鸣，流目玩儵鱼。从容养余日，取乐于桑榆。

情诗

清风动帷帘，晨月照幽房。佳人处遐远，兰室无容光。襟怀拥虚景，轻衾覆空床。居欢惜夜促，在慼怨宵长。拊枕独啸叹，感慨心内伤。
游目四野外，逍遥独延伫。兰蕙缘清渠，繁华荫绿渚。佳人不在兹，取此欲谁与？巢居知风寒，穴处识阴雨。不曾远别离，安知慕俦侣[1]。

【注释】

①秾丽之作，油然入人。茂先诗之上者，与葛生蒙楚诗同意。

杂诗

晷度随天运，四时互相承。东壁正昏中，涸阴寒节升。繁霜降当夕，悲风中夜兴。

朱火青无光，兰膏坐自凝。重衾无暖气，挟纩如怀冰。伏枕终遥夕，寤言莫予应。永思虑崇替，慨然独拊膺。

傅　玄①

短歌行

长安高城，层楼亭亭。干云四起，上贯天庭。蜉蝣何整，行如军征。蟋蟀何感，中夜哀鸣。蚍蜉愉乐，粲粲其荣。寤寐念之，谁知我情？昔君视我，如掌中珠。何意一朝，弃我沟渠？昔君与我，如影如形。何意一去，心如流星？昔君与我，两心相结。何意今日，忽然两绝②？

【注释】

①休奕诗，聪颖处时带累句。大约长于乐府，而短于古诗。

②后三段笔力甚横。

明月篇

皎皎明月光，灼灼朝日晖。昔为春蚕丝，今为秋女衣。丹唇列素齿，翠彩发蛾眉。娇子多好言，欢合易为姿。玉颜盛有时，秀色随年衰。常恐新间旧，变故兴细微。浮萍本无根，非水将何依？忧喜更相接，乐极还自悲。

杂　诗

志士惜日短，愁人知夜长。摄衣步前庭，仰观南雁翔。玄景随形运，流响归空房。清风何飘飖，微月出西方。繁星依青天，列宿自成行。蝉鸣高树间，野鸟号东厢。纤云时仿佛，渥露沾我裳。良时无停景，北斗忽低昂。常恐寒节至，凝气结为霜。落叶随风摧，一绝如流光①。

【注释】

①清俊是选体，故昭明独收此篇。

杂　言

雷隐隐感妾心，倾耳清听非车音①。

【注释】

①点化《长门赋》中语，更觉敏妙。

吴楚歌

燕人美兮赵女佳，其室则迩兮限层崖。云为车兮风为马，玉在山兮兰在野。云无期兮风有止，思多端兮谁能理？

车遥遥篇

车遥遥兮马洋洋，追思君兮不可忘。君安游兮西入秦，愿为影兮随君身。君在阴兮影不见，君依光兮妾所愿[1]。

【注释】

①乐府中极聪明语。开张、王一派，然出张、王手，语极恬熟。

束 皙

补亡诗六章

序曰：皙与同业畴人，肄修乡饮之礼，然所咏之诗，或有义无词，音乐取节，阙而不备，于是遥想既往，存思在昔，补著其文，以缀旧制。

南 陔[1]

循彼南陔，言采其兰。眷恋庭闱，心不遑安。彼居之子，罔或游盘。馨尔夕膳，洁尔晨餐。循彼南陔，厥草油油。彼居之子，色思其柔。眷恋庭闱，心不遑留。馨尔夕膳，洁尔晨羞。有獭有獭，在河之涘。凌波赴汨。噬鲂捕鲤。嗷嗷林鸟，受哺于子。养隆敬薄，惟禽之似。勖增尔虔，以介丕祉[2]。

【注释】

①南陔，孝子相戒以养也。

②彼居之子，居，谓未仕者。　　色思其柔，即“色难”注脚。养隆敬薄，即“不敬何以别”注脚。　　首言养，次言色，末言敬。

白 华[1]

白华朱萼，被于幽薄。粲粲门子，如磨如错。终晨三省，匪惰其恪。白华降跌，在陵之陬。茜茜士子，涅而不渝。竭诚尽敬，亹亹忘劬。白华玄足，在丘之曲。堂堂处子，无营无欲。鲜侔晨葩，莫之点辱[2]。

【注释】

①白华，孝子之洁白也。

②《周礼》曰："正室谓之门子。"郑玄曰："正室嫡子，将代父当门者。"处子，即处士也。

华　黍[1]

黮黮重云，辑辑和风。黍华陵巅，麦秀丘中，靡田不播，九谷斯茂。奕奕玄霄，濛濛甘霤，黍发稠华，亦挺其秀。靡田不殖，九谷斯茂。无高不播，无下不殖。芒芒其稼，参参其穑。稸我王委，充我民食。玉烛阳明，显猷翼翼[2]。

【注释】

①华黍，时和岁丰，宜黍稷也。

②玄霄，玄云也。　　稸，"畜"同。《蔡泽传》："力田稸积。"《尔雅》曰："四气和谓之玉烛。"

由　庚[1]

荡荡夷庚，物则由之。蠢蠢庶类，王亦柔之。道之既由，化之既柔。木以秋零，草以春抽。兽在于草，鱼跃顺流。四时递谢，八风代扇。纤阿按晷，星变其躔。五纬不愆，六气无易，愔愔我王，绍文之迹[2]

【注释】

①由庚，万物得由其道也。

②庚，训道也。夷庚，即"王道荡荡"意。

崇　丘[1]

瞻彼崇丘，其林蔼蔼。植物斯高，动类斯大。周风既洽，王猷允泰。漫漫方舆，回回洪覆。何类不繁，何生不茂。物极其性，人永其寿。恢恢大圜，芒芒九壤。资生仰化，于何不养，人无道夭，物极则长[2]。

【注释】

①崇丘，万物得极其高大也。

②庄子曰："终天年而不中道夭者，是智之盛也。"

由　仪[1]

肃肃君子，由仪率性。明明后辟，仁以为政。鱼游清沼，鸟萃平林。濯鳞鼓翼，振振其音。宾写尔诚，主竭其心。时之和矣，何思何修。文化内辑，武功外悠[2]。

【注释】

①由仪，万物之生各得其仪也。

②时既和矣，何所思虑，何所修治？惟以文化辑和于内，武功加于外远也。写由仪意极正大。

六章不类《周雅》，然清和润泽，自是有德之言。

司马彪

杂　诗

百草应节生，含气有深浅。秋蓬独何辜，飘飖随风转。长飚一飞薄，吹我之四远。搔首望故株，邈然无由返。

陆　机[1]

短歌行

置酒高堂，悲歌临觞。人寿几何，逝如朝霜。时无重至，华不再阳。苹以春晖，兰以秋芳。来日苦短，去日苦长。今我不乐，蟋蟀在房。乐以会兴，悲以别章。岂曰无感，忧为子忘。我酒既旨，我肴既臧。短歌有咏，长夜无荒[2]。

【注释】

①士衡诗亦推大家。然意欲逞博，而胸少慧珠，笔又不足以举之，遂开出排偶一家。西京以来，空灵矫健之气，不复存矣。降自梁陈，专工队仗，边幅复狭，令阅者白日欲卧，未必非士衡为之滥觞也。兹特取能运动者十二章。见士衡诗中，亦有不专堆垛者。　谢康乐诗，亦多用排，然能造意，便与潘、陆辈迥别。　士衡以名将之后，破国亡家，称情而言，必多哀怨。乃词旨敷浅，但工涂泽，复何贵乎？　苏、李、《十九首》，每近于《风》。士衡辈以作赋之体行之，所以未能感人。　《文赋》云："诗缘情而绮靡"，殊非诗人之旨。

②词亦清和，而雄气逸响，杳不可寻。

陇西行

我静如镜，民动如烟。事以形兆，应以象悬。岂曰无才，世鲜兴贤。

猛虎行

渴不饮盗泉水，热不息恶木阴。恶木岂无枝，志士多苦心。整驾肃时命，杖策将远寻。饥食猛虎窟，寒栖野雀林。日归功未建，时往岁载阴。崇云临岸骇，鸣条随风吟。静言幽谷底，长啸高山岑。急弦无懦响，亮节难为音。人生诚未易，曷云开此衿。眷我耿介怀，俯仰愧古今[1]。

【注释】

①尸子曰:"孔子至于胜母,莫矣而不宿。过于盗泉,渴矣而不饮,恶其名也。" 江邃《文释》引管子曰:"士怀耿介之心,不荫恶木之枝。" 起用六字句,最见奇峭,此士衡变体。

塘上行

江篱生幽渚,微芳不足宣。被蒙风云会,移居华池边。发藻玉台下,垂影沧浪泉。沾润既已渥,结根奥且坚。四节逝不处,繁华难久鲜。淑气与时殒,余芳随风捐。天道有迁易,人理无常全。男欢智倾愚,女爱衰避妍。不惜微躯退,但惧苍蝇前。愿君广末光,照妾薄暮年[①]。

【注释】

①亦是平韵,而音旨自婉。

拟明月何皎皎

安寝北堂上,明月入我牖。照之有余辉,揽之不盈手。凉风绕曲房,寒蝉鸣高柳。踟蹰感物节,我行永已久。游宦会无成,离思难常守。

拟明月皎夜光

岁暮凉风发,昊天肃明月。招摇西北指,天汉东南倾。朗月照闲房,蟋蟀吟户庭。翻翻归雁集,嘒嘒寒蝉鸣。畴昔同宴友,翰飞戾高冥。服美改声听,居愉遗旧情。织女无机杼,大梁不架楹[①]。

【注释】

①《尔雅》曰:"大梁,昴星也。"末二句总言有名无实,与汉人原词意同。

招隐诗

明发心不夷,振衣聊踯躅。踯躅欲安之,幽人在浚谷。朝采南涧藻,夕息西山足。轻条象云搆,密叶成翠幄。激楚伫兰林,回芳薄秀木。山溜何泠泠,飞泉漱鸣玉。哀音附灵波,颓响赴曾曲。至乐非有假,安事浇淳朴。富贵苟难图,税驾从所欲[①]。

【注释】

①必富贵难图而始税驾,见已晚矣。士衡进退,所以不无可议。

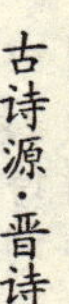

赠冯文罴

昔与二三子，游息承华南。拊翼同枝条，翻飞各异寻。苟无凌风翮，徘徊守故林。慷慨谁为感，愿言怀所钦。发轸清洛汭，驱马大河阴。伫立望朔涂，悠悠迥且深。分索古所悲，志士多苦心。悲情临川结，苦言随风吟。愧无杂佩赠，良讯代兼金。夫子茂元猷，款诚寄惠音。

为顾彦先赠妇

辞家远行游，悠悠三千里。京洛多风尘，素衣化为缁。修身悼忧苦，感念同怀子。隆思乱心曲，沉欢滞不起。欢沉难克兴，心乱谁为理？愿假归鸿翼，翻飞浙江汜。

东南有思妇，长叹充幽闼。借问叹何为，佳人眇天末。游宦久不归，山川修且阔。形影参商乖，音息旷不达。离合非有常，譬彼弦与筈。愿保金石躯，慰妾长饥渴[①]。

【注释】

①上章赠妇，下章妇答，古有此体。

赴洛道中作

总辔登长路，呜咽辞密亲。借问子何之，世网婴我身。永叹遵北渚，遗思结南津。行行遂已远，野途旷无人。山泽纷纡余，林薄杳阡眠。虎啸深谷底，鸡鸣高树巅。哀风中夜流，孤兽更我前。悲情触物感，沉思郁缠绵。伫立望故乡，顾影凄自怜。

远游越山川，山川修且广。振策陟崇丘，案辔遵平莽。夕息抱影寐，朝徂衔思往。顿辔倚嵩岩，侧听悲风响。清露坠素辉，明月一何朗。抚枕不能寐，振衣独长想[①]。

【注释】

①二章稍见凄切。

陆　云[1]

谷　风

闲居外物，静言乐幽。绳枢增结，瓮牖绸缪。和神当春，清节为秋。天地则尔，户庭已悠[2]。

【注释】

①诗与士衡亦复伯仲。

②“和神”二语，即庄子“暖然似春，凄然似秋”意。

为顾彦先赠妇

我在三川阳，子居五湖阴。山海一何旷，譬彼飞与沉。目想清慧姿，耳存淑媚音。独寐多远念，寤言抚空衿。彼美同怀子，非尔谁为心？　　悠悠君行迈，茕茕妾独止。山河安可逾，永路隔万里。京室多妖冶，粲粲都人子。雅步擢纤腰，巧言发皓齿。佳丽良可美，衰贱焉足纪。远蒙眷顾言，衔恩非望始[1]。

【注释】

①亦上章赠妇，下章妇答。

潘　岳[1]

悼亡诗

荏苒冬春谢，寒暑忽流易。之子归穷泉，重壤永幽隔。私怀谁克从，淹留亦何益。僶俛恭朝命，回心反初役。望庐思其人，入室想所历。帏屏无仿佛，翰墨有余迹。流芳未及歇，遗挂犹在壁。怅怳如或存，周遑忡惊惕。如彼翰林鸟，双栖一朝只。如彼游川鱼，比目中路析。春风缘隙来，晨霤承檐滴。寝息何时忘，沉忧日盈积。庶几有时衰，庄缶犹可击[2]。

【注释】

①安仁诗品，又在士衡之下。兹特取《悼亡》二诗，格虽不高，其情自深也。　　安仁党于贾后，谋杀太子遹与有力焉。人口如此，诗安得佳？　　潘、陆诗如翦彩为花，绝少生韵，故所收从略。

②“周遑忡惊惕”五字，颇不成句法。　　“如彼翰林鸟”四语反浅。

皎皎窗中月，照我室南端。清商应秋至，溽暑随节阑。凛凛凉风升，始觉夏衾单。

岂曰无重纩，谁与同岁寒。岁寒无与同，明月何胧胧。展转眄枕席，长簟竟床空。床空委清尘，室虚来悲风。独无李氏灵，仿佛睹尔容。抚衿长叹息，不觉泪沾胸。沾胸安能已，悲怀从中起。寝兴目存形，遗音犹在耳。上惭东门吴，下愧蒙庄子。赋诗欲言志，此志难具纪。命也可奈何，长戚自令鄙①。

【注释】

①《列子》曰："魏有东门吴者，子死而不忧。"

张　翰

杂　诗

暮春和气应，白日照园林。青条若总翠，黄花如散金。嘉卉亮有观，顾此难久耽。延颈无良涂，顿足托幽深。荣与壮俱去，贱与老相寻。欢乐不照颜，惨怆发讴吟。呕吟何嗟及，古人可慰心①。

【注释】

①唐人以"黄花如散金"命题试士，士多以黄花为菊，合式者不满其数。

左　思①

杂　诗

秋风何冽冽，白露为朝霜。柔条旦夕劲，绿叶日夜黄。明月出云崖，皦皦流素光。披轩临前庭，嗷嗷晨雁翔。高志局四海，块然守空堂。壮齿不恒居，岁暮常慨慷。

【注释】

①钟嵘评左诗，谓野于陆机，而深于潘岳。此不知太冲者也。太冲胸次高旷，而笔力又复雄迈，陶冶汉魏，自制伟词，故是一代作手，岂潘、陆辈所能比埒？

咏史八首

弱冠弄柔翰，卓荦观群书。著论准《过秦》，作赋拟《子虚》。边城苦鸣镝，羽檄飞京都。虽非甲胄士，畴昔览穰苴。长啸激清风，志若无东吴。铅刀贵一割，梦想骋良图。左眄澄江湘，右盼定羌胡。功成不受爵，长揖归田庐①

【注释】

①东吴，孙吴也。此章自言。

郁郁涧底松，离离山上苗。以彼径寸茎，荫此百尺条。世胄蹑高位，英俊沉下僚。地势使之然，由来非一朝。金张藉旧业，七叶珥汉貂。冯公岂不伟，白首不见招①。

【注释】

①荀悦《汉纪》曰："冯唐白首，屈于郎署。"

吾希段干木，偃息藩魏君。吾慕鲁仲连，谈笑却秦军。当世贵不羁，遭难能解纷。功成耻受赏，高节卓不群。临组不肯绁，对珪宁肯分。连玺曜前庭，比之犹浮云①。

【注释】

①秦欲攻魏，司马康谏曰："段干木贤者，而魏礼之，毋乃不可乎？"秦君以为然，乃止。见《吕氏春秋》。　《幽通赋》曰："干木偃息以藩魏。"

济济京城内，赫赫王侯居。冠盖荫四术，朱轮竟长衢。朝集金张馆，暮宿许史庐。南邻击钟磬，北里吹笙竽。寂寂扬子宅，门无卿相舆。寥寥空宇中，所讲在玄虚。言论准宣尼，辞赋拟相如。悠悠百世后，英名擅八区。

皓天舒白日，灵景耀神州。列宅紫宫里，飞宇若云浮。峨峨高门内，蔼蔼皆王侯。自非攀龙客，何为欻来游。被褐出阊阖，高步追许由。振衣千仞冈，濯足万里流①。

【注释】

①俯视千古。

荆轲饮燕市，酒酣气益震。哀歌和渐离，谓若傍无人。虽无壮士节，与世亦殊伦。高盼邈四海，豪右何足陈。贵者虽自贵，视之若埃尘。贱者虽自贱，重之若千钧。

主父宦不达，骨肉还相薄。买臣困樵采，伉俪不安宅。陈平无产业，归来翳负郭。长卿还成都，壁立何寥廓。四贤岂不伟，遗烈光篇籍。当其未遇时，忧在填沟壑。英雄有迍邅，由来自古昔。何世无奇才，遗之在草泽。

习习笼中鸟，举翮触四隅。落落穷巷士，抱影守空庐。出门无通路，枳棘塞中涂。计策弃不收，块若枯池鱼。外望无寸禄，内顾无斗储。亲戚还相蔑，朋友日夜疏。苏秦北游说，李斯西上书。俯仰生荣华，咄嗟复彫枯。饮河期满腹，贵足不愿余。巢林栖一枝，可为达士模①。

【注释】

①言苏秦、李斯，始不遇而继遇，终不得死所也，故有俯仰咄嗟之叹云。

太冲咏史，不必专咏一人，专咏一事。咏古人而己之性情俱见。此千秋绝唱也，后惟明远、太白能之。

招隐二首

杖策招隐士，荒涂横古今。岩穴无结构，丘中有鸣琴。白云停阴冈，丹葩曜阳林。石泉漱琼瑶，纤鳞或浮沉。非必丝与竹，山水有清音。何事待啸歌，灌木自悲吟。秋菊兼糇粮，幽兰间重襟。踌躇足力烦，聊欲投吾簪。

经始东山庐，果下自成榛。前有寒泉井，聊可莹心神。峭茜青葱间，竹柏得其真。弱叶栖霜雪，飞荣流余津。爵服无常玩，好恶有屈伸。结绶生缠牵，弹冠去埃尘。惠连非吾屈，首阳非吾仁。相与观所尚，逍遥撰良辰①。

【注释】

①惠连，柳下惠少连也。

左遗嫔

啄木诗

南山有鸟，自名啄木。饥则啄树，暮则巢宿。无干于人，惟志所欲。性清者荣，性浊者辱①。

【注释】

①学问语，无蒙腐气。

张　载

七哀诗

北芒何累累，高陵有四五。借问谁家坟，皆云汉世主。恭文遥相望，原陵郁膴膴。季世丧乱起，贼盗如豺虎。毁壤过一坏，便房启幽户。珠柙离玉体，珍宝见剽虏。园寝化为虚，周墉无遗堵。蒙茏荆棘生，蹊径登童竖。狐兔窟其中，芜秽不复扫。颓陇并垦发，萌隸营农圃。昔为万乘君，今为丘中土，感彼雍门言，凄怆哀往古①。

【注释】

①《后汉书》曰：葬孝安皇帝于薛陵，葬文帝于文陵，葬光武皇帝于原陵。　《董卓传》：使

吕布发诸帝陵，及公卿以下冢墓，收其宝玉。

张　协

杂　诗

秋夜凉风起，清气荡暄浊。蜻蛚吟阶下，飞蛾拂明烛。君子从远役，佳人守茕独。离居几何时，钻燧忽改木。房栊无行迹。庭草萋以绿。青苔依空墙，蜘蛛网四屋。感物多所怀，沉忧结心曲。

朝霞迎白日，丹气临旸谷。翳翳结繁云，森森散雨足。轻风摧劲草，凝霜竦高木。密叶日夜疏，丛林森如束。畴昔叹时迟，晚节悲年促。岁暮怀百忧，将从季主卜。

昔我资章甫，聊以适诸越。行行入幽荒，瓯骆从祝发。穷年非所用，此货将安设。瓴甋夸玙璠，鱼目笑明月。不见郢中歌，能否居然别。《阳春》无和者，《巴人》皆下节。流俗多昏迷，此理谁能察[①]。

【注释】

①庄子曰："楚人资章甫而适诸越，越人敦发文身，无所用之。"注云："敦，断也。"汉立驺摇为东海王，都东瓯。驺，一作"骆"。祝发，祝亦断也。

大火流坤维，白日驰西陆。浮阳映翠林，回飙扇绿竹。飞雨洒朝兰，轻露栖丛菊。龙蛰暄气凝，天高万物肃。弱条不重结，芳蕤岂再馥。人生瀛海内，忽如鸟过目。川上之叹逝，前修以自勖。

述职投边城，羁束戎旅间。下车如昨日，望舒四五圆。借问此何时，蝴蝶飞南园。流波恋旧浦，行云思故山。闽越衣文蛇，胡马愿度燕。土风安所习，由来有固然。结宇穷冈曲，耦耕幽薮阴。荒庭寂以闲，幽岫峭且深。凄风起东谷，有渰兴南岑。虽无箕毕期，肤寸自成霖。泽雉登垄雊，寒猿拥条吟。溪壑无人迹，荒楚郁萧森。投耒循岸垂，时闻樵采音。重基可拟志，回渊可比心。养真尚无为，道胜贵陆沉。游思竹素园，寄辞翰墨林[①]。

【注释】

①陆沉，譬如无水而沉也。见《庄子》。　　《东观书》见竹素。

孙 楚

征西官属送于陟阳侯作诗[1]

晨风飘歧路，零雨披秋草。倾城远追送，饯我千里道。三命皆有极，咄嗟安可保。莫大于殇子，彭聃犹为夭。吉凶如纠缠，忧喜相纷绕。天地为我炉，万物一何小。达人垂大观，诫此苦不早。乖离即长衢，惆怅盈怀抱。孰能察其心，鉴之以苍昊。齐契在今朝，守之与偕老[2]。

【注释】

①征西扶风王骏。

②黄帝曰：上寿百二十，中寿百年，下寿八十，是谓三命。　隐侯谓子荆“零雨”之章，指此。　送别诗以齐物作主，古人用意，不专粘著，此亦一体。

曹 摅

感旧诗

富贵他人合，贫贱亲戚离。廉蔺门易轨，田窦相夺移。晨风集茂林，栖鸟去枯枝。今我唯困蒙，群士所背驰。乡人敦懿义，济济荫光仪。对宾颂有客，举觞咏露斯。临乐何所叹，素丝与路歧[1]。

【注释】

①殷浩坐废，韩康伯咏首二句，因而泣下。

王 赞

杂 诗

朔风动秋草，边马有归心。胡宁久分析，靡靡忽至今。王事离我志，殊隔过商参。昔往鸧鹒鸣，今来蟋蟀吟。人情怀旧乡，客鸟思故林。师涓久不奏，谁能宣我心[1]。

【注释】

①起得雄杰，隐侯谓正长《朔风》之句，指此。

郭泰机

答傅咸

皦皦白素丝，织为寒女衣。寒女虽妙巧，不得秉杼机。天寒知运速，况复雁南飞。衣工秉刀尺，弃我忽若遗。人不取诸身，世事焉所希。况复已朝餐，曷由知我饥[1]。

【注释】

①通体喻言，讽傅之不能荐己也。　老杜《白丝行》本此。

古诗源卷八

晋诗

刘　琨①

答卢谌

琨顿首：损书及诗，备酸辛之苦言，畅经通之远旨。执玩反覆，不能释手，慨然以悲，欢然以喜。昔在少壮，未尝检括，远慕老庄之齐物，近嘉阮生之放旷；怪厚薄何从而生，哀乐何由而至。自顷辀张，困于逆乱；国破家亡，亲友凋残。负杖行吟，则百忧俱至；块然独坐，则哀愤两集。时复相与，举觞对膝，破涕为笑。排终身之积惨，求数刻之暂欢。譬由疾疢弥年，而欲一凡销之，其可得乎？夫才生于世，世实须才。和氏之璧，焉得独曜于郢握；夜光之珠，何得专玩于隋掌？天下之宝，当与天下共之，但分析之日，不能不怅恨耳。然后知聃周之为虚诞，嗣宗之为妄作也。昔騄骥倚辀于吴阪，长鸣于良乐，知与不知也；百里奚愚于虞而智于秦，遇与不遇也。今君遇之矣，勖之而已。不复属意于文，二十余年矣。久废则无次，想必欲其一反，故称旨送一篇，适足以彰来诗之益美耳。琨顿首顿首。

厄运初遘，阳爻在六。乾象栋倾，坤仪舟覆。横厉纠纷，群妖竞逐。火燎神州，洪流华域。彼黍离离，彼稷育育。哀我皇晋，痛心在目。其一。

天地无心，万物同涂。祸淫莫验，福善则虚。逆有全邑，义无完都。英蕊夏落，毒卉冬敷。如彼龟玉，韫椟毁诸。刍狗之谈，其最得乎。其二。

咨余软弱，弗克负荷。愆衅仍彰，荣宠屡加。威之不建，祸延凶播。忠陨于国，孝愆于家。斯罪之积，如彼山河。斯衅之深。终莫能磨。其三。

郁穆旧姻，嬿婉新婚。裹粮携弱，匍匐星奔。未辍尔驾，已隳我们。二族偕覆，三孽并根。长惭旧孤，永负冤魂。其四。

亭亭孤干，独生无伴。绿叶繁缛，柔条修罕。朝采尔实，夕捋尔竿。竿翠丰寻。逸珠盈碗。实消我忧，忧急用缓。逝将去乎，庭虚情满。其五。

虚满伊何，兰桂移植。茂彼春林，瘁此秋棘。有鸟翻飞，不遑休息。匪桐不栖，匪竹不食。永戢东羽，翰抚西翼。我之敬之，废欢辍职。其六。

音以赏奏，味以殊珍。文以明言，言以畅神。之子之往，四美不臻。澄醪覆觞，丝竹生尘。素卷莫启，幄无谈宾。既孤我德，又阙我邻。其七。

光光段生，出幽迁乔。资忠履信，武烈文昭。旍弓骍骍，舆马翘翘。乃奋长縻，是辔是镳。何以赠子，竭心公朝。何以叙怀，引领长谣②。其八。

【注释】

①越石英雄失路，万绪悲凉，故其诗随笔倾吐，哀音无次。读者乌得于语句间求之。

②《前赵录》："刘聪僭即位于平阳，遣从弟曜攻晋，破洛阳；遣子粲攻长安，陷之。"首章指国破。　老子云："天地不仁，以万物为刍狗。"二章谓天不祚晋。　《汉书》：王尊之子伯为京兆尹，软弱不胜。

"威之不建"二句，指为聪所败，而父母遇害，己遭祸而播迁也。三章指家亡。　《晋书》：琨妻即谌之从母也。新婚未详。　琨父母为令狐泥所害，谌父母为刘粲所害。故云"二族偕覆"。"三孽"谓琨兄三子。或谓刘聪、刘曜、剂粲。玩下二句，恐说不去。　四章指途中奔窜，申上章意。　五章托喻已有资于谌，而谌又将之段匹磾所也。逸珠，喻德。盈碗，多也。　六章喻谌之段所，犹凤之栖梧桐，食竹实，而已如秋棘之瘁，弥见可伤。

"四美"顶上音、味、文、言。七章言己之孤特，亦申前意。　八章表段之忠信，见谌之托身得所，望其戮力王室，转危为安。收束通篇，感激豪宕。

重赠卢谌

握中有玄璧，本自荆山璆。惟彼太公望，昔在渭滨叟。邓生何感激，千里来相求。
白登幸曲逆，鸿门赖留侯。重耳任五贤，小白相射钩。苟能隆二伯，安问党与仇。
中夜抚枕叹，想与数子游。吾衰久矣夫，何其不梦周。谁云圣达节，知命故不忧。
宣尼悲获麟，西狩涕孔丘。功业未及建，夕阳忽西流。时哉不我与，去乎若云浮。
朱实陨劲风，繁英落素秋。狭路倾华盖，骇驷摧双辀。何意百炼刚，化为绕指柔①。

【注释】

①邓生，邓禹也。二伯，桓文也。数子，谓太公以下也。　"宣尼"二句，重复言之，与阮籍"多言焉所告，繁辞将诉谁"同一反覆申言之意。　拉杂繁会，自成绝调。

扶风歌

朝发广莫门，暮宿丹水山。左手弯繁弱，右手挥龙渊。顾瞻望宫阙，俯仰御飞轩。
据鞍长叹息，泪下如流泉。系马长松下，发鞍高岳头。烈烈悲风起，泠泠涧水流。
挥手长相谢，哽咽不能言。浮云为我结，归鸟为我旋。去家日已远，安知存与亡。

慷慨穷林中，抱膝独摧藏。麋鹿游我前，猿猴戏我侧。资粮既乏尽，薇蕨安可食。揽辔命徒侣，吟啸绝岩中。君子道微矣，夫子故有穷。惟昔李骞期，寄在匈奴庭。忠信反获罪，汉武不见明。我欲竟此曲，此曲悲且长。弃置勿重陈，重陈令心伤①。

【注释】

①悲凉酸楚，亦复不知所云。

卢　谌

答魏子悌

崇台非一干，珍裘非一腋。多士成大业，群贤济弘绩。遇蒙时来会，聊齐朝彦迹。顾此腹背羽，愧彼排虚翮。寄身荫四岳，托好凭三益。倾盖虽终朝，大分迈畴昔。在危每同险，处安不异易。俱涉晋昌艰，共更飞狐厄。恩由契阔生，义随周旋积。岂谓乡曲誉，谬充本州役。乖离令我感，悲欣使情惕。理以精神通，匪日形骸隔。妙诗申笃好，清义贲幽赜。恨无随侯珠，以酬荆文璧①。

【注释】

①《韩诗外传》："晋平公游于河而叹曰：'安得贤士，与之乐此也。'船人盖胥对曰：'主君亦不好士耳，何患无士？'公曰：'吾食客门左千人，右千人，何谓不好士乎？'对曰：'鸿鹄一举千里，恃有六翮耳。背上之毛，腹下之毳，益一把飞不加高，损一把飞不加下。今君之食客，亦有六翮在其中矣，将皆背上之毛，腹下之毳耶？'"晋昌，郡名。时段匹磾为此职，谌在磾所，难斥言之，故曰晋昌也。石勒攻乐平，刘琨自代飞狐口奔安次。

时　兴

亹亹圆象运，悠悠方仪廓。忽忽岁云暮，游原采萧藿。北逾芒与河，南临伊与洛。凝霜沾蔓草，悲风振林薄。摵摵芳叶零，蕊蕊芬华落。下泉激冽清，旷野增辽索。登高眺遐荒，极望无崖崿。形变随时化，神感因物作。澹乎至人心，恬然存玄漠①。

【注释】

①蕊蕊，垂也。

谢　尚

大道曲①

青阳二三月，柳青桃复红。车马不相识，音落黄埃中②。

【注释】

①《乐府广题》曰："尚为镇西将军，尝著紫罗襦，据胡床，在市中佛国门楼上弹琵琶，作《大道曲》，市人不知为三公也。"

②写喧杂之况如见。

郭　璞

赠温峤

人亦有言，松竹有林。及尔臭味，异苔同岑。言以忘得，交以澹成。匪同伊和，惟我与生。尔神余契，我怀子情。携手一豁，安积尘冥[①]。

【注释】

①"异苔同岑"句，造语新俊。士衡《赠冯维熊》诗中，亦有此意，而语特庸常。

游仙诗[①]

京华游侠窟，山林隐遁栖。朱门何足荣，未若托蓬莱。临源挹清波，陵冈掇丹荑。灵谿可潜盘，安事登云梯。漆园有傲吏，莱氏有逸妻。进则保龙见，退为触藩羝。高蹈风尘外，长揖谢夷齐[②]。

【注释】

①游仙诗本有托而言，坎壈咏怀，其本旨也。钟嵘贬其少列仙之趣，谬矣。

②进谓仁进，言仁进者为保全身名之计，退则类触藩之羝，孰若高蹈风尘，从事于游仙乎？

青溪千余仞，中有一道士。云生梁栋间，风出窗户里。借问此何谁？云是鬼谷子。翘迹企颍阳，临河思洗耳。阊阖西南来，潜波涣鳞起。灵妃顾我笑，粲然启玉齿。蹇修时不存，要之将谁使[①]？

【注释】

①阊阖，指风言，言风至而波纹生。

翡翠戏兰苕，容色更相鲜。绿萝结高林，蒙笼盖一山。中有冥寂士，静啸抚清弦。放情凌霄外，嚼蕊挹飞泉。赤松临上游，驾鸿乘紫烟。左把浮丘袖，右拍洪崖肩。借问蜉蝣辈，宁知龟鹤年。

六龙安可顿，运流有代谢。时变感人思，已秋复愿夏。淮海变微禽，吾生独不化。虽欲腾丹谿，云螭非我驾。愧无鲁阳德，回日向三舍。临川哀年迈，抚心独悲吒。

逸翮思拂霄，迅足羡远游。清源无增澜，安得运吞舟。珪璋虽特达，明月难暗投。潜颖怨青阳，陵苕哀素秋。悲来恻丹心，零泪缘缨流[1]。

【注释】

①清源不能运吞舟之鱼，喻尘俗不足容乎仙也。　言世俗不欲求仙，而怨天施之偏，叹浮生之促，类潜颖怨青阳之晚臻，陵茹哀素秋之早至也。潜颖，在幽潜而结颖者。

杂县寓鲁门，风暖将为灾。吞舟涌海底，高浪架蓬莱。神仙排云出，但见金银台。陵阳挹丹溜，容成挥玉杯。姮娥扬妙音，洪崖颔其颐。升降随长烟，飘飖戏九垓。奇龄迈五龙，千岁方婴孩。燕昭无灵气，汉武非仙才[1]。

【注释】

①杂县，即爰居也。　陵阳子明，乃仙去者。　五龙，皇后君也。昆弟五人，皆人面龙身，分治五方。　燕昭使人入海，求蓬莱、方丈、瀛洲。　超然而来，截然而止，须玩章法。

晦朔如循环，月盈已见魄。蓐收清西陆，朱羲将由白。寒露拂陵苕，女萝辞松柏。蕣荣不终朝，蜉蝣岂见夕。圆丘有奇草，钟山出灵液。王孙列八珍，安期炼五石。长揖当途人，去来山林客[1]。

【注释】

①《十洲记》曰："北海外有钟山，自生千岁芝及神草灵液。"王孙列八珍以伤生，安期炼五石以延寿，谓优劣殊也。《抱朴子》曰："五石者，丹砂、雄黄、白礬石、曾青、磁石也。"

曹　昆

夜听捣衣

寒兴御纨素，佳人理衣襟。冬夜清且永，皓月照堂阴。纤手叠轻素，朗杵叩鸣砧。清风流繁节，回飙洒微吟。嗟此往运速，悼彼幽滞心。二物感余怀，岂但声与音[1]。

【注释】

①二物，承上二语。

王羲之

兰亭集诗[1]

仰视碧天际，俯瞰渌水滨。寥阒无涯观，寓目理自陈。大矣造化工，万殊莫不均。群籁虽参差，适我无非新[2]。

【注释】

①不独序佳，诗亦清超越俗。"寓目理自陈"、"适我无非新"，非学道有得者，不能言也。序为人人诵述，故不录。

②有逸句云："争先非吾事，静照在忘求。"附录于此。

陶 潜[1]

停 云

停云，思亲友也。樽湛新醪，园列初荣，愿言不从，叹息弥襟。

霭霭停云，濛濛时雨。八表同昏，平路伊阻。静寄东轩，春醪独抚。良朋悠邈，搔首延伫。　停云霭霭，时雨濛濛。八表同昏，平路成江。有酒有酒，闲饮东窗。愿言怀人，舟车靡从。　东园之树，枝条再荣。竞用新好，以招余情。人亦有言，日月于征。安得促席，说彼平生。　翩翩飞鸟，息我庭柯。敛翮闲止。好声相和。岂无他人，念子实多。愿言不获，抱恨如何。

【注释】

①渊明以名臣之后，际易代之时，欲言难言，时时寄托，不独《咏荆轲》一章也。六朝第一流人物，其诗有不独步千古者耶？钟嵘谓其原出于应璩，成何议论！　清远闲放，是其本色，而其中自有一段渊深朴茂，不可几及处。唐人王、储、韦、柳诸公，学焉而得其性之所近。

时 运

时运，游暮春也。春服既成，景物斯和，偶影独游，欣慨交心。

迈迈时运，穆穆良朝。袭我春服，薄言东郊。山涤余霭，宇暧微霄。有风自南，翼彼新苗[1]。　洋洋平津，乃漱乃濯。邈邈遐景，载欣载瞩。称心而言，人亦易足。挥兹一觞，陶然自乐。　延目中流，悠悠清沂。童冠齐业，闲咏以归。我爱其静，寤寐交挥。但恨殊世，邈不可追。　斯晨斯夕，言息其庐。花药分列，林竹翳如。清琴横床，浊酒半壶。黄唐莫逮，慨独在予[2]。

【注释】

①"翼"字写出性情。

②晋人放达，陶公有忧勤语，有安分语，有自任语。黄农之感，寄意西山，此旨时或流露。

劝农

悠悠上古，厥初生人。傲然自足，抱朴含真。智巧既萌，资待靡因。谁其赡之，实赖哲人。　哲人伊何，时惟后稷。赡之伊何，实曰播殖。舜既躬耕，禹亦稼穑。远若周典，八政始食。　熙熙令音，猗猗原陆。卉木繁荣，和风清穆。纷纷士女，趣时竞逐。桑妇宵征，农夫野宿。　气节易过，和泽难久。冀缺携俪，沮溺结耦。相彼贤达，犹勤垄亩。矧伊众庶，曳裾拱手。　民生在勤，勤则不匮。宴安自逸，岁暮奚冀。儋石不储，饥寒交至。顾尔俦列，能不怀愧。孔耽道德，樊须是鄙。董乐琴书，田园不履。若能超然，投迹高轨。敢不敛衽，敬赞德美[1]。

【注释】

①言能如孔子董相，庶可不务陇亩耳。勉人意在言外领取。

命子

嗟余寡陋，瞻望弗及。顾惭华鬓，负影只立。三千之罪，无后为急。我诚念哉，呱闻尔泣。　卜云嘉日，占亦良时。名汝曰俨，字汝求思。温恭朝夕，念兹在兹。尚想孔伋，庶其企而。　厉夜生子，遽而求火。凡百有心，奚特于我。既见其生，实欲其可。人亦有言，斯情无假。　日居月诸，渐免于孩。福不虚至，祸亦易来。夙兴夜寐，愿尔斯才。尔之不才，亦已焉哉。

酬丁柴桑二章

有客有客，爰来爰止。秉直司聪，于惠百里。餐胜如归，聆善若始[1]。　匪惟谐也，屡有良由。载言载眺，以写我忧。放欢一遇，既醉还休。实欣心期，方从我游。

【注释】

①可作箴规。

归鸟四章

翼翼归鸟，晨去于林。远之八表，近憩云岑。和风不洽，翻翮求心。顾俦相鸣，景庇清阴。　翼翼归鸟，载翔载飞。虽不怀游，见林情依。遇云颉颃，相鸣而归。遐路诚悠，性爱无遗。　翼翼归鸟，驯林徘徊。岂思天路，欣反旧栖。虽无昔侣，众声每谐。日夕气清，悠然其怀[1]。　翼翼归鸟，戢羽寒条。游不旷林，宿则森标。晨风清兴，好音时交。矰缴奚施，已卷安劳[2]。

【注释】

①亦谐众声，自有旷怀，此是何等品格。

②他人学《三百篇》，痴而重，与《风》《雅》日远。此不学《三百篇》，清而腴，与《风》《雅》日近。

游斜川

辛丑岁正月五日，天气澄和，风物闲美，与二三邻曲，同游斜川。临长流，望层城，鲂鲤跃鳞于将夕，水鸥乘和以翻飞。彼南阜者，名实旧矣，不复乃为嗟叹。若夫层城，傍无依接，独秀中皋。遥想灵山，有爱嘉名，欣对不足，率尔赋诗。悲日月之遂往，悼吾年之不留。各疏年纪乡里，以记其时日。

开岁倏五日，吾生行归休。念之动中怀，及辰为兹游。气和天惟澄，班坐依远流。弱湍驰文鲂，闲谷矫鸣鸥。迥泽散游目，缅然睇层邱。虽微九重秀，顾瞻无匹俦。提壶接宾侣，引满更献酬。未知从今去，当复如此不。中觞纵遥情，忘彼千载忧。且极今朝乐，明日非所求。

答庞参军

相知何必旧，倾盖定前言。有客赏我趣，每每顾林园。谈谐无俗调，所说圣人篇。或有数斗酒，闲饮自欢然。我实幽居士，无复东西缘。物新人唯旧，弱毫多所宣。情通万里外，形迹滞江山。君其爱体素，来会在何年。

五月旦作和戴主簿

虚舟纵逸棹，回复遂无穷。发岁始俯仰，星纪奄将中。南窗罕悴物，北林荣且丰。神渊泻时雨，晨色奏景风。既来孰不去，人理固有终。居常待其尽，曲肱岂伤冲。迁化或夷险，肆志无窊隆，即事如已高，何必升华嵩。

九日闲居

余闲居爱重九之名，秋菊盈园，而持醪靡由，空服九华，寄怀于言。

世短意常多，斯人乐久生。日月依辰至，举俗爱其名。露凄暄风息，气澈天象明。往燕无遗影，来雁有余声。酒能祛百虑，菊为制颓龄。如何蓬庐士，空视时运倾。尘爵耻虚罍，寒华徒自荣。敛襟独闲谣，缅焉起深情。栖迟固多娱，淹留岂无成[①]。

【注释】

①世短意常多，即所云"生年不满百，常怀千岁忧"也，炼得更简更遒。后人得古人片言，便

衍作数语。

和刘柴桑

山泽久见招，胡事乃踌躇？直为亲旧故，未忍言索居。良辰入奇怀，挈杖还西庐。荒途无归人，时时间废墟。茅茨已就治，新畴复应畲。谷风转凄薄，春醪解讥劬。弱女虽非男，慰情良胜无。栖栖世中事，岁月共相疏。耕织称其用，过此奚所须。去去百年外，身名同翳如①。

【注释】

①弱女非男，喻酒之薄也。

酬刘柴桑

穷居寡人用，时忘四运周。榈庭多落叶，慨然知已秋。新葵郁北牖，嘉穟养南畴。今我不为乐，知有来岁不？命室携童弱，良日登远游。

和郭主簿二首

蔼蔼堂前林，中夏贮清阴。凯风因时来，回飙开我襟。息交游闲业，卧起弄书琴。园蔬有余滋，旧谷犹储今。营己良有极，过足非所钦。舂秫作美酒，酒熟吾自斟，弱子戏我侧，学语未成音。此事真复乐，聊用忘华簪。遥遥望白云，怀古一何深①。

【注释】

①"过足非所钦"，与"过此奚所须"，知足要言。一结悠然不尽。

和泽周三春，清凉素秋节。露凝无游氛，天高风景澈。陵岑耸逸峰，遥瞻皆奇绝。芳菊开林耀，青松冠岩列。怀此贞秀姿，卓为霜下杰。衔觞念幽人，千载抚尔诀。检素不获展，厌厌竟良月。

赠羊长史

左军羊长史衔使秦川，作此与之。

愚生三季后，慨然念黄虞。得知千载外，正赖古人书。贤圣留余迹，事事在中都。岂忘游心目，关河不可逾。九域甫已一，逝将理舟舆。闻君当先迈，负疴不获俱。路若经商山，为我少踌躇。多谢绮与甪，精爽今何如。紫芝谁复采，深谷久应芜。驷马无贳患，贫贱有交娱。清谣结心曲，人乖运见疏。拥怀累代下，言尽意不殊。

癸卯岁十二月中作与从弟敬远

寝迹衡门下，邈与世相绝。顾盼莫谁知，荆扉昼长闭。凄凄岁暮风，翳翳经日雪。倾耳无希声，在目皓已洁。劲气侵襟袖，箪瓢谢屡设。萧索空宇中，了无一可悦。历览千载书，时时见遗烈。高操非所攀，深得固穷节。平津苟不由，栖迟讵为拙。寄意一言外，兹契谁能别①。

【注释】

①渊明咏雪，未尝不刻划，却不似后人粘滞。　愚于汉人得两语曰："前日风雪中，故人从此去。"于晋人得两语曰："倾耳无希声，在目皓已洁。"于宋人得一语曰："明月照积雪。"为千古咏雪之式。

始作镇军参军经曲阿作

弱龄寄事外，委怀在琴书。被褐欣自得，屡空常晏如。时来苟冥会，宛辔憩通衢。投策命晨装，暂与园田疏。眇眇孤舟逝，绵绵归思纡。我行岂不遥，登降千里余。目倦川途异，心念山泽居。望云惭高鸟，临水愧游鱼。真想初在襟，谁谓形迹拘。聊且凭化迁，终返班生庐①。

【注释】

①班固《幽通赋》曰："终保己而贻则，止里仁之所庐。"

辛丑岁七月赴假还江陵夜行途中作

闲居三十载，遂与尘事冥。诗书敦宿好，林园无俗情。如何舍此去，遥遥至南荆。叩枻新秋月，临流别友生。凉风起将夕，夜景湛虚明。昭昭天宇阔，皛皛川上平。怀役不遑寐，中宵尚孤征。商歌非吾事，依仍在耦耕。投冠旋旧墟，不为好爵萦。养真衡茅下，庶以善自名。

桃花源诗 并记

晋太元中，武陵人捕鱼为业，缘溪行，忘路之远近。忽逢桃花林，夹岸数百步，中无杂树，芳草鲜美，落英缤纷。渔人甚异之，复前行，欲穷其林。林尽水源，便得一山。山有小口，仿佛若有光，便舍船从口入。初极狭，才通人。复行数十步，豁然开朗。土地平旷，屋舍俨然。有良田美池桑竹之属，阡陌交通，鸡犬相闻。其中往来种作，男女衣著，悉如外人；黄发垂髫，并怡然自乐。见渔人，乃大惊。问所从来，具答之。便要还家，设酒杀鸡

作食。村中闻有此人，咸来问讯。自云先世避秦时乱，率妻子邑人，来此绝境，不复出焉，遂与外人间隔。问今是何世，乃不知有汉，无论魏晋，此人一一为具言所闻，皆叹惋。余人各复延至其家，皆出酒食。停数日，辞去。此中人语云：不足为外人道也。既出，得其船，便扶向路，处处志之。及郡下，诣太守说如此。太守即遣人随其往，寻向所志，遂迷不复得路。南阳刘子骥，高尚士也。闻之，欣然规往。未果，寻病终。后遂无问津者。

嬴氏乱天纪，贤者避其世。黄绮之商山，伊人亦云逝。往迹浸复湮，来径遂芜废。相命肆农耕，日入从所憩。桑竹垂余荫，菽稷随时艺。春蚕收长丝，秋熟靡王税。荒路暧交通，鸡犬互鸣吠。俎豆犹古法，衣裳无新制。童孺纵行歌，斑白欢游诣。草荣识节和，木衰知风厉。虽无纪历志，四时自成岁。怡然有余乐，于何劳智慧。奇踪隐五百，一朝敞神界。淳薄既异原，旋复还幽蔽。借问游方士，焉测尘嚣外。愿言蹑轻风，高举寻吾契[①]。

【注释】

①此即羲皇之想也，必辨其有无，殊为多事。

归田园居五首

少无适俗韵，性本爱丘山。误落尘网中，一去三十年。羁鸟恋旧林，池鱼思故渊。开荒南野际，守拙归园田。方宅十余亩，草屋八九间。榆柳荫后檐，桃李罗堂前。暧暧远人村，依依墟里烟。狗吠深巷中，鸡鸣桑树颠。户庭无尘杂，虚室有余闲。久在樊笼里，复得返自然。

野外罕人事，穷巷寡轮鞅。白日掩荆扉，虚室绝尘想。时复墟曲中，披草共来往。相见无杂言，但道桑麻长。桑麻日已长，我土日已广。常恐霜霰至，零落同草莽。

种豆南山下，草盛豆苗稀。晨兴理荒秽，带月荷锄归。道狭草木长，夕露沾我衣。衣沾不足惜，但使愿无违。

久去山泽游，浪莽林野娱。试携子侄辈，披榛步荒墟。徘徊丘垄间，依依昔人居。井灶有遗处，桑竹残朽株。借问采薪者，此人皆焉如。薪者向我言，死没无复余。一世异朝市，此语真不虚。人生似幻化，终当归空无。

怅恨独策还，崎岖历榛曲。山涧清且浅，遇以濯我足。漉我新熟酒，只鸡招近局。日入室中暗，荆薪代明烛。欢来苦夕短。已复至天旭[①]。

【注释】

①储、王极力拟之，然终似微隔，厚处朴处，不能到也。

与殷晋安别

殷先作晋安南府长史掾，因居浔阳，后作太尉参军，移家东下。作此以赠。

游好非久长，一遇尽殷勤。信宿酬清话，益复知为亲。去岁家南里，薄作少时邻。负杖肆游从，淹留忘宵晨。语默自殊势，亦知当乖分。未谓事已及，兴言在兹春。飘飘西来风，悠悠东去云。山川千里外，言笑难为因。才华不隐世，江湖多贱贫。脱有经过便，念来存故人[①]。

【注释】

①参军已为宋臣矣，题仍以前朝宦名之，题目便不苟且。　　才华不隐世，何等周旋，所云故者无失其为故也，即此见古人忠厚。

古诗源卷九

晋诗

陶潜

乞食

饥来驱我去，不知竟何之。行行至斯里，叩门拙言辞。主人解余意，遗赠岂虚来。谈谐终日夕，觞至辄倾杯。情欣新知欢，言咏遂赋诗。感子漂母惠，愧我非韩才。衔戢知何谢，冥报以相贻①。

【注释】

①不必看作设言，愈妙。　　结言厚道，少陵受人一饭，终身不忘，俱古人不可及处。

诸人共游周家墓柏下

今日天气佳，清吹与鸣弹。感彼柏下人，安得不为欢。清歌散新声，绿酒开芳颜。未知明日事，余襟良已殚。

移居二首

昔欲居南村，非为卜其宅。闻多素心人，乐与数晨夕。怀此颇有年，今日从兹役。敝庐何必广，取足蔽床席。邻曲时时来，抗言谈在昔。奇文共欣赏，疑义相与析。

春秋多佳日，登高赋新诗。过门更相呼，有酒斟酌之。农务各自归，闲暇辄相思。相思则披衣，言笑无厌时。此理将不胜，无为忽去兹。衣食当须纪，力耕不吾欺。

癸卯岁始春怀古田舍二首

在昔闻南亩，当年竟未践。屡空既有人，春兴岂自免。夙晨装吾驾，启涂情已缅。鸟弄欢新节，冷风送余善。寒竹被荒蹊，地为罕人远。是以植杖翁，悠然不复返。即理愧通识，所保讵乃浅。

先师有遗训，忧道不忧贫。瞻望邈难逮，转欲志常勤。秉耒欢时务，解颜劝农人。平畴交远风，良苗亦怀新。虽未量岁功，即事多所欣。耕种有时息，行者无问津。日入相与归，壶浆劳近邻。长吟掩柴门，聊为陇亩民[①]。

【注释】

①昔人问《诗经》何句最佳，或答曰："杨柳依依。"此一时兴到之言，然亦实是名句。倘有人问陶公何句最佳，愚答云："平畴交远风，良苗亦怀新。"亦一时兴到也。

庚戌岁九月中于西田获早稻

人生归有道，衣食固其端。孰是都不营，而以求自安。开春理常业，岁功聊可观。晨出肆微勤，日入负耒还。山中饶霜露，风气亦先寒。田家岂不苦，弗获辞此难。四体诚乃疲，庶无异患干。盥濯息檐下，斗酒散襟颜。遥遥沮溺心，千载乃相关。但愿长如此，躬耕非所叹[①]。

【注释】

①《移居》诗曰："衣食终须纪，力耕不吾欺。"此云："人生归有道，衣食固其端。"又云："贫居依稼穑。"自勉勉人，每在耕稼，隐公异于晋人如此。

丙辰岁八月中于下潠田舍获

贫居依稼穑，戮力东林隈。不言春作苦，常恐负所怀。司田眷有秋，寄声与我谐。饥者欢初饱，束带候鸣鸡。扬楫越平湖，泛随清壑回。郁郁荒山里，猿声闲且哀。悲风爱静夜，林鸟喜晨开。曰余作此来，三四星火颓。姿年逝已老，其事未云乖。遥谢荷蓧翁，聊得从君栖。

饮　酒

余闲居寡欢，兼比夜已长，偶有名酒，无夕不饮。顾影独尽，忽焉复醉。既醉之后，辄题数句自娱。纸墨遂多，辞无诠次。聊命故人书之，以为欢笑尔。

衰荣无定在，彼此更共之。邵生瓜田中，宁似东陵时。寒暑有代谢，人道每如兹。达人解其会，逝将不复疑。忽与一觞酒，日夕欢相持。

积善云有报，夷叔在西山。善恶苟不应，何事空立言。九十行带索，饥寒况当年。不赖固穷节，百世当谁传[①]。

【注释】

①《伯夷传》大旨，已尽于此。末二句，马迁所云"亦各从其志"也。

道丧向千载，人人惜其情。有酒不肯饮，但顾世间名。所以贵我身，岂不在一生。一生复能几，倏如流电惊。鼎鼎百年内，持此欲何成？

结庐在人境，而无车马喧。问君何能尔，心远地自偏。采菊东篱下，悠然见南山。山气日夕佳，飞鸟相与还。此中有真意，欲辩已忘言[①]。

【注释】

①胸有元气，自然流出。稍著痕迹便失之。

秋菊有佳色，裛露掇其英。泛此忘忧物，远我遗世情。一觞虽独进，杯尽壶自倾。日入群动息，归鸟趋林鸣。啸傲东轩下，聊复得此生[①]。

【注释】

①“遗我远世情”，《陶集》作“元我遗世情”，以《陶集》为妥。

清晨闻叩门，倒裳往自开。问子为谁与，田父有好怀。壶浆远见候，疑我与时乖。缦缕茅檐下，未足为高栖。一世皆尚同，愿君汩其泥。深感父老言，禀气寡所谐。纡辔诚可学，违己讵非迷。且共欢此饮，吾驾不可回[①]。

【注释】

①“禀气寡所谐”、“吾驾不可回”，说得斩绝。

在昔曾远游，直至东海隅。道路迥且长，风波阻中涂。此行谁使然？似为饥所驱。倾身营一饱，少许便有余。恐此非名计，息驾归闲居。

故人赏我趣，挈壶相与至。班荆坐松下，数斟已复醉。父老杂乱言，觞酌失行次。不觉知有我，安知物为贵。悠悠迷所留，酒中有深味[①]。

【注释】

①超超明理。

少年罕人事，游好在六经。行行向不惑，淹留遂无成。竟抱固穷节，饥寒饱所更。敝庐交悲风，荒草没前庭。披褐守长夜，晨鸡不肯鸣。孟公不在兹，终以翳吾情。

羲农去我久，举世少复真。汲汲鲁中叟，弥缝使其淳。凤鸟虽不至，礼乐暂得新。洙泗辍微响，漂流逮狂秦。诗书复何罪，一朝成灰尘。区区诸老翁，为事诚殷勤。如何绝世下，六籍无一亲。终日驰车走，不见所问津。若复不快饮，空负头上巾。但恨多谬误，君当恕醉人[①]。

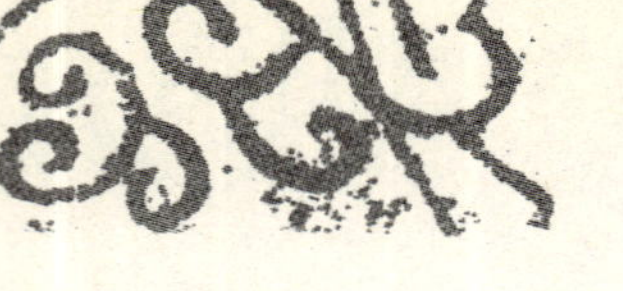

【注释】

①"弥缝"二字，该尽孔子一生。"为事诚殷勤"五字，道尽汉儒训诂。末段忽然接入饮酒，此正是古人神化处。晋人诗，旷达者征引老庄，繁缛者征引班杨，而陶公专用《论语》。汉人以下，宋儒以前，可推圣门弟子者，渊明也。康乐亦善用经语，而逊其无痕。

有会而作

旧谷既没，新谷未登，颇为老农，而值年灾。日月尚悠，为患未已。登岁之功，既不可希。朝夕所资，烟火裁通。旬日已来，始念饥乏。岁云夕矣，慨焉咏怀。今我不述，后生何闻哉？

弱年逢家乏，老至更长饥。菽麦实所羡，孰敢慕甘肥。惄如亚九饭，当暑厌寒衣。岁月将欲暮，如何辛苦悲。常善粥者心，深恨蒙袂非。嗟来何足吝，徒没空自遗。斯滥岂彼志，固穷夙所归。馁也已矣夫，在昔余多师。

拟　古

荣荣窗下兰，密密堂前柳。初与君别时，不谓行当久。出门万里客，中道逢嘉友。未言心先醉，不在接杯酒。兰枯柳亦衰，遂令此言负。多谢诸少年，相知不忠厚。意气倾人命，离隔复何有。

辞家夙严驾，当往志无终，问君今何行，非商复非戎。闻有田子春，节义为士雄。斯人久已死，乡里习其风？生有高世名，既没传无穷。不学狂驰子，直在百年中①。

【注释】

①田子春名畴，刘虞之臣。虞尽忠汉室，为公孙瓒所害。畴扫地而盟，誓欲复仇。后瓒已灭，乌桓已破，曹操欲加以封爵，畴不受，至欲自刎以明志。

仲春遘时雨，始雷发东隅。众蛰各潜骇，草木从横舒。翩翩新来燕，双双入我庐。先巢故尚在，相将还旧居。自从分别来，门庭日荒芜。我心固匪石，君情定何如？

迢迢百尺楼，分明望四荒。暮作归云宅，朝为飞鸟堂。山河满目中，平原独茫茫。古时功名士，慷慨争此场。一旦百岁后，相与还北邙。松柏为人伐，高坟互低昂。颓基无遗主，游魂在何方。荣华诚足贵，亦复可怜伤。东方有一士，被服常不完。三旬九遇食，十年著一冠。辛苦无此比，常有好容颜。我欲观其人，晨去越河关。青松夹路生，白云宿檐端。知我故来意，取琴为我弹。上弦惊别鹤，下弦操孤鸾。愿留就君住，从今至岁寒①。

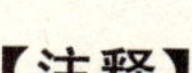
【注释】

①辛苦而有好容，所谓身困道亨也。

日暮天无云，春风扇微和。佳人美清夜，达曙酣且歌。歌竟长叹息，持此感人多。皎皎云间月，灼灼叶中华。岂无一时好，不久当如何？

少时壮且厉，抚剑独行游。谁言行游近，张掖至幽州。饥食首阳薇，渴饮易水流。不见相知人，惟见古时丘。路边两高坟，伯牙与庄周。此士难再得，吾行欲何求[①]？

【注释】

①首阳、易水，托意显然。

种桑长江边，三年望当采。枝条始欲茂，忽值山河改。柯叶自摧折，根株浮沧海。春蚕既无食，寒衣欲谁待。本不植高原，今日复何悔[①]。

【注释】

①欲言难言，陶公诗根本节目，全在此种。

杂　诗

人生无根蒂，飘如陌上尘。分散逐风转，此已非常身。落地为兄弟，何必骨肉亲。得欢当作乐，斗酒聚比邻。盛年不重来，一日难再晨。及时当勉励，岁月不待人。

白日沦西阿，素月出东岭。遥遥万里辉，荡荡空中景。风来入房户，夜中枕席冷。气变悟时易，不眠知夕永。欲言无予和，挥杯劝孤影。日月掷人去，有志不获骋。念此怀悲凄，终晓不能静。

代耕本非望，所业在田桑。躬亲未曾替，寒馁常糟糠。岂期过满腹，便愿饱粳粮。御冬足大布，粗絺以应阳。正尔不能得，哀哉亦可伤。人皆尽获宜，拙生失其方。理也可奈何，且为陶一觞。

咏贫士

万族各有托，孤云独无依。暧暧空中灭，何时见余晖。朝霞开宿雾，众鸟相与飞。迟迟出林翮，未夕复来归。量力守故辙，岂不寒与饥。知音苟不存，已矣何所悲。

凄厉岁云暮，拥褐曝前轩。南圃无遗秀，枯条盈北园。倾壶绝余沥，窥灶不见烟。诗书塞座外，日昃不遑研。闲居非陈厄，窃有愠见言。何以慰吾怀，赖古多此贤。

荣叟老带索,欣然方弹琴。原生纳决履,清歌畅商音。重华去我久,贫士世相寻。敝襟不掩肘,藜羹常乏斟。岂忘袭轻裘,苟得非所钦。赐也徒能辩,乃不见吾心。

袁安困积雪,邈然不可干。阮公见钱入,即日弃其官。刍藁有常温,采莒足朝餐。岂不实辛苦,所惧非饥寒。贫富常交战,道胜无戚颜。至德冠邦闾,清节映西关①。

【注释】

①"所惧非饥寒"、"所乐非穷通",二语可书左右。

仲蔚爱穷居,绕宅生蒿蓬。翳然绝交游,赋诗颇能工。举世无知音,止有一刘龚。此士胡独然,实由罕所同。介焉安其业,所乐非穷通。人事固以拙,聊得长相从①。

【注释】

①刘龚,刘向之孙。　　不惧饥塞,达天安命。陶公人品,不在季次原宪下,而概以晋人视之,何耶?　　所乐非穷通,本《庄子》。

咏荆轲

燕丹善养士,志在报强嬴。招集百夫良,岁暮得荆卿。君子死知己,提剑出燕京。素骥鸣广陌,慷慨送我行。雄发指危冠,猛气冲长缨。饮饯易水上,四座列群英。渐离击悲筑,宋意唱高声。萧萧哀风逝,淡淡寒波生。商音更流涕,羽奏壮士惊。心知去不归,且有后世名。登车何时顾,飞盖入秦庭。凌厉越万里,逶迤过千城。图穷事自至,豪主正怔营。惜哉剑术疏,奇功遂不成。其人虽已没,千载有余情①。

【注释】

①英气勃发,情见乎词。

读《山海经》

孟夏草木长,绕屋树扶疏。众鸟欣有托,吾亦爱吾庐。既耕亦已种,时还读我书。穷巷隔深辙,颇回故人车。欢言酌春酒,摘我园中蔬。微雨从东来,好风与之俱。泛览周王传,流观山海图。俯仰终宇宙,不乐复何如①。

【注释】

①观物观我,纯乎元气。

拟挽歌词

荒草何茫茫,白杨亦萧萧。严霜九月中,送我出远郊。四面无人居,高坟正嶕峣。

马为仰天鸣，风为自萧条。幽室一已闭，千年不复朝。千年不复朝，贤达无奈何。向来相送人，各自还其家。亲戚或余悲，他人亦已歌。死去何所道，托体同山阿①。

【注释】

①即所谓“万岁更相送，圣贤莫能度”也。音调弥响，哀思弥深。

谢 混

游西池

悟彼蟋蟀唱，信此劳者歌。有来岂不疾，良游常蹉跎。逍遥越城肆，愿言屡经过。回阡被陵阙，高台眺飞霞。惠风荡繁囿，白云屯曾阿。景昃鸣禽集，水木湛清华。褰裳顺兰沚，徙倚引芳柯。美人愆岁月，迟暮独如何？无为牵所思，南荣戒其多①。

【注释】

①韩诗云：“伐木废，朋友之道缺。劳者歌其事，诗人伐木，自苦其事，故以为文。”《庄子》：“庚桑楚谓南荣趎曰：‘全汝形，抱汝生，无使汝思虑营营。’”

吴隐之

酌贪泉诗①

古人云此水，一歃怀千金。试使夷齐饮，终当不易心。

【注释】

①《晋书》：隐之为广州刺史，未至州十里，地名石门，有水曰贪泉，饮者怀无厌之欲。隐之酌而饮之，因赋此诗。及在州，清操愈厉。

庐山诸道人

游石门诗

石门在精舍南十余里，一名障山。基连大岭，体绝众阜。辟三泉之会，并立而开流。倾岩玄映其上，蒙形表于自然。故因以为名。此虽庐山之一隅，实斯地之奇观。皆传之于旧俗，而未睹者众。将由悬濑险峻，人兽迹绝，迳回曲阜，路阻行难，故罕经焉。释法师以隆安四年仲春之月，因

咏山水，遂杖锡而游。于时交徒同趣，三十余人，咸拂衣晨征，怅然增兴。虽林壑幽邃，而开涂竞进；虽乘危履石，并以所悦为安。既至，则援木寻葛，历险穷崖，猿臂相引，仅乃造极。于是拥胜倚岩，详观其下，始知七岭之美，蕴奇于此。双阙对峙其前，重岩映带其后；峦阜周回以为障，崇岩四营而开宇。其中则有石台石池，宫馆之象，触类之形，致可乐也。清泉分流而合注，渌渊镜净于天池。文石发彩，焕若披面，柽松芳草，蔚然光目。其为神丽，亦已备矣。斯日也，众情奔悦，瞩览无厌。游观未久，而天气屡变。霄雾尘集，则万象隐形；流光回照，则众山倒影。开辟之际，状有灵焉，而不可测也。乃其将登，则翔禽拂翮，鸣猿厉响。归云回驾，想羽人之来仪；哀声相和，若玄音之有寄。虽仿佛犹闻，而神以之畅；虽乐不期欢，而欣以永日。当其冲豫自得，信有味焉，而未易言也。退而寻之，夫崖谷之间，会物无主，应不以情而开兴。引人致深若此，岂不以虚明朗其照，闲邃笃其情耶？并三复斯谈，犹昧然未尽。俄而太阳告夕，所存已往，乃悟幽人之玄览，达恒物之大情。其为神趣，岂山水而已哉！于是徘徊崇岭，流目四瞩，九江如带，丘阜成垤。因此而推，形有巨细，智亦宜然。乃喟然叹宇宙虽遐，古今一契；灵鹫邈矣，荒途日隔。不有哲人，风迹虽存，应深悟远。慨然长怀，各欣一遇之同欢，感良辰之难再，情发于中，遂共咏之云耳。

超兴非有本，理感兴自生。忽闻石门游，奇唱发幽情。褰裳思云驾，望崖想曾城。驰步乘长岩，不觉质有轻。矫首登云阙，眇若凌太清。端居运虚轮，转彼玄中经。神仙同物化，未若两俱冥①。

【注释】

①一序奇情深理，发而为文。无禅习气，亦无文士气。诗复清洒不滓。

惠 远

庐山东林杂诗

崇岩吐清气，幽岫栖神迹。希声奏群籁，响出山溜滴。有客独冥游，径然忘所适。挥手抚云门，灵关安足辟。流心叩玄扃，感至理弗隔。孰是腾九霄，不奋冲天翮。妙同趣自均，一悟超三益①。

【注释】

①高僧诗，自有一种清奥之气。唐时诗僧以引用内典为长，便染成习气，不可向迩矣。

帛道猷

陵峰采药触兴为诗

连峰数千里，修林带平津。云过远山翳，风至梗荒榛。茅茨隐不见，鸡鸣知有人。闲步践其径，处处见遗薪。始知百代下，故有上皇民。

谢道韫

登　山

峨峨东岳高，秀极冲青天。岩中间虚宇，寂寞幽以玄。非工复非匠，云构发自然。气象尔何物，遂令我屡迁。逝将宅斯宇，可以尽天年。

赵　整

谏　歌[①]

不见雀来入燕室，但见浮云蔽白日。

【注释】

①秦王坚与慕容垂夫人同辇游后庭，宦官赵整歌云云。坚改容谢之，命夫人下辇。

无名氏

短兵篇

剑为短兵，其势险危。疾逾飞电，回旋应规。武节齐声，或合或离。电发星骛，若景若差。兵法攸众，军容是仪。

独漉篇

独漉独漉，水深泥浊。泥浊尚可，水深杀我。雍雍双雁，游戏田畔。我欲射雁，念子孤散。翩翩浮萍，得风摇轻。我心何合，与之同并。空床低帷，谁知无人；夜衣锦

绣，谁别伪真？刀鸣箭中，倚床无施。父冤不报，欲活何为！猛虎斑斑，游戏山间。虎欲杀人，不避豪贤[①]。

【注释】

①英爽直追汉人。

晋白纻舞歌诗

轻躯徐起何洋洋，高举两手白鹄翔。宛若龙转乍低昂，凝停善睐容仪光。如推若引留且行，随世而变诚无方。舞以尽神安可忘，晋世方昌乐未央。质如轻云色如银，爱之遗谁赠佳人。制以为袍余作巾，袍以光躯巾拂尘。丽服在御会佳宾，醪醴盈樽美且淳。清歌徐舞降祇神，四座欢乐胡可陈。

阳春白日风花香，趋步明玉舞瑶珰。声发金石媚笙簧，罗袿徐转红袖扬。清歌流响绕凤梁，如矜若思凝且翔。转盼遗精艳辉光，将流将引双雁行。欢来何晚意何长，明君御世永歌昌[①]。

【注释】

①极写舞态。中忽入“晋世方昌乐未央”、“明君御世永歌昌”等句，此乐府体。

淫　豫[①]

淫豫大如马，瞿唐不可下。淫豫大如象，瞿唐不可上。

【注释】

①《国史补》云：“蜀之三峡，最号峻急，四月五月尤险，故行者歌之。”一作滟豫，峡中之滩也。

女儿子

巴东三峡猿鸣悲，夜鸣三声泪沾衣[①]。
我欲上蜀蜀水难，蹋蹀珂头腰环环。

【注释】

①《古今乐录》曰：“女儿子，倚歌也。”三峡谓广溪峡、巫峡、西陵峡也。林木高茂，猿鸣至清，行者闻之，莫不怀土。　说猿声之悲始此。

三峡谣[①]

朝见黄牛，暮见黄牛。三朝三暮，黄牛如故[②]。

【注释】

①《水经注》曰："峡中有滩，名曰黄牛。岩石既高，江湍纡回，虽途经信宿，犹望见之，故行者谣云。"

②四语中写尽纡回沿溯之苦。

陇上歌①

陇上壮士有陈安，躯干虽小腹中宽。爱养将士同心肝，骣骢文马铁锻鞍。七尺大刀奋如湍，丈八蛇矛左右盘。十荡十决无当前，百骑俱出如云浮。追者千万骑悠悠，战始三交失蛇矛。弃我骣骢窜岩幽，为我外援而悬头。西流之水东流河，一去不还奈子何②。

【注释】

①《晋书》："刘曜围陈安于陇城，安败走。曜使将军平先追之，平斩安于涧曲。安善于抚下，吉凶夷险，与众共之。及死，陇上为之歌。

②中极状其勇，一结悠然，余哀不尽。　　"百骑俱出"二句，见死于敌兵之多，非战罪也。本词无，赵书有，今从增入。

来　罗

郁金黄花标，下有同心草。草生已日长，人生日就老。

作蚕丝

春蚕不应老，昼夜常怀丝。何惜微躯尽，缠绵自有时①。

【注释】

①缠绵温厚，不同《子夜读曲》等歌。

休洗红二章

休洗红，洗多红色淡。不惜故缝衣，记得初按茜。人寿百年能几何？后来新妇今为婆。　　休洗红，洗多红在水。新红裁作衣，旧红翻作里。回黄转绿无定期，世事返复君所知①。

【注释】

①回黄转绿，字极生新。要知是善用经语。

安东平

凄凄烈烈，北风为雪。船道不通，步道断绝。

惠帝元康中京洛童谣[①]

南风起兮吹白沙，遥望鲁国何嵯峨，千岁髑髅生齿牙[②]。

【注释】

①见《晋书·五行志》。

②南风，贾后字也。白，晋行也。沙门，太子小子也。鲁国，贾谧也。言后与谧为乱，以危太子，而赵王因衅以篡夺也。

惠帝时洛阳童谣[①]

邺中女子莫千妖，前至三月抱胡腰[②]。

【注释】

①见《晋书》，明年而石勒反。

②风俗奢淫过甚，必有兵戈之惨继之。千秋炯戒也。

惠帝大安中童谣[①]

五马浮渡江，一马化为龙。

【注释】

①见《晋书·五行志》。后中原大乱，宗藩多绝，唯琅邪、汝南、西阳、南顿、彭城，同至江东，而元帝嗣统矣。

绵州巴歌

豆子山，打瓦鼓。扬平山，撒白雨。下白雨，取龙女。织得绢，二丈五。一半属罗江，一半属玄武。

古诗源卷十

宋诗

孝武帝[1]

自君之出矣

自君之出矣，金翠暗无精。思君如日月，回还昼夜生。

【注释】

①宋人诗，日流于弱，古之终而律之始也。无鲍、谢二公，恐风雅无色。　孝武诗，时有巧思。

南平王铄

白纻曲

仙仙徐动何盈盈，玉腕俱凝若云行。佳人举袖辉青蛾，掺掺擢手映鲜罗。状似明月泛云河，体如轻风动流波[1]。

【注释】

①晋曲似拙，然气味极厚。此但觉其鲜秀矣。风气升降，作者不能自主。

拟行行重行行

眇眇陵长道，遥遥行远之。回车背京里，挥手从此辞。堂上流尘生，庭中绿草滋。寒螀翔水曲，秋兔依山基。芳年有华月，佳人无还期。日夕凉风起，对酒长相思。悲发江南调，忧委子衿诗。卧觉明灯晦，坐见轻纨缁。泪容不可饰，幽镜难复持。愿垂薄暮景，照妾桑榆时[1]。

【注释】

①颇臻古意。

何承天

雉子游原泽篇

雉子游原泽，幼怀耿介心。饮啅虽勤苦，不愿栖园林。古有避世士，抗志青霄岑。浩然寄卜肆，挥棹通川阴。逍遥风尘外，散发抚鸣琴。卿相非所盼，何况于千金。功名岂不美，宠辱亦相寻。冰炭结六府，忧虞缠胸襟。当世须大度，量己不克任。三复泉流诫，自警良已深。

颜延之①

应诏燕曲水作诗八章②

道隐未形，治彰既乱。帝迹悬衡，皇流共贯。惟王创物，永锡洪算。仁固开周，义高登汉。　　祚融世哲，业光列圣。太上正位，天临海镜。制以化裁，树之形性。惠浸萌生，信及翔泳③。　　崇虚非征，积实莫尚。岂伊人和，实灵所贶。日完其朔，月不掩望。航琛越水，辇赆逾嶂④。　　帝体丽明，仪辰作贰。君彼东朝，金昭玉粹。德有润身，礼不愆器。柔中渊映，芳猷兰秘⑤。　　昔在文昭，今惟武穆。于赫王宰，方旦居叔。有晬睿蕃，爰履奠牧。宁极和钧，屏京维服⑥。　　朏魄双交，月气参变。开荣洒泽，舒虹烁电。化际无间，皇情爰眷。伊思镐饮，每惟洛宴⑦。

郊饯有坛，君举有礼。幕帷兰甸，画流高陛。分庭荐乐，析波浮醴。豫同夏谚，事兼出济。　　仰阅丰施，降惟微物。三妨储隶，五尘朝黻。途泰命屯，思充报屈。有悔可悛，滞瑕难拂⑧。

【注释】

①颜诗，惠休品为镂金错采，然镂刻太甚，填缀求工，转伤真气。中间如《五君咏》、《秋胡行》，皆清真高逸者也。　　士衡长于敷陈，延之长于镂刻，然亦缘此为累。《诗》云："穆如清风"，是为雅音。

②《宋略》曰：文帝元嘉十一年三月丙辰，禊饮于乐游苑，且祖江夏王义恭、衡阳王义季，有诏会者赋诗。

③太上，谓文帝也。

④赆，言远夷纳贡也。

⑤帝体，太子也。《记》曰："长子正体于上。"《诗》传曰："仪，匹也。辰，北辰也。"

⑥王宰，谓王为宰辅，比之周旦，而亦居叔也。指江夏、衡阳二王。

⑦朏魄双交，谓月之三日也。月气参变，谓三月也。此说入修禊。

⑧微物，自谓也。三妨、五尘，谓己所历之官位。　　八章次序有法，追金琢玉，不妨沉闷。义山所谓句奇语重者耶？

郊祀歌

夤威宝命，严恭帝祖。炳海表岱，系唐胄楚。灵监睿文，民属睿武。奄受敷锡，宅中拓宇。亘地称皇，罄天作主。月竁来宾，日际奉土。开元首正，礼交乐举。六典联事，九官列序。有牷在涤，有絜在俎[①]。荐飨王衷，以答神祐[②]。　　维圣飨帝，维孝飨亲。皇乎备矣，有事上春。礼行宗祀，敬达郊禋。金枝中树，广乐四陈。陟配在京，降听在民。奔精昭夜，高燎炀晨。阴明浮烁，沉祟深沦。告成大报，受釐元神。月御按节，星驱扶轮。遥兴远驾，曜曜振振[③]。

【注释】

①絜，同"洁"。

②《尚书》曰："海岱及淮惟徐州。"《东京赋》曰："系唐统，接汉绪。"沈约《宋书》曰："高祖，彭城人，楚元王之后也。"彭城，徐州之境。　　竁，同"窟"。

③奔精，星流也。　　宋为水德而主辰，故阴明之宿，浮烁而扬光。沉祟，所祭沉沦而沉静也。祟，祭名。　　"月御"二句，言天神降而月御为之按节，星驱为之扶轮也。

赠王太常

玉水记方流，琁源载圆折。蓄宝每希声，虽祕犹彰彻。聆龙瞭九渊，闻凤窥丹穴。历听岂多士，岿然觏时哲。舒文广国华，敷言远朝列。德辉灼邦懋，芳风被乡耋。侧同幽人居，郊扉常昼闭。林闾时晏开，亟回长者辙。庭昏见野阴，山明望松雪。静惟浃群化，徂生入穷节。豫往诚欢歇，悲来非乐阕。属美谢繁翰，遥怀具短札[①]。

【注释】

①《尸子》曰："凡水，其方折者有玉，其圆折者有珠。"　　瞭，察也。用笔太重，非诗人本色。

夏夜呈从兄散骑车长沙[①]

炎天方埃郁，暑晏阕尘纷。独静阙偶坐，临堂对星分。侧听风薄木，遥睇月开云。夜蝉当夏急，阴虫先秋闻。岁候初过半，荃蕙岂久芬。屏居恻物变，慕类抱情殷。九逝非空思，七襄无成文[②]。

【注释】

①散骑，字敬宗；车长沙，字仲远。

②《楚辞》曰："惟郢路之辽辽兮，魂一夕而九逝。"

北使洛[①]

改服饬徒旅，首路跼险艰。振楫发吴洲，秣马陵楚山。涂出梁宋郊，道由周郑间。

前登阳城路，日夕望三川。在昔辍期运，经始阔圣贤。伊瀔绝津济，台馆无尺椽。宫陛多巢穴，城阙生云烟。王猷升八表，嗟行方暮年。阴风振凉野，飞雪瞀穷天。临途未及引，置酒惨无言。隐闵徒御悲，威迟良马烦。游役去芳时，归来屡徂訾[2]。蓬心既已矣，飞薄殊亦然[3]。

【注释】

①《宋书》曰："延之洛阳道中作，文辞藻丽，为谢晦、傅亮所赏。"

②訾，古"愆"字。

③《抱朴子》曰："闻之前志：圣人生，率阔五百岁。"　　黍离之感，行役之悲，情旨畅越。

五君咏五首[1]

阮步兵 籍

阮公虽沦迹，识密鉴亦洞。沈醉似埋照，寓辞类托讽。长啸若怀人，越礼自惊众，物故不可论，途穷能无恸！

【注释】

①竹林七贤，山涛，五戎，以贵显被斥。

嵇中散 康

中散不偶世，本自餐霞人。形解验默仙，吐论知凝神。立俗迕流议，寻山洽隐沦。鸾翮有时铩，龙性谁能驯[1]。

【注释】

①桓子《新论》曰："圣人皆形解仙去。"

刘参军 伶

刘伶善闭关，怀情灭闻见。鼓钟不足欢，荣色岂能眩。韬精日沈饮，谁知非荒宴。颂酒虽短章，深衷自此见[1]。

【注释】

①《老子》曰："善闭者无关键而不可开。"言道德风充，情欲俱闭也。

阮始平 咸

仲容青云器，实禀生民秀。达音何用深，识微在金奏。郭奕已心醉，山公非虚觏。屡荐不入官，一麾乃出守[1]。

【注释】

①阮咸哀乐至到，过绝于人。太原郭奕，见之心醉。　　山涛《启事》曰："咸若在官之职，必

妙绝于时。”

向常侍 秀

向秀甘澹薄，深心托豪素。探道好渊玄，观书鄙章句。交吕既鸿轩，攀嵇亦凤举。流连河里游，恻怆山阳赋[①]。

【注释】

①秀尝与嵇康偶锻于洛邑，与吕安灌园于山阳。

秋胡诗九首

椅梧倾高凤，寒谷待鸣律。影响岂不怀，自远每相匹。婉彼幽闲女，作嫔君子室。峻节贯秋霜，明艳侔朝日。嘉运既我从，欣愿自此毕[①]。

【注释】

①椅梧伫凤鸟之来仪，寒谷待吹律而成煦。言夫妇之相匹，如影响之相思也。

燕居未及好，良人顾有违。脱巾千里外，结绶登王畿。戒徒在昧旦，左右来相依。驱车出郊郭，行路正威迟。存为久离别，没为长不归。

嗟余怨行役，三陟穷晨暮。严驾越风寒，解鞍犯霜露。原隰多悲凉，回飙卷高树。离兽起荒蹊，惊鸟纵横去。悲哉游宦子，劳此山川路[①]。

【注释】

①《卷耳》诗：“陟彼崔嵬”，“陟彼高冈”，“陟彼砠矣”，故曰三陟。

超遥行人远，宛转年运徂。良时为此别，日月方向除。孰知寒暑积，僶俛见荣枯。岁暮临空房，凉风起坐隅。寝兴日已寒，白露生庭芜[①]。

【注释】

①一章至四章，言宦仕于外，己之靡日不思也。

勤役从归愿，反路遵山河。昔辞秋未素，今也岁载华。蚕月欢时暇，桑野多经过。佳人从所务，窈窕援高柯。倾城谁不顾，弭节停中阿。

年往诚思劳，路远阔音形。虽为五载别，相与昧平生。舍车遵往路，凫藻驰目成。南金岂不重，聊自意所轻。义心多苦调，密比金玉声[①]。

【注释】

①五章至六章，言遇于桑下，秋胡子下车，与之以金也。　班彪《冀州赋》曰：“感凫藻以

进乐。”

高节难久淹，朅来空复辞。迟迟前途尽，依依造门基。上堂拜嘉庆，入室问何之。日暮行采归，物色桑榆时。美人望昏至，惭叹前相持[①]。

【注释】

①此章言其母使人呼其妇至，乃向采桑者也。

有怀谁能已，聊用申苦言。离居殊年载，一别阻河关。春来无时豫，秋至恒早寒。明发动愁心，闺中起长叹。惨凄岁方晏，日落游子颜[①]。

【注释】

①言情之惨凄，在乎岁之方晏，日之将落，愈思游之之颜。此章申言五载中思慕情事。前章说相持矣，以常情言，宜即出愤语，此却申言离居之苦。急处用缓承，正是节奏之妙。

高张生绝弦，声急由调起。自昔枉光尘，结言固终始。如何久为别，百行愆诸己。君子失明义，谁与偕没齿。愧彼行露诗，甘之长川汜[①]。

【注释】

①高张生于绝弦，喻立节期于效命；声急由乎调起，喻词切兴于恨深。　《易》曰：“归妹，人之终始也。”　无古乐府之警健，然章法绵密，布置稳顺，在延之为上乘矣。

谢灵运[①]

从游京口北固应诏[②]

玉玺诫诚信，黄屋示崇高。事为名教用，道以神理超。昔闻汾水游，今见尘外镳。鸣笳发春渚，税銮登山椒。张组眺倒景[③]，列筵瞩归潮。远岩映兰薄，白日丽江皋。原隰荑绿柳，墟囿散红桃。皇心美阳泽，万象咸光昭。顾己枉维絷，抚志惭场苗。工拙各所宜，终以返林巢。曾是萦旧想，览物奏长谣[④]。

【注释】

①前人评康乐诗，谓东海扬帆，风日流利。此不甚允。大约经营惨淡，钩深索隐，而一归自然，山水闲适，时遇理趣，匠心独运，少规往则。建安诸公，都非所屑，况士衡以下？　陶诗合下自然，不可及处，在真在厚。谢诗追琢而返于自然，不可及处，在新在俊。千古并称，厥有由夫。陶诗高处在不排，谢诗胜处在排，所以终逊一筹。　刘勰《明诗篇》曰：“老庄告退，而山水方滋。”见游山水诗以康乐为最。

②从宋武帝。

③景，同“影”。

④庄子曰："尧见四子藐姑射之山，汾水之阳。"　　理语入诗，而不觉其腐，全在骨高。

述祖德诗二首

序曰：太元中，王父龛定淮南。负荷世业，尊主隆人。逮贤相徂谢，君子道消，拂衣蕃岳，考卜东山，事同乐生之时，志期范蠡之举。①

达人贵自我，高情属天云。兼抱济物性，而不缨垢氛。段生蕃魏国，展季救鲁人。弦高犒⿰日晋师，仲连却秦军。临组乍不绁，对珪宁肯分。惠物辞所赏，励志故绝人。苕苕历千载，遥遥播清尘。清尘竟谁嗣，明哲垂经纶。委讲辍道论，改服康世屯。屯难既云康，尊主隆斯民②。

【注释】

①王父，谓玄也。龛，同"戡"，胜也。龛定淮南，谓败符坚事。

②弦高犒秦师，在⿰日晋之道。⿰日晋，音"晋"。见《吕氏春秋》。诸本为"晋"字之误也。因改正。

中原昔丧乱，丧乱岂解已。崩腾永嘉末，逼迫太元始。河水无反正，江介有蹙圮。万邦咸震慑，横流赖君子。拯溺由道情，龛暴资神理。秦赵欣来苏，燕魏迟文轨。贤相谢世运，远图因事止。高揖七州外，拂衣五湖里。随山疏濬潭，傍岩艺枌梓。遗情舍尘物，贞观丘壑美①。

【注释】

①蹙圮，《诗》曰："日蹙国百里。"《尔雅》曰："圮，败覆也。"庄子曰："夫道有情有性。"

九日从宋公戏马台集送孔令

季秋边朔苦，旅雁违霜雪。凄凄阳卉腓，皎皎寒潭洁。良辰感圣心，云旗兴暮节。鸣笳戾朱宫，兰卮献时哲。饯宴光有孚，和乐隆所缺。在宥天下理，吹万群方悦。归客遂海隅，脱冠谢朝列。弭棹薄枉渚，指景待乐阕。河流有急澜，浮骖无缓辙。岂伊川途念，宿心愧将别。彼美丘园道，喟焉伤薄劣①。

【注释】

①《诗序》曰："《鹿鸣》废，则和乐缺矣。"　　《庄子》曰："闻在宥天下，不闻在治天下也。"郭象曰："宥使自在，则治也。"　　《庄子》："南郭子綦曰：'夫吹万不同，而使其自已也。'"司马彪曰："言天气吹煦，长养万物，形气不同。"已，止也，使各得其性而止。

邻里相送至方山

只役出皇邑，相期憩瓯越。解缆及流潮，怀旧不能发。析析就衰林，皎皎明秋月。含情易为盈，遇物难可歇。积疴谢生虑，寡欲罕所阙。资此永幽栖，岂伊千岁别。

各勉日新志，音尘慰寂蔑[①]。

【注释】

①“解缆”二句，别绪低徊；“含情”二句，触境自得。

过始宁墅

束发怀耿介，逐物遂推迁。违志似如昨，二纪及兹年。缁磷谢清旷，疲苶惭贞坚。拙疾相倚薄，还得静者便。剖竹守沧海，枉帆过旧山。山行穷登顿，水涉尽洄沿。岩峭岭稠叠，洲萦渚连绵。白云抱幽石，绿篆媚清涟。葺宇临回江，筑观基层巅。挥手告乡曲，二载期归旋。且为树枌槚，无令孤愿言[①]。

【注释】

①登顿沿洄，非老于游山水者不知。《左传》："初，季孙为己树六槚于蒲圃泉门之外。"杜注曰："槚，自为椑也。"　始宁县，谢公故宅及墅在焉，兹因之官过此，故有末四句。

七里濑

羁心积秋晨，晨积展游眺。孤客伤逝湍，徒旅苦奔峭。石浅水潺湲，日落山照曜。荒林纷沃若，哀禽相叫啸。遭物悼迁斥，存期得要妙。既秉上皇心，岂屑末代诮。目睹严子濑，想属任公钓。谁谓今古殊，异代可同调。

登池上楼[①]

潜虬媚幽姿，飞鸿响远音。薄霄愧云浮，栖川怍渊沈。进德智所拙，退耕力不任。徇禄反穷海，卧疴对空林。衾枕昧节侯，褰开暂窥临。倾耳聆波澜，举目眺岖嵚。初景革绪风，新阳改故阴。池塘生春草，园柳变鸣禽。祁祁伤豳歌，萋萋感楚吟。索居易永久，离群难处心。持操岂独古，无闷征在今[②]。

【注释】

①在永嘉郡。

②虬以深潜而保真，鸿以高飞而远害。今以婴世网，故有愧虬与鸿也。薄霄，顶飞鸿。栖川，顶潜虬。　《楚词》曰："欸秋冬之绪风。""池塘生春草"，偶然佳句，何必深求？权德舆解为"王泽竭，候将变"。何句不可穿凿耶！

游南亭[①]

时竟夕澄霁，云归日西驰。密林含余清，远峰隐半规。久痗昏垫苦，旅馆眺郊岐。泽兰渐被径，芙蓉始发池。未厌青春好，已睹朱明移。戚戚感物叹，星星白发垂。

药饵情所止，衰疾忽在斯。逝将候秋水，息景偃旧崖。我志谁与亮，赏心惟良知[②]。

【注释】

①亦永嘉郡。

②起先用写景，第六句点出眺郊岐，此倒插法也，少陵往往用之。良知，谓良友。

游赤石进泛海

首夏犹清和，芳草亦未歇。水宿淹晨暮，阴霞屡兴没。周览倦瀛壖，况乃凌穷发。川后时安流，天吴静不发。扬帆采石华，挂席拾海月。溟涨无端倪，虚舟有超越。仲连轻齐组，子牟眷魏阙。矜名道不足，适已物可忽。请附任公言，终然谢先伐。[①]

【注释】

①张衡《归田赋》："仲春令月，时和气清。"指二月言。此言首夏，犹之清和，芳草亦未歇也。后人以四月为清和，谬矣。　　《临海志》曰："石华，附石而生；海月，大如镜，白色。"《庄子》曰："孔子围于陈，太公任往吊之，曰：'直木先伐，甘泉先竭。子其意者饰智以惊愚，修身以明污，昭昭若揭日月而行，故不免也。'"

登江中孤屿[①]

江南倦历览，江北旷周旋。怀新道转迥，寻异景不延。乱流趋正绝，孤屿媚中川。云日相辉映，空水共澄鲜。表灵物莫赏，蕴真谁为传。想象昆山姿，缅邈区中缘。始信安期术，得尽养生年[②]。

【注释】

①在永嘉江心。

②"怀新道转迥"，谓贪寻新境，忘其道之远也。"寻异景不延"，谓往前探奇，当前妙景，不能少迁延也。深于寻幽者知之。十字字字耐人咀味。　　"乱流"二句，谓截流而渡，忽得孤屿。余尝游金焦，诵此二句，愈觉其妙。

登永嘉绿嶂山诗

裹粮杖轻策，怀迟上幽室。行源径转远，距陆情未毕。澹潋结寒姿，团栾润霜质。涧委水屡迷，林迥岩逾密。眷西谓初月，顾东疑落日。践夕奄昏曙，蔽翳皆周悉。蛊上贵不事，履二美贞吉。幽人常坦步，高尚邈难匹。颐阿竟何端，寂寂寄抱一。恬如既已交，缮性自此出[①]。

【注释】

①"眷西"四句，言深入苍翠中，几不知日暮，左眺右瞻，疑误日月也。然此诗过于雕镂，渐失天趣。取其用意之佳耳。

斋中读书

昔余游京华，未尝废丘壑。矧乃归山川，心迹双寂漠。虚馆绝诤讼，空庭来鸟雀。卧疾丰暇豫，翰墨时间作。怀抱观古今，寝食展戏谑。既笑沮溺苦，又哂子云阁。执戟亦以疲，耕稼岂云乐。万事难并欢，达生幸可托[①]。

【注释】

①《楚词》曰："野寂漠其无人。"漠，同"寞"。　　子云阁，强押。

田南树园激流植援[①]

樵隐俱在山，由来事不同。不同非一事，养痾亦园中。中园屏氛杂，清旷招远风。卜室倚北阜，启扉面南江。激涧代汲井，插槿当列墉。群木既罗户，众山亦当窗。靡迤趋下田。迢递瞰高峰。寡欲不期劳，即事罕人功。惟开蒋生径，永怀求羊踪。赏心不可忘，妙善冀能同[②]。

【注释】

①命题简古。

②郭象注《庄》曰："妙善同，故无往而不冥也。""同"字重韵。

石壁精舍还湖中作

昏旦变气侯，山水含清晖。清晖能娱人，游子憺忘归。出谷日尚早，入舟阳已微。林壑敛暝色，云霞收夕霏。芰荷迭映蔚，蒲稗相因依。披拂趋南径，愉悦偃东扉。虑澹物自轻，意惬理无违。寄言摄生客，试用此道推。

登石门最高顶

晨策寻绝壁，夕息在山栖。疏峰抗高馆，对岭临回溪。长林罗户穴，积石拥阶基。连岩觉路塞，密竹使径迷。来人忘新术，去子惑故蹊。活活夕流驶，噭噭夜猿啼。沈冥岂别理，守道自不携。心契九秋干，目玩三春荑。居常以待终，处顺故安排。惜无同怀客，共登青云梯。

石门新营所住四面
高山回溪石濑茂林修竹

跻险筑幽居，披云卧石门。苔滑谁能步，葛弱岂可扪。嫋嫋秋风过，萋萋春草繁。

美人游不还，佳期何由敦。芳尘凝瑶席，清醑满金樽。洞庭空波澜，桂枝徒攀翻。结念属霄汉，孤景莫与谖。俯濯石下潭，仰看条上猿。早闻夕飙急，晚见朝日暾。崖倾光难留，林深响易奔。感往虑有复，理来情无存。庶持乘日车，得以慰营魂。匪为众人说，冀与智者论[①]。

【注释】

①“早闻”二句，总见光景之不同。“感往”二句，言悲感已往，而夭寿纷错，故虑有回复。妙理若来，而物我俱丧，故情无所存。《庄子·牧马篇》：“童子谓黄帝曰：有长者教子曰：若乘日之车，而游襄城之野。”《楚辞》曰：“载营魂而升霞。”

于南山往北山经湖中瞻眺

朝旦发阳崖，景落憩阴峰。舍舟眺迥渚，停策倚茂松。侧径既窈窕，环洲亦玲珑。俯视乔木杪，仰聆大壑淙。石横水分流，林密蹊绝踪。解作竟何感，升长皆丰容。初篁苞绿箨，新蒲含紫茸。海鸥戏春岸，天鸡弄和风。抚化心无厌，览物眷弥重。不惜去人远，但恨莫如同。孤游非情叹，赏废理谁通[①]。

【注释】

①《易》曰：“天地解而雷雨作，雷雨作而百果草木皆甲坼。”又曰：“地中生木升。”诗中用经，无如谢公者。

从斤竹涧越岭溪行

猿鸣诚知曙，谷幽光未显。岩下云方合，花上露犹泫。逶迤傍隈隩，迢递步陉岘。过涧既厉急，登栈亦陵缅。川渚屡经复，乘流玩回转。苹萍泛沈深，菰蒲冒清浅。企石挹飞泉，攀林摘叶卷。想见山阿人，薜萝若在眼。握兰勤徒结，折麻心莫展。情用赏为美，事昧竟谁辨。观此遗物虑，一悟得所遣[①]。

【注释】

①“过涧既厉急”，用在衣涉水事。　　枣据《逸民赋》曰：“握春兰兮遗芳。”《楚辞》曰：“折疏麻兮瑶华，将以遗兮离居。”此云：“勤徒结”、“心莫展”，言欲赠友而未由也。承上二句看便明。

过白岸亭诗

拂衣遵沙垣，缓步入蓬屋。近涧涓密石，远山映疏木。空翠难强名，渔钓易为曲。援萝聆青崖，春心自相属。交交止栩黄，呦呦食苹鹿。伤彼人百哀，嘉尔承筐乐。荣悴迭去来，穷通成休戚。未若常疏散，万事恒抱朴[①]。

【注释】

①凡物可以名，则浅矣；“难强名”，神于写空翠者。　　“止栩黄”，言黄鸟止于栩也。然终未妥。

初去郡[1]

彭薛裁知耻，贡公未遗荣。或可优贪竞，岂足称达生。伊子秉微尚，拙讷谢浮名。庐园当栖岩，卑位代躬耕。顾己虽自许，心迹犹未并。无庸妨周任，有疾象长卿。毕娶类尚子，薄游似邴生。恭承古人意，促装返柴荆。牵丝及元兴，解龟在景平。负心二十载，于今废将迎。理棹遄还期，遵渚骛修坰。溯溪终水涉，登岭始山行。野旷沙岸净，天高秋月明。憩石挹飞泉，攀林搴落英。战胜臞者肥，鉴止流归停。即是羲唐化，获我击壤情[2]。

【注释】

①为永嘉守二年，称疾去职还始宁。

②《汉书》曰：“广德当宣，近于知耻。”谓彭宣、薛广德也。贡公，指贡禹。　　邴生，谓曼容，养志自修，为官不肯过六百石，辄自免去。

子夏曰：“吾入见先王之义则荣之，出见富贵又荣之，二者战于胸臆，故臞。今见先王之义战胜，故肥也。”　　《文子》曰：“莫监于流潦，而监于止水。”

夜宿石门诗

朝搴苑中兰，畏彼霜下歇。暝还云际宿，弄此石上月。鸟鸣识夜栖，木落知风发。异音同至听，殊响俱清越。妙物莫为赏，芳醑谁与伐。美人竟不来，阳阿徒晞发[1]。

【注释】

①“异音同至听”、“空翠难强名”，皆谢公独造语。

入彭蠡湖口

客游倦水宿，风潮难具论。洲岛聚回合，圻岸屡崩奔。乘月听哀狖，浥露馥芳荪。春晚绿野秀，岩高白云屯。千念集日夜，万感盈朝昏。攀崖照石镜，牵叶入松门。三江事多往，九派理空存。灵物吝珍怪，异人秘精魂。金膏灭明光，水碧缀流温。徒作千里曲，弦绝念弥敦。

入华子冈是麻源第三谷

南州实炎德，桂树凌寒山。铜陵映碧涧，石磴泻红泉。既枉隐沦客，亦栖肥遁贤。

险径无测度，天路非术阡。遂登群峰首，邈若升云烟。羽人绝仿佛，丹丘徒空筌。图牒复摩灭，碑版谁闻传。莫辨百代后，安知千载前。且申独往意，乘月弄潺湲。恒充俄顷用，岂为古今然。

岁暮

殷忧不能寐，苦此夜难颓。明月照积雪，朔风劲且哀。运往无淹物，年逝觉已催[①]。

【注释】

①阙文。

古诗源卷十一

宋诗

谢 瞻[①]

答灵运

夕霁风气凉，闲房有余清。开轩灭华烛，月露皓已盈。独夜无物役，寝者亦云宁。忽获愁霖唱，怀劳奏所诚。叹彼行旅艰，深兹眷言情。伊余虽寡慰，殷忧暂为轻。牵率酬嘉藻，长揖愧吾生。

九日从宋公戏马台集送孔令诗[①]

风至授寒服，霜降休百工。繁林收阳彩，密苑解华丛。巢幕无留燕，遵渚有来鸿。轻霞冠秋日，迅商薄清穹。圣心眷嘉节，扬銮戾行宫。四筵沾芳醴，中堂起丝桐。扶光迫西汜，欢余宴有穷。逝矣将归客，养素克有终。临流怨莫从，欢心叹飞蓬[②]。

【注释】

①宋高祖游戏马台送孔靖，命僚佐赋诗，瞻作冠于一时。

②《淮南子》曰："日出旸谷拂扶搡。"《楚辞》曰："出自旸谷，次于蒙汜。" 时晋帝尚存，而崇媚宋公至此，视渊明有余惭也。康乐篇亦然。

谢惠连[①]

捣 衣

衡纪无淹度，晷运倏如摧。白露滋园菊？秋风落庭槐。肃肃莎鸡羽，烈烈寒螀啼。夕阴结空幕，宵月皓中闺。美人戒裳服，端饰相招携。簪玉出北房，鸣金步南阶。榈高砧响发，楹长杵声哀。微芳起两袖，轻汗染双题。纨素既已成，君子行未归。裁用笥中刀，缝为万里衣。盈箧自余手，幽缄俟君开。腰带准畴昔，不知今是非[②]。

【注释】

①谢宣远诗，一味镂刻，失自然之致，《咏张子房作》，为生硬之尤者，虽当时推重，删之。

②《汉书曰》:"用昏建者杓,夜半建者衡。"衡,斗之中央也。　　一结能作情语,不入纤靡。

西陵遇风献康乐

我行指孟春,春仲尚未发。趣途远有期,念离情无歇。成装候良辰,漾舟陶嘉月。瞻涂意少悰,还顾情多阙[①]。
哲兄感仳别,相送越坰林。饮饯野亭馆,分袂澄湖阴。凄凄留子言,眷眷浮客心。回塘隐舻栧,远望绝形音。
靡靡即长路,戚戚抱遥悲。悲遥但自弭,路长当语谁。行行道转远,去去情弥迟。昨发浦阳汭,今宿浙江湄。
屯云蔽曾岭,惊风涌飞流。零雨润坟泽,落雪洒林丘。浮氛晦崖巘,积素或原畴。曲汜薄停旅,通川绝行舟。
临津不得济,伫楫阻风波。萧条洲渚际,气色少谐和。西瞻兴游叹,东睇起凄歌。积愤成疢痗,无萱将如何[②]?

【注释】

①《楚辞》曰:"陶嘉月兮总驾。"陶,喜也。

②雅音徘徊,清婉可诵。

秋　怀

平生无志意,少小婴忧患。如何乘苦心,矧复值秋晏。皎皎天月明,奕奕河宿烂。萧瑟含风蝉,寥唳度云雁。寒商动清闺,孤灯暖幽幔。耿介繁虑积,展转长宵半。夷险难预谋,倚伏昧前算。虽好相如达,不同长卿慢。颇悦郑生偃,无取白衣宦。未知古人心,且从性所玩。宾至可命觞,朋来当染翰。高台骤登践,清浅时陵乱。颓魄不再圆,倾羲无两旦。金石终销毁,丹青暂雕焕。各勉玄发欢,无贻白首叹。因歌遂成赋,聊用布亲串[①]。

【注释】

①虽好相如之达,而不同其慢;颇悦郑均之偃仰,而无取其为白衣尚书,故下云"且从性所玩"也。　　《汲冢纪年》:"懿王元年,天再旦于郑。"串,音"惯",读作"穿"上声者非。

泛湖归出楼中望月

日落泛澄瀛,星罗游轻桡。憩树面曲汜,临流对回潮。辍策共骈筵,并坐相招要。哀鸿鸣沙渚,悲猿响山椒。亭亭映江月,飗飗出谷飙。斐斐气幂岫,泫泫露盈条。近瞩祛幽蕴,远视荡喧嚣。晤言不知罢,从夕至清朝。

谢　庄

北宅秘园

夕天霁晚气，轻霞澄暮阴。微风清幽幌，余日照青林。收光渐窗歇，穷园自荒深。绿池翻素景，秋怀响寒音。伊人傥同爱，弦酒共栖寻[①]。

【注释】

①栖寻，谓同栖息、同游寻也。　　诸谢诗独详康乐，余所收从略。

鲍　照[①]

代东门行[②]

伤禽恶弦惊，倦客恶离声。离声断客情，宾御皆涕零。涕零心断绝，将去复还诀。一息不相知，何况异乡别。遥遥征驾远，杳杳白日晚。居人掩闺卧，行子夜中饭。野风吹秋木，行子心肠断。食梅常苦酸，衣葛常苦寒。丝竹徒满座，忧人不解颜。长歌欲自慰，弥起长恨端[③]。

【注释】

①明远乐府，如五丁凿山，开人世所未有。后太白往往效之。五言古亦在颜、谢之间。抗音吐怀，每成亮节，其高处远轶机、云，上追操、植。　　五言古雕琢与谢公相似，自然处不及。

②代，犹拟也。

③“食梅常苦酸”一联，与《青青河边草》篇忽入“枯桑知天风，海水知天寒”，一种神理。

代放歌行

蓼虫避葵堇，习苦不言非。小人自龌龊，安知旷士怀。鸡鸣洛城里，禁门平旦开。冠盖纵横至，车骑四方来。素带曳长飙，华缨结远埃。日中安能止，钟鸣犹未归。夷世不可逢，贤君信爱才。明虑自天断，不受外嫌猜。一言分珪爵，片善辞草莱。岂伊白璧赐，将起黄金台。今君有何疾，临路独迟回[①]。

【注释】

①《楚辞》曰：“蓼虫不自徙乎葵藿。”言蓼虫处辛辣，食苦恶；不徙葵藿，食甘美也。　　“素带”二语，写尽富贵人尘俗之状。汉诗中所谓“冠带日相索”也。

代白头吟

直如朱丝绳，清如玉壶冰。何惭宿昔意，猜恨坐相仍。人情贱恩旧，世议逐衰兴。毫发一为瑕，丘山不可胜。食苗实硕鼠，点白信苍蝇。凫鹄远成美，薪刍前见陵。申黜褒女进，班去赵姬升。周王日沦惑，汉帝益嗟称。心赏犹难恃，貌恭岂易凭。古来共如此，非君独抚膺①。

【注释】

①“凫鹄远成美”，言鸡以近而忘其美，鹄以所从来远而觉其美也。用田饶答鲁哀公语意。“薪刍前见陵”，陵，侵也。即譬如积薪，后来者处上意。

代东武吟

主人且勿喧，贱子歌一言。仆本寒乡士，出身蒙汉恩。始随张校尉，占募到河源。后逐李轻车，追虏穷塞垣。密涂亘万里，宁岁犹七奔。肌力尽鞍甲，心思历凉温。将军既下世，部曲亦罕存。时事一朝异，孤绩谁复论。少壮辞家去，穷老还入门。腰镰刈葵藿，倚杖牧鸡豚。昔如韝上鹰，今似槛中猿。徒结千载恨，空负百年怨。弃席思君幄，疲马恋君轩。愿垂晋主惠，不愧田子魂①。

【注释】

①张校尉谓张骞，李轻车谓李蔡。　七奔，《左传》：“吴入州来，子重子反，于是乎一岁七奔命。”　弃席，用晋文公事；疲马，用田子方事。俱见《韩诗外传》。

代出自蓟北门行

羽檄起边亭，烽火入咸阳。征师屯广武，分兵救朔方。严秋筋竿劲，虏陈精且强。天子按剑怒，使者遥相望。雁行缘石径，鱼贯度飞梁。箫鼓流汉思，旌甲被胡霜。疾风冲塞起，沙砾自飘扬。马毛缩如蝟，角弓不可张。时危见臣节，世乱识忠良。投躯报明主，身死为国殇①。

【注释】

①明远能为抗壮之音，颇似孟德。

代鸣雁行

邕邕鸣雁鸣始旦，齐行命侣入云汉。中夜相失群离乱，留连徘徊不忍散。憔悴仪容君不知，辛苦风霜亦何为。

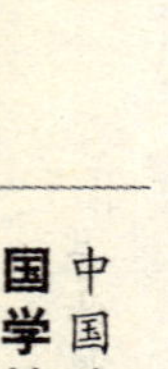

代淮南王

淮南王，好长生，服食炼气读仙经。琉璃作碗牙作盘，金鼎玉匕合神丹。合神丹，戏紫房。紫房彩女弄明珰，鸾歌凤舞断君肠。朱城九门门九闺，愿逐明月入君怀。入君怀，结君佩，怨君恨君恃君爱。筑城思坚剑思利，同盛同衰莫相弃①。

【注释】

①怨、恨、爱，并在一句中，是乐府句法。下"筑城"句，是乐府神理。

代春日行

献岁发，吾将行。春山茂，春日明。园中鸟，多嘉声。梅始发，桃始青。泛舟舻，齐棹惊。奏采菱，歌鹿鸣。微风起，波微生。弦亦发，酒亦倾。入莲池，折桂芝。芳袖动，芬叶披。两相思，两不知①。

【注释】

①声情骀宕。末六字比"心悦君兮君不知"更深。

代白纻舞歌辞四首①

吴刀楚制为佩袆，纤罗雾縠垂羽衣。含商咀徵歌露晞。珠履飒沓纨袖飞，凄风夏起素云回。车怠马烦客忘归，兰膏明烛承夜辉。

【注释】

①系奉诏作。

桂宫柏寝拟天居，朱爵文窗韬绮疏。象床瑶席镇犀渠，雕屏匼匝组帷舒。秦筝赵瑟挟笙竽，垂珰散佩盈玉除，停觞不语欲谁须。

三星参差露沾湿，弦悲管清月将入。寒光萧条候虫急，荆王流叹楚妃泣。红颜难长时易戢，凝华结藻久延立，非君之故岂安集。

池中赤鲤庖所捐，琴高乘去腾上天。命逢福世丁溢恩，簪金藉绮升曲弦。恩厚德深委如山。洁诚洗志期暮年，乌白马角宁足言。

拟行路难

奉君金卮之美酒，瑇瑁玉匣之雕琴。七彩芙蓉之羽帐，九华葡萄之锦衾。红颜零落

岁将暮，寒光宛转时欲沉。愿君裁悲且减思，听我抵节行路吟。不见柏梁铜雀上，宁闻古时清吹音。

洛阳名工铸为金博山，千斵复万镂，上刻秦女携手仙。承君清夜之欢娱，列置帏里明烛前。外发龙鳞之丹彩，内含麝芬之紫烟。如今君心一朝异，对此长叹终百年。

璇闺玉墀上椒阁，文窗绣户垂罗幕。中有一人字金兰，被服纤罗彩芳藿。春燕参差风散梅，开帏对景弄春爵。含歌揽涕恒抱愁，人生几时得为乐？宁作野中之双凫，不愿云间之别鹤。

泻水置平地，各自东西南北流。人生亦有命，安能行叹复坐愁。酌酒以自宽，举杯断绝歌路难。心非木石岂无感，吞声踯躅不敢言[①]。

【注释】

①妙不在曾说破，读之自然生愁。　　起手无端而下，如黄河落天走东海也。若移在中间，犹是恒调。

对案不能食，拔剑击柱长叹息。丈夫生世会几时，安能蹀躞垂羽翼？弃置罢官去，还家自休息。朝出与亲辞，暮还在亲侧。弄儿床前戏，看妇机中织。自古圣贤尽贫贱，何况我辈孤且直[①]。

【注释】

①家庭之乐，岂宦游可比。明远乃亦不免俗见耶？江淹《恨赋》，亦以"左对孺人，顾弄稚子"为恨。功名中人，怀抱尔尔。

愁思忽而至，跨马出北门。举头四顾望，但见松柏园。荆棘郁蹲蹲，中有一鸟名杜鹃，言是古时蜀帝魂。声音哀苦鸣不息，羽毛憔悴似人髡。飞走树间啄虫蚁。岂忆往日天子尊。念此死生变化非常理，中心恻怆不能言。

中庭五株桃，一株先作花。阳春妖冶二三月，从风簸荡落西家。西家思妇见悲惋，零泪沾衣抚心叹。初我送君出户时，何言淹留节回换。床席生尘明镜垢，纤腰瘦削发蓬乱。人生不得恒称意，惆怅倚徙至夜半。

剉蘗染黄丝，黄丝历乱不可治。我昔与君始相值，尔时自谓可君意。结带与君言，死生好恶不相置。今朝见我颜色衰，意中索寞与先异。还君金钗玳瑁簪，不忍见之益愁思[①]。

【注释】

①悲凉跌宕，曼声促节，体自明远独创。

梅花落

中庭杂树多，偏为梅咨嗟。问君何独然，念其霜中能作花。霜中能作实，摇荡春风媚春日。念尔零落逐寒风，徒有霜华无霜质①。

【注释】

①以“花”字联上“嗟”字成韵，以“实”字联下“日”字成韵，格法甚奇。

登黄鹤矶

木落江渡寒，雁还风送秋。临流断商弦，瞰川悲棹讴。适郢无东辕，还夏有西浮。三崖隐丹磴，九派引沧流。泪竹感湘别，弄珠怀汉游。岂伊药饵泰，得夺旅人忧①。

【注释】

①出语苍坚，发端有力。

日落望江赠荀丞

旅人乏愉乐，薄暮增思深。日落岭云归，延颈望江阴。乱流灇大壑，长雾匝高林。林际无穷极，云边不可寻。惟见独飞鸟，千里一扬音。推其感物情，则知游子心。君居帝京内，高会日挥金。岂念慕群客，咨嗟恋景沉。

吴兴黄浦亭庾中郎别

风起洲渚寒，云上日无辉。连山眇烟雾，长波迥难依。旅雁方南过，浮客未西归。已经江海别，复与亲眷违。奔景易有穷，离袖安可挥。欢觞为悲酌，歌服成泣衣。温念终不渝，藻志远存追。役人多牵滞，顾路惭奋飞。昧心附远翰，炯言藏佩韦。

赠傅都曹别

轻鸿戏江潭，孤雁集洲沚。邂逅两相亲，缘念共无已。风雨好东西，一隔顿万里。追忆栖宿时，声容满心耳。落日川渚寒，愁云绕天起。短翮不能翔，徘徊烟雾里。

行京口至竹里

高柯危且竦，锋石横复仄。复涧隐松声，重崖伏云色。冰闭寒方壮，风动鸟倾翼。斯志逢彫严，孤游值曛逼。兼涂无憩鞍，半菽不遑食。君子树令名，细人效命力。

不见长河水，清浊俱不息。

上浔阳还都道中作

昨夜宿南陵，今旦入芦洲。客行惜日月，崩波不可留。侵星赴早路，毕景逐前俦。鳞鳞夕云起，猎猎晚风遒。腾沙郁黄雾，翻浪扬白鸥。登舻眺淮甸，掩泣望荆流。绝目尽平原，时见远烟浮。倏悲坐还合，俄思甚兼秋。未尝违户庭，安能千里游。谁令乏古节，贻此越乡忧。

发后渚

江上气早寒，仲秋始霜雪。从军乏衣粮，方冬与家别。萧条背乡心，凄怆清渚发。凉埃晖平皋，飞潮隐修樾。孤光独徘徊，空烟视升灭。涂随前峰远，意逐后云结。华志分驰年，韶颜惨惊节。推琴三起叹，声为君断绝①。

【注释】

①琢句宁生涩，不肯凡近。

咏　史

五都矜财雄，三川养声利。千金不市死，明经有高位。京城十二衢，飞甍各鳞次。仕子彯华缨，游客竦轻辔。明星晨未晞，轩盖已云至。宾御纷飒沓，鞍马光照地。寒暑在一时，繁华及春媚。君平独寂寞，身世两相弃①。

【注释】

①陶朱公曰："吾闻千金之子，不死于市。"　住得斗绝，昔人所谓勒舞马势也。

拟　古

鲁客事楚王，怀金袭丹素。既荷主人恩，又蒙令尹顾。日晏罢朝归，舆马塞衢路。宗党生光华，宾仆远倾慕。富贵人所欲，道德亦何惧。南国有儒生，迷方独沦误。伐木清江湄，设置守毚兔。

十五讽诗书，篇翰靡不通。弱冠参多士，飞步游秦宫。侧睹君子论，预见古人风。两说穷舌端，五车摧笔锋。羞当白璧贶，耻受聊城功。晚节从世务，乘障远和戎。解佩袭犀渠，卷帙奉卢弓。始愿力不足，安知今所终①。

【注释】

①《韩诗外传》："楚襄王遣使者持金千斤，白璧百双，聘庄子为相，庄子不许。"

幽并重骑射，少年好驰逐。毡带佩双鞬，象弧插雕服。兽肥春草短，飞鞚越平陆。朝游雁门上，暮还楼烦宿。石梁有余劲。惊雀无全目。汉虏方未和，边城屡翻覆。留我一白羽，将以分符竹[①]。

【注释】

①阚子曰："宋景公使弓人为弓，九年乃成。公援弓东面而射之，矢逾于西霜之山，集于彭城之东，其余力益劲，犹饮羽于石梁。"《帝王世纪》曰："羿与吴贺北游，贺使羿射雀。羿曰：'生之乎？杀之乎？'贺曰：'射其左目。'羿中其右目，抑首而愧，终身不忘。"

凿井北陵隈，百丈不及泉。生事本澜漫，何用独精坚。幼壮重寸阴，衰暮及轻年。放驾息朝歌，提爵止中山。日夕登城隅，周回视洛川。街衢积冻草，城郭宿寒烟。繁华悉何在，宫阙久崩填。空谤齐景非，徒称夷叔贤[①]。

【注释】

①末即贤愚同尽意。

河畔草未黄，胡雁已矫翼。秋蛩扶户吟，寒妇成夜织。去岁征人还，流传旧相识。闻君上陇时，东望久叹息。宿昔改衣带，朝旦异容色。念此忧如何，夜长愁更多。明镜尘匣中，瑶琴生网罗[①]。

【注释】

①"扶户吟"，扶，犹依也。

蜀汉多奇山，仰望与云平。阴崖积夏雪，阳谷散秋荣。朝朝见云归，夜夜闻猿鸣。忧人本自悲，孤客易伤情。临堂设樽酒，留酌思平生。石以坚为性，君勿惭素诚。

《拟古》诸作，得陈思、太冲遗意。

绍古辞

橘生湘水侧，菲陋人莫传。逢君金华宴，得在玉几前。三川穷名利，京洛富妖妍。恩荣难久恃，隆宠易衰偏。观席妾凄怆，睹翰君泫然。徒抱忠孝志，犹为葑菲迁。

昔与君别时，蚕妾初献丝。何言年月驶，塞衣已捣治。绦绣多废乱，篇帛久尘缁。　离心壮为剧，飞念如悬旗。石席我不爽，德音君勿欺[①]。　瑟瑟凉海风，竦竦寒山木。纷纷羁思盈，慊慊夜弦促。访言山海路，千里歌别鹤。　弦绝空咨嗟，形音谁赏录。辛苦异人状，美貌改如玉。徒畜巧言鸟，不解心款曲。

【注释】

①易"旌"为"旗"，古人亦有此种强押。

学刘公幹体

胡风吹朔雪，千里度龙山。集君瑶台上，飞舞两楹前。兹晨自为美，当避艳阳天。艳阳桃李节，皎洁不成妍。

遇铜山掘黄精

土肪闷中经，水芝韬内策。宝饵缓童年，命药驻衰历。矧蓄终古情，重拾烟雾迹。羊角栖断云，榼口流隘日。铜溪昼森沉，乳窦夜涓滴。既类风门磴，复象天井壁。蹀蹀寒叶离，瀼瀼秋水积。松色随野深，月露依草白。空守江海思，岂怀梁郑客。得仁古无怨，顺道今何惜[①]。

【注释】

①清而幽，谢公诗中无此一种，此唐人先声也。

秋　夜

遁迹避纷喧，货农栖寂寞。荒径驰野鼠，空庭聚山雀。既远人世欢，还赖泉卉乐。折柳樊场圃，负绠汲潭壑。霁旦见云峰，风夜闻海鹤。江介早寒来，白露先秋落。麻垄方结叶，瓜田已扫箨。倾晖忽西下，回景思华幕。攀萝席中轩，临觞不能酌。终古自多恨，幽悲共沦铄。

玩月城西门廨中

始见西南楼，纤纤如玉钩。末映西北墀，娟娟似蛾眉。蛾眉蔽珠栊，玉钩隔琐窗。三五二八时，千里与君同。夜移衡汉落，裴徊帷户中。归华先委露，别叶早辞风。客游厌苦辛，仕子倦飘尘。休浣自公日，宴慰及私辰。蜀琴抽《白雪》，郢曲发《阳春》。肴干酒未阕，金壶起夕沦。回轩驻轻盖，留酌待情人[①]。

【注释】

①少陵所云俊逸，应指此种。

鲍令晖

代葛沙门妻郭小玉作

明月何皎皎，垂幌照罗茵。若共相思夜，知同忧怨晨。芳华岂矜貌，霜露不怜人。君非青云逝，飘迹事咸秦。妾持一生泪，经秋复度春。

题书后寄行人

自君之出矣，临轩不解颜。砧杵夜不发，高门昼恒关。帐中流熠燿，庭前华紫兰。杨枯识节异，鸿归知客寒。游用暮冬尽，除春待君还[①]。

【注释】

①“杨枯”十字作意。

吴迈远

胡笳曲

轻命重意气，古来岂但今。缓颊献一说，扬眉受千金。边风落寒草，鸣笳堕飞禽。越情结楚思，汉耳听胡音。既怀离俗伤，复悲朝光侵。日当故乡没，遥见浮云阴。

古意赠今人

寒乡无异服，毡褐代文练。日日望君归，年年不解綖。荆扬春蚕和，幽蓟犹霜霰。北寒妾已知，南心君不见。谁为道辛苦，寄情双飞燕。形迫杼煎丝，颜落风催电。容华一朝改，惟余心不变[①]

【注释】

①北寒、南心，巧于著词。

长相思

晨有行路客，依依造门端。人马风尘色，知从河塞还。时我有同栖，结宦游邯郸。将不异客子，分饥复共寒。烦君尺帛书，寸心从此殚。遣妾长憔悴，岂复歌笑颜。

檐隐千霜树，庭枯十载兰。经春不举袖，秋落宁复看。一见愿道意，君门已九关。虞卿弃相印，担簦为同欢。闺阴欲蚤霜，何事空盘桓。

王　徽

杂　诗

思妇临高台，长想凭华轩。弄弦不成曲，哀歌送苦言。箕帚留江介，良人处雁门。讵忆无衣苦，但知狐白温。日暗牛羊下，野雀满空园。孟冬寒风起，东壁正中昏。朱火独照人，抱景自愁怨。谁知心曲乱，所思不可论。

王僧达

答颜延年

长卿冠华阳，仲连擅海阴。珪璋既文府，精理亦道心。君子耸高驾，尘轨实为林。崇情符远迹，清气溢素襟。结游略年义，笃顾弃浮沈。寒荣共偃曝，春醖时献斟。聿来岁序暄，轻云出东岑。麦垄多秀色，杨园流好音。欢此乘日暇，忽忘逝景侵。幽衷何用慰，翰墨久谣吟。栖凤难为条，淑贶非所临。诵以永周旋，匣以代兼金[①]。

【注释】

①亦著意追琢。答颜诗与颜体相似。　《庄子》曰："忘年志义，振于无境。"

和琅琊王依古

少年好驰侠，旅宦游关源。既践终古迹，聊讯兴亡言。隆周为薮泽，皇汉成山樊。久没离宫地，安识寿陵园。仲秋边风起，孤蓬卷霜根。白日无精景，黄沙千里昏。显轨莫殊辙，幽途岂异魂。圣贤良已矣，抱命复何怨[①]。

【注释】

①寿陵，景帝陵也。

沈庆之

侍宴诗[1]

微生遇多幸，得逢时运昌。朽老筋力尽，徒步还南冈。辞荣此圣世，何愧张子房。

【注释】

①《南史》云：孝武令群臣赋诗。庆之有口辩，手不能书。上令作赋，庆之曰："臣请口授师伯。"上令颜师伯执笔，庆之云云。上甚悦，众坐并称其词意之美。

②武臣诗不嫌其直，与曹景宗诗并传。

陆　凯

赠范晔诗[1]

折梅逢驿使，寄与陇头人。江南无所有，聊赠一枝春。

【注释】

①《荆州记》曰："凯与范晔交善，自江南寄梅花一枝与晔，赠诗云云。"

汤惠休

怨诗行

明月照高楼，含君千里光。巷中情思满，断绝孤妾肠。悲风荡帷帐，瑶翠坐自伤。妾心依天末，思与浮云长。啸歌视秋草，幽叶岂再扬。暮兰不待岁，离华能几芳。愿作张女引，流悲绕君堂。君堂严且秘，绝调徒飞扬[1]。

【注释】

①只一起便是绝唱。文通"碧云"之句，庶足相拟。　　禅寂人作情语，转觉入微，微处亦可证禅也。　　颜延之谓惠休制作委巷间歌谣耳，方当误后生。岂因其近于艳耶？

刘　俁

诗一首

城上草，植根非不高，所恨风霜蚤[①]。

【注释】

①似谣。

渔　父

答孙缅歌[①]

竹竿籊籊，河水溯溯。相忘为乐，贪饵吞钩。非夷非惠，聊以忘忧[②]。

【注释】

①《南史》：浔阳太守孙缅遇渔父，与论用世之道。渔父曰："仆山海狂人，不达世务，未辨贫贱，无论荣贵。"乃歌云云，于是悠然鼓棹而去。

②东方先生曰："首阳为拙，柳下为工。"此斟酌于工拙之间。

宋人歌[①]

可怜白符鸠，枉杀檀江州。

【注释】

①《南史》：檀道济，宋之良将，为敌所畏。宋主疑而杀之。宋人作歌。

石城谣[①]

可怜石头城，宁为袁粲死，不作褚渊生。

【注释】

①《南史》：袁粲谋举兵诛齐高帝，褚渊发其谋。粲遇害，而渊独辅政。百姓语曰。

青溪小姑歌[①]

日暮风吹，叶落依枝。丹心寸意，愁君未知。

【注释】

①蒋侯妹。

古诗源卷十二

齐诗

谢朓[1]

江上曲

易阳春草出，踟蹰日已暮。莲叶尚田田，淇水不可渡。愿子淹桂舟，时同千里路。千里既相许，桂舟复容与。江上可采菱，清歌共南楚。

【注释】

①玄晖灵心秀口，每诵名句，渊然泠然，觉笔墨之中，笔墨之外，别有一段深情妙理。 康乐每板拙，玄晖多清俊，然诗品终在康乐下，能清不能厚也。

同谢咨议咏铜雀台

繐帷飘井干，樽酒若平生。郁郁西陵树，讵闻鼓吹声。芳襟染泪迹，婵娟空复情。玉座犹寂寞，况乃妾身轻[1]。

【注释】

①笑魏武也，而托之于树，何等含蕴，可悟立言之妙。

玉阶怨

夕殿下珠帘，流萤飞复息。长夜缝罗衣，思君此何极[1]。

【注释】

①竟是唐人绝句，在唐人中为最上者。

金谷聚

渠碗送佳人，玉杯邀上客。车马一东西，别后思今夕[1]。

【注释】

①别离情事，以澹澹语出之，其情自深。苏、李诗亦不作蹙蹶声也。

入朝曲[①]

江南佳丽地，金陵帝王州。逶迤带绿水，迢递起朱楼。飞甍夹驰道，垂杨荫御沟。凝笳翼高盖，叠鼓送华辀。献纳云台表，功名良可收。

【注释】

①隋王鼓吹曲十首之一。

同王主簿有所思

佳期期未归，望望下鸣机。徘徊东陌上，月出行人稀[①]。

【注释】

①即景含情，怨在言外。

京路夜发[①]

扰扰整夜装，肃肃戒徂两。晓星正寥落，晨光复泱漭。犹沾余露团，稍见朝霞上。故乡邈已夐，山川修且广。文奏方盈前，怀人去心赏。敕躬每跼蹐，瞻恩惟震荡。行矣倦路长，无由税归鞅。

【注释】

①自丹阳之宣城郡。

和徐都曹出新亭渚[①]

宛洛佳遨游，春色满皇州。结轸青郊路，回瞰苍江流。日华川上动，风光草际浮。桃李成蹊径，桑榆荫道周。东都已俶载，言归望绿畴。

【注释】

①徐勉有《昧旦出新亭渚》诗。

游敬亭山

兹山亘百里，合沓与云齐。隐沦既已托，灵异居然栖。上干蔽白日，下属带回谿。交藤荒且蔓，樛枝耸复低。独鹤方朝唳，饥鼯此夜啼。渫云已漫漫，夕雨亦凄凄。我行虽纡组，兼得寻幽蹊。缘源殊未极，归径窅如迷。要欲追奇趣，即此凌丹梯。皇恩竟已矣，兹理庶无睽。

游东田

戚戚苦无悰，携手共行乐。寻云陟累榭，随山望菌阁。远树暖阡阡，生烟纷漠漠。鱼戏新荷动，鸟散余花落。不对芳春酒，还望青山郭。

暂使下都夜发新林至京邑赠西府同僚

大江流日夜，客心悲未央。徒念关山近，终知返路长。秋河曙耿耿，寒渚夜苍苍。引领见京室，宫雉正相望。金波丽鳷鹊，玉绳低建章。驱车鼎门外，思见昭丘阳。驰晖不可接，何况隔两乡。风云有鸟道，江汉限无梁。常恐鹰隼击，时菊委严霜。寄言罻罗者，寥廓已高翔①。

【注释】

①成王定鼎于郏鄏，其南门曰鼎门。　　一起滔滔莽莽，其来无端。望京一段，眷恋不已。“秋河”六语，应“关山近”；“驱车”六语，应“返路长”。时朓被谗而去，故有末二语。言已翔乎寥廓，罗者无如何也。用长卿《难父老》篇语意。

酬王晋安

梢梢枝早劲，涂涂露晚晞。南中荣橘柚，宁知鸿雁飞。拂雾朝青阁，日旰坐彤闱。怅望一途阻，参差百虑依。春草秋更绿，公子未西归。谁能久京洛，缁尘染素衣①

【注释】

①《楚辞》曰：“白露纷以涂。”涂，谓厚也。　　鸿雁南栖衡阳，不入晋安之郡，故曰宁知。晋安，即今之泉州。

郡内高斋闲望答吕法曹①

结搆何迢递，旷望极高深。窗中列远岫，庭际俯乔林。日出众鸟散，山暝狐猿吟。已有池上酌，复此风中琴。非君美无度，孰为劳寸心。惠而能好我，问以瑶华音。若遗金门步，见就玉山岑。

【注释】

①郡为宣城郡。

新亭渚别范零陵云

洞庭张乐地，潇湘帝子游。云去苍梧野，水还江汉流。停骖我怅望，辍棹子夷犹。

广平听方籍，茂陵将见求。心事俱已矣，江上徒离忧[①]。

【注释】

①言范同广平，而声听方籍。已当居茂陵之下，将因彼而求见也。郭袤为广平太守。

之宣城郡出新林浦向板桥

江路西南永，归流东北骛。天际识归舟，云中辨江树。旅思倦摇摇，孤游昔已屡。既欢怀禄情，复协沧洲趣。嚣尘自兹隔，赏心于此遇。虽无玄豹姿，终隐南山雾。

在郡卧病呈沈尚书[①]

淮阳股肱守，高卧犹在兹。况复南山曲，何异幽栖时。连阴盛农节，簑笠聚东菑。高阁常昼掩，荒阶少诤辞。珍簟清夏室，轻扇动凉飔。嘉鲂聊可荐，渌蚁方独持。夏李沈朱实，秋藕折轻丝。良辰竟何许，夙昔梦佳期。坐啸徒可积，为邦岁已期。弦歌终莫取，抚几令自嗤[②]

【注释】

①尚书，约也。

②南阳太守弘农成缙，任功曹岑晊，时人语曰："南阳太守岑公孝，弘农成缙但坐啸。"

晚登三山还望京邑

灞涘望长安，河阳视京县。白日丽飞甍，参差皆可见。余霞散成绮，澄江静如练。喧鸟覆春洲，杂英满芳甸。去矣方滞淫，怀哉罢欢宴。佳期怅何许，泪下如流霰。有情知望乡，谁能鬒不变。

直中书省

紫殿肃阴阴，彤庭赫弘敞。风动万年枝，日华承露掌。玲珑结绮钱，深沉映朱网。红药当阶翻，苍苔依砌上。兹言翔凤池，鸣珮多清响。信美非吾室，中园思偃仰。朋情以郁陶，春物方骀荡。安得凌风翰，聊恣山泉赏[①]。

【注释】

①《东宫旧事》曰："窗有四面，结绮连线。"

宣城郡内登望

借问下车日，匪直望舒圆。寒城一以眺，平楚正苍然。山积陵阳阻，溪流春谷泉。

威纡距遥甸，巉岩带远天。切切阴风暮，桑柘起寒烟。怅望心已极，惝怳魂屡迁。结发倦为旅，平生早事边。谁规鼎食盛，宁要狐白鲜。方弃汝南诺，言税辽东田①。

【注释】

①“寒城”一联格高，朱子亦赏之。　《续汉书》曰：“汝南太守宗资，任用范滂，时人谣曰：‘汝南太守范孟博，南阳宗资主画诺。’”《魏志》曰：“管宁闻公孙度令行海外，遂至辽东。”

高斋视事

余雪映青山，寒雾开白日。暖暖江村见，离离海树出。披衣就清盥，凭轩方秉笔。列俎归单味，连驾止容膝。空为大国忧，纷诡谅非一。安得扫蓬径，锁吾愁与疾①。

【注释】

①起四句写雪后入神。

落日怅望

昧旦多纷喧，日晏未遑舍。落日余清阴，高枕东窗下。寒槐渐如束，秋菊行当把。借问此何时，凉风怀朔马。已伤暮归客，复思离居者。情嗜幸非多，案牍偏为寡。既乏琅琊政，方憩洛阳社。

移病还园示亲属

疲策倦人世，敛性就幽蓬。停琴伫凉月，灭烛听归鸿。凉蕖乘暮析，秋华临夜空。叶低知露密，崖断积云重。折荷葺寒袂，开镜盼衰容。海暮腾清气，河关秘栖冲。烟衡时未歇，芝兰去相从。

送江兵曹檀主簿朱孝廉还上国

方舟泛春渚，携手趋上京。安知暮归客，讵意山中情。香风蕊上发，好鸟叶间鸣。挥袂送君已，独此夜琴声。

秋　夜

秋夜促织鸣，南邻捣衣急。思君隔九重，夜夜空伫立。北窗轻幔垂，西户月光入。何知白露下，坐视阶前湿。谁能长分居，秋尽冬复及。

和何议曹郊游

春心澹容与，挟弋步中林。朝光映红萼，微风吹好音。江陲得清赏，山际果幽寻。未尝远离别，知此惬归心。流溯终靡已，嗟行方至今。

和王著作融八公山[①]

二别阻汉坻，双崤望河澳。兹岭复巑岏，分区奠淮服。东限琅琊台，西距孟诸陆。阡眠起杂树，檀栾荫修竹。日隐涧疑空，云聚岫如复。出没眺楼雉，远近送春目。戎州昔乱华，素景沦伊谷。阽危赖宗衮，微管寄明牧。长蛇固能翦，奔鲸自此曝。道峻芳尘流，业遥年运倏。平生仰令图，吁嗟命不淑。浩荡别亲知，连翩戒征轴。再远馆娃宫，两去河阳谷。风烟四时犯，霜雨朝夜沐。春秀良已凋，秋场庶能筑[②]。

【注释】

①谢玄败苻坚处。

②戎州乱华，谓苻坚。素景，谓晋以金德王也。　宗衮，谓谢安。明牧，谓谢玄。微管，即“微管仲吾其被发左衽”意。古人引用，多割截者。　长蛇、奔鲸，喻苻坚、苻融也。“平生仰令图”下，皆朓自谓。　小谢诗俱极流利，而此篇及《和伏武昌作》，典重质实，俱宗仰康乐。

和伏武昌登孙权故城[①]

炎灵遗剑玺，当涂骇龙战。圣期缺中壤，霸功兴寓县。鹊起登吴山，凤翔凌楚甸。衿带穷岩险，帷帟尽谋选。北拒溺骖镳，西龛收组练。江海既无波，俯仰流英盼。衮冕类禋郊，卜揆崇离殿。钓台临讲阅，樊山开广宴。文物共葳蕤，声明且葱茜。三光厌分景，书轨欲同荐。参差世祀忽，寂寞市朝变。舞馆识余基，歌梁想遗啭。故林衰木平，芳池秋草遍。雄图怅若兹，茂宰深遐睠。幽客滞江皋，从赏乖缨弁。清卮阻献酬，良书限闻见。幸藉芳音多，承风采余绚。于役倘有期，鄂渚同游衍[②]。

【注释】

①伏曼容为武昌太守。

②炎灵，谓汉；当涂，谓魏。言当道而高大者，魏也。　“帷帟尽谋选”，言帷帐共事者皆善谋，而诸侯之选也。　北拒，谓御曹操。西龛，谓败西蜀。龛与戡同。　《周礼》曰：“王祀昊天上帝，则服大裘而冕，祀五帝亦知之。”卜揆，即卜云其吉，揆之以日，言作室也。《三国名臣颂》曰：“三光参分，宇宙暂隔。”此言“厌分景”者，几欲混一天下也。“参差世祀忽”以下，指亡国后说。　茂宰，谓伏武昌。幽客，自谓。　《墨子》曰：“墨子献书于惠王，王受而读之曰：‘此良书也。’”此指武昌原作。　宣城系遥和，非共登城者，玩末二句自见。

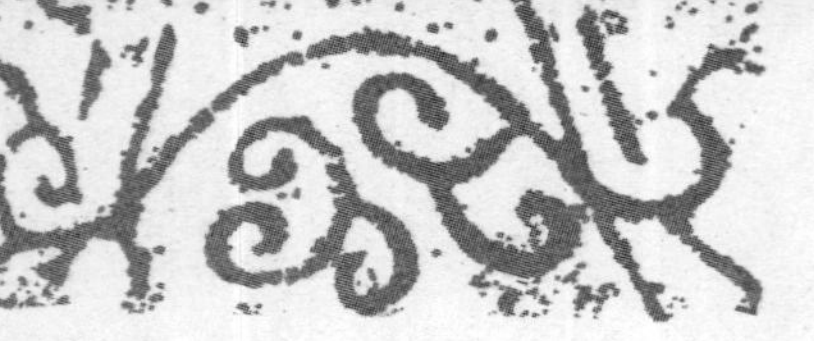

新治北窗和何从事

国小暇日多，民淳纷务屏。辟牖期清旷，开帘候风景。泱泱日照溪，团团云去岭。岧峣兰橑峻，骈阗石路整。池北树如浮，竹外山犹影。自来弥弦望，及君临箕颍。清文蔚且咏，微言超已领。不见城壕侧，思君朝夕顷。回舟方在辰，何以慰延颈。

和江丞北戍琅琊城

春城丽白日，阿阁跨层楼。苍江忽渺渺，驱马复悠悠。京洛多尘雾，淮济未安流。岂不思抚剑，惜哉无轻舟。夫君良自勉，岁暮勿淹留。

和王中丞闻琴

凉风吹月露，圆景动清阴。蕙风入怀抱，闻君此夜琴。萧瑟满林听，轻鸣响涧音。无为澹容与，蹉跎江海心。

离夜

玉绳隐高树，斜汉耿层台。离堂华烛尽，别幌清琴哀。翻潮尚知恨，客思渺难裁。山川不可尽，况乃故人杯。

王孙游

绿草蔓如丝，杂树红英发。无论君不归，君归芳已歇。

临溪送别

怅望南浦时，徙倚北梁步。叶上凉风初，日隐轻霞暮。荒城迥易阴，秋溪广难渡。沫泣岂徒然，君子行多露。

王融

渌水曲

湛露改寒司，交莺变春旭。琼树落晨红，瑶塘水初渌。日霁沙溆明，风泉动华烛。

遵渚泛兰觞，乘漪弄清曲。斗酒千金轻，寸阴百年促。何用尽欢娱，王度式如玉。

巫山高

想象巫山高，薄暮阳台曲。烟霞乍舒卷，猿鸟时断续。彼美如可期，寤言纷在瞩。怃然坐相思，秋风下庭绿。

萧咨议西上夜集

徘徊将所爱，惜别在河梁。衿袖三春隔，江山千里长。寸心无远近，边地有风霜。勉哉勤岁暮，敬矣事容光。山中殊未怿，杜若空自芳。

和王友德元古意二首

游禽暮知返，行人独未归。坐销芳草气，空度明月辉。嚬容入朝镜，思泪点春衣。巫山彩云没，淇上绿杨稀。待君竟不至，秋雁双双飞。

霜气下孟津，秋风度函谷。念君凄以寒，当轩卷罗縠。纤手废裁缝，曲鬓罢膏沐。千里不相闻，寸心郁纷蕴。况复飞萤夜，木叶乱纷纷。

张　融

别　诗

白云山上尽，清风松下歇。欲识离人悲，孤台见明月。

刘　绘

有所思

别离安可再，而我更重之。佳人不相见，明月空在帷。共御满堂酌，独敛向隅眉。中心乱如雪，宁知有所思。

孔稚圭

游太平山

石险天貌分，林交日容缺。阴涧落春荣，寒岩留夏雪[①]。

【注释】

①阴森。

陆　厥

临江王节士歌

木叶下，江波连，秋月照浦云歇山。秋思不可裁，复带秋叶来。秋风来已寒，白露惊罗纨。节士慷慨发冲冠。弯弓挂若木，长剑竦云端。

江孝嗣

北戍琅琊城诗

驱马一连翩，日下情不息。芳树似佳人，惆怅余何极。薄暮苦羁愁，终朝伤旅食。丈夫许人世，安得顾心忆。按剑勿复言，谁能耕与织。

东昏时百姓歌[①]

阅武堂，种杨柳。至尊屠肉，潘妃沽酒。

【注释】

①《金陵志》：东昏侯即台城阅武堂为芳乐苑，又于苑中立店肆，以潘妃为市令。

梁 诗

武 帝

逸 民

如垄生木，木有异心。如林鸣鸟，鸟有殊音。如江游鱼，鱼有浮沈。岩岩山高，湛湛水深。事迹易见，理相难寻[①]。

【注释】

①渊渊浑浑，不类齐梁风格。

西 洲 曲[①]

忆梅下西洲，折梅寄江北。单衫杏子红，双鬓鸦雏色。西洲在何处？两桨桥头渡。日暮伯劳飞，风吹乌桕树。树下即门前，门中露翠钿。开门郎不至，出门采红莲。采莲南塘秋，莲花过人头。低头弄莲子，莲子青如水。置莲怀袖中，莲心彻底红。忆郎郎不至，仰首望飞鸿。飞鸿满西洲，望郎上青楼。楼高望不见，尽日阑干头。阑干十二曲，垂手明如玉。卷帘天自高，海水摇空绿。海水梦悠悠，君愁我亦愁。南风知我意，吹梦到西洲[②]。

【注释】

①一作晋辞。

②续续相生，连跗接萼，摇曳无穷，情味愈出。　　似绝句数首，攒簇而成。乐府中又生一体。初唐张若虚、刘希夷七言古，发源于此。

拟青青河畔草

幕幕绣户丝，悠悠怀昔期。昔期久不归，乡国旷音徽。音徽空结迟，半寝觉如至。既寤了无形，与君隔平生。月似云掩光，叶似霜摧老。当途竟自容，莫肯为妾道。

河中之水歌[①]

河中之水向东流，洛阳女儿名莫愁。莫愁十三能织绮，十四采桑南陌头。十五嫁为卢家妇，十六生儿字阿侯。卢家兰室桂为梁，中有郁金苏合香。头上金钗十二行，足下丝履五文章。珊瑚挂镜烂生光，平头奴子擎履箱。人生富贵何所望，恨不早嫁东家王。

【注释】

①一作晋辞。

东飞伯劳歌[1]

东飞伯劳西飞燕，黄姑织女时相见。谁家儿女对门居，开颜发艳照里闾。南窗北牖挂明光，罗帷绮帐脂粉香。女儿年纪十五六，窈窕无双颜如玉。三春已暮花从风，空留可怜谁与同[2]。

【注释】

①一作古辞。

②何许骀宕。

天安寺疏圃堂

乘和荡犹豫，此焉聊止息。连山去无限，长洲望不及。参差照光彩，左右皆春色。晻暧瞩游丝，出没看飞翼。其乐信难忘，翛然宁有适。

藉　田

寅宾始出日，律中方星鸟。千亩土膏紫，万顷陂色缥。严驾伫霞昕，浥露逗光晓。启行天犹暗，伐鼓地未悄。苍龙发蟠蜿，青旂引窈窕。仁化洽孩虫，德令禁胎夭。耕藉乘月映，遗滞指秋杪。年丰廉让多，岁薄礼节少。公卿秉耒耜，庶甿荷锄耰[1]。一人惭百王，三推先亿兆[2]。

【注释】

①耰，同“扰”。

②典重肃穆，能与题称。

简文帝[1]

折杨柳

杨柳乱成丝，攀折上春时。叶密鸟飞碍，风轻花落迟。城高短箫发，林空画角悲。曲中无别意，并是为相思[2]。

【注释】

①诗至萧梁，君臣上下，惟以艳情为娱，失温柔敦厚之旨。汉魏遗轨，荡然扫地矣，故所选

从略。

②“风轻花落迟”五字隽绝。

临高台

高台半行云，望望高不极。草树无参差，山河同一色。仿佛洛阳道，道远难别识。玉阶故情人，情来共相忆①。

【注释】

①“山河同一色”，自是登高远望神理，少陵《登塔》云“俯视但一气，焉能辨皇州”，更觉雄跨数倍。

纳凉

斜日晚骎骎，池塘生半阴。避暑高梧侧，轻风时入襟。落花还就影，惊蝉乍失林。游鱼吹水沫，神蔡上荷心。翠竹垂秋采，丹枣映疏砧。无劳夜游曲，寄此托微吟。

元帝

咏阳云楼檐柳

杨柳非花树，依楼自觉春。枝边通粉色，叶里映红巾。带日交帘影，因吹扫席尘。拂檐应有意，偏宜桃李人①。

【注释】

①咏杨柳者，唐人佳句甚多，然不如梁元二语，有天然之致。“落星依远戍，斜月半平林”，二语澹远可风，摘录于此。

折杨柳

巫山巫峡长，垂柳复垂杨。同心且同折，故人怀故乡。山似莲花艳，流如明月光。寒夜猿声彻，游子泪沾裳①。

【注释】

①连上篇。此种音节，意是五言近体矣。古诗之亡，亡于齐梁之间。唐陈射洪起而廓清之。文得昌黎，诗得谢洪，挽回之功不小。

沈　约[1]

临高台

高台不可望，望远使人愁。连山无断绝，河水复悠悠。所思竟何在，洛阳南陌头。可望不可见，何用解人忧。

【注释】

①家令诗，较之鲍、谢，性情声色，俱逊一格矣，然在萧梁之代，亦推大家。以边幅尚阔，词气尚厚，能存古诗一脉也。尔时江屯骑、何水曹，各自成家，可以鼎足。　水部名句极多，然渐入近体。

夜夜曲

河汉纵且横，北斗横复直。星汉空如此，宁知心有忆。孤灯暧不明，寒机晓犹织。零泪向谁道，鸡鸣徒汉息。

新安江至清浅深见底贻京邑游好

眷言访舟客，兹川信可珍。洞彻随清浅，皎镜无冬春。千仞写高树，百丈见游鳞。沧浪有时浊，清济涸无津。岂若乘斯去，俯映石磷磷。纷吾隔嚣滓，宁假濯衣巾。愿以潺湲水，沾君缨上尘。

直学省愁卧[1]

秋风吹广陌，萧瑟入南闱。愁人掩轩卧，高窗时动扉。虚馆清阴满，神宇暧微微。网虫垂户织，夕鸟傍楹飞。缨珮空为忝，江海事多违。山中有桂树，岁暮可言归[2]。

【注释】

①学省，国学也。

②诗品自在，是文选体。

宿东园

陈王斗鸡道，安仁采樵路。东郊岂异昔，聊可闲余步。野径既盘纡，荒阡亦交互。槿篱疏复密，荆扉新且故。树顶鸣风飙，草根积霜露。惊麏去不息，征鸟时相顾。茅栋啸愁鸱，平冈走寒兔。夕阴带层阜，长烟引轻素。飞光忽我道，岂止岁云暮。若蒙西山药，颓龄倘能度[1]。

【注释】

①潘岳诗曰:“出自东郊,忧心摇摇。遵彼莱田,言采其樵。” 西山药,见魏文诗。

别范安成

生平少年日,分手易前期。及尔同衰暮,非复别离时。勿言一尊酒,明日难重持。梦中不识路,何以慰相思[①]。

【注释】

①一片真气流出,句句转,字字厚,去《十九首》不远。

伤谢朓

吏部信才杰,文峰振奇响。调与金石谐,思逐风云上。岂言陵霜质,忽随人事往。尺璧尔何冤,一日同丘壤[①]。

【注释】

①三四语,能状谢朓之诗。

石塘濑听猿

嗷嗷夜猿鸣,溶溶晨雾合。不知声远近,惟见山重沓。既欢东岭唱,复伫西岩答。

游沈道士馆

秦皇御宇宙,汉帝恢武功。欢娱人事尽,情性犹未充。锐意三山上,托慕九霄中。既表祈年观,复立望仙宫。宁为心好道,直由意无穷。曰余知止足,是愿不须丰。遇可淹留处,便欲息微躬。山嶂远重叠,竹树近蒙笼。开襟濯寒水,解带临清风。所累非物外,为念在玄空。朋来握石髓,宾至驾轻鸿。都令人径绝,惟使云路通。一举凌倒景[①],无事适华嵩。寄言赏心客,岁暮尔来同[②]。

【注释】

①景,同“影”。

②谷永曰:“遇风轻举,登遐倒景。”言身在日月之上,日月反从下照,故其景倒也。 “欢娱人事尽”十字,“宁为心好道”十字,从来富贵人慕神仙之故,断得确,说得尽。

早发定山

夙龄爱远壑,晚莅见奇山。标峰彩虹外,置岭白云间。倾壁忽斜竖,绝顶复孤圆。

归流海漫漫，出浦水溅溅。野棠开未落，山樱发欲然。忘归属兰杜，怀禄寄芳荃。眷言采三秀，徘徊望九仙[①]。

【注释】

①通体对耦，亦成一格。

冬节后至丞相第诣世子车中作[①]

廉公失权势，门馆有虚盈。贵贱犹如此，况乃曲池平。高车尘未灭，珠履故余声。宾阶绿钱满，客位紫苔生。谁当九原上，郁郁望佳城[②]。

【注释】

①《齐书》：豫章王嶷薨，赠丞相、扬州牧，长子廉为世子。

②《史记·廉颇传》曰："廉颇失势之时，故客尽去，及复为将，又复至。"

奉和竟陵王经刘瓛墓

表闾钦逸轨，式墓礼真魂。化涂终渺默，神理暧犹存。尘经未辍幌，高衡已委门。日茺子云舍，徒望董生园。华阴无遗布，楚席有灵樽。元泉倘能慰，长夜且勿论[①]。

【注释】

①"华阴"句，用王烈遗盗牛者布事。

古诗源卷十三

梁诗

江　淹[①]

从冠军建平王登庐山香炉峰

广成爱神鼎，淮南好丹经。此山具鸾鹤，往来尽仙灵。瑶草正翕艳，玉树信葱青。绛气下萦薄，白云上杳冥。中坐瞰蜿虹，俯伏视流星。不寻遐怪极，则知耳目惊。日落长沙渚，曾阴万里生。藉兰素多意，临风默含情。方学松柏隐，羞逐市井名。幸承光诵末，伏思托后旍。

【注释】

①文通颇能修饬，而风骨未高。

望荆山

奉诏至江汉，始知楚塞长。南关绕桐柏，西岳出鲁阳。寒郊无留影，秋日悬清光。悲风挠重林，云霞肃川涨。岁晏君如何，零泪沾衣裳。玉柱空掩露，金樽坐含霜。一闻苦寒奏，再使艳歌伤[①]。

【注释】

①萧瑟。

古离别[①]

远与君别者，乃至雁门关。黄云蔽千里，游子何时还。送君如昨日，檐前露已团。不惜蕙草晚，所悲道里寒。君在天一涯，妾身长别离。愿一见颜色，不异琼树枝。兔丝及水萍，所寄终不移[②]。

【注释】

①《杂拟》共三十首，今存五首。

②《淮南子》曰："夫萍树根于水，木树根于土，天地性也。"此借以表己志之贞。

班婕妤咏扇

纨扇如团月，出自机中素。画作秦王女，乘鸾向烟雾。彩色世所重，虽新不代故。窃愁凉风至，吹我玉阶树。君子恩未毕，零落在中路。

刘太尉琨伤乱

皇晋遘阳九，天下横氛雾。秦赵值薄蚀，幽并逢虎据。伊余荷宠灵，感激徇驰骛。虽无六奇术，冀与张韩遇。宁戚扣角歌，桓公遭乃举。荀息冒险难，实以忠贞故。空令日月逝，愧无古人度。饮马出城壕，北望沙漠路。千里何萧条，白日隐寒树。投袂既愤懑，抚枕怀百虑。功名惜未立，玄发已改素。时哉苟有会，治乱惟冥数[①]。

【注释】

①末段悲壮，去太尉不远。

陶征君潜田居

种苗在东皋，苗生满阡陌。虽有荷锄倦，浊酒聊自适。日暮巾柴车，路暗光已夕。归人望烟火，稚子候檐隙。问君亦何为，百年会有没。但愿桑麻成，蚕月得纺绩。素心正如此，开径望三益[①]。

【注释】

①得彭泽之清逸矣。

休上人怨别

西北秋风至，楚客心悠哉。日暮碧云合，佳人殊未来。露彩方泛艳，月华始徘徊。宝书为君掩，瑶琴讵能开。相思巫山渚，怅望阳云台。高炉绝沈燎，绮席生浮埃。桂水日千里，因之平生怀[①]。

【注释】

①有佳句。

效阮公诗

岁暮怀感伤，中夕弄清琴。戾戾曙风急，团团明月阴。孤云出北山，宿鸟惊东林。谁谓人道广，忧慨自相寻。宁知霜雪后，独见松竹心。

少年学击剑，从师至幽州。燕赵兵马地，惟见古时邱。登城望山水，平原独悠悠。寒暑有往来，功名安可留。

若木出海外，本自丹水阴。群帝共上下，鸾鸟相追寻。千龄犹旦夕，万世更浮沉。岂与异乡士，瑜瑕论浅深。

昔余登大梁，西南望洪河。时寒原野旷，风急霜露多。仲冬正惨切，日月少精华。落叶纵横起，飞鸟时相过。搔首广川阴，怀归思如何。常愿反初服，闲步颍水阿。

宵月辉西极，女圭映东海。佳丽多异色，芬葩有奇采。绮缟非无情，光阴命谁待。不与风雨变，长共山川在。人道则不然，消散随风改[①]。

【注释】

①能脱当时排偶之习，然较之阮公，相去不可数计。

范　云

有所思

如何有所思，而无相见时。宿昔梦颜色，阶庭寻履綦。高张更何已，引满终自持。欲知忧能老，为视镜中丝。

赠张徐州谡

田家樵采去，薄暮方来归。还闻稚子说，有客款柴扉。傧从皆珠玳，裘马悉轻肥。轩盖照墟落，传瑞生光辉。疑是徐方牧，既是复疑非。思旧昔言有，此道今已微。物情弃疵贱，何独顾衡闱。恨不具鸡黍，得与故人挥。怀情徒草草，泪下空霏霏。寄书云间雁，为我西北飞[①]。

【注释】

①"既是疑非"，跌宕有神。

送沈记室夜别

桂水澄夜氛，楚山清晓云。秋风两乡怨，秋月千里分。寒枝宁共采，霜猿行独闻。扪萝正忆我，折桂方思君。

之零陵郡次新亭

江干远树浮，天末孤烟起。江天自如合，烟树还相似。沧流未可源，高帆去何已。

别　诗

洛阳城东西，长作经时别。昔去雪如花，今来花似雪[①]。

【注释】

①自然得之，故佳。后人学步，便觉有意。

任　昉

赠郭桐庐出溪口见候余既未至郭仍进村维舟久之郭生乃至

朝发富春渚，蓄意忍相思。涿令行春返，冠盖溢川坻。望久方来萃，悲欢不自持。沧江路穷此，湍险方自兹。叠嶂易成响，重以夜猿悲。客心幸自弭，中道遇心期。亲好自斯绝，孤游从此辞[①]。

【注释】

①如题转落，不见痕迹，长题以此种为式。

赠徐征君

促生悲永路，早交伤晚别。自我隔容徽，于焉徂岁月。情非山河阻，意似江湖悦。东皋有儒素，杳与荣名绝。曾是违赏心，曷用箴余缺。眇焉追平生，尘书废不阅。信此伊能已，怀抱岂暂辍。何以表相思，贞松擅严节。

别萧咨议　衍

离烛有穷辉，别念无终绪。歧言未及申，离目已先举。揆景巫衡阿，临风长楸浦。浮云难嗣音，裴徊怅谁与。傥有关外驿，聊访狎鸥渚。

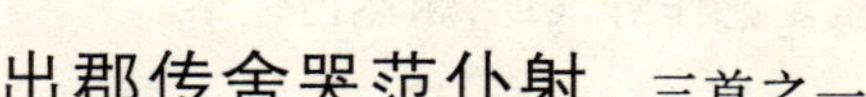

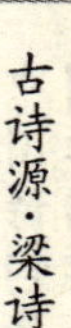

出郡传舍哭范仆射 三首之一

与子别几辰，经涂不盈旬。弗睹朱颜改，徒想平生人。宁知安歌日，非君撤瑟晨。已矣余何叹，辍舂哀国均[①]。

【注释】

①"宁知安歌日"一联，令人几不敢言欢娱，情辞极为深宛。

邱 迟

侍宴乐游苑送张徐州应诏

诘旦阊阖开，驰道闻凤吹。轻荑承玉辇，细草藉龙骑。风迟山尚响，雨息云犹积。巢空初鸟飞，荇乱新鱼戏。实惟北门重，匪亲孰为寄。参差别念举，肃穆恩波被。小臣信多幸，投生岂酬义[①]。

【注释】

①《史记》："齐威王曰：'吾使有黔夫者，使守徐州，则燕人祭北门。'"故知与徐州关合，非寻常征引。《西征赋》曰："岂生命之易投。"

旦发渔浦潭

渔潭雾未开，赤亭风已飏。棹歌发中流，鸣鞞响沓嶂。村童忽相聚，野老时一望。诡怪石异象，嶄绝峰殊状。森森荒树齐，析析寒沙涨。藤垂岛易陟，崖倾屿难傍。信是永幽栖，岂徒暂清旷。坐啸昔有委，卧治今可尚。

柳 恽

江南曲

汀洲采白蘋，日暖江南春。沿庭有归客，潇湘逢故人。故人何不返，春花复应晚。不道新知乐，只言行路远。

赠吴均

寒云晦沧洲，奔潮溢南浦。相思白露亭，永望秋风渚。心知别路长，谁谓若燕楚。

关候日辽绝，如何附行旅。愿作野飞鸟，飘然自轻举。

捣衣诗

孤衾引思绪，独枕怆忧端。深庭秋草绿，高门白露寒。思君起清夜，促柱奏幽兰。不怨飞蓬苦，徒伤蕙草残。

行役滞风波，游人淹不归。亭皋木叶下，陇首秋云飞。寒园夕鸟集，思牖草虫悲。嗟矣当春服，安见御冬衣。

鹤鸣劳永叹，采菉伤时暮。念君方远游，望妾理纨素。秋风吹绿潭，明月悬高树。佳人饰净容，招携从所务。

步榈杳不极，离堂肃已扃。轩高夕杵散，气爽夜砧鸣。瑶华随步响，幽兰逐袂生。踟蹰理金翠，容与纳宵清①。

【注释】

①捣衣只于末首正点，以上写情。

庾肩吾

奉和春夜应令

春牖对芳洲，珠帘新上钩。烧香知夜漏，刻烛验更筹。天禽下北阁，织女入西楼。月皎疑非夜，林疏似更秋。水光悬荡壁，山翠下添流。讵假西园宴，无劳飞盖游①。

【注释】

①写景娟秀，一结是应令体。

乱后行经吴御亭

御亭一回望，风尘千里昏。青袍异春草，白马即吴门。獯戎鲠伊洛，杂种乱镮辕。辇道同关塞，王城似太原。休明鼎尚重，秉礼国犹存。殷牖爻虽赜，尧城吏转尊。泣血悲东走，横戈念北奔。方凭七庙略，誓雪五陵冤。人事今如此，天道共谁论①。

【注释】

①御亭，吴大帝所建，在晋陵。别本作“邮亭”，误。

咏长信宫中草

委翠似知节，含芳如有情。全由履迹少，并欲上阶生[①]。

【注释】

①并欲字，唐人多此种字法。

经陈思王墓

公子独忧生，邱垄擅余名。采樵枯树尽，犁田荒隧平。宁追宴平乐，讵想谒承明。且余来锡命，兼言事结成。飘飖河朔远，贴飆飓风鸣。雁与云俱阵，涉将蓬共惊。枯桑落古社，寒鸟归孤城。陇水哀笳曲，渔阳惨鼓声。离家来远客，安得不伤情。

庾肩吾、张正见，其诗声色臭味俱备。诗之佳者，在声色臭味之俱备，如庾、如张是也；诗之高者，在声色臭味之俱无，如陶渊明是也。　梁、陈、隋间人，专工琢句，如庾肩吾《泛舟后湖》“残红收度雨，缺岸上新流”，张正见《赋得白云临浦》“疏叶临嵇竹，轻鳞入郑船”，江总《赠人》“露洗山扉月，霜开石路烟”，隋炀帝“鸟击初移树，鱼寒欲隐苔”，皆成名俊。然比之“池塘生春草”、“天际识归舟”等句，痕迹宛然矣。于此足觇风气。

吴　均

答柳恽

清晨发陇西，日暮飞狐谷。秋月照层岭，寒风扫高木。雾露夜侵衣，关山晓催轴。君去欲何之，参差间原陆。一见终无缘，怀悲空满目。

酬别江主簿屯骑

有客告将离，赠言重兰蕙。泛舟当泛济，结交当结桂。济水有清源，桂树多芳根。毛公与朱亥，俱在信陵门。赵瑟凤凰柱，吴醥金罍樽。我有北山志，留连为报恩。夫君皆逸翮，搏景复陵骞。白云间海树，秋日暗平原。寒虫鸣趯趯，落叶飞翻翻。何用赠分首，自有北堂萱[①]。

【注释】

①“结交当结桂”，桂即当君子看。

主人池前鹤

本自乘轩者，为君阶下禽。摧藏多好貌，清唳有奇音。稻粱惠既重，华池遇亦深。怀恩未忍去，非无江海心。

酬周参军

日暮忧人起，倚户怅无欢。水传洞庭远，风送雁门寒。江南霜雪重，相如衣服单。沉云隐乔树，细雨灭层峦。且当对樽酒，朱弦永夜弹。

春　咏

春从何处来，拂水复惊梅。云障青锁闼，风吹承露台。美人隔千里，罗帏闭不开。无由得共语，空对相思怀①。

【注释】

①一起飘逸。

山中杂诗

山际见来烟，竹中窥落日。鸟向檐上飞，云从窗里出①。

【注释】

①四句写景，自成一格。

何　逊①

日夕望江山赠鱼司马

湓城带湓水，湓水萦如带。日夕望高城，耿耿青云外。城中多宴赏，丝竹常繁会。管声已流悦，弦声复凄切。歌黛惨如愁，舞腰凝欲绝。仲秋黄叶下，长风正骚屑。早雁出云归，故燕辞檐别。昼悲在异县，夜梦还洛汭。洛汭河悠悠，起望西南楼。的的帆向浦，团团月映洲。谁能一羽化，轻举逐飞浮②。

【注释】

①仲言诗，虽乏风骨，而情词宛转，浅语俱深，宜为沈、范心折。阴、何并称，然何自远胜。
②音响得之《西洲》。

道中赠桓司马季珪

晨缆虽同解，晚洲阻共入。犹如征鸟飞，差池不可及。本愿申羁旅，何言异翔集。君渡北江时，讵令南浦泣。

入西塞示南府同僚

露清晚风冷，天曙江光爽。薄云岩际出，初月波中上。黯黯连障阴，骚骚急沫响。回查急碍浪，群飞争戏广。伊余本羁客，重暌复心赏。望乡虽一路，怀归成二想。在昔爱名山，自知欢独往。情游乃落魄，得性随怡养。年事以蹉跎，生平任浩荡。方还让夷路，谁知羡鱼网。

赠诸游旧

弱操不能植，薄技竟无依。浅智终已矣，令名安可希。扰扰从役倦，屑屑身事微。少壮轻年月，迟暮惜光辉。一涂今未是，万绪昨如非。新知虽已乐，旧爱尽暌违。望乡空引领，极目泪沾衣。旅客长憔悴，春物自芳菲。岸花临水发，江燕绕樯飞。无由下征帆，独与暮潮归。

送韦司马别

送别临曲渚，征人慕前侣。离言虽欲繁，离思终无绪。悯悯分手毕，萧萧行帆举。
举帆越中流，望别上高楼。予起南枝怨，子结北风愁。逦逦山蔽日，汹汹浪隐舟。
隐舟邈已远，裴徊落日晚，归衢并驾奔，别馆空筵卷。想子敛眉去，知予衔泪返。
衔泪心依依，薄暮行人稀。暧暧入塘港，蓬门已掩扉。帘中看月影，竹里见萤飞。
萤飞飞不息，独愁空转侧。北窗倒长簟，南邻夜闻织。弃置勿复陈，重陈长叹息①。

【注释】

①每于顿挫处，蝉联而下，一往情深。

别沈助教

可怜玉匣剑，复此飞凫舄。未觉爱生憎，忽见双成只。一朝别笑语，万事畴昔。道道若波澜，人生异金石。愿君深自爱，共念悲无益。

与苏九德别

宿昔梦颜色，咫尺思言宴。何况杳来期。各在天一面。踟蹰暂举酒，倏忽不相见。春草似青袍，秋月如团扇。三五出重云，当知我忆君。萋萋若被径，怀抱不相闻①。

【注释】

①末四句分顶秋月、春草，随手成法，无所不可。

宿南洲浦

幽栖多暇豫，从役知辛苦。解缆及朝风，落帆依暝浦。违乡已信次，江月初三五。沈沈夜看流，渊渊朝听鼓。霜洲渡旅雁，朔飙吹宿莽。夜泪坐淫淫，是夕偏怀土。

和萧咨议岑离闺怨

晓河没高栋，斜月半空庭。窗中度落叶，帘外隔飞萤。含悲下翠帐，掩泣闭金屏。昔期今未返，春草寒复青。思君无转易，何异北辰星。

临行与故游夜别

历稔共追随，一旦辞群匹。复如东注水，未有西归日。夜雨滴空阶，晓灯暗离室。相悲各罢酒，何时同促膝。

与胡兴安夜别

居人行转轼，客子暂维舟。念此一筵笑，分为两地愁。露湿寒塘草，月映清淮流。方抱新离恨，独守故园秋。

慈姥矶

暮烟起遥岸，斜日照安流。一同心赏夕，暂解去乡忧。野岸平沙合，连山远雾浮。客悲不自已，江上望归舟①。

【注释】

①已不能归，而望他舟之归。情事黯然。

相　送

客心已百念，孤游重千里。江暗雨欲来，浪白风初起。

王　籍

入若耶溪

艅艎何泛泛，空水共悠悠。阴霞生远岫，阳景逐回流。蝉噪林逾静，鸟鸣山更幽。此地动归念，长年悲倦游[①]。

【注释】

①隽语当时传诵，以为文外独绝。

刘　峻

自江洲还入石头诗

彭樾浮大川，延睇洛城观。洛城何郁郁，杳与云霄半。前望苍龙门，斜瞻白鹤馆。槐垂御沟道，柳缀金堤岸。迅马晨风趋，轻与流水散。高歌梁尘下，絙瑟荆禽乱。我思江海游，曾无朝市玩。忽寄灵台宿，空轸及关叹。仲子入南楚，伯鸾出东汉。何敢栖树枝，取毙王孙弹。

刘孝绰

古　意

燕赵多佳丽，白日照红妆。荡子十年别，罗衣双带长。春楼怨难守，玉阶空自伤。复此归飞燕，衔泥绕曲房。差池入绮幕，上下傍雕梁。故居犹可念，故人安可忘。相思昏望绝，宿昔梦容光。魂交忽在御，转侧定他乡。徒然顾枕席，谁与同衣裳。空使兰膏夜，炯炯对繁霜。

陶弘景

诏问山中何所有赋诗以答[1]

山中何所有，岭上多白云。只可自怡悦，不堪持寄君[2]。

【注释】

①答齐高帝诏。

②即独寐寤宿，永矢勿告意。

寒夜怨

夜云生，夜鸿惊，凄切嘹唳伤夜情。空山霜满高烟平，铅华沉照帐孤明。寒月微，寒风紧。愁心绝，愁泪尽。情人不胜怨，思来谁能忍[1]。

【注释】

①音节近词，"空山"七字却高。

曹景宗

光华殿侍宴赋竞病韵[1]

去时儿女悲，归来笳鼓竞。借问行路人，何如霍去病。

【注释】

①景宗破魏师凯旋，帝于光华殿宴饮联句。景宗启求赋诗，时韵已尽，惟余"竞"、"病"二字，景宗操笔而成。帝深叹赏，朝贤惊嗟累日。

徐　悱

古意酬到长史溉登琅琊城[1]

甘泉警烽候，上谷抵楼兰。此江稱豁险，兹山复郁盘。表里穷形胜，襟带尽岩峦。修篁壮下属，危楼峻上干。登陴越遐望，回首见长安。金沟朝灞浐，甬道入鸳鸾。鲜车骛华毂，汗马跃银鞍。少年负壮气，耿介立冲冠。怀纪燕山石，思开函谷丸。

岂如灞上戏，羞取路傍观。寄言封侯者，数奇良可叹[②]。

【注释】

①在润州江宁县西北十八里。

②在尔时已为高响。

虞　羲

咏霍将军北伐

拥旄为汉将，汗马出长城。长城地势险，万里与云平。凉秋八九月，胡骑入幽并。飞狐白日晚，瀚海愁云生。羽书时断绝，刁斗昼夜惊。乘墉挥宝剑，蔽日引高旍。云屯七萃士，鱼丽六郡兵。胡笳关下思，羌笛陇头鸣。骨都先自詟，日逐次亡精。玉门罢斥堠，甲第始修营。位登万庾积，功立百行成。天长地自久，人道有亏盈。未穷激楚乐，已见高台倾。当令麟阁上，千载有雄名[①]。

【注释】

①《汉书》：匈奴有骨都侯，有日逐王。　　雍门周说孟尝君曰：千秋万岁后，高台既已倾，曲池又已平。　　不为纤靡之习所囿，居然杰作。

卫敬瑜妻王氏

孤燕诗[①]

昔年无偶去，今春犹独归。故人恩义重，不忍复双飞[②]。

【注释】

①《南史》：贞女所居户有巢燕，常双飞来去，后忽孤飞，贞女感其偏栖，乃以缕系脚为志。后岁，此燕更来，犹带前缕，女复为诗曰。

②贞洁语出以和婉，愈能感人。

乐府歌辞

企喻歌[①]

男儿欲作健，结伴不须多。鹞子经天飞，群雀两向波。前行看后行。齐著铁裲裆。

前头看后头，齐著铁钰锛。男儿可怜虫，出门怀死忧。尸丧狭谷中，白骨无人收[②]。

【注释】

①以下横吹曲，乃北音也。

②有同袍同泽之风。

幽州马客吟歌辞

快马常苦瘦，剿儿常苦贫。黄禾起羸马，有钱始作人。

琅琊王歌辞

新买五尺刀，悬著中梁柱。一日三摩挲，剧于十五女。客行依主人，愿得主人强。猛虎依深山，愿得松柏长[①]。　　恰马高缠鬃，遥知身是龙。谁能骑此马，惟有广平公[②]。

【注释】

①正意在前，喻意在后，古人往往有之。

②按《晋书》，广平公，姚弼兴之子，泓之弟也。

钜鹿公主歌辞

官家出游雷大鼓，细乘犊车开后户。车前女子年十五，手弹琵琶玉节舞。钜鹿公主殷照女，皇帝陛下万几主。

陇头歌辞

朝发欣城，暮宿陇头。寒不能语，舌卷入喉[①]。

陇头流水，鸣声幽咽。遥望秦川，心肠断绝[②]。

【注释】

①奇语。

②此章同汉辞。

折杨柳歌辞

上马不捉鞭，反折杨柳枝。蹀坐吹长笛，愁杀行客儿。遥看孟津河，杨柳郁婆娑。我是虏家儿，不解汉儿歌。健儿须快马，快马须健儿。跸跋黄尘下，然后别雄雌。

木兰诗

唧唧复唧唧，木兰当户织。不闻机杼声，惟闻女叹息。问女何所思，问女何所忆。女亦无所思，女亦无所忆。昨夜见军帖，可汗大点兵。军书十二卷，卷卷有爷名。阿爷无大儿，木兰无长兄。愿为市鞍马，从此替爷征。东市买骏马，西市买鞍鞯，南市买辔头，北市买长鞭。朝辞爷娘去，暮宿黄河边。不闻爷娘唤女声，但闻黄河流水鸣溅溅。旦辞黄河去，暮至黑水头。不闻爷娘唤女声，但闻燕山胡骑声啾啾。万里赴戎机，关山度若飞。朔气传金柝，寒光照铁衣。将军百战死，壮士十年归。归来见天子，天子坐明堂。策勋十二转，赏赐百千强。可汗问所欲，木兰不用尚书郎。愿驰千里足，送儿还故乡。爷娘闻女来，出郭相扶将。阿姊闻妹来[①]，当户理红妆。小弟闻姊来，磨刀霍霍向猪羊。开我东阁门，坐我西间床；脱我战时袍，着我旧时裳。当窗理云鬓，对镜帖花黄。出门看火伴，火伴始惊惶。同行十二年，不知木兰是女郎。雄兔脚扑朔，雌兔眼迷离。两兔傍地走，安能辨我是雄雌[②]！

【注释】

①一作"阿妹闻姊来"。

②事奇诗奇，卑靡时得此，如凤皇鸣，庆云见，为之快绝。　唐人韦元甫有《拟木兰诗》一篇，后人并以此篇为韦作，非也。韦系中唐人，杜少陵《草堂》一篇，后半全用此诗章法矣，断以梁人作为允。

捉搦歌

华阴山头百丈井，下有流水澈骨冷。可怜女子能照影，不见其余见斜领。　黄桑柘屐蒲子履，中央有丝两头系。小时怜母大怜婿，何不早嫁论家计。

古诗源卷十四

陈诗

阴铿

渡青草湖[①]

洞庭春溜满，平湖锦帆张。沅水桃花色，湘流杜若香。穴去茅山近，江连巫峡长。带天澄迥碧，映日动浮光。行舟逗远树，度鸟息危樯。滔滔不可测，一苇讵能航。

【注释】

①一作庾信诗。

广陵岸送北使

行人引去节，送客舣归舻。即是观涛处，仍为郊赠衢。汀洲浪已息，邗江路不纡。亭嘶背枥马，樯转向风乌。海上春云杂，天际晚帆孤。离舟对零雨，别渚望飞凫。定知能下泪，非但一杨朱。

江津送刘光禄不及

依然临送渚，长望倚河津。鼓声随听绝，帆势与云邻。泊处空余鸟，离亭已散人。林寒正下叶，钓晚欲收纶。如何相背远，江汉与城闉。

和傅郎岁暮还湘州

苍茫岁欲晚，辛苦客方行。大江静犹浪，扁舟独且征。棠枯绛叶尽，芦冻白花轻。戍人寒不望，沙禽迥未惊。湘波各深浅，空轸念归情。

开善寺

鹫岭春光遍，王城野望通。登临情不极，萧散趣无穷。莺随入户树，花逐下山风。

栋里归云白，窗外落晖红。古石何年卧，枯树几春空。淹留昔未及，幽桂在芳丛①。

【注释】

①诗至于陈，专工琢句，古诗一线绝矣。少陵绝句云："颇学阴何苦用心。"又《赠太白》云："李侯有佳句，往往似阴铿。"此特赏其句，非取其格也。

徐陵

出自蓟北门行

蓟北聊长望，黄昏心独愁。燕山对古刹，代郡隐城楼。屡战桥恒断，长冰堑不流。天云如地阵，汉月带胡秋。渍土泥函谷，挼绳缚凉州。平生燕颔相，会自得封侯①。

【注释】

①巧句。

别毛永嘉

愿子厉风规，归来振羽仪。嗟余今老病，此别空长离。白马君来哭，黄泉我讵知。徒劳脱宝剑，空挂陇头枝①。

【注释】

①似达愈悲，孝穆集中，不易多得。

关山月

关山三五夜，客子忆秦川。思妇高楼上，当窗应未眠。星旗映疏勒，云阵上祁连。战气今如此，从军复几年。

周弘让

留赠山中隐士

行行访名岳，处处必留连。遂至一岩里，灌木上参天。忽见茅茨屋，暧暧有人烟。一士开门出，一士呼我前。相看不道姓，焉知隐与仙①。

【注释】

①清真似陶诗一派，陈隋时得之大难。

周弘正

还草堂寻处士弟

四时易荏苒，百龄倏将半。故老多零落，山僧尽凋散。宿树倒为查，旧水侵成岸。幽寻属令弟，依然归旧馆。感物自多伤，况乃春莺乱。

江　总

遇长安使寄裴尚书

传闻合浦叶，远向洛阳飞。北风尚嘶马，南冠独不归。去云目徒送，离琴手自挥。秋蓬失处所，春草屡芳菲。太息关山月，风尘客子衣。

入摄山栖霞寺

净心抱冰雪，暮齿逼桑榆。太息波川迅，悲哉人世拘。岁华皆采获，冬晚共严枯。濯流济八水，开襟入四衢。兹山灵妙合，当与天地俱。石濑乍深浅，崖烟递有无。缺碑横古隧，盘木卧荒涂。行行备履历，步步怜威纡。高僧迹共远，胜地心相符。樵隐各有得，丹青独不渝[①]。遗风伫芳桂，比德喻生刍。寄言长往客，凄然伤鄙夫[②]。

【注释】

①寺僧犹有朗、诠二师、居士明绍、治中萧睐塑像图。

②薄有清气，急当收入。　　总持更有《游摄山》诗，中云："荷衣步林泉，麦气凉昏晓。"亦佳句也。

南还寻草市宅[①]

红颜辞巩洛，白首入镮辕。乘春行故里，徐步采芳荪。径毁悲求仲，林残忆巨源。见桐犹识井，看柳尚知门。花落空难遍，莺啼静易喧。无人访语默，何处叙寒温。百年独如此，伤心岂复论。

【注释】

①入隋后南还之作。

并州羊肠坂

三春别帝乡，五月度羊肠。本畏车轮折，翻嗟马骨伤。惊风起朔雁，落照尽胡桑。关山定何许，徒御惨悲凉。

于长安归还扬州九月九日行薇山亭赋韵

心逐南云逝，形随北雁来。故乡篱下菊，今日几花开。

哭鲁广达[①]

黄泉虽抱恨，白日自留名。悲君感义死，不作负恩生[②]。

【注释】

①为韩擒虎所执遇害者。

②不嫌自污，真情可悯。

闺 怨 篇

寂寂青楼大道边，纷纷白雪绮窗前。池上鸳鸯不独自，帐中苏合还空然。屏风有意障明月，灯火无情照独眠。辽西水冻春应少，蓟北鸿来路几千。愿君关山及早度，照妾桃李片时妍[①]。

【注释】

①竟似唐律，稍降则为填词矣，学者当防其渐。

张正见

秋日别庾正员

征途悉转旆，连骑惨停镳。朔气凌疏木，江风送上潮。青雀离帆远，朱鸢别路遥。唯有当秋月，夜夜上河桥[①]。

【注释】

①遇好句不十分卑弱者，亦便收入。抄诗者至此，眼界放下几许矣。

关山月

岩间度月华，流彩映山斜。晕逐连城璧，轮随出塞车。唐蓂遥合影，秦桂远分花。欲验盈虚驶，方知道路赊[①]。

【注释】

①秦置桂林。言桂林之花，远分于月中也。

何胥

被使出关

出关登陇坂，回首望秦川。绛水通西晋，机桥指北燕。奔流下激石，古木上参天。莺啼落春后，雁度在秋前。平生屡此别，肠断自催年[①]。

【注释】

①"莺啼"一联，极言风景之异。

韦鼎

长安听百舌

万里风烟异，一鸟忽相惊。那能对远客，还作故乡声。

陈昭

昭君词

跨鞍今永诀，垂泪别亲宾。汉地随行尽，胡关逐望新。交河拥塞雾，陇日暗沙尘。唯有孤明月，犹能远送人[①]。

【注释】

①雅音。

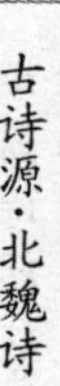

北魏诗 附

刘 昶

断 句[①]

白云满鄣来，黄尘暗天起。关山四面绝，故乡几千里。

【注释】

①《南史》：昶兵败奔魏，弃母、妻，惟携妾一人，骑马自随，在道慷慨为断句。

常 景

司马相如[①]

长卿有艳才，直致不群性。郁若春烟举，皎如秋月映。游梁虽好仁，仕汉常称病。清贞非我事，穷达委天命。

【注释】

①《北史》：景淹滞门下，积岁不至显官，以蜀司马相如、王褒、严君平、扬子云皆有高才，而无重位，乃托意以赞之。

王 褒

王子挺秀质，逸气干青云。明珠既绝俗，白鹄信惊群。才世苟不合，遇否途自分。空枉碧鸡命，徒献金马文[①]。

【注释】

①汉宣帝遣王褒祀金马、碧鸡之神，褒中道卒，故曰"空枉"、曰"徒献"云。

严君平

严君性沈静，立志明霜雪。味道综微言，端蓍演妙说。才屈罗仲口，位结李强舌。素尚迈金贞，清标陵玉彻。

扬 雄

蜀江导清流，扬子挹余休。含光绝后彦，覃思邈前修。世轻久不赏，玄谈物无求。

当涂谢权宠，置酒得闲游[1]。

【注释】

①不及《五君咏》者，颜作能写性情，此只引得故实也。以气体大方，收之。

温子升

从驾幸金墉城

兹城实佳丽，飞甍自相并。胶葛拥行风，岧峣闷流景。御沟属清洛，驰道通丹屏。湛淡水成文，参差树交影。长门久已闭，离宫一何静。细草缘玉阶，高枝荫桐井。微微夕渚暗，肃肃暮风冷。神行扬翠旂，天临肃清警。伊臣从下列，逢恩信多幸。康衢虽已泰，弱力将安骋[1]。

【注释】

①略有三谢之体。

捣　衣

长安城中秋夜长，佳人锦石捣流黄。香杵纹砧知近远，传声递响何凄凉。七夕长河烂，中秋明月光。蠮螉塞边逢候雁，鸳鸯楼上望天狼[1]。

【注释】

①直是唐人。

胡　叟

示陈伯达[1]

群犬吠新客，佞暗排疏宾。直途既已塞，曲路非所遵。望卫惋祝鮀，眄楚悼灵均。何用宣忧怀，托翰寄辅仁[2]。

【注释】

①《北史》：叟入沮渠牧犍。牧犍遇之不重，乃为诗示伯达云。

②辅仁是康乐一种用法。其词太直，在北朝取其风格。

胡太后

杨白花[①]

阳春二三月，杨柳齐作花。春风一夜入闺闼，杨花飘荡落南家。含情出户脚无力，拾得杨花泪沾臆。春去秋来双燕子，愿衔杨花入窠里[②]。

【注释】

①《梁书》：杨华少有勇力，容貌雄伟。魏太后逼通之，华惧及祸，乃率其部曲降梁。太后思之，为作《杨白花》歌，使宫人连臂踏足歌之，声甚凄婉。

②音韵缠绵，令读者忘其秽亵。后人作此题，竟赋杨花，失其旨矣。柳子厚一篇，若隐若露，剧佳。

咸阳王歌[①]

可怜咸阳王，奈何作事误？金床玉几不能眠，夜踏霜与露。洛水湛湛弥岸长，行人那得渡[②]？

【注释】

①《北史》：后魏威阳王禧谋逆伏诛后，宫人为之歌。其歌流于江表，北人在南者，弦管奏之，莫不泣下。

②深情出以婉节，自能动人。一时文人诗浅率无味，愧宫中女子多矣。

李波小妹歌[①]

李波小妹字雍容，褰裙逐马如卷蓬。左射右射必叠双。妇女尚如此，男子安可逢。

【注释】

①《魏书》：广平人李波，宗族强盛，残掠不已，百姓为之语云云。刺史李安世诱波等杀之，州内肃然。

北齐诗 附

邢　邵

思公子

绮罗日减带，桃李无颜色。思君君未归，归来岂相识！

祖　珽

挽　歌

昔日驱驷马，谒帝长杨宫。旌悬白云外，骑猎红尘中。今来向漳浦，素盖转悲风。荣华与歌笑，万里尽成空。

郑公超

送庾羽骑抱

旧宅青山远，归路白云深。迟暮难为别，摇落更伤心。空城落日影，迥地浮云阴。送君自有泪，不假听猿吟①。

【注释】

①翻得新。

萧　悫

上之回

发轫城西畤，回舆事北游。山寒石道冻，叶下故宫秋。朔路传清警，边风卷画旒。岁余巡省毕，拥杖返皇州①。

【注释】

①声律俱谐，唐音中之佳者。

和崔侍中从驾经山寺

钩陈夜警徼，河汉晓参横。游骑腾文马，前驱转翠旌。野禽喧曙色，山树动秋声。云表金轮见，岩端画栱明。塔疑从地涌，盖似积香成。泉高下溜急，松古上枝平。仪台多北思，丽藻蔚缘情。自嗤非照乘，何以继连城。

秋　思

清波收潦日，华林鸣籁初。芙蓉露下落，杨柳月中疏。燕帏缃绮被，赵带流黄裾。相思阻音息，结梦感离居①。

【注释】

①"芙蓉"一联，不从雕琢而得，自是佳句。

颜之推

古　意

十五好诗书，二十弹冠仕。楚王赐颜色，出入章华里。作赋凌屈原，读书夸左史。数从明月宴，或侍朝云祀。登山摘紫芝，泛江采绿芷。歌舞未终曲，风尘暗天起。吴师破九龙，秦兵割千里。孤兔穴宗庙，霜露沾朝市。璧入邯郸宫，剑去襄城水。未获殉陵墓，独生良足耻。悯悯思旧都，恻恻怀君子。白发窥明镜，忧伤没余齿①。

【注释】

①直述中怀，转见古质。

从周入齐夜度砥柱

侠客重艰辛，夜出小平津。马色迷关吏，鸡鸣起戍人。露鲜华剑彩，月照宝刀新。问我将何去，北海就孙宾①。

【注释】

①《后汉书》：中常侍唐衡，兄唐玹，尽杀赵岐家属。岐逃难江湖间，匿名卖饼。时孙嵩察岐非常人，曰：我北海孙宾硕。因藏岐复壁中。数年，诸唐后灭，岐因赦乃免。

冯淑妃

感琵琶弦[1]

虽蒙今日宠，犹忆昔时怜。欲知心断绝，应看膝上弦。

【注释】

①本齐主后，后为周师所获，以赐代王达，侍王弹琵琶，因弦断作诗。

斛律金

敕勒歌[1]

敕勒川，阴山下。天似穹庐，笼盖四野。天苍苍，野茫茫，风吹草低见牛羊[2]。

【注释】

①《北史》：北齐神武，使斛律金唱敕勒，自和之。

②莽莽而来，自然高古，汉人遗响也。

杂歌谣辞

童　谣[1]

一束藁，两头然，河边羖𫈠飞上天。

【注释】

①《北史·齐本纪》：后魏末，文宣未受禅时，有童谣。按藁然两头，于文为高。河边羖𫈠，水边羊，帝名也。

北周诗 附

庾　信[1]

商调曲

君以宫唱，宽大而谟明，闻义则可行。有熊为政，访道于容成；殷汤受命，委任于阿衡。忠其敬事，有罪不逃刑；诵其箴谏，言之无隐情。有刚有断，四方可以宁；既颂

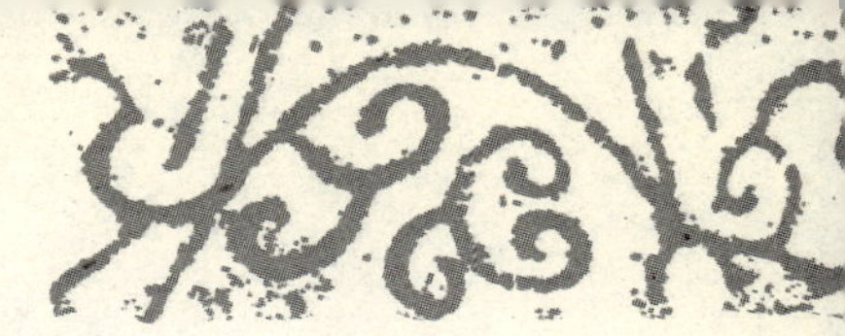

既雅，天下乃升平。专精一致，金石为之开；动其两心，妻子恩情乖。苟利社稷，无有不尽怀；昊天降祐，元首惟康哉[2]。　礼乐既正，神人所以和；玉帛有序，志欲静干戈。各分符瑞，俱誓裂山河；今日相乐，对酒且当歌。道德以喻，听撞钟之声；神奸不若，观铸鼎之形。酆宫既朝，诸侯于是穆；岐阳或狩，淮夷自此平。若涉大川，言凭于舟楫；如和鼎实，有寄于盐梅。君臣一体，可以静氛埃；得人则治，何世无奇才[3]！

【注释】

①陈隋间人，但欲得名句耳。子山于琢句中，复饶清气，故能拔出于流俗中，所谓“轩鹤立鸡群”者耶？　子山诗固是一时作手，以造句能新，使事无迹，比何水部似又过之。武陵陈胤倩谓少陵不能青出于蓝，直是亦步亦趋，则又太甚矣。名句如《步虚词》云：“汉帝看桃核，齐侯问枣花。”《山池》云：“荷风惊浴鸟，桥影聚行鱼。”《和宇文内史》云：“树宿含樱鸟，花留酿蜜蜂。”《军行》云：“塞迥翻榆叶，关寒落雁毛。”《法筵》云：“佛影胡人记，经文汉语翻。”《酬薛文学》云：“羊肠连九阪，熊耳对双峰。”《和人》云：“早雷惊蛰户，流雪长河源。”《园庭》云：“樵隐恒同路，人禽或对巢。”《清晨临泛》云：“猿啸风还急，鸡鸣潮欲来。”《冬狩》云：“惊雉逐鹰飞，腾猿看箭转。”《和人》云：“络纬无机织，流萤带火寒。”《咏画屏》云：“石险松横植，岩悬涧竖流。”“爱静鱼争乐，依人鸟入怀。”《梦入堂内》云：“日光钗影动，窗影镜花摇。”少陵所云清新者耶？

②黄帝有熊氏，命容成作盖天。

③别为一体，当存以备观览。在尔时，宗庙之乐，亦用靡靡，此如蒉桴土鼓也。

乌夜啼

促柱繁弦非子夜，歌声舞态异前溪。御史府中何处宿，洛阳城头那得栖。弹琴蜀郡卓家女，织锦秦川窦氏妻。讵不自惊长泪落，到头啼乌恒夜啼。

对酒歌

春水望桃花，春洲藉芳杜。琴从绿珠借，酒就文君取。牵马向渭桥，日曝山头晡。山简接䍦倒，王戎如意舞。筝鸣金谷园，笛韵平阳坞。人生一百年，欢笑惟三五。何处觅钱刀，求为洛阳贾[1]。

【注释】

①起结致佳。　作意嵚崎，终归平顺，风气使然也。

奉和泛江

春江下白帝，画舸向黄牛。锦缆回沙碛，兰桡避荻洲。湿花随水泛，空巢逐树流。建平船柿下，荆门战舰浮。岸社多乔木，山城足迴楼。日落江风静，龙吟回上游。

同卢记室从军

河图论阵气，金匮辨星文。地中鸣鼓角，天上下将军。函犀恒七属，络铁本千群。
飞梯聊度绛，合弩暂凌汾。寇阵先中断，妖营即两分。连烽对岭度，嘶马隔河闻。
箭飞如疾雨，城崩似坏云。英王于此战，何用武安君。

至老子庙应诏

虚无推驭辨，寥廓本乘蜺。三门临苦县，九井对灵谿。盛丹须竹节，量药用刀圭。
石似临邛芋，芝如封禅泥，馣毛新鹄小，盘根古树低。野戍孤烟起，春山百鸟啼。
路有三千别，途经七圣迷。唯当别关吏，直向流沙西[①]。

【注释】

①《神仙传》：老子耳有三门。《郡国志》：苦县老子髙有九井。　　“悠悠三千，路难涉矣”，赵至语。“七圣俱迷”，用轩辕访道事。

拟咏怀[①]

畴昔国士遇，生平知己恩。直言珠可吐，宁知炭可吞。一顾重尺璧，千金轻一言。
悲伤刘孺子，凄怆史皇孙。无因同武骑，归守霸陵园。

【注释】

①无穷孤愤，倾吐而出。工拙都忘，不专拟阮。

榆关断音信，汉使绝经过。胡笳落泪曲，羌笛断肠歌。纤腰减束素，别泪损横波。
恨心终不歇，红颜无复多。枯木期填海，青山望断河。

摇落秋为气，凄凉多怨情。啼枯湘水竹，哭坏杞梁城。天亡遭愤战，日蹙值愁兵。
直虹朝映垒，长星夜落营。楚歌饶恨曲，南风多死声。眼前一杯酒，谁论身后名。

横流遘屯慝，上惨结重氛。哭市闻妖兽，颓山起怪云。绿林多散卒，清波有败军。
智士今安用，忠臣且未闻。惜无万金产，东求沧海君[①]。

【注释】

①《隋巢子》：“三苗大乱，龙生于庙，犬哭于市。”

日晚荒城上，苍茫余落晖。都护楼兰返，将军疏勒归。马有风尘色，人多关塞衣。

阵云平不动，秋蓬卷欲飞。闻道楼船战，今年不解围。

萧条亭障远，凄怆风尘多。关门临白狄，城影入黄河。秋风别苏武，寒水送荆轲。谁言气盖世，晨起帐中歌①。

【注释】

①"城影"句悲壮。

步兵未饮酒，中散未弹琴。索索无真气，昏昏有俗心。涸鲋常思水，惊飞每失林。风云能变色，松竹且悲吟。由来不得意，何必往长岑①。

【注释】

①《易·震卦》云："震索索。"

悲歌度燕水，弭节出阳关。李陵从此去，荆卿不复还。故人形影灭，音书两俱绝。遥看塞北云，悬想关山雪。游子河梁上，应将苏武别①。

【注释】

①如闻羽声。　　末路但收李陵，古人章法。

喜晴应诏敕自疏韵

御辨诚膺录，维皇称有建。雷泽昔经渔，负夏时从贩。柏梁骖驷马，高陵驰六传。有序属宾连，无私表平宪。河堤崩故柳，秋水高新堰。心斋愍昏垫，乐彻怜胥怨。禅河秉高论，法轮开胜辩。王城水斗息，洛浦河图献。伏泉还习坎，归风已回巽。桐枝长旧围，蒲节抽新寸。山薮欣藏疾，幽栖得无闷。有庆兆民同，论年天子万①。

【注释】

①"高陵"句，用《汉文本纪》乘六传至高陵事。周明帝之立，亦相似也。　　谷洛水斗，见《国语》。

和王少保遥伤周处士①

冥漠尔游岱，凄凉余向秦。虽言异生死，同是不归人。昔余时冠盖，值子避风尘。望气求真隐，伺关待逸民。忽闻泉石友，芝桂不防身。怅然张仲蔚，悲哉郑子真。三山犹有鹤，五柳更应春。遂令从渭水，投吊往江滨。

【注释】

①王少保褒集，阙此题诗。

奉和永丰殿下言志

立德齐今古，资仁一毁誉。无机抱瓮汲，有道带经锄。处下唯名惠，能贤本姓蘧。未论惊宠辱，安知系惨舒。

咏画屏风诗

昨夜鸟声春，惊鸣动四邻。今朝梅树下，定有咏花人。流星浮酒泛，粟瑱绕杯唇。何劳一片雨，唤作阳台神。

三危上凤翼，九坂度龙鳞。路高山里树，云低马上人。悬崖泉溜响，深谷鸟声春。住马来相问，应知有姓秦。

梅　花

常年腊月半，已觉梅花阑。不信今春晚，俱来雪里看。树动悬冰落，枝高出手寒。早知觅不见，真悔著衣单[①]。

【注释】

①古人咏梅，清高越俗。后人愈刻画，愈觉粘滞。古人取神，后人取形也。

寄徐陵

故人倘思我，及此平生时。莫待山阳路，空闻吹笛悲。

和侃法师

客游经岁月，羁旅故情多。近学衡阳雁，秋分俱渡河。

重别周尚书

阳关万里道，不见一人归。唯有河边雁，秋来南向飞[①]。

【注释】

①从子山时势地位想之，愈见可悲。

王 褒

关山篇

从军出陇坂，驱马度关山。关山恒掩蔼，高峰白云外。遥望秦川水，千里长如带。好勇自秦中，意气多豪雄。少年便习战，十四已从戎。辽水深难渡，榆关断未通。

渡河北

秋风吹木叶，还似洞庭波。常山临代郡，亭障绕黄河。心悲异方乐，肠断陇头歌。薄暮临征马，失道北山阿[①]。

【注释】

①起调甚高。

隋 诗

炀 帝[①]

饮马长城窟行示从征群臣

肃肃秋风起，悠悠行万里。万里何所行，横溪筑长城。岂台小子智，先圣之所营。树兹万世策，安此亿兆生。讵敢惮焦思，高枕于上京。北河秉武节，千里卷戎旌。山川互出没，原野穷超忽。摐金止行阵，鸣鼓兴士卒。千乘万骑动，饮马长城窟。秋昏塞外云，雾暗关山月。缘岩驿马上，乘空烽火发。借问长城候，单于入朝谒。浊气静天山，晨光照高阙。释兵仍振旅，要荒事方举。饮至告言旋，功归清庙前。

【注释】

①炀帝诗，能作雅正语，比陈后主胜之。

白马篇

白马金贝装，横行辽水傍。问是谁家子，宿卫羽林郎。文犀六属铠，宝剑七星光。山虚弓响彻，地迥角声长。宛河推勇气，陇蜀擅威强。轮台受降虏，高阙翦名王。射熊入飞观，校猎下长杨。英名欺卫霍，智策蔑平良。岛夷时失礼，卉服犯边疆。

征兵集蓟北，轻骑出渔阳。进军随日晕，挑战逐星芒。阵移龙势动，营开虎翼张。冲冠入死地，攘臂越金汤。尘飞战鼓急，风交征旆扬。转斗平华地，追奔扫鬼方。本持身许国，况复武功彰。会令千载后，流誉满旂常[①]。

【注释】

①二章气体自阔大，而骨力未能振起，故知风格初成，菁花未备。

杨　素[①]

山斋独坐赠薛内史二首

居山四望阻，风云竟朝夕。深溪横古树，空岩卧幽石。日出远岫明，鸟散空林寂。兰庭动幽气，竹室生虚白。落花入户飞，细草当阶积。桂酒徒盈樽，故人不在席。日落山之幽，临风望羽客。

【注释】

①武人亦复奸雄，而诗格清远，转似出世高人，真不可解。

岩壑澄清景，景清岩壑深。白云飞暮色，绿水激清音。涧户散余彩，山窗凝宿阴。花草共萦映，树石相陵临。独坐对陈榻，无客有鸣琴。寂寂幽山里，谁知无闷心。

赠薛播州[①]

在昔天地闭，品物属屯蒙。和平替王道，哀怨结人风。麟伤世已季，龙战道将穷。乱海飞群水，贯日引长虹。干戈异革命，揖让非至公[②]。　两河定宝鼎，八水域神州。函关绝无路，京洛化为邱。漳滏尔连沼，泾渭余别流。生郊满戎马，涉路起风牛。班荆疑莫遇，赠缟竟无由。　道昏虽已朗，政故犹未新。刳舟洹水际，结网大川滨。出游迎钓叟，入梦访幽人。植林虽各树，开荣岂异春。相逢一时泰，共幸百年身[③]。　荏苒积岁时，契阔同游处。阊阖既趋朝，承明还宴语。上林陪羽猎，甘泉侍清曙。迎风含暑气，飞雨凄寒序。相顾惜光阴，留情共延伫。　滔滔彼江汉，实为南国纪。作牧求明德，若人应斯美。高卧未褰帷，飞声已千里。还望白云天，日暮秋风起。岘山君傥游，泪落应无已。　汉阴政已成，岭表人犹蠹。弹冠比方新，还珠总如故。楚人结去思，越俗歌来暮。阳乌尚归飞，别雀还回顾。君见南枝巢，应思北风路。　养病愿归闲，居荣在知足。栖迟茂陵下，优游沧海曲。故人情可见，今人遵路瞩。荒居接野穷，心物俱非俗。桂树芳丛生，山幽竟何欲。秋水鱼游日，春树鸟鸣时。濠梁暮共往，幽谷有相思。千里悲无驾，一见杳难期。山河散琼蕊，庭树下丹滋。物华不相待，迟暮有余悲。　衔悲向南浦，寒色黯沉沉。风起洞庭险，烟生云梦深。独飞时慕侣，寡和乍孤音。木落悲时暮，时暮感离心。离心多苦调，讵假雍门琴[4]。

【注释】

①《北史》：素以诗遗薛道衡，薛曰："人之将死，其言也善。若是乎？"未几而卒。

②落句是奸雄语，曹孟德时或有此。

③"植林"一联，言己与薛各奋事功，遣词甚雅。

④从天下之乱，说到定鼎，次说求材，次说立朝，次说薛之出守，颂其政成，次说己之归闲，末致相思之意。一题几章，须具此章法。　　未尝不排，而不觉排偶之迹，骨高也。

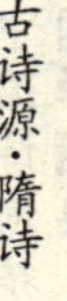

卢思道

游梁城

扬镳历汴浦，回扈入梁墟。汉藩文雅地，清尘暖有余。宾游多任侠，台苑盛簪裾。叹息徐公剑，悲凉邹子书。亭皋落照尽，原野沍寒初。鸟散空城夕，烟销古树疏。东越严子陵，西蜀马相如。修名窃所慕，长谣独课虚。

薛道衡

昔昔盐[1]

垂柳覆金堤，蘼芜叶复齐。水溢芙蓉沼，花飞桃李蹊。采桑秦氏女，织锦窦家妻。关山别荡子，风月守空闺。恒敛千金笑，长垂双玉啼。盘龙随镜隐，彩凤逐帷低。飞魂同夜鹊，倦寝忆晨鸡。暗牖悬蛛网，空梁落燕泥。前年过代北，今岁往辽西。一去无消息，那能惜马蹄[2]。

【注释】

①昔昔，犹夜夜也。盐，引之转而讹也。

②"暗牖悬蛛网"二句，从张景阳"青苔依空墙，蜂蛛网四屋"化出，而其发原，则在"伊威在室，蠨蛸在户"，但后人愈巧耳。

敬酬杨仆射山斋独坐

相忘山河近，相思朝夕劳。龙门竹箭急，华岳莲花高。岳高障重叠，鸟道风烟接。遥原树若荠，远水舟如叶。叶舟旦旦浮，惊波夜夜流。露寒洲渚白，月冷函关秋。秋夜清风发，弹琴即鉴月。虽非庄舄歌，吟咏常思越[1]。

【注释】

①杨素封越国公。　　“遥原”二语，孟襄阳祖此句法。

人日思归

入春才七日，离家已二年。人归落雁后，思发在花前。

虞世基

出　塞

上将三略远，元戎九命尊。缅怀古人节，思酬明主恩。山西多勇气，塞北有游魂。扬桴度陇坂，勒骑上平原。誓将绝沙漠，悠然去玉门。轻赍不遑舍，惊策骛戎轩。懔懔边风急，萧萧征马烦。雪暗天山道，冰塞交河源。雾烽黯无色，霜旗冻不翻。耿介倚长剑，日落风尘昏。

入　关

陇云低不散，黄河咽复流。关山多道里，相接几重愁。

孙万寿

和周记室游旧京

大夫愍周庙，王子泣殷墟。自然心断绝，何关系惨舒。仆本漳滨士，旧国亦沦胥。紫陌风尘起，青坛冠盖疏。台留子建赋，宫落仲将书。谯周自题柱，商容谁表闾。闻君怀古曲，同病亦涟洳。方知周处叹，前后信非虚[①]。

【注释】

①三四语翻得高。韦诞字仲将，为魏书凌云台者。周处将战死，叹曰：“军无后继必败，不徒身亡，为国取耻。”

早发扬州还望乡邑

乡关不再见，怅望穷此晨。山烟蔽钟阜，水雾隐江津。洲渚敛寒色，杜若变芳春。

无复归飞羽，空悲沙塞尘。

东归在路率尔成咏

学宦两无成，归心自不平。故乡尚千里，山秋猿夜鸣。人愁惨云色，客意惯风声。羁恨虽多绪，俱是一伤情。

王　胄

别周记室

五里徘徊隺，三声断绝猿，何言俱失路，相对泣离樽。别路凄无已，当歌寂不喧。贫交欲有赠，掩涕竟无言。

尹　式

别宋常侍

游人杜陵北，送客汉川东。无论去与住，俱是一飘蓬。秋鬓含霜白，衰颜倚酒红。别有相思处，啼鸟杂夜风。

孔德绍

送蔡君知入蜀

金陵已去国，铜梁忽背飞。失路远相送，他乡何日归。

夜宿荒村

绵绵夕漏深，客恨转伤心。抚弦无人听，对酒时独斟。故乡万里绝，穷愁百虑侵。秋草思边马，绕枝惊夜禽。风度谷余响，月斜山半阴。劳歌欲叙意，终是白头吟。

孔绍安

落叶

早秋惊落叶，飘零似客心。翻飞未肯下，犹言惜故林①。

【注释】

①颇能寄托。

别徐永元秀才

金汤既失险，玉石乃同焚。坠叶还相覆，落羽更为群。岂谓三秋节，重伤千里分。促离弦易转，幽咽水难闻。欲识相思处，山川间白云①。

【注释】

①"坠叶"一联，比乱离之后，两人结契，非寻常写景，下转到惜别。

陈子良

送别

落叶聚还散，征禽去不归。以我穷途泣，沾君出塞衣①。

【注释】

①不堪。　　亦见《何逊集》，略有异同。

七夕看新妇隔巷停车

隔巷遥停幰，非复为来迟。只言更尚浅，未是渡河时①。

【注释】

①写来合并无迹。

王申礼

赋得岩穴无结構

岩间无结構，谷处极幽寻。叶落秋巢迥，云生石路深。早梅香野径，清涧响邱琴。独有栖迟客，留连芳杜心。

吕　让

和入京

俘囚经万里，憔悴度三春。发改河阳鬓，衣余京洛尘。钟仪悲去楚，随会泣留秦。既谢平吴利，终成失路人。

明余庆

从军行

三边烽乱惊，十万且横行。风卷常山阵，笳喧细柳营。剑花寒不落，弓月晓逾明。会取淮南地，持作朔方城[1]。

【注释】

①“剑花”一联，唐人极摹此种句法。

大义公主[1]

书屏风诗

盛衰等朝暮，世道若浮萍。荣华实难守，池台终自平。富贵今何在，空事写丹青。杯酒恒无乐，弦歌讵有声。余本皇家子，飘流入虏庭。一朝睹成败，怀抱忽纵横。古来共如此，非我独申名。唯有明君曲，偏伤远嫁情[2]。

【注释】

①公主，后周宇文氏女，嫁为突厥沙钵略妻。初名千金公主，隋灭周，自伤宗祀绝灭，每褒复

隋之志，日夜言于沙钵略，悉众为寇。后沙钵略内附，赐姓杨氏，改封大义公主。隋平陈后，以陈叔宝屏风赐主，主心恒不平，因书屏风为诗。

②英气勃勃。事虽不成，精卫之志，不可泯灭。

无名氏

送别诗

杨柳青青著地垂，杨花漫漫搅天飞。柳条折尽花飞尽，借问行人归不归[1]。

【注释】

①竟似盛唐人手笔。　《东虚记》云：此诗作于大业末年，指炀帝巡游无度，民穷财尽，望其返国，五子作歌之意也。

鸡鸣歌

东方欲明星烂烂，汝南晨鸡登坛唤。曲终漏尽严具陈，月没星稀天下旦。千门万户递鱼钥，宫中城上飞乌鹊。

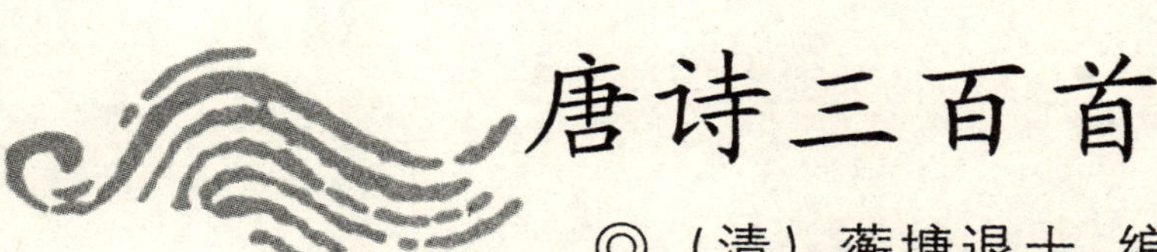

唐诗三百首

◎（清）蘅塘退士 编
陈婉俊 补注
校 潇 校理

前言

唐诗在中国诗史上的地位无与伦比,《唐诗三百首》在自唐至清一百余种唐诗选本中的地位也十分引人注目,其风行程度恐怕也可以说是“无与伦比”。所谓“风行海内,几至家置一编”,“熟读唐诗三百首,不会吟诗也会吟”,均非过誉之辞。

《唐诗三百首》的编选者孙洙,号蘅塘退士,清中期无锡人,曾任大城、卢龙、邹平县令,著有《蘅塘漫稿》。他编选本书的目的,本是想补《千家诗》之不足,为童蒙幼学提供一个较好的唐诗读本。如其原序云:“专就唐诗中脍炙人口之作,择其尤要者,每体得数十首,共三百余者,录成一编,为家塾课本,俾童而习之。”不过,此书一经刊行,便持久而广泛地流传起来,成为深受人们喜爱的带有社会性的选本,这恐怕是他本人始料所不及的。

《唐诗三百首》计八卷,选入七十七位作者的三百一十一首作品,孙洙对入选作品进行了简明扼要的注释与点评,是书大约完成于乾隆二十九年,道光年间,上元人陈婉俊为之补注,并加写了凡例。该书成书后,屡屡刊印,比较通行的本子是光绪年间的四藤吟社本。这个本子刊印了孙洙的点评、注释与陈婉俊的补注,另外在孙洙所选杜甫《咏怀古迹》二首之外,又加上三首,以与杜甫《咏怀古迹》五首相合。这样,这个本子的《唐诗三百首》实际入选唐诗为三百一十三首。

我们对此书的整理,是以四藤吟社本为底本进行的,注释与补注文字均按现行注释体例进行编排,评点文字未再收入。藉此次再版修订,我们又作了进一步的校订、整理。

校　潇

蘅塘退士原序

世俗儿童就学，即授《千家诗》，取其易于成诵，故流传不废。但其诗随手掇拾，工拙莫辨，且止五七律、绝二体，而唐、宋人又杂出其间，殊乖体例。因专就唐诗中脍炙人口之作，择其尤要者，每体得数十首，共三百余首，录成一编，为家塾课本，俾童而习之，白首亦莫能废，较《千家诗》不远胜耶？谚云："熟读唐诗三百首，不会吟诗也会吟。"请以是编验之。

唐诗三百首卷一

五言古诗

张九龄[①]

感 遇[②] 二首

兰叶春葳蕤[③]，桂华秋皎洁。欣欣[④]此生意[⑤]，自尔为佳节[⑥]。谁知林栖[⑦]者，闻风坐相悦。草木有本心[⑧]，何求美人折？

【注释】

①张九龄，九龄，字子寿，韶州曲江人。七岁知属文，擢进士，始调校书郎，玄宗即位，迁右补阙，进中书侍郎。母丧夺哀，拜同平章事。卒，谥文献。

②感遇，《唐音注》："感遇云者，谓有感于心而寓于言。以摅其意也。"

③葳蕤，《说文》："草木花垂貌。"王粲诗："昊天降丰泽，百卉挺葳蕤。"

④欣欣，陶潜《归去来辞》："木欣欣以向荣，泉涓涓而始流。"

⑤生意，《世说》："桓玄败后，殷仲文还为大司马咨议，意似二三，非复往日。大司马厅前有一老槐，甚扶疏，殷因月朔与众在厅，视槐良久，叹曰：'槐树婆娑，无复生意。'"

⑥佳节，曹植表："一一阳佳节。"

⑦林栖，曹毗对："儒不追林栖之迹，不希抱鳞之龙。"

⑧本心，《魏志·管宁传》："岂自遭之而违本心哉？"

江南有丹橘[①]，经冬犹绿[②]林。岂伊地气暖[③]，自有岁寒[④]心。可以荐嘉客[⑤]，奈何阻重深[⑥]。运命[⑦]唯所遇，循环[⑧]不可寻。徒言树桃李，此木岂无荫[⑨]？

【注释】

①江南丹橘，《楚辞》："后皇嘉树，橘来服兮。受命不迁，生南国兮。"王逸注："橘受天命生于南国。"《吴都赋》："此果则丹橘余甘，荔枝之林。"

②经冬绿，李尤《七叹》："梁土清尘，卢橘是生，白华绿叶，扶疏冬荣。"

③地气暖，《周礼·冬官》："橘逾淮而北为枳，此地气然也。"曹植《橘赋》："背江洲之暖气。"

④岁寒，《论语》："岁寒然后知松柏之后凋也。"李元操《咏橘》诗："能守岁寒心。"

⑤嘉客，《诗》："所谓伊人，于焉嘉客。"刘桢诗："蘋藻生其涯，华叶纷扰溺。采之荐宗庙，可以羞嘉宾。"

⑥重深，《鲁灵光殿赋》："东序重深而奥秘。"

⑦运命，李康论："夫治乱，运也；穷达，命也。"

⑧循环，《史记·高祖本纪赞》："三王之道若循环，终而复始。"谢灵运诗："四时循环转，寒暑自相承。"

⑨无荫，《吴都赋》："椰叶无荫。"《韩诗外传》："春树桃李，夏得阴其下，秋得食其实。"

李　白[①]

下终南山[②]过斛斯[③]山人宿置酒

暮从碧山下，山月随人归。却顾所来径，苍苍横翠微[④]。相携及田家，童稚开荆扉[⑤]。绿竹入幽径，青萝拂行衣。欢言得所憩[⑥]，美酒聊共挥[⑦]。长歌吟松风[⑧]，曲尽河星稀。我醉君复乐，陶然[⑨]共忘机。

①李白，白，字太白。母梦长庚星而生。通诗书，喜纵横术，击剑为任侠。天宝初，贺知章言于玄宗，有诏供奉翰林，因失意于贵妃，赐金放还。禄山反，永王璘节度东南，迫致之。及璘败，白坐系浔阳狱，流夜郎，以赦得释。代宗以左拾遗召，而白已卒。年六十四。

②终南山，《元和郡县志》："终南山在雍州万年县南五十里。"《太平寰宇记》："终南山在鄠县南三十里。"《雍录》："终南山横亘关南面，西起秦陇，东彻蓝田，凡雍、岐、鄠、鄠、长安、万年，相去且八百里，而连峙据其南者，皆此一山也。"《一统志》："终南山在长安府南五十里。"

③斛斯，《通志·氏族略》："代北复姓有斛斯氏，其先居广牧，世袭勿莫大人号，斛斯部因氏焉。"

④翠微，《尔雅》："山未及上，翠微。"《疏》谓："未及顶上，在旁陂陀之处名翠微。一说山气青缥色，故曰翠微也。"

⑤荆扉，沈约诗："荆扉且新故。"李周翰注："荆扉，以荆为扉也。"

⑥所憩，《诗·召南》："召伯所憩。"注："憩，音'器'，息也。"

⑦共挥，《曲礼》："饮玉爵者弗挥。"注："振去余酒曰挥。"

⑧松风，《风俗通》："河间杂歌二十一章，内有《风入松》曲。"

⑨陶然，陶潜诗："挥兹一觞，陶然自乐。"

月下独酌

花间一壶酒，独酌无相亲。举杯邀明月，对影成三人。月既不解饮，影徒随我身。暂伴月将影，行乐须及春。我歌月徘徊[①]，我舞影零乱。醒时同交欢，醉后各分散。永结无情游，相期邈[②]云汉[③]。

【注释】

①月徘徊，曹植诗："明月照高楼，流光正徘徊。"

②邈，《离骚》："神高驰之邈邈。"

③云汉，《诗·棫朴》："倬彼云汉，为章于天。"注："天汉，天河也。"

春 思

燕草如碧丝，秦桑[1]低绿枝。当君怀归日，是妾断肠时。春风不相识，何事入罗帏[2]？

【注释】

①燕草秦桑，按：萧士赟云："燕北地寒生草迟，当秦桑低绿之时，燕草方生。"

②罗帏，《古乐府》："微风吹闺闼，罗帏自飘扬。"

杜 甫[1]

望 岳

岱宗[2]夫如何？齐鲁[3]青未了。造化钟神秀，阴阳割[4]昏晓。荡胸[5]生层云[6]，决眦[7]入归鸟。会当凌绝顶，一览众山小！

【注释】

①杜甫，甫，字子美，襄阳人。举进士不第，因游不安。玄宗朝奏赋三篇，帝奇之，使待制集贤院，数上赋颂，高自称道。肃宗拜右拾遗。坐房琯事，出为华州司功。属饥乱，弃官客秦州，负薪采橡栗自给。流落剑南，严武荐为参谋、检校工部员外郎，往来夔、梓间。大历中，客耒阳。一夕，大醉，卒。年五十九。有集六十卷。

②岱宗，《虞书》："东巡狩至于岱宗。"《五经通义》："宗，长也，为群岳之长也。"《汉书·郊祀志》："岱宗，泰山也。"按：泰山在山东泰安州。

③齐鲁，《史记》："泰山之阳则鲁，其阴则齐。"

④割，《老子》："大制不割。"割，分也。

⑤荡胸，马融《广成颂》："动荡胸臆。"

⑥云，《春秋公羊传》："触石而出，肤寸而合，不崇朝而遍天下者，泰山之云也。"

⑦决眦，《子虚赋》："弓不虚发，中必决眦。"公借用谓人目眦决裂入鸟之归处。

赠卫八处士[1]

人生不相见，动如参与商[2]。今夕复何夕[3]，共此灯烛光。少壮能几时，鬓发各已苍。访旧半为鬼[4]，惊呼热中肠[5]。焉知二十载，重上君子堂。昔别君未婚，儿女忽成行。怡然敬父执，问我来何方。问答未及已，儿女罗酒浆。夜雨剪春韭[6]，新炊间黄粱[7]。主称会面[8]难，一举累十觞。十觞亦不醉，感子故意长。明月隔山岳，世事两茫茫。

【注释】

①卫八处士，按：《唐拾遗记》，“公与李白、高适、卫宾相友善，时宾年最少，号小友。”此当是也。

②参、商，《左传》：“子产曰：‘昔高辛氏有二子，伯曰阏伯，季曰实沈，居于旷林，不相能也。日寻干戈，以相征讨。后帝不臧，迁阏伯于商丘，主辰，商人是因，故辰为商星。迁实沈于大夏，主参，唐人是因，以服事夏商，故参为晋星。’”按：商星居东方卯位，参星居西方酉位，此出彼没，永不相见。曹植《与吴质书》：“别有参商之阔。”

③今夕、何夕，《诗》：“今夕何夕，见此良人。”

④半为鬼，魏文帝《与吴质书》：“昔年疾疫，亲故多罹其灾，观其姓名，已登鬼录矣。”

⑤中肠，阮籍诗：“倾城迷下蔡，容好结中肠。”

⑥剪韭，《郭林宗别传》：“林宗有友人夜冒雨至，剪韭作炊饼食之。”

⑦黄粱，《尔雅》：“黄粱穗大毛长，米壳俱粗于白粱。”

⑧会面，古诗：“道路阻且长，会面安可知。”

佳　人

绝代[①]有佳人，幽居在空谷[②]。自云良家子[③]，零落依草木。关中[④]昔丧乱，兄弟遭杀戮。官高何足论，不得收骨肉。世情恶衰歇，万事随转烛[⑤]。夫婿轻薄儿[⑥]，新人美如玉。合昏[⑦]尚知时，鸳鸯[⑧]不独宿。但见新人笑，那闻旧人哭。在山泉水清，出山泉水浊[⑨]。侍婢卖珠回，牵萝补茅屋。摘花不插发，采柏动盈掬[⑩]。天寒翠袖薄，日暮倚修竹。

【注释】

①绝代，李延年歌：“北方有佳人，绝世而独立。”

②空谷，《诗》：“皎皎白驹，在彼空谷。”

③良家子，《史记·外戚世家》：“窦姬以良家子入宫侍太后。”

④关中，《禹贡·雍州之域》：“天文鬼井分野，周王畿地，秦曰关中。”即今西安府。《汉书注》：“自函关以西，总名关中。”

⑤转烛，庾肩吾诗：“聊持转风烛，暂照广陵琴。”

⑥轻薄儿，沈约诗：“洛阳繁华子，长安轻薄儿。”

⑦合昏，《风土记》：“合昏，槿也。花晨舒而昏合。”《本草》：“合欢，即夜合也。人家多植庭除，一名合昏。”

⑧鸳鸯，梁元帝《鸳鸯赋》：“岂如鸳鸯相逐，俱栖俱宿。”郑氏《昏礼谒文赞》：“鸳鸯鸟雌雄相类，飞止相匹。”按：雄名曰鸳，雌名曰鸯。江总诗：“池上鸳鸯不独宿。”

⑨清、浊，按：守正清而改节浊也。

⑩盈掬，《诗》：“终朝采绿，不盈一掬。”

梦李白[①]　二首

死别已吞声[②]，生别常恻恻[③]。江南瘴疠[④]地，逐客[⑤]无消息。故人入我梦，明我长相忆。恐非平生魂，路远不可测。魂来枫林[6]青，魂返关塞黑。君今在罗网[7]，何以有羽翼？落月满屋梁[8]，犹疑照颜色。水深波浪阔，无使蛟龙得。

浮云终日行，游子久不至。三夜频梦君，情亲见君意。告归常局促[9]，苦道来不易。江湖多风波，舟楫恐失坠[10]。出门搔白首，若负平生志。冠盖[11]满京华，斯人独憔悴[12]。孰云网恢恢[13]，将老身反累。千秋万岁[14]名，寂寞身后[15]事。

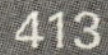

【注释】

①李白，《李白集序》："天宝十五年，白卧庐山，永王璘迫致之。璘军败，白坐系浔阳狱，得释。乾元元年，终以污璘事，长流夜郎，遂泛洞庭，上峡江至巫山，以赦得释。"又按本传："坐永王璘事，长流夜郎，会赦还浔阳，坐事下狱。时宋若思将吴兵赴河南，道经浔阳，释囚，辟为参谋。"集中有《赐中丞宋公五排诗》序其事。

②吞声，江淹《恨赋》："自古皆有死，莫不饮恨而吞声。"

③恻恻，《寡妇赋》："庶浸远而哀降兮，情恻恻而弥甚。"

④瘴疠，《南史·任昉传》："流离大海之南，寄命瘴疠之地。"孙万寿诗："江南瘴疠地，从来多逐臣。"

⑤逐客，《史记·秦始皇本纪》："十年，大索逐客。李斯上书说，乃止逐客令。"

⑥枫林，《招魂》："湛湛江水兮，上有枫林。极目千里兮，伤春心。魂兮归来，哀江南。"

⑦罗网，《后汉书·邓皇后纪》："先君既以武功书之竹帛，兼以文德教化子孙，故能束修不触罗网。"

⑧屋梁，《神女赋》："其始来也，耀乎若白日初出照屋梁，其少进也，皎若明月舒其光。"

⑨局促，《史记·灌夫传》："上怒曰：'公平日数言魏其武安短，今日廷论，局促效辕下驹。'"

⑩失坠，《后汉书·梁统传》："宣帝聪明正直，总御海内，臣下奉宪，无所失坠。"

⑪冠盖，班固《西都赋》："冠盖如云，七相五公。"

⑫憔悴，《楚辞·渔父辞》："屈原既放，游子江潭，行吟泽畔。颜色憔悴，形容枯槁。"

⑬恢恢，《老子》："天网恢恢，疏而不漏。"

⑭千秋万岁，阮籍诗："千秋万岁后，荣名安所之。"

⑮身后，庾信诗："眼前一杯酒，谁论身后名。"

王　维[1]

送綦毋潜落第还乡

圣代无隐者，英灵[2]尽来归。遂令东山[3]客，不得顾采薇[4]。既至金门[5]远，孰云吾道非[6]。江淮度寒食[7]，京洛[8]缝春衣。置酒长安道，同心[9]与我违。行当浮桂棹[10]，未几指荆扉。远树带行客，孤城当落晖。吾谋适不用[11]，勿谓知音稀[12]。

【注释】

①王维，维，字摩诘，太原人。九岁知属辞。开元九年擢进士第一，官给事中。两都陷，为贼所得，服药佯喑。贼平定罪，以《凝碧池》诗闻于行在，特宥之。官至尚书右丞。工草隶，善

画，名盛于开元、天宝间。宁薛诸王，待若师友。有别墅在辋川，尝与裴迪游其中，赋诗为乐。丧妻不娶，孤居三十年，上元初卒。

②英灵，《隋书》："李德林美容仪，善谈吐，天统中兼中书侍郎，于宾馆受国书，陈使江总目送之曰：'此河朔之英灵也。'"

③东山，《晋书·谢安传》："安，字安石，尚从弟也。始有东山之志，居会稽与王羲之及高阳许询、桑门支遁游处，出则渔弋山水，入则言咏属文。虽受朝寄，然东山之志，始末不渝，每形于言色。"又，中丞高崧曰："卿屡违朝旨，高卧东山。"

④采薇，《史记》："武王既平殷乱，伯夷、叔齐耻食周粟，隐于首阳山，采薇而食。"

⑤金门，《解嘲》："今吾子幸得应金门，上玉堂有日矣。"注："金门，金马门也。宦署门傍有铜马，故谓之金马门也。"

⑥吾道非，《史记·孔子世家》："《诗》曰：'匪兕匪虎，卒彼旷野。'吾道非耶？吾何为于此？"

⑦寒食，《荆楚岁时记》："去冬至一百五日，即有疾风甚雨，谓之寒食，禁火三日，造饧大麦粥。"按：并州俗，冬至后一百五日，为介子推断火冷食三日。

⑧京洛，班固《东都赋》："子徒习秦阿房之造天，而不知京洛之有制。"按：京洛，东京洛阳也。

⑨同心，《易》："二人同心，其利断金。"

⑩桂棹，《楚辞》："桂棹兮兰枻。"注："棹，楫也。"

⑪吾谋适不用，《左传》："子无谓秦无人，吾谋适不用也。"

⑫知音稀，《古诗》："不惜歌者苦，但伤知音稀。"

送　别

下马饮君酒，问君何所之。君言不得意，归卧南山陲①。但去莫复问，白云无尽时。

【注释】

①陲，音"垂"。《说文》："边也，疆也。"《左传》："成公十三年，虔刘我边陲。"《尔雅·释诂》："疆界边卫圉，垂也。"

青　溪①

言入黄花川②，每逐青溪水。随山将万转，趣涂无百里。声喧乱石中，色静深松里。漾漾泛菱荇，澄澄映葭苇。我心素已闲③，清川澹如此。请留磐石④上，垂钩将已矣。

【注释】

①青溪，《水经注》："沮水南经临沮县西，青溪水注之。"

②黄花川，杜氏《通典》："凤州黄花县有黄花川。"《方舆胜览》："黄花川在凤州梁泉县，大散水流入黄花川。"

③心闲，《游天台山赋》："游览既周，体静心闲。"

④磐石，成公绥《啸赋》："坐磐石漱清泉。"注："《声类》曰：'磐，大石也。'"

渭川[①]田家

斜阳照墟落[②]，穷巷牛羊归。野老念牧童，倚仗候荆扉。雉雊[③]麦苗秀，蚕眠[④]桑叶稀。田夫荷锄[⑤]至，相见语依依。即此羡闲逸，怅然吟《式微》[⑥]。

【注释】

①渭川，《水经注》："渭水出首阳县乌藏山，西北有渭源城，渭水出焉。"《史记·货殖列传》："齐鲁千亩桑麻，渭川千亩竹。"

②墟落，范云诗："轩盖照墟落。"注："墟落，谓村墟篱落。"

③雉雊，潘岳《射雉赋》："麦渐渐以擢芒，雉鷕鷕而朝雊"。郑康成《毛诗笺》："雊，雉鸣也。"

④蚕眠，庾信《燕歌行》："春风燕来能几日，二月蚕眠不复久。"注："蚕将蜕，辄卧不食，古人谓之俯，后人谓之眠。"

⑤荷锄，陶潜诗："带月荷锄归。"

⑥《式微》，《子贡诗传》："狄侵黎，黎侯出奔。卫穆公不礼焉，黎人怨之，赋《旄邱》，黎大夫劝其君以归国，赋《式微》。"《诗》："式微式微胡不归。"

西施[①]咏

艳色天下重，西施宁久微？朝为越溪女，暮作吴宫妃。贱日岂殊众，贵来方悟稀。邀人傅脂[②]粉，不自著罗衣。君宠益娇态，君怜无是非。当时浣纱[③]伴，莫得同车归。持谢邻家子，效颦[④]安可希？

【注释】

①西施，《吴越春秋》："越得苎萝山鬻薪之女，曰西施、郑旦，饰以罗縠，教以容步，三年学成而献于吴。"

②傅粉，《史记》："孝惠时，郎、侍中皆傅脂粉。"

③浣纱，《太平寰宇记》："会稽县东有西施浣纱石。"《水经注》："浣纱溪为夷陵州西北，秋冬之月，水色净丽。"

④效颦，《庄子》："西子病心而颦，其里之丑人见而美之，归亦捧心而效其颦，富人见之，闭门而不出；贫人见之，挈妻子而去之。彼知美颦而不知颦之所以美。"

孟浩然[1]

秋登兰山[2]寄张五

北山白云里，隐者自怡悦[3]。相望试登高[4]，心随雁飞灭。愁因薄暮起，兴是清秋发。时见归村人，沙行渡头歇。天边树若荠[5]，江畔洲如月。何当载酒来，共醉重阳[6]节。

【注释】

①孟浩然，名浩，字浩然，以字行，襄州襄阳人。少好节义，喜振人患难。隐鹿门山，年四十乃游京师。尝于太学赋诗。一座嗟服无敢抗。张九龄、王维雅称道之。维私邀入内署，俄而玄宗至，浩然匿床下，维以实对。帝喜曰："联闻其人而未见也，何惧而匿。"诏浩然也，帝问其诗，浩然再拜，自诵所为，至"不才明主弃之"句，帝曰："卿不求仕而朕未尝弃卿，奈何诬我?"乃放还。张九龄为荆州，辟置于府，府罢，开元末，病疽背卒。

②兰山，《名山记》："石门山在庆符县治南，下瞰石门江，林薄间多兰，有春兰、秋兰、石兰、竹兰、素兰、凤兰，一名兰山。"

③怡悦，陶弘景《答诏问山中何所有》诗："山中何所有，岭上多白云。只可自怡悦，不堪持赠君。"

④登高，《齐民月令》："重阳日必以糕酒登高眺迥，以畅秋志，采茱萸甘菊泛酒。"

⑤树若荠，《颜氏家训》："《罗浮山记》云：'望平地树如荠。'故戴嵩诗云：'长安树如荠。'后有《咏树诗》云：'遥望长安荠。'此耳学之误。"

⑥重阳载酒，《续晋阳秋》："陶潜尝九日无酒，坐宅边东篱下菊丛中，摘菊盈把，未几，望见白衣人至，乃刺史王弘送酒也。"

夏日南亭怀辛大

山光忽西落，池月渐东上。散发乘夕凉，开轩卧闲厂[1]。荷风送香气，竹露滴清响。欲取鸣琴弹，恨无知音[2]赏。感此怀故人，终宵劳梦想[3]。

【注释】

①闲厂，《南都赋》："体爽垲以闲厂。"《广韵》："厂，露舍也，屋无壁也。"

②知音，《吕氏春秋》："伯牙鼓琴，钟子期善听之。方鼓琴，志在泰山，子期曰：'善哉乎鼓琴，巍巍乎如泰山。'志在流水，子期曰：'洋洋乎若流水。'子期死，伯牙擗琴绝弦，终身不复鼓琴，以为世无足知音者也。"

③梦想，司马相如《长门赋》："忽寝寐而梦想兮，魂若君之在旁。"

宿业师山房待丁大不至

夕阳度西岭，群壑倏已暝。松月生夜凉，风泉满清听。樵人归欲尽，烟鸟栖初定。

之子[①]期宿来，孤琴候萝径。

【注释】

①之子，《诗》："之子于归。"注："之子，是子也。"

王昌龄[①]

同从弟南斋玩月忆山阴[②]崔少府

高卧南斋时，开帷月初吐。清辉澹水木，演漾[③]在窗户。荏苒[④]几盈虚，澄[⑤]澄变今古。美人清江畔，是夜越吟[⑥]苦。千里[⑦]共如何，微风吹兰杜[⑧]。

【注释】

①王昌龄，昌龄，字少伯，江宁人。开元十五年进士，补秘书郎，迁汜水尉。晚节不矜细行，贬龙标尉，以乱还乡，为刺史闾丘晓所杀。

②山阴，《汉书・地理志》："山阴，会稽郡县。"

③演漾，阮籍《咏怀》诗："泛泛乘轻舟，演漾惟所望。"

④荏苒，《晋书・李暠传》："时移节迈，荏苒三年。"陶潜诗："荏苒经十载，暂为人所羁。"

⑤澄，谢庄《月赋》："降澄辉之霭霭。"

⑥越吟，《史记》："越人庄舄仕楚执珪，有顷，病，楚王曰：'舄思越则越声，不思越则且楚声。'往听之，则犹尚越声也。"王粲《登楼赋》："庄舄显而越吟。"庾信《哀江南赋》："吴歈、越吟，荆艳、楚舞。"

⑦千里，谢庄《月赋》："美人迈兮音尘绝，隔千里兮共明月。"

⑧兰杜，江孝嗣诗："石泉行可照，兰杜向含风。"

丘　为[①]

寻西山隐者不遇

绝顶一茅茨[②]，直上三十里。扣关无僮仆，窥室惟案几。若非巾[③]柴车[④]，应是钓秋水。差池[⑤]不相见，黾勉空仰止[⑥]。草色新雨中，松声晚窗里。及兹契幽绝，自足荡心耳。虽无宾主意，颇得清净理。兴尽[⑦]方下山，何必待之子。

【注释】

①丘为，为，苏州嘉兴人。事继母孝，常有灵芝生于堂下。累官太子右庶子，时年八十余而母无恙。给俸禄之半。初还乡，县令谒之，为候门磬折，令坐乃拜，里胥立庭下，既出乃敢坐。经县署降马而趋。卒年九十六。

②茅茨，《史记》："尧舜采椽不斲，茅茨不翦。"注："茅茨，茅盖屋也。"

③巾车,《左传》:“子产曰:‘文公之为盟主也,诸侯宾至,车马有所,巾车脂辖。’”按:《周礼·巾车》注:“巾,犹衣也。巾车,车官之长。孔子息陬操,巾车命驾,将适唐都。”

④柴车,《高士传》:“何点常蹑草屩,乘柴车。”江淹《拟陶诗》:“日暮巾柴车。”

⑤差池,《诗》:“燕燕于飞,差池其羽。”注:“差池,不齐之貌。”《左传》:“郑公孙侨曰:‘谓我敝邑,迩在晋国,譬诸草木,吾臭味也,而何敢差池。’”

⑥仰止,《诗》:“高山仰止,景行行之。”

⑦兴尽,《语林》:“王子猷居山阴,大雪,夜眠觉,开室酌酒,四望皎然,因起彷徨。咏左思《招隐诗》,忽忆戴安道。时戴在剡溪,即便夜乘轻船就戴,经宿方至,既造门,不前便返。人问其故,子猷曰:‘吾本乘兴而行,兴尽而返,何必见戴?’”

綦毋潜①

春泛若耶溪②

幽意无断绝,此去随所偶。晚风吹行舟,花路入溪口。际夜转西壑,隔山望南斗③。
潭烟飞溶溶,林月低向后。生事且渺漫,愿为持竿叟。

【注释】

①綦毋潜,字孝通,开元中由宜寿尉入为集贤院待制,迁右拾遗,终著作郎。

②若耶溪,《水经注》:“若耶溪水,上承嶕岘麻溪。溪之下孤潭周数亩,麻潭下注若耶溪,水至清,照众山倒影,窥之如画。”《寰宇记》:“若耶溪在会稽县东二十八里。”

③南斗,《越绝书》:“越故治,今大越山阴南斗也。”张衡《周天大象赋》:“眺北宫于玄武,洎南斗于牵牛。”

常　建①

宿王昌龄隐居

清溪深不测,隐处惟孤云。松际露微月,清光犹为君。茅亭宿花影,药院滋苔纹。
余亦谢时②去,西山鸾鹤③群。

【注释】

①常建,建,开元十五年进士,官盱眙尉。

②谢时,《列仙传》:“王乔,周灵王太子晋也。好吹笙,作凤鸣,游伊、洛间,遇道士浮邱公,接以上嵩山。三十余年后,见柏良谓曰:‘可告我家,七月七日待我于缑氏山头。’至期,果乘白鹤驻山头,望之不得到,举手谢时人,数日乃去。”

③鸾鹤,《稽神记》:“裴航佣巨舟,载于襄汉,同载有樊夫人者,国色也,航赂侍婢达诗曰:‘倘若玉京朝会去,愿随鸾鹤入青冥。’”

岑　参[1]

与高适[2]薛据[3]登慈恩寺[4]浮图

塔势如涌出[5]，孤高耸天宫。登临出世界[6]，蹬道盘虚空。突兀压神州[7]，峥嵘[8]如鬼工。四角碍白日，七层摩苍穹。下窥指高鸟，俯听闻惊风。连山若波涛，奔走似朝东[9]。青槐夹驰道[10]，宫观何玲珑。秋色从西来，苍然满关中。五陵[11]北原上，万古青濛濛。净理了可悟，胜因夙所宗。誓将挂冠[12]去，觉道资无穷。

【注释】

①岑参，参，南阳人，天宝中进士，试大理评事，摄监察御史。杜甫荐之，转右补阙，累迁待御史，出为嘉州刺史。

②高适，见下。

③薛据，荆南下，官太子思议郎。

④慈恩寺，《长安志》："慈恩寺，隋无漏寺故地。高宗在东宫时，为文德皇后立，故名慈恩。浮图，永徽三年沙门玄奘所立，石渐颓。长安中改建。"《寺塔记》："慈恩寺凡十余院，总一千八百九十七间。"

⑤涌出，《法华经》："佛前七宝塔，高五百由旬，出地涌出，住在空中。"

⑥世界，《金刚经》："三千大千世界。"

⑦神州，《河图括地志》："昆仑东南，地方五千里，名曰神州。中有五山，帝王居之。"《唐书·礼乐志》："孟冬祭神州地祇于北郊。"左思诗："皓天舒白日，灵景耀神州。"

⑧峥嵘，左思赋："径三峡之峥嵘，蹑五屼之蹇浐。"

⑨朝东，《诗》："沔彼流水，朝宗于海。"《神仙传》："麻姑入拜，王方平曰：'接侍以来，见东海三为桑田。'"

⑩驰道，《史记·秦始皇纪》："二十七年赐爵一级，治驰道。"注："应劭曰：'驰道，天子道也。'"

⑪五陵，《西都赋》："北眺五陵。"李善注："高帝葬长陵，惠帝葬安陵，景帝葬阳陵，武帝葬茂陵，昭帝葬平陵。"

⑫挂冠，《后汉书·逸民传》："王莽时，逢萌解冠，挂东城门归，将家属浮海。"

元　结[1]

贼退示官吏

癸卯岁，西原贼[2]入道州，焚烧杀掠，几尽而去。明年，贼又攻永破郡，不犯此州边鄙而退，岂力能制敌欤？盖蒙其伤怜而已。诸使何为忍苦

征敛？故作诗一篇以示官吏。

昔年逢太平，山林二十年。泉源在庭户，洞壑当门前。井税[3]有常期，日晏犹得眠。忽然遭世变，数岁亲戎旃[4]。今来典斯郡，山夷又纷然。城小贼不屠，人贫伤可怜。是以陷邻境，此州独见全。使臣将王命，岂不如贼焉？今被征敛者，迫之如火煎。谁能绝人命，以作时世贤。思欲委符节[5]，引竿自刺船。将家就鱼麦，归老江湖边。

【注释】

①元结，字次山，襄州人。天宝十二载举进士。国子司业苏源明见肃宗，荐结可用，召议京师，上时议三篇，擢右金吾兵曹参军，摄监察御史，为山南西道节度参谋，以讨贼功迁监察御史里行、节度使。吕諲请议兵拒贼，帝进结水部员外郎，佐諲府，又参山南东道来瑱府。瑱诛，结摄领府事。代宗立，因辞丐侍亲，归樊上，授著作郎，久之，拜道州刺史，进授容管经略使，身谕蛮豪，绥定八州。会母丧，人皆诣节度府请留，加金吾卫将军。所至立教爱民。著有《元子》十篇，卒赠礼部侍郎。

②西原贼，《唐书·元结传》："代宗拜结道州刺史。初，西原蛮掠居人万数去，遗户裁四千，诸使调发符牒二百函，结以人困甚，不忍加赋。即上言：'臣州为贼焚破，粮储屋宇、男女牛马几尽，今百姓十不一在，耋孺骚离，未有所安，请免百姓所负租税及租庸使和市杂物十三万缗。'帝许之。明年，租庸使索上供十万缗。结又奏：'岁正租庸外，所率宜以时增减。'诏可。结为民营舍给田，免徭役，流亡归者万余。"

③井税，《诗》："岁取十千。"注："九夫为井，井税一夫，其田百亩。"《孟子》："耕者九一。"注："九一者，井田之制也。方一里为一井，其田九百亩，中画井字，界为九区，一区之中，为田百亩，中百亩为公亩，外八百亩为私田，八家各受私田百亩，而同养公田，是九分而税其一也。"

④戎旃，《齐书·谢朓传》："契阔戎旃，从容宴语。"

⑤符节，《孟子》："若合符节。"注："符节以玉为之，刻文字而中分之，彼此各藏其半，有故则左右相合，以为信也。"《汉书》"符节"注："符节者，如今宫中诸官之诏符也。"

韦应物[1]

郡斋[2]雨中与诸文士燕集

兵卫[3]森画戟[4]，宴寝凝清香。海上风雨至，逍遥池阁凉。烦疴[5]近消散，嘉宾复满堂。自惭居处崇，未睹斯民康[6]。理会是非[7]遣，性达形迹[8]忘。鲜肥属时禁，蔬果幸见尝。俯饮一杯酒，仰聆金玉[9]章。神欢体自轻，意欲凌风翔[10]。吴中[11]盛文史，群彦今汪洋[12]。方知大藩[13]地，岂曰财赋[14]强。

【注释】

①韦应物，应物，京兆长安人。少以三卫郎事明皇，后折节读书，屡仕为滁州刺史，改江州，入为司郎中，复出为苏州刺史。贞元中尚存。按：其年百余岁矣。为郎时似近豪侠，至后鲜食寡欲，焚香扫地而坐。诗品高洁，朱子谓其无一字造作，气象近道，真传人也。而新、旧《唐书》俱不为之立传，何耶？

②郡斋，按：贞元初，应物为苏州刺史。

③兵卫，《战国策》："宗族甚盛，居处兵卫甚设。"

④画戟，《唐书·卢坦传》："旧制官阶俱三品，始听立戟。"按：戟，音"棘"，格也，始有枝格也，双枝为戟，单枝为戈。

⑤疴，也作"痾"，病也。潘岳《闲居赋》："旧痾始痊。"

⑥民康，曹植《七启》："散乐移风，国福民康。"

⑦是非，《列子》："横心之所念，横口之所言，不知我之是非利害欤？亦不知彼之是非利害欤？"

⑧形迹，陶潜诗："谁为形迹拘。"

⑨金玉，《抱朴子》："三坟金玉。"

⑩凌风翔，《古诗》："焉得凌风飞。"阮籍诗："挥袖凌虚翔。"

⑪吴中，《史记》："项梁尝杀人，与籍避仇吴中。"

⑫汪洋，刘孝威诗："风神洒落，客止汪洋。"

⑬大藩，萧悫诗："大藩连帝室。"

⑭财赋，《书·禹贡》："底慎财武。"

初发扬子[1]寄元大校书[2]

凄凄[3]去亲爱[4]，泛泛入烟雾[5]。归棹[6]洛阳人，残钟广陵[7]树。今朝此为别，何处还相遇。世事波上[8]舟，沿洄安得住？

【注释】

①扬子，《一统志》："镇江府大江，即扬子江也。一名京江，东注大海，北距广陵。"

②校书，《通典》："校书郎，唐置八人，掌雠校典籍，为文士起家之正选。"

③凄凄，刘惠连诗："凄凄留子言。"

④亲爱，傅咸赋序："情相亲爱，有如同生。"

⑤烟雾，《古诗》："纨扇如圆月，出自机中素。画作秦王女，乘鸾入烟雾。"

⑥归棹，梁简文帝诗："悠悠归棹入。"

⑦广陵，《志胜》："广陵，即古扬州之域，其曰广陵郡者，东汉及唐天宝间名。相沿于西汉之广陵国也。"

⑧波上，《三辅黄图》："缆云舟于波上。"

寄全椒[1]山中道士[2]

今朝郡斋[3]冷，忽念山中客。涧底束荆薪[4]，归来煮白石[5]。欲持一瓢[6]酒，远慰风雨夕。落叶满空山，何处寻行迹[7]？

【注释】

①全椒，《一统志》："滁州有全椒县，县有神山，有洞极深，景物幽遂。"

②道士，《释名》："人行大道曰道士。士者何？理也，事也。身心顺理，惟道是从，从道惟事，

故曰道士。”

③郡斋，按：建中二年，应物出刺滁州。

④荆薪，陶潜诗：“荆薪代明烛。”

⑤白石，《晋书·鲍靓传》：“靓学兼内外，明天文河洛书，为南海太守，尝行部，入海遇风，饥甚，取白石煮食之。”

⑥一瓢，《论语》：“一箪食，一瓢饮。”

⑦行迹，陶潜诗：“寂寂无行迹。”

长安遇冯著[1]

客从东方来，衣上灞陵[2]雨。问客何为来，采山因买斧。冥冥花正开，飏飏燕新乳。昨别今已春，鬓丝生几缕？

【注释】

①冯著，按：《全唐诗》注：“冯著尝受李广州署为录事。”

②灞陵，《汉书·地理志》：“京兆尹县，灞陵故芷阳，文帝更名。”庾信诗：“灞陵采樵路，成都卖卜钱。”按：灞作“霸”。

夕次盱眙县[1]

落帆逗[2]淮镇[3]，停舫临孤驿。浩浩风起波，冥冥日沉夕。人归山郭[4]暗，雁下芦洲[5]白。独夜忆秦关[6]，听钟未眠客。

【注释】

①盱眙县，《一统志》：“盱眙县在泗州城南七里，汉置，属临淮郡，唐属滁州。”

②逗，《玉篇》：“逗，住也。”

③镇，按：《韵钥》：“藩镇，山镇，皆取安重镇压之义。”《一统志》：“泗州有泗水镇。”

④山郭，谢朓诗：“还望青山郭。”

⑤芦洲，鲍照诗：“今旦入芦洲。”考各本俱作芦州。按：当作“芦洲”，从王选本。

⑥秦关，张华《萧史诗》：“龙飞逸天路，凤起出秦关。”

东　郊

吏舍[1]跼终年，出郊旷清曙。杨柳散和风，青山澹吾虑。依丛[2]适自憩，缘涧还复去。微雨霭芳原，春鸠[3]鸣何处。乐幽心屡止，遵事迹犹遽。终罢斯结庐[4]，慕陶直可庶。

【注释】

①吏舍，《史记·曹相国世家》：“相舍后园近吏舍。”

②丛，《诗·葛覃》注：“灌木曰丛。”

③春鸠，曹植诗："春鸠鸣飞栋。"

④结庐，陶潜诗："结庐在人境，而无车马喧。"注："结，构也。"按：《全唐诗注》："言当此之时，心以幽事为乐，而辄复中止者，盖遽以隐遁为高，则犹嫌骤耳，然终当罢官而结庐也。平生企慕陶公，今而后其庶几乎。"

送杨氏女

永日方戚戚[①]，出行复悠悠。女子今有行[②]，大江溯轻舟。尔辈苦无恃[③]，抚念益慈柔。幼为长所育，两别泣不休。对此结中肠，义往[④]难复留。自小阙内训[⑤]，事姑贻我忧。赖兹托令门，任恤庶无尤[⑥]。贫俭诚所尚，资从岂待周。孝恭遵妇道[⑦]，客止顺其猷。别离在今晨，见尔当何秋？居闲始自遣，临感忽难收。归来视幼女，零泪缘缨[⑧]流[⑨]。

【注释】

①戚戚，《说文》："忧也。"《论语》："小人长戚戚。"陆机《赠张士然诗》："戚戚多远念，行行遂成篇。"

②有行，《诗》："女子有行，远父母兄弟。"

③无恃，《诗·小旻》："无父何怙，无母何恃。"

④义往，《礼》："女子二十而嫁，义当往也。"

⑤内训，《后汉书·班昭传》："作《女诫》七篇，有助内训。"

⑥无尤，《说文》："尤，过也，怨也。"《易》："王臣蹇蹇，终无尤也。"《老子》曰："夫惟不争故无尤。"

⑦妇道，《孟子》："以顺为正者，妾妇之道也。"

⑧缨，《仪礼》："主人入，亲缨，佩属，以五采为之，形如小囊，盖女子十五时许嫁所佩，既嫁说之，亲说，示缨为已系也。"

⑨泪缨，郭璞《游仙》诗："悲来恻丹心，零泪缘缨流。"

柳宗元[①]

晨诣超师院读禅经

汲井[②]漱寒齿，清心拂尘服。闲持贝叶[③]书，步出东斋读。真源[④]了无取，妄迹世所逐。遗言[⑤]冀可冥，缮性[⑥]何由熟。道人庭宇静，苔色[⑦]连深竹。日出雾露余，青松如膏沐[⑧]。澹然离言说，悟悦心自足。

【注释】

①柳宗元，宗元，字子厚，河东人。贞元九年举博学宏词科，进授校书郎，累迁监察御史，擢礼部员外郎。顺宗即位，王叔文得政，引入内政与计事。俄而叔文败，坐贬永州司户，放浪

山水间，以诗文自娱。元和十年徒柳州刺史，时刘禹锡得播州，宗元谓播州非人所居，而梦得有亲在堂，无母子俱往理，如不往，便为母子永诀，愿请于朝，以柳易播，会大臣为禹锡秦奏改刺，改刺连州。宗元在柳州有善政，年四十七卒于官，柳州人以神事之。

②汲井，谢灵运诗："激涧代汲井。"

③贝叶，《汉书·西域传》："西域有贝多树，国人以其叶写经，故曰贝叶书。"

④真源，刘孝威诗："降道访真源。"

⑤遗言，王粲诗："古人有遗言。"

⑥缮性，《庄子》："缮性于俗。"缮，治也。

⑦苔色，《别赋》："春宫闷此青苔色。"

⑧膏沐，《诗·卫风》："岂无膏沐，谁适为容。"

溪　居

久为簪组[①]束，幸此南夷[②]谪。闲依农圃[③]邻，偶以山林客。晓耕翻露草，夜榜[④]响溪石。来往不逢人，长歌楚天碧。

【注释】

①簪组，王勃《秋日宴洛阳序》："簪组盛而车马喧，庭宇虚而管弦亮。"

②南夷，《楚辞·九章》："哀南夷之莫吾知兮。"

③农圃，《北史·甄琛传》："专事产业，躬亲农圃。"

④榜，《楚辞》："齐吴榜以击汰。"注："榜，进船也。"《广韵》："榜人，舟人也。"

乐　府[①]

【注释】

①乐府，《汉书·礼乐志》："武帝定郊祀之礼，乃立乐府，采诗夜诵，有赵代秦楚之讴。以李延年为协律都尉，多举司马相如等数十人造为诗赋，略论律吕，以合八音之调。"师古注："乐府之名，盖始于此。"按：李孝光《郭茂倩乐府诗序》云："太原郭茂倩所辑乐府诗百卷，上采尧舜时歌谣，下讫于唐，而置次起汉郊祀，茂倩欲因以为四诗之续耳。郊祀若颂，铙歌鼓吹若雅，琴曲杂诗若国风，以其始汉，故题云乐府诗。乐府，教乐之官也，于殷曰瞽宗，周因殷，周官又有大司乐之属，至汉乃有乐府名。茂倩杂取诗谣，不可以皆被之弦歌，且后人所作，弗中于古，率成于侈心，犹录而不削，其意或有属也。"

王昌龄

塞上曲

蝉鸣空桑林，八月萧关[①]道。出塞入塞寒，处处黄芦草。从来幽并[②]客，皆共尘沙老。莫学游侠儿，矜夸紫骝[③]好。

【注释】

①萧关，《汉书·匈奴传》："孝文十四年，匈奴入朝那萧关。"《括地志》："陇山关在原州，即古萧关。"

②幽并，《汉书·地理志》："自古言勇侠者，皆推幽并，然涿州郡太原，自前代以来，皆多文雅之士。"

③紫骝，《古今乐录》："紫骝马，盖从军久戍怀归而作也。"杨炯诗："侠客重周游，金鞍控紫骝。"

塞下曲

饮马[①]度秋水，水寒风似刀。平沙日未没，黯黯见临洮[②]。昔日长城[③]战，咸言意气高。黄尘[④]足今古，白骨乱蓬蒿。

【注释】

①饮马，陈琳《饮马长城窟》诗："饮马长城窟，水寒伤马骨。"按：注言，秦人苦长城之役也。

②临洮，《汉书·地理志》："陇西郡临洮县。"江淹《上建平王书》："西泊临洮狄道，北距飞狐阳原。"

③长城，《广舆记》："陕西有临洮府，长城在府城西，秦始皇筑。"

④黄尘，刘昶断句："白云满鄣来，黄尘暗天起。"

李　白

关山月[①]

明月出天山[②]，苍茫云海间。长风[③]几万里，吹度玉门关[④]。汉下白登[⑤]道，胡窥青海[⑥]湾。由来征战地，不见有人还。戍客望边邑，思归多苦颜。高楼[⑦]当此夜，叹息未应闲。

【注释】

①关山月，《乐府解题》："关山月，伤别离也。"萧士赟曰："关山月者，乐府鼓角横吹十五典之一。"王褒诗："无复汉地关山月。"

②天山，《汉书·武帝纪》："天汉二年，贰师将军三万骑出酒泉，与右贤王战于天山。"注："天

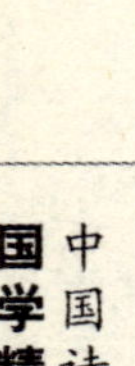

山在西域蒲类国，去长安八千余里，即祁连山也。匈奴谓天为祁连。”

③长风，陆机诗：“长风万里举。”

④玉门关，《后汉书·班超传》：“超上疏曰：‘臣不敢望到酒泉郡，但愿生入玉门关。’”：注“玉门关属敦煌郡，今沙州也，去长安三千六百里。”

⑤白登，《汉书·匈奴传》：“冒顿围高帝于白登七日。”注：“白登，台名，去平城七里。”《括地志》：“朔州定襄县，本汉平城县，县东北三十里有白登山，山上有台名曰白登台。”

⑥青海，《北史·吐谷浑传》：“治伏俟城，在青海西十五里，青海周围千余里。”《潜确类书》：“洮州卫有青海，在洮州之西，周围千里，中有小山，隋将段文振西征，逐虏于青海，即此。”

⑦高楼，徐陵《关山月》诗：“思妇高楼上，当窗应未眠。”

子夜[①]吴歌

长安一片月，万户捣衣声。秋风吹不尽，总是玉关情。何日平胡虏，良人[②]罢远征。

【注释】

①子夜，《唐书·乐志》：“《子夜歌》者，晋曲也，晋有女子名子夜造此，声过哀苦。”《乐府古题要解》：“后人因为四时行乐词，谓之《子夜四时歌》，吴声也。”

②良人，《孟子》：“其妻归告其妾曰：‘良人者，所仰望而终身也。’”《正义》：“妻谓夫曰良人。”

长干[①]行

妾发初覆额，折花门前剧[②]。郎骑竹马[③]来，绕床弄青梅。同居长干里，两小无嫌猜。十四为君妇，羞颜未尝开。低头向暗壁，千唤不一回。十五始展眉，愿同尘与灰。常存抱柱[④]信，岂上望夫台[⑤]。十六君远行，瞿塘滟滪堆[⑥]。五月不可触，猿声天上哀。门前迟行迹，一一生绿苔[⑦]。苔深不能扫，落叶秋风早。八月蝴蝶黄[⑧]，双飞西园草。感此伤妾心，坐愁[⑨]红颜老。早晚下三巴[⑩]，预将书报家。相迎不道远，直至长风沙[⑪]。

【注释】

①长干，《吴都赋》：“长干延属，飞甍舛互。”注：“建业南五里有山冈，其间平地，吏民杂居，号长干，中有大长干，小长干，皆相连。大长干在越城东，小长干在越城西。地有长短，故号大小长干。”《方舆胜览》：“建康府有长干里，去上元县五里，在秦淮南。”《乐府遗声》：“都邑三十四曲中有长干里行。”按：地下而广曰干。庾信《怨歌行》：“家住金陵县前，嫁得长干少年。”

②剧，按：剧，音“极”，戏也。

③竹马，《博物志》：“小儿五岁曰鸠车之戏，七岁曰竹马之戏。”

④抱柱，《庄子》：“尾生与女子期于梁下，女子不来，水至不去，抱柱而死。”

⑤望夫台，按：《苏栾城集》：“望夫台，在忠州南数十里。”

⑥瞿塘滟滪堆，《一统志》：“瞿塘在夔州府城东，旧名西陵峡，乃三峡之门，两崖对峙，中贯一江，滟滪堆当其口。”《太平寰宇记》：“滟滪堆周回二十丈，在夔州西南二百步，蜀江中心。瞿

塘峡口，冬水浅，屹然露百余尺，夏水涨，没数十丈，其状如马，舟人不敢进。谚云：‘滟滪大如马，瞿塘不可下，滟滪大如朴，瞿塘不可触。’”

⑦绿苔，江总诗：“自悲行处绿苔生，何悟啼多红粉落。”

⑧蝴蝶黄，按：杨升庵谓，蝴蝶或黑或白，或五彩皆具，惟黄色一种，至秋乃多，盖感金气也。太白“八月蝴蝶黄”之句，以为深中物理。

⑨坐愁，鲍照诗：“安能行叹复坐愁。”

⑩三巴，谯周《三巴记》：“阆白水东南流，曲折三回如巴字。”《华阳国志》：“献帝建安六年，改永陵为巴郡，以固陵为巴东，安汉为巴西，是为三巴。”《小学绀珠》：“三巴：巴郡，今重庆府；巴东，今夔州；巴西，今合州。”

⑪长风沙，《唐诗纪事》：“长风沙，地名，在池州之雁汊下八十里。”《太平寰宇记》：“长风沙，在舒州怀宁县东一百九十里，置在江界，以防寇盗。”按：自金陵至长风沙凡七百里。又按肆园居士云，长风沙，即今怀宁县东五十里长风夹也。自金陵至长风沙五百里，或以为七百里，误。

孟 郊[①]

列女操

梧桐相待老，鸳鸯[②]会双死。贞妇贵殉夫，舍生亦如此。波澜[③]誓不起，妾心古井水。

【注释】

①孟郊，字东野，湖州武康人，少隐嵩山，年五十始成进士，为溧阳尉。韩愈极重之，荐于郑余庆，奏为参军。未几卒。张籍谥曰贞曜先生。

②鸳鸯，《古今注》：“鸳鸯，水鸟，凫类也。雌雄未尝相离，人得其一，一思而死，故谓之匹鸟。”

③波澜，谢灵运诗：“倾耳聆波澜，举目眺岖嵚。”

游子吟

慈母手中线，游子身上衣。临行密密缝，意恐迟迟归。谁言寸草心，报得三春晖？

唐诗三百首卷二

七言古诗

陈子昂[①]

登幽州[②]台歌

前不见古人,后不见来者。念天地之悠悠[③],独怆然[④]而涕下。

【注释】

①陈子昂,子昂,字伯玉,梓州射洪人。文明初举进士,武后时擢灵台正字。迁右拾遗,尝上疏劝武后兴明堂太学。后改称周,子昂上周受命颂,圣历初解官归。县令段简贪暴,闻其富,欲害之,捕送狱中,忧愤死。

②幽州,《尔雅》:"燕曰幽州。"《释名》:"幽州在北,幽昧之地也。"《晋书·地理志》:"舜以冀州南北阔大,分卫以西为并州,燕以北为幽州,周人因焉。"《春秋元命苞》:"箕星散为幽州,分为燕国。"

③悠悠,陆机赋:"天悠悠而弥高。"《列子》:"名者实之宾,而悠悠者趋名不已。"

④怆然,《唐韵》:"怆,楚高切,音'创',伤也。"《礼·祭义》:"霜露既降,君子履之,必有凄怆之心,非其寒之谓也。"

李　颀[①]

古　意

男儿事长征,少小幽燕客。赌胜马蹄下,由来轻七尺[②]。杀人莫敢前,须如蝟毛磔[③]。黄云陇底白云飞,未得报恩不得归。辽东[④]小妇年十五,惯弹琵琶解歌舞。今为羌笛[⑤]出塞声,使我三军泪如雨。

【注释】

①李颀,颀,东川人。开元十三年进士,调新乡县尉。有集传于世。

②七尺,沈约《王俭碑铭》:"倾方寸以奉国,忘七尺以事君。"

③蝟毛磔,《晋书·桓温传》:"温豪爽有风概,姿貌甚伟,刘惔尝称之曰:'温眼如紫石棱,须作蝟毛磔,孙仲谋晋宣王之流亚也。'"《埤雅》:"蝟状似鼠,性极驽钝,物少犯近则毛刺攒起

如矢。"《物类志》:"蝟毛顺者雄,逆者雌。"按:蝟音"渭"。

④辽东,《汉书·地理志》:"辽东郡,县辽阳,大梁水西南至辽阳,入辽。"

⑤羌笛,马融《长笛赋》:"近世双笛从羌起,羌人伐竹未及已。龙鸣水中不见己,截竹吹之声相似。"注:"羌,西戎也。羌笛与笛,二器不同,盖羌人伐竹未毕,有龙鸣水中,不见其身,羌人旋即截竹吹之,声与龙相似。"

送陈章甫

四月南风大麦黄,枣花未落桐叶长。青山朝别暮还见,嘶马出门思旧乡。陈侯立身何坦荡[①],虬须[②]虎眉[③]仍大颡[④]。腹中贮书一万卷,不肯低头在草莽[⑤]。东门酤酒饮我曹,心轻万事如鸿毛[⑥]。醉卧不知白日暮,有时空望孤云高。长河浪头连天黑,津吏[⑦]停舟渡不得。郑国[⑧]游人未及家,洛阳[⑨]行子空叹息。闻道故林[⑩]相识多,罢官昨日今如何?

【注释】

①坦荡,《论语》:"君子坦荡荡。"《晋书·阮籍传》:"其外坦荡,而内淳至。"

②虬须,《三国志·崔琰传》:"琰对客虬须直视,若有所瞋。"按:虬作"虯",音"求"。《说文》:"龙子有角者。"

③虎眉,《帝王世纪》:"文王昌,龙颜虎眉。"

④大颡,《周易》:"巽,于人也为寡发,为广颡。"

⑤草莽,《孟子》:"大野曰草莽之臣。"

⑥鸿毛,司马迁《报任少卿书》:"人固有一死,死或重于泰山,或轻于鸿毛,用之所趣异也。"

⑦津吏,《列女传》:"赵简子南击楚,至河津,津吏醉卧不能渡。简子怒,将杀子。津吏之女乃持楫而前曰:'妾父知君王将渡,恐值风波,故祷河神,不胜杯酌余沥,醉于此,君命诛之,愿以微躯易父之死。'"

⑧郑国,《说文》:"郑,京兆县,周厉王子友所封。"按:郑武公定平王于东都,因徙其封,施旧号于新邑,是为新郑。今河南开封府郑州是也。

⑨洛阳,《汉书·地理志》:"河南郡县洛阳。"

⑩故林,按:故林,犹故园也。

琴 歌

主人有酒欢今夕,请奏鸣琴广陵[①]客。月照城头乌半飞[②]。霜凄万木风入衣。铜炉华烛烛增辉,初弹《渌水》[③]后《楚妃》[④]。一声已动物皆静,四座无言星欲稀。清淮奉使千余里,敢告云山从此始。

【注释】

①广陵,《晋书·嵇康传》:"康将刑东市,顾视日影,索琴弹之,曰:'昔袁孝尼尝从吾学广陵散,吾每靳固之,广陵散于今绝矣。'"《汉书·地理志》:"广陵国,景帝四年更名江都,武帝元年更名广陵郡。"

②乌飞，魏文帝《短歌行》："月明星稀，乌鹊南飞。"

③《渌水》，《乐府诗集》："齐明王歌辞七曲，王融应司徒教而作也。一曰明王曲，二曰圣君曲，三曰渌水曲。"庾信《春赋》："阳春渌水之曲，对凤回鸾之舞。"

④《楚妃》，《歌录》："石崇《楚妃叹》曰：'歌辞莫知其所由，楚之贤妃能立德著勋，垂名于后，唯樊姬焉，故今叹咏之声，永世不绝。'"陆机《乐府》："楚妃且莫叹，齐蛾且莫讴。"

听董大弹胡笳兼寄语弄房给事[1]

蔡女昔造胡笳声[2]，一弹一十有八拍。胡人落泪沾边草，汉使断肠对归客。古戍苍苍烽火[3]寒，大荒[4]阴沉[5]飞雪白。先拂商弦后角羽[6]，四郊秋叶惊摵摵[7]。董夫子，通神明[8]，深松[9]窃听[10]来妖精。言迟更速皆应手，将往复旋如有情。空山百鸟[11]散还合，万里浮云阴且晴。嘶酸[12]雏雁[13]失群夜，断绝胡儿[14]恋母声。川为静其波，鸟亦罢其鸣。乌珠[15]部落[16]家乡远，逻娑[17]沙尘[18]哀怨生。幽音变调忽飘洒，长风吹林雨堕瓦。迸泉飒飒飞木末[19]，野鹿呦呦[20]走堂下。长安[21]城连东掖垣[22]，凤凰池[23]对青琐门[24]。高才脱略[25]名与利，日夕望君抱琴至。

【注释】

①题解，按：《品汇注》："唐史，董庭兰善鼓琴，为房琯门客。天宝五载，琯摄给事中。"《增韵》："弄戏也。此疑赠庭兰寄次律也。"

②胡笳声，《史记·乐书》："胡笳似悲栗而无孔，后世卤簿用之。伯阳避入西戎所作，卷芦叶吹之也。"《蔡琰别传》："琰，字文姬，先适河东卫仲道，夫亡无子，归宁于家。汉末为胡骑所获，在左贤王部伍中，春月登胡殿，感笳之音，作《胡笳十八拍》，为琴曲以见志。"按：大胡笳十八拍，号沈家声。小胡笳十九拍，号祝家声。《旧唐书·音乐志》："丝桐惟琴曲有胡笳声。"

③烽火，《史记·司马相如传》："烽举燧燔。"注：《索隐》曰："《纂要》云：烽，见敌则举。燧，有难则焚。烽主昼，燧主夜。"《酉阳杂俎》："狼粪烟直上，烽火用之。"《汉书》："烽火通于甘泉。"

④大荒，《山海经》："大荒之中有山，名曰大荒之山。日月所入，是谓大荒之野。"

⑤阴沉，《文心雕龙》："天高气清，阴沉之志远，霰雪无垠，矜肃之虑深。"

⑥商弦、角羽，《列子》："郑师文从师襄游，柱指钩弦，三年不成章。师襄曰：'子可以归矣。'师文曰：'且小假之以观其后。'无几何，复见师襄，曰：'子之琴何如？'曰：'得之矣，请尝试之。'于是当春而叩商弦，以召南吕，凉风忽至，草木成实。及秋而叩角弦，以激夹钟，温风徐回，草木发荣。当夏而叩羽弦，以召黄钟，霜雪交下，川池暴沍。及冬而叩征弦，以激蕤宾，阳光炽烈，坚冰立散。师襄乃抚心高蹈曰：'微矣子之弹也，虽师旷、邹衍无以加之。'"

⑦摵摵，卢谌诗："摵摵芳叶零。"

⑧神明，《晋书》："束先生，通神明。"

⑨深松，宋武帝诗："深松朝已雾。"

⑩窃听，《史记》："秦王跽曰：'寡人愿闻失计，然左右多窃听者。'范雎恐，未敢言内而先言外事，以窃秦王之俯仰。"

⑪百鸟,张翰诗:“百鸟互相和。”

⑫嘶酸,陆厥诗:“君不见孤雁关外发,酸嘶度杨越。”

⑬雏雁,孙楚《笳赋》:“若夫广陵散吟,五节白纻,太山长曲,哀及梁父。似鸿雁之将雏,乃群翔于河渚。”

⑭胡儿,《胡笳十八拍》:“不谓残生兮却得选归。抚抱胡儿兮泣下沾衣。焉得羽翼兮将汝归。一步一远兮足难移。”

⑮乌珠,按:王阮亭《古诗选》,沈归愚选《全唐诗》,皆作“乌孙”。《史记·大宛传》:“乌孙在大宛东北,可二千里。”《汉书·西域传》:“乌孙愿得尚汉公主为昆弟,元封中遣江都王建女细君为公主以妻焉。公主歌曰:吾家嫁我兮天一方,远托异国兮乌孙王,穹庐为室兮旃为墙。”

⑯部落,《晋书兴书》:“胡俗以部落为种类,居各最豪贵。”

⑰逻娑,《唐书·薛仁贵传》:“吐蕃入寇,命为逻娑道总管。”按:逻娑,吐蕃城名。

⑱沙尘,《十真记》:“兰沙之地,去中都万里,沙如细尘。”

⑲木末,屈原《九歌》:“采薜荔兮水中,搴芙蓉兮木末。”《说文》:“木上曰末。”

⑳呦呦,《诗·小雅》:“呦呦鹿鸣,食野之萍。”按:自“幽音”至“堂下”,皆状其琴之声也。

㉑长安,《汉书·地理志》:“京兆,县长安,高帝五年置,惠帝元年初城,六年城。”按:长安,在陕西西安府。长安县,唐所都也。

㉒掖垣,《唐书·权德舆传》:“左右掖垣,承天子诰命。禁中有东西两掖垣,乃禁墙也。”

㉓凤凰池,《晋书》:“荀勖久在中书,专管机事。后为尚书令,甚罔罔怅怅。或有贺之者,勖曰:‘夺我凤凰池,何贺耶?’”按:中书地在枢近,人谓之凤凰池。

㉔青琐门,《汉书》:“仪,黄门郎日暮入,对青琐门拜。”《宫阁簿》:“青琐门在南宫。”《汉书·元后传》:“曲阳侯根,骄奢僭上,赤墀青琐。”师古注:“青琐者,刻为连环文而青涂之也。”

㉕脱略,《谢尚传》:“开率颖秀,辨悟绝伦。脱略细行,不为流俗之事。”

听安万善吹觱篥歌

南山截竹为觱篥①,此乐本自龟兹②出。流传汉地曲转奇,凉州③胡人为我吹。傍邻闻者多叹息,远客思乡皆泪垂。世人解听不解赏,长飙④风中自来往。枯桑老柏寒飕飗⑤,九雏⑥鸣凤乱啾啾。龙吟虎啸一时发,万籁百泉相与秋。忽然更作《渔阳掺》⑦,黄云萧条白日暗。变调如闻《杨柳》⑧春,上林⑨繁花照眼新。岁夜高堂列明烛,美酒一杯声一曲。

【注释】

①觱篥,《史记·乐书》:“觱篥,以竹为管,以芦为首,状类胡笳而九孔,所法者角音而已。”《通典》:“觱篥出于胡中,胡人吹角以惊马,后乃以笳为管,竹为首。”《明皇杂录》:“觱篥本龟兹国乐,亦曰悲栗。”注按:以其声悲也。

②龟兹,《汉书》:“龟兹国王治延城,去长安七千四百八十里。”《逸史》:“李謩,开元中吹笛为第一部,尝会镜湖,吹凉州,至曲中,坐客有独孤生者曰:‘公声调杂夷乐,得无有龟兹之侣乎?’李生大骇,起拜曰:‘丈人神绝,某师实龟兹人也。’”注:龟兹,音“鸠慈”。

③凉州,《晋书·地理志》:“汉改周之雍州为凉州,盖以地处西方,常寒冷也。”《唐书·礼乐

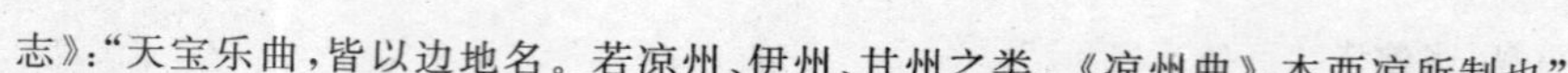

志》："天宝乐曲，皆以边地名。若凉州、伊州、甘州之类。《凉州曲》，本西凉所制也"。

④飙，《尔雅》："扶摇谓之猋。"注："暴风从下而上谓之飙。"按：《字典》，飚、飙，同认作"飚"，皆音"标"，义也同。

⑤飕飗，《吴都赋》："与风飏扬，飚浏飕飗。"《名画记》："烟霞翳薄，风雨飕飗。"

⑥九雏，《晋书》："穆帝升平四年，凤凰将九雏见于丰城。"《古乐府》："凤凰鸣啾啾，一母将九雏。"《孙卿子》："凤鸟啾啾，其翼若干，其声若萧。"

⑦《渔阳掺》，《后汉书·祢衡传》："曹操闻衡善击鼓，乃以为鼓吏，因大会宾客，阅试音节。衡为《渔阳参挝》，蹀躞而前，声节悲壮。"注："挝，击鼓椎也。参挝，击鼓之法。"按：《韵会》、《正韵》："掺，七绀切，骖去声，与参同。鼓曲也。"

⑧《杨柳》，《技录》："折杨柳，古曲名也。"王褒诗："途歌《扬柳曲》，巷饮榴花樽。"

⑨上林，《上林赋》："独不闻天子之上林乎？"注："上林苑。"

孟浩然

夜归鹿门歌

山寺钟鸣昼已昏，渔梁[①]渡头争渡喧。人随沙岸向江村，余亦乘舟归鹿门[②]。鹿门月照开烟树，忽到庞公[③]栖隐处。岩扉松径长寂寥，唯有幽人自来去。

【注释】

①渔梁，按：渔梁，当作"鱼梁"。《水经注》："沔水中有鱼梁洲，庞德公所居。"按：鱼梁洲在湖北襄阳府。

②鹿门，《一统志》："山在襄阳府城东南三十里。"《襄阳记》："襄阳侯习郁立神祠于山，刻二石鹿夹神道口，因谓之鹿门山。"

③庞公，《后汉书·逸民传》："庞德公也，襄阳人也。居岘山之南，未尝入城府。躬耕田里。荆州刺史刘表数延请，不能屈，后携妻子登鹿门山采药，不返。"

李　白

庐山[①]谣寄卢侍御虚舟[②]

我本楚狂[③]人，凤歌笑孔丘。手持绿玉杖[④]，朝别黄鹤楼[⑤]。五岳[⑥]寻仙不辞远，一生好入名山游。庐山秀出南斗[⑦]旁，屏风[⑧]九叠云锦[⑨]张，影落明湖青黛光。金阙前开二峰[⑩]长，银河倒挂三石梁[⑪]。香炉瀑布[⑫]遥相望[⑬]，迴崖沓嶂[⑭]凌苍苍[⑮]。翠影红霞映朝日，鸟飞[⑯]不到吴天长。登高壮观[⑰]天地间，大江茫茫去不还。黄云万里动风色，白波九道[⑱]流雪山[⑲]。好为庐山谣[⑳]，兴因庐山发。闲窥石镜[㉑]清我心，谢公[㉒]行处苍苔没。早服还丹[㉓]无世情，琴心三叠[㉔]道初成。遥见仙人彩云[㉕]里，手把芙蓉

朝玉京[26]。先期汗漫九垓上，愿接卢敖[27]游太清[28]。

【注释】

①庐山，《太平寰宇记》："庐山，在江州南，高三千六百六十丈，周回二百五十里。其山九叠，川亦九派。"《九江志》："周武王时，匡裕兄弟七人皆有道术，结庐于此。仙去，空庐尚存，故曰庐山。"按：庐山，在江西南康府西北二十里。又按：南康在庐山之阳，九江在庐山之阴。

②卢虚舟，按：李华《三贤论》："范阳卢虚舟幼真，质方而清。"贾至有《授卢虚舟殿中侍御史制》云："敕大理司直卢虚舟，闲邪存诚，遁世颐养，操持有清廉之誉，在公有干蛊之才，可殿中侍御史。"

③楚狂，《论语》："楚狂接舆歌而过孔子，曰：'凤兮，凤兮！何德之衰，往者不可谏，来者犹可追。已而已而，今之从政者殆而。'孔子下，欲与之言，趋而避之，不得与之言。"《高士传》："陆通，按接舆，楚人也，时谓楚狂。楚王遣使者往聘，通变名易姓游诸名山，俗传以为仙去。"

④玉杖，《后汉书·礼仪志》："民年七十者授之以玉杖，长尺，端立鸠为饰。"

⑤黄鹤楼，《太平寰宇记》："费文祎登仙，驾鹤憩此。"《述异记》："荀环憩江夏黄鹤楼上，望西南有物飘然降自云汉，乃驾鹤之宾也。宾主欢对，辞去，跨鹤腾空，渺然烟灭。"按：黄鹤楼在湖北武昌府的黄鹄矶上。

⑥五岳，《周礼·春官·大宗伯》："以血祭祭社会稷，五祀五岳。"按：东岳泰山，在山东泰安府。西岳华山，在陕西华阴县。南岳衡山，在湖广衡州府。北岳恒山，在山西浑源州。中岳嵩山，在河南登封县。

⑦南斗，《一统志》："庐山上直南斗分野。"

⑧屏风，《一统志》："屏风叠在庐山，自五老峰而下，九叠如屏。"

⑨云锦，江淹诗："云锦被沙汭。"

⑩金阙二峰，《太上决疑经》："银宫金阙，列仙所居。"《述异记》："庐山西南有石门山，状若双阙。"按：二峰，即香炉峰、双剑峰也。

⑪三石梁，《述异记》："庐山有三石梁，长数十丈，广不盈尺。"按：《庐山纪事》："三叠泉在九叠屏之左，水势三折而下，如银河之挂石梁。"

⑫香炉瀑布，《庐山记》："东南有香庐峰，游气笼其上，氤氲若香烟。又南北有瀑布十余处，香炉峰与双剑峰在瀑布之旁，水源在山顶，人未有穷其源者。西为康王谷之水帘。东为开元禅院之瀑布。"

⑬相望，《古诗》："两宫遥相望。"

⑭沓嶂，任昉诗："沓嶂易成响。"

⑮苍苍，《庄子》："天之苍苍。"

⑯鸟飞，马援《武溪深曲》："滔滔武溪一何深，鸟飞不度，兽不敢临。嗟哉！武溪多毒淫。"

⑰壮观，司马相如《封禅书》："斯天下之壮观。"

⑱九道，郭璞《江赋》："流九派于浔阳。"《太平寰宇记》："《浔阳记》云：九江在浔阳，去州五里，名曰白马江，是大禹所疏。会于桑落州，上下三百余里合流。昔秦皇汉武，并登庐山以望九江也。"《尚书》"九江"注："江于此州界，分为九道。"《浔阳记》"九江"注："一曰乌白江，二曰蚌江，三曰乌江，四曰嘉靡江，五曰畎江，六曰源江，七曰廪江，八曰提江，九曰箘江。"

⑲雪山，《雪赋》："雪山峙于西域。"

⑳谣,《列子》注:"徒歌曰谣。"

㉑石镜,《一统志》:"石镜峰,在南康府西二十六百里,有一圆石悬崖,明净照见人影,隐现无时。"谢灵运《入彭蠡湖口》诗:"攀崖照石镜。"

㉒谢公,谢灵运有《登庐山绝顶望诸峤》诗。

㉓还丹,《参同契》:"色转更为紫,赫然成还丹。"《广弘明集》:"烧丹成水银,还水银成丹,故曰还丹。"

㉔琴心三叠,按:《黄庭经》:"琴心三叠舞胎仙。"梁邱子注:"琴,和也;叠,积也,存三丹田使和积如一。"

㉕彩云,王融诗:"巫山彩云合。"

㉖玉京,《魏书·释老志》:"道家之源,出于老子。先天地以资万类,上处玉京,为神王之宗。下在紫微,为飞仙之主。"

㉗卢敖,《淮南子》:"卢敖游于北海,至蒙谷之上,见一士,方轩轩然迎风而舞。卢敖舆之语曰:惟敖背郡离党,穷于六合之外,非敖而已乎。今卒睹夫子于是,子殆可与敖为友乎?若士齿然而笑曰:吾与汗漫期于九垓之外,吾不可以久留。若士举臂而竦身,遂入云中。"高诱注:"卢敖,燕人。秦始皇召以为博士,使求神仙,亡而不反。汗漫,不可知之也。九垓,九天之外。"

㉘太清,《淮南子》:"太清之治也,和顺以寂寞。"

梦游天姥[①]吟留别

海客谈瀛洲[②],烟涛微茫信难求。越人语天姥,云霓[③]明灭或可睹。天姥连天向天横,势拔五岳掩赤城[④]。天台[⑤]四万八千丈,对此欲倒东南倾[⑥]。我欲因之梦吴越,一夜飞度镜湖[⑦]月。湖月照我影,送我至剡溪[⑧]。谢公宿处今尚在,绿水荡漾清猿啼。脚著谢公屐[⑨],身登青云梯[⑩]。半壁见海日,空中闻天鸡[⑪]。千岩万壑路不定,迷花倚石忽已暝。熊咆龙吟[⑫]殷岩泉[⑬],栗深林兮惊层巅[⑭]。云青青兮欲雨,水澹澹[⑮]兮生烟。列缺霹雳[⑯],丘峦崩摧。洞天[⑰]石扉,訇[⑱]然中开。青冥浩荡不见底,日月照耀金银台[⑲]。霓为衣兮风为马[⑳],云之君兮纷纷而来下[㉑]。虎鼓瑟[㉒]兮鸾回车[㉓],仙之人兮列如麻[㉔]。忽魂悸[㉕]以魄动,恍惊起[㉖]而长嗟。惟觉时之枕席,失向来之烟霞。世间行乐亦如此,古来万事东流水。别君去兮何时还?且放白鹿[㉗]青崖[㉘]间,须行即骑访名山。安能摧眉[㉙]折腰[㉚]事权贵[㉛],使我不得开心颜。

【注释】

①天姥,《一统志》:"天姥峰,在台州天台县西北,与天台山相对。其峰孤峭,下临嵊县,仰望如在天表。"按:姥,音"母"。

②瀛洲,《十洲记》:"瀛洲在东海中,地方四千里。"

③云霓,谢灵运诗:"螟投剡中宿,明登天姥岑。高高入云霓,还期那可寻。"

④赤城,孙绰《天台山赋》:"赤城霞起而建标。"《太平广记》:"章安县西有赤城山,周三十里。一峰特高,可三百余丈。"按:章安即台州府宁海县。又按:赤城山在天台北,石皆赤色,壁立如城。《舆地志》:"赤城山有赤石罗列,长里余,遥望似赤城。"

⑤天台,《云笈七签》:"天台山高一万八千丈,洞周围五百里,名上玉清之天,上应台星,故曰天台。在台州天台县。"

⑥东南倾,《楚辞》:"康回冯怒,地何故以东南倾。"

⑦镜湖,《述异记》:"越州镜湖,世传轩辕铸镜湖边,因得名。"按:越州即今绍兴府。

⑧剡溪,《元和志》:"剡溪出越州剡县西南,北流入上虞县界,为上虞江。"按:剡县即今绍兴府嵊县。

⑨谢公屐,《南史》:"谢灵运寻山陟岭,必造幽峻,岩嶂数十重,莫不备尽登蹑。尝著木屐,上山则去其前齿,下山则去其后齿。"

⑩青云梯,谢灵运《登石门最高顶诗》:"惜无同怀客,共登青云梯。"

⑪天鸡,《天中记》:"桃都山有大树曰桃都,枝相去三千里,上有天鸡。日初出照此木,天鸡即鸣,天下鸡皆随之。"

⑫熊咆龙吟,《楚辞》:"虎豹斗兮熊罴咆。"《广韵》:"咆,音'庖'。咆嗥熊虎声。"张衡赋:"龙吟方泽。"

⑬岩泉,萧钧诗:"岩泉咽不流。"

⑭层巅,谢灵运诗:"筑观基曾巅。"按:曾,音"层"。

⑮澹澹,《高唐赋》:"水澹澹而盘纡。"《说文》:"澹,水摇也。"

⑯列缺霹雳,扬雄《羽猎赋》:"霹雳列缺,吐火施鞭。"应劭注:"霹雳,雷也。列缺,天隙雷光也。"《通雅》:"列缺,电光也。阳气从云决裂而出,故曰列缺。"

⑰洞天,《高士传》:"洞天周涉,妙药为粮,"本集注:"唐贞观中,华阴云台观法师,随长公弼行至一石壁,临无底之谷,一径阔数寸,公弼以指扣石壁,划然开一门,中有天地日月。"

⑱訇,訇音"轰",大声也。

⑲金银台,郭璞诗:"神仙排云出,但见金银台。"

⑳霓衣风马,《楚辞》:"青云衣兮白霓裳。"《汉书·郊祀歌》:"灵之下兮若风马。"傅玄《吴楚歌》:"云为车兮风为马。"

㉑来下,《楚辞》:"流澌纷兮将来下。"

㉒虎鼓瑟,《西京赋》:"总汇仙侣,戏豹舞罴。白虎鼓瑟,苍龙吹篪。"

㉓鸾车,《太平御览》:"太微天帝,登白鸾之车。"《楚辞》:"既亡鸾车之幽蔼。"

㉔列如麻,《上元夫人步元曲》:"忽过紫微垣,真人列如麻。"

㉕悸,《说文》:"悸音忌,心动也。"

㉖惊起,鲍照诗:"惊起空叹息,恍惚神魂飞。"

㉗白鹿,《楚辞》:"骑白鹿而容与。"

㉘青崖,江淹诗:"猿啸青崖间。"

㉙摧眉,王琦注:"摧眉,低首也。"

㉚折腰,梁萧统《陶潜传》:"渊明,浔阳柴桑人也。少有高趣,为彭泽令。岁终,会郡道督邮至,吏请曰:'应束带见之。'渊明叹曰:'我不能为五斗米折腰向乡里小儿。'即日解绶去职。"

㉛权贵,《汉书》:"杜业不附权贵。"

金陵酒肆留别

风吹柳花[①]满店香,吴姬压酒劝客尝。金陵子弟来相送,欲行不行各尽觞[②]。请君

试问东流水[3],别意与之谁短长?

【注释】

①柳花,《古乐府》:"柳花经东阴。"
②尽觞,曹植诗:"别易会难,当各尽觞。"
③东流水,《乐府》:"不见东流水,何时复西归。"

宣州谢朓楼[1]饯别校书[2]叔云

弃我去者,昨日之日不可留。乱我心者,今日之日多烦忧。长风万里送秋雁,对此可以酣[3]高楼。蓬莱[4]文章建安[5]骨,中间小谢[6]又清发。俱怀逸兴壮思飞[7],欲上青天览日月。抽刀断水水更流,举杯销愁[8]愁更愁。人生在世不称意,明朝散发[9]弄扁舟。

【注释】

①谢朓楼,《江南通志》:"宁国府北楼,谢朓为宣城太守时所建,亦称谢公楼。"按:今宁国府,东汉曰宣城,隋唐曰宣州。《南史》:"谢朓,字玄晖,文章清丽。"
②校书,按:《唐书》:"魏征奏引诸儒校集秘书,国家图籍,粲然完整。"
③酣,孔安国《尚书传》:"乐酒曰酣。"
④蓬莱,《后汉书·窦章传》:"是时,学者称东观为老氏藏室,道家蓬莱山。"注:"言东观经籍多也。蓬莱,海中神山,为仙府。幽经秘录,并皆在焉。"
⑤建安,《沧浪诗话》:"东汉建安之末,有孔融、王粲、陈琳、徐幹、刘桢、应玚、阮瑀及曹氏父子所作之诗,世谓之建安体,风骨遒上,最饶古气。"按:建安,献帝年号。
⑥小谢,钟嵘《诗品》论谢惠连云:"小谢才思富捷,恨其兰玉夙凋,故长辔未骋。"
⑦壮思飞,刘桢诗:"君侯多壮思,文雅纵横飞。"卢思道《卢记室诔》:"丽词泉涌,壮思云飞。"
⑧销愁,曹子建诗:"谁与销愁?"
⑨散发,《后汉书·袁闳传》:"延熹末,党事将作,闳遂散发绝世。"

岑　参

走马川[1]行奉送封大夫[2]出师西征

君不见走马川行雪海[3]边,平沙莽莽黄入天[4]。轮台[5]九月风夜吼,一川碎石大如斗,随风满地石乱走。匈奴草黄马正肥[6],金山[7]西见烟尘飞,汉家大将西出师。将军金甲[8]夜不脱,半夜军行戈相拨,风头如刀[9]面如割。马毛带雪汗气蒸,五花[10]连钱[11]旋作冰,幕中草檄[12]砚水凝。虏骑闻之应胆慑[13],料知短兵[14]不敢接,军师[15]西门伫献捷[16]。

【注释】

①走马川,按:雪海,西域康居地,走马川,川之近雪海者。

②封大夫,《唐书》:“封常青,蒲州人。擢安西副大都护,安西四镇节度副大使,未几,改北庭大都护,持节伊西节度使。”

③雪海,《唐书·西域传》:“葱岭水南流者,经中国入于海。北流者,经胡入于海,北三日,行度雪海,春夏常雨雪。”

④黄沙,《北史·吐谷浑传》:“沙州刺史部内有黄沙,周围数百里不生草木,因号沙州。”何逊诗:“远岸平沙合。”

⑤轮台,《唐书·地理志》:“北庭大都护府有轮台县,大历六年置,有静塞军。”

⑥马肥,《史记·匈奴传》:“秋,马肥,大会蹛林。”

⑦金山,《北边备对》:“突厥阿史那氏,得古匈奴北部之地,居金山之阳。”《一统志》:“金山在陕西永昌卫城北二里。又,在故昌松县南。”

⑧金甲,蔡琰诗:“金甲耀日光。”

⑨风如刀,《汉书》:“热风如烧,寒风如刀。”

⑩五花,《名画要录》:“开元内厩,有飞黄照夜浮云五花之乘。”

⑪连钱,梁元帝《紫骝马》诗:“长安美少年,金络铁连钱。”《尔雅》:“青骊驎驒。”注:“色有深浅,斑驳隐邻曰驒,今之连钱骢也。”

⑫草檄,《南史·蔡景历传》:“武帝将讨王僧辩,召令草檄,景历援笔立成檄。”注见下篇。

⑬慑,按:慑,失气也,服也,怖也。慑慴,恐惧也。

⑭短兵,《楚辞》:“车错毂兮短兵接。”

⑮军师,接:王阮亭《古诗选》作“车师”。《汉书·西域传》:“轮台,西去车师千余里。”又,“车师前国,王治交河城。后国,王治务涂谷。”按:蘅塘退士本作“军师”。

⑯献捷,《左传》:“蛮夷戎狄,不式王命,王命伐之,则有献捷,王亲授而劳之。”

轮台歌奉送封大夫出师西征

轮台城头夜吹角①,轮台城北旄头②落。羽书③昨夜过渠黎④,单于⑤已在金山西。戍楼⑥西望烟尘黑,汉军屯在轮台北。上将⑦拥旄⑧西出征,平明吹笛⑨大军行。四边⑩伐鼓⑪雪海涌,三军大呼⑫阴山⑬动。虏塞⑭兵气⑮连云屯⑯,战场白骨⑰缠草根。剑河⑱风急云片阔,沙口石冻马蹄脱。亚相⑲勤王⑳甘苦辛,誓将报主静边尘㉑。古来青史㉒谁不见,今见功名胜古人。

【注释】

①吹角,《演繁露》:“蚩尤与黄帝战,帝命吹角作龙吟御之。”

②旄头,《史记·天官书》:“昴曰旄头,胡星也。”注:“动摇若跳跃者,胡兵大起。”

③羽书,《史记·高帝纪》:“以羽檄征天下兵。”注:“檄者,以木简为书,长尺二寸,用征召也。有急事,则加以鸟羽插之,名日羽檄。”

④渠黎,《汉书·西域传》:“渠黎城至龟兹五百八十里。自武帝初通西域,置校尉屯田渠黎。”按:黎,亦作“犁”。

⑤单于,《史记》:“皇帝敬问匈奴单于。”《前汉书·匈奴传》:“单于者,广大之貌也。”按:单,音“蝉”,单于者,匈奴君也。

⑥戍楼,庾信诗:“戍楼侵岭路。”

⑦上将,《史记》:“怀王使宋义为上将。”

⑧拥旄,班固《祝文》:“仗节拥旄。”

⑨吹笛,《乐纂》:“军中之乐,鼓笛为上,使闻之者,壮勇而乐和。”

⑩四边,朱超诗:“云雾四边收。”

⑪伐鼓,《诗·小雅》:“伐鼓渊渊。”《东都赋》:“举烽伐鼓,申令三驱。”

⑫大呼,《后汉书·臧宫传》:“宫进兵,呼声动山谷。”

⑬阴山,《汉书·匈奴传》:“侯应曰:臣闻北边塞至辽东外有阴山,东西千余里。草本茂盛,多禽兽,本冒顿单于依阻其中,治作弓矢,来出为寇,是其苑囿也。至孝武时,出师征伐,斥夺其地,攘之于幕北,然后边境得用少安。边长老言,匈奴失阴山之后,过之未尝不哭也。”

⑭虏塞,《汉书·西域传》:“遣人之西河虎猛,制虏塞下。”注:“虎猛,县名,制虏塞在其界。”

⑮兵气,《汉书·西域传》:“矛端生火,此兵气也。”

⑯云屯,《后汉书·南匈奴传》:“控弦抗戈,觇望风尘,云屯鸟散,更相驰突。”

⑰白骨,蔡琰诗:“白骨不知谁。”江淹《恨赋》:“试望平原,蔓草萦骨。”

⑱剑河,《唐书·回鹘传》:“青山东,有水曰剑河,偶艇以度,水悉东北。河经其国,合而北入海。”

⑲亚相,汉制:御史大夫谓之亚相。见《容斋续笔》。

⑳勤王,《书·金縢》:“昔公勤劳王家。”

㉑边尘,江淹诗:“何日边尘静。”

㉒青史,江淹《上建平王书》:“俱启丹册,并图青史。”

白雪歌送武判官归京

北风卷地白草[①]折,胡天八月即飞雪。忽如一夜春风来,千树万树梨花[②]开。散入珠帘[③]湿罗幕[④],狐裘[⑤]不暖锦衾[⑥]薄。将军角弓[⑦]不得控,都护铁衣[⑧]冷犹著。瀚海[⑨]阑干[⑩]百丈冰[⑪],愁云惨淡万里凝。中军[⑫]置酒饮归客,胡琴[⑬]琵琶[⑭]与羌笛。纷纷暮雪下辕门[⑮],风掣红旗冻[⑯]不翻。轮台东门送君去,去时雪满天山路。山回路转不见君,雪上空留马行处。

【注释】

①白草,《汉书·西域传》:“鄯善国多白草。”注:“白草,草之白者,似莠而细,无芒。”

②梨花,萧子显诗:“洛阳梨花落如雪。”

③入帘,《雪赋》:“终开帘而入隙。”

④罗幕,陆机诗:“兰室接罗幕。”

⑤狐裘,《诗·桧风》:“羔裘逍遥,狐裘以朝。”

⑥锦衾,《诗》:“角枕粲兮,锦衾烂兮。”

⑦角弓,鲍照诗:“角弓不可张。”《周礼》:“燕之角翰曰角弓,出幽燕。”

⑧铁衣,《木兰诗》:“寒光照铁衣。”

⑨瀚海,《史记·匈奴传》:“骠骑将军与左贤王接战,左贤王遁走,骠骑封于狼居胥山,禅姑衍,临瀚海而还。”注:“瀚,同‘翰’,瀚海,北海名。群鸟解羽于此。”虞义诗:“瀚海愁云生。”

⑩阑干,按:阑干,纵横貌。《吴都赋》:“珠琲阑干。”

⑪百丈冰,《神异经》:"北方层冰万里,厚百丈。"

⑫中军,《诗》:"中军作好。"《周礼》:"大司马中军以鼙令鼓。"

⑬胡琴,《剑侠传》:"王敬宏于威远军会宴,有侍妓善鼓胡琴。"

⑭琵琶,《晋书·阮咸传》:"咸妙解音律,善弹琵琶。"《释名》:"琵琶本出于胡中,马上所鼓也。推手前曰枇,引手却曰杷,象其鼓时,因以为名也。"

⑮辕门,《汉书注》:"军行以车为阵,辕相向为门。"

⑯旗冻,虞世基诗:"霜旗冻不翻。"

杜 甫

韦讽[①]录事宅观曹将军[②]画马图

国初已来画鞍马,神妙[③]独数江都王[④]。将军得名三十载,人间又见真乘黄[⑤]。曾貌先帝照夜白[⑥],龙池[⑦]十日飞霹雳。内府[⑧]殷红马脑盘[⑨],婕妤传诏才人[⑩]索。盘赐将军拜舞[⑪]归,轻纨细绮相追飞。贵戚权门[⑫]得笔迹[⑬],始觉屏障生光辉。昔日太宗拳毛騧[⑭],近时郭家狮子花[⑮]。今之新图有二马,复令识者久叹嗟。此皆骑战[⑯]一敌万,缟素漠漠开风沙。其余七匹亦殊绝,迥若寒空动烟雪。霜蹄蹴踏[⑰]长楸[⑱]间,马官[⑲]厮养[⑳]森成列。可怜九马争神骏,顾视清高[㉑]气深稳。借问苦心爱者谁,后有韦讽前支遁[㉒]。忆昔巡幸新丰宫[㉓],翠华拂天[㉔]来向东。腾骧[㉕]磊落[㉖]三万匹[㉗],皆与此图筋骨[㉘]同。自从献宝[㉙]朝河宗,无复射蛟[㉚]江水中。君不见金粟堆[㉛]前松柏里,龙媒[㉜]去尽鸟呼风[㉝]。

【注释】

①韦讽,按:黄鹤注,高为阆州录事,居在成都。

②曹将军,《名画记》:"曹霸,魏曹髦之后。髦画称于魏代。霸在开元中已得名。天宝末,每诏画御马及功臣。官置左武卫将军。"

③神妙,孔臧《柳赋》:"固神妙之不如。"

④江都王,《名画记》:"江都王绪,霍王元轨之子,太宗犹子也。善书画鞍马擅名。垂拱中官至金州刺史。"

⑤乘黄,《竹书纪年》:"帝舜元年,出乘黄之马。"《穆天子传》:"伯天皆致河典,乃乘渠黄之乘,为天子先,以极西土。"董逌《画跋》:"乘黄,其状如狐,背上有角。霸所画马,未尝如此,特论其神骏耳。"

⑥照夜白,《明皇杂录》:"上所乘马有玉花骢,照夜白。"《开元记》:"照夜白,封太山回,令陈闳图之。"《画鉴》:"曹霸人马图,红衣美髯,奚官牵玉面骍,绿衣阉官牵照夜白。"

⑦龙池,《唐六典注》:"兴庆宫,今上潜龙旧宅也。宅东有井,忽涌出为小池,尝有云气,或黄龙出其中。景云中,其沼浸广,遂濒洞为龙池也。"《长安志》:"龙池,在南内南薰殿北。"

⑧内府,《周礼》:"内府掌受九贡,九赋,九功之货贿。"

⑨马脑盘,《唐书·裴行俭传》:"平都支遮匐获玛瑙盘,广二尺,文彩灿然。"按:玛瑙,亦作

"马脑"。

⑩婕妤、才人,《唐书·百官志》:"内宫有婕妤九人,正三品。才人七人,正四品。"《汉书·外戚传》注:"婕,言接,幸于上。妤,美称也。"

⑪拜舞,《吴越春秋》:"群臣拜舞天颜舒。"

⑫权门,《汉书·息夫躬传》:"趋权门为名。"

⑬笔迹,陆机表:"事踪笔迹,皆可推校。"

⑭拳毛騧,《长安志》:"太宗所乘六骏,刻石象于昭陵北阙之下,五曰拳黄马黑喙,平刘黑闼时所乘。"

⑮狮子花,《杜阳杂编》:"代宗自陕还,命御马九花虬并紫玉鞭辔赐郭子仪。以身被九花文,号九花虬。额高九寸,毛拳如麟。亦有狮子骢,皆其类。"按:《天中记》载杜诗注:狮子花即九花虬也。

⑯骑战,《六韬》:"车与骑战,一车当几骑。"

⑰蹴踏,《南都赋》:"蹴踏咸阳。"

⑱长楸,曹植诗:"走马长楸间。"

⑲马官,《晋书·天文志》:"东壁北十星曰天厩,主马之官。若今驿亭也。"

⑳厮养,按:郭茂倩《乐府杂曲》有《邯郸才人嫁为厮养卒妇歌》。按《汉书注》:"析薪为厮,烹炊为养。"

㉑清高,《高士传》:"郑朴修静默,世服其清高。"

㉒支遁,《世说》:"支遁尝养数匹马,或言道人畜马不韵,支遁曰,贫道重其神骏耳。"

㉓新丰宫,《唐书·地理志》:"京兆府昭应县,本新丰,有温泉宫,更曰华清宫。"《唐志》:"昭应本新丰,有宫在骊山下。"

㉔翠华拂天,《上林赋》:"建翠华之旗。"《东都赋》:"旌旗拂天。"

㉕腾骧,《西京赋》:"乃夺翅而腾骧。"

㉖磊落,按:《文选注》:"磊落,众多貌。"

㉗三万匹,萧子显诗:"汉马三万匹。"

㉘筋骨,《列子》:"伯乐曰:良马,可形容,筋骨相也。"

㉙献宝,《穆天子传》:"天子西征至阳纡之山,河伯冯夷之所都居,是惟河宗氏,天子沈璧礼焉。河伯乃与天子披图视典,用观天子之宝器,曰天子之宝。"《玉海》引《水经注》:"玉果璇珠、烛银金膏等物,皆河图所载,河伯所献。穆王观图,乃导以西迈矣。"按:穆王自此归而上升,以比玄宗之升遐也。

㉚射蛟,《汉书·武帝纪》:"元封五年,自浔阳浮江,亲射蛟江中,获之。"

㉛金粟堆,《旧唐书》:"明皇亲拜五陵,至睿宗桥陵,见金粟山岗有龙蟠虎踞之势,复近先茔。谓侍臣曰:吾千秋万岁后,宜葬此地。暨升遐,遵先旨葬焉。"《长安志》:"明皇泰陵在蒲城东北三十里金粟山。"

㉜龙媒,《汉书·礼乐志》:"天马徕兮龙之媒。"

㉝呼风,《楚辞》:"遵野莽以呼风。"

丹青[①]引

赠曹将军霸

将军魏武[②]之子孙,于今为庶[③]为清门。英雄割据[④]虽已矣,文采[⑤]风流[⑥]今尚存。

学书初学卫夫人⑦，但恨无过王右军⑧。丹青不知老将至，富贵与我如浮云⑨。开元之中常引见⑩，承恩数上南薰殿⑪。凌烟⑫功臣少颜色，将军下笔⑬开生面⑭。良相头上进贤冠⑮，猛将⑯腰间大羽箭⑰。褒公鄂公⑱毛发动，英姿⑲飒爽来酣战⑳。先帝天马玉花骢，画工如山貌不同㉑。是日牵来赤墀㉒下，迥立阊阖㉓生长风。诏谓将军拂绢素，意匠㉔惨澹经营㉕中。斯须㉖九重真龙㉗出，一洗万古凡马㉘空。玉花却在御榻上，榻上庭前屹相向。至尊㉙含笑催赐金，圉人㉚太仆㉛皆惆怅㉜。弟子韩幹㉝早入室，亦能画马穷殊相。幹惟画肉不画骨，忍使骅骝㉞气凋丧㉟。将军画善盖有神，必逢佳士亦写真㊱。即今漂泊干戈际，屡貌寻常行路人。途穷反遭俗眼白㊲，世上未有如公贫。但看古来盛名下㊳，终日坎壈㊴缠其身。

【注释】

①丹青，《汉书·苏武传》："李陵贺武曰：竹帛所载，丹青所画。"

②魏武，按：曹将军，曹髦之后。曹髦，魏武帝之曾孙，在位六年，为司马昭所杀。

③为庶，《左传》："昭公三十二年，三后之姓，于今为庶。"注："夏三后之子孙，本高贵也，今或降而为众庶。"

④割据，《汉书·叙传》："割据山河。"

⑤文采，《报任安书》："文采不彰于后世。"

⑥风流，《后汉书·樊英传》："世之所谓名士者，其风流可知矣。"

⑦卫夫人，《法书要录·羊欣传》："古来能书人名蔡邕，受于神人而传崔瑗及女文姬，文姬传之钟繇，钟繇传之卫夫人，卫夫人传之王羲之。"《书断》："卫夫人名铄，字茂漪，廷尉展之女弟，恒之从女，汝阴太守李矩之妻也。隶书尤善，规矩钟公，右军常师之，永和五年卒。子克为中书郎，亦工书。"《书史会要》："王旷，导从弟，与卫世为中表，故得蔡邕书法于卫夫人，以授子羲之。"

⑧王右军，《晋书》："王羲之字逸少，起家秘书郎，后为右军将军。"《书断》："篆、籀、八分、隶书、章草、飞白、行书、草书，通谓之八体，惟王右军兼工。"

⑨富贵浮云，《论语》："不义而富且贵，于我如浮云。"

⑩引见，《汉书·王商传》："引见白虎殿。"

⑪南薰殿，《长安志》："兴庆宫之北有龙池，前有瀛州，门内有南薰殿。"

⑫凌烟，《唐书》："太宗图功臣于凌烟阁。"

⑬下笔，《汉书·贾捐之传》："君房下笔，语言妙天下。"

⑭生面，《南史·王琳传》："回肠疾首，切犹生之面。"

⑮进贤冠，《后汉书·舆服志》："进贤冠，古缁布冠也。文儒者之服。"

⑯猛将，《李陵答苏武书》："猛将如云，谋臣如雨。"

⑰羽箭，《酉阳杂俎》："太宗好用四羽大笴长箭，尝一抉射洞门阖。"

⑱褒公鄂公，《旧唐书》："凌烟功臣李靖等二十四人，开府仪同三司，鄂国公尉迟敬德第七，故辅国大将军、扬州都督、褒国忠壮公段志元第十。"

⑲英姿，《后汉书·马武传》："英姿茂绩。"

⑳酣战，《韩非子》："楚师酣战之声。"

㉑貌不同，沈约诗："如娇如怨貌不同。"

㉒赤墀，见上，蔡女《胡笳》"青琐"注。

㉓阊阖，《淮南子》："排阊阖，沦天门。"《离骚》："吾令帝阍开关兮，倚阊阖而望予。"

㉔意匠，《文赋》："意司契而为匠。"

㉕经营，《历代画品》："画有六法，五曰经营位置。"

㉖斯须，《乐记》："礼乐不可斯须去身。"按：《读杜心解》及王阮亭《古诗选》"斯须"俱作"须臾"。

㉗真龙，《论衡》："楚叶公好龙，真龙闻而下之。"《尚书中候》："帝尧即政，有真龙衔甲，赤文绿色，有帝王录兴亡之数。"

㉘凡马，《抱朴子》："凡马野鹰。"

㉙至尊，《尔雅疏》："君者至尊之号。"《史记·武帝纪》："朕以眇眇之身承至尊，兢兢焉惧弗任。"

㉚圉人，《周礼》："圉人掌养马。"

㉛太仆，《汉书·百官表》："太仆，秦官，掌舆马。"

㉜惆怅，按：《申氏说杜》："惆怅者，讶其画之似真。"

㉝韩幹干，《名画记》："韩幹，大梁人，王右丞见其画推奖之。官至太府寺丞。善写人物，尤工鞍马。初师曹霸，后独自擅。玄宗好大马，西域岁有献马者，幹悉图其骏，则有玉花骢，照夜白等。"

㉞骅骝，《汉书·地理志》："造父得骅骝騄耳之乘。"

㉟凋丧，陆机诗："旧齿皆凋丧。"

㊱写真，《唐书》："阎立本善于写真，十八学士图乃立本之迹。"

㊲眼白，《晋书·阮籍传》："籍能为青白眼，见礼俗之士以白眼对之。母终，嵇喜来吊，籍作白眼，喜不怿而退。"

㊳盛名下，《后汉书·黄琼传》："盛名之下，其实难副。"

㊴坎壈，《九辩》："坎壈兮，贫士失职而志不平。"《楚辞》："志坎壈而不违。"

寄韩谏议[1]注

今我不乐[2]思岳阳[3]，身欲奋飞[4]病在床。美人娟娟[5]隔秋水，濯足洞庭[6]望八荒[7]。鸿飞冥冥[8]日月白，青枫叶[9]赤天雨霜[10]。玉京[11]群帝[12]集北斗[13]，或骑麒麟[14]翳凤凰。芙蓉旌旗烟雾落，影动倒景[15]摇潇湘[16]。星宫[17]之君醉琼浆[18]，羽人[19]稀少不在旁。似闻昨者赤松子[20]，恐是汉代韩张良[21]。昔随刘氏[22]定长安，帷幄[23]未改神惨伤。国家成败吾岂敢，色难[24]腥腐[25]餐枫香[26]。周南留滞[27]古所惜，南极老人应寿昌[28]。美人胡为隔秋水，焉得置之贡玉堂[29]？

【注释】

①谏议，按：谏议大夫起于后汉。《续通典》："武后龙朔二年改为正谏大夫，开元以来，仍复。凡四人属门下宫。"

②不乐，《诗·唐风》："今我不乐，日月其除。"

③岳阳，师古注："岳州巴陵郡曰岳阳，有君山、洞庭、湘江之胜。"按：此系谏议隐居处。《汉书·地理志》："岳州在岳之阳，故曰岳阳。"按：岳阳即今湖广岳州府。

④奋飞，《诗·邶风》："静言思之，不能奋飞。"

⑤娟娟，鲍照《初月诗》："未映西北墀，娟娟似蛾眉。"

⑥洞庭，《禹贡》："九江孔殷。"注："九江，即今之洞庭湖也。沅水、渐水、元水、辰水、叙水、西水、洋水、资水、湘水，皆合于洞庭，意以是名九江也。"按：洞庭在府西南。

⑦八荒，《汉书·扬雄传》："陟西岳以望八荒。"

⑧鸿飞冥冥，《法言》："鸿飞冥冥，弋人何篡焉？"

⑨枫叶，谢灵运诗："晓霜枫叶丹。"

⑩雨霜，鲍照诗："北风驱雁天雨霜。"

⑪玉京，按：元君注：玉京者，无为之天也。东南西北，各有八天，凡三十二天，盖三十二帝之都。玉京之下，乃昆仑北都。

⑫群帝，江淹诗："群帝共上下。"

⑬北斗，《晋书·天文志》："北斗在太微北，七政之枢机，号令之主。"

⑭麒麟，《集仙灵》："群仙毕集，位高者乘鸾，次乘麒麟，次乘龙凤鹤，每翅各大丈余。"

⑮倒景，《大人赋》："贯列缺之倒景。"注引《陵阳子明经》："列缺气去地二千四百里，倒景气去地四千里，其景皆倒在下。"

⑯潇湘，谢朓诗："洞庭张乐地，潇湘帝子游。"

⑰星宫，《汉书·天文志》："经星常宿，中外官凡百七十八名，积数七百八十三星，皆有州国官宫物类之象。"

⑱琼浆，《楚辞》："华爵既陈，有琼浆些。"

⑲羽人，《楚辞》："仍羽人于丹丘。"

⑳赤松子，《史记·留侯世家》："张良曰：吾以三寸舌为帝者师，封万户，位列侯布衣之极，于良足矣。愿弃人间事，从赤松子游耳。乃学避谷引道轻身。"

㉑韩张良，陆机《高祖功臣传》："太子少傅留文成侯韩张良。"

㉒刘氏，《汉书·高祖纪》："帝尝与吕后曰：'周勃厚重少文，然安刘氏者必勃也。可令为太尉。'"

㉓帷幄，《史记·高帝纪》："运筹帷幄之中，决胜千里之外，吾不如子房。"

㉔色难，《神仙传》："壶公数试费长房，继令噉溷，臭恶非常，长房色难之。"

㉕腥腐，鲍照诗："何时与尔曹，啄腐共吞腥？"

㉖枫香，《尔雅注》："枫有脂而香。"《南史》："任昉营佛殿，调枫香二石。"

㉗周南留滞，《史记·太史公自序》："是岁，天子始建汉家之封，而太史公留滞周南，不得与从事。"注："古之周南，今之洛阳。"

㉘老人寿昌，《晋书》："老人一星在弧南。一曰南极，常以秋分之旦见于丙，秋分之夕没于丁。见则治平，主寿昌。"

㉙玉堂，《十洲记》："昆仑有流精之阙，碧玉之堂，西王母所治也。"按《梦溪笔谈》："唐翰林院在禁中，乃人主燕居之所。玉堂承明金銮殿，皆在其间。"

古柏行

孔明庙前有老柏[①]，柯如青铜根如石[②]。霜皮溜雨四十围，黛色[③]参天二千尺。君臣已与时际会[④]，树木犹为人爱[⑤]惜。云来[⑥]气接巫峡[⑦]长，月出寒通雪山[⑧]白。忆昨路绕锦亭[9]东，先主武侯同閟宫[10]。崔嵬枝干郊原古，窈窕[11]丹青户牖[12]空。落落[13]盘踞[14]虽得地[15]，冥冥孤高多烈风[16]。扶持[17]自是神明力，正直原因造化功。大厦[18]如倾要梁栋[19]，万牛[20]回首丘山[21]重。不露文章[22]世已惊，未辞剪伐[23]谁能送。苦心岂免容蝼蚁[24]，香叶曾经宿鸾凤[25]。志士仁人莫怨嗟，古来材大难为用。

【注释】

①孔明庙柏，《蜀志》："诸葛亮字孔明，身长八尺，每自比于管仲乐毅。先主即帝位，策为丞相。建兴元年封武乡侯。"按赵注《杜诗解》：成都先主庙，武侯祠堂附焉。夔州先主庙武侯庙各别。此诗盖夔州柏也。按：杜诗《夔州十绝》云："武侯祠堂不可忘，中有松柏参天长。"即指此。

②铜石，任昉《述异记》："卢氏县有卢君冢，冢傍柏一株，根劲如铜石。"

③黛色，江淹《竹赋》："黛色参天。"

④际会，张衡诗："邂逅承际会。"

⑤爱树，《左传》："思其人而爱其树。"

⑥云来，萧懿诗："云来觉山近。"

⑦巫峡，《宜都山川记》："巴东三峡巫峡长。"

⑧雪山，《后汉书·班超传》注："西域有白山，通岁有雪，亦名雪山，在成都西。"

⑨锦亭，《蜀志》："锦江，织锦成，濯其中则鲜明，故曰锦江。"按：锦江在成都。又按：朱注：严武有《寄题杜二锦江野亭》诗，故曰锦亭。

⑩閟宫，《诗·鲁颂》："閟宫有侐。"注："閟，深闭也；宫，庙也。""侐，清静也。"《寰宇记》："先主庙西院即武侯庙。庙前有双大柏，古峭可爱。人云武侯所植。"赵注："此追言成都庙中柏也。"

⑪窈窕，《鲁灵光殿赋》："旋室㛹娟以窈窕。"

⑫户牖，鲍照诗："开轩当户牖。"

⑬落落，杜笃赋："长松落落。"

⑭盘踞，中山王《文木赋》："或如龙盘虎踞。"

⑮得地，沈约赋："栖根得地。"

⑯烈风，陆机序："欲陨之叶，无所借烈风。"

⑰扶持，《游天台山赋》："实神明之所扶持。"

⑱大厦，《文中子》："大厦之倾，非一木所支。"

⑲梁栋，《晋书》："括柏豫章虽小，已有栋梁之器。"梁武帝诗："出家为上首，入仕作梁栋。"

⑳万牛，按：本诗注：杜预《水灾疏》："所留好种万头，此万牛所本。"

㉑丘山，鲍照诗："丘山不可胜。"

㉒文章，中山王《文木赋》："既剥既刊，见其文章。"

㉓剪伐，《诗·召南》："蔽芾甘裳，勿剪勿伐，召伯所茇。"

㉔蝼蚁，贾谊赋："横江湖之鳣鲸兮，固将制于蝼蚁。"按：蝼，即蝼蛄，秦晋间谓之蠹。

㉕鸾凤，《易林》："枝叶茂盛，鸾凤以庇。"谢承《后汉书》："方储种松柏，鸾栖其上。"

唐诗三百首卷三

七言古诗

杜　甫

观公孙大娘弟子舞剑器[①]行　并序

大历二年十月十九日，夔府别驾元持宅，见临颍李十二娘舞剑器，壮其蔚跂，问其所师，曰："余公孙大娘弟子也。"开元三载，余尚童稚，记于郾城[②]观公孙氏舞剑器浑脱[③]，浏漓顿挫，独出冠时，自高头宜春[④]梨园[⑤]二伎坊内人洎外供奉，晓是舞者，圣文神武皇帝初，公孙一人而已。玉貌[⑥]锦衣，况余白首，今兹弟子，亦匪盛颜。既辨其由来，知波澜莫二，抚事感慨，聊为《剑器行》。往者吴人张旭[⑦]，善草书书帖，数常于邺县见公孙大娘舞西河剑器，自此草书长进，豪荡感激，即公孙可知矣。

昔有佳人公孙氏，一舞《剑器》动四方。观者[⑧]如山色沮丧[⑨]，天地为之久低昂。㸌如羿射九日[⑩]落，矫如群帝[⑪]骖龙翔。来如雷霆[⑫]收震怒[⑬]，罢如江海凝清光。绛唇珠袖两寂寞，晚有弟子传芬芳。临颍美人在白帝[⑭]，妙舞此曲神扬扬[⑮]。与余问答既有以[⑯]，感时[⑰]抚事增惋伤。先帝侍女八千人，公孙剑器初第一。五十年[⑱]间似反掌[⑲]，风尘澒洞[⑳]昏王室。梨园子弟散如烟，女乐余姿映寒日[㉑]。金粟堆前木已拱[㉒]，瞿塘石城草萧瑟。玳弦急管曲复终，乐极哀来[㉓]月东出[㉔]。老夫不知其所往，足茧[㉕]荒山转愁疾。

【注释】

①公孙剑器，《明皇杂录》："安禄山献白玉箫管数百事，陈于梨园，诸公主及虢国以下，竞为贵妃弟子。时公孙大娘能为邻里曲及裴将军满堂势西河剑器浑脱舞，妍妙皆冠绝于时。"

②临颍郾城，《唐书·地理志》："临颍、郾城二县，俱属许州。"按：许州在河南。

③剑器浑脱，《乐府杂录》："健舞曲有棱大、阿连、柘枝、剑器、胡旋、胡腾等。"《正字通》："剑器，武舞，用女伎雄妆，空手而舞。"《文献通考》："或以剑器为刀剑，误也。"《唐书》："中宗宴近臣及修文学士，诏遍为伎。工部尚书张锡为谈容娘舞，将作大匠宗晋卿为浑脱舞。"注按：《唐书·五行志》，长孙无忌以乌羊毛为浑脱毡帽，谓之赵公浑脱，因演以为舞。居易录按：陈旸《乐书》云："乐府诸曲，自古不用犯声，唐自则天末年，剑器人浑脱，为犯声之始。剑器宫调，浑脱商调，以臣犯君，故为犯声。又，唐多解曲，柘枝用浑脱解之类。观此，则剑器浑脱自别为舞曲之名。今人误读杜诗序，以"剑器"为句，而以"浑脱浏漓顿挫"六字为句，以为

极赞舞器之妙，讹谬沿袭，文字中往往以"浑脱浏漓"四字连缀用之，可笑也。"又阅李中麓《天元太仆塞上曲》云："黄河万里障边隅，点卤年来谋计殊。不用轻帆并短棹，浑脱飞渡只须臾。"自注云："脱音'驼'，然后知'浑脱舞'、'浑脱帽'皆当作平声。"按：朱中丞《续谈》云，予以役三关，次太子滩，隔岸群彝来，乱流而渡，见有骑一物浮水面者，问之，曰：浑脱也。盖取羊皮去其骨肉而制之，故以为名。"浑脱帽"义应尔。

④高头宜春，《教坊记》："右教坊在光宅坊，左教坊在延政坊。右多善歌，左多工舞。妓女入宜春苑，谓之内人，亦曰前头人。"按：高头，疑即"前头"之谓。

⑤梨园，《唐书·礼乐志》："明皇既知音律，又酷爱法曲，选坐部伎子弟三百教于梨园，声音有误者必觉而正之，号皇帝梨园弟子。"

⑥玉貌，鲍照《芜城赋》："东都妙姬，南国丽人，蕙心纨质，玉貌绛唇。"

⑦张旭，《国史补》："旭常言，始吾见公主担夫争路而得笔法之意，后见公孙氏舞剑器而得其神。"

⑧观者，《礼记》："观者如堵。"

⑨沮丧，《庄子》："嗒焉沮丧。"

⑩九日，《淮南子》："尧时十日并出，尧令羿射中九日，乌皆死，坠其羽翼。"

⑪群帝，夏侯玄赋："又如东方群帝兮，腾龙驾而翱翔。"

⑫雷霆，《易》："鼓之以雷霆，润之以风雨。"

⑬震怒，《书》："皇天震怒"。

⑭白帝，《元和郡县志》："公孙述至鱼复，有白龙出井中，因号鱼复为白帝城。"《寰宇记》："公孙述据蜀，自以承汉土运，故号曰白帝城。"按：白帝城在四川夔州府东。

⑮扬扬，《管晏列传》："意气扬扬，甚自得也。"

⑯有以，《史记》："信陵君不耻下交，有以也。"

⑰感时，《楚辞》："余感时兮凄怆。"

⑱五十年，按：自开元三年至是凡五十三年。

⑲反掌，《汉书·枚乘传》："易于反掌，安于泰山。"

⑳澒洞，《淮南子》："未有天地之时，鸿濛澒洞。"按：澒，音"贡"。澒洞，相连貌。

㉑寒日，陶潜诗："惨惨寒日。"

㉒木拱，《左传》："穆公曰：尔何知？中寿，尔墓之木拱矣。"

㉓哀来，魏文帝《乐府》："乐往哀来摧肺肝。"

㉔月东出，《诗》："日居月诸，东方自出。"

㉕足茧，《战国策》："苏子足重茧，日百里而后舍。"注："茧，足胝也。"

元　结

石鱼湖[①]上醉歌　并序

漫叟[②]以公田米酿酒，因休暇则载酒于湖上，时取一醉。欢醉中，据湖岸引臂向鱼取酒，使舫载之，遍饮坐者。意疑倚巴丘酌于君山[③]之上，诸子环洞庭而坐，酒舫泛泛然触波涛而往来者，乃作歌以长之。

石鱼湖，似洞庭，夏水欲满君山青。山为樽，水为沼，酒徒[④]历历坐洲岛。长风连日作大浪，不能废人运酒舫。我持长瓢坐巴丘[⑤]，酌饮四座以散愁。

【注释】

①石鱼湖，元结《石鱼湖上作诗·序》："瀼泉南山有独石在水中，状如游鱼，鱼凹处，修之可以贮酒。水涯四匝多欹石相连，石上堪人坐，水能浮，小舫载酒，又能绕石鱼洄流，乃命湖曰石鱼湖，镌铭于湖上，显示来者。又作诗以歌之。"

②漫叟，《唐诗纪事》："元结始号猗玕子，后称浪士，又曰漫郎，更曰聱叟。"《唐书·元结传》："酒徒又曰公漫久矣，可以漫为叟。"

③君山，《博物志》："君山上有美酒数斗，得饮者不死。"《水经注》："是山，湘君之所游处，故曰君山。昔秦始皇遭风于此而问其故，博士曰：'湘君出入则多风。'"按：君山在岳州府西南洞庭湖中。君山有石穴，潜通吴之包山，郭景纯所谓巴陵地道是也。

④酒徒，《史记·郦生传》："郦生瞋目按剑叱使者曰：'走！'复入言沛公：'吾高阳酒徒也，非儒人也。'"

⑤巴丘，巴丘湖亦名青草湖，北连洞庭南。按：汉湘东纳汨罗之水，巴丘山在岳州府南，羿屠巴蛇于洞庭，积骨为丘，故名。

韩　愈[①]

山　石

山石荦确[②]行径微，黄昏到寺[③]蝙蝠[④]飞。升堂坐阶新雨足，芭蕉[⑤]叶大支子[⑥]肥。僧言古壁[⑦]佛画好，以火来照所见稀。铺床拂席置羹饭，疏粝[⑧]亦足饱我饥。夜深静卧百虫绝，清月[⑨]出岭光入扉。天明独去无道路，出入高下穷烟霏[⑩]。山红涧碧纷烂漫，时见松枥[⑪]皆十围。当流赤足踏涧石，水声激激风生衣。人生如此自可乐，岂必局促为人靰[⑫]。嗟哉吾党[⑬]二三子[⑭]，安得至老不更归。

【注释】

①韩愈，愈，字退之，昌黎人。三岁而孤，兄会嫂郑鞠之。随兄官岭表，兄卒，愈自知刻苦学

儒，比长，通六经百家。贞元八年擢进士，累调四门博士，迁监察御史。上疏极论宫闱，德宗怒，贬阳山令。元和初，擢知国子博士，分司东部，改都官员外郎，寻复为博士，改比部郎中，进中书舍人，为裴度行军司马，平蔡，迁刑部侍郎，宪宗迎佛骨入禁门，上表力谏。帝怒，将抵以死，大臣皆为愈言，乃贬潮州刺史，量移袁州，召拜国子祭酒，转兵部侍郎。王廷凑乱，召愈宣谕，极论顺逆利害，廷凑畏服之。归，转吏部侍郎，转京兆尹兼御史大夫，后以李逢吉李绅交构，遗患于愈，罢为兵部侍郎，后复为吏部侍郎。卒年五十七，赠礼部尚书，谥曰文。

②荦确，《正韵》："硗确，石地。也作'垸确'。"按：荦确，亦石地不平貌。

③黄昏到寺，按：肄园居士注《韩文公外集》：洛北惠林寺题名云：贞元十七年七月二十二日宿此而归。诗云："晡时坚坐到黄昏。"与此正一时事。

④蝙蝠，《尔雅》："蝙蝠，服翼。"注："或谓之仙鼠。"曹植赋："明伏暗动，尽似鼠形。"按：《乌台诗话》："燕以日出为旦，日入为夕。蝠以日为入旦，日出为夕。争之不决。"

⑤芭蕉，苏颂《草木疏》："芭蕉叶大者二三尺，围重皮相袭，叶如扇生。"

⑥支子，《酉阳杂俎》："诸花少六出者，惟栀子花六出，即西域薝卜花也。"栀，与"支"同。

⑦古壁，卢照邻诗："古壁有丹青。"

⑧疏粝，《诗》："彼疏斯粺。"笺："疏，粗也，谓粝米也。"按：《汧国夫人传》："李娃曰："今夕之费，愿以贫窭之家，随其疏粝以进之。"

⑨清月，王融诗："清月回将曙。"

⑩烟霏，《广绝交论》："烟霏雨散。"

⑪松枥，《南都赋》："其木则柽、松、楔、樱，櫻、栢、杻、橿，枫、柙、栌、枥，帝女之桑。"

⑫鞿，《楚辞注》："马缰在口曰鞿。"《汉书·刑法志》："是以犹鞿而御馯突。"

⑬吾党，《论语》："吾党之小子狂简。"

⑭二三子，《论语》："二三子以我为隐乎？"

八月十五夜赠张功曹[①]

纤云[②]四卷天无河，清风吹空月舒波[③]。沙平水息声影绝，一杯相属君当歌[④]。君歌声酸辞正苦，不能听终泪如雨。洞庭连天九疑[⑤]高，蛟龙出没猩鼯[⑥]号。十生九死到官所，幽居默默如藏逃。下床畏蛇食畏药[⑦]，海气湿蛰[⑧]熏腥臊[⑨]。昨者州前捶大鼓，嗣皇继圣登夔皋[⑩]。赦书[⑪]一日行千里，罪从大辟皆除死。迁者追回流者还，涤瑕[⑫]荡垢清朝班。州家[⑬]申名使家[⑭]抑，坎轲[⑮]只得移荆蛮。判司[⑯]卑官不堪说，未免捶楚[⑰]尘埃间。同时流辈多上道，天路幽险[⑱]难追攀。君歌且休听我歌，我歌今与君殊科[⑲]。一年明月今宵多，人生由命非由他，有酒不饮奈明何！

【注释】

①张功曹，《本集·张署墓志》：署，河间人，举进士，拜监察御史，为幸臣所谗，与同辈韩愈、李方叔三人具为县令南方，二年逢恩，具徙掾江陵，半岁，邕管等奏为判官。

②纤云，傅玄诗："纤云时仿佛。"

③月波，《汉书·郊祀歌》："月穆穆以金波。"

④当歌，魏武帝《短歌行》："对酒当歌，人生几何？"

⑤九疑,《水经注》:"营水西流,迳九疑山下,盘基苍梧之野,峰秀数郡之间,罗岩九举,各导一溪,岫壑负岨,异岭同势,游者疑焉,故曰九疑山。"按:疑,也作"嶷"。九疑山,大舜葬处,在永州府宁远县南。

⑥猩鼯,猩,见七绝《已凉》注。《尔雅·释鸟》:"鼯鼠,夷由。"注:"状如小狐,似蝙蝠,肉翅,项胁毛紫黑色,背上苍艾色,腹下黄,喙颔杂白,脚短爪长,尾二尺许,飞且乳,亦谓之飞生鼠,声如人呼,一曰夷由。"江淹诗:"夜闻猩猩啼,朝见鼯鼠游。"

⑦畏蛇、畏药,按:南方多蛇,又多畜蛊以毒药杀人。见闻人倓《古诗笺注》。

⑧湿蜇,《洛阳伽蓝记》:"地多湿蜇,攒育虫蚁。"

⑨腥臊,《韩子》:"腥臊恶臭,而伤害腹胃。"

⑩夔皋,按:本集诗:"上言述尧舜,下言引皋夔。"注:"夔,夔龙也;皋,皋陶也。"

⑪赦书,《旧唐书·顺宗纪》:"贞元二十一年正月丙申,顺宗即位,二月甲子大赦,及八月,宪宗即位,改贞元二十一年为永贞元年,自八月五日以前,天下死罪降从流,流以下递减一等。"

⑫涤瑕,扬雄文:"涤瑕荡秽。"

⑬州家,《三国志·吴志·太史慈传》:"州家,谓刺史也。"

⑭使家,按:东野《韩诗注》:"使家,谓湖南观察使。"

⑮坎轲,《古诗》:"坎轲长苦辛。"

⑯判司,按:永贞元年,公为江陵府法曹参军。署为功曹参军。

⑰捶楚,《汉书·路温舒传》:"捶楚之下,何求不得。"唐制,参军簿尉,有过即受笞杖。按:杜甫《送高记室诗》:"脱身簿尉中,始与捶楚辞。"

⑱幽险,刘向《九叹》:"阜隘狭而幽险。"

⑲殊科,陈琳书:"强弱殊科,众寡异论。"

谒衡岳①庙遂宿岳寺题门楼

五岳祭秩皆三公②,四方环镇③嵩当中④。火维⑤地荒⑥足妖怪,天假神柄专其雄。喷云泄雾藏半腹,虽有绝顶谁能穷?我来正逢秋雨节,阴气晦昧⑦无清风。潜心默祷若有应,岂非正直⑧能感通?须臾静扫众峰出,仰见突兀撑青空。紫盖⑨连延接天柱⑨,石廪⑨腾掷⑩堆祝融⑨。森然魄动下马拜,松柏一径趋灵宫⑪。粉墙丹柱⑫动光彩,鬼物图画填青红。升阶伛偻⑬荐脯酒,欲以菲薄⑭明其衷。庙令⑮老人识神意,睢盱⑯侦伺⑰能鞠躬⑱。手持杯珓⑲导我掷,云此最吉余难同。窜逐蛮荒幸不死,衣食才足甘长终⑳。侯王将相㉑望久绝,神纵欲福难为功。夜投佛寺上高阁,星月掩映云朣胧㉒。猿鸣㉓钟动不知曙,杲杲㉔寒日生于东。

【注释】

①衡岳,《地理志》:"衡山在长沙湘南县南。"《元和郡县志》:"衡岳庙在衡山县西三十里。"

②祭秩三公,《尚书》:"柴,望秩于山川。"《礼记》:"天子祭天下名山大川,五岳视三公。"

③镇,《周礼》:"正南曰荆州,其山镇曰衡山。"

④嵩当中,《白虎通》:"嵩山夹居四方之中,故曰嵩。"按:嵩山在河南登封县北。

⑤火维，徐灵期《南岳记》："衡山者，朱陵之灵台，太灵之宝洞。上承翼轸，钤总万物，故名衡山。下踞离宫，统摄火帅，故号南岳。赤帝馆其巅，祝融宅其阳。"

⑥地荒，唐太宗诗："圆盖归天壤，方舆入地荒。"

⑦晦昧，吴均诗："晦昧嶮巇色。"

⑧正直，《诗·小雅》："神之听之，正直是与。"

⑨紫盖、天柱、石廪、祝融，《长沙记》："衡山七十二峰最大者五，芙蓉，紫盖，天柱，石廪，祝融为最高。"按：杜甫《望岳》诗："祝融五峰尊，峰峰次低昂。紫盖独不朝，争长业相望。"

⑩腾掷，按：贾岱宗赋："若应龙之腾掷。"

⑪灵宫，《西都赋》："乃有灵宫，起乎其中。"

⑫丹柱，崔骃《七依》："丹柱雕楹。"

⑬伛偻，《左传》："一命为偻，再命再伛，三命而俯。"

⑭菲薄，《礼记疏》："言君子不以贫窭菲薄废礼。"

⑮庙令，按：《韩集点勘》："唐制，五岳四渎，令各一人，正九品上，掌祭祝。此庙令盖谓衡岳庙中令也。"

⑯睢盱，《庄子》："而睢睢盱盱，而谁与居？"

⑰侦伺，《后汉书·清河王传》："使御者侦伺得失。"按：侦，音"柽"，候也，探伺也。

⑱鞠躬，《论语》："入公门，鞠躬如也，如不容。"

⑲杯珓，按：《演繁露》：问卜于神明，有器名杯珓，以两蚌壳投空掷地，观其俯仰，以断休咎。后人或用竹，或用木，斲为蛤形而中分为二，亦名杯珓，掷法则以半俯半仰者为吉。"《广韵》："珓，杯珓也。古者以玉为之。"

⑳长终，《史记·扁鹊传》："长终而不得返。"

㉑侯王将相，《史记·陈涉世家》："王侯将相宁有种乎？"

㉒朣朦，潘岳《秋兴赋》："月朣胧以含光兮"。注："月朣胧，欲明也。"按：《说文》："朣胧，月将入也。"

㉓猿鸣，谢灵运诗："猿鸣诚知曙。"

㉔杲杲，《诗·卫风》："其雨其雨，杲杲日出。"《淮南子·天文训》："日登于扶桑，是谓朏明。故'杲'字日在木上。"按：杲，音"缟"。

石鼓[①]歌

张生[②]手持石鼓文，劝我试作石鼓歌。少陵无人谪仙[③]死，才薄将奈石鼓何。周纲陵迟[④]四海沸，宣王愤起挥天戈[⑤]。大开明堂[⑥]受朝贺，诸侯剑佩鸣相磨。蒐于岐阳[⑦]骋雄俊，万里禽兽皆遮罗[⑧]。镌功勒成[⑨]告万世，凿石作鼓隳嵯峨[⑩]。从臣才艺咸第一，拣选撰刻留山阿。雨淋日炙野火燎[⑪]，鬼物守护烦㧑呵[⑫]。公从何处得纸本，毫发尽备无差讹。辞严义密读难晓，字体不类隶与蝌[⑬]。年深岂免有缺画，快剑斫断生蛟鼍[⑭]。鸾翔凤翥众仙下，珊瑚碧树[⑮]交枝柯。金绳铁索锁钮壮，古鼎跃水[⑯]龙腾梭[⑰]。陋儒编《诗》不收入，《二雅》褊迫无委蛇[⑱]。孔子西行不到秦，掎摭[⑲]星宿遗羲娥[⑳]。嗟余好古生苦晚，对此涕泪双滂沱[㉑]。忆昔初蒙博士征，其年始改称元和。故人从军在右辅[㉒]，为我度量掘臼科[㉓]。濯冠沐浴告祭酒[㉕]，如此至宝存岂多？毡包席裹[26]可立致，十鼓只载数骆驼[27]。荐诸太庙比郜鼎[28]，光价岂止百倍过？圣恩若许留太学，诸生讲解得切磋[29]。观经鸿都[30]尚填咽，坐见举国来奔波[31]。剜苔剔藓露节角，安置妥帖[32]平不颇。大厦深檐与盖覆，经历久远期无佗。中朝[33]大官老于事，讵肯感激徒媕婀[34]。牧童敲火牛砺角，谁复著手为摩挲。日销月铄就埋没，六年西顾空吟哦。羲之俗书[35]趁姿媚，数纸尚可博白鹅[36]。继周八代[37]争战罢，无人收拾理则那[38]？方今太平日无事，柄任儒术崇丘轲。安能以此上论列，愿借辩口如悬河[39]。石鼓之歌止于此，呜呼吾意其蹉跎[40]。

【注释】

①石鼓，《集古录》："石鼓久在岐阳，至唐人始盛称之。韦应物以为周文王之鼓，至宣王刻诗，韩退之直以为宣王之鼓。今在凤翔孔子庙中。鼓有十，散弃于野，郑余庆始置于庙而亡其一，皇祐四年，向傅师求于民间，得之，十鼓乃足。"《元和郡县志》："石鼓文在凤翔天兴县南二十许里，石形如鼓，其数有十，盖纪周宣王田猎之事，即史籀大篆也。"按：《名胜志》："凤翔县南有石鼓镇，石鼓初散陈仓野中，韩文公为博士，请于祭酒，欲与致太学，不从，后郑余庆始于孔子庙。于元季移燕京国子监。"按：赵尧卿《东坡石鼓歌泣》："石鼓十，其一无文，其九有文，可见者四百一十七字，可识者二百七十二字。"

②张生，按：蘅塘退士《唐诗注》及方扶南《韩昌黎诗注》俱以张生作"张籍"。

③少陵谪仙，《长安志》："少陵原西有杜子美故宅。"《唐书·李白传》："贺知章曰：'子谪仙人也。'"

④陵迟，郑康成《诗谱序》："后王稍更陵迟，厉也，幽也，政教尤衰，周室大坏。"

⑤天戈，按：《宋史·天文志》：天戈一星在招摇北。

⑥明堂，《孝经援神契》："明堂者，天子布政之宫。"《礼记》："昔周公朝诸侯于明堂之位，天子负斧扆南向而立。"《大戴礼》："明堂者凡九室，一室而有四户八牖，以茅盖屋，上圆下方，所以明诸侯之尊卑也。"

⑦岐阳蒐，《左传》："成有岐阳之蒐。"按：岐阳，即今凤翔府岐山县。蒐，音"搜"。春猎曰蒐。

⑧遮罗，《玉篇》："遮，要也，拦也。"《尔雅注》："罗，谓罗络之。"

⑨勒成，班固《东都赋》："宪章稽古，封岱勒成。"

⑩嵯峨，《西京赋》："嵯峨崨嶪。"按：隳嵯峨，谓隳坏高山也。

⑪火燎，《书经》："如火之燎于原。"

⑫㧑呵，《说文》："㧑，手指也。呵，大言谴责也。"

⑬隶蝌，《书断》："录书者，秦下邽人程邈所作也。始皇善之，用为御史，以奏事烦多，篆字难成，乃用隶字，以为隶人佐书，故曰隶书。"《水经注》："古文出于黄帝之世，苍颉本鸟迹为字。秦用篆书，焚烧先典，古文绝矣。鲁恭王得孔子宅书，不知有古文，谓之蝌蚪书，盖因科斗之名，遂效其形耳。"《书旨》："述周宣王史史籀，循科斗之书，采苍颉古文，综其遗美，别署新意，号曰籀史。"按：《尔雅·释鱼》："科斗，活东。"疏："虾蟆子，此虫一名科斗，一名活东，头圆而大，尾小，古文似之。"又按：科斗，亦作"蝌蚪"，一名"悬针"。

⑭蛟鼍，《礼记》："伐蛟取鼍。"《子虚赋》："云梦西则有涌泉清池，其中则有神龟、蛟鼍、玳瑁、鳖鼋。"按：《韩诗注》，此下皆状石鼓文如此。

⑮珊瑚碧树，《西都赋》："珊瑚碧树，周阿而生。"

⑯古鼎跃水，《史记·封禅书》："宋太邱社亡，而鼎没于泗水彭城下。"《水经注》："周显王四

十二年，九鼎沦没泗渊，秦始皇时而鼎见于斯水，始皇自以德合三代，大喜，使数千人没水系而行之，未出，龙齿啮断其系。"

⑰龙梭，《晋书·陶侃传》："侃少时，渔于雷泽，网得一织梭，以挂于壁。有顷，雷雨，自化为龙而去。"

⑱委蛇，《诗·召南》："退食自公，委蛇委蛇。"《笺》："委，音'威'。蛇，音'移'，叶'唐何'反，音'驼'。委蛇，自得之貌。"

⑲掎摭，曹植书："刘季绪好诋诃文章，掎摭利病。"《说文》："掎，偏引也。摭，采取也。"

⑳羲娥，按：羲和日御，嫦娥月御。嫦娥，盖言日月也。按：《韩昌黎诗集笺注》：《容斋随笔》云：文士为文，有矜夸过实，虽韩文公不能免，如石鼓歌，极道宣王之事，伟矣，至云"孔子西行不到秦，掎摭星宿遗羲娥。陋儒编诗不收入，二雅褊迫无委蛇。"是谓三百篇皆如星宿，此诗如日月也。二雅褊迫之语，尤非所宜言，今世所传石鼓之词尚在，岂能出车攻吉日之右，安知非经圣人所删乎。

㉑滂沱，《诗》："寤寐无为，涕泗滂沱。"

㉒右辅，按：《尔雅注》："右辅谓右扶风，即凤翔府。"

㉓臼科，按：臼科，谓石鼓故处。公意盖欲度量而行之也。

㉔濯冠，《礼器》："浣衣濯冠以朝。"

㉕祭酒，《史记》："荀卿三为祭酒。"注："礼，食必祭先，饮酒亦然，以席中之尊者一人当祭耳。后因以为官名。"

㉖毡裹，《三国志·魏志·邓艾传》："阴平道山高谷深，至为艰险，艾以毡自裹，推转而下。"

㉗骆驼，《汉书·匈奴传》注："橐驼，言能负橐囊而驼物也。"《牟子》："谚云，少所见，多所怪，睹骆驼言马肿背。"

㉘郜鼎，《左传》："取郜大鼎于宋，纳于大庙。"

㉙切磋，《诗·卫风》："如切如磋，如琢如磨。"

㉚观经鸿都，《后汉书·灵帝纪》："光和元年二月，始置鸿都门学士。"《水经注》："蔡邕以熹平四年与五官中郎将堂溪典等，奏求正定六经文字，灵帝许之，邕乃自书丹于碑，使工镌刻，立太学门外，观视及摹写者，车乘日千余辆，填塞街陌。今碑上悉铭刻蔡邕等名。"

㉛奔波，《晋书·载记》："塞奔波之路。"

㉜妥帖，陆机《文赋》："或妥帖而易施，或岨峿而不安。"

㉝中朝，《三礼义宗》："天子诸侯，皆有三朝，一曰外朝，二曰中朝，三曰内朝。中朝之名，或内或外，人君旦夕视政，见卿大夫之朝也。"《汉书注》："中朝，内朝也。大司马，左右前后将军，侍中，常侍，散骑诸吏为中朝。丞相以下六百石为外朝也。"

㉞婞婀，《说文》："婞婀，不决之貌。"

㉟俗书，按：《麈史》："右军书多不讲偏房，此退之所谓俗书趁姿媚者也。"

㊱白鹅，《晋书·王羲之传》："性爱鹅。山阴有一道士养好鹅，羲之往观焉，意甚悦，固求市之。道士云：'为写《道德经》，当举群相赠耳。'羲之欣然，写毕，笼鹅而归。"

㊲八代，按：八代，盖谓秦、汉、魏、晋、元魏、齐、周、隋也。

㊳则那，《左传》："犀兕尚多，弃甲则那。"注："那，犹何也。"

㊴悬河，《晋书·郭象传》："王衍每云，听象语如悬河泻水，注而不竭。"

㊵蹉跎，《晋书》："周处曰：欲自修而年已蹉跎，恐将无及。"

柳宗元

渔 翁

渔翁夜傍西岩宿，晓汲清湘然楚竹。烟销日出不见人，欸乃[①]一声山水绿。回看天际[②]下中流，岩上无心[③]云相逐。

【注释】

①欸乃，按：《康熙字典》："欸乃，棹船相应声。"《正字通》："今行摇橹戛轧声似之。"元结《欸乃曲序》："大历丁未中，漫叟以军事诣都，使还，舟行不进，作《欸乃》五首，舟子唱之，盖欲取适于道路耳。"注："欸音'矮'，乃音'霭'。"按：后人因柳集注云，一本作"袄霭"，遂直音"欸"为"袄"，"乃"为"霭"，不知彼注自谓别本作"袄霭"，非谓"欸乃"当作"袄霭"也。

②天际，谢灵运诗："天际识归舟，云中辨江树。"

③无心，陶潜《归去来辞》："云无心以出岫，鸟倦飞而知还。"

白居易[①]

长恨歌[②]

汉皇重色思倾国[③]，御宇[④]多年求不得。杨家有女初长成，养在深闺人未识。天生丽质[⑤]难自弃，一朝选在君王侧。回头一笑百媚生，六宫粉黛无颜色。春寒赐浴华清池，温泉[⑥]水滑洗凝脂[⑦]。侍儿扶起娇无力，始是新承恩泽时。云鬓花颜金步摇[⑧]，芙蓉帐[⑨]暖度春宵。春宵苦短日高起，从此君王不早朝。承欢侍宴无闲暇，春从春游夜专夜[⑩]。后宫佳丽三千人[⑪]，三千宠爱在一身。金屋[⑫]妆成娇侍夜，玉楼宴罢醉和春。姊妹弟兄皆列土[⑬]，可怜光彩生门户。遂令天下父母心，不重生男重生女。骊宫[⑭]高处入青云，仙乐风飘处处闻。缓歌慢舞凝丝竹，尽日君王看不足。渔阳鼙鼓[⑮]动地来，惊破《霓裳羽衣曲》[⑯]。九重[⑰]城阙烟尘生，千乘万骑西南行。翠华摇摇行复止，西出都门百余里。六军[⑱]不发无奈何，宛转蛾眉[⑲]马前死。花钿[⑳]委地无人收，翠翘[㉑]金雀[㉒]玉搔头[㉓]。君主掩面救不得，回看血泪相和流。黄埃散漫风萧索，云栈萦纡登剑阁[㉔]。峨嵋山[㉕]下少人行，旌旗无光日色薄。蜀江水碧蜀山青，圣主朝朝暮暮情。行宫见月伤心色，夜雨闻铃[㉖]肠断声。天旋地转回龙驭[㉗]，到此踌躇不能去。马嵬坡[㉘]下泥土中，不见玉颜空死处[㉙]。君臣相顾尽沾衣，东望都门信马归。归来池苑皆依旧，太液[㉚]芙蓉未央[㉛]柳。芙蓉如面柳如眉[㉜]，对此如何不泪垂。春风桃李花开日，秋雨梧桐叶落时。西宫南内[㉝]多秋草，落叶满阶红不扫。梨园弟子白发新，椒房[㉞]阿监[㉟]青娥[㊱]老。夕殿萤飞思悄然，孤灯挑尽未成眠。迟迟钟鼓初长夜，耿耿星河欲曙天。鸳鸯瓦[㊲]冷霜华重，翡翠衾[㊳]寒谁与共。悠悠生死别经年，魂魄不曾来入梦。临邛[39]道士鸿都客，能以精诚致魂魄。为感君王辗转思，遂教方士殷勤觅。排空驭气奔如电[40]，升天入地求之遍。上穷碧落[41]下黄泉[42]，两处茫茫皆不见。忽闻海上有仙山，山在虚无缥缈间。楼阁玲珑五云起，其中绰约[43]多仙子。中有一人字太真[44]，雪肤花貌参差是。金阙西厢叩玉扃，转教小玉报双成。[45]闻道汉家天子使，九华帐[46]里梦魂惊。揽衣推枕起徘徊，珠箔银屏迤逦开。云髻半偏新睡觉，花冠不整下堂来。风吹仙袂飘飘举，犹似霓裳羽衣舞。玉容寂寞泪阑干[47]，梨花一枝春带雨。含情凝睇谢君王，一别音容两渺茫。昭阳殿[48]里恩爱绝，蓬莱宫[49]中日月长。回头下望人寰处，不见长安[50]见尘雾。惟将旧物表深情，钿合金钗寄将去。钗留一股合一扇，钗擘黄金合分钿。但教心似金钿坚，天上人间会相见。临别殷勤重寄词，词中有誓两心知。七月七日长生殿[51]，夜半无人私语时。在天愿作比翼[52]鸟，在地愿为连理枝[53]。天长地久有时尽，此恨绵绵无绝期。

【注释】

①白居易，字乐天，下邽人。贞元中擢进士第，元和初对策翰林学士，迁左拾遗，母丧归，还拜左赞善，以言事贬江州司马。后入为中书舍人，乞外迁，为杭州刺史，移苏州刺史。文宗立，擢刑部侍郎。太和中，以朝多党祸乞归。开成中，起太子少傅。会昌初，以刑部尚书致仕。自称香山居士，与胡杲等九人燕集，皆年七十者，人绘为图，称“香山九老”，年七十五岁卒，谥曰文。

②《长恨歌》，前进士陈鸿撰《长恨歌传》曰：“开元中，泰阶平，四海无事。玄宗在位岁久，倦于旰食宵衣，政无大小，始委于右丞相，深居游宴，以声色自娱。先是，元献皇后、武淑妃皆有宠，相次即世。宫中虽良家子千数，无可悦目者。上心忽忽不乐。时每岁十月，驾幸华清宫，内外命妇，熠燿景从，浴日余波，赐于汤沐，春风灵液，澹荡其间。上心油然，若有所遇，顾左右前后，粉色如土。诏高力士潜搜外宫，得弘农杨玄琰女于寿邸，既笄矣。鬓发腻理，纤秾中度，举止闲冶，如汉武帝李夫人。别疏汤泉，诏赐澡莹。既出水，体弱力微，若不任罗绮。光彩焕发，转动照人，上甚悦。进见之日，奏《霓裳羽衣曲》以导之。定情之夕，授金钗钿合以固之。又命戴步摇，垂金珰。明年，册为贵妃，半后服用，由是冶其容，敏其词，婉娈万态，以中上意，上益嬖焉。时省风九州，泥金五岳，骊山雪夜，上阳春朝，与上同辇，居同室，宴专席，寝专房，虽有三夫人，九嫔，二十七世妇，八十一御妻，暨后宫才人，乐府妓女，使天子无顾盼意。自是六宫无复进幸者。非徒殊艳尤态致是，盖才智明慧，善巧便佞，先意希旨，有不可形容者。叔父昆弟皆列位清贵，爵为通侯。姊妹封国夫人，富埒王室，车服邸第，与大长公主侔矣。而恩泽势力则又过之。出入禁门不问，京师长吏为之侧目，故当时谣咏有云：‘生女勿悲酸，生男勿喜欢。’又曰：‘男不封侯女作妃，看女却为门上楣。’其人心羡慕如此。天宝末，兄国忠盗丞相位，愚弄国柄。及安禄山引兵向阙，以讨杨氏为辞。潼关不守，翠华南幸，出咸阳，道次马嵬亭。六军徘徊，持戟不进，从官郎吏付上马前，请诛晁错以谢天下。国忠奉牦缨盘水，死于道周，左右之意未快。上问之。当时敢言者，请以贵妃塞天下怒。上知不免，而不忍见其死，反袂掩面，使牵之而去。苍黄辗转，竟就绝于尺组之下。既而玄宗狩成都，肃宗受禅灵武。明年，大赦改元，大驾还都。尊玄宗为太上皇，就养南宫。自南宫迁于西内，时移事去，乐尽悲来。每至春之日，冬之夜，池莲夏开，宫槐秋落，梨园弟子，玉琯发音，闻《霓裳羽衣》一声，则天颜不怡，左右歔欷。三载一意，其念不衰。求之魂

梦，杳不能得，适有道士自蜀来，知上皇心念杨妃如是，自言有李少君之术。玄宗大喜，命至其神。方士乃竭其术以索之，不至。又能游神驭气，出天界，没地府以求之，不见。又旁求四虚上下，东极大海，跨蓬壶，见最高仙山，上多楼阙，西厢下有洞户，东向，阖其门，署曰：玉妃太真院。方士抽簪扣扉，双童女出应门。方士造次未及言，而双鬟复入。俄有碧衣侍女又至，诘其所从。方士因称唐天子使者，且致其命。碧衣云：玉妃方寝，请少侍之。于是云海沉沉，洞天日晚，琼户重阖，悄然无声。方士屏息敛足，拱手门下。久之，而碧衣延入，且曰：玉妃出。见一人冠金莲，披紫绡，珮红玉，曳凤舄，左右侍者七八人，揖方士问皇帝安否，次问天宝十四载已还事。言讫悯然，指碧衣取金钗钿合，各折其半授使者曰：为我谢太上皇，谨献是物，寻旧好也。方士授辞与信，将行，色有不足。玉妃固征其意，复前跪致词，请当时一事，不为他人闻者，验于太上皇。不然，恐钿合金钗，负新垣平之诈也。玉妃茫然退立，若有所思，徐而言之曰：昔天宝十载，侍辇避暑于骊山宫。秋七月，牵牛织女相见之夕，秦人风俗，是夜张绵绣，陈饮食，树瓜果，焚香于庭，号为乞巧，宫掖间尤尚之。夜始半，休侍卫于东西厢，独侍上。上凭肩而立，因仰天感牛女事，密相誓心，愿世世为夫妇。言毕，执手各呜咽。此独君王知之耳。因自悲曰：由此一念，又不得居此。复坠下界，且结后缘。或为天，或为人，决再相见，好合如旧。因言，太上皇也不久人间，幸唯自安，无自苦耳。使者还奏太上皇，皇心震悼，日日不豫。其年夏四月，南宫晏驾。元和元年冬十二月，太原白乐天自校书郎尉于盩厔。鸿与琅邪王质夫家于是邑，暇日相携游仙游寺，话及此事，相与感叹。质夫举酒与乐天前曰：夫希代之事，非遇出世之才润色之，则与时消没，不闻于世。乐天深于诗，多于情者也。试为歌之，如何？乐天因为《长恨歌》。意者不但感其事，亦欲惩尤物，窒乱阶，垂于将来者也。歌既成，使鸿传焉。世所不闻者，予非开元遗民，不得知。世所知者，有《玄宗本纪》在，今但传《长恨歌》云尔。”

③倾国，《汉书》：“李延年善歌，侍武帝歌曰：‘北方有佳人，绝世而独立。一顾倾人城，再顾倾人国。宁不知倾城与倾国，佳人难再得。’上叹息曰：‘善！世岂有此人乎？’平阳主因言延年有女弟，上乃如见之。实妙丽善舞，由是得幸。”

④御宇，《晋书·武帝纪》：“握图御宇，敷化导民。”

⑤丽质，梁简文帝《妾薄命》：“名都多丽质。”

⑥温泉，《唐书·地理志》：“京兆府昭应骊山宫，温泉宫。天宝六载更温泉宫曰华清宫。治汤井为池，环山列宫室。又筑罗城，置百司及十宅。”《水衡记》：“灵池山上有八泉，一曰温泉，其水长温。”

⑦凝脂，《诗·卫风》：“肤如凝脂。”笺：“脂寒而凝，亦言白也。”

⑧步摇，《晋书·舆服志》：“皇后首饰，则假髻步摇，俗谓人珠松是也。”释名：“步摇，上有垂珠，步则摇也。”

⑨芙蓉帐，鲍照《行路难》：“七彩芙蓉之羽帐。”庾信赋：“掩芙蓉之行帐。”

⑩专夜，《礼》：“五日之御。”注：“诸侯娶九女，夫人专夜。”

⑪三千，《后汉·后妃纪序》：“自武元之后，世增淫费，至乃掖庭三千。”

⑫金屋，《汉武故事》：“武帝为太子时，长公主欲以女配帝。问曰：‘儿欲得妇，阿娇好否？’帝曰：‘若得阿娇，当以金屋贮之。’”

⑬列土，《汉书·谷永传》：“臣闻生蒸民不能相治，为立王者以统理之。方制海内，非为天子，列土封疆，非为诸侯。皆以为民也。”

⑭骊宫，按：骊宫，即骊山华清宫也。

⑮渔阳鼙鼓,《唐书·地理志》:"蓟州渔阳郡,开元十八年置。"《礼记》:"君子听鼓鼙之声,则思将帅之臣。"《说文》:"鼙,骑鼓也。或作'鞞'。"按:《纲鉴》:天宝乙未十四载冬十一月,安禄山反于范阳,引兵而南。所过州县,牧令或出迎,或窜匿,或为所擒戮,无敢抗之者。时附禄山者有六郡,范阳,卢龙,密云,汲郡而外,渔阳与焉。香山用渔阳,当以此。至连用鼙鼓,又取渔阳三挝,鼓声悲壮,与下《霓裳羽衣曲》作对勘耳。

⑯《霓裳羽衣曲》,《唐逸史》:"开元中,中秋夜,罗公元取柱杖向空掷之,化为大桥。请明皇同登,至大城阙。公远曰:此月宫也。见仙女数百,皆素练宽衣,舞于广庭,曰霓裳羽衣之曲。明皇密记其声调,作《霓裳羽衣曲》。"《唐书·礼乐志》:"河西节度使杨敬忠,献《霓裳羽衣曲》。"郑愚津《杨门诗注》:"叶法善尝引明皇入月宫,闻仙乐,及上归,但记其半,遂于笛中写之。会西凉府都督杨敬述进《婆罗门曲》,与其声调相符,遂以月中所闻为散序,用敬述所进为其腔,名《霓裳羽衣曲》。"

⑰九重,《古隽》:"九,阳数之极,故天子称九重。"《楚辞》:"君之门兮九重。"《易标》:"紫阙九重,尊严在中。"骆宾王诗:"山河千里国,城阙九重门。"

⑱六军,《周礼·地官》:"五师为军。"注:"万二千五百人。周制:天子六军,诸侯大国三军,次国二军,小国一军。"

⑲蛾眉,《诗·卫风》:"螓首蛾眉。"注:"蛾,蚕蛾也。其眉细而长曲。"

⑳花钿,《唐书·舆服志》:"内外命妇服花钿,翟衣青质。"沈约《丽人赋》:"杂错花钿。"

㉑翠翘,宋玉《招魂》:"砥室翠翘,絓曲琼些。"注:"翠,鸟名。翘,羽也。"

㉒金雀,陆机诗:"金雀垂藻翘。"

㉓玉搔头,《西京杂记》:"武帝过李夫人,取玉簪搔头。自是后宫人搔头皆用玉。"

㉔剑阁,《水经注》:"小剑戍北,去大剑三十里,连山绝险,飞阁相通,故谓之剑阁也。"《旧唐书·地理志》:"剑州,剑门县大剑山,即梁山也。其北三十里有小剑山,大剑山。有阁道三十里。"《一统志》:"蜀所恃为外户,其山峭壁中断,两崖相嵌如门之阙,如剑之植。又名剑门山。"张载《剑阁铭》:"一人守崄,万夫趑趄。"

㉕峨嵋山,《水经注》:"峨嵋山去成都千里,然秋日清澄,望见两山相峙如蛾眉焉。"按:峨嵋山在今嘉定府峨嵋县南。

㉖雨铃,《明皇杂录》:"帝幸蜀,南入斜谷,霖雨弥旬,于栈道中,闻铃声与雨相应,帝既悼贵妃,因采其声为《雨霖铃曲》,以寄恨焉。"

㉗龙驭,《拾遗记》:"禹逾峻山,则神龙而为驭。"

㉘马嵬坡,《一统志》:"马嵬坡在西安府兴平县西二十五里。"

㉙不见玉颜空死处,庾肩吾诗:"春花竞玉颜。"《唐书》:"贵妃缢路祠下,裹尸以紫茵,瘗道侧。商自至蜀,密遣中使具棺椁,他葬焉。"

㉚太液,《汉书·郊祀志》:"北治大池渐台,高二十余丈,名曰泰液。"按:"泰"与"太"同。《西京杂记》:"始元元年,黄鹄下建章宫太液池,帝乃作歌。"

㉛未央,《诗》:"夜如何其,夜未央。"疏:"未央者,前限未到之辞。故汉有未央宫。"《括地志》:"未央宫在雍州长安县西北十里。"

㉜芙蓉如面柳如眉,《西京杂记》:"卓文君眉色不加黛,如望远山。脸际若芙蓉,肌肤如凝脂。"梁元帝诗:"柳叶生眉上。"

㉝西宫南内,《唐书》:"上皇爱兴庆宫,自蜀归,即居之。时御长庆楼,父老过者,往往瞻拜呼万岁。宦官李辅国虑上皇与外人交通,会上不豫,矫称上诏,迎上皇迁居西内。"又,《地理

志》:"皇城在皇城北,谓之西内。兴庆宫谓之南内。"

㉞椒房,《尔雅翼》:"椒实多而香。汉世皇后称椒房,取其实,蔓延盈升,以椒涂屋,亦取其温暖。"按:《上官皇后传》注:"椒房,殿名。在未央宫。皇后所居。"

㉟监,按:《宋后妃传》,紫极中监女史一人。光兴中监女史一人。官品第四。

㊱青娥,江淹《水上神女赋》:"青娥羞艳,素女惭光。"

㊲鸳鸯瓦,昭明太子诗:"日丽鸳鸯瓦,风度蜘蛛屋。"《邺中记》:"邺都铜雀台,皆鸳鸯瓦。"

㊳翡翠衾,《楚辞》:"翡翠珠被,烂齐光些。"按:衾,大被也。

㊴临邛,《唐书·地理志》:"邛州有临邛县。"按:即今四川邛州蒲江县。

㊵如电,《九思》:"奔电兮光晃,凉风兮凄凄。"《魏书》:"杨大眼走如电。"

㊶碧落,《度人经注》:"东方第一天有碧霞遍满,是云碧落。"

㊷黄泉,《左传》:"不及黄泉,无相见也。"

㊸绰约,《庄子》:"藐姑射之山,有神人居焉。肌肤若冰雪,绰约若处子。"

㊹太真,《唐书》:"贵妃杨氏丐籍女冠,号太真。"

㊺小玉双成,按:白居易诗:"吴妖小玉飞作烟,越艳西施化为土。"注:"小玉,吴王夫差女。"《汉武内传》:"西王母命玉女董双成吹云和之笙。"

㊻九华帐,鲍照《行路难》:"七彩芙蓉之羽帐,九华蒲桃之锦衾。"按:九华,疑是古时花式之名。《博物志》:"汉武帝好神仙,西王母遣使乘白鹿告帝当来,乃供帐九华殿以待之。"

㊼阑干,按:《韵会》:"眼眶亦谓之阑干。"《吴越春秋》:"越王涕泣阑干。"蔡琰《胡笳》:"叹息欲绝兮,泪阑干。"按:阑干,泪流貌。

㊽昭阳殿,《三辅黄图》:"武帝后宫八区有昭阳殿。"

㊾蓬莱宫,《山海经》:"蓬莱山在海中。"注:"上有仙人宫室,皆以金玉为之。鸟兽尽白,望之,如云在渤海中矣。"

㊿不见长安,《晋书·明帝纪》:"帝幼而聪哲,为元帝所宠异。年数岁,常坐置膝前,属长安使来。因问帝曰:'汝谓日与长安孰远?'对曰:'长安近。不闻人从日边来。'元帝异之。明日宴君僚。又问之。对曰:'日近。'元帝失色曰:'何乃异间者之言乎。'对曰:'举目则见日,不见长安。'"

(51)长生殿,《唐会要》:"华清宫,天宝元年十月造长生殿,名为集灵台,以祀神。"

(52)比翼,《尔雅》:"南方有比翼鸟焉。不比不飞,其名谓之鹣鹣。"

(53)连理枝,《搜神记》:"韩凭墓树多连理枝。"《孝经援神契》:"德至于草木,则木连理。"

琵琶行 并序

元和十年,余左迁[1]九江郡司马。明年秋,送客湓浦[2]口,闻舟中夜弹琵琶者。听其音,铮铮然有京都声。问其人,本长安倡女,尝学琵琶于穆、曹二善才。年长色衰,委身为贾人妇。遂命酒,使快弹数曲,曲罢悯然。自叙少小时欢乐事,今漂沦憔悴,转徙于江湖间。余出官二年,恬然自安;感斯人言,是夕始觉有迁谪意。因为长歌以赠之。凡六百一十二言,命曰《琵琶行》。

浔阳江头夜送客,枫叶荻花秋瑟瑟[3]。主人下马客在船,举酒欲饮无管弦。醉不成欢惨将别，别时茫茫江浸月。忽闻水上琵琶声，主人忘归客不发。寻声暗问弹者谁？琵琶声停欲语迟。移船相近邀相见，添酒回灯重开宴。千呼万唤始出来，犹抱琵琶半遮面。转轴拨弦三两声，未成曲调先有情。弦弦掩抑声声思，似诉生平不得志。低眉信手续续弹，说尽心中无限事。轻拢慢捻[4]抹复挑，初为《霓裳》后《六幺》[5]。大弦[6]嘈嘈如急雨，小弦[6]切切如私语。嘈嘈切切错杂弹，大珠小珠落玉盘[6]。间关[8]莺语花底滑，幽咽流泉水下滩。水泉冷涩弦凝绝，凝绝不通声渐歇。别有幽愁暗恨生，此时无声胜有声。银瓶乍破水浆迸，铁骑突出刀枪鸣。曲终收拨[9]当心画，四弦一声如裂帛[10]。东船西舫悄无言，唯见江心秋月白。沉吟放拨插弦中，整顿衣裳起敛容[11]。自言本是京城女，家在虾蟆陵[12]下住。十三学得琵琶成，名属教坊第一部。曲罢常教善才[13]服，妆成每被秋娘[14]妒。五陵年少争缠头[15]，一曲红绡不知数。钿头银篦击节碎，血色罗裙翻酒污。今年欢笑复明年，秋月春风等闲度。弟走从军阿姨死，暮去朝来颜色故。门前冷落车马稀，老大嫁作商人妇。商人重利轻别离，前月浮梁[16]买茶去。去来江口守空船，绕舱明月江水寒。夜深忽梦少年事，梦啼妆泪红阑干。我闻琵琶已叹息，又闻此语重唧唧[17]。同是天涯沦落人，相逢何必曾相识。我从去年辞帝京，谪居卧病浔阳城。浔阳地僻无音乐，终岁不闻丝竹声。住近湓城地低湿，黄芦苦竹绕宅生。其间旦暮闻何物？杜鹃啼血[18]猿哀鸣[19]。春江花朝秋月夜，往往取酒还独倾。岂无山歌与村笛？呕哑[20]嘲哳[21]难为听。今夜闻君琵琶语，如听仙乐耳暂明。莫辞更座弹一曲，为君翻作琵琶行。感我此言良久立，却坐促弦弦转急。凄凄不似向前声，满座重闻皆掩泣。座中泣下谁最多？江州司马[22]青衫[23]湿。

【注释】

①左迁，《汉书·周昌传》："高祖召昌谓曰：'公强为我相赵，吾极知其左迁，然吾私忧念，非公无可者。'"《晋书·杜预传》："优多劣少者叙用之，劣多优少者左迁之。"

②湓浦，《九江志》："青湓山有井形如盆，因号湓水，城曰湓城，浦曰湓浦。江州故有湓江。"《一统志》："湓浦在九江府城西青湓山。浔阳城在府西北一十五里。"

③瑟瑟，刘公幹诗："瑟瑟谷中风。"

④拢捻，《乐府杂录》："贞元中，有裴兴奴与曹钢同时。曹善运拨，若风雨而不事扣弦。兴奴长于拢捻。时人谓曹有右手，裴有左手。"

⑤《六幺》，《乐府杂录》："康昆仑善琵琶，登街东彩楼，弹一曲新翻羽调《六幺》，自谓街西无敌。"

⑥大弦小弦，《韩诗外传》："治国者譬若张琴，大弦急则小弦绝矣。"

⑦珠落盘，《吴都赋注》："鲛人水底居，曾寓人家积日卖绡。临去，从主人索器，泣而出珠满盘，以与主人。"

⑧间关，《诗》："间关车之牵兮。"

⑨拨，按：拨，所以挥弦。《明皇杂录》："杨妃琵琶，以龙香板为拨。"

⑩裂帛，江淹《恨赋》："裂帛击书，誓还汉恩。"

⑪敛容，《汉书·霍光传》："光每朝见上虚已敛容礼下之。"

⑫虾蟆陵,《雍录》:"虾蟆陵在万年县南六里。"按:万年县即今西安咸宁县也。按:《国史补》:"垂仲舒墓,门人过皆下马,故谓之下马陵。后人语讹为虾蟆陵。"

⑬善才,按:善才,盖曲师之称。

⑭秋娘,见下。

⑮缠头,《唐书》:"代宗诏许大臣宴郭子仪于其第。鱼朝恩出锦三十疋为缠头之费,赏歌舞人。以锦彩置之头上,谓之缠头。宴享加惠,借以为词。"

⑯浮梁,《唐书·地理志》:"饶州鄱阳郡悬浮梁,武德四年置。"

⑰唧唧,《木兰诗》:"唧唧复唧唧。"

⑱杜鹃啼血,李膺《蜀志》曰:"望帝称王于蜀,时荆州有一人化,从井中出,名曰鳖灵。于楚身死,尸反溯流,上至汶山之阳,忽复生。乃见望帝,立以为相。鳖灵乃凿巫山,开三峡,降邱宅土,民得陆居。望帝以其功高,禅位于鳖灵,号曰开明氏。望帝修道,处西山而隐,化为杜鹃鸟,亦曰子规。"《寰宇记》:"蜀之后主,名杜宇,号望帝,让位鳖灵。望帝自逃,后欲复位,不得,死化为鹃,每春月书夜悲鹃,蜀人闻之曰:我望帝魂也。"《华阳风俗志》:"杜鹃其大如鹊而羽如乌,声哀而吻有血。春至则鸣。"《本草集解》:"杜鹃,春暮即鸣,鸣必北向,其声哀而吻有血,至夏尤甚,彻夜不止。"

⑲猿鸣,《宜都山川记》:"峡中猿鸣至清,山谷传其音,泠泠不绝。行者歌之曰:'巴东三峡巫峡水,猿鸣三声泪沾裳。'"按:猿似猴,大,黑色,长前臂。

⑳呕哑,呕,《韵会》:"音欧。"哑,《韵会》:"音雅。"《集韵》:"呕哑,小儿学言。"

㉑嘲哳,潘岳《籍田赋》:"箫管嘲哳以啾嘈兮。"按:此"嘲哳"当作"啁哳"。见《韵府》"啁哳"注。《九辩》:"鹍鸡啁哳而悲鸣。"

㉒司马,按:《唐书·百官志》:"刺史之僚佐,有司马一人,位在别驾长史之下。上州者从五官下,中州者正六品下,下州者从六品上。"

㉓青衫,《唐书·仪卫志》:"凡五路,皆有副,驾士皆平帻,大口绔衫,从路色,玉路服青衫。"

李商隐[①]

韩　碑[②]

元和天子神武[③]姿,彼何人哉轩与羲[④]。誓将上雪列圣耻,坐法官中[⑤]朝四夷。淮西有贼[⑥]五十载,封狼生貙貙生罴[⑦]。不据山河据平地[⑧],长戈利矛日可麾[⑨]。帝得圣相相曰度[⑩],贼斫不死[⑪]神扶持。腰悬相印作都统[⑫],阴风惨澹天王旗。诉武古通[⑬]作牙爪[⑭],仪曹外郎载笔[⑮]随。行军司马[⑯]智且勇,十四万众犹虎貔[⑰]。入蔡缚贼[⑱]献太庙[⑲],功无与让[⑳]恩不訾[㉑]。帝曰汝度功第一,汝从事愈宜为辞。愈拜稽首蹈且舞,金石刻画臣能为。古者世称大手笔[㉒],此事不系于职司。当仁自古有不让[㉓],言讫屡颔天子颐[㉔]。公退斋戒坐小阁,濡染大笔何淋漓。点窜尧典舜典字,涂改清庙生民诗。文成破体[㉕]书在纸,清晨再拜铺丹墀。表曰臣愈昧死上,咏神圣功书之碑。碑高三丈字如斗,负以灵鳌[㉖]蟠以螭[㉗]。句奇语重喻者少,谗之天子言其私。长绳百尺拽碑倒,粗砂大石相磨治。公之斯文若元气,先时已入人肝脾[㉘]。汤盘孔

鼎有述作，今无其器存其辞。呜呼圣王及圣相，相与烜赫流淳熙。公之斯文不示后，曷与三五[30]相攀追？愿书万本诵万遍，口角流沫[31]右手胝[32]。传之七十有二[33]代，以为封禅玉检[34]明堂基。

【注释】

①李商隐，字义山，河内人。开成中进士，官弘农尉。会昌中。王茂元镇河阳，辟掌书记，得侍御史。茂元以子妻之。李德裕素厚茂元，而李宗闵、令狐楚与德裕为仇，以商隐为茂元从事，薄之。后楚子绹为相，商隐屡启陈情，绹不之省。会河南尹柳仲郢镇东蜀，辟为节度判官。大中末，仲郢左迁，商隐罢，未岁，卒。按：商隐博学强记，有所作多检阅书册，左右鳞次，号獭祭鱼。

②韩碑，《旧唐书·韩愈传》："元和十二年八月，宰臣裴度为淮西宣慰处置使，请愈为行军司马。淮、蔡平，十二月随度还朝，以功授刑部侍郎，仍诏撰《平淮西碑》。其辞多叙裴度事。时先入蔡擒吴元济，李愬功第一。愬不平之。愬妻，唐安公主女也。出入禁中，因数碑不实，诏令磨去愈文，命翰林学士段文昌重撰文勒石。"按：段文昌改作亦自明顺，然较之韩碑，不啻虫吟草间矣。宋代，陈珦磨去段文，仍立韩碑，大是快事。《一统志》："《平淮西碑》在河南汝宁府城内裴晋公庙中。"按：元和，唐宪宗年号。

③神武，《周易》："神武而不杀。"

④轩羲，昭明太子诗："鸿名冠子姒，德泽迈轩羲。"按：黄帝有熊氏，公孙姓，名轩辕，在位百年。太昊伏羲氏，风姓，在位一百十五年。

⑤法宫中，《汉书·晁错传》："五帝神圣，处法宫之中。"

⑥淮西贼，史：肃宗宝应初，以李忠臣镇蔡州。大历末，为军所逐。历李希烈、陈仙奇、吴少诚、吴少阳、元济，据有淮西凡五十余年。按：韩愈《平淮西碑》："九年，蔡将死，蔡人立其子元济以请，不许，遂烧舞阳，犯叶襄城，以动东都，放兵四劫。皇帝历问于朝，一二臣外，皆曰蔡帅之不廷授，于今五十年，传三姓四将，其树本坚，兵利卒顽，不与他等，因抚而有，顺且无事。大官臆决唱声，万口附和，并为一谈，牢不可破。"

⑦封狼貙罴，张衡《思玄赋》："射嶓冢之封狼。"注："封，大也。"《说文》："貙似狸，能捕兽。一云：虎五指为貙。"《尔雅》："罴如熊，黄白文。"柳宗元《熊说》："鹿畏貙，貙畏虎，虎畏罴。"

⑧据平地，《旧唐书》："吴少诚阻兵三十余年，王师未尝及其城下。尝走韩全义，败于颤，骄悍无所顾忌。又恃陂浸阻回，故以天下兵环攻，三年所得者一县而已。"

⑨日可麾，《淮南子》："鲁阳公，楚将也。与韩遘难。战酣，日暮，援戈而麾之，日为之反三舍。"

⑩圣相曰度，《晏子春秋》："仲尼，圣相也。"《唐书》："元和十年六月，上召裴度入对，拜中书侍郎，同平章事。"

⑪贼斫不死，《唐书·裴度传》："度御史中丞进兼刑部侍郎。王承宗、李师道谋缓蔡兵，乃伏盗京师，刺用事大臣，已害宰相武元衡，又击度，刃三进，断靴，刜背裂中单，又伤首，堕沟中。度毡帽厚，得不死。"

⑫都统，《通考》："天宝末，置天下兵马元帅都统。"《裴度传》："元和十二年七月，度身督战，帝独目度曰：'果为朕行乎？'度俯伏流涕曰：'臣誓不与贼偕存。'即拜门下侍郎平章事、彰义军节度使、淮西宣慰招讨处置使。入对延英曰：'主忧臣辱，义在必死。贼未授首，臣无还期。'帝壮之。"

⑬愬武古通，《唐书》："元和十一年十二月李愬为隋唐邓节度使。十年九月，韩弘为淮西都统。弘请使子公武以兵万三千会蔡下。十一年，李道古为鄂岳观察使。十一年二月，李文

通为寿州团练使。"《碑文》:"光颜,重允,公武合攻其北,道古攻其东南,文通战其东,愬人其西。"

⑭牙爪,《诗》:"祈父予王之牙爪。"

⑮外郎载笔,《旧唐书》:"以司勋员外郎李正封,都官员外郎冯宿,礼部员外郎李宗闵,皆兼御史。从度出征。"《礼记》:"史载笔。"

⑯行军司马,《唐书》:"度奏右庶子韩愈兼御史中丞,充彰义军行军司马。"《唐书·百官志》:"行军司马掌弼戎政。居则习蒐狩,有役则申战守之法。器械粮秣,军籍赐予,皆专焉。"

⑰虎貔,《尚书·牧誓》:"尚桓桓,如虎如貔,如熊如罴,于商郊。"注:"桓桓,威武貌。欲将士如四兽之猛,而奋击于商郊也。"

⑱入蔡缚贼,《唐书·李愬传》:"愬字元直,以父荫起家。宪宗讨吴元济,愬求自试,遂检校左散骑常诗,为唐邓节度使将。袭蔡州,告师期以裴度。会大雨雪,风偃旗裂肤,马皆缩栗,士抱戈冻死于道十一二。夜半,至悬瓠城。雪盛,城帝皆鹅鸭池。愬令击之以乱军声。坎墉先登,杀门者,发关,留持柝,传夜自如。黎明雪止,愬入,驻元济外宅。蔡吏惊曰:'城陷矣。'元济尚不信,及闻号令曰:'常侍传语。'始惊曰:'何常侍得至此?'率左右登牙城,田进诚兵薄之,火南门。元济请罪,梯而下,槛送京师。"

⑲献太庙,《唐书》:"十二年十月已卯,李愬执吴元济送长安,帝御兴安门受俘,以元济献庙社,殉于市。斩之。"

⑳功无与让,庾信《商调曲》:"功无与让,铭太常之旌。"

㉑恩不訾,《唐书》:"度策勋,进金紫光禄大夫上柱国,封晋公,户三千。"《管子》:"百姓不田,贫富之不訾。"注:"訾,限也。"《商子·垦令篇》:"訾粟而税。"注:"訾,量也。"按:訾,亦作"赀"。又按:吕公著《定州谢上表》:"百年旧族,荷累圣不赀之恩。一介微躯,辱主上非常之遇。"

㉒大手笔,《晋书·王珣传》:"梦人以大笔如椽与之,既觉,语人曰:'此当有大手笔事。'"《唐书》:"苏颋封许国公,张说封燕国公。时号燕许大手笔。"

㉓当仁不让,《论语》:"当仁不让于师。"

㉔颔颐,郭璞诗:"洪崖颔其颐。"

㉕破体,按,程注:"破体,破当时为文之体。"又按,《法书苑》:"徐浩《论书》云:'钟善真书,右军行法,稍令破体,皆一时之妙。'"

㉖负灵鳌,《说文》:"鳌,海中大鳖。"《玉篇》:"神灵之鳌,背负蓬莱。"

㉗蟠螭,《说文》:"螭如龙而黄。"《灵光殿赋》:"蟠螭宛转而承楣。"

㉘肝脾,繁钦《与魏文帝笺》:"薛访车子,年始十四,能转喉引声,与笳同音,凄入肝脾,哀感顽艳。"

㉙汤盘孔鼎,《史记正义》:"汤沐浴之盘而刻铭为戒。"《礼记》:"汤之盘铭曰:'苟日新,日日新,又日新。'"《左传》:"孔丘,圣人之后也。其祖弗父何,以有宋而授厉公。及正考父佐戴武宣,三命兹益共。故其鼎铭云,一命而偻,再命而伛,三命而俯。循墙而走,亦莫予敢侮。"

㉚三五,按:三五,三皇五帝也。

㉛流沫,扬雄《解嘲》:"颔颐折额,涕涶流沫。"

㉜胝,《广韵》:"胝,皮厚也。"

㉝七十二,《史记》:"古者封泰山禅梁父者七十二家。"

㉞封禅玉检,《封禅仪》:"玉牒长一尺三寸,广厚五寸。玉检如之,厚减三寸。其印齿如玺,缠以金绳五周。"

唐诗三百首卷四

七言乐府

高　适[①]

燕歌行[②]　并序

开元二十六年，客有从元戎出塞而还者，作《燕歌行》以示適。感征戍之事，因而和焉。

汉家烟尘[③]在东北，汉将辞家破贱贼[④]。男儿本自重横行[⑤]，天子非常赐颜色。摐金伐鼓[⑥]下榆关[⑦]，旌旗逶迤[⑧]碣石[⑨]间。校尉[⑩]羽书飞瀚海，单于猎火[⑪]照狼山[⑫]。山川萧条极边土，胡骑凭陵[⑬]杂风雨[⑭]。战士军前半死[⑮]生，美人帐下犹歌舞。大漠[⑯]穷秋塞草衰，孤城[⑰]落日斗兵[⑱]稀。身当恩遇[⑲]常轻敌[⑳]，力尽关山未解围[㉑]。铁衣远戍辛勤久，玉箸[㉒]应啼别离后。少妇城南[㉓]欲断肠，征人蓟北[㉔]空回首。边风飘飘那可度，绝域苍茫更何有？杀气三时作阵云[㉕]，寒声一夜传刁斗[㉖]。相看白刃血纷纷，死节[㉗]从来岂顾勋！君不见沙场争战苦，至今犹忆李将军[㉘]！

【注释】

①高适，字达夫，一字仲武。沧州人。举有道科，授封丘尉。哥舒翰表为书记。翰兵败，奔赴行在，迁左拾遗侍御史，擢谏议大夫，出为彭蜀二州刺史，西河节度使。入为刑部侍郎。广德中，以左散骑常侍封渤海侯，谥曰忠。按：适年五十始为诗，每一篇出，为时称颂。

②燕歌行，按：魏文帝有《燕歌行》。《歌录》："燕，地名，犹楚苑之类。此不言古辞，起自此出。"《乐府解题》曰："晋乐府奏魏文帝秋风别日二曲，时序迁换，行役不归，妇人怨旷无所诉也。"《广题》曰："燕，地名，言良人从役于燕而为此曲。"

③烟尘，蔡琰《胡笳》："烟尘蔽野兮胡虏盛。"

④残贼，《诗》："废为残贼，莫知其尤。"

⑤横行，《史记》："樊哙曰：'臣愿得十万众，横行匈奴中。'"

⑥摐金伐鼓，《子虚赋》："摐金鼓，吹鸣籁。"注："摐，击也。"《毛诗》："钲人伐鼓。"

⑦榆关，《汉书·枚乘传》："北备榆中之关。"注："即今榆关也。"《地理通释》："赵之上党，燕之榆关。"

⑧逶迤，《楚辞》："戴云旗之逶迤。"

⑨碣石，《唐书·地理志》："平州石城县有碣石山。"《水经注》："碣石，右北平骊城县西南。汉武登之，以望巨海。"

⑩校尉,《汉书》:“八校尉,秩皆二千石。”

⑪猎火,庾信诗:“寒沙两岸白,猎火一山红。”

⑫狼山,《魏志》:“太祖北征乌丸,登白狼山。”《一统志》:“山在宁夏卫城东南二百九十里。”

⑬凭陵,《左传》:“凭陵我城郭。”

⑭风雨,《新序》:“韩安国曰:匈奴来若风雨,解若收电。”

⑮半死,《史记》:“陵军五千人,士死者过半。”

⑯大漠,《汉书》:“燕然山铭,经碛卤,绝大漠。”李陵书:“出大漠之外。”

⑰孤城,《后汉书》:“耿恭以孤城守甲兵于绝城。”

⑱斗兵,《说苑》:“君子守国安民,非特斗兵。”

⑲恩遇,《后汉书·贾复传》:“恩遇甚厚。”

⑳轻敌,《老子》:“祸莫大于轻敌。”

㉑解围,《新序》:“高帝围于平城,七日乃解围。”

㉒玉箸,梁简文帝诗:“玉箸衣前滴。”刘孝威诗:“谁怜双玉箸,流面复流襟。”

㉓城南,曹植诗:“借问女何居,乃在城南端。”

㉔蓟北,孔稚圭诗:“微兵离蓟北。”

㉕阵云,庾信诗:“君讶渔阳少阵云。”

㉖刁斗,《史记·李广传》:“广行无部伍行阵,就善水草屯舍止。人人自便,不击刁斗以以自卫。”注:“以铜作鐎器,受一斗,昼炊饭食,夜击持行,名曰刁斗。”

㉗死节,《史记·货殖传》:“贤人守信死节。”

㉘李将军,《史记》:“李牧厚遇战士。匈奴入,急收保。匈奴数岁无所得,边士皆愿一战。于是多为奇阵,张左右翼击之,破匈奴十余万骑。单于数十载不敢进赵。”

李 颀

古从军行①

白日登山望烽火。黄昏饮马傍交河②。行人刁斗风沙暗,公主琵琶③幽怨多。野营万里无城郭,风雨纷纷连大漠。胡雁哀鸣夜夜飞,胡儿眼泪双双落。闻道玉门犹被遮,应将性命逐轻车④。年年战骨埋荒外,空见蒲萄⑤入汉家。

【注释】

①从军行,《乐府解题》曰:“从军行,皆军旅苦辛之辞。”《广题》曰:“左延年辞云,苦哉边地人,一岁三从军。三子到敦煌,二子诣陇西。五子远斗去,五妇皆怀身。”

②交河,《汉书·西域传》:“车师前王居交河城。河水分流绕城,故号交河。去长安八千一百五十里。”

③公主琵琶,石崇序:“昔公主嫁乌孙,令琵琶马上作乐,以慰其道路之思。”

④轻车,《周礼》注:“轻车,用以驰敌致师之车也。”《汉书》:“李广弟蔡,元朔中为轻车将军。”

⑤蒲萄,按:“萄”作“陶”,亦作“桃”。《汉书·西域传》:“大宛左右,以蒲萄为酒,富人藏之,酒至万余石。宛贵人立蝉封为王,遣子入侍,质于汉。汉因使赂赐镇抚之。宛王蝉封与汉

约，岁献天马二匹。汉使采葡萄、苜蓿种归。天子以天马多，又外国使来众，益种葡萄、苜蓿离宫馆傍，极望焉。"

王 维

洛阳女儿[①]行

洛阳女儿对门居[②]，才可颜容十五余。良人玉勒[③]乘骢马，侍女金盘鲙鲤鱼[④]。画阁珠楼尽相望，红桃绿柳垂檐向。罗纬送上七香车[⑤]，宝扇迎归九华帐。狂夫富贵在青春，意气骄奢剧季伦[⑥]。自怜碧玉[⑦]亲教舞，不惜珊瑚持与人。春窗曙灭九微火[⑧]，九微片片飞花琐。戏罢曾无理曲[⑨]时，妆成只是熏香座。城中相识尽繁华，日夜经过赵李[⑩]家。谁怜越女颜如玉[⑪]，贫贱江头自浣纱。

【注释】

①洛阳女儿，梁武帝《河中之水歌》："河中之水向东流，洛阳女儿名莫愁。"

②对门居，梁武帝《乐府》："谁家女儿对门住？"

③玉勒，庾信《马射赋》："控玉勒而摇星，跨金鞍而动月。"

④金盘鲙鲤鱼，《羽林郎》："就我求珍肴，金盘鲙鲤鱼。"

⑤七香车，《魏武帝与杨彪书》曰："今赠足下四望通幰七香车二乘，青牛二头。"梁简文帝《乌栖曲》："青牛丹毂七香车。"

⑥季伦，《晋书》："石崇，字季伦，财产丰积，室宇宏丽。后房百数，皆曳纨绣，珥金翠。丝竹尽当时之选，庖膳穷水陆之珍。与贵戚王恺、羊琇之徒，以奢靡相尚。恺以粭澳釜，崇以蜡代薪。恺作紫丝布步障四十里，崇作锦步障五十里以敌之。崇涂屋以椒，恺用赤石脂。崇、恺争豪如此。武帝每助恺，尝以珊瑚树赐之，高二尺许，枝柯扶疏，世所罕比。恺以示崇，崇便以铁如意击之，应手而碎。恺既惋惜，又以为嫉己之宝，声色方厉，崇曰：'不足多恨，今还卿。'乃命左右，悉取珊瑚树，有高三四尺者六七株。条干绝俗，光彩曜日。如恺比者甚众。恺怳然自失矣。"

⑦碧玉，按：宋汝南王妾碧玉，宠爱之，因作歌。梁元帝诗："碧玉小家女，来嫁汝南王。"

⑧九微火，《汉武内传》："七月七日设座大殿上，以紫罗荐地，燔百木之香，燃九光九微之灯，以待王母。"何逊诗："月映九微火，风吹百和香。"

⑨理曲，《古诗》："当户理清曲。"徐陵《玉台新咏序》："五日犹赊，谁能理曲？"

⑩赵李，阮籍《咏怀诗》："西游咸阳中，赵李相经过。"颜延年注："赵，汉成帝赵后飞燕也。李，汉武帝夫人也。"《汉书·谷永传》云："成帝数为微行，多近幸小臣。赵李从微贱专宠，皆皇太后与诸舅夙夜所常忧。"按：此指赵习燕、李平二女宠而言也。《王右丞集注》亦作指赵、李二家戚属言也。按：《叙传》云："会许皇后废，班婕妤供养东宫。进侍者李平为婕妤，而赵飞燕为皇后。"

⑪颜如玉，《古诗》："燕赵多佳人，美者颜如玉。"

老将行

少年十五二十时，步行夺得胡马①骑。射杀山中白额虎②，肯数邺下黄须儿③。一身转战④三千里，一剑曾当百万师。汉兵奋迅如霹雳⑤，虏骑奔腾畏蒺藜⑥。卫青不败⑦由天幸，李广无功⑧缘数奇。自从弃置便衰朽，世事蹉跎成白首。昔时飞箭无全目⑨，今日垂杨生左肘⑩。路傍时卖故侯瓜⑪，门前学种先生柳⑫。苍茫古木连穷巷，寥落寒山对虚牖⑬。誓令疏勒出飞泉⑭，不似颍川空使酒⑮。贺兰山⑯下阵如云⑰，羽檄⑱交驰日夕闻。节使⑲三河⑳募年少，诏书五道出将军㉑。试拂铁衣如雪色，聊持宝剑动星文㉒。愿得燕弓㉓射大将，耻令越甲㉔鸣吾军。莫嫌旧日云中守㉕，犹堪一战立功勋。

【注释】

①夺胡马，《史记》："李广兵败，胡骑得广，广佯死。睨其傍有一胡儿骑善马，广暂腾而上胡儿马。因推堕儿，取其弓，鞭马南驰而脱。"

②白额虎，《晋书·周处传》："处好田猎，父老叹曰：'三害未除。'处曰：'何谓也？'曰：'南山白额虎，长桥下蛟，并子为三矣。'处乃入山射虎，没水杀蛟。遂励志好学，志存义烈。期年，州府交辟。"

③黄须儿，《魏志》："任城王彰，少善射御。太祖喜，持彰须曰：'黄须儿竟大奇也。'"

④转战，《后汉书》："逾越险阻，转战千里。"按：转战，谓相驰逐战斗也。

⑤霹雳，《尔雅》："疾雷为霆霓。"注："雷之急击者为霹雳。"《隋书》："长孙晟为总管，突厥闻其弓声，谓为霹雳。"

⑥蒺藜，《尔雅翼》："军旅以铁作茨布敌路，谓之铁蒺藜。"《埤雅》："蒺藜布地蔓生，子有三角，刺人。状如菱而小。今兵家乃铸铁为之，以梗敌路。亦呼蒺藜。"

⑦卫青不败，《汉书》："卫青拜车骑将军。至龙城，斩首虏数百。天子使使即军中拜为大将军。霍去病从大将军为嫖姚校尉，敢深入军，亦有天幸，未尝困绝。"按：天幸，乃霍去病事。今指卫青，盖借用也。

⑧李广无功，《史记·李广传》："元朔六年，广复为后将军，从大将军出定襄，击匈奴，诸将多中首虏，率以功为侯者，而广军无功。元狩四年，广从大将军青击匈奴，青阴受上诫，以为李广老数奇，毋令当单于。"按：奇音"基"。

⑨全目，《帝王世纪》："帝羿有穷氏与吴贺北游。贺使羿射雀。羿曰：'生之乎，杀之乎。'贺曰：'射其左目。'羿引弓射之，误中右目。羿抑首而愧，终身不忘。故羿之善射，至今称之。"鲍照诗："惊雀无全目。"

⑩左肘，《庄子》："支离叔与滑介叔观于冥伯之邱，昆仑之墟，黄帝之所休。俄而柳生其左肘。其意蹶蹶然恶之。"注："柳，疡疖也。"按：右丞衍柳为垂杨。闻人倓注，以为误甚。然《右丞全集》五古中，有《胡居士卧病遗米因赠诗》："徒言莲花目，岂恶杨枝肘。"则以柳作"杨"，当另有解矣。

⑪故侯瓜，《史记》："邵平者，故秦东陵侯。秦破，为布衣。贫，种瓜于长安。瓜美，世谓之东陵瓜。"

⑫先生柳，陶潜《五柳先生传》："先生，不知何许人，亦不详其姓氏。宅边有五柳，因以为号。"

⑬虚牖，慧静诗："落照侵虚牖。"

⑭疏勒出泉，《后汉书·耿恭传》："恭以疏勒城傍有涧水可固，乃引兵据之。匈奴于城下拥绝涧水，恭于城中穿井十五丈不得水。吏士渴乏，笮马粪汁而饮之。恭仰天叹曰：'闻昔贰师将军，拔佩刀刺山，飞泉涌出。今汉德神明，岂有穷哉。'乃整衣服，向井再拜，为吏士祷。有顷，水泉奔出，乃令吏士扬水以示虏。虏以为神，遂引去。"

⑮颍川使酒，《史记》："灌夫为人刚直，使酒，家累数千万，食客日数十百人。陂池田园，宗族宾客，为权利横于颍川。"师古曰："使酒，因酒而使气也。"

⑯贺兰山，《元和郡县志》："贺兰山在灵州保静县西九十三里。山有树木青白，望如驳马。北人呼驳为贺兰。其山阿东望云中，形势相接，迤逦向北经灵武县，又西北经保静西，又北经定远城西，又东北抵河。其抵河之处，亦名乞伏山，在黄河西。从首至尾，有像月形。南北约长五百余里，直边城之拒防山之东。"

⑰阵云，《史记》："阵云如立垣。"

⑱羽檄，陆倕《石阙铭》：羽檄交驰，军书狎至。

⑲节使，《通典》："朔方有寇戒之地，则加以旌节，谓之节度使。"

⑳三河，《史记》："汉王悉发关内兵，收三河士。"《史记·货殖传》："昔唐人都河东，殷人都河内，周人都河南。夫三河，在天下之中，若鼎足，王者所更居也。"《水经注》："韦昭曰：河南、河东、河内为三河也。"

㉑五道出将军，《汉书·傅介子传》："汉大发十五万骑，五将军分道出。"《宣帝纪》："御史大夫田广明为祁连将军，后将军赵充国为蒲类将军，云中太守田顺为虎牙将军，乃度辽将军范明友，前将军韩增，咸击匈奴。"

㉒星文，吴筠诗："剑抱七星文。"

㉓燕弓，《周礼》："燕之角翰曰角弓，出幽燕。"

㉔越甲，《说苑》："越甲至齐，雍门子狄请死之。齐王曰：'鼓铎之声未闻，矢石未交，长兵未接，子何务死之为？'雍门子狄对曰：'昔者王田子囿，左毂鸣，车右请死之。王曰：'左毂鸣，工师之罪也，子何事之有焉？'车右曰：'臣不见工师之乘，而见其鸣吾君也。遂刎颈而死。知有之乎？'齐王曰：'有之。'雍门子狄曰：'今越甲至，其鸣吾君，岂左毂之下哉！车右可以死左毂，而臣独不可死越甲也。'遂刎颈而死。是日，越人引甲而退七十里。曰：'齐王有臣，钧如雍门子狄，拟使越社稷不血食。'遂引甲而归。齐王葬雍门子狄以上卿之礼。'"

㉕云中守，《史记·冯唐传》："冯唐曰：臣窃闻魏尚为云中守。其军市租，尽以飨士卒私养钱。五日一椎牛飨宾客、军吏、舍人。是以匈奴远避，不近云中之塞。上功首虏差六级，陛下下之吏，削其爵。由此言之，陛下虽得廉颇、李牧弗能用也。文帝悦。是日，令冯唐持节，赦魏尚，复以为云中守。"《括地志》："今大同府，古云中郡也。"

桃源①行

渔舟逐水爱山春，两岸桃花夹古津。坐看红树不知远，行尽青溪忽值人。山口潜行始隈隩②，山开旷望旋平陆。遥看一处攒云树③，近入千家散花竹。樵客初传汉姓

名，居人未改秦衣服。居人共住武陵[4]源，还从物外起田园。月明松下房栊[5]静，日出云中鸡犬喧。惊闻俗客争来集[6]，竞引还家问都邑。平明[7]闾巷扫花开，薄暮[8]渔樵乘水[9]入。初因避地去人间，更问神仙遂不还。峡[10]里谁知有人事，世中遥望空云山[11]。不疑灵境[12]难闻见，尘心未尽思乡县。出洞无论隔山水，辞家终拟长游衍[13]。自谓经过旧不迷，安知峰壑今来变。当时只记入山深，青溪几度到云林。春来遍是桃花水[14]，不辨仙源[15]何处寻。

【注释】

①桃源，陶潜《桃花源记》："晋太元中，武陵人捕鱼为业。缘溪行，忘路之远近。忽逢桃花林，夹岸数百步，中无杂树，芳草鲜美，落英缤纷。渔人甚异之。复前行，欲穷其林。林尽水源，便得一山。山有小口，仿佛若有光。便舍舟，从口入。初极狭，才通人。复行数十步，豁然开朗。土地平旷，屋舍俨然。有良田美池桑竹之属。阡陌交通，鸡犬相闻。其中往来种作，男女衣著，悉如外人。黄发垂髫，并怡然自乐。见渔人，乃大惊。问所从来，具答之。便邀还家，设酒杀鸡作食。村中闻有此人，咸来问讯。自云先世避秦时乱，率妻子邑人来此绝境，不复出焉。遂与外人间隔。问今是何世。乃不知有汉，无论魏晋。此人一一为具言所闻，皆叹惋。余人各复延至其家，皆出酒食。停数日，辞去。此中人语云：'不足为外人道也。'既出，得其船，便扶向路，处处志之。及郡下，诣太守，说如此。太守即遣人随其往，寻向所志，遂迷，不复得路。南阳刘子骥，高尚士也。闻之，欣然欲往。未果，寻病终。后遂无问津者。"

②隈隩，《玉篇》："隩，水曲也。隩，水涯也。"谢灵运诗："逶迤傍隈隩。"

③云树，刘孝威诗："云树交为密。"

④武陵，《武陵先贤传》："潘京世长为郡主簿，太守赵伟问京：贵郡何以为武陵？京答曰：鄙郡秦名义陵，在辰阳县界，与夷相接，数为所破。光武时，移治东山之上，遂尔易号。《传》曰：'止戈为武，高平曰陵。'于是名焉。"

⑤房栊，班婕妤赋："房栊虚兮，风泠泠。"注："栊，疏槛也。"《吴都赋》注："栊，房屋之疏也。"

⑥来集，《礼记》："四方来集。"

⑦平明，谢灵运诗："平明登云峰。"《楚辞》："平明发兮苍梧。"

⑧薄暮，《广雅》："日将入曰薄暮。"

⑨乘水，《管子》："蛟龙乘水则神立。"

⑩峡，《韵会》："山峭夹水曰峡。"

⑪云山，蔡琰《胡笳》："云山万重兮，归路遐。"

⑫灵境，谢灵运诗："灵境信难留。"

⑬游衍，《诗》："及尔游衍。"

⑭桃花水，《汉书》："来春桃花水盛。"师古注："仲春之月始雨水，桃始花。盖桃方花时，既有雨水，川谷冰泮，众流猥集，波澜甚长，故谓之桃花水耳。"《韩诗章句》："三月桃花水下时，郑国之俗，上已祓除不祥。"

⑮仙源，《云笈七签》："福地第四曰东仙源，第五曰西仙源。"庾信诗："更寻终不见，无异桃花源。"

李　白

蜀道难[①]

噫吁戏[②],危乎高哉！蜀道之难难于上青天！蚕丛及鱼凫[③],开国何茫然。尔来四万八千岁,不与秦塞[④]通人烟[⑤]。西当太白有鸟道[⑥],可以横绝峨嵋巅。地崩山摧壮士死[⑦],然后天梯[⑧]石栈[⑨]方钩连。上有六龙回日[⑩]之高标[⑪],下有冲波逆折[⑫]之回川。黄鹤之飞尚不得过,猿猱[⑬]欲度愁攀缘。青泥[⑭]何盘盘,百步九折[⑮]萦岩峦[⑯]。扪参历井[⑰]仰胁息[⑱],以手抚膺[⑲]坐长叹。问君西游何时还？畏途[⑳]巉岩[㉑]不可攀。但见悲鸟号古木,雄飞从雌[㉒]绕林间。又闻子规啼夜月,愁空山。蜀道之难难于上青天！使人听此凋朱颜[㉓]。连峰去天不盈尺,枯松倒挂倚绝壁。飞湍[㉔]瀑流[㉕]争喧豗[㉖],砯[㉗]崖转石万壑雷[㉘]。其险也若此,嗟尔远道之人胡为乎来哉？剑阁峥嵘而崔嵬,一夫当关,万夫莫开。所守或匪亲[㉙],化为狼与豺[㉚]。朝避猛虎[㉛],夕避长蛇[㉜],磨牙[㉝]吮[㉞]血,杀人如麻[㉟]。锦城[㊱]虽云乐[㊲],不如早还家。蜀道之难难于上青天！侧身西望[㊳]长咨嗟[㊴]。

【注释】

①蜀道难,《古今乐录》曰:"王僧虔《技录》有《蜀道难行》,今不歌。"《乐府题解》:"蜀道难,备言铜梁玉垒之阻,与蜀国弦颇同。"《尚书谈录》曰:"李白作《蜀道难》以罪严武,后陆畅谒韦南康皋于蜀郡,感韦之遇,遂反其词,作《蜀道易》云:'蜀道易,易于复平地。'"《唐书·严武传》:"武节度剑南,房琯以故相为巡内刺史。武慢倨不为礼。最厚杜甫,然欲杀甫数矣。李白为《蜀道难》者,盖为房与杜危之地。"按:《唐诗别裁解》云:诸解纷纷。萧士赟谓禄山乱华,天子幸蜀而作。为得其解。臣子忠爱之辞,不比寻常穿凿。又,按《太白集注解》:胡震亨曰:"此诗说者不一,有谓为严武镇蜀放恣,危房琯、杜甫而作者。出范摅《云溪友议》,新史所采也。有谓为章仇、兼琼作者。沈存中洪驹父驳前说,而为之说者也。有谓讽玄宗幸蜀之非者。萧士赟注语也。兼琼在蜀,无据险跋扈之迹,可当斯语。而严武出镇在至德后,玄宗幸蜀在天宝末,与此诗见赏贺监在天宝初者,年岁亦皆不合。则此数说似并属揣摩。愚谓《蜀道难》自是古相和歌曲。梁、陈间拟者不乏,讵必尽有为而作。白,蜀人,自为蜀咏耳。言其险,更著其戒。如云:'所守或匪亲,化为狼与豺。'风人之义远矣。必求一时一人之事以实之,不几失之凿乎?"

②噫吁戏,《宋景文笔记》:"蜀人见物惊异辄曰'噫吁戏'。李白作《蜀道难》因用之。"注:"噫,音'衣'。戏,音'希'。"

③蚕丛、鱼凫,扬雄《蜀王本纪》:"蜀王之先,名蚕丛、栢濩、鱼凫、蒲泽、开明。是时,人民椎髻哤言,不晓文字,未有礼乐。从开明上至蚕丛,积三万四千岁。"《成都记》:"鱼凫猎湔山,得道乘虎而去,杜宇遂继鱼凫。秦惠王灭蜀,封公子通为蜀侯。惠王二十七年,使张仪筑都城。后置蜀郡,以李冰为守。冰穿两江,为人开田。百姓享其利,蜀人始通中国。"

④秦塞,《史记》:"秦四塞之国。"

⑤人烟，曹植诗："千里无人烟。"

⑥太白、鸟道，慎蒙《名山记》："太白山在凤翔府郿县东南四十里。钟西方金宿之秀，关中诸山，莫高于此。其山巅高寒，不生草木，常有积雪不消，盛夏视之犹烂然，故以太白名。鸟道，谓连山高峻，少低缺处，惟飞鸟过此，以为径路。总见人迹所不能至也。"按：本集注，太白山在洋州真符县，山面隶凤翔，山背属真符。《南中志》："鸟道四百里。"

⑦地崩山摧壮士死，《蜀王本纪》："天为蜀生五丁力士，能徙山。秦王献美女与蜀王，遣五丁迎女。见一大蛇入山穴中，五丁共引蛇，山崩，压杀五丁，秦女皆化为石，而山分为五岭。"

⑧天梯，王逸《九思》："缘天梯兮北上，登太乙兮玉台。"

⑨栈，《汉书·张良传》："说汉王烧栈道。"注："栈，险绝之处。旁凿山岩，施版梁为阁也。"《梁州图经》："栈道连空，极天下之至险。"《通志》："栈道在褒斜谷中。"

⑩六龙回日，《淮南子》："爰止羲和，爰息六螭，是谓悬车。"注："日乘车，驾以六龙，羲和御之。日至此而薄于虞泉，羲和至此而回六螭。"

⑪高标，《蜀都赋》："羲和假道于峻岐，阳乌回翼乎高标。"《图经》："高标山，一名高望，乃嘉定府之主山。岿然高峙，万象在前。"

⑫冲波逆折，陆机《连珠》："冲波安流。"《上林赋》："横流逆折。"注："逆折，旋回也。"

⑬猿猱，《埤雅》："猿，猴属。长臂善啸，便攀援。"《韵会》："猱，母猴，似人。"《尔雅》："猿猱善援。"注："便攀援也。"

⑭青泥，《九域志》："兴州有青泥岭，乃入蜀之路。"《元和郡县志》："青泥岭在兴州长举县西北五十三里。上多云雨，行者多逢泥淖。"

⑮九折，《天台赋》："既克陟于九折。"《水经注》："邛崃山南有九折坂，夏则凝冰，冬则毒寒。"

⑯岩峦，徐悱诗："衿带尽岩峦。"《尔雅》："峦，山堕。"注："山形长狭者，荆州谓之峦。"《说文》："小山而高曰峦。"

⑰扪参历井，《楚辞》："遂倏忽而扪天。"按：扪参历井者，谓仰视天星，去人不远，若可以手扪及之。极言其岭之高也。按：《星经》：参、井二星本相近。参，三星，居西方，七宿之不，占度十，为蜀之分野。井，八星，居南方，七宿之首，占度三十三，为秦之分野。又按：青泥岭乃自秦入蜀之路，故举二方分野之星相联者言之。

⑱胁息，《高唐赋》："胁息增欷。"李善注："胁息，缩气也。"《通鉴》注："胁息者，屏气鼻不敢息。唯两胁潜动以舒息耳。"《汉书》："豪强胁息。"注："胁，敛也。屏气而息。"

⑲抚膺，《列子》："齐子抚膺而恨。"

⑳畏途，《庄子》："夫畏途者卜杀一人，则父子兄弟相戒也。"

㉑巉岩，《新论》："舜捐黄金于巉岩之山。"

㉒雄飞从雌，《雉子班古辞》："雉子高飞止，黄鹄高飞已千里，雄来飞，从雌视。"

㉓朱颜，王康琚诗："凝霜凋朱颜。"

㉔飞湍，李巨仁诗："定楫下飞湍。"

㉕瀑流，《会稽记》："悬溜千仞谓之瀑布。飞流洒散，冬夏不竭。"

㉖喧豗，《海赋》："磊匒匌而相豗。"注："相豗，相击声也。"《韵会》："豗，喧声。"

㉗砯，《江赋》："冰岩鼓作。"注："砯，水击岩之声也。砯，音'烹'。"

㉘万壑雷，《上林赋》："礧石相击，若雷霆之声。"《世说》："万壑争流。"

㉙匪亲，张载《剑阁铭》："形胜之地，匪亲勿居。"

㉚狼、豺，《史记·韩安国传》："虽有亲父，安知其不为虎？虽有亲兄，安知其不为狼？"

《尔雅·释兽》:"犲,狗足。"疏:"犲,贪贱之兽。"《说文》:"犲,狼属。"

㉛猛虎,司马迁书:"猛虎在深山。"

㉜长蛇,《左传》:"吴为封豕长蛇,以荐食上国。"《山海经图赞》:"长蛇百寻,其鬣如彘。飞群走类,靡不吞噬。极物之恶,尽毒不利。"

㉝磨牙,《长杨赋》:"凿齿之徒,相与磨牙而争之。"

㉞吮,徂兖切,前上声。《广韵》:"吮,漱也。"《史记·吴起传》:"卒有病疽者,起为吮之。"

㉟如麻,《史记·天官书》:"死人如乱麻。"

㊱锦城,《元和志》:"锦城在成都县南十里。故锦官城也。"按:锦官,或以其地有锦官,如铜官、监官之类。《益州记》:"锦城在益州南,窄桥东,流江南岸。蜀时故锦官处也。号锦里,城墉犹在。"

㊲虽云乐,《古诗》:"客行虽云乐,不如早旋归。"

㊳侧身西望,张衡《四愁诗》:"侧身西望涕沾裳。"

㊴咨嗟,鲍照诗:"弦绝空咨嗟。"

长相思[①] 二首

长相思,在长安。络纬[②]秋啼金井阑[③],微霜凄凄簟色寒。孤灯不明思欲绝,卷帷望月空长叹。美人如花[④]隔云端[⑤],上有青冥[⑥]之长天,下有绿水之波澜。天长地远[⑦]魂飞苦,梦魂不到关山难。长相思,摧心肝[⑧]。

日色欲尽花含烟,月明欲素愁不眠。赵瑟初停凤凰柱[⑨],蜀琴欲奏鸳鸯弦[⑩]。此曲有意无人传,愿随春风寄燕然[⑪]。忆君迢迢隔青天,昔时横波目[⑫],今作流泪泉。不信妾肠断,归来看取明镜前。

【注释】

①长相思,郭茂倩《乐府古诗》曰:"上言长相思。"李陵诗:"各言长相思。"苏武诗:"死当长相思。"长者,久远之词。言行人久戍,寄书以遗所思也。《古诗》又曰:"文彩双鸳鸯,裁为合欢被。着以长相思,缘以结不解。"谓被中着绵,以致相思绵绵之意。故曰长相思也。又有千里意,与此相类。按:《长相思》,六朝始以名篇。如陈后主"长相思,久相忆",徐陵"长相思,望归难",江总"长相思,久离别"诸作,并以"长相思"发端。太白此篇,正拟其格。

②络纬,吴均诗:"络纬井边啼。"《古今注》:"莎鸡,一名络纬,一名蟋蟀。促织,谓其鸣声如急织。络纬,谓其鸣声如纺绩也。"按:今之所谓络纬,似蚱蜢而大,翅作声,绝类纺绩。秋夜,露凉风冷,鸣尤凄紧。欲为之纺绩娘,非蟋蟀也。或《古今注》称谓不同欤?

③金井阑,《西征记》:"太极殿上有金井阑。"按:金井阑干也。古乐府多有玉床金井之词,盖言其木石美丽,价值金玉云耳。

④如花,《神女赋》:"炜乎如花,温乎如玉。"

⑤云端,枚乘诗:"美人在云端,天路隔无期。"

⑥青冥,《楚辞》:"据青冥而摅虹兮。"

⑦天长地远,陈后主《孙玚铭》:"天长路远,地久云多。"

⑧心肝,欧阳建诗:"痛苦摧心肝。"

⑨赵瑟凤凰柱,杨恽书:"妇赵女也,雅善鼓瑟。"吴均诗:"赵瑟凤凰柱,吴醥金罍尊。"按:本

集注："凤凰柱，刻柱为凤凰形。"

⑩蜀琴鸳鸯弦，鲍照诗："蜀琴抽白雪。"按：本集注："司马相如，蜀郡人，善鼓琴。鸳鸯弦，以雄雌也。"

⑪燕然，《后汉书》："燕然山，去塞三千里。即燕支山。"《窦宪传》："为车骑将军。温犊须日逐等八十一部，率众降，宪军遂登燕然山。刻石勒功，纪汉威德。令班固作铭。"

⑫横波目，王筠诗："愁牵翠羽眉，泪满横波目。"傅毅《舞赋》："目流睇而横波。"注："言目斜视如水之横流也。"

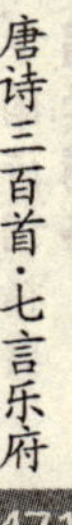

行路难[1]

金樽清酒斗十千[2]，玉盘珍羞直万钱[3]。停杯投箸不能食[4]，拔剑四顾心茫然[5]。欲度黄河冰塞川[6]，将登太行[7]雪满山。闲来垂钓碧溪上，忽复乘舟梦日[8]边。行路难！行路难！多歧路[9]，今安在？长风破浪[10]会有时，直挂云帆[11]济沧海。

【注释】

①行路难，《乐府古题要解》："行路难，备言世路艰难，及离别伤悲之意。多以君不见为首。"

②斗十千，曹植诗："美酒斗十千。"

③万钱，《北史》："韩晋明好酒纵诞，招饮宾客，一席之费，动之万钱。犹恨俭率。"

④不能食，鲍照诗："对案不能食，拔剑击柱长叹息。"

⑤茫然，《古诗》："四顾何茫然。"

⑥冰川、雪山，鲍照《舞鹤赋》："冰塞长川，雪满群山。"

⑦太行，《河南志》："太行山在怀庆府城北。其山西自济源东北接河内，由武辉县、林县至磁州界。绵亘数十里。其间峰谷岩洞，景物万状。虽各因地立名，其实太行一山也。为中州巨镇。"

⑧梦日，按：王琦注："《宋书》：'伊挚将应汤命，梦乘船过日月之傍。'"

⑨多歧路，《列子》："杨子之邻人亡羊，既率其党，又请杨子之竖追之。杨子曰：'亡一羊何追者之众。'邻人曰：'多歧路。'"

⑩长风破浪，《晋书》："宗悫少时，叔父炳问其志。悫曰：'愿乘长风破万里浪。'"

⑪云帆，马融《广成颂》："张云帆，施霓帱。"《释名》："随风张幔曰帆。"

将进酒[1]

君不见黄河之水天上来，奔流到海不复回。君不见高堂明镜悲白发，朝如青丝暮成雪。人生得意须尽欢，莫使金樽空对月。天生我材必有用，千金散尽还复来。烹羊宰牛[2]且为乐，会须一饮三百杯[3]。岑夫子，丹丘生[4]，将进酒，杯莫停。与君歌一曲[5]，请君为我倾耳听[6]。钟鼓馔玉[7]何足贵，但愿长醉不愿醒。古来圣贤皆寂寞，唯有饮者留其名。陈王昔时宴平乐[8]，斗酒十千恣欢谑。主人何为言少钱，径须沽取对君酌。五花马，千金裘[9]，呼儿将出换美酒，与尔同销万古愁。

【注释】

①将进酒,《宋书》:"汉鼓吹铙歌十八曲,有《将进酒》曲。"《乐府诗集》:"《将进酒》古词云:'将时酒,乘大白。'大略以饮酒放歌为言。宋何承天《将进酒篇》曰:'将进酒,应三朝。备繁礼,荐佳肴。'则言朝会进酒,且以濡首荒志为戒。若梁昭明太子云'洛阳轻薄子',但叙游乐饮酒而已。"

②烹羊宰牛,曹植诗:"中厨办丰膳,烹羊宰肥牛。"

③三百杯,《世说注》:"《郑玄别传》曰:袁绍辟玄,及去,饯之城东,欲玄必醉。会者三百余人,皆离席奉觞,自旦及暮,度玄饮三百余杯,而温克之容,终日无怠。"

④岑夫子、丹丘生,按:岑夫子,即太白集中所称岑征君是。丹丘生,亦集中所称元丹丘是。皆太白好友也。

⑤一曲,鲍照诗:"为君歌一曲。"

⑥倾耳听,《礼记》:"倾耳听之,不可得而闻也。"

⑦馔玉,《论语》注:"馔,饮食也。"左思《吴都赋》:"矜其晏居,则珠服玉馔。"注:"玉馔,言珍美可比于玉也。"

⑧陈王宴平乐,曹植《名都篇》:"归来宴平乐,美酒斗十千。"注:"平乐,观名。"按:曹植以太和六年封为陈王。

⑨五花马、千金裘,按:五花马者,谓马之毛色作五花文也。又按:张萱画虢国出行图中,有三花马。三花者,剪马鬣为五瓣耳。《史记》:"孟尝君有一孤白裘,直千金,天下无双。"

杜　甫

兵车[①]行

车辚辚,马萧萧[②],行人弓箭各在腰。爷娘[③]妻子走相送,尘埃[④]不见咸阳桥[⑤]。牵衣[⑥]顿足[⑦]拦道哭,哭声直上干云霄[⑧]。道旁过者问行人,行人但云点行[⑨]频。或从十五北防河[⑩],便至四十西营田[⑪]。去时里正与裹头[⑫],归来头白还戍边。边庭流血[⑬]成海水,武皇[⑭]开边意未已。君不闻汉家山东二百州[⑮],千村万落[⑯]生荆杞[⑰]。纵有健妇[⑱]把锄犁[⑲],禾生陇亩无东西。况复秦兵耐苦战,被驱不异犬与鸡。长者[⑳]虽有问,役夫[㉑]敢申恨?且如今年冬,未休关西[㉒]卒。县官[㉓]急索租,租税[㉔]从何出。信知生男恶,反是生女[㉕]好。生女犹得嫁比邻[㉖],生男埋没[㉗]随百草[㉘]。君不见青海[㉙]头,古来白骨[㉚]无人收。新鬼烦冤[㉛]旧鬼[㉜]哭,天阴雨[㉝]湿声啾啾[㉞]。

【注释】

①兵车,《周礼》:"有兵车之会。"按:杜诗旧注,谓为明皇用兵吐番,民苦行役而作也。

②车辚辚,马萧萧,《诗·秦风》:"有车辚辚。"又:"萧萧马鸣,悠悠旆旌。"

③爷娘,《木兰诗》:"不闻爷娘唤女声,但闻黄河之水鸣溅溅。"

④尘埃,按:钱笺:"尘埃不见,言出师之盛。"

⑤咸阳桥,《一统志》:"便桥,唐时名咸阳桥。"《元和郡县志》:"便桥在咸阳县南十里。"《长安

志》:"中渭桥在咸阳东南二十里。本名横桥。贯渭水上。"

⑥牵衣,魏文帝诗:"妻子牵衣袂。"古乐府:"儿女牵衣啼。"

⑦顿足,《史记》:"温舒顿足而叹。"

⑧干云霄,孔稚圭文:"干云霄而直上。"

⑨点行,按:本集注:"点行者,以丁籍点照上下,更换差役。"

⑩防河,《旧唐书》:"开元十五年十二月,制,以吐蕃为边害,令陇右道及诸军团兵五万六千人,河西及诸军团兵四万人,又征关中兵万人集临洮,朔方兵万人集会州,防秋。至冬初,无寇而罢。"按:是时吐番侵扰河右。故曰"防河"也。

⑪营田,《唐书·食货志》:"开军府以捍要冲,因隙地以制营田。有警则以军若夫千人助役。"按:《杜臆》:"营田,乃戍卒备吐番者。"

⑫里正裹头,《海录碎事》:"唐制,凡百户为一里,里置正一人。"《二仪实录》:"古以皂罗三尺裹头,曰头巾。"按:鲍氏云:时老幼俱战亡,又括乡里之少小者,故里正为之裹头擐甲也。

⑬流血,《史记》:"流血成川。"

⑭武皇,《汉书》:"武帝开置边郡。"按:唐人诗称明皇多云武皇。王昌龄诗:"白马金鞍从武皇。"韦应物诗:"少事武皇帝。"公亦云"武帝旌旗在眼中"也。

⑮山东二百州,赵傁曰:"山东者,太行山之东。古之晋地,今之河北。唐都长安,故以河北为山东。"元好问曰:"古之山东,今河朔燕赵魏也。"《十道四蕃志》:"关以东七道,凡二百一十七州。"

⑯村落,《世说》:"陆士衡入洛,次河南偃师逆旅。妪曰:此东数十里无村落。"

⑰荆杞,阮籍诗:"堂上生荆杞。"

⑱健妇,古乐府:"健妇持门户,亦胜一丈夫。"

⑲锄犁,王粲诗:"相随把锄犁。"

⑳长者,《礼记》:"长者问,不辞让而对,非礼也。"

㉑役夫,《左传》:"呼役夫。"

㉒关西,《通鉴》:"天宝九载冬十二月,亲西游奕使王难得击吐蕃,克五城,拔树敦城。"朱注:"关西,即陇外也。"

㉓县官,《史记索隐》:"谓国为县官者,畿内县,即国都。王者官天下,故曰宫也。"《汉书》注:"县官,谓天子,不敢指斥,故谓之县官。"

㉔租税,《汉书·严助传》:"租税之收,足以给乘舆之御。"

㉕生男生女,陈琳诗:"生男慎莫举,生女哺用脯。"

㉖比邻,《周礼》:"五家为比,使之相保。五比为闾,使之相受。"又按,朱注:"比邻,即近邻也。"

㉗埋没,庾信《哀江南赋》:"身名埋没。"

㉘百草,江淹诗:"零落被百草。"

㉙青海,《旧唐书》:"吐谷浑有青海,周回八九百里。高宗龙朔三年,为吐蕃所并。仪凤中,李敬玄与吐蕃战,败入于青海。开元中,王君㚟、张景顺、张忠亮、崔希逸、皇甫维明、王忠嗣,先后破吐蕃,皆在青海西。天宝中,歌舒翰筑神威军于青海上,又筑城龙驹岛,吐蕃始不敢近青海。"

㉚白骨,梁《横吹曲》"尸丧狭谷中,白骨无人收。"

㉛烦冤,鲍照诗:"烦冤荒陇侧。"

㉜新旧鬼，《左传》：“新鬼大，故鬼小。”

㉝阴雨，《后汉书》：“陈宠为太守，洛阳城每阴雨常有哭声。”

㉞啾啾，汉乐府：“鸣声何啾啾。”

丽人行[①]

三月三日[②]天气新，长安水边多丽人。态浓意远[③]淑且真[④]，肌理细腻骨肉[⑤]匀。绣罗衣裳[⑥]照暮春，蹙金[⑦]孔雀银麒麟[⑧]。头上何所有？翠微匐[⑨]垂鬓唇[⑩]。背后何所见？珠压腰衱稳称身[⑪]。就中[⑫]云幕[⑬]椒房亲，赐名大国[⑭]虢与秦。紫驼之峰[⑮]出翠釜[⑯]，水精之盘[⑰]行素鳞。犀箸[⑱]厌饫[⑲]久未下[⑳]，鸾刀缕切[㉑]空纷纶。黄门[㉒]飞鞚不动尘，御厨络绎送八珍[㉓]。萧鼓哀吟感鬼神，宾从[㉕]杂遝[26]实要津[㉗]。后来鞍马何逡巡，当轩[㉘]下马入锦茵[㉙]。杨花[㉚]雪落覆白蘋，青鸟[㉛]飞去衔红巾[㉜]。炙手可热[㉝]势绝伦，慎莫近前丞相[㉞]嗔。

【注释】

①丽人行，《乐府广题》曰：“刘向《别录》云，昔有丽人，善雅歌，后因以名曲。”崔国辅《丽人曲》：“红颜称绝代，欲并真无侣。独有镜中人，由来自相许。”《旧唐书》：“玄宗每年十月幸华清宫，国忠姊妹五家扈从，每家为一队，著一色衣，五家合队照映，如百花之焕发，遗钿坠舄，瑟瑟珠翠，灿烂芳馥于路。而国忠私于虢国，不避雄狐之刺。每入朝，或联镳方驾，不施帷幔。每三朝庆贺，五鼓待漏，靓妆盈巷，蜡炬如昼。”按：钱笺注引：“十月幸华清事，度上巳修禊，亦必尔也。”

②三月三日，《风俗通》：“按：《周礼》，女巫掌岁时以祓除疾病。禊者，洁也。故于水上盥濯之也。巳者，祉也。邪疾已去，祈介祉也。”《周礼注》：“如今之三月三日，往水上之类是也。”《晋书》：“魏以后，但用三日，不复用巳。”《荆楚岁时记》：“三月三日，士民并出临清渚，为流杯曲水之饮。”

③意远，庾信启：“飘飘意远。”

④淑真，王粲《神女赋》：“何产气之淑真。”

⑤理腻骨肉，《楚辞》：“靡颜腻理。”注：“腻，滑也。”又，《招魂》：“丰肉微骨。”

⑥罗衣裳，《古诗》：“被服罗衣裳。”

⑦蹙金，按：赵注：“蹙金实事，唐人常语。故杜牧自谓其诗蹙金结绣而无痕迹。”

⑧孔雀麒麟，按：周注：“孔雀麒麟，皆衣上所绣物也。”

⑨翠微匐叶，《广韵》：“匐彩，妇人髻饰花也。”旧注：“翠微匐叶，言翡翠微布与匐彩之叶。”

⑩鬓唇，按：仇注：“鬓唇，鬓边也。”

⑪珠衱，《尔雅》：“衱，谓之裾。”郭注：“衣，后裾也。”赵注：“谓之腰衱，则裙腰耳。以珠缀之，故言珠压腰衱。”按：旧注：腰衱，即今之裙带，缀珠其上，压而下垂也。

⑫就中，庾信诗：“就中不言醉。”

⑬云幕，《西京杂记》：“成帝设云幄、云帐、云幕于甘泉紫殿，世谓之三云殿。”

⑭大国，《旧唐书》：“太真有姊三人，皆有才貌，并封国夫人。长曰大姨，封韩国。三姨封虢国。八姨封秦国。同曰拜命。”《通鉴》：“适崔者为韩，适裴者为虢，适柳者为秦。”

⑮驼峰，《汉书》："大月氏，本西域国。出一封橐驼。"注："脊上有一封高也，如土封然。今俗呼为帮。"按：旧注："封，亦作'峰'。驼峰味美。"《酉阳杂俎》："衣冠家名食，有将军曲良翰作驼峰炙。"

⑯翠釜，王绩《游北山赋》："裹翠釜而出金精。"

⑰水精盘，《三辅黄图》："董偃以水精为盘。"

⑱犀箸，《酉阳杂俎》："明皇恩宠禄山，所赐有金平脱、犀头箸。"

⑲厌饫，《楚辞》："时厌饫而不用兮。"

⑳箸未下，《晋书》："何曾日食万钱，犹日无下箸处。"

㉑鸾刀缕切，《诗》："执起鸾刀。"《西征赋》："饔人缕切，鸾刀若飞。"

㉒黄门，《汉书注》："禁中黄门，谓阉人。居禁中，在黄门之内给事者。"《明皇杂录》："虢国夫人出入禁中，常乘紫骢，使小黄门为御，紫骢之骏健，黄门之端秀，皆冠绝一时。"

㉓飞鞚，鲍照诗："飞鞚越平陆。"《通俗文》："制马口曰鞚。"

㉔送八珍，《新唐书》："帝所得奇珍及贡献，分赐之。使者相冲于道，五家如一。"《周礼》："珍用八物。"注："珍谓淳熬、淳母、炮豚、炮牂、捣珍、渍熬、肝、膋也。"梁武帝诗："雕案出八珍。"

㉕宾从，魏文帝诗："宾从无声。"

㉖杂遝，《汉书·刘向传》："及至周文开基，西郊杂遝，众贤罔不肃和。"注：杂遝，聚积之貌。"

㉗要津，《古诗》："先据要路津。"

㉘当轩，王融诗："当轩卷罗縠。"

㉙锦茵，仇注："锦茵，谓地铺锦褥。"

㉚杨花，《梁书》："杨华，少有勇力，容貌雄伟。魏胡太后逼通之。华惧及祸，乃率其部曲降梁。胡太后思之，为作《杨白花歌》，使宫人连臂踏足歌之，声甚凄婉。其歌曰：'杨春二三月，杨柳齐作花。春风一夜入闺闼，杨花漂荡落南家。含情出户脚无力，拾得杨花泪沾臆。春去秋来双燕子，愿衔杨花入窠里'"按：此杨花亦寓意于杨氏也。杨花入水化为萍。《尔雅翼》："萍，其大者曰蘋。五月有花，白色。"又按，本注：蘋根生水底。不若小浮萍无根漂浮。杨国忠实张易之之子，冒杨姓，与虢国通，是以无根之杨花，落而覆有根之白蘋也。

㉛青鸟，《山海经》："三危之山，有青鸟居之。"注："青鸟，主为西王母取食者。"《汉武故事》："王母有二青鸟如乌，夹侍王母。"沈约诗："衔书必青鸟。"

㉜红巾，梁元帝诗："柳边通粉色，叶里映红巾。"赵注："红巾，妇人之饰。"黄注："巾，盖树间所挂之彩。"

㉝炙手可热，《两京新记》："安乐公主，上之季妹也。附会韦氏，热可炙手，道路惧焉。"按：炙手可热，盖唐时长安语如此。《唐语林》："语曰：郑、杨、段、薛，炙手可热。"

㉞丞相，《通鉴》："天宝十一载十一月，以杨国忠为右相兼文部尚书。"

哀江头[①]

少陵[②]野老吞声[③]哭，春日潜行[④]曲江[⑤]曲。江头宫殿锁千门，细柳新蒲为谁绿？忆昔霓旌[⑥]下南苑[⑦]，苑中万物生颜色。昭阳[⑧]殿里第一人，同辇[⑨]随居侍君侧。辇前才人[⑩]带弓箭，白马嚼啮黄金勒[⑪]。翻身向天仰射云，一箭正坠双飞翼。明眸皓齿[⑫]今何在？血污[⑬]游魂归不得[⑭]。清渭东流剑阁[⑮]深，去住[⑯]彼此无消息。人生有情

泪沾臆，江水江花岂终极！黄昏胡骑尘满城，欲往城南望城北[17]。

【注释】

①哀江头，按：诗意本哀贵妃，不敢斥言，故借江头行幸处，标为题目耳。

②少陵，《雍录》："宣帝陵在杜陵县，许后葬杜陵南园，谓之少陵。杜甫家焉。自称杜陵老，亦曰少陵也。在长安县南四十里。"

③吞声，江淹《恨赋》："自古皆有死，莫不饮恨而吞声。"

④潜行，《韩非子》："张孟谈曰：臣请潜行而出。"

⑤曲江，《太平寰宇记》："曲江，汉武帝所造，名为宜春苑。其水曲折，有似广陵之江，故名。"《剧谈录》："曲江在秦为宜春苑，在汉为乐游园。开元疏凿，遂为胜境。其南有紫云楼，芙蓉苑。其西有杏园，慈恩寺。江头菰蒲葱翠，柳阴四合，碧波红叶，依映可爱。"

⑥霓旌，《西都赋》："虹旃霓旌。"《高唐赋》："霓为旌，翠为盖。"

⑦南苑，《雍录》："曲江，都城东南，其南即芙蓉苑，故名南苑。第一人，谓杨贵妃也。"

⑧昭阳，《汉书》："飞燕立为皇后，宠少衰。女弟绝色，幸为昭仪，居昭阳殿。"

⑨同辇，《汉书》："成帝游于后庭，欲与班婕妤同辇。"

⑩才人，《旧唐书》："内官才人七人。"按：唐制，巡幸，宫人扈从者，骑而挟弓矢。见《王才人传》。

⑪黄金勒，何逊诗："白马黄金勒。"《明皇杂录》："上幸华清宫，贵妃姊妹各购名马，以黄金为衔勒。"

⑫明眸皓齿，《洛神赋》："丹唇外朗，皓齿内鲜，明眸善睐，靥辅承权。"

⑬血污，吴均诗："血污秦王衣。"

⑭魂归不得，《国史补》："玄宗幸蜀，至马嵬驿，缢贵妃于佛堂梨树之间。"《太真外传》："妃死，瘞于西郭之外一里许，道北坎下，时年三十八岁。"

⑮清渭、剑阁，按：《杜诗注》："清渭，贵妃缢处。剑阁，明皇入蜀所由。"按：钱笺：帝由便桥渡渭，自咸阳望马嵬而西，由武功入大散关、河池、剑阁，以达成都。旧注：渭水在京城，剑阁在蜀。时明皇西幸，尚留蜀也。

⑯去住，蔡文姬《胡笳曲》："去住两情兮难具陈。"

⑰望城北，《两京新记》："曲江最高，四望宽敞。灵武行在，在长安之北。往城南潜行曲江者。欲望城北，冀王师之至耳。《悲陈陶篇》'都人回首北面啼，日夜更望官军至'二语即此意。'望'字一本作'忘'。若作'忘'字，有何意义？"

哀王孙[1]

长安城头头白乌[2]，夜飞延秋门[3]上呼。又向人家啄大屋[4]，屋底达官[5]走避胡。金鞭[6]断折九马[7]死，骨肉不待同驰驱。腰下[8]宝玦青珊瑚[9]，可怜王孙泣路隅。问之不肯道姓名，但道困苦乞为奴[10]。已经百日窜荆棘，身上无有完肌肤[11]。高帝子孙尽隆准[12]，龙种[13]自与常人殊。豺狼[14]在邑龙在野[15]，王孙善保千金躯[16]。不敢长语临郊衢[17]，且为王孙立斯须[18]：昨夜东风吹血腥[19]，东来橐驼[20]满旧都[21]。朔方健儿[22]好身手[23]，昔何勇锐[24]今何愚。窃闻天子已传位[25]，圣德北服南单于[26]。花门[27]剺[28]面

请雪耻，慎勿出口[29]他人狙[30]。哀哉王孙慎勿疏，五陵[31]佳气[32]无时无。

【注释】

①哀王孙，按：仇注：肃宗即位，改元至德，在七月甲子。是月丁卯，禄山杀霍国长公主及王妃驸马等八十人。己巳，又杀王孙及郡县主二十余人。此诗所以作也。

②头白乌，《三国典略》："侯景篡位，令饰朱雀门。其日，有白头乌万计，集于门楼。童谣曰：'白头乌，拂朱雀，还与吴。'"此盖以侯景比禄山也。

③延秋门，《旧唐书》："十五载六月九日，潼关不守。十二日凌晨，上自延秋门出，微雨沾湿。国忠与贵妃及亲属，拥上出。亲王，妃，主，皇孙以下，多从之不及。平明渡渭，即令断便桥。辰时至咸阳望贤驿置顿。"《通鉴》："上出延秋门，妃，主，皇孙之在外者，皆委之而去。是日，百官犹有入朝者，至宫门犹闻漏声，三卫立仗俨然。门即启，则宫人乱出，中外扰攘，不知上所之。王公士民四出，逃窜山谷。"《雍录》："玄宗幸蜀，自苑西门出，在唐为苑之延秋门。即出，即由便桥渡渭，自咸阳望马嵬而西。"《长安志》："苑中宫亭凡二十四所。西面二门，南曰延秋门，北曰玄武门。"

④大屋，《史记》："高门大屋尊宠之。"

⑤达官，《礼记》："公之丧，诸达官之长杖。"注："受命于君者名达于上，谓之达官。"

⑥金鞭，沈炯诗："晋后铸金鞭。"

⑦九马，《西京杂记》："文帝自代来，有良马九区，曰浮云、赤电、绝群、逸骠、紫燕骝、绿瞰骢、龙子、骥驹、绝尘，号为九逸。"

⑧腰下，《汉书·陈平传》："船人疑其亡将，腰下当有宝器金玉。"

⑨珊瑚玦，《西京杂记》："飞燕女弟遗飞燕珊瑚玦，玛瑙弬。"

⑩乞为奴，《晋纪论》："刘渊、王弥之乱，将相王侯，交头受戳。乞为奴仆，而犹不获。"

⑪肌肤，《史记》："其次毁肌肤，断支体，受辱。"

⑫隆准，《汉书》："高帝隆准而龙颜。"

⑬龙种，《隋书》："房陵王勇，生子俨云，定兴女所生也。文帝曰：'乃皇太孙，何生不得地？'定兴奏曰：'天上龙种，所以因云而出。'"

⑭豺狼，《后汉书·张纲传》："豺狼当道，安问狐狸？"

⑮龙野，《易》："龙战于野。"《光武纪》："四七之际龙门野。"

⑯千金躯，陶潜诗："客养千金躯。"

⑰郊衢，嵇康诗："杨氏叹郊衢。"

⑱斯须，李陵诗："且复立斯须。"

⑲血腥，《山海经》："禹杀相柳，其血腥。"

⑳橐驼，《唐书·史思明传》："禄山陷两京，以骆驼运御府珍宝于范阳，不知纪极。"

㉑旧都，按：肃宗时在灵武，故号长安为旧都。

㉒朔方健儿，按：朱注："时哥舒翰将河陇朔方兵，及蕃兵共二十万，拒贼，败绩于潼关。"《唐书》："天宝十四载，亦师如募十万，号天武健儿。"

㉓身手，《颜氏家训》："顷世乱离，衣冠之主，虽无身手。或聚徒众，违弃素业，侥幸成功。"

㉔勇锐，《六韬》："将不勇则三军不锐。"

㉕传位，天宝十五载七月，肃宗继位于灵武。

㉖南单于，按：卢注：明皇临行，谕太子曰：西北诸胡，我抚之素厚，汝必得其用。按：此所谓

圣德北服单于也。《后汉书》:“匈奴薁鞬日逐王,比自立为南单于。”按:此云南单于者,指回纥也。按:旧注:肃宗即位,遣使与回纥和亲,二载,其首领入朝。

㉗花门,《唐志》:“甘州有花门山堡。东北千里,至回纥衙帐。”

㉘剺面,《后汉书·耿秉传》:“耿秉卒,匈奴举国号哭,或至梨面流血者。”按:梨、剺古字通用。《说文》:“剺,割也。划也。”又按:剺面,北俗有哀愤事则然。

㉙出口,《史记》:“愿君慎弗出于口。”

㉚狙,《史记·留侯世家》:“良与客狙击秦皇帝博浪沙中。”注:“狙,伺候也。亦云狙,伏伺也。狙之伺物必伏而候之。”按:《集韵》、《韵会》:狙,七虑切,并音“覻”。玃属。按:《广韵》:狙,千余反,音“疽”。猿属。又按:音“诅”,亦猿类。

㉛五陵,按:旧注:“五陵,汉五陵也。”今依仇注作唐五陵近是。《唐纪》:“高祖葬献陵,太宗葬昭陵,高宗葬乾陵,中宗葬定陵,睿宗葬桥陵,是为五陵。”

㉜佳气,《光武纪》:“苏伯阿为王莽使,至南阳,遥望舂陵郭,唶曰:气佳哉!郁郁葱葱然。”

唐诗三百首卷五

五言律诗[①]

唐玄宗[②]

经鲁祭孔子[③]而叹之

夫子何为者？栖栖[④]一代中。地犹鄹氏邑[⑤]，宅即鲁王宫[⑥]。叹凤[⑦]嗟身否，伤麟[⑧]怨道穷。今看两楹奠[⑨]，当与梦时同。

【注释】

①五言律诗，按：律诗权舆于梁、陈，谐协于初唐，精切于沈、宋。偶丽精切，故曰律诗。

②唐玄宗，姓李，讳隆基，睿宗子。靖内难即位。开元中，任姚崇、宋璟、韩休、张九龄诸人，治称太平。天宝后，任李林甫、杨国忠，内宠杨贵妃，外宠边将，治乱较然矣。安禄山反，幸蜀，太子即位灵武，明年还京，居西内，崩。唐祚自此不复再振。

③经鲁祭孔子，《新唐书》："元元十三年十一月庚辰，封于泰山。丙申，幸孔子宅。遣使以太牢祭其墓。"

④栖栖，《论语》："微生亩谓孔子曰：丘何为是栖栖者与？无乃为佞乎？"注："栖栖，依依也，如鸟之栖木而不去，指圣人行迹说。"

⑤鄹邑，《论语》："孰谓鄹人之子知礼乎？"注："鄹，鲁邑名。孔子父叔梁纥，尝为其邑大夫。"

⑥鲁王宫，孔安国《书序》："鲁恭王坏孔子旧宅以广其居。升堂，闻丝竹之者，乃不坏宅。"

⑦叹凤，《论语》："子曰：'凤鸟不至，河不出图，吾已矣夫。'"

⑧伤麟，《孔丛子》："叔孙氏之车子钼商，樵于野而获麟焉，众莫之识，以为不祥。夫子往观焉，泣曰：'麟也。麟出而死，吾道穷矣。'乃歌曰：'唐虞世兮麟凤游，今非其时兮来何求。麟兮麟兮我心忧。'"

⑨两楹奠，《礼记》："孔子曰：'畴昔之夜，梦坐奠于两楹之间。'"

张九龄

望月怀远

海上生明月，天涯共此时。情人怨遥夜，竟夕起相思。灭烛[1]怜光满，披衣觉露滋。不堪盈手[2]赠，还寝梦佳期。

【注释】

①灭烛，梁简文帝《夜夜曲》："愁人夜独长，灭烛卧兰房。只恐多情月，旋来照妾床。"谢灵运《怨晓月赋》："卧洞房兮当何悦，灭华烛兮弄素月。"

②盈手，陆机诗："照之有余辉，揽之不盈手。"

王　勃[1]

杜少府之任蜀州[2]

城阙辅三秦[3]，风烟望五津[4]。与君离别意，同是宦游人。海内存知已，天涯若比邻。无为在歧路，儿女共沾巾。

【注释】

①王勃，字子安，绛州龙门人。善属文。麟德初，对策，授朝散郎，年未及冠也。沛王召署府修撰。时诸王斗鸡，勃戏为檄周王鸡。周王，即中宗也。高宗怒其构衅，斥免为虢州参军，坐擅杀当诛，除名。父福畤，因勃坐谪交趾令。勃往省，渡南海，溺水，悸而卒。勃与杨炯、卢照邻、骆宾王齐名，世称王、杨、卢、骆为"四杰"。炯尝曰："吾愧在卢前，耻居王后。"知文者以为然。初，裴行俭在吏部见苏味道、王勮，曰："二君皆后掌铨衡。"李敬玄盛称王勃、杨炯、卢照邻、骆宾王。行俭曰："勃等虽有才，然浮躁炫露，岂享爵禄者？炯颇沉默，可至令长。余皆不得其死。"后具如行俭言。

②蜀州，《舆地志》："崇庆州唐名蜀州。"按：旧本俱作"杜少府之蜀川"，今从《唐诗别裁注》。

③三秦，《史记》："项籍灭秦后，分其地为三，名曰雍正、塞王、翟王，号曰三秦。"

④五津，《华阳国志》："蜀大江自湔堰下至犍为有五津，一曰白华津，二曰万里津，三曰江首津，四曰涉头津，五曰江南津。"

骆宾王[1]

在狱[2]咏蝉　并序

余禁所禁垣西，是法厅事也，有古槐数株焉。虽生意可知，同殷仲文

之古树;而听讼斯在,即周召伯之甘棠。每至夕照低阴,秋蝉疏引,发声幽息,有切尝闻。岂人心异于曩时,将虫响悲于前听。嗟乎!声以动容,德以象贤。故洁其身也,禀君子达人之高行;蜕其皮也,有仙都羽化之灵姿。候时而来,顺阴阳之数;应节为变,审藏用之机。有目斯开,不以道昏而昧其视;有翼自薄,不以俗厚而易其真。吟乔树之微风,韵姿天纵;饮高秋之坠露,清畏人知。仆失路艰虞,遭时徽缪。不哀伤而自怨,未摇落而先衰。闻蟪蛄之流声,悟平反之已奏;见螳螂之抱影,怯危机之未安。感而缀诗,贻诸知己。庶情沿物应,哀弱羽之飘零;道寄人知,悯余声之寂寞。非谓文墨,取代幽忧云尔。

西陆[3]蝉声唱,南冠[4]客思深。不堪玄鬓[5]影,来对《白头吟》。露重飞难进,风多响易沉。无人信高洁[6],谁为表予心?

【注释】

①骆宾王,义乌人,七岁能文。武后时,数上疏言事,除临海丞,怏怏不得志,弃官去。徐敬业起兵,署为府署。传檄天下,斥武后罪状,文出宾王手。后读之,但嬉笑。至"一抔之土未开,六尺之孤安在",矍然曰:"谁为此?"或以宾王对。后曰:"宰相安得失此人?"敬业败,宾王亡命,不知所之。中宗诏求其文,得数百篇。

②在狱,按:旧注:"宾王在狱事,史失传,无考。"按:《赋钞笺略》、《宾王小传》云:宾王七岁能赋诗。初为道王府属,调长安主簿。上疏言事,下狱,贬临海丞。又按:骆宾王《萤火赋》注云,此赋当在言事下狱时作。

③西陆,司马彪《续汉书》:"日行西路谓之秋。"

④南冠,《左传》:"晋侯见仲仪问之曰:'南冠而絷者谁也?'有司对曰:'郑人所献楚囚也。'"

⑤玄鬓,《烟花记》:"魏宫人莫琼树,制蝉鬓,飘渺如蝉翼。"

⑥高洁,《职林》:"汉侍中,冠加金珰,附蝉,取其居高食洁。"《后汉书·马援传》:"行能高洁。"

杜审言[1]

和晋陵[2]陆丞[3]早春游望

独有宦游人,偏惊物候新。云霞出海曙,梅柳渡江春。淑气催黄鸟,晴光转绿蘋。忽闻歌古调,归思欲沾巾。

【注释】

①杜审言,字必简,襄阳人,杜预之后。举进士,为隰城尉。武后时,累擢学士。按:杜甫《世系表略》:"审言,杜预十一代孙。官修文馆学士,尚书膳部员外郎。"《唐书·文艺传》:"杜审言,字必简,襄州襄阳人。恃才高,以傲世见疾。尝与人曰:'吾文章当得屈、宋作衙官,王羲之北面。'与李峤、崔融、苏味道为文章四友。生子闲,闲生甫。"《唐诗纪事》:"审言初贬吉州

司户，与同僚忤。司马周季重、司户郭若讷诬以罪，系狱。审言子并年十三，因季重酒酣，怀刃刺之。季重临死曰：吾不知审言有孝子。若讷误我，焉避害。审言因此免官。还东都，则天召，将用之。问曰：卿喜否？审言舞蹈谢恩，因作《欢喜诗》。授著作佐郎。神龙初，坐通张易之，流峰州。入为修文馆学士，卒。将死，谓宋之问：武平一曰，吾在，久压公等。今且死，固大慰，但恨不见替人云。审言卒，李峤以下请加命，武平一为表，乃赠著作郎。"

②晋陵，《一统志》："今江南长州府。唐天宝间为晋陵郡。"

③丞，《通典》："隋开皇中，改郡赞治为丞。"

沈佺期[①]

杂　诗[②]

闻道黄龙戍[③]，频年不解兵。可怜闺里月，长在汉家营。少妇今春意，良人昨夜情。谁能将旗鼓，一为取龙城[④]？

【注释】

①沈佺期，字云卿，内黄人。第进士。长安中，预修《三教珠英》，转考功员外郎。坐张易之党，流岭表。神龙中，授起居郎。后历太子詹事。按：佺期与宋之问作诗，音韵相和，约句准篇，号沈宋体，鸣于时。《唐诗纪事》："佺期字云卿，相州人。除给事中，考功郎。受赇，劾，未究。会张易之败，遂长流驩州。稍迁台州录事参军。入，许召见，拜起居郎，兼修文直学士。侍宴，为弄辞悦帝，赐牙绯，寻为太子詹事。开元初卒。"

②杂诗，江淹《杂体诗序》："关西邺下，既已罕同，河外江南，颇为异法。今作三十首，效其文体。"按：汉孔融有《杂诗》一首。又按：皮日休《杂体词序》："由古至律，由律至杂，诗之道尽乎此也。"

③黄龙戍，《宋书》："冯跋治黄龙城，故谓之黄龙戍。"

④龙城，《汉书·匈奴传》："五月大会龙城，祭其先天地鬼神。"《齐地记》："平昌城有井，与荆水通。有神龙出入焉。故名龙城。"

宋之问[①]

题大庾岭[②]北驿

阳月[③]南飞雁，传闻至此回[④]。我行殊未已，何日复归来？江静潮初落，林昏瘴不开。明朝望乡处，应见陇头梅。

【注释】

①宋之问，字延清，汾州人。伟仪貌，雄于辩。甫冠，武后召与杨炯分直内教，预修《三教珠英》。坐附张易之，左迁泷州，未见，逃匿张仲之家。旋发仲之与王同皎谋杀武三思事，得复

官。中宗增置修文馆学士，之问首膺其选。睿宗立，以易之、三思党徙钦州，赐死。《唐诗纪事》："之问与沈佺期、刘元济媚附易之。及败，贬泷州参军事，逃归，复附三思。景龙中，诏事太平公主，安乐公主权盛，复往谐结，太平深嫉之。中宗将用为中书舍人，太平发其赃，下迁越州长史，赋诗流传京师。睿宗立，以狯险盈恶，诏流钦州，赐死。"

②大庾岭，《旧唐书》："东峤县即大庾岭，属韶州。一名梅岭。"《白贴》："大庾岭上梅，南枝落，北枝开。"《闻见近录》："大庾岭险绝通渠，流泉涓涓不绝。红白梅夹道。仰视青天，如一线天。"

③阳月，《尔雅》："十月为阳。"

④雁回，《方舆胜览》："回雁峰在衡阳之南。雁至此不过，遇春而回。"

王　湾[①]

次北固山[②]下

客路青山下，行舟绿水前。潮平两岸阔，风正一帆悬。海日生残夜，江春入旧年。乡书何处达，归雁洛阳边[③]。

【注释】

①王湾，洛阳人。登先天进士第。开元初，为荥阳主簿。马怀慎欲校正群集，分部撰次。湾在选中。后为洛阳尉。

②北固山，《一统志》："北固山在镇江府治北，下临大江。"

③雁书，《苏武传》："匈奴与汉和亲，汉求武等，匈奴诡言武死。后汉使至，与匈奴言，天子射上林，得雁足系帛书，言武等在某泽中。单于视左右而惊。谢汉使曰：'武等实在。'以始元六年至京师，拜为典属国。"

常　建

破山寺[①]后禅院

清晨入古寺，初日照高林。曲径通幽处，禅房花木深。山光悦鸟性，潭影空人心。万籁[②]此皆寂，惟闻钟磬音。

【注释】

①破山寺，《一统志》："兴福寺在虞山，齐彬州刺史舍宅为寺。唐常建题'曲径通幽处'即此。"《唐诗解》："今常熟悬虞山兴福寺。"

②万籁，《庄子》："地籁、人籁、天籁，吹万不同。"

岑　参

寄左省[1]杜拾遗[2]

联步趋丹陛，分曹[3]限紫微[4]。晓随天仗入，暮惹御香归。白发悲花落，青云羡鸟飞。圣朝无阙事，自觉谏书稀。

【注释】

①左省，《旧唐书·职官志》："门下省，龙朔中改为东台，故称左省。"又："垂拱初，置左右拾遗二员，掌供奉讽谏，扈从乘舆。"

②杜拾遗，《新唐书》："杜甫奔行在，拜左拾遗。"

③分曹，甫为左拾遗，参为右补阙，相隔中书省，故云限。见沈归愚重订《唐诗别裁》旁批。

④紫微，《初学记》："唐改中书省曰紫微省。"《花木考》："紫微花，俗名怕痒花。树身光滑，高丈余，花瓣紫皱，蜡附茸萼。四五月始花，至六七月。唐省中亦多植此，取其耐久，烂漫可爱。"

李　白

赠孟浩然

吾爱孟夫子，风流天下闻。红颜弃轩冕[1]，白首卧松云[2]。醉月频中圣[3]，迷花不事君。高山安可仰，徒此揖清芬[4]。

【注释】

①轩冕，《庄子》："今之所谓得志者，轩冕之谓也。轩冕在身，物之傥来，寄也。"

②松云，《南史》："眷恋松云，轻迷人路。"

③中圣，《三国志》："徐邈为尚书郎，时科酒禁，而邈私饮，至于沉醉。校事赵达问以曹事，邈曰：'中圣人。'达白之太祖，太祖盛怒。鲜于辅进曰：'平明醉客，谓酒清者为圣人，浊者为贤人，邈性修慎，偶醉言耳。'"

④清芬，陆机《文赋》："诵先人之清芬。"

渡荆门[1]送别

渡远荆门外，来从楚国游。山随平野尽[2]，江入大荒流。月下飞天镜[3]，云生结海楼[4]。仍怜故乡水，万里送行舟。

【注释】

①荆门，《通典》："荆门山，后汉岑彭破田戎于此。公孙述又遣将任满拒吴汉，作浮桥处。在

今峡州宜都县西北五十里。"《水经》云："江水束楚荆门虎牙之间。荆门山在南，上合下开，若门。虎牙山在北，石壁危江间，有白文类牙，故名。荆门、虎牙二山，即楚之西塞。"

②山尽，按，肆园居士注："杨齐贤曰：'荆门军有山名荆门，蜀之诸山，至此不复见矣。'"

③天镜，薛道衡《老氏碑颂》："响发地钟，光垂天镜。"

④海楼，《史记》："海旁蜃气象楼台。"《国史补》："海上居人，时见飞楼如缔构之状，甚壮丽。"

送友人

青山横北郭，白水绕东城。此地一为别，孤蓬[1]万里征。浮云游子意，落日故人情。挥手自兹去，萧萧班马鸣[2]。

【注释】

①孤蓬，鲍照《芜城赋》："孤蓬自振，惊砂坐飞。"

②萧萧班马鸣，《诗》："萧萧马鸣。"《左传》："有班马之声。"杜预注："班，别也。"按：主客之马，将分道而萧萧长鸣，亦若有离群之憾。

听蜀僧濬弹琴

蜀僧抱绿绮[1]，西下峨嵋峰。为我一挥手，如听万壑松。客心洗流水，余响入霜钟[2]。不觉碧山暮，秋云暗几重。

【注释】

①绿绮，傅玄《琴赋》序："蔡邕有绿绮琴，天下名器也。"

②霜钟，《山海经》："丰山有钟九耳，是知霜鸣。"郭璞注："霜降则钟鸣，故言知也。"

夜泊牛渚怀古

牛渚[1]西江夜，青天无片云。登舟望秋月，空忆谢将军[2]。余亦能高咏，斯人不可闻。明朝挂帆去，枫叶落纷纷。

【注释】

①牛渚，《一统志》："牛渚山在太平府城北二十五里，下有矶曰牛渚，去采石矶仅一里。"《太平寰宇记》："牛渚山在太平州当涂县北三十五里，突出江中，谓为牛渚矶。古津渡处也。"《舆地志》："牛渚山，昔有人潜行，云此处通洞庭，旁达无底。见有金牛状异，乃惊怪而出。牛渚山北谓之采石。"按：今对采石渡口，上有谢将军祠。

②谢将军，《晋书》："谢尚，字仁祖，官镇西将军。"《袁宏传》："宏曾为《咏史》诗，谢尚镇牛渚，秋夜乘月泛江，会宏在舫中讽咏，遣问焉。答云：是袁临汝儿郎诵诗。尚即迎升舟。谈论申旦。自此，名誉日茂。"

杜甫

春望

国破山河在，城春草木深。感时花溅泪[1]，恨别鸟惊心。烽火连三月，家书抵万金。白头搔更短，浑欲不胜簪[2]。

【注释】

①溅泪，《拾遗记》："汉献帝为李傕所败，后以泪溅帝衣。"

②胜簪，鲍照曰："白发零乱不胜簪。"

月夜

今夜鄜州[1]月，闺中只独看。遥怜小儿女，未解忆长安。香雾云鬟湿，清辉玉臂寒。何时倚虚幌[2]，双照泪痕干。

【注释】

①鄜州，《唐书·地理志》："鄜州，洛交郡，本上郡，天宝元年更名。"《杜甫传》："安禄山乱，甫走避三川。肃宗立，自鄜州羸服欲奔行在，为贼所得，至德二年亡走凤翔，上谒，拜左拾遗。"按：杜诗旧注，天宝十五载，公自鄜州赴行在为贼所得，时身在长安，家在鄜州。

②虚幌，江淹诗："炼药照虚幌。"《玉篇》："幌，帷幔也。"

春宿左省

花隐掖垣暮，啾啾栖鸟过。星临万户动，月傍九霄多。不寝听金钥[1]，因风想玉珂[2]。明朝有封事[3]，数问夜如何？

【注释】

①金钥，《黄庭经》："玉匙金钥常完坚。"

②玉珂，张华诗："文轩树羽盖，乘马鸣玉珂。"《通俗文》："马勒饰曰珂。"《唐书·舆服志》："五品以上有珂伞九车之制，三品以上珂九子，四品七子，五品五子，六品以下去通幰及珂。"按：珂，朝马饰也，马行则响，谓之鸣珂。

③封事，《光武纪》："诏百僚具上封事。"《汉仪》："密奏皂囊封版，故曰封事。"《唐书》："补阙，拾遗，掌供奉讽谏，大事廷诤，小则上封事。"

至德二载甫自京金光门[①]出，问道归凤翔。乾元初从左拾遗华州[②]掾，与亲故别，因出此门，有悲往事

此道昔归顺，西郊胡正繁。至今犹破胆[③]，应有未招魂[④]。近侍归京邑，移官[⑤]岂至尊。无才日衰老，驻马望千门。

【注释】

①金光门，《长安志》："唐京师外郭城西南三门，北曰明远，中曰金光，南曰延平。"

②华州，《唐书》："华州在京师东一百八十里。"

③破胆，《北魏书》："李穆曰：'高欢破胆矣。'"

④招魂，《楚辞·招魂篇》："魂兮归来，入修门些。"

⑤移官，按：旧注公上书救房琯，诏三司推问，以张镐力救，敕放就列。至次年，复与房琯、严武俱贬，坐琯党也。

月夜忆舍弟

戍鼓[①]断人行，秋边一雁声。露从今夜白[②]，月是故乡明。有弟皆分散[③]，无家问死生，寄书长不达，况乃未休兵。

【注释】

①戍鼓，刘孝绰《繁昌浦诗》："隔山闻戍鼓，傍浦喧棹讴。"

②露白，按：仇注："时逢白露节。"

③分散，按，鹤注，二弟一在许，一在齐。

天末[①]怀李白[②]

凉风起天末，君子意如何？鸿雁几时到？江湖秋水多。文章憎命达，魑魅[③]喜人过。应共冤魂[④]语，投诗赠汨罗[⑤]。

【注释】

①天末，陆机诗："游子渺天末。"

②李白，按：旧注："时李白流窜夜郎。"

③魑魅，《左传·文十八年》："投诸四裔，以御魑魅。"注："魑魅，山林异气所生为人害者。"又注："魑，山神，兽形。魅，怪物。"《史记·五帝纪》注："魑魅，人面兽身，四足，好惑人。"按：旧注："喜人之来而得食也。"

④冤魂，后汉审配书："冤魂痛于幽冥。"

⑤汨罗，《一统志》："汨罗，江名，在长沙湘阴县北十里，源出豫章，流经湘阴分二水，一南流曰汨水，一经古罗城曰罗水，至屈潭复合，故曰汨罗。西流入湘。"按：《屈原传》："原，字平，与楚同姓，仕为三闾大夫。上官靳尚妒其能，毁之，王流之江南，原乃作《离骚经》，终不见省，遂赴汨罗而死。"《汉书·贾谊传》："谊既以谪之，意不自得，及渡湘水，为文以吊屈原。屈原，楚贤臣也，被谗放逐，作《离骚》赋。其终篇曰：'已矣，国亡人莫我知也。'遂自投江而死。谊追伤之，因以自喻。"

奉济驿[①]重送[②]严公四韵

远送从此别，青山空复情。几时杯重把，昨夜月同行。列郡[③]讴歌惜，三朝出入荣。江村独归处，寂寞养残生。

【注释】

①奉济驿，按：杜诗本注：奉济驿去绵州二十里。

②重送，按：杜诗本注：先有奉送入朝及送严到绵州二诗，见卷五之一。

③列郡，按：本注谓西川诸郡。

别房太尉[①]墓

他乡复行役，驻马别孤坟。近泪无干土，低空有断云。对棋[②]陪谢傅，把剑[③]觅徐君。唯见林花落，莺啼送客闻。

【注释】

①房太尉，《旧唐书·房琯传》："琯以乾元元年贬邠州刺史，上元元年为汉州刺史，宝应三年拜刑部尚书，在路遇疾，广应元年八月卒于阆州。"

②对棋，《晋书·谢安传》："苻坚率众百万次淮淝，加安征讨大都督。命驾出山墅。亲朋毕集，与幼度围棋，赌别墅，游涉至夜乃还。指授将帅，各当其任。"按：安卒赠太傅。

③把剑，《史记》："季札之初使北，过徐，徐君好季札剑，口弗敢言，季札心知之，为使上国未献。还至徐，徐君已死，于是乃解其宝剑系之徐君冢树而去。从者曰：'徐君已死，尚能与乎？'季子曰：'不然，始吾心已许之，岂以死背吾心哉？'"

旅夜书怀

细草微风岸，危樯独夜舟。星垂平野阔，月涌大江流。名岂文章著？官应老病休！飘飘何所似？天地一沙鸥。

登岳阳楼[①]

昔闻洞庭水，今上岳阳楼。吴楚东南[②]坼，乾坤日夜浮。亲朋无一字，老病有孤舟。

戎马关山北，凭轩涕泗流。

【注释】

①岳阳楼，《岳阳风土记》："岳阳楼，城西楼也。"《方舆胜览》："楼在郡治西南，西面洞庭，左顾君山，不知创始。开元四年，张说出守是邦，与才士登临赋咏，自此名著。"

②东南，《史记·赵世家》："地拆东南。"

王 维

辋川[①]闲居赠裴秀才迪

寒山转苍翠，秋水日潺湲。倚杖柴门外，临风听暮蝉。渡头余落日，墟里[②]上孤烟。复值接舆醉，狂歌五柳前。

【注释】

①辋川，《唐书·王维传》："维成墅在辋川，地奇胜，有华子冈、欹湖、竹里馆、柳浪、茱萸沜、辛夷坞，与裴迪游其中，赋诗相酬为乐。"《雍录》："辋川在蓝田县西南二十里，王维别墅在焉。本宋之问别墅也。"

②墟里，陶潜诗："暖暖远人村，依依墟里烟。"

山居秋暝

空山新雨后，天气晚来秋。明月松间照，清泉石上流。竹喧归浣女，莲动下渔舟。随意[①]春芳歇，王孙[②]自可留。

【注释】

①随意，薛道衡诗："庭草无人随意绿。"

②王孙，《楚辞》："王孙游兮不归，春草生兮萋萋。"

归嵩山[①]作

清川带长薄[②]，车马去闲闲。流水如有意，暮禽相与还。荒城临古渡，落日满秋山。迢递嵩高下，归来且闭关。

【注释】

①嵩山，《元和郡县志》："嵩高山在河南府告成县西北二十三里，登封县北八里，亦名外方山。东曰太室，西曰少室，总名嵩高，即中岳也。"

②长薄，陆机《挽歌》："按辔遵长薄。"注："草木丛曰薄。"《楚辞》注："草木交错曰薄。"

终南山

太乙[①]近天都[②]，连山到海隅。白云回望合，青霭[③]入看无。分野[④]中峰变，阴晴众壑殊。欲投人处宿，隔水问樵夫。

【注释】

①太乙，《五经要义》："太乙，一名终南山，在扶风武功县。"《名胜志》："终南山，道书谓之太乙山。"

②天都，《晋书》："天都星主衣裳文绣。"

③青霭，江淹诗："虚堂起青霭，崦嵫生暮云。"

④分野，《陕志》云："终南西起陇山，东逾商洛，绵亘千里。南北亦然。其盘踞不止一州之地，则知天之分野亦不专隶一舍。"蒋注："谓中峰之北为雍，为井鬼；中峰之南为梁，为翼轸，失之凿也。"

酬张少府

晚年惟好静，万事不关心。自顾无长策，空知返旧林。松风吹解带，山月照弹琴。君问穷通理，渔歌入浦深。

过香积寺[①]

不知香积寺，数里入云峰。古木无人径，深山何处钟。泉声咽[②]危石，日色冷青松。薄暮空潭曲，安禅[③]制毒龙[④]。

【注释】

①香积寺，《雍录》："香积寺在子午谷正北，近昆明池镐水发源之处。"

②泉咽，《北山移文》："石泉咽而下怆。"

③安禅，《南征赋》："令筑室以安禅。"

④毒龙，《法苑珠林》："西方山中有池，毒龙居之。昔五百商人止宿池侧，龙怒，泛杀商人。盘陀王婆罗门咒，就池咒龙，龙悔过向王，王乃舍之。"

送梓州[①]李使君

万壑树参天，千山响杜鹃。山中一夜雨，树杪百重泉。汉女输橦布[②]，巴人讼芋田[③]。文翁[④]翻教授，不敢倚先贤。

【注释】

①梓州，《唐书·地理志》："梓州，梓潼郡。本新城郡，天宝元年更名。"《一统志》："四川潼川

州，唐为梓州。"

②橦布，《蜀都赋》："布有橦华。"注："橦，树名，其花柔毳可绩为布。"《元和志》："梓州输布。"《晋书·食货志》："夷为输橦布户一匹，远者或一丈。"

③芋田，左思《蜀都赋》："瓜畴芋区。"郭义恭《广志》："蜀汉即繁芋，民以为资。"《图经本草》："芋，今处处有之，闽，蜀，淮、楚尤多植。蜀川出者形圆而大，状若蹲鸱，谓之芋魁。彼人种以当粮食而度饥年。"

④文翁，《汉书》："文翁少好学，通《春秋》，为蜀郡守，见蜀地僻陋，欲诱进之，选郡县小吏开敏有材者，遣诣京师，受业博士，又修起学宫，招下县子弟以为弟子，由是大化，比于齐鲁。"《三国志》："蜀本无学士，文翁遣相如东受七经，还教吏民，于是蜀学比于齐鲁。"

汉江[①]临眺

楚塞三湘[②]接，荆门九派通。江流天地外，山色有无中。郡邑浮前浦，波澜动远空。襄阳好风日[③]，留醉与山翁[④]。

【注释】

①汉江，《一统志》："汉江，源出陇西嶓冢山，由汉中流经郧县、均州、光化，至襄阳城北。"

②三湘，《寰宇记》："湘潭、湘乡、湘阴为三湘。"

③风日，庾信诗："何当好风日，极望长沙垂。"

④山翁，《晋书·山简传》："简镇襄阳，诸习氏有佳园池，简出必之池上置酒，辄醉曰：'此我高阳池也。'时有儿童歌曰：'山公出何许，往至高阳池。'"

终南别业

中岁颇好道，晚家南山陲。兴来每独往，胜事空自知。行到水穷处，坐看云起时。偶然值林叟，谈笑无还期。

孟浩然

临洞庭[①]上张丞相

八月湖水平，涵虚混太清[②]。气蒸[③]云梦[④]泽，波撼岳阳城。欲济无舟楫[⑤]，端居耻圣明。坐观垂钓者，徒有羡鱼[⑥]情。

【注释】

①洞庭，《水经注》："洞庭湖广圆五百余里，日月若出没于其中也。"《荆州记》："洞庭湖一名青草湖。"

②太清，《吴都赋》注："太清，天也，"

③气蒸,《参同契》:“山泽气蒸。”

④云梦,《周礼》:“正南曰荆州,其泽薮日云梦。”《一统志》:“云梦在德安府安陆县南五十里。”

⑤舟楫,《书》:“若济巨川,用汝作舟楫。”

⑥羡鱼,《汉书》:“临渊羡鱼,不如退而结网。”

与诸子登岘山

人事有代谢,往来成古今。江山留胜迹,我辈复登临。水落渔梁浅,天寒梦泽深。羊公碑[①]尚在,读罢泪沾襟。

【注释】

①羊公碑,《晋书·羊祜传》:“祜性乐山水,每风景必造,岘山置酒,言咏终日不倦。尝慨然太息,顾谓从事中郎邹湛等曰:‘自有宇宙,便有此山,由来贤达胜士登此远望,如我与卿者多矣,皆烟灭无闻,使人悲伤。’湛曰:‘公令闻令望,必与此山俱传,至若湛等,乃当如公言耳。’祜卒,襄阳百姓建碑于山,见者坠泪。”

宴梅道士山房

林卧愁春尽,搴帷览物华。忽逢青鸟使,邀入赤松家。金灶初开火,仙桃正发花。童颜若可驻,何惜醉流霞[①]。

【注释】

①流霞,《论衡》:“河东项曼斯好道,去乡三年而反。曰:‘去时,有数仙人将上天,离月数里而止,月之旁甚寒凄怆。饥欲食,辄饮我流霞一杯,每饮辄数月不饥。’”

岁暮归南山

北阙休上书,南山归敝庐[①]。不才明主弃,多病故人疏。白发催年老,青阳[②]逼岁除。永怀愁不寐,松月夜窗虚。

【注释】

①敝庐,庾信《小园赋》:“余有数亩敝庐,寂寥人外。”

②青阳,《尔雅》:“春为青阳,一日发生。”注:“气青而温阳。”

过故人庄

故人具鸡黍[①],邀我至田家。绿树村边合,青山郭外斜。开轩面场圃,把酒话桑麻。待到重阳日,还来就菊花。

【注释】

①具鸡黍,《汉书》:“范式,字巨卿,金乡人。游太学。与汝阳张劭友,并告归,式约后二年当过拜尊亲,共刻期日。至期,劭白母具鸡黍以待,而式果之。”

秦中寄远上人

一丘常欲卧,三径[①]苦无资。北土非吾愿,东林[②]怀我师。黄金燃桂[③]尽,壮志逐年衰。日夕凉风至[④],闻蝉但益悲。

【注释】

①三径,《晋书·陶潜传》:“潜躬耕自资,遂抱羸疾,复为镇军建威参军,谓亲朋曰:‘聊欲弦歌,以为三径之资可乎?’执事者闻之,以为彭泽令。”

②东林,《高僧传》:“沙门慧永,居在西林,与慧远同宗旧好,遂要同永,谓刺史桓伊曰:‘远公方当弘道,今徒属已广,而来者方多,贫道所栖,褊刺狭不足相处,如何?’桓乃为远复于山东更立房殿,即东林是也。”

③燃桂,《战国策》:“楚国之食贵于玉,薪贵于桂,谒者难见如鬼,王难见如天帝,今臣食玉炊桂,因鬼见旁,不变难乎?”沈佺期诗:“岁炬常然桂,春盘预折梅。”然,一作“燃”。

④凉风至,《尔雅》:“北风谓之凉风。”《礼月令》:“是月也,凉风至。”

宿桐庐[①]江寄广陵旧游

山暝听猿愁,沧江急夜流。风鸣两岸叶,月照一孤舟。建德[②]非吾土,维扬[③]忆旧游。还将二行泪,遥寄海西头。

【注释】

①桐庐,《唐书·地理志》:“睦州新定郡有桐庐县。”《舆图备考》:“严州府桐庐县桐江。”

②建德,《唐书·地理志》:“睦州,隋遂安郡,武德四年改睦州,万岁登封二年,移治建德。”

③维扬,《一统志》:“扬州府为广陵郡,古名维扬。”

留别王维

寂寂竟何待,朝朝空自归。欲寻芳草去,惜与故人违。当路[①]谁相假,知音世所稀。只应守寂寞,还掩故园扉。

【注释】

①当路,《孟子》:“夫子当路于齐。”注:“当路,居要地也。”

早寒有怀

木落雁南渡,北风江上寒。我家襄水[①]曲,遥隔楚云端。乡泪客中尽,孤帆天际看。

迷津欲有问[②]，平海夕漫漫。

【注释】

①襄水，《一统志》："襄水在湖广襄阳府城西北，北有檀溪，南为襄水。"
②问津，《论语》："使子路问津焉。"

刘长卿[①]

秋日登吴公台[②]上寺远眺寺即陈将吴明彻战场

古台摇落后，秋入望乡心。野寺来人少，云峰隔水深。夕阳依旧垒，寒磬满空林。惆怅南朝事，长江独自今。

【注释】

①刘长卿，字文房，河间人。开元末进士，至德中，官鄂岳观察使，吴仲孺奏贬，后终随州刺史。
②吴公台，《一统志》："扬州府城北，刘宋沈庆之所筑弩台也，陈将吴明彻增筑，故名。"

送李中丞归汉阳[①]别业

流落征南将，曾驱十万师。罢归无旧业，老去恋明时。独立三边[②]静，轻生一剑知。茫茫江汉上，日暮欲何之。

【注释】

①汉阳，《唐书·地理志》："鄂州江夏郡汉阳县。"
②三边，《后汉书·鲜卑传》："幽、并、凉三州缘边诸郡，岁被寇抄杀略。"又："鲜卑寇三边。"

饯别王十一南游

望君烟水阔，挥手泪沾巾。飞鸟没何处，青山空向人。长江一帆远，落日五湖[①]春。谁见汀洲上，相思愁白蘋[②]。

【注释】

①五湖，《周礼》："扬州，其浸五湖，即太湖。其派有五，故名。"又云："周五百里，故名。"《苏州图经》："太湖接苏、常、湖、秀四州界，范蠡泛五湖，当在此。一说洞庭、应泽、青草、云梦、巴邱，亦曰五湖。"
②白蘋，《九歌》："登白蘋兮骋望。"柳恽诗："汀洲采白蘋。"

寻南溪常道士

一路经行处，莓苔见屐痕。白云依静渚，芳草闭闲门。过雨看松色，随山到水源。

溪花与禅意，相对亦忘言①。

【注释】

①忘言，《庄子》："言者所以在意，得意而忘言。"《晋书》："山涛与嵇康、吕安善，后遇阮籍，便为竹林之交，著忘言之契。"

新年作

乡心新岁切，天畔独潸然①。老至居人下，春归在客先。岭猿同旦暮，江柳共风烟。已似长沙傅②，从今又几年。

【注释】

①潸然，潸，音"删"。《说文》："涕流貌。"《诗·小雅》："潸然出涕。"

②长沙傅，《汉书·贾谊传》："谊，洛阳人也。能诵《诗》、《书》，属文，称于郡中。文帝召以为博士，时谊年二十余，最为少。每召令议，诸老先生未能言，谊尽为之对，人人各如其意所出，诸生于是以为能，文帝说之，超迁，岁中至大中大夫。谊以为汉兴二十余年，天下和洽，宜当改正朔，易服色，制法度，定官名，兴礼乐，乃草具其仪法，色上黄，数用五，为官名悉更，奏之。文帝谦让未皇也。然诸法令所更定及列侯就国，其说皆谊发之，于是天子议以谊任公卿之位。绛灌东阳侯冯敬之属，尽害之，乃毁谊曰：'雒阳之人，年少初学，专欲擅权，纷扰诸事。'于是天子后亦疏之，不用其议，以谊为长沙王傅。三年，后岁余，文帝思谊，征之至，入见，上方受釐坐宣室，上因感鬼神事而问鬼神之本，谊具道所以然之故。至夜半，文帝前席。既罢曰：'吾久不见贾生，自以为过之，今不及也。'乃拜谊为梁怀王太傅。怀王，上少子，爱而好书，故令谊傅之，数问得失。梁王胜坠马死，谊自伤其为傅无状，常哭泣。后岁余亦死。贾生之死，年三十三矣。"注："宣室，未央前正室也。厘，祭余肉也。"

钱　起①

送僧归日本②

上国③随缘④住，来途若梦行。浮天⑤沧海远，去世法舟⑥轻。水月通禅寂，鱼龙听梵⑦声。惟怜一灯⑧影，万里眼中明。

【注释】

①钱起，字仲文，吴兴人。天宝十年赐进士第一人，授秘书郎，终考功郎中。时与韩翃、李端辈十人号"十才子"，形于图画。又与郎士元齐名，人谓之语曰："前有沈宋，后有钱郎。"

②日本，《唐书·日本国传》："日本，古倭奴也，去京师万四千里，在海中，隋开皇末始与中国通。"

③上国，《左传注》："上国诸夏。"

④随缘,《南史·顾欢传》:"物有八万四千行,说有八万四千法。法乃至于无数,行亦达于无央。等级随缘,须导归一。"

⑤浮天,《晋书·天文志》:"天在地外,水在天外。水浮天而载地者也。"《海赋》:"浮天无岸。"

⑥法舟,《宋书·天竺迦毗黎国传》:"无上法船,济诸沉溺。"

⑦梵,《法华经》:"梵音海潮音,胜彼世间音。"

⑧一灯,《维摩诘经》:"譬一灯燃百千灯,冥者皆明,明终不尽。"

谷口书斋寄杨补阙[1]

泉壑带茅茨,云霞生薜帷。竹怜新雨后,山爱夕阳时。闲鹭栖常早,秋花落更迟。家僮扫萝径,昨与故人期。

【注释】

①补阙,《唐书·仪卫志》:"左补阙一人在左,右补阙一人在右。"益公题跋:"国朝雍熙诏改拾遗补阙为司谏。"

韦应物

淮[1]上喜会梁州[2]故人

江汉曾为客,相逢每醉还。浮云一别后,流水十年间。欢笑情如旧,萧疏鬓已斑。何因不归去?淮上有秋山。

【注释】

①淮,《山海经》:"淮水至下邳淮阴县与泗水合。"

②梁州,梁州,今河南开封府。

赋得暮雨送李曹

楚江[1]微雨里,建业[2]暮钟时。漠漠帆来重,冥冥鸟去迟。海门[3]深不见,浦树远含滋。相送情无限,沾襟比散丝[4]。

【注释】

①楚江,《淮南子》:"荆楚之地,江汉以为池。"

②建业,《吴志·孙权传》:"城石头,改秣陵为建业。"

③海门,《地理志》:"京江口外有海门。"

④散丝,张协诗:"密雨如散丝。"

韩　翃[1]

酬程近秋夜即事见赠

长簟[2]迎风早，空城澹月华。星河秋一雁，砧杵夜千家。节候看应晚，心期卧已赊。向来吟秀句，不觉已鸣鸦。

【注释】

①韩翃，字君平，南阳人。大吏辟为从事，不得意，家居。一日，夜将半，叩门急，贺曰："旨除驾部郎中，知制诰。"翃曰："误矣。"客曰："制诰乏人，中书两进名不从。"又请，曰："与韩翃。"时有同姓名者，为江淮刺史，又具二人同进，御批"与咏'春城无处不飞花'之韩翃"。此君诗也。翃始信。进建中初也。终中书舍人。

②簟，《正韵》："竹名。"《南越志》："博罢县东洲足簟竹，铭曰：'簟竹即大，薄且空中。节长一丈，其长如松。'"

刘眘虚[1]

阙　题

道由白云尽，春与青溪长。时有落花至，远随流水香。闲门向山路，深柳读书堂。幽映每白日，清辉照衣裳。

【注释】

①刘眘虚，字挺卿，江东人，夏县令。与贺知章、张旭、包融为"吴中四友"。眘，古"慎"字。

戴叔伦[1]

江乡故人偶集客舍

天秋月又满，城阙夜千重。还作江南会，翻疑梦里逢。风枝惊暗鹊，露草泣寒虫。羁旅[2]长堪醉，相留畏晓钟。

【注释】

①戴叔伦，字幼公，润州人。师事萧颖士，为门人冠。刘晏管盐铁，表主管湖南。至云安，杨惠林反，驰客劫之曰："归我金带可缓死。"叔伦曰："身可杀财不可得。"乃舍之。德宗尝赋《中和节诗》遣使者宠赐。历抚州刺史、容管经略使，所至治行称最。

②羁旅，《广韵》："羁旅，旅寓也。"《周礼·地官》："遣人野鄙之委积，以待羁旅。"注："羁旅，

过行寄止者。”

卢　纶[1]

送李端[2]

故关衰草遍，离别正堪悲。路出寒云外，人归暮雪时。少孤为客早，多难识君迟。掩泣空相向，风尘何所期。

【注释】

①卢纶，字允言，河中蒲人。大历初，数举进士不入第，以元载荐，授监察御史。舅韦渠牟得幸德宗，表其才，召见，帝有所作辄使赓和，与吉中孚、韩翃、钱起，司空曙、苗发、崔洞、耿沣、夏侯审、李端齐名，号“大历十才子”。既从浑瑊在河中，驿召之，会卒，官至检校户部郎中。文宗尤爱其诗，遣中人悉索家笥，得诗五百篇。

②李端，字正己，赵州人。大历中进士，官杭州司马。

李　益[1]

喜见外弟[2]又言别

十年离乱后，长大一相逢。问姓惊初见，称名忆旧容。别来沧海事，语罢暮天钟。明日巴陵[3]道，秋山又几重。

【注释】

①李益，字君虞，姑臧人。成进士，不达，刘济辟为从事。呈诗有“不上望京楼”句，宪宗召还，官集贤殿学士。负才凌众，谏官暴其在济时诗，贬官散秩，后仍屡迁，以礼部尚书终。

②外弟，《仪礼》：“姑之子。”注：“外兄弟也。”疏：“外兄弟者，姑是内人，以出外而生故也。”

③巴陵，《旧唐书·地理志》：“岳州，天宝元年改为巴陵郡。”

司空曙[1]

云阳[2]馆与韩绅宿别

故人江海别，几度隔山川。乍见翻疑梦，相悲各问年。孤灯寒照雨，深竹暗浮烟。更有明朝恨，离杯惜共传。

【注释】

①司空曙，字文明，广平人。贞元中登进士第，为水部郎中，终虞部郎中。

②云阳,《旧唐书·地理志》:“京兆府领,云阳县。今陕西三原县地。”

喜外弟卢纶见宿

静夜四无邻,荒居旧业贫。雨中黄叶树,灯下白头人。以我独沉久,愧君相见频。平生自有分,况是霍家亲[1]。

【注释】

①霍家亲,《唐诗别裁》作“蔡家亲”。注:《博物志》:“蔡伯喈母,袁曜卿之姑。羊祜为蔡伯喈外孙,将进爵士,乞以赐舅子蔡袭。”又,《南史》:“蔡兴宗甥袁觊子昂,皆名士。”《全唐诗》亦作“蔡家亲”。

贼平后送人北归

世乱同南去,时清独北还。他乡生白发,旧国见青山。晓月过残垒,繁星宿故关。寒禽与衰草,处处伴愁颜。

刘禹锡[1]

蜀先主庙

天地英雄[2]气,千秋尚凛然。势分三足鼎[3],业复五铢钱[4]。得相[5]能开国,生儿[6]不象贤[7]。凄凉蜀故伎,来舞魏宫前。

【注释】

①刘禹锡,字梦得,彭城人。始附王叔文,擢度支员外郎。宪宗立,叔文败,梦得贬连州,后召还,出刺播州,易连州,易夔州、和州,入为主客郎,进集贤学士,又出刺苏州。会昌时,检校礼部尚书。

②英雄,《三国志》:“初,董承称受献帝衣带中诏,与弟谋诛曹操。操从容谓帝曰:‘今天下英雄惟使君与操耳。本初之徒,不足数也。’”

③鼎足,《孙楚与孙皓书》:“自谓三分鼎足之势,可与泰山相终始。”

④五铢钱,《汉书·武帝纪》:“元狩五年,罢半两钱,行五铢钱。”汉末童谣云:“黄牛白腹,五铢当复。”

⑤得相,《三国志》:“诸葛亮寓居隆中草庐,自比管仲乐毅。帝访于司马徽,徽曰:‘识时务者在俊杰,此间自有伏龙凤雏。’帝问谁。曰:‘诸葛孔明、庞士元也。’帝由是请亮,三往乃得见。帝曰:‘孤之有孔明,。犹鱼之水也。’”

⑥生儿,《后帝纪》:“魏钟会、邓艾,统十余万众趋汉中,卫将军诸葛瞻与艾战于绵竹,败绩,及其子尚皆死之。艾至成都,谯周劝帝,遂出降。姜维得帝敕命,亦降魏。魏封帝为安乐

公。他日与宴，作蜀技，旁人皆感怆，帝喜笑自若。司马昭谓贾充曰：'人之无情，乃至于是，虽使诸葛亮在，不能辅之，况姜维乎？'"

⑦象贤，《礼记》："继世以立诸侯，象贤也。"

张　籍①

没蕃故人

前年戍月支②，城下没全师。蕃汉断消息，死生长别离。无人收废帐，归马识残旗。欲祭疑君在，天涯哭此时。

【注释】

①张籍，《唐书·张籍传》："字文昌，和州乌江人。第进士，韩愈荐为国子博士，历水部员外郎，主客郎中，当时有名士皆与游而重之。籍性狷直，尝责愈喜簙簺及为驳杂之说，其排释老不能著书，若孟轲、扬雄以垂世者。仕终国子司业。"按：簙簺，戏具。

②月支，支，同"氏"。西域国名。

白居易

草

离离原上草，一岁一枯荣。野火①烧不尽，春风吹又生。远芳侵古道，晴翠接荒城。又送王孙去，萋萋满别情。

【注释】

①野火，曹植诗："愿为林中草，秋随野火燔。"

杜　牧①

旅　宿

旅馆无良伴，凝情自悄然。寒灯思旧事，断雁警愁眠。远梦归侵晓，家书到隔年。沧江好烟月，门系钓鱼船。

【注释】

①杜牧，字牧之，宰相佑之孙。太和二年第进士，复举贤良方正，沈传师表为江西团练府巡官，又为牛僧孺节度府掌书记，擢监察御史，分司东都，历黄、池、睦三州刺史，入为司勋员外

郎。尝兼史职，复乞为湖州刺史，以考功郎中知制诰，终中书舍人。史称其刚直有奇节，不为龊龌小谨，敢论列大事，指陈利病尤切。至时无右援，怏怏卒。今有《樊川集》，诗情至豪迈，人号“小杜”，以别于少陵。

许　浑①

秋日赴阙题潼关②驿楼

红叶晚萧萧，长亭酒一瓢。残云归太华③，疏雨过中条④。树色随关迥，河声入海遥。帝乡明日到，犹自梦渔樵。

【注释】

①许浑，字用晦，丹阳人。太和六年进士，历官当涂、太平二令，润州司马。大中间任监察御史，终睦、郢二州刺史。

②潼关，《水经》：“河水又南至华阴潼关，渭水从西来注之。”注：“河在关内，南流潼激关山，因谓之潼关。灌水注之。”按：“潼关在今陕西同州府潼关县。”

③太华，《夏书》：“西倾，朱圉，鸟鼠，至于太华。”《尔雅》：“华山为西岳。”注：“太华，《地志》：‘在京兆华阴县西。’”

④中条，《括地志》：“蒲州河东县雷首山，一名中条山。亦名首阳。”

早　秋

遥夜泛清瑟，西风生翠萝。残萤栖玉露①，早雁拂金河②。高树晓还密，远山晴更多。淮南一叶③下，自觉洞庭波④。

【注释】

①玉露，萧统《七月启》：“金风晓振，偏伤征客之心。玉露夜凝，真泣仙人之掌。”

②金河，《礼》：“立秋，盛德在金。”庾信文：“玉台真气，金河仙液。”江总歌：“织女今夕渡银河。”

③一叶，《淮南子》：“见一叶落而知岁之将暮。”

④洞庭波，屈原《九歌》：“袅袅兮秋风，洞庭波兮木叶下。”

李商隐

蝉

本以高难饱，徒劳恨费声。五更疏欲断，一树碧无穷。薄宦梗犹泛①，故园芜②已

平。烦君最相警，我亦举家清。

【注释】

①梗泛，《说苑》："土偶谓桃梗曰：子东园之桃也。刻子为梗，遇天大雨，水潦并至，必浮子泛泛乎不知所止。"

②芜，陶潜《归去来辞》："田园将芜胡不归。"

风 雨

凄凉《宝剑篇》[1]，羁泊欲穷年。黄叶仍风雨，青楼[2]自管弦。新知遭薄俗，旧好隔良缘。心断新丰[3]酒[4]，消愁又几千。

【注释】

①《宝剑篇》，《唐书》："武后索郭元振所为文章，上《宝剑篇》。"

②青楼，曹植《美女篇》："青楼临大路，高门结重关。"《南史》："齐武帝与兴元楼上施青漆，谓之青楼。诗家多以为狭斜之称。"

③新丰，《汉书·地理志》："太上皇思东归，于是高祖改筑城市衢里以象丰，徙丰民以实之，故号新丰。"按：新丰，即今西安临潼县。

④新丰酒，梁元帝诗："试酌新丰酒，遥劝阳台人。"

落 花

高阁客竟去，小园花乱飞。参差连曲陌，迢递送斜晖。肠断未忍扫，眼穿仍欲归。芳心向春尽，所得是沾衣。

凉 思

客去波平槛，蝉休露满枝。永怀当此节，倚立自移时。北斗兼春远，南陵[1]寓使迟。天涯占梦数，疑误有新知。

【注释】

①南陵，《旧唐书》："梁置南陵县，武德七年属池州，后属宣州。"

北青萝[1]

残阳西入崦[2]，茅屋访孤僧。落叶人何在，寒云路几层。独敲初夜磬，闲倚一枝藤。世界微尘[3]里，吾宁爱与憎[4]。

【注释】

①青萝，江淹《江上之山赋》："挂青萝兮万仞，竖丹石兮百重。"

②入崦，《山海经》："崦嵫山下有虞渊，日所入。"

③微尘，《法华经》："譬如有经卷书写三千大千世界事，全在微尘中。时有智人，破彼微尘，出此经卷。"

④爱憎，《楞严经》："人在世间，直微尘耳，何必抱于憎爱而苦此心也。"

温庭筠

送人东游

荒戍落黄叶，浩然离故关。高风汉阳[1]渡，初日郢[2]门山。江上几人在，天涯孤棹还。何当重相见，樽酒慰离颜。

【注释】

①汉阳，《左传》："汉阳诸姬，楚实尽之。"按：汉阳，即今湖广汉阳府。

②郢，《说文》："郢，楚都，在南郡江陵北十里许。"

马　戴

灞上秋居

灞[1]原风雨定，晚见雁行频。落叶他乡树，寒灯独夜人。空园白露滴，孤壁野僧邻。寄卧郊扉久，何年致此身。

【注释】

①灞，《水经注》："灞水出蓝田县。"按：灞水上有桥，汉时送行者多至此折柳赠别。

楚江怀古

露气寒光集，微阳下楚丘。猿啼洞庭树，人在木兰舟[1]。广泽生明月，苍山夹乱流。云中君[2]不见，竟夕自悲秋[3]。

【注释】

①木兰舟，《述异记》："木兰川在浔阳，江中多木兰树，鲁般刻为舟。"

②云中君，《九歌·云中君》："灵皇皇兮既降，猋远举兮云中。"注："言云神往来急疾。"

③悲秋，潘岳《秋兴赋》："悲哉秋之为气也。"

张　乔[1]

书边事

调角断清秋，征人倚戍楼。春风对青冢[2]，白日落梁州[3]。大漠无兵阻，穷边有客游。蕃情似此水，长愿向南流。

【注释】

①张乔，池州人，咸通中，与许棠、郑谷、张蠙诸人同号“十哲”。黄巢之乱，隐九华以终。

②青冢，《归州图经》：“胡中草多白，王昭君冢草独青，号曰‘青冢’。”

③梁州，《书》：“华阳黑水惟梁州。”按：今陕西商州，即古梁州之哉。

崔　涂[1]

除夜有怀

迢递三巴路，羁危万里身。乱山残雪夜，孤烛异乡人。渐与骨肉远，转与僮仆亲。那堪正漂泊，明日岁华新。

【注释】

①崔涂，字礼山，江南人。光启中进士。

孤　雁

几行归塞尽，念尔独何之？暮雨相呼失，寒塘欲下迟。渚云低暗度，关月冷相随。未必逢矰缴[1]，孤飞自可疑。

【注释】

①矰缴，《淮南子》：“雁衔芦而飞，以避矰缴。”《三辅黄图》：“具矰缴。以射凫雁，给祭祀。”

杜荀鹤[1]

春宫怨

早被婵娟[2]误，欲妆临镜慵。承恩不在貌，教妾若为[3]容。风暖鸟声碎，日高花影

重。年年越溪[4]女，相忆采芙蓉。

【注释】

①杜荀鹤，字彦之，池州人。大顺中进士，后授翰林学士，知制诰。自序其文为《唐风集》。

②婵娟，《说文》："蝉娟，好姿态也。"

③若为，陈后主后沈婺华诗："情知不肯住，教妾若为留。"

④越溪，《方舆胜览》："若耶溪，一名越溪，西施采莲于此。"

韦　庄[1]

章台[2]夜思

清瑟怨遥夜，绕弦风雨哀。孤灯闻楚角，残月下章台。芳草已云暮，故人殊未来。乡书不可寄，秋雁又南回。

【注释】

①韦庄，字端己，杜陵人。乾宁中进士，授校书郎，后依王建。建即伪位，拜散骑常侍，进吏部侍郎平章事，卒。

②章台，《汉书·张敞传》："走马章台街，以便面拊马。"注："章台，在长安中。"

僧皎然[1]

寻陆鸿渐[2]不遇

移家虽带郭，野径入桑麻。近种篱边菊，秋来未著花。扣门无犬吠，欲去问西家。报道山中去，归来每日斜。

【注释】

①僧皎然，俗姓谢氏，字清书，吴兴人，灵运第十世孙。居杼山，颜鲁公为刺史，集文士撰《韵海》，皎然预其论著。贞元中取其集藏之，于頔为序。

②陆鸿渐，按：《唐书·隐逸传》："陆羽，字鸿渐，复州竟陵人。嗜茶，著《茶经》三本，言茶之原之法之具尤备，天下益知饮茶矣。时鬻至陶羽形置炀突间，祀为茶神。"

唐诗三百首卷六

七言律诗

崔　颢[①]

黄鹤楼[②]

昔人已乘黄鹤去，此地空余黄鹤楼。黄鹤一去不复返，白云千载空悠悠。晴川[③]历历汉阳树，芳草萋萋鹦鹉洲[④]。日暮乡关何处是？烟波江上使人愁。

【注释】

①崔颢，汴州人。开元进士，官司勋员外郎。

②黄鹤楼，《齐谐记》："黄鹤山者，仙人子安乘黄鹤过此。"按：黄鹤，亦作"黄鹄"。

③晴川，袁峤之诗："俯仰晴川涣。"按：晴川阁在汉阳府东。

④鹦鹉洲，鹦鹉洲在江夏西大江中，黄祖杀祢衡处。衡尝作《白鹦鹉赋》，故遇害之地得名。庾信《哀江南赋》："落帆黄鹤之浦，藏船鹦鹉之洲。"

行经华阴[①]

岧峣太华俯咸京[②]，天外三峰[③]削不成。武帝祠[④]前云欲散，仙人掌[⑤]上雨初晴。河山北枕秦关[⑥]险，驿路西连汉畤[⑦]平。借问路旁名利客，何如此地学长生[⑧]？

【注释】

①华阴，华阴县在同州府。因华山在前，故名。

②咸京，按：唐仲言《唐诗解》："咸京，即咸阳。秦汉建都于此，故名。"

③太华、三峰，《广舆记》："太华石壁直上如削成，最著者曰莲花、玉女、明星三峰，而仙掌崖、日月岩、苍龙岭皆奇境也。"

④武帝祠，《华山志》："巨灵，九元祖也。武帝观仙掌，特立巨灵祠。"

⑤仙人掌，《述征记》："华山对海东首阳山，黄河流于二山之间，古语云：此本一山当河，河水过之而曲行，河神以手擘开其上，足蹈离其下，中分为两，以通河流，手足之形，于今尚在。"

⑥秦关，《雍录》："华阴县东二百里，秦函谷关也。"

⑦汉畤，《括地志》："汉武帝畤，在岐州雍县南。"孟康曰："畤者，神灵之所止也。"

⑧长生，《庄子》："广成子曰：'无劳汝形，无摇尔精，乃可以长生。'"

祖 咏[①]

望蓟门[②]

燕台[③]一去客心惊，笳鼓喧喧汉将营。万里寒光生积雪，三边曙色动危旌。沙场烽火侵胡月，海畔云山拥蓟城。少小虽非投笔[④]吏，论功还欲请长缨[⑤]。

【注释】

①祖咏，洛阳人。开元十三年进士。张说在并州，引为驾部员外郎。

②蓟门，《一统志》："蓟门关在蓟州。"王褒《燕歌行》："惟有漠北蓟城云。"

③燕台，《六帖》："燕昭王置千金于台上，以延天下士，谓之黄金台。"

④投笔，《后汉·班超传》："超家贫，为官佣书。尝辍业投笔叹曰：'大丈夫无他志略，犹当效傅介子、张骞立功异域，以取封侯，安能久事笔砚间乎？'"

⑤长缨，《汉书·终军传》："军自请，愿受长缨，必羁南越王而致之阙下。"

崔 曙[①]

九日登望仙台[②]呈刘明府

汉文皇帝有高台，此日登临曙色开。三晋[③]云山皆北向，二陵[④]风雨自东来。关门令尹[⑤]谁能识？河上仙翁[⑥]去不回。且欲近寻彭泽宰，陶然共醉菊花杯。

【注释】

①崔曙，宋州人。开元二十六年进士。以试明堂火珠诗有云："夜来双月合，曙后一星孤。"由是得名。明年卒，惟遗一女名星星，是其谶也。

②望仙台，《神仙传》："河上公授文帝《老子》而去，失所在，帝于西山筑台望之。"

③三晋，《孟子注》："魏氏、韩氏、赵氏，共分晋地，号为三晋。"

④二陵，《左传》："崤有二陵焉，其南陵，夏后皋之墓也；其北陵，文王之所避风雨也。"

⑤关门令尹，《汉书·艺文志》："关尹子，名喜，为关吏。老子过关，喜去吏而从之。"

⑥河上仙翁，葛洪《神仙传》："河上公，汉文帝时结草庵河上，帝读《老子》，有不解，遣问之，曰：'道尊德贵，非可遥问。'帝幸其庵问曰：'溥天之下，莫非王臣。不能自屈，无乃高乎？'公即冉冉在空曰：'余上不至天，中不至人，下不至地，何臣之有？'帝乃下车稽首，公授素书一卷。"

李颀

送魏万[①]之京

朝闻游子唱离歌，昨夜微霜初度河。鸿雁不堪愁里听，云山况是客中过。关城曙色催寒近，御苑砧声向晚多。莫是长安行乐处，空令岁月易蹉跎。

【注释】

①魏万，《唐诗纪事》："魏万，后名颢，上元初登第。"

李白

登金陵凤凰台[①]

凤凰台上凤凰游，凤去台空江自流。吴宫[②]花草埋幽径，晋代衣冠成古丘。三山[③]半落青天外，二水[④]中分白鹭洲。总为浮云[⑤]能蔽日，长安不见使人愁。

【注释】

①凤凰台，《六朝事迹》："宋元嘉中，凤凰集于是山，乃筑台于山椒，以旌嘉瑞。在府城西南二里，今保宁寺是也。"《江宁通志》："凤凰台在江宁府城内之西南隅，犹有陂陀可以眺望。"

②吴宫，吴宫，谓孙权建都时所造宫室。

③三山，《一统志》："三山，在应天府西南五十七里，周回四望，高二十九丈。"《舆地志》："其山积石森郁，滨于大江，三峰排列，南北相连，故号三山。"

④二水，《史正志碑》："秦淮源出句容、溧水两山间，至建康分为二支，一支入城，一支绕城外，共夹一洲曰白鹭。"

⑤浮云，陆贾《新语》："邪臣之蔽贤，犹浮云之障日月也。"

高适

送李少府[①]贬峡中王少府贬长沙

嗟君此别意何如，驻马衔杯[②]问谪居。巫峡[③]啼猿数行泪[④]，衡阳归雁几封书。青枫江[⑤]上秋帆远，白帝城[⑥]边古木疏。圣代即今多雨露，暂时分手莫踌躇。

【注释】

①少府，按：即县尉。

②驻马衔杯,《开元遗事》:"长安侠少,每春时并辔往来,使仆从执杯而随之,遇好花则驻马而饮。"

③巫峡,《唐书·地理志》:"夔州云安郡,有巫山县,中有巫山,巫峡在夷陵,首尾百六十里,三峡之一。"

④啼猿数行泪,《荆州记》:"渔者歌曰:巴东三峡巫峡长,猿鸣三声泪沾裳。"伏挺诗:"听猿方对岫。"

⑤青枫江,本注:长沙有青枫江。《名胜志》:"浏水至长沙县南为青浦,亦名双枫浦。县有八景,枫浦渔樵其一也。"

⑥白帝城,夔州府东有白帝山,与赤甲山相接。按:公孙述据蜀时,有白龙自井中出,因名山并以名城。

岑 参

和贾至①舍人早朝大明宫②之作

鸡鸣紫陌③曙光寒,莺啭皇州④春色阑。金阙晓钟开万户,玉阶⑤仙仗拥千官。花迎剑佩星初落,柳⑥拂旌旗露未干。独有凤凰池上客,《阳春》⑦一曲和皆难。

【注释】

①贾至,字幼邻,洛阳人。擢明经第,为单父尉。明皇幸蜀,拜中书舍人,知制诰。撰肃宗册文,命往奉册,累封信都县伯,以散骑常侍卒,谥曰文。

②大明宫,《长安志》:"大明宫在禁苑之东南,贞观八年置为永安宫城,九月改曰大明宫,以备太上皇清暑。百官献资财以助役。龙朔三年大加兴造,号曰蓬莱宫。"

③紫陌,谢庄《应诏诗》:"紫陌协笙镛。"

④莺啭皇州,《禽经》:"莺喜则啭。"谢朓诗:"春色满皇州。"注:"皇州,谓帝都也。"

⑤玉阶,班固《西都赋》:"玉阶彤庭。"注:"玉阶,玉饰阶也。"

⑥花柳,按:朱晦庵云,唐时殿庭间皆植花柳,故杜甫诗有"退朝花底散,归院柳边迷"之句,此岑诗用花柳字,亦其一证。

⑦《阳春》,宋玉《对楚王问》:"客有歌于郢中者,其始曰《下里》、《巴人》,国中属而和者数千人。其为《阳阿》、《薤露》,国中属而和者数百人。其为《阳春》、《白雪》,国中属而和者不过数十人。引商刻羽,杂以流徵,国中属而和者不过数人而已。是其曲弥高,其和弥寡。"

王 维

和贾至舍人早朝大明宫之作

绛帻鸡人①报晓筹,尚衣②方进翠云裘③。九天④阊阖⑤开宫殿,万国衣冠拜冕旒⑥,

日色才临仙掌[⑦]动，香烟欲傍衮龙[⑧]浮。朝罢须裁五色[⑨]诏，佩声归到凤池头。

【注释】

①绛帻鸡人，《汉官仪》："宫中舆台，并不得畜鸡。夜漏未明三刻，鸡鸣，卫士候于朱雀门外，著绛帻专传鸡唱。"《周礼》："鸡人夜呼旦，以班百官。"

②尚衣，《唐书·百官志》："尚衣局，奉御二人，直长四人，掌供冕旒几案。"

③翠云裘，宋玉《讽赋》："主人之女，翳承日之华，披翠云之裘。"

④九天，《吕氏春秋》："中央曰钧天，东方曰苍天，东北曰变天，北方曰玄天，西北曰幽天，西方曰颢天，西南曰朱天，南方曰炎天，东南曰阳天。"

⑤阊阖，《汉书·礼乐志》："游阊阖。"注："阊阖，天门。"《淮南子注》："阊阖，始升天之门。"

⑥冕旒，《礼·玉藻》："天子玉藻，十有二旒。"注："天子以五采为旒，旒十有二。"按：冕旒，以丝绳贯玉，垂冕前后也。

⑦仙掌，《三辅黄图》："《庙记》曰：神明台，武帝造，祭仙人处。上有承露盘，有铜仙人舒掌捧铜盘玉杯，以承云表之露。以露和王屑服之，以求仙道。"《长安记》："仙人掌大七围，以铜为之。"

⑧衮龙，《礼》："天子龙衮。"

⑨五色诏，《事始》："石季龙诏书，用五色纸衔于木凤口而颁行。"

奉和圣制从蓬莱[①]向兴庆[②]阁道[③]中留春雨中春望之作应制

渭水自萦秦塞曲，黄山[④]旧绕汉宫斜。銮舆[⑤]迥出千门柳，阁道回看上苑花。云里帝城双凤阙，雨中春树万人家。为乘阳气[⑥]行时令[⑦]，不是宸游玩物华。

【注释】

①蓬莱，《雍录》："大明宫南端门名丹凤，在平地门北。三殿相踏，皆在山上，至紫宸又北，则为蓬莱殿。殿北有池，亦云蓬莱池。"

②兴庆，刘煦《唐书》："兴庆宫在东内之南隆庆坊，本玄宗在藩时宅也。自东内达南内，有夹城复道，经通化门达南内，人主往来两宫，人莫知之。"

③阁道，《史记》："周驰为阁道，自殿下直抵南山。"张衡《西京赋》："钩陈之外，阁道穹隆。"注："阁道，飞陛也。"

④黄山，《汉书·地理志》："右扶风槐里县，有黄山宫，孝惠三年起。"《扬雄传》："北绕黄山，濒渭而东。"《三辅黄图》："黄山宫在兴平县西三十里。"《水经》："渭水又东北径黄山宫南。"

⑤銮舆，班固《西都赋》："乘銮舆，备法驾。"

⑥阳气，《礼·月令》："阳气发泄。"《后汉书·郎𫖮传》："方春东作，布德之元。阳气开发，养导万物。王者因天视听，奉顺时气，宜务崇温柔，遵其行令。"

⑦时令，《礼·月令》："天子乃与公卿大夫共饬国典，论时令。"

积雨辋川庄作

积雨空林烟火迟，蒸藜[①]炊黍[②]饷东菑[③]。漠漠水田飞白鹭，阴阴夏木啭黄鹂。山中

习静[4]观朝槿[5]，松下清斋[6]折露葵[7]。野老与人争席[8]罢，海鸥[9]何事更相疑。

【注释】

①蒸藜，《尔雅翼》："《毛诗义疏》：莱，藜也。茎叶皆似王刍。今兖州蒸以为茹，谓之莱藜。"
②黍，《古今注》："稻之黏者为黍。"
③东菑，谢朓诗：筲笠聚东菑。
④习静，何逊诗："习静闷衣中。读书烦几案。"
⑤朝槿，《埤雅》："木槿似李，五月始花。"《月令》："木槿荣，是也。花如葵，朝生夕陨，一名舜。盖瞬之义取于此。"王僧孺诗："妾意在寒松，君心逐朝槿。"
⑥清斋，《楞严经》："我时辞佛，晏晦清斋。"按：《旧唐书·文艺传》："王维奉佛，居常疏食，不茹荤血，晚年长斋，不衣文彩。"
⑦露葵，宋玉赋："烹露葵之羹。"曹植《七启》："霜蓄露葵。蓄与葵，宜于霜露之时。"
⑧争席，《列子》："杨朱南之沛，至梁，而遇老子，老子曰：'而睢睢盱盱，而谁与居？大白若辱，盛德若不足。'杨朱蹙然变容曰：'敬闻命矣，其往也，舍者将迎，家公执席，妻执巾栉，舍者避席，炀者避灶。其反也，舍者与之争席矣。'"
⑨海鸥，《列子·黄帝篇》："海上之人有好鸥鸟者，每旦之海上从鸥鸟游，鸥鸟之至者百往而不去。其父曰：'吾闻鸥鸟皆从汝游，汝取来吾玩之。'明日之海上，鸥鸟舞而不下。"

赠郭给事[1]

洞门[2]高阁霭余晖，桃李阴阴柳絮飞。禁里疏钟官舍[3]晚，省中[4]啼鸟吏人稀。晨摇玉佩趋金殿，夕奉天书拜琐闱[5]。强欲从君无那[6]老，将因卧病解朝衣[7]。

【注释】

①给事，《汉书·百官志》："中常侍五员，掌侍左右。从入内宫，赞导内众事，顾问应对给事。"《唐书·百官志》："门下省给事中，四人，正五品上。常侍左右，分判省事。"
②洞门，《汉书·董贤传》："重殿洞门。"注："洞门，谓门门相对也。"
③官舍，《史记·陈豨传》："邯郸官舍皆满。"
④省中，《汉书·昭帝纪》："共养省中。注：本为禁中，门阁有禁，非侍卫之臣不得妄入。孝元皇后父名禁，故避之曰省中。"师古曰："省，察也。言入此中，皆当省察视，不可妄也。"
⑤琐闱，刘昭《后汉书注》："《后汉书》曰：'黄门郎属黄门令，日暮，入对青琐门拜，名曰夕郎。'《官阁簿》：'青琐门在南宫。'"卫瓘注《吴都赋》曰："青琐，户边青镂也。"
⑥那，《韵会》："那，语助也，乃个切，音与'奈'同。"《后汉书·韩康传》："公是韩伯休那。"注："那，语余声也，音乃贺反。"
⑦解朝衣，张协诗："抽簪解朝衣，散发归海隅。"

杜　甫

蜀　相

丞相祠堂[1]何处寻？锦官城外柏森森。映阶碧草自春色，隔叶黄鹂空好音。三顾[2]

频烦[3]天下计，两朝[4]开济[5]老臣心。出师未捷身先死[6]，长使英雄泪满襟。

【注释】

①祠堂，按：在成都府城南二里。《方舆胜览》："武侯初亡，百姓遇节朔私祭于道。李雄称王，始为庙少城内。桓温平蜀，夷少城，独存武侯庙。"

②三顾，诸葛亮《出师表》："三顾臣于草庐之中。"

③频烦，庾亮表："频烦省闼，出总六军。"

④两朝，按：《杜集注》：两朝，指先主、后主也。

⑤开济，《晋书·楚隐王玮传》："玮性开济，能得众心。"

⑥未捷身死，《诸葛亮传》："亮悉大众由斜谷出据武功五丈原，与司马懿对于渭南，相持百余日，疾，卒于军。"

客 至

舍南舍北皆春水，但见群鸥日日来。花径不曾缘客扫，蓬门今始为君开。盘飧[2]市远元兼味[1]，樽酒家贫只旧醅[3]。肯与邻翁相对饮？隔篱呼取尽余杯。

【注释】

①兼味，潘岳诔："重珍兼味。"

②盘飧，《左传》："乃馈盘飧置璧焉。"

③醅，《广韵》："醅，酒未漉也。"

野 望

西山[1]白雪三城戍[2]，南浦清江万里桥[3]。海内风尘诸弟隔，天涯涕泪一身遥。惟将迟暮供多病，未有涓埃答圣朝。跨马出郊时极目，不堪人事日萧条。

【注释】

①西山，《一统志》："西山，在成都府西，一名雪岭。"

②三城戍，按：《杜集本注》："三城，在松维等州之界，时为吐蕃所扰。"《唐书·高适传》："上皇还京，复分剑南为两节度，百姓弊于奔命，而西山三城列戍。"

③万里桥，《一统志》："万里桥在成都府中和门外。"

闻官军[1]收河南河北

剑外忽传收蓟北，初闻涕泪满衣裳。却看妻子[2]愁何在，漫卷诗书喜欲狂。白日放歌须纵酒，青春作伴好还乡。即从巴峡穿巫峡，便下襄阳向洛阳[3]。

【注释】

①官军，本注："宝应元年十一月，官军破贼于洛阳，进取东都，河南平。朝义走河北，李怀仙

斩首以献，河北平。此诗盖公在剑外闻捷书而作也。”《唐书》：“宝应元年冬十月，仆固怀恩等屡破史朝义兵，进克东京，其将薛嵩以相、卫等州降，张志忠以桓、赵等州降。次年春正月，朝义走至广阳自缢，其将田承嗣以莫州降，李怀仙以幽州降。”

②妻子，按：原注：“时已迎家至梓。”

③襄阳洛阳，原注：“余田园在东京，又出峡东北向，便由襄阳入洛阳。”顾注：“公先世襄阳人，曾祖依艺为巩令，徙河南。父闲为奉天令，徙杜陵。”

登高

风急天高猿啸哀，渚清沙白鸟飞回。无边落木萧萧下，不尽长江滚滚来。万里悲秋常作客，百年多病独登台。艰难苦恨繁霜鬓[①]，潦倒[②]新停浊酒杯。

【注释】

①繁霜鬓，《诗》：“正月繁霜。”《子夜歌》：“霜鬓不可视。”

②潦倒，《五总志》：“魏天宝间谓容止蕴藉为潦倒。宋武帝举止行事，以刘穆之为节度，此非蕴藉潦倒之士耶？而后世以潦倒为不偶之人，误矣。”稽康《与山巨源绝交书》：“足下旧知吾潦倒粗疏，不切事情。”

登楼

花近高楼伤客心，万方多难此登临。锦江[①]春色来天地，玉垒[②]浮云变古今。北极朝廷终不改，西山寇盗[③]莫相侵。可怜后主[④]还祠庙，日暮聊为《梁甫吟》[⑤]。

【注释】

①锦江，《蜀志》：“锦江，织锦濯其中则鲜明，故名曰锦里。”按：锦江在成都府华阳县南。

②玉垒，《蜀都赋》：“包玉垒而为宇。”注：“玉垒，山名，湔水出焉。在成都西北岷山界。”《一统志》：“玉垒山在成都府灌县西北。”

③西山寇盗，广德元年，吐蕃陷松维保三城及云山新筑二城，于是剑南西山诸州，亦入于吐蕃。

④后主，按：吴曾《漫录》：“蜀先主庙在成都锦官城外，西挟即武侯祠，东挟即后主祠。”

⑤《梁甫吟》，《史记注》：“梁甫，泰山下小山。”《西溪丛话》：《艺文类聚》载诸葛亮作《梁甫吟》，不知何义。张衡《四愁诗》：“欲往从之梁甫艰。”注：言人君有德则封泰山。泰山喻人君，梁甫喻小人也。诸葛好为《梁甫吟》，恐取此意。按：《杜诗本注》：“以后主比天子，无理之甚。梁甫吟句兼对严公，盖以诸葛勋名望之也。”按：钱笺云：“代宗任程元振、鱼朝恩，致蒙尘之祸，故以后主之任黄皓比之。”

宿府

清秋幕府[①]井梧[②]寒，独宿江城蜡炬残。永夜角声悲自语，中庭月色好谁看。风尘

荏苒音书断，关塞萧条行路难。已忍伶俜[3]十年事[4]，强移栖息一枝安。

【注释】

①幕府，《汉书·李广传》："莫府省文书。"注："莫府者，以军幕为义。"《古字通》："军旅无常居止，故以帐幕言之。"

②井梧，《鸿书》："世尝言：金井梧桐飘。以叶上有黄圈文如井，故曰金井，非井栏也。"

③伶俜，《寡妇赋》："少伶俜而偏孤兮。"

④十年事，按：邵注，自禄山初反至此为十年。

阁夜

岁暮阴阳催短景，天涯霜雪霁寒宵。五更鼓角声悲壮，三峡星河影动摇[1]。野哭几家闻战伐，夷歌[2]数处起渔樵。卧龙[3]跃马[4]终黄土，人事音书漫寂寥。

【注释】

①动摇，《天官书》注："左旗九星，在河鼓左。右旗九星，在河鼓右。动摇则兵起。"

②夷歌，《蜀都赋》："陪以白狼，夷歌成章。"

③卧龙，《蜀志》："徐庶谓先主曰：'诸葛孔明，卧龙也。'"

④跃马，《蜀都赋》："公孙跃马而称帝。"注："《后汉书》曰：'公孙述，字子阳，扶风人。王莽时为导江卒正，更始立，述恃其地险众附，遂自立为天子。'"

咏怀古迹 五首

支离东北风尘际，飘泊西南[1]天地间。三峡楼台淹日月，五溪衣服[2]共云山。羯胡事主终无赖，词客哀时且未还。庾信平生最萧瑟[3]，暮年诗赋动江关。

【注释】

①东北、西南，公避禄山之乱，自东北而西南。谓从陷贼谒上凤翔，旋弃官客秦。入蜀自乾元二年，至此已八年矣。因风尘故怀及先主武侯，因漂泊故怀及庾宋明妃，知非泛咏古迹。

②五溪衣服，《水经注》："武陵有五溪，谓雄溪、沅溪、力溪、无溪、酉溪，辰溪其一焉。夹溪悉是蛮左右所居，故谓五溪蛮也。"注：《宋书》说，五溪曰雄溪、樠溪、酉溪、沅溪、辰溪，无"力溪"二字。《后汉书》："武陵五溪蛮，皆盘瓠之后。盘瓠者，犬也，得高辛氏少女，生六男六女，织绩木皮，染以草实，好五采衣服，裁制皆有尾形。"《补注》："五溪在湖广辰州界，正在夔南。"

③庾信、萧瑟，《庾信传》："信在周虽位望通显，常有乡关之思，乃作《哀江南赋》。其辞曰：'信年始二毛，即逢丧乱，狼狈流离，至于暮齿。燕歌远别，悲不自胜；楚老相逢，泣将何及。'又云：'将军一去，大树飘零，壮士不还，寒风萧瑟。'"

摇落[1]深知宋玉悲，风流儒雅亦吾帅。怅望千秋一洒泪，萧条异代不同时。江山故宅[2]空文藻，云雨[3]荒台岂梦思？最是楚宫俱泯灭，舟人指点到今疑。

【注释】

①摇落，宋玉《九辩》："悲哉，秋之为气也，萧瑟兮草木摇落而变衰。"按：玉言此，本怀亡国之忧也。

②故宅，赵曰："归州锦州，皆有宋玉宅。此当指在归州者。"

③云雨，宋玉《高唐赋》："昔先王尝游高唐，梦见一妇人曰：'妾巫山之女也。'王因幸之。去而辞曰：'妾在巫山之阳，高山之岨，旦为行云，暮为行雨，朝朝暮暮，阳台之下。'旦朝视之，如言，故为立庙，号日朝云。"《汉书注》："宋玉此赋，盖假设此事，讽谏淫惑也。"

群山万壑赴荆门，生长明妃尚有村①。一去紫台②连朔漠，独留青冢向黄昏。画图③省识春风面，环珮空归月夜魂。千载琵琶④作胡语，分明怨恨曲中论。

【注释】

①明妃村，《一统志》："昭君村在荆州府归州东北四十里。"《汉书注》："昭君，本蜀郡秭归人也。"

②紫台，江淹《恨赋》："若夫明妃去时，仰天太息，紫台稍远，关山无极。"注："紫台，汉宫名。"

③画图，《琴操》："王昭君名嫱，齐国王襄之女也。年十七入元帝宫，会单于遣使请一女子，帝谓后宫谁肯行者，昭君喟然而起，遂以赐单于。"《西京杂记》："元帝后宫既多，使画工画形，按图召幸，宫人皆赂画工，昭君不与，乃恶图之。后匈奴求美人为阏氏，以昭君行，及见，貌第一。帝按其事，画工毛延寿弃市。"

④琵琶，石崇《王明君辞》："王明君者，本是王昭君，以触文帝讳改之。昔公主嫁乌孙，令琵琶马上作乐，以慰其道路之思，其送明君亦必尔也。"《琴操》："昭君作《怨思之歌》，后人名为《昭君怨》。"

蜀主窥吴幸三峡，崩年亦在永安宫①。翠华想像空山里，玉殿②虚无野寺中。古庙杉松巢水鹤③，岁时伏腊走村翁。武侯祠④屋常邻近，一体君臣祭祀同。

【注释】

①永安宫，《蜀志》："先主忿孙权之袭关羽，遂帅诸军伐吴，次秭归。章武二年，败于猇亭，由步道还鱼复，改鱼复为永安。三年四月，先主殂于永安宫。"《寰宇记》："宫在州西七里。"

②玉殿，原注："殿今为卧龙寺，庙在宫东。"

③巢水鹤，《抱朴子》："千岁之鹤，随时而鸣，能登于木。其未千岁者，终不能集于树上。"《春秋繁露》："鹤知夜半。"注："鹤，水鸟也，夜半水位感其生气，则益喜而鸣。"

④武侯祠，《寰宇记》："武侯祠在先主庙西。"

诸葛大名垂宇宙，宗臣①遗像肃清高。三分割据纡筹策，万古云霄一羽毛。伯仲②之间见伊吕③，指挥④若定失萧曹⑤。运移汉祚终难复，志决身歼军务劳⑥。

【注释】

①宗臣，《蜀志》本传注："张俨曰：一国之宗臣，霸主之贤佐。"

②伯仲，魏文《典论》："傅毅之于班固，伯仲之间耳。"

③伊吕,《彭兼与诸葛亮书》:"足下乃当今伊吕。"注:"伊尹,吕尚也。"

④指挥,《陈平传》:"诚能去两短,集两长,天下指挥即定矣。"

⑤萧曹,《汉书赞》:"萧何、曹参为一代宗臣。"《丙吉传赞》:"高祖开基,萧、曹为冠。"

⑥军务劳,《魏氏春秋》:"亮使至,宣王问其寝食及其事之烦简,使对曰:诸葛公夙兴夜寐,罚二十以上皆亲览焉,所噉食不及数升。宣王曰:亮将死矣。"

刘长卿

江州重别薛六柳八二员外

生涯岂料承优诏,世事空知学醉歌。江上月明胡雁过,淮南木落楚山多。寄身且喜沧州近,顾影无如白发何。今日龙钟①人共老,愧君犹遣慎风波。

【注释】

①龙钟,《广韵》:"龙钟,竹名。年老者如竹,枝叶摇曳,不自禁持。"

长沙过贾谊宅①

三年谪宦此栖迟,万古惟留楚客悲。秋草独寻人去后,寒林空见日斜时。汉文有道恩犹薄,湘水无情吊岂知。寂寂江山摇落处,怜君何事到天涯。

【注释】

①贾谊宅,《一统志》:"贾宜宅在长沙府濯锦坊。"

自夏口①至鹦鹉州望岳阳寄元中丞

汀州无浪复无烟,楚客相思益渺然。汉口②夕阳斜渡鸟,洞庭秋水远连天。孤城背岭寒吹角,独树③临江夜泊船。贾谊上书忧汉室,长沙谪去古今怜。

【注释】

①夏口,《一统志》:"夏口在武昌府荆江之中,正对沔口。唐称鄂州为夏口。本在江北,自孙权取对岸名夏口,而江北之名始晦。"

②汉口,《一统志》:"汉口在汉阳府大别山北。"

③独树,何逊诗:"天边看独树。"

钱起

赠阙下裴舍人

二月黄鹂飞上林，春城紫禁[①]晓阴阴。长乐[②]钟声花外尽，龙池[③]柳色雨中深。阳和[④]不散穷途恨，霄汉[⑤]常悬捧日[⑥]心。献赋[⑦]十年犹未遇，羞将白发对华簪。

【注释】

①紫禁，谢庄《宣贵妃诔》："收华紫禁。"注："王者之宫以象紫微，故谓宫中为紫禁。"吕注："紫禁即紫宫，天子所居也。"

②长乐，《三辅黄图》："长乐宫本秦之兴庆宫也，高皇帝始居栎阳，七年，长乐宫成，徙居长安城。"

③龙池，沈佺期《龙池篇》："龙池跃龙龙已飞。"按：明皇为诸王时，故宅在隆庆坊，宅有井，井溢成池。中宗时，数有云龙之详，后引龙首堰水注池中，池面遂益广，即龙池也。

④阳和，《史记》："始皇登之罘刻石曰：'时在中春，阳和方起。'"

⑤霄汉，谢灵运诗："结念属霄汉。"《玉篇》："霄，云气也。"

⑥捧日，《魏书》："程昱少时，常梦见两手捧日，私异之，以语荀彧，彧以白太祖，太祖曰：'卿当终为吾腹心。'昱本名立，太祖乃加其上日，更名昱。"

⑦献赋，《东观汉记》："班固读书禁中，每行巡辄献赋颂。"

韦应物

寄李儋元锡

去年花里逢君别，今日花开又一年。世事茫茫难自料，春愁黯黯独成眠。身多疾病思田里，邑有流亡愧俸钱。闻道欲来相问讯，西楼望月几回圆。

韩翃

同题仙游观

仙台初见五城[①]楼，风物凄凄宿雨收。山色遥连秦树晚，砧声近报汉宫秋。疏松影落空坛静，细草香生小洞幽。何用别寻方外[②]去，人间亦自有丹丘[③]。

【注释】

①五城，《史记》："万士有言，黄帝时为五城十二楼以候神人。"

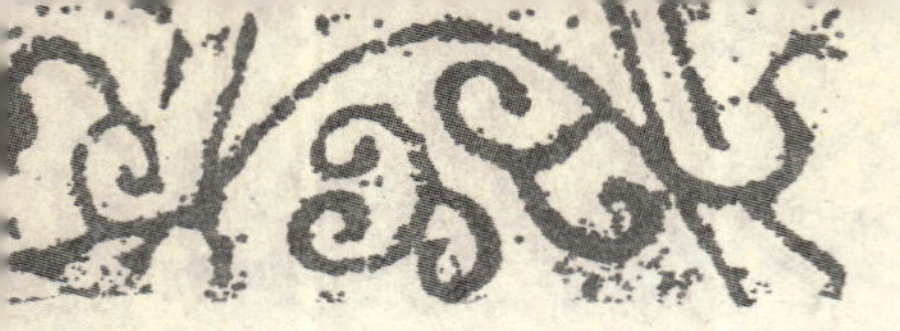

②方外,《庄子》:"子桑户、孟之反、子琴张三人相与友,子桑户死,孔子闻之,使子贡往待事焉。或编歌,或鼓琴,相和而歌。子贡反以告孔子曰:彼何人者耶?孔子曰:彼游方之外者也,而某游方之内者也。"

③丹丘,《拾遗记》:"有丹丘千年一烧,黄河千年一清,至圣之君,以为大瑞。"《楚辞》:"仍羽人于丹丘。"注:"丹丘,常明之处也。"

皇甫冉[①]

春　思

莺啼燕语报新年,马邑[②]龙堆[③]路几千。空住层城[④]邻汉苑,心随明月到胡天。机中锦字[⑤]论长恨,楼上花枝笑独眠。为问元戎窦车骑,何时返旆勒燕然?

【注释】

①皇甫冉,字茂政,丹阳人。十岁能诗文,天宝中成进士第一。官无锡尉,左金吾兵曹。大历中迁古补阙。

②马邑,《搜神记》:"秦筑长城于武川塞,有马驰走其地,依以筑城,因名马邑。"

③龙堆,《汉书·西域传》:"楼兰最早在东陲,近汉,当白龙堆。乏水草,尝主发导,负水儋粮,送迎汉使。"

④层城,《水经注》:"昆仑之山三级,下曰樊桐,一名板松,二曰玄圃,一名阆风,上曰层城,一名天庭。是谓太帝之居。"

⑤锦字,《晋书》:"窦滔妻苏氏,善属文。苻坚时,滔为秦州刺史,被徙流沙。苏氏思之,织锦为回文诗寄滔,循环宛转以读之,词甚凄切。"

卢　纶

晚次鄂州[①]

云开远见汉阳城,犹是孤帆一日程。估客[②]昼眠知浪静,舟人夜语觉潮生。三湘愁鬓逢秋色,万里归心对月明。旧业已随征战尽,更堪江上鼓鼙声。

【注释】

①鄂州,《一统志》:"湖广武昌府,楚熊渠封其子红为鄂王,置武昌府,隋置鄂州,唐因之。"

②估客,梁元帝诗:"莫复临时不寄人,漫道江中无估客。"按:估,市估也。

柳宗元

登柳州城楼寄漳、汀、封、连四州刺史①

城上高楼接大荒，海天愁思正茫茫。惊风乱飐②芙蓉水③，密雨斜侵薜荔④墙。岭树重遮千里目，江流曲似九回肠⑤。共来百粤⑥文身⑦地，犹自音书滞一乡。

【注释】

①四州刺史，本集注："公与韩泰、韩晔、刘禹锡、陈谦、凌准、程异、韦执谊皆贬，号'八司马'。凌准、执谊皆卒贬所，异先用，余四人与公皆例召至京师，又皆出为刺史，公为柳州，泰为漳州，晔为汀州，禹锡为连州，谦为封州。"

②飐，《说文》："飐，音'战'，风吹浪动也。"

③芙蓉水，梁简文帝诗："日暮芙蓉水。"

④薜荔，《楚辞》注："薜荔，香草，缘木而生。"

⑤回肠，史迁书："肠一日而九回。"

⑥百粤，《汉书·高帝纪》："粤人之俗，好相攻击。前时，秦徙中县之民，使与百粤杂处。"

⑦文身，《史记》："太伯虞仲，知古公欲立季历以传昌，乃二人亡如荆蛮，文身断发，以让季历。"《正义》："应劭曰：文身，象龙子，故不见害。"

刘禹锡

西塞山①怀古

玉濬楼船②下益州③，金陵王气④黯然收。千寻铁锁沉江底，一片降幡出石头⑤。人世几回伤往事，山形依旧枕寒流。从今四海为家日，故垒萧萧芦荻秋。

【注释】

①西塞山，《广舆记》："山在武昌府大冶县，孙策击黄祖于此。"

②王濬楼船，晋咸宁五年，帝大举伐吴，遣龙骧将军王濬等下巴蜀，吴人于江碛要害之处。并以铁锁横截之，又作铁锥长丈余，暗置江中以逆拒舟舰。濬作大筏数十，方百余步，缚草为人，被甲持仗，令善水者以筏先行，遇铁锥，锥着筏而去。又作大炬，长十余丈，大数十围，灌以麻油，在船前，遇铁，然炬烧之，须臾融液断绝，船无所碍。吴都孙歆惧曰：北来诸君，乃飞渡江也。王濬自武昌顺流径趋建业，戎卒八万，方舟百里，鼓噪入于石头，吴主皓面缚舆榇诣军门降。

③益州，《一统志》："成都，汉曰益州。"

④金陵王气，《建康实录》："秦始皇东巡，望气云：五百年后，金陵有天子气。因凿钟阜，断金陵长陇以流，至今呼为秦淮。"

⑤石头,《元和郡县志》:"石头城在并州上元县西,即楚之金陵城也。吴改为石头城。"

元　稹①

遣悲怀 三首

谢公最小偏怜女②,自嫁黔娄③百事乖。顾我无衣④搜荩⑤箧,泥⑥他沽酒拔金钗。野蔬充膳甘尝藿,落叶添薪仰古槐。今日俸钱过十万,与君营奠复营斋。

【注释】

①元稹,《唐韵》:"稹,音'轸',从缀也,又聚物也。元稹,字微之,河南人。元和初对策第一,官左拾遗,后忤中人仇士良,击稹败面,贬江陵士曹参军,久乃徙虢州长史。长庆初,临军崔潭峻方亲幸,以稹歌辞进,帝大悦,擢祠部郎中知制诰,俄迁中书舍人、翰林学士,旋进同中书门下平章事。始忤中人,继以依中人进,朝论鄙之,又连次欲倾裴度,盖两截人也。太和中为武昌节度使,卒。"《唐书》:"稹长于诗,与白居易名相埒,天下传讽,号元和体,往往播乐府。穆宗在东宫,妃嫔近习皆诵之,宫中呼为元才子。"

②谢女,《晋书》:"谢安最怜少女道韫,后嫁王凝之。"按:元稹前妻韦蕙业,既贤且美,稹未仕而韦氏卒,此以谢女比韦氏也。

③黔娄,《高氏传》:"黔娄,齐人也,修身清洁,以寿终。"陶潜诗:"安贫守贱者,自古有黔娄。"

④无衣,《古诗》:"游子寒无衣。"

⑤荩,音"烬",本草,一名黄草,一名盭草,可染黄。

⑥泥,"乃计"切。柔言索物曰泥,谚所谓软缠也。

昔日戏言身后意,今朝都到眼前来。衣裳已施①行看尽,针线犹存未忍开。尚想旧情怜婢仆,也曾因梦送钱财。诚知此恨人人有,贫贱夫妻百事哀。

【注释】

①施,音"赏是"切,"诗"上声,舍也,改易也,通"弛"。

闲坐悲君亦自悲,百年多是几多时?邓攸无子①寻知命,潘岳悼亡②犹费词。同穴③窅冥何所望,他生缘会更难期。唯将终夜长开眼,报答平生未展眉。

【注释】

①邓攸无子,《晋书·邓攸传》:"攸,字伯道,为河东太守。永嘉末,没于石勒。勒过泗水,攸乃以牛马负妻子而逃,遇贼掠其牛马,步走担其儿及其弟子,绥度不能两全,乃谓其妻曰:'吾弟早亡,唯有一息,理不可绝,止应自弃我儿耳。'妻泣而从之,乃弃之而去。卒以无嗣。时人义而哀之,为之语曰:'天道无知,使伯道无儿。'"

②潘岳悼亡,岳,字安仁,荥阳中牟人。总角辨慧,摛藻清艳,乡邑称为奇童。弱冠辟司空太尉府,举秀才,高步一时,为众所疾。按:潘岳有《悼亡诗》三首。《风俗通》:"慎终悼亡。"

③同穴,《诗》:"穀则异室,死则同穴。"

白居易

自河南经乱，关内[①]阻饥，兄弟离散，各在一处。因望月有感，聊书所怀，寄上浮梁大兄、於潜[②]七兄、乌江[③]十五兄，兼示符离[④]及下邽[⑤]弟妹

时难年荒世业空，弟兄羁旅各西东。田园寥落干戈后，骨肉流离道路中。吊影分为千里雁，辞根散作九秋蓬[⑥]。共看明月应垂泪，一夜乡心五处同。

【注释】

①关内，西安府秦曰关中，唐曰关内。

②於潜，於潜县在浙江杭州府。

③乌江，《史记·项羽本纪》："项王乃欲东渡乌江。"注："在牛渚。"《括地志》："乌江亭即和州乌江县是也。"

④符离，《汉书·地理志》："沛郡有符离县。"

⑤下邽，在西安渭南县。按：汉为下邽、莲勺二县。

⑥秋蓬，《说文》："蓬，蒿也。"《埤雅》："蓬草之不理者，叶散生，遇风辄拔而旋。"《淮南子》："圣人见飞蓬转而知为车。"司马彪诗："秋蓬独何辜，飘飘随风转。"

李商隐

锦　瑟[①]

锦瑟无端五十弦[②]，一弦一柱[③]思华年。庄生晓梦迷蝴蝶[④]，望帝春心托杜鹃。沧海月明珠有泪[⑤]，蓝田日暖玉[⑥]生烟。此情可待成追忆，只是当时已惘然。

【注释】

①锦瑟，《周礼乐器图》："雅瑟二十三弦，颂瑟二十五弦，饰以宝玉者曰宝瑟，绘文如锦曰锦瑟。"《汉书·郊祀志》："泰帝使素女鼓五十弦瑟，悲，帝禁不止，故破其瑟为二十五弦。"按：《湘素杂记》谓，古今乐府有锦瑟，其声适怨清和。以此诗中间四句分配为苏黄问答之词。又刘贡父谓，锦瑟，乃当时贵人爱姬之名。《唐诗纪事》以为令狐楚家之青衣名锦瑟。其说皆非。谓为悼亡，乃定论也。

②五十弦，按：或谓此诗以二十五弦为五十弦，取断弦之义。

③一弦一柱，按：肄园居士注："杨曰：'五十弦，五十柱，合之得百数。思华年者，犹云百岁偕老也。'"

④庄生蝴蝶,《庄子》:"庄周梦为蝴蝶,栩栩然蝴蝶也。自喻适志欤,不知周也。俄而觉,则蘧蘧然周也。不知周之梦为蝴蝶欤,蝴蝶之梦为周欤。周与蝴蝶,则必有分矣。此之谓物化。"

⑤月明珠泪,《文选注》:"月满则珠全,月亏则珠阙。"《博物志》:"南海外有鲛人,水居如鱼,不废绩织,其眼泣则能出珠。"

⑥蓝田玉,《长安志》:"蓝田在长安县东南三十里,其山产玉,亦名玉山。"《搜神记》:"杨公雍伯家于终山,有人与石子一斗令种之。其时往视,见玉生石上,人莫知也。北平徐氏有女,公试求之,要以白璧一双,伯至玉田求得五双,徐氏遂以女妻子。"

无　题

昨夜星辰昨夜风,画楼西畔桂堂东。身无彩凤[1]双飞翼,心有灵犀[2]一点通。隔座送钩[3]春酒暖,分曹射覆[4]蜡灯红。嗟余听鼓[5]应官去,走马兰台[6]类转蓬。

【注释】

①彩凤,《山海经》:"丹穴山,鸟状如鹤,五彩而文,名曰凤。"

②灵犀,《南州异物志》:"犀有神异,表灵以角。"《抱朴子》:"通天犀角,有白理如线,置犀粟中,鸡见辄惊,南人呼为骇鸡犀。"《汉书·西域传》:"通犀翠羽之珍。"如淳曰:"通犀,谓中央色白通两头。"

③送钩,《道源注》:"《汉武故事》:钩弋夫人,少时手拳,帝披其手,得一玉钩,手得展。故因为藏钩之戏,后人效之。别有酒钩,当饮者以钩引杯。"

④射覆,《汉书·东方朔传》:"上尝使诸数家射覆,置守宫盂下射之。"注:"于覆器之下置诸物,令暗射之,故云射覆。"

⑤听鼓,《唐书·百官志》:"宫门局,宫门郎二人,掌宫门管籥。凡夜漏尽,击漏鼓而开,漏上水一刻,击漏鼓而闭。"

⑥兰台,《唐六典》:"汉御史中丞掌兰台秘书图籍,故历代建台省秘书,与御史为邻。"杜氏《通典》:"御史大夫所居之署,谓之宪台,后汉以来,亦谓之兰台寺。"按:义山释褐得秘书省校书郎,王茂元辟为掌书记,得待御史,故此用兰台事。

隋　宫

紫泉[1]宫殿锁烟霞,欲取芜城[2]作帝家。玉玺[3]不缘归日角[4],锦帆[5]应是到天涯。于今腐草无萤火[6],终古垂杨[7]有暮鸦。地下若逢陈后主,岂宜重问《后庭花》[8]。

【注释】

①紫泉,《上林赋》:"紫渊径其北。"按:唐人避高祖讳改"渊"作"泉"。文颖曰:"西河谷罗县有紫泽,长安在其北。"

②芜城,鲍照《芜城赋》注:"宋孝武时,照为临海王子顼参军,随至广陵。子顼叛逆,照见广陵故城荒芜,乃汉吴王刘濞所都,照以子顼事同于濞,遂为赋以讽之。"按:芜城,即古邗沟城。《隋书》:"大业元年,发民十万开邗沟入江。自长安至江都,置离宫四十余所。"

③玉玺，《独桥》："玺者印也。天子玺以玉螭虎钮，古者尊卑共之，自秦以来，天子独以印称玺，又独以玉，群臣莫敢用也。"按：秦始皇得蓝田之玉，命其相李斯篆曰："受命于天，既受永昌。"自此专名玺。汉高祖入咸阳得秦玺，世世相授，号传国玺。

④日角，郑玄《尚书注》："日角，谓中庭骨起状如日。"《旧唐书》："太宗年四岁，有书生相之曰：龙凤之姿，天日之表。"

⑤锦帆，《开河记》："炀帝御龙舟幸江都，舳舻相继，锦帆过处，香闻十里。"

⑥萤火，《隋书》："大业末，天下已盗起，帝于景华宫征求萤火数斛，夜出游山，放之，光照山谷。"

⑦垂杨，《隋书》："炀帝自板渚引河作街道，植以杨柳，名曰隋堤，一千三百里。"

⑧陈后主、《后庭花》：《隋遗录》："炀帝在江都，昏湎滋深，尝游吴公宅鸡台，恍惚与陈后主相遇，尚唤帝为殿下。后主舞女数十，中一人迥美，帝屡目之，后主云：即丽华也。乃以海蠡酌红粱新醖劝帝，帝饮之，甚欢，因请丽华舞《玉树后庭花》，丽华徐起，终一曲。后主问帝，萧妃何如此人？帝曰：春兰、秋菊，各一时之秀也。"

无　题 二首

来是空言去绝踪，月斜楼上五更钟。梦为远别啼难唤，书被催成墨未浓。蜡照半笼金翡翠[①]，麝薰微度绣芙蓉。刘郎[②]已恨蓬山远，更隔蓬山一万重。

【注释】

①金翡翠，江淹《翡翠赋》："糅紫金为色。"刘遵诗："金屏障翡翠。"

②刘郎，《汉武内传》："武帝封禅，其后十二年而还，遍于五岳四渎矣，而方士之候伺神人入海求蓬莱。终无有验。"又："西王母曰：刘彻好道，然形慢神秽，虽语之以至道，恐非仙才也。"

飒[①]飒东风细雨来，芙蓉塘外有轻雷。金蟾[②]啮锁烧香入，玉虎[③]牵丝汲井回。贾氏[④]窥帘韩掾少，宓妃[⑤]留枕魏王才。春心莫共花争发，一寸相思一寸灰。

【注释】

①飒，《说文》："风也。"又："风声"。宋玉《风赋》："有风飒然而至。"

②金蟾，《道源注》："蟾善闭气，古人用以饰锁。"

③玉虎，谓辘轳也。是井栏之饰，或以施汲器者。丝，井索也。

④贾氏，《世说》："韩寿美姿容，贾充辟以为掾。充每聚会，贾女于青琐中见寿，悦之，与之通。充秘之，以女妻寿。"

⑤宓妃，《洛神赋序》："黄初三年，予朝京师，还济洛川，古人有言斯水之神，名曰宓妃。"注："宓妃，宓牺氏之女，溺洛水为神。"又曰：魏东阿王求甄逸女不遂，太祖回，与五官中郎将植殊不平。黄初中入朝，帝示甄后玉镂金带枕，植见之，不觉泣下，时已为郭后谗死，帝意寻悟，以枕赉植。植还，将息洛水上，忽见女子来，自言：我本托心君王，其心不遂，此枕是我嫁时物，前与五官中郎将，今与君王。遂用荐枕席，欢情交集。又云：岂不欲常相见，但为郭后以糠塞口，今彼发掩面，羞将此形貌重睹君王耳。言讫不见。王悲喜不自胜，遂作《感甄

赋》。后明帝见之，改为《洛神赋》。

筹笔驿[1]

鱼鸟犹疑畏简书[2]，风云常为护储胥[3]。徒令上将挥神笔，终见降王[4]走传车[5]。管乐有才真不忝，关张无命[6]欲何如。他年锦里经祠庙，《梁父吟》成恨有余。

【注释】

①筹笔驿，《方舆胜览》："筹笔驿在绵州谷县北九十九里，蜀诸葛武侯出师，尝驻军筹画于此。"

②简书，《诗》："岂不怀归，畏此简书。"

③储胥，《长杨赋》："木拥枪累，以为储胥。"注："以木拥栅其外，又以竹枪累为外储。"按：范实诗眼，简书军中约束。储胥，军中藩蓠也。

④降王，《蜀志》："邓艾破蜀，后主衔璧舆榇降，遂送洛阳。"

⑤传车，《史记·田横传》："高帝赦齐王田横罪，田横乃乘传诣洛阳。"《汉书注》："传，若今之驿。古者以车谓之传车，后人单置马，谓之传驿。"

⑥关张无命，《蜀志·杨戏传》："关张赳赳，陨身匡国。"

无　题

相见时难别亦难，东风无力百花残。春蚕到死丝方尽，蜡炬成灰泪[1]始干。晓镜但愁云鬓改，夜吟应觉月光寒。蓬山此去无多路，青鸟殷勤为探看。

【注释】

①蜡泪，庾信《对烛赋》："铜荷承泪蜡，铁铗染浮烟。"

春　雨

怅卧新春白袷[1]衣，白门[2]寥落意多违。红楼隔雨相望冷，珠箔飘灯独自归。远路应悲春晼[3]晚，残宵犹得梦依稀。玉珰缄札[4]何由达？万里云罗一雁飞。

【注释】

①袷，音"夹"，衣无絮也。

②白门，《唐书·地理志》："武德九年，更金陵曰白下。"按：白下故城在上元县西北。张衡赋："蹶白门而东驰兮。"李白诗："驿亭三杨柳，正当白下门。"《南史》："建康宣阳门，谓之白门。"

③晼，音"宛"，明久也，景映也。《楚辞·哀时命》："白日晼晚其将入兮。"

④玉珰缄札，《风俗通》："耳珠曰珰。玉珰缄札，犹今所谓侑缄。"《释名》："穿耳施珠曰珰。"

无题

凤尾香罗[①]薄几重，碧文圆顶[②]夜深缝。扇裁月魄[③]羞难掩，车走雷声[④]语未通。曾是寂寥金烬暗，断无消息石榴[⑤]红。斑骓[⑥]只系垂杨岸，何处西南待好风。

【注释】

①凤罗，《黄庭·内景经》："盟以金简凤文之罗四十尺。"按：《金史·百官志》："官诰二品，翔凤襟金凤罗十六幅。"

②碧文圆顶，按：程泰之《演繁露》："唐人婚礼多用百子帐，卷柳为圈以相连琐，百开百阖，大抵如今尖顶圆亭子，而用青毡通冒四隅上下，以便移置。"义山殆指此。见本集注。

③扇裁月魄，班婕妤《怨歌行》："新裂齐纨素，皎洁如霜雪。裁成合欢扇，团团似明月。"《春秋繁露》："而月之魂常压于日光。"《书》："惟三月哉生魄。"《传》："始生魄。月十六日明消而魄生。"按：哉，始也。魄，月之质也。朔后魄死明生，日哉生明。望后明死魄生，日哉生魄。

④车走雷声，司马相如《长门赋》："雷隐隐而响起兮，声象君之车音。"

⑤石榴，《梁书》："扶南国南界顿逊国，有树似安石榴，采其花汁停瓮中，数日成酒。"见本集注。

⑥斑骓，《说文》："骓，马苍黑杂色。一曰苍白色。"陈乐府《明下童曲》："陈孔骄赭白，陆郎乘斑骓。"按：陈暄、孔范、陆瑜，皆后主狎客。

重帏深下莫愁堂[①]，卧后清宵细细长。神女[②]生涯元是梦，小姑[③]居处本无郎。风波不信菱枝弱，月露谁教桂叶香。直道相思了无益，未妨惆怅是清狂。

【注释】

①莫愁堂，梁武帝歌："河东之水向东流，洛阳女儿名莫愁。莫愁十三能织绮，十四采桑南陌头，十五嫁为卢家妇，十六生儿字阿侯。卢家兰室桂为梁，中有郁金苏合香。"

②神女，《襄阳耆旧传》："赤帝女曰瑶姬，未行而卒，葬于巫山之阳。楚怀王游于高唐，昼寝，梦与神遇，自称巫山之女，遂为置馆，号曰朝云。宋玉有《神女赋》。"

③小姑，《古乐府·青溪小姑曲》："开门白水，侧近桥梁。小姑所居，独处无郎。"按：《异苑》："小姑，蒋侯第三妹也。"

温庭筠

利州[①]南渡

澹然空水带斜晖，曲岛苍茫接翠微。波上马嘶看棹去，柳边人歇待船归。数丛沙草群鸥散，万顷江田一鹭飞。谁解乘舟寻范蠡[②]，五湖烟水独忘机。

【注释】

①利州，《韵会》："巴蜀地，晋西益州，梁改利州。"《唐书·地理志》："隋义城郡，武德八年改

为利州。”

②范蠡,《吴越春秋》:“范蠡既佐越灭吴,遂辞于王,乘扁舟出入三江五湖。人莫知其所适。”

苏武庙

苏武[①]魂销汉使前,古祠高树两茫然。云边雁断胡天月,陇上羊归塞草烟。回日楼台非甲帐[②],去时冠剑是丁年[③]。茂陵不见封侯印,空向秋波哭逝川。

【注释】

①苏武,《汉书·苏武传》:“武帝遣武以中郎将,使持节送匈奴使留在汉者。单于欲降之,乃幽武至大窖中,绝不饮食。天雨雪,武卧啮雪,与毡毛并吞之,数日不死。匈奴以为神。匈奴徙武北海上无人处,使牧羝,羝乳乃得归。武仗汉节牧羊,卧起操持,节旄尽落。武留匈奴凡十九岁。”注:“羝,牡羊也。羝不当乳,故说此言示绝其事。”

②甲帐,《汉书·西域传赞》:“孝武之世,兴造甲乙之帐。”注:“其数非一,以甲乙次第名之也。”《汉武故事》:“以琉璃珠玉,明月夜光,错杂天下珍宝为甲帐,其次为乙帐。甲以居神,乙以自居。”

③丁年,《李陵答苏武书》:“丁年奉使,皓首而归。”

薛　逢[①]

宫　词

十二楼中尽晓妆,望仙楼[②]上望君王。锁衔金兽连环冷,水滴铜龙[③]昼漏长。云髻罢梳还对镜,罗衣欲换更添香。遥窥正殿帘开处,袍袴宫人扫御床。

【注释】

①薛逢,字陶臣,蒲州人。会昌初擢进士第,崔铉入相,引直宏文馆,历侍御史。持论鲠切,以谋略高自标显。有荐逢知制诰者,会刘瑑当国,忌之,乃出为巴州刺史,复斥蓬、绵二州刺史,稍迁秘书监。卒。

②望仙楼,《唐书·武宗纪》:“会昌五年作望仙楼于神策军”

③铜龙,按:《初学记》:“殷夔漏刻法,为器三重,圆皆径尺,差立于水舆踟蹰之上,为金龙口吐水,转注入踟蹰经纬之中,流于衡渠之下。”

秦韬玉[①]

贫　女

蓬门未识绮罗香,拟托良媒亦自伤。谁爱风流高格调?共怜时世俭梳妆[②]。敢将

十指夸针巧，不把双眉斗画长[3]，苦恨年年压金线，为他人作嫁衣裳。

【注释】

①秦韬玉，字仲明，京光人。为田令孜神策判官，中和二年得准敕及弟，擢工部侍郎。

②俭妆，郝注："唐文宗下诏，禁高髻、俭妆、云眉开额。"

③眉长，《古今注》："魏宫人好画长眉。"

乐府

沈佺期

独不见[1]

卢家小妇郁金堂，海燕双栖玳瑁梁[2]。九月寒砧催下叶，十年征戍忆辽阳[3]。白狼河[4]北音书断，丹凤城南秋夜长。谁知含愁独不见，使妾明月照流黄[5]。

【注释】

①独不见，《乐府解题》："独不见，伤思而不得见也。"按：此题诸本多作《古意》，今从郭茂倩乐府本改正。又，"少妇"作"小妇"，"郁金香"作"郁金堂"，"本叶"作"下叶"，"谁为"作"谁知"，"更教"作"使妾"，俱从茂倩本。凡乐府字句有与别本异者，皆从茂倩本故也。

②玳瑁梁，沈约诗："九华玳瑁梁。"

③辽阳，《汉书·地理志》："辽东郡有辽阳县。"

④白狼河，《水经注》："辽水又会白狼水，水出右北平。"

⑤流黄，古乐府《相逢行》："大妇织绮罗，中妇织流黄。"梁简文帝诗："思妇流黄素，温姬玉镜台。"羊胜《屏风赋》："饰以文锦，映以流黄。"注："流黄，间色素也。"

唐诗三百首卷七

五言绝句

王　维

鹿　柴[1]

空山不见人，但闻人语响。返影[2]入深林，复照青苔上。

【注释】

①鹿柴，《辋川集并序》："余别业在辋川山谷，其游止有孟城坳、华子冈、文杏馆、斤竹岭、鹿柴、木兰柴、茱萸沜、宫槐陌、临湖亭、南垞、欹湖、柳浪、栾家濑、金屑泉、白石滩、北垞、竹里馆、辛夷坞、漆园、椒园等，与裴迪闲暇各赋绝句云尔。"按：柴，"上迈"切，本作"砦"，篱落也。按：《广韵》："砦，羊栖宿处。"鹿砦，盖鹿所宿处也，故裴迪《同咏》诗云："但有麏麚迹。"

②返影，《四时纂要》："日西落，光返照于东，谓之返影。"

竹里馆

独坐幽篁[1]里，弹琴复长啸[2]。深林人不知，明月来相照。

【注释】

①幽篁，《楚辞》："余处幽篁兮终不见天。"注："幽篁，竹林也。"吕向注："幽，深也。篁，竹丛也。"

②长啸，《诗》："其啸也歌。"《笺》："啸，蹙口而出声。"《楚辞》："临深渊而长啸。"

送　别

山中相送罢，日暮掩柴扉。春草年年绿，王孙归不归？

相　思

红豆[1]生南国，春来发几枝？愿君多采撷，此物最相思。

【注释】

①红豆，《资暇录》："豆有圆而红，其首乌者，举世呼为相思子，即红豆之异名也。其树大株

而白枝，叶似槐，其花与皂荚花无殊，其子若穆豆处于荚中，身皆红。”李善云：“其实赤如珊瑚是也。”《本草》：“相思子，一名红豆。”按：穆，与“榀”同，音“边”，篱上豆。

杂诗

君自故乡来，应知故乡事。来日绮窗前，寒梅著花未？

裴　迪①

送崔九

归山深浅去，须尽丘壑美。莫学武陵人，暂游桃源里。

【注释】

①裴迪，《唐诗纪事》：“裴迪初与王维，崔兴宗俱居终南。天宝后为蜀州刺史。与杜甫交善。”《唐诗品汇》：“裴迪，关中人。”

祖　咏

终南望余雪

终南阴岭秀，积雪浮云端。林表明霁色，城中增暮寒。

孟浩然

宿建德江①

移舟泊烟渚，日暮客愁新。野旷天低树，江青月近人。

【注释】

①建德江，《一统志》：“严州府建德县有新安江。”又：“有东阳江。”

春　晓

春眠不觉晓，处处闻啼鸟。夜来风雨声，花落知多少？

李　白

夜　思

床前明月光，疑是地上霜。举头望明月，低头思故乡。

怨　情

美人卷珠帘①，深坐颦蛾眉。但见泪痕湿，不知心恨谁。

【注释】

①珠帘，《拾遗记》："越贡二美人于吴，吴处以椒华之房，贯细珠为帘幌，朝下以蔽景，夕卷以待月。"

杜　甫

八阵图

功盖三分国①，名成八阵图②。江流石不转，遗恨失吞吴③。

【注释】

①三分国，《出师表》："今天下三分。"

②八阵图，《东坡志林》："诸葛亮于鱼腹平沙之上，垒石为八行，相去二丈，自山上俯视，八行为六十四蕝，蕝正圜不见凹凸处，及就视，皆卵石，漫漶不可辨。"刘禹锡《嘉话录》："三蜀雪消之际，澒涌滉漾，大木十围，随波而下，水落川平，万木皆失故态。诸葛亮小石之堆，行列依然，迨今不动。"本集注："阵势八：天、地、风、云、龙、虎、鸟、蛇也。"按：《成都经》："八阵有三，在夔者六十有四，方阵法也，在弥牟镇者二十有八。当头阵法也。在棋盘市者二百五十有六，下营阵法也。"

③失吞吴，《东坡志林》："仆尝梦见人云：是杜子美，世人误会于八阵图，谓恨不能灭吴，非也，我谓吴蜀唇齿，不当相图，晋之取蜀，以蜀有吞吴之意，此谓恨耳。此理甚长。钱云：先主征吴败绩，还至鱼腹，孔明叹曰：法孝直若在，必能制上之东行，不至倾危矣。杜诗云亦如此。世传子瞻云云，坡无此言，纤儿伪托耳。"

王之涣[1]

登鹳雀楼[2]

白日依山尽，黄河入海流。欲穷千里目，更上一层楼。

【注释】

①王之涣，并州人。兄之咸、之贲皆能诗。之涣与王昌龄、高适唱和，名重于时。

②鹳雀楼，《唐诗解注》："《一统志》：'鹳鹊楼，在平阳府蒲州城上。''雀'、'鹊'声相近，疑传写之误。"按：《三体诗》："鹳雀楼，在河中府，前瞻中条，下瞰大河。"

刘长卿

送灵澈[1]

苍苍竹林寺[2]，杳杳钟声晚。荷笠带斜阳，青山独归远。

【注释】

①灵澈，《唐诗纪事》："灵澈生于会稽，本汤氏，字澄源，与吴兴诗僧皎然游，皎然荐之包佶、李纾，以是上人之名由二公而扬。贞元中游京师，缁流嫉之，造飞语激动中贵人，浸诬得罪，徙汀洲，后归会稽。元和十一年，终于宣州。"

②竹林寺，《南史》："黄鹄山北有竹林精舍。"《舆图备考》："镇江黄鹤山鹤林寺，旧名竹林寺。"

弹琴

泠泠[1]七弦上，静听松风寒。古调虽自爱，今人多不弹。

【注释】

①泠泠，《湘中记》："衡山有悬泉滴沥岩间，泠泠如弦，有白鹤回翔其上如舞。"《文赋》："音泠泠以盈耳。"

送上人

孤云将野鹤，岂向人间住。莫买沃洲[1]山，时人已知处。

【注释】

①沃洲，《云笈七签》："七十二福地，沃洲在越州剡溪县南。"《一统志》："沃洲在绍兴府新昌

县东三十五里，与天姥峰对峙。道书为第十五福地。”

韦应物

秋夜寄丘员外

怀君属秋夜，散步咏凉天。空山松子[①]落，幽人应未眠。

【注释】

①松子，《列仙传》：“偓佺以松子遗尧，尧不暇服也，时人服者，皆至二三百岁。”

李　端

听　筝[①]

鸣筝金粟[②]柱，素手[③]玉房[④]前。欲得周郎[⑤]顾，时时误拂弦。

【注释】

①筝，《风俗通》：“蒙恬造筝。”《音乐指归》：“筝形如瑟，长六尺，以应六律，弦有十二，象十二时，柱高三寸，象三才。或曰十三弦。”

②金粟，按：本注：“金粟柱，所以系弦也。”

③素手，《古诗》：“娥娥红粉妆，纤纤出素手。”

④玉房，按：本注：“所以安枕也。”

⑤周郎，《三国志》：“周瑜，吴中呼为周郎，少精音乐，虽三爵之后，有误必知，时人语云：曲有误，周郎顾。”

王　建[①]

新嫁娘

三日入厨下，洗手作羹汤。未谙姑食性，先遣小姑尝。

【注释】

①王建，字仲初，颍川人。大历十年进士，官渭南尉，历秘书丞侍御史。太和中出为陕州司马，从军塞上。数年后归，卜居咸阳，与张籍友善，工为乐府，故张、王并名。

权德舆[①]

玉台体[②]

昨夜裙带解[③],今朝蟢子[④]飞。铅华[⑤]不可弃,莫是藁砧[⑥]归?

【注释】

①权德舆,字载之,略阳人。四岁能诗。第进士。德宗朝,历官礼部侍郎,三典贡举。宪宗即位,以尚书同平章事,贞元、元和间为缙绅羽仪。卒谥曰文。

②玉台体,《沧浪诗话》:"玉台体,《玉台集》乃徐陵所序,汉魏六朝之诗皆有之,或者但谓纤艳者为玉台体则不然。"

③裙带解,《乐府》:"拾得娘裙带,同心结两头。"按:章云仙《唐诗注疏》:"裙带解,主应夫归之兆。"

④蟢子,《诗》:"蠨蛸在户。"疏:"蠨蛸,长踦,小蜘蛛长脚者俗呼为蟢子。"《新论》:"今野人昼见蟢子者则以为有喜乐之瑞。"

⑤铅华,《洛神赋》:"芳泽无加,铅华不御。"

⑥藁砧,《古乐府》:"藁砧今何在?山上更有山。"按:砧,捣衣石也。古者妇目其夫每用之。

柳宗元

江　雪

千山鸟飞绝,万径人踪灭。孤舟蓑笠翁,独钓寒江雪。

元　稹

行　宫

寥落古行宫,宫花寂寞红。白头宫女在,闲坐说玄宗。

白居易

问刘十九

绿蚁[①]新醅酒,红泥小火炉。晚来天欲雪,能饮一杯无?

【注释】

①绿蚳,《南都赋》:"醪敷径寸,浮蚁若萍。"谢朓诗:"嘉鲂聊可荐,绿蚁方独持。"按:蚳,同"蚁"。浮蚁,醪汁滓酒也。

张　祜①

何满子②

故国三千里,深宫二十年。一声《何满子》,双泪落君前。

【注释】

①张祜,字承吉,清河人。尝客淮南,杜牧深重之,爱丹阳曲阿池,筑室卜隐以终。长庆中,祜为令狐楚所知,自草荐表,令以诗三百首随荐表进。元稹在内庭,上问之,稹曰:雕虫小技,壮夫不为。或奖激之,恐变陛下风教。上颔之。遂失意东归。

②《何满子》,郭茂倩《乐府》:"白居易曰:何满子,开元中,沧洲歌者,临刑,进此曲以赎死,竟不得免。"《杜阳杂编》曰:"文宗时,宫人沈阿翘为帝舞《何满子》,调词、风态率皆宛畅。然则亦舞曲也。"按:茂倩《乐府》止载白居易及薛逢二曲,而此首不收,故录于此。

李商隐

登乐游原①

向晚意不适,驱车登古原。夕阳无限好,只是近黄昏。

【注释】

①乐游原,《关中记》:"宣帝少依许氏,长于杜县,乐之,后葬于南原,立庙于曲池之北,亭曰乐游原。"《名胜志》:"乐游原在灞南五里,本杜县之东南。"《两京新记》:"汉宣帝乐游庙,一名乐游苑,亦名乐游原,基地最高,四望宽敞。"

贾　岛①

寻隐者不遇

松下问童子,言师采药去。只在此山中,云深不知处。

【注释】

①贾岛,字阆仙,范阳人。初为浮屠,名无本,来东都,韩昌黎奇其诗,令反初服。累举不第,

文宗时为长江主簿。

李　频[1]

渡汉江

岭外音书绝，经冬复立春。近乡情更怯，不敢问来人。

【注释】

①李频，字德新，睦州人。少秀悟，多听记览，尝以诗走谒姚少监合，丐其品藻，合大加奖掖，以女妻之。大中八年登进士第，历秘书郎、南陵尉、武功令，拜侍御史。乾符中，历都官员外郎、建州刺史。

金昌绪[1]

春　怨

打起黄莺[2]儿，莫教枝上啼。啼时惊妾梦，不得到辽西[3]。

【注释】

①金昌绪，临安人。

②黄莺，《诗》疏："黄鹂，幽州人谓之黄莺。"

③辽西，《唐书·地理志》："平州北平郡有辽西戍。"《一统志》："永平府，秦辽西郡。"

西鄙人

哥　舒[1]歌

北斗七星[2]高。哥舒夜带刀。至今窥牧马[3]，不敢过临洮。

【注释】

①哥舒，《唐书》："哥舒翰事王忠嗣，署牙将。吐蕃盗边，翰持半段枪迎击，所向辄披靡，后筑龙驹岛戍之，吐蕃遂不敢近青海。"

②北斗七星，《天官书》："北斗七星，所谓璇玑玉衡以齐七政。"

③牧马，《过秦论》："乃使蒙恬北筑长城而守藩篱，却匈奴七百余里，胡人不敢南下而牧马。"

乐 府

崔 颢

长干行二首

君家何处住？妾住在横塘[①]。停船暂借问，或恐是同乡。

【注释】

①横塘，《一统志》："吴自江口沿淮筑堤，谓之横塘。在今应天府。"

家临九江水，来去九江侧。同是长干人，生小不相识。

李 白

玉阶怨[①]

玉阶生白露，夜久侵罗袜[②]。却下水精帘[③]。玲珑望秋月。

【注释】

①玉阶怨，王僧虔《技录》："相和歌楚调十曲有玉阶怨。"

②罗袜，《洛神赋》："凌波微步，罗袜生尘。"

③水精帘，沈佺期诗："水精帘，外金波下，云母窗前银汉回。"萧士赟曰："水精帘，以水精为之，如今之琉璃帘也。"

卢 纶

塞下曲 四首

鹫[①]翎金仆姑[②]，燕尾[③]绣蝥弧[④]。独立扬新令，千营共一呼。

【注释】

①鹫，音"袖"，大雕也，黑色多子。

②金仆姑，《左传》："乘邱之役，公以金仆姑射南宫长万。"注："金仆姑，矢名。"《嫏嬛记》："鲁人有仆忽不见，旬日而返。曰：臣之姑得道，白日上升，昨降于泰山，召臣饮，极欢，不觉旬日。临别赠臣以金矢一乘，曰：此矢不必善射，宛转射人而复归于箬。试之果然，因以金仆

姑名之。自后鲁之良矢皆以此名。”

③燕尾,《尔雅》:“继旐曰旆。”注:“帛续旐末为燕尾者。”

④蝥弧,《左传》:“颍考叔取郑伯之旗蝥弧以先登。”注:“蝥弧,旗名。”

林暗草惊风,将军夜引弓。平明寻白羽,没在石棱中①。

【注释】

①石没羽,《汉书·李广传》:“广居右北平,出猎,见草石以为虎而射之,中石没羽,视之石也。他日射之,终不能入矣。”《新序》:“楚熊渠子夜行见寝石以为虎,关弓射之,灭矢饮羽。”

月黑雁飞高,单于夜遁逃。欲将轻骑逐,大雪满弓刀。

野幕敞琼筵①,羌戎贺劳旋。醉和金甲舞,雷鼓②动山川。

【注释】

①琼筵,谢朓诗:“既通金闺籍,复酌琼筵醴。”

②雷鼓,《周礼注》:“雷鼓,八面鼓也,祀天神则鼓之。”《东京赋》:“雷鼓鼝鼝,六变既毕。”

李　益

江南曲①

嫁得瞿塘贾②,朝朝误妾期。早知潮有信③,嫁与弄潮④儿。

【注释】

①江南曲,《古今乐录》:“梁武帝改《西曲》,制《江南弄》七曲,一曰《江南弄》,二曰《龙笛曲》,三曰《采莲曲》,四曰《凤笙曲》,五曰《采菱曲》,六曰《游女曲》,七曰《朝云曲》。”又:“沈约作四曲,一曰《凤瑟曲》,二曰《秦筝曲》,三曰《阳春曲》,四曰《朝云曲》。”

②贾,按:贾,音“古”。行贩曰商,坐卖曰贾。

③潮信,按:潮者,地之喘息也,随月消长。早曰潮,晚曰汐,所以应月者,从其类也。一日之内,自子后阳升之时,阳交于阴而潮生,午后阴升之时,阴交于阳而汐至,如人喘息之象也。一月之内,自三日明生之时则阳长,犹一日之子后也,故潮势大。十八日魄生之时则阴长,犹一日之午后也,故潮势亦大。此天地间阴阳造化之妙,莫知其所以然者。大抵朔望前三日潮势长,朔望后三日潮势大。

④弄潮,《元和郡县志》:“浙江潮每日昼夜再至,常以月十日、二十五日最小,月三日、十八日极大。小则水渐涨不过数尺,大则涛涌高至数丈。每年八月十八日,数百里士女共观舟人渔子溯涛触浪,谓之弄潮。”

唐诗三百首卷八

七言绝句①

【注释】

①七言绝句,《古乐府·挟瑟歌》:"梁元帝《乌夜曲》等作,皆七言四句,唐人始稳顺声势,定为绝句。"

贺知章①

回乡偶书

少小离家老大回,乡音无改鬓毛衰。儿童相见不相识,笑问客从何处来。

【注释】

①贺知章,字季真,越州永兴人。性旷夷,善谈说,证圣初擢进士,超拔群类科,累迁太子右庶子充侍读。肃宗为太子,知章迁宾客,授秘书监。弃官徒步归里,自号四明狂客及秘书外监。天宝初,请为道士,诏许之,以宅为千秋观而居。又求周公湖数顷为放生池,有《诏赐镜湖》一曲。卒年八十八。《李白传》:"白与知章、李适之、汝阳王琎、崔宗之、苏晋、张旭、焦遂为'饮中八仙'。"李白《送贺监归四明应制诗》序云:"贺知章官秘书监,号四明狂客。天宝中请为道士还乡,诏许之。既行,帝赐诗,太子百官饯送,百官和之。"

张　旭①

桃花溪②

隐隐飞桥隔野烟,石矶西畔问渔船。桃花尽日随流水,洞在清溪何处边?

【注释】

①张旭,字伯高,苏州吴人。嗜酒,每大醉,呼叫狂走乃下笔,或以头濡墨而书,自视以为神,世号"张颠"。自言始见公主担夫争道,又闻鼓吹而得笔法意,观公孙舞剑器得其神。后人论书,至旭无非短者。《李白传》:"文宗时,诏以李白歌诗、裴旻剑舞、张旭草书为三绝。"《金

壶记》："旭官右率府长史。"

②桃花溪，《一统志》："常德府桃源县西南有桃源洞，洞北有桃花溪。"

王　维

九月九日忆山东兄弟

独在异乡为异客，每逢佳节倍思亲。遥知兄弟登高处，遍插茱萸[①]少一人。

【注释】

①茱萸，《风土记》："俗于九月九日折茱萸以插头，言辟邪恶。"

王昌龄

芙蓉楼[①]送辛渐

寒雨连江夜入吴，平明送客楚山孤。洛阳亲友如相问，一片冰心在玉壶[②]。

【注释】

①芙蓉楼，《一统志》："芙蓉楼在镇江府城上西北隅。"

②玉壶，鲍照《白头吟》："直如朱丝绳，清如玉壶冰。"

闺　怨

闺中少妇不知愁，春日凝妆上翠楼。忽见陌头杨柳色，悔教夫婿觅封侯。

春宫怨

昨夜风开露井桃[①]，未央前殿月轮高。平阳[②]歌舞新承宠，帘外春寒赐锦袍。

【注释】

①露井桃，《古乐府》："桃生露井上，李树生桃傍。"

②平阳，《汉书》："卫皇后字子夫，为平阳主讴者，武帝过平阳，既饮，讴者进，帝悦子夫，赐平阳主金千斤。"

王　翰[①]

凉州曲[②]

蒲萄美酒夜光杯[③]，欲饮琵琶马上催。醉卧沙场君莫笑，古来征战几人回！

【注释】

①王翰，字子羽，并州晋阳人。为汝州长史，徙化州别驾。杜甫诗："李邕求识面，王翰愿卜邻。"

②凉州曲，《晋书·地理志》："汉改雍州为凉州。"《乐苑》："凉州宫词曲，开元中，西凉都督郭知运所进。"

③夜光杯，《十洲记》："周穆王时，西域献夜光常满杯，杯受三升，是白玉之精，光明夜照，瞑夕出杯于中庭以向天，比明而水汁满中，汁甘而香美，斯实灵人之器。"

李　白

送孟浩然之广陵

故人西辞黄鹤楼，烟花三月下扬州。孤帆远影碧空尽，惟见长江天际流。

下江陵[①]

朝辞白帝[②]彩云间，千里江陵一日还。两岸猿声啼不住，轻舟已过万重山。

【注释】

①江陵，盛宏之《荆州记》："朝发白帝，暮宿江陵，凡一千二百余里，虽飞云迅鸟，不能过也。"《汉书·地理志》："南郡，县江陵。"按：注："故楚郢都，楚文王自丹阳徙此。"《唐书·地理志》："荆州江陵府，隋为南郡，天宝元年改为江陵郡。"

②白帝，《寰宇记》："公孙述更鱼腹曰白帝城。"

岑　参

逢入京使

故园东望路漫漫，双袖龙钟[①]泪不干。马上相逢无纸笔，凭君传语报平安。

【注释】

①龙钟，卞和歌云："空山歔欷涕龙钟。"

杜　甫

江南逢李龟年①

岐王②宅里寻常见，崔九③堂前几度闻。正是江南好风景，落花时节又逢君。

【注释】

①李龟年，《明皇杂录》："乐工李龟年特承恩遇，于东都道通里大起第宅，后流落江南，每遇良辰胜景，常为人歌数阕，座客闻之，莫不掩泣。"

②岐王，《旧唐书》："岐王范，好学工书，雅爱文章之士，为时所称。开元十四年薨。"

③崔九，《旧唐书》："崔湜弟涤，素与玄宗款密，用为秘书监，出入禁中。后赐名澄，开元十四年卒。"按：原注："崔九，即崔涤。"

韦应物

滁州西涧①

独怜幽草涧边生，上有黄鹂深树鸣。春潮带雨晚来急，野渡无人舟自横。

【注释】

①滁州西涧，《一统志》："隋改南谯州为滁州。因滁水得名。西涧在州城西，俗名上马河。"

张　继

枫桥①夜泊

月落乌啼霜满天，江枫渔火对愁眠。姑苏城外寒山寺②，夜半钟声到客船。

【注释】

①枫桥，《一统志》："枫桥在苏州府城西七里，南北往来，必经于此。"

②寒山寺，在枫桥东。《一统志》："寒山寺在苏州府城西十里。"

韩翃

寒食[①]

春城无处不飞花，寒食东风御柳斜。日暮汉宫传蜡烛，轻烟[②]散入五侯[③]家。

【注释】

①寒食，《荆楚记》："去冬至一百五日，即有疾风甚雨，谓之寒食，禁火三日。"《岁时记》："介子推三月五日为火所焚，国人哀之，每岁春暮不举火，谓之禁烟。犯之则雨雹伤田。"《邺中记》："并州俗，为介子推断火冷食三日，作干粥。今之糗是也。"

②轻烟，唐《辇下岁时记》："清明日取榆柳之火以赐近臣。"

③五侯，按：《唐诗别裁》注云："五侯，或指王氏五侯，或指宦官灭梁冀之五侯。总之，先及贵近之家也。"《后汉书·宦者传》："桓帝封单超新丰侯，徐琼武原侯，贝琼东武侯，左悺上蔡侯，唐衡渔阳侯，世谓五侯。"

刘方平[①]

月夜

更深月色半人家，北斗阑干[②]南斗斜。今夜偏知春气暖，虫声新透绿窗纱。

【注释】

①刘方平，河南人。不乐仕进。元鲁山与之善，萧颖士称之。

②阑干，《吴都赋》："杂贿纷纭，器用万端，金镒磊砢，珠琲阑干。"注："阑干，纵横也。"《古乐府》："善哉行，月落参横，北斗阑干。"

春怨

纱窗日落渐黄昏，金屋无人见泪痕。寂寞空庭春欲晚，梨花满地不开门。

柳中庸[①]

征人怨

岁岁金河[②]复玉关，朝朝马策[③]与刀环[④]。三春白雪归青冢，万里黄河绕黑山[⑤]。

【注释】

①柳中庸,本名淡。以字行,京兆人。官洪府户曹。

②金河,《唐书·地理志》:"单于大都护府,龙朔二年置县一,金河。"

③马策,《吴志·孙策传》:"挥马策下江南数十城。"注:"策,马箠也。"

④刀环,《乐府解题》:"大刀头者,刀头有环也。何当大刀头者,何日当还也。"吴均诗:"莲花穿剑锷,秋月掩刀环。"

⑤黑山,苏晋《丞相赐宴序》:"寝黑山之柝,包青海之戈。"按:黑山在榆林卫。

顾　况[1]

宫　词

玉楼天半起笙歌,风送宫嫔笑语和。月殿[2]影升闻夜漏,水精帘卷近秋河。

【注释】

①顾况,字逋翁,苏州海盐人。与柳浑、李泌善。浑辅政,以校书征泌为相,稍迁况为著作郎。坐以诗语调谑贬司户参军。隐居茅山,自号华阳真逸,以寿终。

②月殿,谢庄《月赋》:"去烛房,即月殿。"萧子良诗:"月殿风转,层台气寒。"

李　益

夜上受降城[1]闻笛

回乐[2]峰前沙似雪,受降城外月如霜。不知何处吹芦管,一夜征人尽望乡。

【注释】

①受降城,《唐书·张仁愿传》:"仁愿请乘虚取漠北地,于河北筑三受降城,绝虏南寇路。"

②回乐,《唐书·地理志》:"灵州大都护府有回乐县。"

刘禹锡

乌衣巷[1]

朱雀桥[2]边野草花,乌衣巷口夕阳斜。旧时王谢堂前燕,飞入寻常百姓家。

【注释】

①乌衣巷,《一统志》:"乌衣巷在应天府南,晋王导、谢安居此,其子弟皆乌衣,故名。"

②朱雀桥,《六朝事迹》:"晋咸康二年作朱雀门。新立朱雀浮航,在县城东南四里,对朱雀门,南渡淮水,亦名朱雀桥。"《一统志》:"朱雀桥,在乌衣巷口。"

春 词

新妆宜面下朱楼,深锁春光一院愁。行到中庭数花朵,蜻蜓飞上玉搔头。

白居易

宫 词

泪尽罗巾梦不成,夜深前殿按歌声。红颜未老恩先断,斜倚熏笼[1]坐到明。

【注释】

①熏笼,《东宫旧事》:"太子纳妃,有漆画熏笼二,大被熏笼三,衣熏笼三。"刘遵诗:"金屏障翠被,蓝帕覆熏笼。"

张 祜

赠内人

禁门宫树月痕过,媚眼惟看宿鹭巢。斜拔玉钗灯影畔,剔开红焰救飞蛾。

集灵台[1] 二首

日光斜照集灵台,红树花迎晓露开。昨夜上皇新授箓[2],太真含笑入帘来

【注释】

①集灵台,《一统志》:"集灵台在华清宫长生殿侧。"

②授箓,《魏书·释老志》:"寇谦之奏曰:陛下以真君御世,应登受符书,以彰圣德。世祖从之。于是亲至道坛受符箓。"《隋书·经籍志》:"道经受道之法,初受五千文箓,次受三洞箓,次受洞玄箓,次受上清箓,箓皆素书,记诸天曹官属佐吏之名。"

虢国夫人承主恩,平明骑马[1]入宫门。却嫌脂粉污颜色,淡扫[2]蛾眉朝至尊。

【注释】

①骑马,《明朝杂录》:"虢国夫人常乘骢马入禁行。"

②"淡扫"句,《杨妃外传》:"虢国不施朱粉,自有美体,常素面朝天。"

题金陵渡

金陵津渡小山楼,一宿行人自可愁。潮落夜江斜月里,两三星火是瓜洲[1]。

【注释】

①瓜洲,《名胜志》:"瓜洲在扬州府南,本名瓜洲渡,亦名瓜洲村,扬子江之砂碛也。唐为镇,今其上有城。"按:《虞允文传》:"金主率大军临采石,而别以兵争瓜洲。"《正字通》:"今镇江有瓜洲,异地同名。"

朱庆余[1]

宫中词

寂寂花时闭院门,美人相并立琼轩。含情欲说宫中事,鹦鹉[2]前头不敢言。

【注释】

①朱庆余,《唐书》作朱庆,名可久。以字行。又字庆绪,越州人。登宝历进士第而官不达。

②鹦鹉,《礼》:"鹦鹉能言,不离飞鸟。"《禽经》:"鹦鹉出陇西,能言鸟也。"

近试上张水部[1]

洞房[2]昨夜停红烛,待晓堂前拜舅姑[3]。妆罢低声问夫婿,画眉[4]深浅入时无?

【注释】

①张水部,《全唐诗话》:"庆余遇水部郎中张籍,因素庆余新旧篇什,择二十六章置之怀袖而推赞之,时人与籍重名,皆缮录讽咏,遂登科。庆余作是诗以献。籍酬之曰:'越女新妆出镜新,自知明艳更沉吟。齐纨未足时人贵,一曲菱歌敌万金。'由是朱之名流于海内矣。"

②洞房,《长门赋》:"徂清夜于洞房。"吕向注:"洞,深也。"

③舅姑,《礼·昏义》:"夙兴,妇沐浴以俟见,质明,赞见妇于舅姑。"

④画眉,《汉书》:"张敞为妇画眉,长安中传张京兆眉妩。有司以奏。上问之,对曰:'臣闻闺房之内,夫妇之私,有过于画眉者。'上爱其能,弗责也。"《琐碎录》:"画眉石出武昌樊湖。"

杜　牧

将赴吴兴[1]登乐游原

清时有味是无能,闲爱孤云静爱僧。欲把一麾[2]江海去,乐游原上望昭陵[3]。

【注释】

①吴兴,《晋书·地理志》:"吴兴郡,吴置,统县十一。"又:"建安郡统县,吴兴。"按:牧为司勋员外,乞为湖州刺史。

②一麾,按:肆园居士注云:"颜延年为阮始平诗:'屡荐不入宫,一麾乃出守。'"沈存中谓山涛荐咸为吏部郎,三上帝不用,后为荀勗一挤,遂出始平,故有此句。一麾者,乃指麾,非旌麾之麾也。后人以一麾为牧守故事,误自此诗始。

③昭陵,唐太宗因九嵕山为陵,在醴泉北。

赤　壁①

折戟沉沙铁未销,自将磨洗认前朝。东风不与周郎便,铜雀②春深锁二乔③。

【注释】

①赤壁,《元和郡县志》:"赤壁山在鄂州蒲圻县西一百二十里,北临大江,其北岸即与乌林相对。一云在鄂州上流八十里,与百人山相对。江边石皆赤色,故号为赤壁矶。"《一统志》:"赤壁山在武昌府东南九十里。"《图经》:"赤壁山在嘉鱼县西七十里大江滨。"按:今江汉间言赤壁者五,汉阳,汉川,嘉鱼,江夏。惟江夏之说合于史。《通鉴》:"孙权以周瑜、程普为左右督,将兵与刘备并力逆曹操,进与操遇于赤壁。时曹军众已有疾疫,初一交战,操兵不利,引次江北,瑜等在南岸,部将黄盖曰:操军方连船舰,首尾相接,可烧而走也。乃取蒙冲斗舰数十艘,载燥荻枯柴灌油其中,裹以帷幕,上建旌旗,预备走舸,系于其尾。先以书遗操,诈云欲降。时东南风急,盖以舰最著前,中江举帆,余船以次俱进。操军吏士皆出营立观,指言盖降。去北军二里余,同时发火,火烈风猛,船往如箭,烧尽北船,延及岸上营落,烟炎张天,人马烧溺,死者甚众。瑜等率轻锐继其后,雷鼓大震,北军大坏。操引军从华容道步走。"

②铜雀,《魏志》:"武帝作铜雀台,铸大铜雀,高一丈五尺,置之楼巅。"《邺中记》:"邺城西北立台,皆因城为基趾,中央名铜爵台,北为冰井台,西台高六十七丈,上作铜凤,皆铜笼疏,云母幌,日之初出,流光照耀。一作铜雀台。"刘孝绰诗:"雀台三五日,歌吹似佳期。"

③二乔,《吴纪》:"乔公有二女,大乔属孙策,小乔属周瑜。"按:三国时,乔公有二女,皆国色,孙策纳大乔,周瑜纳小乔。策从容谓瑜曰:"乔公二女虽然流离,得吾二人作婿,亦足为欢。"

泊秦淮①

烟笼寒水月笼沙,夜泊秦淮近酒家。商女不知亡国恨,隔江犹唱《后庭花》②。

【注释】

①秦淮,《建康实录》:"秦始皇东巡,望气者云,五百年后金陵有天子气,因凿钟阜断金陵长陇以疏淮水,至今呼为秦淮。"《六朝事迹》:"秦始皇凿钟山,断金陵长陇以疏淮水,后人因名秦淮。"

②《后庭花》,《南史》:"陈后主、袁大舍等为友客共赋新诗,采其尤艳者有《玉树后庭花》、《临春乐》等曲。"陈后主《玉树后庭花》曲:"丽宇芳林对高阁,新妆艳质本倾城。映户凝娇乍不

进，出帷含态笑相迎。妖姬脸似花含露，玉树流光照后庭。”

寄扬州韩绰判官

青山隐隐水迢迢，秋尽江南草木凋。二十四桥[①]明月夜，玉人何处教吹箫？

【注释】

①二十四桥，《一统志》：“扬州二十四桥在府城，隋置，并以城门坊市为名。后韩令坤别立桥梁。所谓二十四桥不可考矣。”按：《补笔谈》：“扬州在唐时最为富盛，旧城南北十五里一百一十步，东西七里三十步，可纪者有二十四桥，最西浊河茶园桥，次东大明桥，入西水门有九曲桥，次当帅牙南门有下马桥，又东作坊桥，东河转向西有洗马桥，次南桥，又南阿师桥、周家桥、小市桥、广济桥、新桥、开明桥、顾家桥、通明桥、太平桥、利国桥，出南水门有万岁桥、青园桥、自驿桥，北河流东出有参伍桥，次东水门东出有山光桥，又自牙门下马桥。直南有北三桥、中三桥、南三桥、号九桥，不通船，不在二十四桥之数，皆在今州城西门之外。”按：沈氏所列桥，下或自注今存，知已有不存者，且数亦不合。

遣　怀

落魄[①]江湖载酒行，楚腰[②]纤细掌中[③]轻。十年一觉[④]扬州梦[⑤]，赢得青楼薄幸名。

【注释】

①落魄，《韵会》：“魄，音‘托’，落魄贫无家业。”《史记·郦生传》：“家贫落魄。”《汉书注》：“落魄，志行衰恶之貌。”师古曰：“失业无倚也。”

②楚腰，《汉书·马廖传》：“吴王好剑客，百姓多疮瘢。楚王好细腰，宫中多饿死。”

③掌中，《飞燕外传》：“赵飞燕体轻，能为掌上舞。”《南史·羊侃传》：“儛人张净婉，腰围一尺六寸，时人咸推能为掌上舞。”

④十年一觉，《传灯录》：“十年一觉红尘梦，不定风灯是此身。”

⑤扬州梦，《杜牧别传》：“牧在扬州，每夕为狭斜游，所至成欢，无不会意，如是者数年。”《全唐诗话》：“杜牧不拘细行，故诗有是句。吴武陵以《阿房宫赋》荐于崔郾，遂登第。”

秋　夕

银烛秋光冷画屏，轻罗小扇扑流萤。天街夜色凉如水，卧看牵牛织女星[①]。

【注释】

①牵牛织女星，《星经》：“牛六星，在天河东，上抵天津扶筐，又名天谷，木星也。天之关梁，日月五星之中道，主牺牲之事。织女三星，在河西北，又名东桥。天帝之女，水官也。春夏必先见，主果蓏丝棉珍宝，三星俱明，天下平，女工善。”《天官书》：“牵牛为牺牲，其北河鼓，婺女其北织女。织女，天女孙也。”

赠　别[1]

娉[2]娉袅袅[3]十三余，豆蔻[4]梢头二月初。春风十里扬州路，卷上珠帘总不如。

【注释】

①赠别，按：《才调集》："留青曰扎。张好好年十三，杜牧以善歌置乐籍中，赠诗云云。"

②娉，《韵会》："娉婷，美好貌。"

③袅袅，《九歌》："袅袅兮秋风，洞庭波兮木叶下。"《吴都赋》："蔼蔼翠幄，袅袅素女。"

④豆蔻，《宋史·地理志》："庆远府贡生豆蔻，草豆蔻。"梁简文帝诗："别观葡萄带宝垂，江南豆蔻生连枝。"《桂海虞衡志》："豆蔻花，春末发，初开花，先抽干，有大箨包之，箨解花见，一穗数十蕊，每蕊心有两瓣相并，词人托兴比目连理云。"刘孟熙引《本草》云："豆蔻未开者，谓之含胎花，言少而娠。"按《丹铅总录》："牧之诗咏娼女，言美而少，如豆蔻花之未开。"

多情却似总无情，唯觉樽前笑不成。蜡烛有心[1]还惜别，替人垂泪到天明。

【注释】

①烛心，梁简文帝《烛赋》："挂同心之明烛，施雕金之露盘。"

金谷[1]园

繁华事散逐香尘[2]，流水无情草自春。日暮东风怨啼鸟，落花犹似坠楼人[3]。

【注释】

①金谷，石崇《金谷诗序》："有别庐在河南县界金谷涧。"《水经注》："金谷水出河南太白原，东南流，历金谷，谓之金谷水，东南流，经石崇故居。"庾信《枯树赋》："若非金谷满园树，即是河阳一县花。"

②香尘，《拾遗记》："石季伦屑沉水之香如尘末，布象床上，使所爱者践之，无迹者赐以珍珠。"

③坠楼人，《晋书·石崇传》："崇有妓曰绿珠，美而艳，善吹笛。孙秀使人求之。崇勃然曰：'绿珠我所爱，不可得也。'秀怒，矫诏收崇。崇正宴于楼上，介士到门。崇谓绿珠曰：'我今为尔得罪。'绿珠泣曰：'当效死千官前。'因自投于楼下而死。"

李商隐

夜雨寄北

君问归期未有期，巴山夜雨涨秋池。何当共剪西窗烛，却话巴山[1]夜雨时。

【注释】

①巴山,《一统志》:"四川保宁府大巴岭,在通江县东北五百里,与小巴岭相接,世传九十里巴山是也。"

寄令狐郎中[①]

嵩云秦树久离居,双鲤[②]迢迢一纸书。休问梁园旧宾客,茂陵秋雨病相如[③]。

【注释】

①令狐郎中,《令狐绹传》:"大中二年拜考功郎中,寻知制诰,充翰林学士。"

②双鲤,《古诗》:"客从远方来,遗我双鲤鱼。呼童烹鲤鱼,中有尺素书。"按:肄园居士注:"《升庵诗话》:古乐府诗:'尺素如残雪,结我双鲤鱼。要知心里事,看取腹中书。'"据此,则古人尺书结为鲤鱼形,即缄也。

③相如,《史记》:"司马相如客游梁,梁孝王令与诸生同舍,后为孝文园令,病免,家居茂陵。"

为有

为有云屏[①]无限娇,凤城[②]寒尽怕春宵。无端嫁得金龟[③]婿,辜负香衾事早朝。

【注释】

①云屏,《西京杂记》:"赵飞燕皇后女弟赵昭仪,遗云母屏风,琉璃屏风。"

②凤城,梁戴嵩诗:"凤凰俯临城。"赵次公杜注:"秦穆公女吹箫,凤降其城,因号凤凰城。其后言京师之盛曰凤城。"

③金龟,《唐书》:"天授二年改佩鱼皆为龟,三品以上,龟袋饰以金。"

隋宫

乘兴南游[①]不戒严,九重谁省谏书函?春风举国裁宫锦,半作障泥[②]半作帆。

【注释】

①南游,大业十二年幸江都,奉新郎崔民象表谏,上大怒,先解其颐乃斩之。

②障泥,《道原注》:"障泥,以披马鞍旁者。"《西京杂记》:"武帝时,贰师得天马,以绿地五色锦为蔽泥。"《晋书》:"王济所乘,不肯渡水,曰:'马必是惜障泥,解之乃渡。'"

瑶池[①]

瑶池阿母绮窗开,黄竹[②]歌声动地哀。八骏[③]日行三万里,穆王何事不重来?

【注释】

①瑶池,《太平广记》:"西王母所居,宫室九层,玄室紫翠丹房,左带瑶池,右环翠水。"《列

子》："穆王肆意远游，命驾八骏之乘驰驱，遂宾于西王母，觞于瑶池之上。"

②黄竹，《穆天子传》："天子游黄台之邱，猎于苹泽，有阴雨，天子乃休。日中大寒北风雨雪，有冻人，天子作诗三章以哀之曰：'我徂黄竹，负闷寒谢。'"惠连《雪赋》："岐昌发咏于来思，姬满申歌于黄竹。"

③八骏，《拾遗记》："穆王八骏，一名绝地，二名翻羽，三名奔宵，四名起影，五名一辉，六名超光，七名腾雾，八名挟翼。"《穆天子传》："八骏之乘，曰赤骥、盗骊、白义、逾轮、山子、渠黄、骅骝、騄耳。"刘孝绰诗："二龙巡夏代，八骏驭周朝。"

嫦　娥

云母[①]屏风烛影深，长河渐落晓星沉。嫦娥[②]应悔偷灵药，碧海青天夜夜心。

【注释】

①云母，按《本草纲目》："《荆南志》云：华容方台山出云母，土人候云所出之处，于下掘之，无不大获。有长五六尺可为屏风者。"

②嫦娥，《后汉书·天文志》注："羿请无死之药于西王母，姮娥窃之以奔月。将往，枚筮之于有黄，有黄筮之日，吉，翩翩归妹，独将西行，逢天晦茫，毋惊毋恐，后且大昌。姮娥遂托身于月，是为蟾蜍。"按：姮，亦作"嫦"。嫦娥，羿妻。蟾蜍，月中三尺物也。

贾　生

宣室求贤访逐臣，贾生才调更无伦。可怜夜半虚前席，不问苍生问鬼神。

温庭筠

瑶瑟怨

冰簟银床梦不成，碧天如水夜云轻。雁声远过潇湘[①]去，十二楼[②]中月自明。

【注释】

①潇湘，本集注：《图经》："湘水自扬海发源，至零陵北而营水会之，二水合流，谓之潇湘。潇者，水清深之名也。"按：《一统志》："潇湘虽自古并称，然《汉志》、《水经》俱无潇湘之名。"唐柳宗元《愚浮诗序》始称谪潇水上，然不详其源流。宋祝穆始称潇水出九疑山。今细考之，唯道州北出潇山者为潇水，其下流皆营水故道也。至祝穆所谓出九疑山者，乃《水经注》之泠水，北合都溪以入营者也。又，零陵蒋本厚《山水志》云：潇水，一支出江华，一支出永明，一支出濂溪。唯出濂溪者犹为近之，出江华者乃以沱水为潇水，出永明者以掩水为潇水。盖后人以营水所经注谓之潇水，而遂不知有营水矣。

②十二楼，《神仙传》："昆仑阆风苑有玉楼十二，立台九层，左瑶池，右翠水，有弱水九重，盖

不可到。”

郑　畋[①]

马嵬[②]坡

玄宗回马杨妃死，云雨[③]难忘日月新。终是圣明天子事，景阳宫井[④]又何人。

【注释】

①郑畋，字台文，系出荥阳。会昌进士第，授检校司徒，太子太保，僖宗朝同平章事。为人仁恕，姿采如峙玉。黄巢之乱，先诸军破贼，虽功不终，而还相天子，坐筹帷幄，终能复国云。

②马嵬，《阙史》：“马嵬，太真缢所，题诗者多凄感。郑畋为凤翔从事，题是诗，观者以为有宰辅之器。”

③云雨，宋玉《高唐赋序》：“昔者楚襄王与宋玉游于云梦之台，望高唐之观，其上独有云气，王问玉曰：此何气云？玉对曰：所谓朝云者也。王曰：何为朝云？玉曰：昔者先王尝游高唐，怠而书寝，梦见一妇人曰：妾巫山之女也，为高唐之客，闻君游高唐，愿荐枕席。王因幸之。去而辞曰：妾在巫山之阳，高丘之阻，旦为朝云，暮为行雨，朝朝暮暮，阳台之下。旦朝视之，如言。故为立庙，号曰朝云。”

④景阳井，《南畿志》：“景阳井在台城内，陈后主与张丽华、孔贵嫔投其中以避隋兵将。旧传兰有石脉，以帛拭之作胭脂痕，名胭脂井，一名辱井。”

韩　偓[①]

已　凉

碧阑干外绣帘垂，猩色[②]屏风画折技。八尺[③]龙须[④]方锦褥，已凉天气未寒时。

【注释】

①韩偓，字致光，本字致尧，冬郎其小字也。昭宗龙纪元年擢进士第，召拜左拾遗，累翰林学士中书舍人。刘季述之变，佐崔允反正为功臣，韩全诲等劫上西幸，偓夜追及鄠，见上恸哭。至凤翔，迁兵部侍郎，进承旨。上欲用偓为相，偓荐赵崇，王赞自代，忤朱全忠，贬濮州司马，上与泣别，偓曰：是人非复向来之比，臣得贬死为幸，不忍见篡杀之辱。及昭宗被杀，挈其族依王审知。终身不食梁禄。捐馆日，有一箧缄鐍甚密，家人意其中有珍玩，发观之，唯得烧残龙凤烛百余条，蜡泪尚新。盖在翰苑日，昭宗诏对金銮，深夜，宫伎秉烛以送，偓悉藏之，识不忘也。其大节与司空表圣略相等。而《唐书》本传但言偓不敢入朝，不少发明于心迹，惜哉。偓富才情，词致宛丽。幼喜为闺阁诗，后遭国祸，出语依于节义，得诗人之正焉。

②猩色，《尔雅》：“猩猩卜而好啼。”注：“人面而豕身，能言语，今交趾封溪县出猩猩。状如貛㹠，声似小儿啼。”《华阳国志》：“猩猩血可以染朱罽。”

③八尺，《东宫旧事》："皇太子拜有八尺褥一，中褥一，步舆褥一。"

④龙须，《水经注》："自洮强南北三百里，地草遍是龙须而无樵柴。"胡三省《通鉴注》："龙须席以龙须草织成，今淮上安庆府居人多能织。"

韦庄

金陵图

江南霏霏江草齐，六朝[①]如梦鸟空啼。无情最是台城[②]柳，依旧烟笼十里堤。

【注释】

①六朝，按：东吴、晋、宋、齐、梁、陈，皆都金陵，是谓六朝。

②台城，《一统志》："台城在上元县治东北五里。"《容斋随笔》："晋宋间，谓朝廷禁近为台，故称禁城为台城，官军为台军，使为台使。"

陈陶[①]

陇西行[②]

誓扫匈奴不顾身，五千[③]貂锦[④]丧胡尘。可怜无定河[⑤]边骨，犹是春闺梦里人。

【注释】

①陈陶，字嵩伯，岭南人。大中时游学长安，善天文历数，于时不合，隐居洪州西山，种柑橙，令卖之自给。妻子亦知读书，自号"三教布衣"。宋开宝中犹见之，或云仙去。

②陇西行，《通典》："秦置陇西郡，以居陇坻之西为名也。"按：此系乐府旧题，而茂倩不收，故录于此。又按：古乐府瑟调十三曲有《陇西行》。

③五千，李陵《答苏武书》："昔先帝授陵步卒五千，出征绝域。"

④貂锦，按：岑参诗："将军纵得场场胜，睹得单于貂鼠袍。"鼠，亦作"锦"。

⑤无定河，《舆地记》："唐立银州，东北有无定河。"《一统志》："无定河，在陕西延安府。"

张泌[①]

寄人

别梦依依到谢家，小廊回合曲阑斜。多情自有春庭月，犹为离人照落花。

【注释】

①张泌，淮南人。初官句容尉，上书言治道，后主征为监察御史舍人。入宋后，宾毗陵。按：《南唐书》作“张佖”。

无名氏

杂诗

近寒食雨草萋萋，著麦苗风柳映堤。等是有家归未得，杜鹃[①]休向耳边啼。

【注释】

①杜鹃，《零陵记》：“杜鹃，其音云不如归去。按：康与之词：‘镇日丁宁千百遍，只将一句频频说。道不如归去，不如归，伤情切。’”

乐府

王 维

渭城曲[①]

渭城朝雨浥轻尘，客舍青青柳色新。劝君更尽一杯酒，西出阳关[②]无故人。

【注释】

①渭城曲，渭城，一曰阳关。《王右丞全集》本作《送元二使安西》诗，后遂被于歌。刘禹锡《与歌者诗》云：“旧人唯有何戡在，更与殷勤唱渭城。”白居易《对酒诗》云：“相逢且莫推辞醉，听唱阳关第一声。”注：即“劝君更尽一杯酒，西出阳关无故人”也。渭城，阳关之名，盖因辞云。按：本集注：“此诗唐人歌，入乐府，以为送别之曲，至‘阳关’句反复歌之，谓之《阳关三叠》，亦谓之《渭城曲》。”又按：相传曲调最高，倚歌者笛为之裂。《水经注》：“太史公曰：长安，故咸阳也，高帝更名新城，武帝别谓渭城。”

②阳关，《汉书·西域传》：“西域，孝武时始通。东接汉，厄以玉门阳关，西则限以葱岭。”又，《地理志》：“龙勒县有阳关，玉门关。”按：阳关在中国外，安西更在阳关外。此诗言阳关已无故人矣，况安西乎？

秋夜曲[①]

桂魄[②]初生秋露微，轻罗已薄未更衣。银筝[③]夜久殷勤弄，心怯空房不忍归。

【注释】

①秋夜曲，他本俱作“王涯”，今照郭茂倩本。

②桂魄,唐太宗《望月诗》:"魄满桂枝圆。"《酉阳杂俎》:"月中桂树高五百丈,下有一人常斫之,树创随合。人姓吴名刚,学仙有过,谪令伐树。"

③银筝,《南史·何承天传》:"承天好棋,颇用废事,又善弹筝,文帝赐以局子银装筝,承天奉表陈谢,上答曰:'局子之赐,何必非张武之金耶?'"

王昌龄

长信[①]怨

奉帚[②]平明金殿开,暂将团扇[③]共徘徊。玉颜不及寒鸦色,犹带昭阳[④]日影来。

【注释】

①长信,《汉官仪》:"帝祖母称长信宫,帝母称长乐宫。"《汉书·外戚传》:"班婕妤,左曹越骑校尉况之女,少有才学,成帝选入宫为婕妤,赵飞燕谮其祝诅,遂求养太后长信宫,帝崩后充奉陵园。"

②奉帚,柳恽诗:"奉帚长信宫,谁知独不见。"

③团扇,班婕妤《怨歌行》:"新裂齐纨素,皎洁如霜雪。裁为合欢扇,团团似明月。出入君怀袖,动摇微风发。常恐秋节至,凉飙夺炎热。弃捐箧笥中,恩情中道绝。"

④昭阳,按:《唐诗别裁注》:"昭阳宫,赵昭仪所居,宫在东方。寒鸦带东方日影而来,言已不如鸦也。"

出　塞[①]

秦时明月汉时关,万里长征人未还。但使龙城[②]飞将[③]在,不教胡马度阴山。

【注释】

①出塞,郭茂倩《乐府》:"《晋书·乐志》曰:《出塞》、《入塞》曲,李延年造。曹嘉之《晋书》曰:刘畴尝避乱坞壁,贾胡数百欲害之,畴无忧色,援笳而吹之,为《出塞》、《入塞》之声,以动其游客之思,群胡皆垂泣而去。"按:《西京杂记》:"戚夫人善歌《出塞》、《入塞》、《望归》之曲。"则高帝时已有之,疑不起于延年矣。又有《塞上曲》、《塞下曲》,盖由于此。

②龙城,《史记·卫青传》:"元光五年,青为车骑将军,击匈奴出上谷至龙城,斩首虏数百。"《晋书·张轨传》:"姑臧城本匈奴所筑,南北七里,东西三里,地有龙形,故曰龙城。"

③飞将,《魏志·吕布传》:"布便弓马,膂力过人,号为飞将。"又,《汉书·李广传》:"李广猿臂善射,结发从征,大小七十余战,人莫敢敌,上拜广北平太守。广在郡,匈奴号曰'汉飞将军',避之,数岁不敢入界。"按:龙城、飞将盖二事,此合之,误也。

李 白

清平调[1]

云想衣裳花想容，春风拂槛露华浓。若非群玉山[2]头见，会向瑶台[3]月下逢。

一枝红艳露凝香，云雨巫山枉断肠。借问汉宫谁得似？可怜飞燕[4]倚新妆。

名花倾国两相欢，常得君王带笑看。解释春风无限恨，沉香亭[5]北倚阑干。

【注释】

①清平调，《太真外传》："开元中，禁中重木芍药，即今牡丹也。得数本红、紫、浅、红、通白者，上因移植于兴庆池东、沉香亭前。会花方繁开，上乘照夜白，妃以步辇从，诏选梨园子弟中尤者，得乐一十六色。李龟年以歌擅一时之名，手捧檀板，押众乐前，将欲歌之。上曰：'赏名花，对妃子，焉用旧乐词为？'遽命龟年持金花笺，宣赐翰林学士李白立进《清平乐》词三章。白承旨，宿酲未解，因援笔赋之。龟年捧词进，上命梨园子弟略约词调，抚丝竹，遂促龟年以歌之。太真妃持颇梨七宝杯，酌西凉州蒲桃酒，笑领歌辞，意甚厚。上因调玉笛以倚曲，每曲遍将换，则迟其声以媚之。妃饮罢，敛绣巾再拜。上自是顾李翰林尤异于诸学士。"《通典》："平调、清调、瑟调，皆周房中之遗声也。"《唐书·礼乐志》："俗乐二十八调中，有正中调、高平调，则知所谓《清平调》者，亦其类也。"

②群玉山，《穆天子传》："天子北征至于群玉之山。"《山海经》："玉山，西王母所居也。"郭璞注："此山多玉石，因以为名。"

③瑶台，《楚辞》："望瑶台之偃蹇兮，见有娀之佚女。"王逸注："有娀，国名。佚，美也。谓帝喾之妃，契母简狄也。"沈约诗："含吐瑶台月。"按：昆仑瑶台，是西王母之宫。

④飞燕，《汉书》："赵成皇后，本长安宫人，及壮，属阳阿主家，学歌舞，号曰飞燕。成帝尝微行出，过阳阿主，作乐，上见飞燕而悦之，召入宫，大幸。有女弟，复召入，俱为捷妤，贵倾后宫。许后之废也，乃立婕妤为皇后。皇后既立后，宠少衰，而弟绝幸，为昭仪，居昭阳舍。"《西京杂记》："赵后体轻腰弱，善行步进退，女弟昭仪不能及也。但昭仪弱骨丰肌，尤工语笑，二人并色如红玉，为当时第一，皆擅宠宫中。"

⑤沉香亭，按：沉香亭以沉香为之，如柏梁台以香柏为之也。

王之涣

出 塞

黄河远上白云间，一片孤城万仞山。羌笛何须怨《杨柳》[1]，春风不度玉门关。

【注释】

①杨柳，《技录》："《折杨柳》，古曲名也。"按：《折杨柳》、《落梅花》，皆笛曲名。《演繁露》："笛亦有《落梅》、《折柳》二曲，今其曲亡，不可考矣。"

杜秋娘[1]

金缕衣

劝君莫惜金缕衣[2]，劝君惜取少年时。花开堪折直须折，莫待无花空折枝。

【注释】

①杜秋娘，杜牧《杜秋娘诗序》："杜秋，金陵女也，年十五为李锜妾，后锜叛灭，籍之入宫，有宠于景陵。穆宗即位，命秋娘为皇子傅母。皇子壮，封漳王，被罪废削，秋因赐归故乡。"

②金缕衣，《乐府诗集》："金缕衣，近代曲词。"

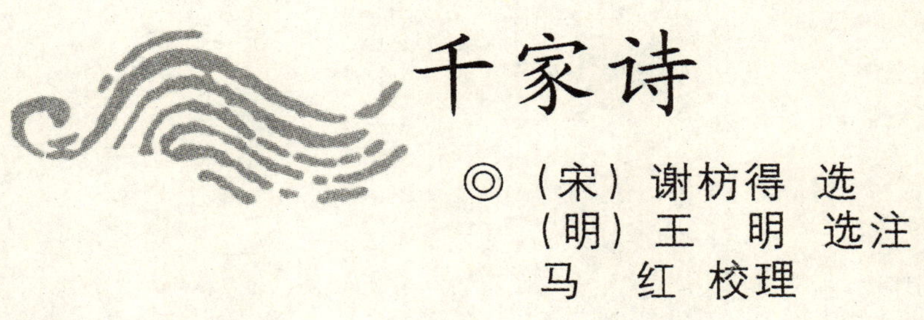

千家诗

◎（宋）谢枋得 选
（明）王　明 选注
马　红 校理

前言

《千家诗》历来有两大编选系统:一个是南宋刘克庄所编《分门纂类唐宋时贤千家诗选》,二十二卷,均系律诗与绝句,所选作品起于唐,迄于宋,以宋人诗篇为多。分为时令、节候、气候、昼夜、百花、竹林、天文、地理、宫室、器用、音乐、禽兽、昆虫、人品十四门。克庄,号后村居士,故此选本也称《后村千家诗》,这是《千家诗》之源。另一个系统是旧时书坊流行的《增补重订千家诗注解》与《新镌五言千家诗笺注》。这两种选本也都是选唐宋诗篇,均限于律诗与绝句。《增补重订千家诗注解》所选均为七言,旧题谢枋得选,王相注;《新镌五言千家诗笺注》为王相选注。王相,字晋升,明末清初江西临川人,编有《女四书》、《尺牍嘤鸣集》等。王相所注的这两种选本选诗多浅近易懂,唐宋名家亦多有名作入选,再加上王相所注,实际上是通篇诠译,很利于初学者,数百年来,流传颇广。所以,我们将其选入本《中国诗词精典》。

这两种《千家诗》,我们均以莆阳郑氏刊本为底本进行校点整理。原诗原注中一些明显的刊刻失误,均径自改过。原注行文中的粗疏不当之处,则多仍其旧,以见原貌。

马　红

千家诗卷一

七言绝句

程　颢

春日偶成

云淡风轻近午天，傍花随柳过前川。时人不识余心乐，将谓偷闲学少年。

【注释】

此明道先生自咏其闲居自得之趣。言春日云烟淡荡，风日轻清，时当近午，天气融和，傍随于花柳之间，凭眺于山川之际，正喜眼前风景，会心自乐。恐时人不识，谓余偷闲学少年之游荡也。

宋，程颢，字伯淳，河南人。谥明道先生，从祀孔子庙庭。

朱　熹

春　日

胜日寻芳泗水滨，无边光景一时新。等闲识得东风面，万紫千红总是春。

【注释】

寻芳，游春踏翠之意。泗水，水名，在鲁地。滨，水涯。无边，无限也。当春之时，风光景物，焕然一新，东风荡漾，拂面而来，百花开放，万紫千红，皆是春光点染而成也。

宋，朱熹，字元晦，新安人。封谥徽国文公，从祀孔子庙庭。

苏　轼

春　宵

春宵一刻值千金，花有清香月有阴。歌管楼台声细细，秋千院落夜沉沉。

【注释】

歌，歌曲也。管，笙箫也。秋千，以彩绳系索，悬于架上，女子坐板，用手推送于空处以为戏也。春宵美景，一刻之欢，值千金之价。细细，声之清也。沉沉，夜漏之迟也。甚言春宵之佳。

宋，苏轼，字子瞻，号东坡，眉州人。仕至礼部尚书，谥文忠公。

杨巨源

城东早春

诗家清景在新春，绿柳才黄半未匀。若待上林花似锦，出门俱是看花人。

【注释】

此诗属比喻之体。言宰相求贤助国，当在侧微卑陋之中，如初春柳色才黄而未匀也。若待其人功业显著，则人皆知之，如上林之花，似锦绣之灿，则谁不知玩爱而羡慕之？比喻为君相者当识才于未遇，而拔之于卑贱之时也。

杨巨源，字景山，蒲东人。贞元间进士，仕至河中少尹。

王安石

春　夜

金炉香烬漏声残，翦翦轻风阵阵寒。春色恼人眠不得，月移花影上栏杆。

【注释】

香烬，香成灰烬也。此诗春夜不眠而有所思也。言香已成灰，而更漏将尽，当此春夜，轻风翦翦，寒气森森，而无端春色，恼乱人心，欲眠不得，惟见月色花阴，斜照于栏杆之上也。

宋，王安石，字介甫，临川人。相神宗，封谥荆国文公。

韩　愈

初春小雨

天街小雨润如酥，草色遥看近却无。最是一年春好处，绝胜烟柳满皇都。

【注释】

此诗极赞春初微雨之细也。酥，酒之初熟，而味甘滑，似此膏雨，润泽万物，如酥之甘滑

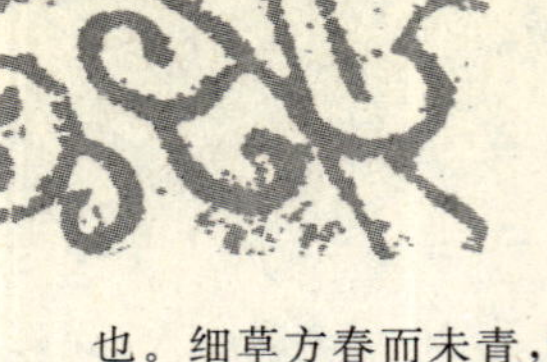

也。细草方春而未青，沾雨而蔼然蒙茸润色，远看似青，而近看似无也。初春细雨，烟雾霏霏，绝似含烟之貌，带风而斜。田园滋润，草木萌芽，一年丰稔，皆膏雨之泽也。故曰“春好处”。

唐，韩愈，字退之，昌黎人。仕至礼部尚书，封昌黎伯，谥文公，从祀孔子庙庭。

王安石

元　日

爆竹声中一岁除，春风送暖入屠苏。千门万户曈曈日，总把新桃换旧符。

【注释】

爆竹，山家以除夕烧竹，竹爆裂之声也，魈闻声畏惧而远避。屠苏，美酒名。曈曈，日初出貌。桃符，以桃木刻符于门，以御鬼也。岁去春来，春风吹暖，以助酒力之浓也。一岁之始，家家换却桃符，以贺新正。此诗自况其初拜相时，得君行政，除旧布新，而始行己之政令也。

苏　轼

上元侍宴

淡月疏星绕建章，仙风吹下御炉香。侍臣鹄立通明殿，一朵红云捧玉皇。

【注释】

建章，宫名。鹄，水鸟，其立甚正。此言早朝之时，月淡星疏，御香缥缈，近侍文武臣僚端然，如鹄立于通明殿前，若红云簇捧玉皇于九宵之上也。此言天子之尊居九重，臣民瞻之如在天上也。

张　栻

立春偶成

律回岁晚冰霜少，春到人间草木知。便觉眼前生意满，东风吹水绿差差。

【注释】

黄帝命伶伦断竹为筒，以候十二月之气。阳六为律，黄钟、太簇、姑洗、蕤宾、夷则、无射。阴六为吕，大吕、夹钟、仲吕、林钟、南吕、应钟，为阴也。立春之时，大吕已终，太簇方

始，故曰“律回”而阳气至也。立春在年前，故曰“岁晚”而“冰霜少”，阳舒而渐暖也。阳春渐暖，草木敷荣，万物回春，皆含生意。东风和煦而轻徐，吹于水面，其波平浪静，日光荡漾，碧绿参差而动也。

宋，张栻，字敬夫，号南轩，仕至修撰。

晁说之

打球图

阊阖千门万户开，三郎沉醉打球回。九龄已老韩休死，无复明朝谏疏来。

【注释】

此观明皇打球图而作也。三郎，唐明皇也。明皇天宝之后，嬖宠杨贵妃，与杨妃之姊妹秦国、韩国、虢国夫人，淫逸无度，酒酣击球以为乐。张九龄、韩休二宰相，皆直臣，尝谏明皇宴乐，帝改容谢之。于时九龄以老乞休；韩休以疾卒于位，帝无复忌惮而宴乐滋甚，以致失国。盖伤其无有直谏之臣，继二贤之后正其君也。

宋，晁说之，字以道，官至徽猷阁待制。

林　洪

宫　词　二首

金殿当头紫阁重，仙人掌上玉芙蓉。太平天子朝元日，五色云车驾六龙。

【注释】

此拟唐人元旦宫词也。唐有朝元阁，天子元旦朝上帝之所；有两柱，极高，数丈，上有金仙人捧芙蓉盘，以承天露。六龙，天子所居易云时，乘六龙以御天也。五色云车，言天子銮舆，光华灿烂，至尊下九重之上也。

宋，林洪，字梦屏，莆田人。有宫词百首，选其二首。

其　二

殿上衮衣明日月，砚中旗影动龙蛇。纵横礼乐三千字，独对丹墀日未斜。

【注释】

此言天子临轩策士也。衮衣，天子之服也。人朝对策时，得瞻仰天颜，如日月之明也。对策于丹墀，侍卫旌旗之影，摇影于砚水之中，如龙蛇之动也。纵横礼乐，言对策于君前，所言皆礼乐、刑政之大纲，其字三千之言，独对于丹墀之下，文成而日尚未斜也。宋时有时荐之科，对策称旨者，特赐进士及第，故曰独对。

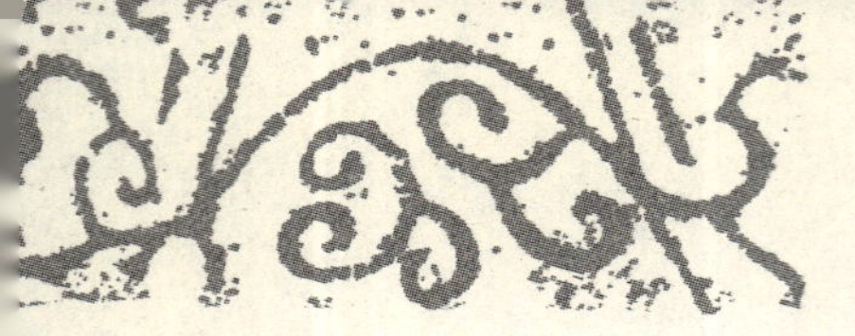

王　建

咏华清宫

行尽江南数十程，晓风残月入华清。朝元阁上西风急，都入长扬作雨声。

【注释】

此咏亡陈之故宫也。朝元阁，在华清宫内，江南陈国旧宫。隋炀帝复修之，以备临幸者。王建奉使过江南，晓行，夜月犹存，西风忽变而作雨，瞻望故国而作此诗。长扬，殿名，陈后主访汉长扬仁而为之。

唐，王建，字仲初，赣州人。大历进士，有宫词一百首。

李　白

清平调词

云想衣裳花想容，春风拂槛露花浓。若非群玉山头见，会向瑶台月下逢。

【注释】

唐玄宗与杨贵妃于沉香亭上赏牡丹，召李白作《清平调词》三首，谱入乐府，此其一也。此题咏牡丹，兼咏妃子。彩云似衣，名花似貌，妃子之美也。春风拂槛，朝露含英，牡丹之艳也。对美女而玩名花、赏乐于深宫之内，其景不让群玉山头、瑶台月下也。群玉、瑶台，乃王母会群仙之处，极言其盛也。

唐，李白，字太白，唐宗室。仕翰林院学士。

郑　会

题邸间壁

荼蘼香梦怯春寒，翠掩重门燕子闲。敲断玉钗红烛冷，计程应说到常山。

【注释】

荼蘼，一花三叶，其香清远。玉钗，烛花也。常山，邑名。此郑会旅行而至常山，忆家而拟作闺中思己之词也。荼蘼飘香于梦中，则夜色清幽；重门静掩于庭院，则燕子闲寂。烛花敲断烬落，而更忆所怀之人。计其行程，应说已至常山邸舍矣。

宋，郑会，字有极，号亦山。

杜甫

绝句

两个黄鹂鸣翠柳，一行白鹭上青天。窗含西岭千秋雪，门泊东吴万里船。

【注释】

黄鹂，莺也。鹭鸶，水鸟。此言春日之景。黄鹂对对，飞鸣翠柳之中；白鹭翩翩，翀举青天之上。开窗而对西岭，千秋之积雪存焉；出门而望河干，则东吴之舟船泊焉。皆眼前自得之景也。

唐，杜甫，字子美，京兆杜陵人。仕至工部员外郎、左拾遗，与李太白同时，为一代诗人之冠。

苏轼

海棠

东风袅袅泛崇光，香雾空濛月转廊。只恐夜深花睡去，故烧高烛照红妆。

【注释】

袅袅，风细貌。泛崇光，月光高明、淡荡之貌。昔明皇召贵妃同宴，而妃宿酒未醒，帝曰："海棠睡未足耳。"此诗借意以喻海棠。言东风漾荡，月转回廊，我欲玩名花，恐花欲睡，故烧高烛以照花容而为宴乐也。

杜牧

清明

清明时节雨纷纷，路上行人欲断魂。借问酒家何处有，牧童遥指杏花村。

【注释】

此清明遇雨而作也。游人遇雨，巾履俱湿，行倦而兴败矣；神魂散乱，思入酒家暂息而未能也。故见牧童而问酒家，遥望杏花深处，而指示之也。

唐，杜牧，字牧之，京兆人。太和进士，仕至中书舍人，一号樊川。

王禹偁

清　明

无花无酒过清明，兴味萧然似野僧。昨日邻家乞新火，晓窗分与读书灯。

【注释】

新火，寒食禁烟，而钻榆柳之木，更取新火也。言读书贫士，遇佳节而无花无酒，如山僧之萧索也。禁烟无火，而乞得邻家新钻之火，鸡鸣而起，分照于读书之灯而已。

宋，王禹偁，字元之，巨野人，官至学士

张　演

社　日

鹅湖山下稻粱肥，豚栅鸡栖对掩扉。桑柘影斜春社散，家家扶得醉人归。

【注释】

此言春社之乐也。鹅湖，在广信铅山县，其地两稻而无麦，故方仲春社日而稻粱已肥也。豚，小猪也。栅，猪圈也。豚归于栅，鸡宿于栖，桑柘之木，其景疏斜，而日将暮矣。春社之宴方散，则见饮酒之人，皆扶醉而归矣。

唐，张演，字裕之。

韩　翃

寒　食

春城无处不飞花，寒食东风御柳斜。日暮汉宫传蜡烛，轻烟散入五侯家。

【注释】

此咏宫中寒食也。清明前三日，谓之寒食，即禁烟节也。五侯，汉成帝时，封舅王谭、王商、王音、王根、王凤皆为侯，时人谓之五侯。汉制：禁烟节，宫中钻新火燃烛，散于贵戚之家。此诗用汉事系本朝，从古禁烟传烛于贵戚之臣也。

唐，韩翃，字君平，南阳人。天宝进士，驾部郎中知制诰。时有与翃同名者亦为郎中，命下吏部，以两韩翃名上，德宗御批“春城无处不飞花”四句，曰：“与此韩翃。”

杜　牧

江南春

十里莺啼绿映红，水村山郭酒旗风。南朝四百八十寺，多少楼台烟雨中。

【注释】

此言江南春色之丽也。十里莺啼，园林相接，红绿相映，而水村山郭，旗亭酒肆，相望而鳞次。南朝自梁时大兴佛，僧寺四百八十，迄今犹盛；楼台殿宇之多，烟林花雨之景，而六朝佳丽，宛然犹在目前也。

高　蟾

上高侍郎

天上碧桃和露种，日边红杏倚云栽。芙蓉生在秋江上，不向东风怨未开。

【注释】

高侍郎，即高骈也。此以芙蓉自喻也。天上碧桃，日边红杏，以其乘时得意之人，藉皇家雨露之恩而贵也。芙蓉生于江上，方春，百花开放，芙蓉寂然自守，不怨东风之不及我也。至秋，百花摇落，秋江之芙蓉独拒霜而开花，彼碧桃红杏又安在哉！

唐，高蟾，渤海人，官御史中丞。

僧志安

绝　句

古木阴中系短篷，杖藜扶我过桥东。沾衣欲湿杏花雨，吹面不寒杨柳风。

【注释】

短篷，小舟有篷，系于岸边古木之阴也。藜，草名，其茎至坚，可为杖者也。春日时雨时晴，杏花开时，小雨沾衣而欲湿，杨柳风至柔，当春风吹面，不觉其寒。此春游之诗也。

志安，南唐时僧。

叶绍翁

游小园不值

应嫌屐齿印苍苔，十扣柴扉九不开。春色满园关不住，一枝红杏出墙来。

【注释】

屐齿踏破苍苔之印，扣柴扉而屡次不开，玉人不在而空返。园虽关而春色难关，一枝红杏露出园墙之外也。

宋，叶绍翁，字嗣宗，号靖逸。建安人。

李　白

客中行

兰陵美酒郁金香，玉碗盛来琥珀光。但使主人能醉客，不知何处是他乡。

【注释】

兰陵，隶兖州。郁金香，草酿而为酒。玉碗盛之，其色如琥珀。此太白醉酒而作。言但有主人留连欢饮，以畅其旅怀，则不知异乡之为苦也。

刘季孙

题　屏

呢喃燕子语梁间，底事来惊梦里闲。说与旁人浑不解，杖藜携酒看芝山。

【注释】

呢喃，燕语之声，绕于梁间之垒。底事也，何事也。幽人昼眠，梁间燕语，而惊回春梦也。幽闲自得之趣，未可对人言。呼童携酒，杖藜而看芝山之景也。

刘季孙，字景文，宋人。

杜　甫

漫　兴

肠断春江欲尽头，杖藜徐步立芳洲。颠狂柳絮随风舞，轻薄桃花逐水流。

【注释】

言春江景物芳妍，而三春欲尽，宁无伤感乎？闲扶藜杖而立江头芳草之洲，但见颠狂之柳絮，随风飘舞，轻薄之桃花，逐水而流，不管春光之去住，一任愁客断肠也。

谢枋得

庆全庵桃花

寻得桃源好避秦，桃红又是一年春。花飞莫遣随流水，怕有渔郎来问津。

【注释】

桃源，在常德府武陵县。晋有渔人王道真，沿溪捕鱼，见溪上流有桃花，逐水而来。因逆流而上，寻至洞口，入见桑麻鸡犬，桃花相映，平生未历，不知何境。问其土人，谓曰：吾等先世避秦之乱，来此居住，不知几何岁月，也不知是何朝代，男耕女织，不与人世相通，君何为至此？道真辞归，以告太守，使数十人往访之，竟迷失其外。先生见桃花而忆桃源之人避秦而隐，但见桃花开，始知一岁之春，无时日纪也。使我居之，当花飞时，不使之随流入溪，恐有渔郎见之，来问津涯也。

宋，谢枋得，字君实，号叠山。仕至江西宣谕使。宋亡，死节。

刘禹锡

玄都观桃花

紫陌红尘拂面来，无人不道看花回。玄都观里桃千树，尽是刘郎去后栽。

【注释】

紫陌红尘，长安春色之丽，看花游人众多。玄都观桃花千树，指在朝之官。刘郎，自喻也。言满朝之人皆吾去后而升迁者。

唐，刘禹锡，字梦得。顺宗时为考功员外郎，坐王叔文党贬辽州司马。德宗贞元初，以恩召还，为主客郎。游玄都观而作此诗，时相恶其讥讽，再贬扬州司马。

再游玄都观

百亩庭中半是苔，桃花净尽菜花开。种桃道士归何处，前度刘郎今又来。

【注释】

禹锡再游时，桃花已尽，种桃之蹊，半是苍苔，而菜花满径矣。种桃道士比先年宰相已去，而吾幸得又还朝也。

禹锡贞元中复以嗣部郎中召还，游玄都观再作此诗，时宰相又恶之，复贬连州司马。至宪宗时，裴度为相，始荐为考功郎中，去前为吏部时已三十年矣，遂卒于位。赠学士、礼部尚书。

韦应物

滁州西涧

独怜幽草涧边生，上有黄鹂深树鸣。春潮带雨晚来急，野渡无人舟自横。

【注释】

此亦托讽之诗。草生涧边，谓君子生不遇时。鹂鸣深树，讥小人谗佞而在位。春水本急，遇雨而涨，又当晚潮之时，其急更甚，喻时之将乱也。野渡有舟而无人运济，喻君子隐居山林无人举而用之也。

唐，韦应物，京兆人。历左司郎中、苏州刺史，一称“韦苏州”。

苏　轼

花　影

重重叠叠上瑶台，风度呼童扫不开。刚被太阳收拾去，却教明月送将来。

【注释】

花影重叠，映于瑶台之上，以比小人在高位也。扫不开，言虽有直臣，攻之不去也。太阳落则花影全无，犹神宗崩时而熙丰小人俱贬谪也。明月升而花影复来，言宣仁崩而小人复夤缘以进也。此伤小人在位而不能去之之意也。

王安石

北　山

北山输绿涨横陂，直堑回塘滟滟时。细数落花因坐久，缓寻芳草得归迟。

【注释】

涨，泛滥也。滟，水光莹也。此诗，荆公居白下娱老而闲行之作。北山，在麒麟门外，公之别业在焉。公遇暇时，往来于钟山天印回塘直堑之间，遇名花即席地而坐，逢芳草则枕石而眠，不知其坐久而归迟也。

徐元杰

湖　上

花开红树乱莺啼，草长平湖白鹭飞。风日晴和人意好，夕阳箫鼓几船归。

【注释】

此咏西湖之作。湖上花开，莺啼红树；湖边草长，白鹭群飞。风日晴和，游人络绎而舒畅；夕阳西下，画船鼓吹而归来。西湖景色真堪爱也。

元杰，宋人。

杜　甫

漫　兴

糁径杨花铺白毡，点溪荷叶叠青钱。笋根稚子无人见，沙上凫雏傍母眠。

【注释】

此咏暮春之景也。杨花飘落，白如毡之糁径；荷叶初生，小如钱之点溪。笋初生而稚芽穿地，细而难见。凫雏，水鸭之小者，沙间傍母而眠。皆眼前佳景也。

王　驾

春　晴

雨前初见花间蕊，雨后全无叶底花。蜂蝶纷纷过墙去，却疑春色在邻家。

【注释】

此言雨后残春也。未雨之前，初见花开结蕊，迨雨久而始晴，则见叶而不见花矣。纷纷蜂蝶过园林采花而来，不见花而飞过墙垣，疑春光景色尚在邻园也。

唐，王驾，河中人，僖宗时状元。

曹　豳

春　暮

门外无人问落花，绿阴冉冉遍天涯。林莺啼到无声处，青草池塘独听蛙。

【注释】

冉冉，青光也。蛙，虫名也。言春色已去，花落门外，而行人不问也。是绿树阴浓遍满天涯。斯时也，春莺已老而不啼，青草池边，唯听蛙声聒噪而已。此诗专写暮春之景，宛然在目。

曹豳，宋人。

朱淑贞

落　花

连理枝头花正开，妒花风雨便相催。愿教青帝常为主，莫遣纷纷点翠台。

【注释】

连理枝，双树并生而根连一本。青帝，东皇之神，司三春之令者。纷纷，花落也。花正开而芳姿艳丽，于连理枝头，如少年夫妇燕婉和谐也，花开而遇嫉妬之风雨相催，百花摇落，如夫妇不幸中道分离乖阻也。安得青帝常主四时，使连理花常开并蒂，而无风雨纷纷之摇落矣。

朱淑贞，宋诗女，文公之族姪女也。

王　淇

春暮游小园

一从梅粉褪残妆，涂抹新红上海棠。开到荼蘼花事了，丝丝天棘出莓墙。

【注释】

此言春事将阑也。梅花零落，则粉褪妆残矣。而新红艳丽又发于海棠枝上。及夫荼蘼开后，一春之花事已终。唯有丝丝之天棘，蔓生而出于莓墙之上而已。

王淇，字菉猗，宋人。

刘克庄

莺　梭

掷柳迁乔太有情，交交时作弄机声。洛阳三月花如锦，多少工夫织得成。

【注释】

此咏莺之诗。莺梭，言其莺飞鸣迅速，来往园林，抛掷如梭之捷也。迁乔，《诗》："出自幽谷，迁于乔木。"言鸟当冬时，蛰伏于幽谷之中，及春暖始迁于乔木之上，其声嚶嚶，而交交如弄机杼之声焉。当洛阳三月，春光艳丽繁华，犹如锦绣。观尔莺梭抛掷于园林之中，费几许工夫方织成如此锦绣春光也。此诗极状"莺梭"二字之妙。

刘克庄，号后村，宋人。

叶　李

暮春即事

双双瓦雀行书案，点点杨花入砚池。闲坐小窗读《周易》，不知春去几多时。

【注释】

瓦上之雀闲行，其影动于书案之上；杨柳之花飘荡其絮，落于砚池之中，而读《易》之人，闲坐小窗，不知春色之已去。忽惊瓦雀之行，始见杨花之落，方知春去多时也。

宋，叶李，号平严，太学生。

李 涉

登 山

终日昏昏醉梦间，忽闻春尽强登山。因过竹院逢僧话，又得浮生半日闲。

【注释】

此言丈夫不得志，而终日昏昏，如醉如梦，匆闻春光已尽，强去登山，以寻春色。偶游竹院，与山僧闲语良久，始觉向在红尘扰攘之中，今又暂得清醒半日也。

唐，李涉，字清溪，洛阳人。太和中为太常博士，号月溪子。

谢枋得

蚕妇吟

子规啼彻四更时，起视蚕稠怕叶稀。不信楼头杨柳月，玉人舞歌未曾归。

【注释】

子规，鸟名，一名杜鹃，好夜啼。言蚕妇闻子规啼而不寐，啼毕时已四更矣。起视其蚕筐，恐蚕稠而桑叶之稀，又从而添益其叶也。楼头残月，挂于柳梢，天欲明矣，而玉人歌舞犹未归来矣。

韩 愈

晚 春

草木知春不久归，百般红紫斗芳菲。杨花榆荚无才思，惟解漫天作雪飞。

【注释】

榆荚，榆树之荚，其小如钱。言草木知春色之不久，故万紫千红，皆乘时而舒放也，惟杨花落于满天，如雪之飞扬而已。

杨万里

伤春

准拟今春乐事浓，依然枉却一东风。年年不带看花眼，不是愁中即病中。

【注释】

准拟，预料也。春光未到之时，预料今春赏心乐事，必兴浓而稠密。岂知一春已过，而宴赏仍虚。盖年年花发而略不曾观者，非愁中无绪，则病中无能也。伤春之意，情见于词矣。

宋，杨万里，字廷秀，自号诚斋，吉水人，官宝谟阁学士。

王　令

送　春

三月残花落更开，小檐日日燕飞来。子规夜半犹啼血，不信东风唤不来。

【注释】

三月，春色已暮，花残已落，而复有开者。小檐之燕子，日日飞来营其巢穴也。子规之鸟，当三更而悲鸣，至流血，而方止。言春去难留，虽子规悲啼流血，而不能唤回已去之春光也。

宋，王令，字逢原，谢叠山之友。

贾　岛

三月晦日送春

三月正当三十日，风光别我苦吟身。共君今夜不须睡，未到晓钟犹是春。

【注释】

三月三十，春已尽矣，而我苦吟之身忍见春光别我去乎。春虽无计可留，然当此之时，唯宜苦吟痛饮以送青春。不须睡卧，晓钟未发，明朝之夏未来，犹是今日之残春矣。

唐，贾岛，字阆仙，初为僧，后举进士，官长江主簿。

司马光

客中初夏

四月清和雨乍晴，南山当户转分明。更无柳絮因风起，惟有葵花向日倾。

【注释】

初夏为清和节，乍晴乍雨之时，而南山当其户牖，雨来而烟雾微茫，雨霁而峰峦明媚也。柳絮飞尽，无迹可寻，惟有葵花向日而开，以喻新主当阳，小人道消，君子道长也。

宋，司马光，字君实，相神宗、哲宗，官太师，封温国公，谥文正。

赵师秀

有　约

黄梅时节家家雨，青草池塘处处蛙。有约不来过夜半，闲敲棋子落灯花。

【注释】

立夏后数日为入梅，故曰黄梅，梅天多雨。家家雨，言友人皆闭户而不出也。处处蛙，言池塘之中，蛙声聒耳也。约友朋夜话以消岑寂，又因雨阻而不来，闲坐不胜其闷，灯下敲棋而灯花落尽也。

宋，赵师秀，字紫芝，永嘉人。

杨万里

初夏睡起

梅子流酸溅齿牙，芭蕉分绿上窗纱。日长睡起无情思，闲看儿童捉柳花。

【注释】

梅味至酸，食之不觉，而余酸犹溅乎齿牙之间也。芭蕉初长，而绿阴映乎纱窗之上。日长人倦，假寐而起，情绪无聊，闲看儿童戏捉空中之柳花，以释闷而已。

曾　幾

三衢道中

梅子黄时日日晴，小溪泛尽却山行。绿阴不减来时路，添得黄鹂四五声。

【注释】

此春暮出游，初夏而返之诗也。当黄梅之时，不雨而连晴数日，泛小舟而回，溪水尽处，舍舟而行山路也。绿树阴浓，不减初来之路，更有黄鹂巧啭于深林，比来路更添幽趣也。

宋，曾幾，字吉甫，赣州人。曾为江西、浙西提刑官。

朱淑贞

即　景

竹摇清影罩幽窗，两两时禽噪夕阳。谢却海棠飞尽絮，困人天气日初长。

【注释】

此诗作于残春将夏之时。言竹影摇清，笼罩于幽窗之上，时禽，春深鸣声频噪，不可得而名也。当此之时，海棠已谢，柳絮已飞尽矣。而困人天气，正是昼日初长之候。深闺静坐，无聊之倦态也。

戴　敏

初夏游张园

乳鸭池塘水浅深，熟梅天气半晴阴。东园载酒西园醉，摘尽枇杷一树金。

【注释】

乳鸭，小鸭也。乳鸭戏于池塘，水或深而或浅，而梅熟之时，天气半晴而半阴。于时也，方载酒宴游于东园，又复至西园而酣饮，见枇杷方结实，如金之垂，乃尽摘之而侑酒也。

宋，戴敏，字敏才，台州黄岩人。戴复古之父。

王安石

晚楼闲坐

四顾山光接水光，凭栏十里芰荷香。清风明月无人管，并作南来一味凉。

【注释】

此居水上楼台凭栏闲眺之作。四望之间，山光与水光相接，荷花十里，香气袭人而来，芰，小菱也。其花与荷花杂开于水面也。当晚之时，明月已上，清风徐凉。闲散之人，无拘无束，惟有凭栏南向，而纳其一味清凉，享天地自然之乐也。

高　骈

山居夏日

绿树阴浓夏日长，楼台倒影入池塘，水晶帘动微风起，满架蔷薇一院香。

【注释】

绿树当夏之时而浓阴稠密，楼台倒影于池塘，微风吹动水面，波光荡漾，其纹如水晶之帘，纹细雨织而光莹也。回首院中，蔷薇满架，香风袭袭，馨馥满庭，岂非夏日清和之淑景乎？

唐，高骈，字千里，渤海人。淮南节度使。

范成大

田　家

昼出耘田夜绩麻，村庄儿女各当家。童孙未解供耕织，也傍桑阴学种瓜。

【注释】

耘田，耘去田中之草也。言男子昼出耕耘，妇人馈食，至夜无事，犹绩麻，以备织布之用。可见树庄之间，男女各执其事，无非勤力以成家也。至于童孙年幼，不能耕织，闲暇之时，傍桑阴之下，学为灌溉而种瓜焉。田家勤朴之风可想见也。

范成大，号石湖，官至学士。

村庄即事

绿遍山原白满川，子规声里雨如烟。乡村四月闲人少，才了蚕桑又插田。

【注释】

此言四月田家之景也。山原之间，新绿遍于田畴，雨露沾足，满川之水，白光浩渺，言禾稠水足也。初夏，细雨霏微，如烟之漠漠，而子规之声又啼于林中。时见乡村之田，无非耕耘之夫。盖四月之间，闲人绝少也。至于妇女，亦不敢怠荒田事，故才毕其养蚕之务，而又助男子种插秧苗也。其时和岁稔，男女之勤，风俗之美，诚可佳也。

朱　熹

题榴花

五月榴花照眼明，枝间时见子初成。可怜此地无车马，颠倒苍苔落绛英。

【注释】

榴花，当夏而开，朱英灿烂，映目光华，其榴子即结于花瓣之下。但慨其园林闲寂，车马稀疏，绛英红萼，铺于满地，遮遍苍苔，无人玩赏也。

雷　震

村　晚

草满池塘水满陂，山衔落日浸寒漪。牧童归去横牛背，短笛无腔信口吹。

【注释】

陂，水岸也。寒漪，水上波纹也。当仲夏时，水草铺于池塘，绿水盈乎陂岸，而夕阳在山，下映于水，波光漾荡，红日如浸于池水之中。牧牛童子归村，横吹短笛于牛背之上，信口无腔，而悠然自得也。

雷震，宋人，爵里无考。

王安石

书湖阴先生壁

茅檐常扫净无苔，花木成蹊手自栽。一水护田将绿绕，两山排闼送青来。

【注释】

蹊，花间小径也。护田，长溪之水，可以灌溉田园，而为之护荫也。此荆公在金陵闲居之时作。言茅檐之下，时常净扫，无苔痕之迹。昔年手栽花木皆长大，而地已成蹊矣。门外之田畴，有长溪拥护，而绿水环绕于村前。对面两山，双峰如户，当门并列，菁葱之山色，如排闼而送入门来。极言眼前山水之佳也。

刘禹锡

乌衣巷

朱雀桥边野草花，乌衣巷口夕阳斜。旧时王谢堂前燕，飞入寻常百姓家。

【注释】

朱雀桥，在金陵城外。乌衣巷，在桥边。乌衣，燕子也。王、谢之家，庭多燕子，故名乌衣。王导、谢安，晋相，世家之大族，贤才众多，皆居巷中，冠盖簪缨，为六朝巨室。至唐时，则皆衰落零替而不知其处。桥边唯长野草，巷口但见夕阳，而古迹已难寻矣。想当年盛时，王、谢之家，大第高门，如云相接，雕梁画栋，燕子成巢。今之燕子依然，而王、谢之家已泯，但飞入寻常百姓之家而已。盖伤故家古迹而云然也。

王　维

送元二使安西

渭城朝雨浥轻尘，客舍青青柳色新。劝君更尽一杯酒，西出阳关无故人。

【注释】

安西，西域诸国之总名。唐有安西都护以镇之。此渭城送人出使安西而作。言渭城朝雨，为君拂浥轻尘，客舍柳色方新，当春暖之时，无风霜之苦也。饯程之酒将阑而欲别，劝君再进一杯，以壮行色，明日西出阳关之外，但见白草黄沙，更无故人相遇也。

王维，字摩诘，太原人。开元进士第一，官至尚书右丞。此诗演入乐府，为阳关三叠，惟第三句不动，其余互换居首，转叠为诗六句。

李　白

题北榭碑

一为迁客去长沙，西望长安不见家。黄鹤楼中吹玉笛，江城五月《落梅花》。

【注释】

此诗太白将谪长沙，至鄂州黄鹤楼中作也。迁客，谪官远迁也。黄鹤楼，仙人王子安乘黄鹤而飞升，故以名楼。《落梅花》，笛中曲名。公为迁客，至此登楼望长安而不见，姑弄笛吹《梅花》一曲以遣旅怀。又适当五月之时也。

楼上有台曰榭，黄鹤楼四面俱有台榭，公此诗题于北榭之碑。《落梅花》，笛中之曲调也。

程　颢

题淮南寺

南去北来休便休，白蘋吹尽楚江秋。道人不是悲秋客，一任晚山相对愁。

【注释】

白蘋，江上草，白色之花，开于初秋。道人，程子自谓也。言自北而来，从南而去，暂止而休息于此，得休便休也。远望秋江，见白蘋为西风吹尽，而楚江秋色已老矣。当此之时，不无悲秋之思。在我道人无思无虑，无秋可悲，一任两岸晚山相对，秋色自悲，而我自无愁也。

秋　月

清溪流过碧山头，空水澄鲜一色秋。隔断红尘三十里，白云红叶两悠悠。

【注释】

此极言秋色之澄清也。清溪，山上之泉自极顶而过碧山之头，悬空而下，入于溪也。水碧天青，映长空而一色，自此而至人居之处，三十里之遥，望之不见，惟有白云在山，红叶飘空，悠悠无际，隔断红尘，秋色之幽静可佳也。

杨　朴

七　夕

未会牵牛意若何，须邀织女弄金梭。年年乞与人间巧，不道人间巧几多。

【注释】

牵牛、织女，二星名。七月七夕以前数日，皆竟夜经天，至阳升而始没。故人比之为人间夫妇，经年而一会也。时人女子于此夕，陈设瓜果，对月穿针，而乞巧为戏。此诗设为问答之意，谓我未识牵牛之意，为何年年相邀织女以弄金梭耶？复谓之曰：汝年年乞与人间之巧，却不道人间之巧几多也。

宋，杨朴，新郑人。

刘武子

立秋

乳鸦啼散玉屏空，一枕新凉一扇风。睡起秋声无觅处，满阶梧叶月明中。

【注释】

乳鸦，小鸦也。玉屏，屏色如玉也。秋声，秋风摇树萧瑟之声。梧桐方立秋之日，其叶先零落也。言乳鸦啼散，而夜色之中惟有新凉袭袭，纨扇风清而已。但闻秋声萧瑟而无迹，起而视之，惟见满街梧叶之影于明月之中。盖梧叶望秋而先落，其秋风人树，萧瑟而凄清也。

宋，刘武子，名刘翰，以字行。长沙人。

杜　牧

秋　夕

银烛秋光冷画屏，轻罗小扇扑流萤。天街夜色凉如水，卧看牵牛织女星。

【注释】

银烛，月光也。月光当秋而清冷，斜映于画屏之上，但见萤火如星，流光可爱，轻摇罗扇以扑之。于时，天街之上，夜凉如水，银河清浅，牛、女星辉，仰天闲卧而玩之，其悠悠自得之趣可见矣。

俗传七夕牛、女相会，凡诸乌鹊皆比翼成桥，以驾二星而渡天河焉。

苏　轼

中秋月

暮云收尽溢清寒，银汉无声转玉盘。此生此夜不长好，明月明年何处看？

【注释】

银汉，即天河。玉盘，月也。言薄暮之云，因风收尽，清寒习习而生。碧天云汉，秋声寂然，而明月转升于天际，如玉盘之圆莹而辉光也。自我有生，凡值中秋之夜，明月多为风云所掩，而不常见此清光。又出仕以来，迁转之地不一，今年在此处见此明月，明年中秋又不知在何处看月也。好景难逢，良宵难值，人生良遇难期，何不及时行乐乎？

赵　嘏

江楼有感

独上江楼思悄然，月光如水水如天。同来玩月人何在？风景依稀似去年。

【注释】

此登楼忆旧之诗也，言独上江楼悄然而有思也。但见江中水月，流光与天一色，因忆去年同上此楼玩月之人，今已不在，惟风光月色不减去年之景。对景怀人，其感深矣。

唐，赵嘏，字承祐，山阳人。会昌进士，官渭南尉。

林　升

题林安邸

山外青山楼外楼，西湖歌舞几时休！暖风熏得游人醉，直把杭州作汴州。

【注释】

山外有山，楼外有楼，言青山之多，楼台之密也。湖中游客，终朝歌舞，几时休息乎？天暖时和，风光艳丽，游赏者沉溺宴安而不知返，如昏醉然，想将杭州之佳丽认为汴州之繁华矣。杭州，南宋所居。汴州，北宋之地，为金所有矣。言南宋君臣只图偷安，晏乐于西湖，弃汴京故地而不问，置祖宗大仇而不报，可胜惜哉！

南宋，林升，生平爵里无考。

杨万里

晓出净慈寺送林子方

毕竟西湖六月中，风光不与四时同。接天莲叶无穷碧，映日荷花别样红。

【注释】

此咏湖之作。言西湖之景，当六月之时，风光云物之佳丽，非四季之可比。莲叶满湖，接天之碧而无穷际。荷花贴水映日，而红妆娇艳，别有一般丰韵。荷花如此其媚，而湖光山色之美可知矣。

苏　轼

饮湖上初晴后雨

水光潋滟晴偏好，山色空濛雨亦奇。欲把西湖比西子，淡妆浓抹总相宜。

【注释】

此东坡出守杭州时咏湖之作。潋滟，水光之漾荡也。空濛，山色之霏微也。西子，古美人。此言西湖佳景，晴雨皆宜，湖光潋滟映日，而波纹荡漾，方喜其晴之可爱。忽而山色空濛，烟雨霏微，虽雨亦有可观也。吾见西湖之佳，可比当日之西施。盖西子之天香国色，淡妆亦佳，浓抹尤宜。美人无往而不佳，即西湖之晴雨皆丽也。

周必大

入　直

绿槐夹道集昏鸦，敕使传宣坐赐茶。归到玉堂清不寐，月钩初上紫薇花。

【注释】

此侍臣入直宫禁之诗。中书省中，多植槐树。敕使，内侍，奉敕传命之官。玉堂，翰院之地，谓之玉堂。紫薇，花名，开遍省中，故人谓翰苑之臣为紫薇郎。言上直之时已日暮，而昏鸦集省矣。忽上命敕使，宣召顾问，而赐茶于殿上也。谢圣而归，入宿玉堂，夜气清明；思念君恩隆重，而寝不成寐，但见一钩斜月初升于紫薇花上矣。斜月如钩而初上时，夜已深矣。

宋，周必大，庐陵人。相孝宗，谥益国公。

蔡　确

夏日登车盖亭

纸屏石枕竹方床，手倦抛书午梦长。睡起莞然成独笑，数声渔笛在沧浪。

【注释】

倚于纸屏，藉乎石枕，卧于竹床，闲观书史。手倦而抛书于床，因而假寐，栩栩然，不知午梦之长。梦醒之时，莞然独笑，忽闻沧浪之水，渔人吹笛数声，惊回吾梦。其悠然自得之趣可知矣。

宋，蔡确，河南人。相神宗。

洪　遵

禁　锁

禁门深锁寂无哗，浓墨淋漓两相麻。唱彻五更天未晓，一墀月浸紫薇花。

【注释】

禁门，宫禁之门也。相麻，拜相之制命，用黄麻纸书之，进呈用宝而后行也。宫中每夜有唱更之人，谓之鸡人。此亦入直草制之诗。言宫禁森严，夜静而诸门深锁，寂然无哗也。朝廷有拜相之制命，当敕儒臣撰之，亲承天语，归而草制，浓墨淋漓，润泽于黄麻之纸。两相之制已成，而鸡人已唱五更。天尚未晓，惟见一墀月色，寒浸紫薇花影。此形容得意之诗也。

宋，洪遵，字平斋，鄱阳人，翰林学士。

李嘉祐

竹　楼

傲吏身闲笑五侯，西江取竹起高楼。南风不用蒲葵扇，纱帽闲眠对水鸥。

【注释】

傲吏，简傲清闲之官。江西多以竹为楼，不用瓦，上下用竹覆之。蒲葵，草名，可制为扇。但言为官而简傲清闲，不羡五侯之贵，安居于竹楼水阁之上。当暑而迎风，偃卧自如，清风习习而扇闲不用，脱帽于几上，人闲眠而帽亦闲眠。与水上浮鸥相对，不亦快乎！

唐，李嘉祐，字从一，官袁州刺史。

白居易

直中书省

丝纶阁下文章静，钟鼓楼中刻漏长。独坐黄昏谁是伴？紫薇花对紫薇郎。

【注释】

丝纶，帝王所出之命令也，取"王言如丝，其出如纶"之意。禁中钟鼓以定昏晓，而节更漏之声。紫薇郎，中书省入直之臣也。此乐天入直之诗。言坐于中书省中丝纶阁下，黄昏静寂，惟与紫薇花相对而已。

唐，白居易，字乐天。贞元进士，别号香山，即"香山九老"之一。仕至刑部尚书。

朱　熹

观书有感

半亩九塘一鉴开，天光云影共徘徊。问渠那得清如许，为有源头活水来。

【注释】

半亩方塘，言其小也。鉴，镜也。一鉴开，言水光明澄澈如镜也。天光云影，水中照映。徘徊，流动不竭之貌。问渠，问水也。为，设为答词。源头，水有本源而长流不竭也。此诗文公因观书而见义理之高明，犹水之澄清而洞照万物。问渠何其澄澈光明如此，则谓有源头活水周流。水周流而不竭，如人之义理，有万事之殊。其本原归于一，不外圣贤道统之真脉而已。

泛　舟

昨夜江边春水生，艨艟巨舰一毛轻。向来枉费推移力，此日中流自在行。

【注释】

此玩索而有得焉之诗。艨艟、巨舰，皆大舟。推移，舟大水浅，必用多人推挽而后行也。文公以泛舟喻学，言春水未至，而溪流浅弱，舟非推挽不能行也。及夫春水泛涨，虽艨艟、巨舰，如羽毛之轻，顺水而行，中流自在，全不费力，何其易也。以比人见道不明，千思万索；及至悟来，不思不勉，自然而然，从容中道也。

林　稹

冷泉亭

一泓清可沁诗脾，冷暖年来只自知。流出西湖载歌舞，回头不似在山时。

【注释】

泓，水清深貌。沁，饮水而凉润于心也。言水之清可饮，以沁涤吾诗人之脾胃也。其泉在深山之处，年去年来，或冷或暖，只自知之耳。其水流出西湖，而载歌舞之船，浊而不清，无复昔日湖山之洁矣。

宋，林稹，字丹山。

苏　轼

冬　景

荷尽已无擎雨盖，菊残犹有傲霜枝。一年好景君须记，最是橙黄橘绿时。

【注释】

傲，经久也。言初冬之时，荷叶败尽已无擎雨之盖；菊花虽残，尚有傲霜之枝。一年好景将阑，君须记取其最佳者，是初冬橙已黄而橘已绿之时也。

张　继

枫桥夜泊

月落乌啼霜满天，江枫渔火对愁眠。姑苏城外寒山寺，夜半钟山到客船。

【注释】

明月初落，寒乌夜啼，秋霜满空，江枫叶落，渔火吹烟，皆与舟中愁眠之人相对，而难眠者也。忽闻寒山钟声夜半而鸣，不觉起视，客船已至姑苏城外之枫桥矣。

唐，张继，字懿孙，仕至祠部员外郎。

杜小山

寒 夜

寒夜客来茶当酒，竹楼汤沸火初红。寻常一样窗前月，才有梅花便不同。

【注释】

寒夜客来，以茶可以当酒。呼童煮茗，炉火初红，与客共话于寒窗月下。寻常亦是此月，但觉今夜梅花芳香袭人，其景倍佳于他日也。

宋，杜小山，名耒，字子野，以号行世。

李商隐

霜 月

初闻征雁已无蝉，百尺楼台水接天。青女素娥俱耐冷，月中霜里斗婵娟。

【注释】

蝉鸣于夏秋之交，雁回于八月之候，霜降于九月之中。青女，霜神。素娥，月中嫦娥也。此诗言征雁初来，则柳上之蝉已寂然无声矣。当此清秋之景，登百尺之高楼，望水天之一色，青霜凝露，白月扬辉，亦可称良夜矣。因忆霜中青女之神与月中嫦娥，一般佳丽，而俱耐清寒，可谓双清二美矣。

唐，李商隐，字义山，怀州人。开成进士，号玉溪生。

王 淇

梅

不受尘埃半点侵，竹篱茅舍自甘心。只因误识林和靖，惹得诗人说到今。

【注释】

林和靖，神宗之末隐于孤山之梅岭上，放鹤湖中，不婚不宦，萧然自适。人称其以梅为妻，以鹤为子。王淇此诗盖咏梅之物，清莹皎洁，不受尘埃半点之侵，从不生于雕栏画栋之下，而甘心于竹篱茅舍之间。意味君子不重繁华富贵之乡，而乐清幽隐逸之趣也。惟林和靖知梅之佳致，而种树孤山，以梅鹤自乐，其咏梅有“疏影横斜”、“暗香浮动”之句，深得梅之神趣，故人有“梅妻鹤子”之称。予谓梅本自清闲幽雅，何以误嫁林和靖，惹得诗人谈笑至今以为佳话乎？

白玉蟾

早　春

南枝才放两三花，雪里吟香弄粉些。淡淡著烟浓著月，深深笼水浅笼沙。

【注释】

南枝，向南之枝，近日而暖，得气之先，故花先放。才放两三花，言初开也。花初放而遇雪，雪方霁而见花，故诗人吟香弄粉，徘徊其下。但见烟雾霏微，香风淡荡，月光叆叇，疏影朦胧。映溪而深深照水，映月而浅浅笼沙。其清香瘦影之佳妙如此，可谓极于描写者矣。

白玉蟾，宋羽士。

卢梅坡

雪　梅 二首

梅雪争春未肯降，骚人搁笔费评章。梅须逊雪三分白，雪却输梅一段香。

【注释】

此评较梅雪之诗。梅飘香而送暖，雪六出以知春，故云争春未肯降。二者俱佳，未知孰优也。骚人，诗客也。欲评题而搁笔思索，评论未定也。言梅虽白，较之于雪则不及雪之色；雪虽清，较之于梅则不及梅之香。故梅逊雪白，而雪却输梅之香矣。上二句作梅雪相争，下二句作诗人判断之意。玩“三分”、“一段”，“逊”、“输”二字，梅似差胜于雪矣。

卢梅坡，宋人，爵里未详。

其　二

有梅无雪不精神，有雪无诗俗了人。日暮诗成天又雪，与梅并作十分春。

【注释】

精神，笔韵也。此诗人既评梅雪之后，又作此以解之。言梅虽清香，若无雪以衬之，其风韵则不精神矣；有雪有梅，无诗以评之，不亦居然俗了哉！日既暮而诗成，天又雪矣，故香映色点染先春，共作十分春色也。

牧童

答钟弱翁

草铺横野六七里，笛弄晚风三四声。归来饱饭黄昏后，不脱蓑衣卧月明。

【注释】

绿草横铺于野，晚风弄笛数声；归来饱饭，卧于明月之下，不脱蓑衣而萧然自得。出有可乐，入有可足，以淡人名利之心也。

钟弱翁，宋人。

杜牧

泊秦淮

烟笼寒水月笼沙，夜泊秦淮近酒家。商女不知亡国恨，隔江犹唱《后庭花》。

【注释】

秦淮，在金陵桃叶渡。《后庭花》，陈后主宫词。夜泊秦淮，闻临舟商女隔溪而唱《后庭花》，盖不知乃金陵亡国之词，不宜于此地唱之也。

钱起

归雁

潇湘何事等闲回，水碧沙明两岸苔。二十五弦弹夜月，不胜清怨却飞来。

【注释】

潇湘，衡阳之地，雁南来，至此即北回。二十五弦，瑟也。湘灵之神，鼓瑟潇湘之水，言归寓闻瑟声之怨，想不胜其清怨而飞来也。

唐，钱起，字仲文，天宝进士。

无名氏

题　壁

一团芳草乱蓬蓬，蓦地烧天蓦地空。争似满炉煨榾柮，漫腾腾地暖烘烘。

【注释】

此言安分之诗也。烧茅草以御寒，蓦地而烈焰烧天，顷刻而灭，盖茅草虚而不实，比人非道以干富贵，忽兴而忽灭也。榾柮，树根，坚而耐久，可以御寒。火漫腾而足暖，强求富贵，争如安隐之为快乎？

千家诗卷二

七言律诗

贾　至

早朝大明宫

银烛朝天紫陌长，禁城春色晓苍苍。千条弱柳垂青琐，百啭流莺绕建章。剑佩声随玉墀步，衣冠身惹御炉香。共浴恩波凤池上，朝朝染翰侍君王。

【注释】

银烛，月光也。紫陌，御阶也。青琐，宫门刻为青琐之形。建章，宫名。柳千条，莺百啭，皆春时也。凤池，中书省居宫禁严密之地，舍人掌制诰者居之，以比天上凤凰池。染翰，谓以文章事君也。

唐，贾至，字幽邻，洛阳人。官至中书舍人。

杜　甫

和贾至舍人早朝大明宫

五夜漏声催晓箭，九重春色醉仙桃。旌旗日暖龙蛇动，宫殿风微燕雀高。朝罢香烟携满袖，诗成珠玉在挥毫。欲知世掌丝纶美，池上于今有凤毛。

【注释】

五夜，即五更。漏，更漏也。催晓箭，言漏声催晓，如箭之速也。九重，天子所居。春色，比天子之容也。天颜有喜，春色盎然，既如仙桃，而红色见于颜色。朝将退时，日初出，而映旌旗之影如动龙蛇，风色微而见燕雀飞翔于宫殿。朝既罢矣，御香沾于满袖，公余无事，挥毫成珠玉之诗。末联则言舍人之父，曾为翰禁之臣，掌朝廷之制诰，书天子之丝纶。凤毛池上父子继美，其在于今，不羡谢家之凤毛也。

贾至前有大明宫之作，故子美和之，后二首皆和题也。至父贾曾，中睿之朝亦为中书舍人。明皇谓贾至曰："先皇制命乃尔父为之，两朝盛典，俱出卿家，可谓继美矣。"故子美和其诗而发赞其家风之盛。

谢凤、子超宗，父子文章继美，梁武帝谓之曰："超宗殊有凤毛。"言其有父风也。"凤毛"

二字本此。

王　维

和贾至舍人早朝大明宫之作

绛帻鸡人报晓筹，尚衣方进翠云裘。九天阊阖开宫殿，万国衣冠拜冕旒。日色才临仙掌动，香烟欲傍衮龙浮。朝罢须裁五色诏，珮声归到凤池头。

【注释】

《周礼》："鸡人，掌朝廷夜呼晓唱。"汉制，仪卫之士候晓于朱雀门外，著绛帻，专传鸡唱以待朝。晓筹，唱更之筹也。宫中唱更以铜签掷地，铿然有声。五色之筹，改为晓筹。尚衣，宫人，掌朝廷之服。九天，即九重，天子之所居也。仙掌，注见前。言舍人既同万国衣冠朝于天子，而独侍于仙掌之间，身倚傍衮龙之制，新承天子之命令，归于中书省中而裁制诰，则见其朝服雍容，珮声锵然于凤池之上也。

岑　参

和贾至舍人早朝大明宫之作

鸡鸣紫陌曙光寒，莺啭皇州春色阑。金阙晓钟开万户，玉阶仙仗拥千官。花迎剑珮星初落，柳拂旌旗露未干。独有凤凰池上客，《阳春》一曲和皆难。

【注释】

此亦和前题。言鸡鸣于紫禁，而曙色日光；莺啼于皇州，而三春将暮。晓钟动而万户齐开，仙仗齐而千官肃静。百花迎乎剑佩，星光初落，绿柳拂于旌旗，露湿未干。斯时也，独羡凤凰池上之舍人，退朝从容，草诏方毕，而赋诗为乐。才调之高，如《阳春》、《白雪》，使人欲和而未能也。

《阳春》，古曲名。宋玉云："客有歌于郢中者，其始唱《下里》、《巴人》之歌，国中和者千余人；继唱《阳阿》、《薤露》之歌，和者数十人而已；其后为《阳春》、《白雪》之调，和者方数人耳。盖其调愈高而和者愈寡也。"

唐，岑参，河内人。官至户部员外、嘉州刺史。

蔡　襄

上元应制

高列千峰宝炬森，端门方喜翠华临。宸游不为三元夜，乐事还同万众心。天上清光

留此夕，人间和气阁春阴。要知尽庆华封祝，四十余年惠爱深。

【注释】

千峰，谓鳌山灯上，峰峦之多，宝炬、烛光森列也。端门，即午门。翠华，御驾也。天子出游曰宸游。三元夜，春为岁之元，正月春之元，元宵夜之元也。言天子宸游，御午门而观灯，非为庆赏三元，其实与万民同乐也。惟君有与民同乐之心，故天心应之而清光普照也。万众乐君恩感天心之应，而和蔼之气散于春月之阴，故毕集于端门，效华封之人，祝天子无疆之寿。要知此祝也，非一月之祝，今天子在位四十余年，重熙累洽，沛泽宏深，而万民仰戴之久也。

宋，蔡襄，字君谟，仙游人。仕仁宗朝，官端明学士、礼部尚书，谥忠惠。

王　淇

上元应制

雪消华月满仙台，万烛当楼宝扇开。双凤云中扶辇下，六鳌海上驾山来。镐京春酒沾周宴，汾水秋风陋汉才。一曲升平人尽乐，君王又进紫霞杯。

【注释】

此上元天子观灯赐宴之诗也。首联言春雪已消，而明月满台，万烛森列，御扇双开，得见天颜也。二联言灯之华丽，双凤排云而驾仙人之辇，六鳌出水而驾海上之山。三联言君臣同乐之盛事，借周汉之君以美之。《诗》曰："王之在镐，岂乐饮酒。"周武王在镐京宴群臣，以比今之诸臣沾君之宴。汾水在山西，武帝游幸于此，君臣歌《秋风》之诗，以比今之君臣，晏乐赋诗，有胜于汉也。末联言朝廷与民同乐，而民亦乐其乐也。故乐官奏升平之乐，而君王乐甚，又进紫霞之觞也。

宋，王淇，字禹玉。官至翰林学士。

沈佺期

侍　宴

皇家贵主好神仙，别业初开云汉边。山出尽如鸣凤岭，池成不让饮龙川。妆楼翠幌教春住，舞阁金铺借日悬。侍从乘舆来此地，称觞献寿乐钧天。

【注释】

安乐公主新宅应制。此明皇姊安乐公主山庄新第，帝幸之而命儒臣赋诗也。首联言其筑此宅第以事神仙，而高出于山岭也。鸣凤岭，在凤翔。饮龙川，即渭水。言山水之佳胜于二处也。翠幌，即翠幕。金铺，阁门环上之饰。言翠幌留春，金铺映日也。乘舆，天子所驾。

言侍驾而至此也。称，举也。钧天，黄帝之乐也。言侍宴之臣，奉觞而上寿以奏钧，天子之乐也。

唐，沈佺期，字云卿，内黄人。官礼部员外郎。

欧阳修

答丁元珍

春风疑不到天涯，二月山城未见花。残雪压枝犹有橘，冻雷惊笋欲抽芽。夜闻啼雁生乡思，病入新年感物华。曾是洛阳花下客，野芳虽晚不须嗟。

【注释】

此思友人谪居边城小邑，因其寄赠而答诗以慰之也。首联言二月无花，言春风不到边城也。二联言橘经雪而结实，犹冻雷惊笋而萌芽欲出。三联言其闻雁而思乡，因病而感物，何其悲也。末联乃慰之曰：吾与尔曾住洛京，同为洛阳花下之客，多历春光，今虽暂谪山城，荒春野径，芳菲虽晚，复何叹哉！

宋，欧阳修，字永叔，庐陵人。仕至参知政事，谥文忠公。

邵　雍

插花吟

头上花枝照酒卮，酒卮中有好花枝。身经两世太平日，眼见四朝全盛时。况复筋骸粗康健，那堪时节正芳菲。酒涵花影红光溜，争忍花前不醉归？

【注释】

此言盛世芳春之乐也。首联言花枝映酒，酒卮涵花。次言身经两世之太平，眼见四朝之全盛。三十年为一世，年已六十。真宗、仁宗、英宗、神宗为四朝，皆宋朝太平全盛之时也。而且身躯康健，时节芳菲，争忍坐对名花美酒而不醉归耶？

宋，邵雍，字尧夫。隐居不仕，学者遵谥为康节先生。

晏　殊

寓　意

油壁香车不再逢，峡云无迹任西东。梨花院落溶溶月，柳絮池塘淡淡风。几日寂寥

伤酒后，一番萧索禁烟中。鱼书欲寄何由达，水远山长处处同。

【注释】

此有所思之诗也。油壁香车，美人所乘。峡云，神女行云行雨。任西东，不定之意。梨花月下，杨柳风前，有所遇之处，今杳然不见也。寂寥于酒后，萧索于清明，伤春之际也。鱼书欲寄而无由，水远山长而无人可托，徒有忧思感叹而已。

宋，晏殊，字同叔，临川人。官参知政事，谥鲁国元献公。

赵元镇

寒　食

寂寂柴门村落里，也教插柳纪年华。禁烟不到粤人国，上冢亦携庞老家。汉寝唐陵无麦饭，山溪野径有梨花。一樽竞藉青苔卧，莫管城头奏暮笳。

【注释】

此边方寒食之诗也。古者寒食插柳于门，言虽殊方村陋之处，也不妨插柳以记岁华也。禁烟之节，粤中未闻，故两广之地不知禁烟。清明时，庞德公曾携家上冢，而此地亦知携家上冢，如庞德公之事也。因忆小民之家，远方僻地，亦知上冢，而汉朝之寝墓，唐代之山陵，今虽有存有不存，更有何人捧一盂麦饭而祭之乎？伤帝王之墓丘墟也。古帝王尚如此，而小民复何问乎？不如一樽浊酒，醉卧苍苔，取一时之乐，一任城头画角，虽催而不顾也。

赵元镇，宋人，爵里未详。

黄庭坚

清　明

佳节清明桃李笑，野田荒冢只生愁。雷惊天地龙蛇蛰，雨足郊原草木柔。人乞祭余骄妾妇，士甘焚死不公侯。贤愚千载知谁是，满眼蓬蒿共一丘。

【注释】

桃李遇清明而盛开，故曰笑荒冢；遇寒食祭扫而生悲，故曰愁。斯时也，春雷发而龙蛇起蛰，春雨足而草木皆新。因祭祀而忆齐人乞食于墦间，见禁烟而哀子推之焚死。盖介子推割股以救晋文公，即位而赏不及，故子推耻言功而隐于绵谷。文公思而求之不得，使人召之不出，乃焚其山，意其必出，子推终不肯出而焚死。晋人哀之，以其死于清明前三日，故于此三日皆禁火不举，至清明乃祀之。禁烟之节盖本于此。然子推之廉，齐人之贫，皆何在哉！往古来今，蓬蒿满眼，荒冢累累，惟黄土一丘而已。人生于世，何不及时而行乐乎？

宋，黄庭坚，字鲁直，江西分宁人。仕至侍讲学士，谥文节。

高菊磵

清　明

南北山头多墓田，清明祭扫各纷然。纸灰飞作白蝴蝶，泪血染成红杜鹃。日落狐狸眠冢上，夜归儿女笑灯前。人生有酒须当醉，一滴何曾到酒泉。

【注释】

言清明之时，纷纷然祭扫于南北山头。纸灰飘白，如蝴蝶之飞；泪洒郊原，若杜鹃之血。日落而狐兔穿眠于冢上。祭扫回家，儿女欢笑于灯前，竟忘死者长眠于冢矣，则纸灰与泪有何益哉！人生于世，遇酒则宜痛饮，莫待死时空眠孤冢。三牲五鼎徒为虚设，虽一滴之酒，安能到于九泉之下哉？

高菊磵，宋人，名爵未详。

程　颢

郊行即事

芳原绿野恣行时，春入遥山碧四围。兴逐乱红穿柳巷，困临流水坐苔矶。莫辞盏酒十分劝，只恐风花一片飞。况是清明好天气，不妨游衍莫忘归。

【注释】

此明道春日郊行之作。恣行，任意而游也。言春日恣行于芳原绿野，瞻春色于远山，四围苍翠，逐乱红于柳苍，流水环矶。皆能坐对一觞，莫辞深饮。只恐风吹花落，则春色凋零矣。况当此佳节，又值风日清和，亟宜玩赏，但不可乐而忘返矣。

僧惠洪

秋　千

画架双裁翠络偏，佳人春戏小楼前。飘扬血色裙落地，断送玉容人上天。花板润沾红杏雨，彩绳斜挂绿杨烟。下来闲处从容立，疑是蟾宫谪降仙。

【注释】

此咏秋千女子之美也。首言画架精工而高耸，翠绳双坠而偏斜，佳人春日哉。既于小

楼之前，佳人戏于架上，红裙飘飏而飞扬，推送之间，玉貌佳人挽索升空，如上青天之乐。红杏如雨，沾落于秋千花板之上；绿杨若烟，缭绕于彩绳之间。须臾，戏毕而下，从容伫立于幽闲之处。翩翩佳丽，如蟾宫谪降之仙子也。

宋，惠洪，字觉范，俗姓彭。

杜 甫

曲江对酒 二首

一片花飞减却春，风飘万点正愁人。且看欲尽花经眼，莫厌伤多酒入唇。江上小堂巢翡翠，苑边高冢卧麒麟。细推物理须行乐，何用浮名绊此身？

【注释】

言花飞一片，已减却春光，何况风飘万点，岂不动人之愁乎？且看欲尽之花，当饮入唇之酒。江上小堂，无人居止，而翡翠来巢；苑边高冢，贵人所葬，而石麟自卧。物理迁移，变幻如此，仔细推之，人生自当行乐，又何用浮名牵绊哉？

其 二

朝回日日典春衣，每日江头尽醉归。酒债寻常行处有，人生七十古来稀。穿花蛱蝶深深见，点水蜻蜓款款飞。传与风光共流转，暂时相赏莫相违。

【注释】

言居官贫无以为乐，惟是退朝常典衣沽酒，尽醉江头耳。酒钱不足，常负而未偿，然酒债乃寻常之事。人生自古稀有七十之年，吾虽未七十，而光景无多矣。况穿花之蛱蝶，点水之蜻蜓，景物风光洵足为乐，宜暂时相赏，不可相违也。

崔 颢

黄鹤楼

昔人已乘白云去，此地空余黄鹤楼。黄鹤一去不复返，白云千载空悠悠。晴川历历汉阳树，芳草萋萋鹦鹉洲。日暮乡关何处是，烟波江上使人愁。

【注释】

世传武昌费文祎登仙，驾黄鹤而返憩，故建楼于此。汉阳，在武昌江北，中有鹦鹉洲，皆楼中所望之景。但乡关迢隔，惟看江上之烟波，动人愁思而已。

唐，崔颢，开元进士，汴州人。李白欲题黄鹤楼，见颢诗而止，自以为不及也。

崔　涂

旅　怀

水流花谢两无情，送尽东风过楚城。蝴蝶梦中家万里，杜鹃枝上月三更。故园书动经年绝，华发春催两鬓生。自是不归归便得，五湖烟景有谁争？

【注释】

无情，去而不能复留也。水流花谢，送尽春光，过楚城而去。庄周梦蝴蝶，予梦则万里之遥。杜鹃啼血泪，予醒则三更之月。因忆故园音信，经年绝少，两鬓斑白，入春更多。又言予自是不能归耳，若归则五湖烟景，逍遥自得有谁争竞乎？

韦应物

答李儋

去年花里逢君别，今日花开又一年。世事茫茫难自料，春愁黯黯独成眠。身多疾病思田里，邑有流亡愧俸钱。闻道欲来相问讯，西楼望月几回圆？

【注释】

此在苏州为官，因李儋寄赠而答之也。言去春花下一别，忽已经年，宦海茫茫，升沉难定。浮生黯黯，惟喜长眠。身多疾病，而思归未能，邑有流离之民，而食俸堪愧。闻君欲命驾亲来问讯于我，使我几回望月之圆，不知何时方到也。

杜　甫

江　村

清江一曲抱村流，长夏江村事事幽。自去自来梁上燕，相亲相近水中鸥。老妻画纸为棋局，稚子敲针作钓钩。多病所需惟药物，微躯此外复何求？

【注释】

此赋草堂之景也。长夏之时，乡村景物，事事幽雅。燕与鸥，言事物之幽；局与钓，言人事之幽。燕自去来，鸥相亲近，见与物相忘也。妻与子，各为嬉戏之具，见俯仰无累、室家安乐也。末言老年多病，惟需药物以治之，此外并无一事也。

张　耒

夏　日

长夏江村风日清，檐牙燕雀已生成。蝶衣晒粉花枝午，蛛网添丝屋角晴。落落疏帘邀月影。嘈嘈虚枕纳溪声。久斑两鬓如霜雪，直欲樵渔过此生。

【注释】

言江村风日晴和，燕雀初雏于檐牙之间，蝴蝶停翅于花枝而晒粉，蜘蛛添丝于屋角补网。天晚而月映疏帘，欲卧而溪声入枕，洵可佳也。末言年暮而鬓发如雪，尘事可捐，直欲乐隐渔樵，以娱老景而已。

宋，张耒，字文潜。官翰林待制。

王　维

积雨辋川庄作

积雨空林烟火迟，蒸藜炊黍饷东菑。漠漠水田飞白鹭，阴阴夏木啭黄鹂。山中习静观朝槿，松下清斋折露葵。野老与人争席罢，海鸥何事更相疑？

【注释】

辋川，地名，摩诘所居。因积雨而起迟，蒸藜炊黍以饷犁田者。水田白鹭之飞鸣，朝槿露葵之把玩，是与物相忘也。末言野老已无争席之心，海鸥何相疑而不相狎乎？庄子所谓"海翁忘机而鸥不飞去"，即用此意。

陆　游

新　竹

插棘编篱谨护持，养成寒碧映涟漪。清风掠地秋先到，赤日行天午不知。解箨时闻声簌簌，放梢初见影离离。归闲我欲频来此，枕簟仍教到处随。

【注释】

首言初种竹时编棘为篱以护之，培养以成，有寒碧涟漪映水之趣。风掠地而先来，枝已高也；日当午而不知，叶之密也。竹苞为箨，箨解而竹梢放，其声簌簌，其影离离，洵可爱也。安得闲暇，频来此地，更携竹簟而偃卧以玩之耳。

宋，陆游，字务观，号放翁，山阴人。官至转运使。

窦叔向

表兄话旧

夜合花开香满庭，夜深微雨醉初醒。远书珍重何由答，旧事凄凉不可听。去日儿童皆长大，昔年亲友半凋零。明朝又是孤舟别，愁见河桥酒幔青。

【注释】

夜合，朝开而暮合。与表兄叙饮于花下，微雨初醒之时，言别后远隔，有书难寄也。旧日之事，凄楚难言，因忆别时乡里之儿童，今已长大，昔年之亲友，半已凋零。明朝又别去，相送河桥，见酒幔而不胜愁也。

唐，窦叔向，字遗直，扶风人。

程　颢

偶　成

闲来无事不从容，睡觉东窗日已红。万物静观皆自得，四时佳兴与人同。道通天地有形外，思入风云变态中。富贵不淫贫贱乐，男儿到此是豪雄。

【注释】

言清闲无事而从容卧起之时，东方之日已红矣。静观万物而思得于心，佳景四时，兴与人同。适道体之大，天地形影，风云变态，无所不至，莫有不通。处处富贵而不淫，安贫贱而自乐，男儿于此处立得定，岂不豪雄之丈夫乎？

游月陂

月坡堤上四徘徊，北有中天百尺台。万物已随秋气改，一樽聊为晚凉开。水心云影闲相照，林下泉声静自来。世事无端何足计，但逢佳节约重陪。

【注释】

言登堤四望，有中天之台，在北而最高也。但见万物逢秋而萧然，一樽向晚而可酌。观水面闲云之影，听林下流泉之声，秋色犹可观也。末言世事多端，何足计较，但逢佳节，不厌登临，重陪玩饮可也。

杜 甫

秋 兴 八首选四

玉露凋伤枫树林，巫山巫峡气萧森。江间波浪兼天涌，塞上风云接地阴。丛菊两开他日泪，孤舟一系故园心。寒衣处处催刀尺，白帝城高急暮砧。

【注释】

此公在白帝城外舟居而作。言玉露凋零，江枫叶落，巫山巫峡秋气萧森。兼天波浪，接地风云，江间塞上，兵阻而世乱矣。孤舟寄此，两见菊开；故园之思，一心常系。斯时处处人家，制寒衣而催刀尺，白帝高城，惟闻响暮砧声。

又

千家山郭静朝晖，日日江楼坐翠微。信宿渔人还泛泛，清秋燕子故飞飞。匡衡抗疏功名薄，刘向传经心事违。同学少年多不贱，五陵裘马自轻肥。

【注释】

言山坡之下，村落千家，朝日初晖而人方静之时，日登江汉之上而坐望翠微也。信宿渔人，仍泛泛水中，清秋燕子，飞飞江上。因忆汉匡衡抗疏，直言时政而后作宰相，而我亦直言而遭贬斥；刘向传经以明后学，而作九卿，我欲传经，以世乱而相违。旧时同学诸少年俱已富贵，轻裘肥马于五陵之上，不相闻问也。

又

蓬莱宫阙对南山，承露金茎霄汉间。西望瑶池降王母，东来紫气满函关。云移雉尾开宫扇，日绕龙鳞识圣颜。一卧沧江惊岁晚，几回青琐点朝班。

【注释】

因忆长安盛时，筑蓬莱宫于终南山，北置承露盘于霄汉之间。天子临幸，西望瑶池，疑王母之欲降；东瞻函谷，迓紫气之方盈。宝扇开于雉尾，日色映于衮龙。甫也小臣，曾于此而识圣天子之颜焉。岂期放弃以来，一卧沧江，暮年晚岁，空怀故国之思，几回于青琐宫门，曾点朝班之上也。

又

昆明池水汉时功，武帝旌旗在眼中。织女机丝虚夜月，石鲸鳞甲动秋风。波飘菰米沉云黑，露冷莲房坠粉红。关塞极天惟鸟道，江湖满地一渔翁。

【注释】

昆明池，汉时所开，武帝演水师之处也。凿石鲸于池中，每至风雨时，鳞甲皆动；又凿牛郎牵牛、织女当机之形。长安遭天宝禄山之乱，宫阙空虚，池上菰米、莲房皆飘坠于波中，无

人收拾也。关塞极天，惟鸟道一线之路可通，故明皇避乱而幸蜀；江湖满地之广，一身飘泊无依，如渔翁之泛于江上也。

戴复古

月夜舟中

满船明月浸虚空，绿水无痕夜气冲。诗思浮沉樯影里，梦魂摇曳橹声中。星辰冷落碧潭水，鸿雁悲鸣红蓼风。数点渔灯依古岸，断桥垂露滴梧桐。

【注释】

言满船载月承光，夜气之浮空。诗兴浮沉于樯帆之影而未定，梦魂飘荡于橹桨之中而未宁。惊醒而视，星辰映水，鸿雁鸣风，碧潭红蓼之间，惟有渔灯数点，梧桐垂露滴断，桥之下而已。极言秋夜之景也。

赵　嘏

长安秋望

云物凄凉拂署流，汉家宫阙动高秋。残星几点雁横塞，长笛一声人倚楼。紫艳半开篱菊静，红衣落尽渚莲愁。鲈鱼正美不归去，空戴南冠学楚囚。

【注释】

署，官舍也。言庭际当秋，轻云拂署，望朝廷之宫阙，高凌秋汉。残星犹在，而塞雁横空；长笛一声，而危楼自倚。篱菊半开，紫艳初芳，渚莲凋落，红衣尽卸。斯时也，松江之鲈鱼正美而不能归，空戴南冠，如楚囚之系于晋也。

楚钟仪被晋师所获，晋公见而问之曰："南冠而絷者谁也？"疑其戴南人之冠，非晋人也。命其奏乐，仪操南音，公以其不忘故国，命释放之。

唐，赵嘏，字承祐。仕至渭南尉。

杜　甫

新　秋

火云犹未敛奇峰，欹枕初惊一叶风。几处园林萧瑟里，谁家砧杵寂寞中。蝉声断续悲残月，萤焰高低照暮空。赋就金门期再献，夜深搔首叹飞蓬。

【注释】

言火云未收而凉风已动，萧瑟之气入于园林，砧杵之声响于夜静，见人之因秋而备寒也。蝉声断续，萤焰高低，见虫类随时而飞鸣也。末言欲献策于金马门以求进，奈鬓发如飞蓬，流光易衰老，时搔首而自叹也。

李　朴

中　秋

皓魄当空宝镜升，云间仙籁寂无声。平分秋色一轮满，长伴云衢千里明。狡兔空从弦外落，妖蟆休向眼前生。灵槎拟约同携手，更待银河彻底清。

【注释】

皓魄以影言，宝镜以形言，仙籁无声，言月静风闲也。狡兔、妖蟆皆月中之形，兔能生光，蟆能蚀魄。灵槎，汉张骞乘槎以涉天河之事。言如此明月，平分秋色，千里光明，安得狡兔不亏其光，妖蟆不蚀其魄，同泛天河之槎，以玩银河之清澈乎？有清心克欲，不移外诱之意。

宋，李朴，字先之，兴国人。绍圣进士，官著作郎。

杜　甫

九日蓝田会饮

老去悲秋强自宽，兴来今日尽君欢。羞将短发还吹帽，笑倩旁人为正冠。蓝水远从千涧落，玉山高并两峰寒。明年此会知谁健，醉把茱萸仔细看。

【注释】

自叹老年悲秋，甚难自适，今日饮酒之兴，与君尽饮，不复悲矣。然老来发短，恐效孟生落帽，故笑倩旁人，为正其冠也。蓝水玉山，秋景堪玩，今日与诸君欢饮，明年此日，吾辈之中，未知谁人犹健乎？故醉看茱萸，以遣佳兴也。

陆　游

秋　思

利欲驱人万火牛，江湖浪迹一沙鸥。日长似岁闲方觉，事大如天醉亦休。砧杵敲残

深巷月，梧桐摇落故园秋。欲舒老眼无高处，安得元龙百尺楼？

【注释】

火牛，田单破燕之事。言功利嗜欲驱迫，有胜于火牛；江湖浪迹之人，若沙鸥之闲适也。日长如年，惟闲人方觉；事大如天，醉后亦休。听砧杵之声，至月落而方止；见梧桐之落，知故园之先秋。欲舒老眼，看此秋光，奈无高处。安得陈元龙百尺之楼，以眺此秋光乎？

杜 甫

与朱山人

锦里先生乌角巾，园收芋栗未全贫。惯看宾客儿童喜，得食阶除鸟雀驯。秋水才深四五尺，野航恰受二三人。白沙翠竹江村暮，相送柴门月色新。

【注释】

锦里，即锦江。先生，朱希真也。言先生冠乌角之巾，秋收芋栗之多，未可为贫也。宾朋时至，儿童欣喜，果实盈阶，鸟雀安驯。秋水既澄，深者才四五尺；野舟虽小，渡者止二三人。竹翠沙白，江村暮矣，山人送我于柴门，看月色之方新也。

赵 嘏

闻 笛

谁家吹笛画楼中？断续声随断续风。响遏行云横碧落，清和冷月到帘栊。兴来三弄有桓子，赋就一篇怀马融。曲罢不知人在否，余音嘹亮尚飘空。

【注释】

遏，止也。碧落，青天也。晋桓伊善吹笛，过清溪，王徽之泊舟，谓之曰："闻卿善吹笛，请为我一奏。"伊下马，据胡床三弄而去。一曲已终，其人不见，惟闻飘空嘹亮之音而已。汉马融作《笛赋》，皆用笛事也。此首言谁于楼上吹笛，其声悠扬，随风而至，其响彻于清霄；其韵清和，透入帘栊之内，不减桓伊之兴，端称马融之赋也。

刘克庄

冬 景

晴窗早觉爱朝曦，竹外秋声渐作威。命仆安排新暖阁，呼童熨贴旧寒衣。叶浮嫩绿

酒初熟，橙切香黄蟹正肥。蓉菊满园皆可羡，赏心从此莫相违。

【注释】

曦，日光。言初日之光映晴窗，早起而可爱，竹外之风声，渐作寒威也。于是呼童仆而安排暖阁，熨贴寒衣以御冬。新酿之酒，其色如嫩绿之竹叶；经霜之蟹，其黄若既剖之橙，甘美颇佳。芙蓉、黄菊，清香满园，皆可玩羡，而赏心乐事不可相违也。

杜　甫

冬　至

天时人事日相催，冬至阳生春又来。刺绣五纹添弱线，吹葭六管动飞灰。岸容待腊将舒柳，山意冲寒欲放梅。云物不殊乡国异，教儿且覆掌中杯。

【注释】

添线者，言冬至后日渐长，以女工之当刺绣时多添一线之工夫也。吹灰，古者以葭莩之灰置管内吹之，冬至而灰飞向东，至后则葭莩向上也。言冬至一阳生，天气渐长，阳气渐舒，岸柳山梅皆将舒放。父子虽在异乡，而云烟景物不殊故国，教儿且进杯酒，勿负此佳景也。

林　逋

梅　花

众芳摇乱独鲜妍，占断风情向小园。疏影横斜水清浅，暗香浮动月黄昏。霜禽欲下先偷眼，粉蝶如知合断魂。幸有微吟可相狎，不须檀板共金樽。

【注释】

霜禽，寒雀也。檀板，拍板以咏歌者也。言众芳已落而梅花独妍，可谓占断红紫之风情而为百花魁首也。清浅之水，映横斜之疏影；黄昏之月色，照浮动之暗香。霜禽欲下，偷眼先窥；粉蝶如知，芳魂欲断，盖此时尚未有蝶也。幸有微吟之诗，可以相狎，不须檀板金樽以赏之也。

宋，林逋，字和靖。孤山隐士。

韩　愈

自　咏

一封朝奏九重天，夕贬朝阳路八千。本为圣朝除弊政，敢将衰朽惜残年。云横秦岭

家何在，雪拥蓝关马不前。知汝远来应有意，好收吾骨瘴江边。

【注释】

此文公上《佛骨表》谏宪宗，贬潮州刺史。途遇侄韩湘而作也。“云横”二句乃韩湘在长安时祝寿之联，至此而方应也。言上书谏主，朝奏而夕贬，去京有八千之程。本为朝廷除异端之教，又敢辞远谪以惜衰朽之残年乎。望秦岭之云，有家难见；过蓝关而雪拥，马不能前。吾侄冒雪而来，知汝之意，恐吾远死遐荒，好收吾骨于瘴疠之江边也。

王中

干戈

干戈未定欲何之，一事无成两鬓丝。踪迹大纲王粲传，情怀小样杜陵诗。鹡鸰音断人千里，乌鹊巢寒月一枝。安得中山千日酒，酩然直到太平时。

【注释】

言干戈不定而无处可避，大事未成人已老也。王粲当汉末赋诗感怀，杜甫以唐乱行吟自遣，予以心迹追大同而小异也。鹡鸰知有兄弟患难，哀鸣以相救，予有兄弟则千里无音。乌鹊南飞，绕树而无枝叶可栖，予亦相似。安得沽中山仙人酿千日之酒，使人一饮而醉，至太平时方醒乎？

王中，字积翁。宋末诗人。

陈抟

归隐

十年踪迹走红尘，回首青山入梦频。紫绶纵荣争及睡，朱门虽富不如贫。愁闻剑戟扶危主，闷听笙歌聒醉人。携取旧书归旧隐，野花啼鸟一般春。

【注释】

先生于五代时曾应进士举，既而悔悟，乃弃名归隐而作是诗也。言读书以来为功名而奔走红尘，回首故园，惟有频入梦中而已。况当干戈扰攘之秋，紫绶金章，朝荣而夕贱，不如隐卧为高。甲第朱门，昔焕而今倾，不如安贫为上。且朝梁暮晋，社稷频移，为君者倾危而可忧；锦瑟瑶琴，欢娱不久，沉溺者昏醉而可厌。不如携书归隐，闲玩野花啼鸟，自有一般春色也。

陈抟，字图南。五代隐士。

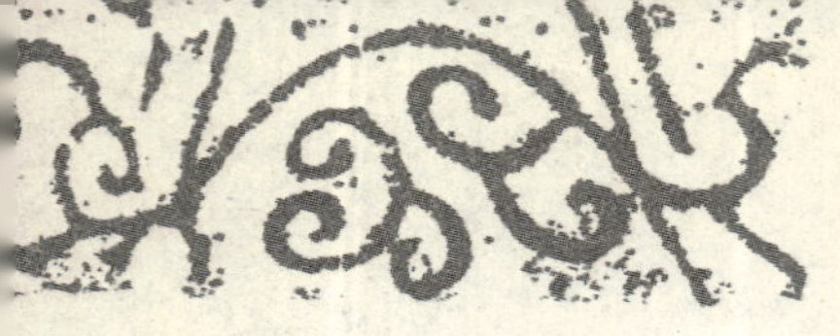

杜荀鹤

时世行

夫因兵乱守蓬茅，麻苎裙衫鬓发焦。桑柘废来犹纳税，田园荒尽尚征苗。时挑野菜和根煮，旋斫生柴带叶烧。任是深山最深处，也应无计避征徭。

【注释】

言田妇之夫因兵乱而困守蓬茅，妇衣不充，惟麻苎裙衫，首不整而鬓发憔悴也。桑柘枯废，犹供国税；田园荒芜，尚且征粮。三联"野菜"、"生柴"，言困穷之极。征徭不免，虽深山之处，无计不避，极言其贫也。

唐，杜荀鹤，自号九华山人。池州人。大中进士。

宁献王

送天师

霜落芝城柳影疏，殷勤送客出鄱湖。黄金甲锁雷霆印，红锦韬缠日月符。天上晓行骑只鹤，人间夜宿解双凫。匆匆归到神仙府，为问蟠桃熟也无。

【注释】

献王，明高帝子，讳权，封南昌。天师世居广信，朝王而赠以诗也。芝城、鄱湖，皆在江右，天师所经之地。印比雷霆，符如日月，言道行之高。骑鹤而来，乘凫而去，言仙迹之近。归仙府而问蟠桃，皆极赞其骑鹤之奇也。

明世宗

送毛伯温

大将南征胆气豪，腰横秋水雁翎刀。风吹鼍鼓山河动，电闪旌旗日月高。天上麒麟原有种，穴中蝼蚁岂能逃。太平待诏归来日，朕与先生解战袍。

【注释】

世宗即嘉靖帝也。时安南谋反，帝命南宁伯毛、伯温征之，亲作此诗以送之。首联言其人物英豪，次言旗鼓壮丽。麒麟有种，言世卿之贵；蝼蚁难逃，言南蛮必灭。末联望其凯旋而奏捷也。

按叠山选本皆唐宋诗，末二首明诗不知何年赘人，童蒙久诵，姑并存之。

千家诗卷三

五言绝句

孟浩然

春眠

春眠不觉晓，处处闻啼鸟，夜来风雨声，花落知多少！

【注释】

此先生高隐自得，不求闻达而不系情于世务之寓言也。言春暮犹寒，日高而始寤，不觉其晓，但闻窗外啼鸟之声也。因想昨宵枕上，风雨之声不绝，想庭前花吹落不知多少矣。因风雨而恋春眠，闻鸟声而未起，任花落而不知，其萧然闲适之情亦可见矣。

孟浩然，字皓然，以字行。襄阳人。开元中隐居鹿门山。盛唐。

访袁拾遗不遇

洛阳访才子，江岭作流人。闻说梅花早，何如此地春。

【注释】

江岭，江西之庾岭。流人，有罪而流放于岭外也。

浩然访友不遇而伤其被放而作也。袁拾遗，洛阳人，孟公之友也。特至洛阳访之，不意袁已被罪免官而流放于岭外矣，故作诗寄之。庾岭地暖，梅花早开，公概未至也，故曰“闻说”。言岭梅虽早，岂如故园春色之可乐哉。惜才人之不幸也。

王昌龄

送郭司仓

映门淮水绿，留骑主人心。明月遣良掾，春潮夜夜深。

【注释】

掾，音“雁”。司仓，今之管粮主簿也。掾，属吏也，县佐为掾。少伯送掾而惜其去。言

吾门庭方春而淮水映绿，暂留饮饯以尽地主之心也。良掾虽难留，而明月也随掾而去矣。掾虽去，而幸淮水春潮夜夜弥深，而相与共居于此水之上也。

昌龄，字少伯，江宁人。开元中仕至龙标尉。盛唐。

储光羲

洛阳道

大道直如发，春日佳气多。五陵贵公子，双双鸣玉珂。

【注释】

洛阳，唐之东都也。五陵，帝王陵寝，附近之处多贵臣所居。玉珂，马饰也。言东都贵游之盛也。言东都之官衢宽阔而路直如发，芳春而景物韶华，佳丽、游骑之多。而五陵年少之贵介公子，双双两两，并马春游，鸣銮佩玉之声相续而不绝也。

光羲，润州人。天宝中为御史。盛唐。

李　白

独坐敬亭山

众鸟高飞尽，孤云独去闲。相看两不厌，只有敬亭山。

【注释】

山在宣州城外，太白登山独坐而作此诗。言山有鸟有云，独坐之久，鸟与云皆飞散，惟己与山相对，是人不厌山、山不厌人也。

李白，字太白，号谪仙。官翰林。盛唐。

王之涣

登鹳鹊楼

白日依山尽，黄河入海流。欲穷千里目，更上一层楼。

【注释】

楼在蒲州。此登楼眺远之作也。登此楼时已薄暮，但见白日衔山而欲尽，黄河之水由西滔滔东入于海矣。然楼中所见，尚为山所蔽、树所遮，而楼之上更有一层，于是登最高之处而望之，则千里长河及群山万壑，俨然在目矣。

之涣，盛唐诗人。

孙　逖

观永乐公主入蕃

边地莺花少，年来未觉新。美人天上落，龙塞始应春。

【注释】

龙塞，龙荒边塞之地。

唐凡以宗女出嫁外蕃，例封公主。逖见之有感而作。言边地苦寒，莺燕不生，春花罕发，虽过新年而未见春光之丽。今公主自京而来，如从天降，应使边塞遐荒之地，始知春色矣。盖伤之而反言之也。

逖，傅州人。中书舍人。盛唐。

盖嘉运

伊州歌

打起黄莺儿，莫教枝上啼。啼时惊妾梦，不得到辽西。

【注释】

伊州，在边外，古伊吾国也。此代边人之妇思夫之作也。言夫不可见，惟忆梦寐之中或见之。无奈莺啼时惊梦觉，故欲打散莺儿，不使啼惊吾梦，庶妾魂可到辽西与夫相见也。

盖嘉运，晚唐人。西凉节度使。或曰盛唐。

丘　为

左掖梨花

冷艳全欺雪，余香乍入衣。春风且莫定，吹向玉阶飞。

【注释】

左掖，在宫禁之左。此初仕而以花自比，求知于主之作也。言梨花冷艳如雪，开自宫垣禁掖之中，生香而袭御衣也。春风自西方而来，犹王恩难冀而莫定。吹向玉阶飞舞，犹小臣时得傍君以希龙颜之一顾也。

丘为，嘉兴人。官太子庶子。盛唐。

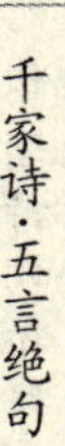

令狐楚

思君恩

小苑莺歌歇，长门蝶舞多。眼看春又去，翠辇不曾过。

【注释】

此写宫妃望主之情也。言小苑之内春暮而莺声已歇，长门之中徒观蝶舞耳。是一年之春又去，而君王之翠辇曾不一经过焉，则宫中之人伤春而望幸可知矣。

楚，敦煌人，相宪宗；子峤，相宣宗。

贺知章

题袁氏别业

主人不相识，偶坐为林泉。莫谩愁沽酒，囊中自有钱。

【注释】

非正居为别业，如园林、书院之类。

此春游闲玩之作。言观林泉之佳趣，偶来坐此，初不识主人之面，主人不愁无钱沽酒，我自有钱以沽也。

知章，字季真，四明人。武后时为学士。初唐。

杨　炯

夜送赵纵

赵氏连城璧，由来天下传。送君还旧府，明月满前川。

【注释】

此送友之诗。言赵子、赵人其才如赵王连城之璧，天下闻之久矣。吾送子于明月之下，还归赵州本国之故府，而皎然明月照满前川之上，犹得与故人共之也。

杨炯，华阴人。举神童，为盈川令。与王勃、骆宾王、卢照邻为初唐四杰。

王　维

竹里馆

独坐幽篁里，弹琴复长啸。深林人不知，明月来相照。

【注释】

篁，竹也，本清幽之品，故曰幽篁。此言独居之乐也。维在辋川竹里馆中，独坐幽竹之下，挥琴一曲，长啸数声，深林之中，人不知之，但有明月相照而已。

维，字摩诘。开元中为尚书右丞。盛唐。

送朱大入秦

游人五陵去，宝剑值千金。分手脱相赠，平生一片心。

【注释】

以剑赠友之诗也。言故人向长安而去，长安有五陵，有豪侠所居，不可无剑也，故赠。则千金宝剑以表吾平生一片尚友之壮心也。

崔　颢

长干行

君家何处住？妾住在横塘。停船暂借问，或恐是同乡。

【注释】

长干，在金陵。横塘在金陵麒麟门外。此拟游女与游子相问答之辞也。言游女问郎家住何处，不待其答而又自言家住钟山之横塘，疑郎声音与妾相近，故停舟而借问之，恐是故乡之人，可相结而致殷勤也。

崔颢，汴州人。开元中司勋员外郎。盛唐。

高　适

咏史

尚有绨袍赠，应怜范叔寒。不知天下士，犹作布衣看。

【注释】

绨袍，丝绵之袍也。昔魏以须贾、范睢使齐，齐王重睢之才，赐之金而不及贾。贾归而诉魏相魏齐，魏齐以睢通于齐也而痛杖之，死而复苏，乃逃入秦，更名张禄。说秦庄襄王，王大悦，拜为相，征伐诸侯，威镇天下。魏使须贾入贡于秦，睢闻贾来，乃敝衣先谒贾，贾见其寒而怜之曰："范叔尚在乎？何一寒至此哉！"乃解绨袍衣之。睢曰："幸得不死，为丞相张君御车耳。"贾曰："吾数见张君，门者不纳，子为我通之。"睢乃为贾御车至相府，睢先入。贾讶曰："范叔何久不出？"门者曰："乃丞相张君也。"贾惊，肉袒匍匐谢罪。范睢曰："汝罪当死，今得不死者，以子绨袍恋恋，尚有故人之情也。"乃赦之。

高言贾虽有怨于范叔，然怜其寒而衣之，不知其鼎贵，犹以为布衣寒士也。

适，字达夫，沧州人。历官常侍。盛唐。

李适之

罢相作

避贤初罢相，乐圣且衔杯。为问门前客，今朝几个来？

【注释】

乐圣，古人以清酒为圣人，浊酒为贤人，皆隐语也。

公退位有感而作也。言己无能，不堪居相，避位以让贤者，安居无事，惟衔杯纵酒以自乐也。然昔之为相，宾客满堂，今已去位，而门庭冷落，顾我而来者曾有几人哉！

适之，唐宗室。天宝中为左相。善饮，与李白等为"饮中八仙"。盛唐。

钱　起

逢侠者

燕赵悲歌士，相逢剧孟家。寸心言不尽，前路日将斜。

【注释】

侠者，剑客也。剧孟，汉之大侠，起借以比侠者也。

燕赵古多慷慨悲歌之士，如荆轲、聂政之流，至唐犹盛也。起路逢剑侠之士，因作诗以赠之。言子固燕赵之侠士也，与子幸逢于洛阳道中，又汉侠士剧孟之乡，于是两心相契而纵谈悲壮不平之事，无奈高谈未尽而夕阳已斜，又将分手而别也。

起，字仲文，吴兴人。天宝中不第，官考功郎。中唐。

江行望匡庐

咫尺愁风雨，匡庐不可登。只疑云雾窟，犹有六朝僧。

【注释】

庐山，一名匡庐。周有匡俗先生结庐于此，其后成仙，故名。

庐山在九江府最高，江行千里内皆见之。六朝，吴、晋、宋、齐、梁、陈也。多有高僧止息于此。起欲登山，值风雨所阻而不能上，舟中高望，但见云雾迷漫而已，意此云雾之中必多人宿，恐六朝高僧犹有存焉者耳。

韦应物

答李浣

林中观《易》罢，溪上对鸥闲。楚俗饶词客，何人最往还？

【注释】

饶，多也。词客，才人也。浣，韦之友也。仕楚而归，以诗赠韦，韦答之以诗。曰：子问吾近状乎？惟林中读《周易》，池上对白鸥而已。子自楚来，楚中多才，如屈原、宋玉者，今亦不乏。子与何人往来酬唱而最为得意者乎？

韦应物，京兆人。仕至苏州刺史。中唐。

刘禹锡

秋风引

何处秋风至，萧萧送雁群。朝来入庭树，孤客最先闻。

【注释】

梦得客邸伤秋之诗也。言秋风何来乎，但见逐群雁而南飞，则知西北凄凉之风也。朝来飒飒而吹庭树，人皆闻之，惟孤客不寐。方其中宵，透帘帏而响林树，则吾闻之久矣。

禹锡，字梦得，中山人。贞元进士，仕至太子宾客。中唐。

韦应物

秋夜寄丘员外

怀君属秋夜，散步咏凉天。山空松子落，幽人应未眠。

【注释】

幽人，高旷幽隐之人。怀丘为而作也。言秋夜怀故人，不能即枕，因散步吟咏于凉天夜月之下。秋山空寂，松子飘落于满径，想此夜景凄清，而我所怀之幽人当此时亦未眠也。

耿　沛

秋　日

返照入闾巷，忧来谁共语？古道少人行，秋风动禾黍。

【注释】

山居寂寞之作也。言夕阳返照于门巷之中。则此日已暮，忧从中来，不可解结，有谁相与共话而暂为消释哉？匪惟无人共话，而夕阳古道之中且无行人焉。惟有西风萧瑟，吹动田间之禾黍而已。

耿沛，河东人。大历中为左拾遗。盛唐。

薛　莹

秋日湖上

落日五湖游，烟波处处愁。浮沉千古事，谁与问东流！

【注释】

苏州太湖，一名五湖，又名震泽，又名雷溪。湖上怀古之作也。言泛游于五湖之上，日落而烟生，风起而波动，游人之愁绪兴也。况日落而此日已逝，秋深而此岁将尽。吴亡越霸五湖，千古之事，已为陈迹而不可问，已付于东流之水矣，又何言哉！

莹，晚唐人。

文宗皇帝

宫中题

辇路生秋草，上林花满枝。凭高何限意，无复侍臣知。

【注释】

辇路，宫中御道也。天子受制于权宦，有感而作也。无心游赏，御驾久稀，则辇路草生矣。春草未除，秋草又生；春花久落，秋花又开，而上林之游晏，亦久不临赏矣。此无限之关心，虽近侍之臣亦不得而知之矣。

帝讳昂，穆宗之子，在位十四年。

贾　岛

寻隐者不遇

松下问童子，言师采药去。只在此山中，云深不知处。

【注释】

访友不遇而自为问答之辞也。言我访隐者，值其他出，因步之松下而问其童子焉。童子言：我师出门采药。问其何处，言只此山白云深处而不知其所在也。则幽人高隐之意，自在其中矣。

贾岛，字阆仙，范阳人。仕终长江尉。晚唐。

苏　颋

汾上惊秋

北风吹白云，万里渡河汾。心绪逢摇落，秋声不可闻。

【注释】

许公奉使渡河而惊秋之作也，汾上去东都未甚远，而言万里者，将有万里之行也。客方有万里之行，何堪北风早至，云物凄凉，木叶飘摇，秋声悲壮，则前途遥远，愈入寒冷之地，长途之苦，可胜惜哉！

颋，字廷硕。相玄宗，封许国公。初唐。

张　说

蜀道后期

客心争日月，来往预期程。秋风不相待，先至洛阳城。

【注释】

燕公与友自蜀而归，间道相期同入东都，公有事失期，而此人先归，故赠以诗也。言为客之归欲早，虽先归一日，亦以为快。是以与子订期，携手同入于洛，不意秋风趁子之便，不待我而先入洛，则我之后期可知也。

张说，字道济，洛阳人。相玄宗，与苏颋俱有文名，掌朝廷制诰著作，人称燕许大手笔。

李　白

静夜思

床前明月光，疑是地上霜。举头望明月，低头思故乡。

【注释】

此见月思乡之作也。言将寝之时，明月入窗，照我床头，其白如霜。而床前安得有霜？举头而观，则明月正当空也。因月而疑霜，因霜而思寒，月冷霜寒则低头徘徊，致动我故乡之思。

秋浦歌

白发三千丈，缘愁似箇长。不知明镜里，何处得秋霜。

【注释】

秋浦，在池州青阳县。太白流寓池阳有感而作也。言吾发因愁而白，若以茎计之，应有三千余丈，而离人之愁思又比白发犹长也。而吾初时览镜，发未白也，不知日照日生，日白日多，如秋霜肃而草木黄落也。然而明镜之中，安得有秋霜哉？亦愁之所使也。

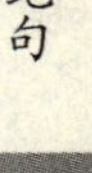

陈子昂

赠乔侍郎

汉廷荣巧宦，云阁薄边功。可怜骢马使，白首为谁雄！

【注释】

汉桓典为御史，有威名，人称为骢马御史。伤御史直道而不见用也。汉朝廷，犹本朝也。巧宦，不以正得官，贿赂权要而迁职也。云阁，犹言云台麟阁，指边疆武臣也。力战御边，反不蒙赏，公侯之位，亦巧宦者居之，是文武皆不以正也。子为御史，自壮至老而不升迁，直言不用，白首立朝，一片雄心为谁而效乎？

陈子昂，字伯玉，蜀人。官左拾遗。初唐。

王昌龄

答武陵太守

仗剑行千里，微躯敢一言。曾为大梁客，不负信陵恩。

【注释】

武陵，今常德府。梁信陵君魏无忌，食客三千余人。别田太守之作也。昌龄客武陵，将返金陵，太守饯之，答以诗也。言吾仗剑为千里之行，感君之意，临别而以一言相酬，可乎？念我曾为游客于大梁矣。受信陵君知遇之隆，今虽他往，敢负其恩哉！以大梁比武陵，以信陵比太守也。

岑　参

行军九日思

强欲登高去，无人送酒来。遥怜故园菊，应傍战场开。

【注释】

陶公居柴桑九日，太守王弘使白衣人送酒。

从军而思故园之作。言身在军中，边警稍息，当此佳节，非无高山可游，秋色可玩也。其奈无人送酒，而此兴遂阑。军中稍闲，而长安扰乱，君上播迁，而吾乡故园之菊，恐应践踏为战场矣，伤哉！

参，肃宗时为御史，仕至嘉州刺史。盛唐。

皇甫冉

婕妤怨

花枝出建章，凤管发昭阳。借问承恩者，双蛾几许长？

【注释】

婕妤，宫妃名。汉成帝班婕妤贤而无宠，后人多咏之，谱入乐府。

此拟古乐府题而写婕妤之怨也。昔婕妤静处深宫，不希恩宠，见别宫如花之女奉诏而入建章宫，又闻昭阳殿内已命凤管鸾箫以宴之矣。试问承恩之美女，双蛾之眉黛几许之长？则亦同吾一样之蛾眉也，何有异哉！

冉，晚唐诗人。

朱　放

题竹林寺

岁月人间促，烟霞此地多，殷勤竹林寺，更得几回过？

【注释】

竹林寺，在庐山。言岁月易度，幽赏难期，此地烟霞名盛之区，人迹罕到，故吾于此殷勤眷恋而不忍去。自此之后，能有几回再到也？

朱放，襄州人。为曹王参军。中唐。

戴叔伦

三闾庙

沅湘流不尽，屈子怨何深！日暮秋风起，萧萧枫树林。

【注释】

庙在沅州。楚大夫屈原掌昭、屈、景三家族，故称三闾大夫。

吊屈原也。屈原忠而见疑，投江而死，楚人哀之，故为立庙。故诗意曰：湘沅之江水，滔滔不尽，如屈子之怨，一何深也。我来吊之，但见白日已暮，秋风乍鸣，枫叶萧萧，飘红满径，不胜今昔之感也。

叔伦，字幼公，润州人。仕容管经略使。中唐。

骆宾王

易水送别

此地别燕丹，壮士发冲冠。昔时人已没，今日水犹寒。

【注释】

燕丹，燕太子丹也。壮士，刺客荆轲也。昔燕之刺客荆轲之入秦也，燕太子送之于易水之上，荆轲按剑而歌曰："风萧萧兮易水寒，壮士一去兮不复还。"其慷慨激烈，怒发冲冠。虽事不成，为秦所杀，而悲歌壮气，千载犹生。故宾王于此地别友，感荆轲之事而咏之，曰：昔年荆轲曾于此地与燕太子别也，慷慨悲歌，其发上冲，直指于冠矣。此人已没，此水至今犹寒，其千秋英烈之气，犹可想见也。

宾王，义乌人。为临海丞，作檄文讨武后，兵败为僧，居灵隐寺。中唐。

司空曙

别卢秦卿

知有前期在，难分此夜中。无将故人酒，不及石尤风。

【注释】

石尤风，打头风也，能阻行人之将发。

别友人而欲留不可得之诗也。言与子为别，明知有后会之期，无奈此时此夜之情何。故人有酒，思留之而不可得，反不如石尤之风能阻行舟，使我二人不得遽别。亦无可奈何之诗也。

司空曙，广平人。官虞部郎中。中唐。

太上隐者

答　人

偶来松树下，高枕石头眠。山中无历日，寒尽不知年。

【注释】

隐者居终南，自称太上隐者，不知姓氏寿年。人见而问焉，故答以诗。言我偶来至此，枕石而眠，眠觉而仍归山，山中无有岁历，不知年月时节，但见暑往寒来，不忆其为何年何月也。其高致如此。

千家诗卷四

五言律诗

玄宗皇帝

幸蜀回至剑门

剑阁横云峻，銮舆出狩回。翠屏千仞合，丹嶂五丁开。灌木萦旗转，仙云拂马来。乘时方在德，嗟尔勒铭才。

【注释】

五丁，古力士，开山通蜀。

帝因禄山之乱，游兵入蜀，太子立尊号上皇。明年，禄山平，肃宗迎帝回。銮车驾次剑门，顾侍臣曰：剑门天险若此，自古及今，败亡相继，岂非在德不在险耶？因驻跸题诗。言剑阁之形，两峰如剑，高峻入云，峰顶横而为阁。予既避乱而出狩于蜀，今日回銮也，但见山之色青翠而形如屏列，千峰万叠，合抱而来，但见一线之道可通。石赤如丹，其门如嶂，非古五丁之巨力而开辟之，则秦蜀之地何由而通也？而千年丛灌之古木，遮蔽旌旗，辗转而或隐或见。岭上之行云如飞仙，冉冉拂马，或去或来。剑门之险峻如此，有国者不可恃险而忘治，而须有德以临之，则固矣。嗟尔诸臣，平定祸乱，远来迎朕回銮，以安社稷，其功勋才德，足以勒钟鼎而铭旗堂也。

玄宗讳隆基，高宗孙，睿宗子，在位四十五年。禅位后称太上皇帝七年。

杜审言

和晋陵陆丞早春游望

独有宦游人，偏惊物候新。云霞出海曙，梅柳渡江春。淑气催黄鸟，晴光转绿蘋。忽闻歌古调，归思欲沾巾。

【注释】

晋陵，今常州。陆丞有《早春》诗，审言依意而和之也。言宦游之人，劳于民事，不知光阴之速，忽惊物候之新也。晋陵地近东海，云霞映日而先出，则见天之已曙；江南地暖而花先发，观早梅之放、柳色之青，则知春色之同。芳淑之气，催黄鸟之迁乔；晴暖之光，觉水蘋之

欲绿。睹春色之初回，伤宦游之未已，而思归之泪，迨欲沾巾也。

杜审言，字必简。官学士。甫之祖。初唐。

蓬莱三殿侍宴奉敕咏终南山

北斗挂城边，南山倚殿前。云标金阙迥，树杪玉堂悬。半岭通佳气，中峰绕瑞烟。小臣持献寿，长此戴尧天。

【注释】

杪，末也。

唐大明宫庭有紫宸、蓬莱、含元三殿，终南山在长安城南，京都之对山也。审言因圣寿赐宴而奉敕吟终南之诗也。言北斗挂帝城之北，南山倚宫殿之前，山中金阙嵯峨于云霄之上，而白玉堂又居山雀之巅、云树之末。山岭之半，接帝京之佳气；山峰之内，绕仙家之瑞烟。小臣欲颂圣人之德，敬以南山比天子之寿，常戴于尧天舜日之下也。

陈子昂

春夜别友人

银烛吐清烟，金樽对绮筵。离堂思琴瑟，别路绕山川。明月隐高树，长河没晓天。悠悠洛阳去，此会在何年？

【注释】

子昂居蜀，有入洛之行，友人张筵以饯之，临别而赠主人以诗也。言子之饯我于春夜也，银烛之光，清烟缭绕；金樽之举，绮席珍罗。高堂之乐，奏琴瑟以动离思；去路迢遥，有万里山川之远。是以留恋通宵，不忍分手。明月西上，隐蔽于高树，天欲晓而银河渐没矣。承子之饯后，吾则悠悠道途向洛阳而去矣。归期难定，不知再会于何年也！

李　峤

长宁公主东庄侍宴

别业临清甸，鸣銮降紫宵。长筵鹓鹭集，仙管凤凰调。树接南山近，烟含北渚遥。承恩咸已醉，恋赏未还镳。

【注释】

鹓，音"鸳"，义同；镳，音"标"，銮也。长宁公主，中宗女，有宠于帝，特赐东庄。中宗与

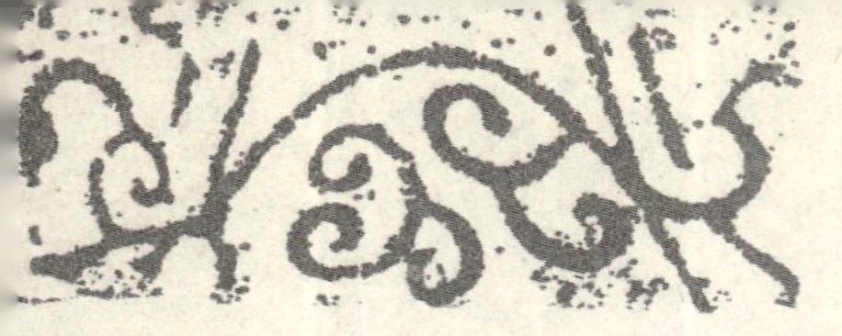

后皆临幸之，故峤以宰相得随驾赐宴，应帝之制而作此诗也。别业，东庄之别馆也。甸，皇畿之近甸也，在东郊，故曰青甸。天子之驾曰“銮”。紫宵，犹天也。言帝后銮舆犹从天而降也。鹓鹭之集于水，班行成列，以比群臣侍宴如鹓鹭之集也。仙管，箫也。箫能引凤，言音乐也。南山，终南；北渚，渭水也。言云树接乎终南，烟霞映乎渭水也。百官承天恩赐宴，皆已沾醉，而天子悦峦山水之胜而銮舆尚未遽还也。

峤，字巨山，赵人。相武后、中宗。初唐。

张　说

恩赐丽正殿书院赐宴应得林字

东壁图书府，西园翰墨林。诵《诗》闻国政，讲《易》见天心。位窃和羹重，恩叨醉酒深。载歌春兴曲，情竭为知音。

【注释】

文宗以说为书院使，掌儒臣讲读事。书院既成，上宴儒臣，说以翰林掌院事应帝制而赋此诗，得“林”字之韵也。东壁二星主天下文人，魏曹子建置酒，因以招文士。说言书院之建，上应东壁文章，乃图书之府也，聚天下之才子，请究诗书，如子建西园，文人雅集，诚翰墨之林也。以言《诗》，国风、雅、颂，政事在焉；以言《易》，则两仪、四象，天地之心见焉；以言己职，则居相而窃调羹和鼎之重；以言君恩，则既醉以酒，又饱以德，而叨圣主之深恩；以言应制，则儒臣才子之多，老臣之诗思钝竭，勉强而赋此，恐知音所诮也。

李　白

送友人

青山横北郭，白水绕东城。此地一为别，孤蓬万里征。浮云游子意，落日故人情。挥手自兹去，啸啸班马鸣。

【注释】

太白送友之诗。意曰，送子出北郭，则青山横亘于前；送子登舟，则长河一水绕城而东去矣。从此与子一别，而孤蓬泛泛，万里长征。游子之意，如浮云之无定，而故人之情，则如落日之西沉，望之而不能见也。子之马从舟而去，吾之马入城而回，二马啸啸长鸣，若有离群之感，非惟人不忍别，马亦不忍离也。

送友人入蜀

见说蚕丛路，崎岖不易行。山从人面起，云傍马头生。芳树笼秦栈，春流绕蜀城。

升沉应已定，不必问君平。

【注释】

蚕丛，帝喾之后，始封于蜀者也。秦栈，即汉中府入蜀之栈道也。君平，蜀人严遵，汉城都卖卜者也。太白送友入蜀诗。意曰：西蜀，古蚕丛之国，崎岖险阻，人不易行也。路窄而径曲，山当人面，壁陡而立。山气瘴而多云，如烟如雾，从人马首而忽生忽灭。栈道羊肠九折，而树木参差笼映，中有深泉从高而下，南流入蜀而绕其城郭。吾闻成都昔有贤者严君平卖卜，今或亦有高人隐此。然子之迁于蜀也，升沉是皆有命焉，虽有善卜亦不必问也。

王　湾

次北固山下

客路青山外，行舟绿水前。潮平两岸阔，风正一帆悬。海日生残夜，江春入旧年。乡书何处达，归雁洛阳边。

【注释】

北固山，在镇江府北。言舟行江边，经于北固山下因作诗。曰：江行客路，过于青山之下，江舟之行，则于绿水之前。春水未至，潮水平流，两岸之地多阔。西风正而舟帆高挂以催，顺流而东。天未明而放舟，夜已残而日出。地近海隅，日生最早也。时值新正，而立春则在去岁之末，是春色之早也。则吾离家已远，乡书将何达乎？惟俟归鸿之便传于洛阳而已。

王湾，洛阳人。仕至荥阳主簿。盛唐。

祖　咏

苏氏别业

别业居幽处，到来生隐心。南山当户牖，沣水映园林。竹覆经冬雪，庭昏未夕阳。寥寥人境外，闲坐听春禽。

【注释】

咏于友人苏氏别馆而作此诗。言子之园林静雅，可谓幽居矣。吾来此处，见山水之佳胜，高士之清旷，令人生栖隐之心焉。终南之山，则当于门牖；沣水之流，则绕映园林。经冬之雪，尚留于竹梢，花木掩映，蔽日之光，未至于夕而重荫密覆。幽寂之境，人声不闻，但闻春鸟之鸣而已。其潇洒得意之情，自见于言外也。

祖咏，范阳人。官至驾部员外郎。盛唐。

杜 甫

春宿左省

花隐掖垣暮，啾啾栖鸟过。星临万户动，月傍九霄多。不寝听金钥，因风想玉珂。明朝有封事，数问夜如何。

【注释】

子美为左拾遗，时值宿夜，故止于门下左首。掖垣，宫门左右掖之墙，即省中。而言宫花隐于掖垣，昏夜而不得见，但见投枝之鸟，啾啾而觅宿也。星斗灿然欲动，照临于万户；皓月当天，而光明于九霄。宫门欲启，必有锁钥传呼之声，侍臣于五更而起，听之最早也。朝马既动，则宫外必有鸣珂之响，故因风动而思朝臣之将至也。封事，封章也。因天明而欲上朝奏事，故不暇而数问侍者夜之明否也。

杜甫，京兆杜陵人。仕至工部员外郎。盛唐。

题玄武禅师屋壁

何年顾虎头，满壁画沧洲。赤日石林气，青天江海流。锡飞常近鹤，杯渡不惊鸥。似得庐山路，真随惠远游。

【注释】

此子美题画壁之诗也。顾恺之，字虎头，晋人，善画。梁僧宝志与白鹤道人皆欲居潜山，武帝以二人皆有灵道，令各以物志其地。道人则放鹤，志公则挥锡杖，并飞入云中。比鹤至山，则锡杖已先飞至，卓立于山矣。帝各以所止之处而筑居焉。

昔有高僧乘木杯渡海而来，因名“杯渡禅师”。

子美言禅师二壁图画已久，非名手不能画，此沧洲之景，疑是虎头之笔也。但见日生于海，其光映于林石之间。浩浩然，江海之波，渺接于青天之际。禅锡之飞，时近乎白鹤；木杯之渡，不惊于水鸥。而吾之得入于此寺也，如游乎庐山之路，常随晋高僧惠远之游。盖以远公比禅师，以陶公自况也。

王 维

终南山

太乙近天都，连山到海隅。白云回望合，青霭入看无。分野中峰变，阴晴众壑殊。欲投人处宿，隔水问樵夫。

【注释】

太乙，终南山之别名，为洞天之最，故曰天都。其山连亘数千里，至于大海之隅。中峰之北为秦，为雍州、井鬼之分；其南为蜀，为梁州、荆州、翼轸之分，故曰分野。摩诘言终南之广大深远如此，忽而白云迷漫，望之如合；忽而青葱翠霭，近之则无。分野之广，连跨于二州；阴晴之变，不同于万壑。山深旷野，一望无际。向晚欲止宿于人家，则不知其处，隔水询问于樵夫，始知村舍之地也。

岑　参

寄左省杜拾遗

联步趋丹陛，分曹限紫微。晓随天仗入，暮惹御香归。白发悲花落，青云羡鸟飞。圣朝无阙事，自觉谏书稀。

【注释】

岑为左补阙，居尚书左省。子美为拾遗，居门下右省。同居禁中，故赠之以诗。言与子同趋于丹陛之间，分左右省而居，间于中书省东西。中书省有紫薇花，故曰限紫薇。天子临朝，则补阙、拾遗同入而侍于其侧，向晚退朝，则身沾御香而归省。人老而白发生，花落而青春去，故动暮年之悲。士贵如青云，宦达快于飞鸟，故动迟暮之羡也。身为补阙之官，时值盛明朝政，无阙可补，无事可谏，故谏职常闲而无书可上也。

岑参，河内人。仕终刺史。

登总持阁

高阁逼诸天，登临近日边。晴开万井树，愁看五陵烟。槛外低秦岭，窗中小渭川。早知清净理，常愿奉金仙。

【注释】

阁在中南山之半，岑参登而赞之也。言逼近于诸天之佛界，登临而上，觉红日之近也。方天霄清明，则长安万井之树无不在吾目中。而下看五陵，见烟树迷漫，丘墓萦远，则动人之愁思也。秦岭在长安之东，俯槛而观，则秦岭在其下。渭川绕长安之北，其川中之水弥漫，由窗中窥之则小。

杜　甫

登兖州城楼

东郡趋庭日，南楼纵目初。浮云连海岱，平野入青徐。孤嶂秦碑在，荒城鲁殿余。

从来多古意，临眺独踌躇。

【注释】

兖州，古称东郡。子美父曾为兖州司马，子美时省父，故曰趋庭。兖州有南楼，甫登而纵目焉。兖州有泰岱之山，近于东海，浮云时起，境接于青徐之地，平野沃壤。峄山之上，有秦皇之碑高耸于山，犹孤嶂也。汉宗室鲁恭王有灵光殿，今已无存，但有宫城荒地而已。兖州，名郡，古迹犹多，登楼临眺，不胜踌躇之感也。

王 勃

杜少府之任蜀州

城阙辅三秦，风烟望五津。与君离别意，同是宦游人。海内存知己，天涯若比邻。无为在歧路，儿女共沾巾。

【注释】

子安送友仕蜀意也。三秦，西京之地。五津，西蜀之地。言西蜀为秦中之藩辅，而风烟万里，望五津之远而难至也。今日分手，君自南而我自北，与子同是离乡作宦之人。虽山川间阻而同在四海之内，但知己之心常存，则天涯之远若比邻而居也，何必于临歧别路，效儿女子之悲，涕泪沾濡巾帕耶？

王勃，字子安，龙门人。高宗时为朝散郎、沛王修撰。初唐。

杜审言

送崔融

君王行出将，书记远从征。祖帐连河阙，军麾动洛城。旌旗朝朔气，笳吹夜边声。坐觉烟尘扫，秋风古北平。

【注释】

崔为节度使掌书记之官，将从主将出征而杜赠之以诗也。言君方命将出师，君为书记之官而远从征于幕府也。出郊送行者，为祖道之饯。祖帐，张筵而列帐也。言朝臣送饯之多，自宫阙之外而连续于河洛，三军之众，旗麾之盛，震动于洛城。时帝居东都，故言洛阳城也。三军行朔北，朝迎北边之朔气，夜则吹笳以警卫，皆边城之音也。书记但安坐军中，不须用武，而大将自能扫清烟尘，而北地秋风寒凉之早，是以不免怀于万里之外也。

宋之问

扈从登封途中作

帐殿郁崔嵬，仙游实壮哉！晓云连幕卷，夜火杂星回。谷暗千旗出，山鸣万乘来。扈游良可赋，终乏掞天才。

【注释】

掞，音“担”，拂也，犹动天颜也。嵩山，在登封县。高宗祀嵩山，延清扈从车驾，既祀而献诗以颂也。天子之行，则以锦帐围绕如宫殿然，故曰帐殿。言锦帷登于崔嵬之山，则天子不亚神仙游于五云之中，何其壮观也！晓云之出，连接于帷幕；夜烛之光，杂明星之灿。皆言高也。出谷转蔽，暗而不见人行，但见千旗万旌高出于云中。昔汉武帝登嵩山，山有声而鸣，如呼万岁者三。万乘，即天子之扈从。圣主宸游应以献赋以彰君德，但学识浅陋，愧无掞天之才以献耳。自谦之辞也。

宋之问，字延清。仕高宗、武后、中宗为学士。初唐。

孟浩然

题义公禅房

义公习禅寂，结宇依空林。户外一峰秀，阶前众壑深。夕阳连雨足，空翠落庭阴。看取莲花净，方知不染心。

【注释】

义公，唐高僧，孟公赠以诗。曰：公安禅寂静之处，结宇于空林之下。户外孤峰耸，阶前壑水深，清雨足而夕阳晚出，庭阴而空翠时侵。公之居，可谓幽寂；公之心，可谓澄静，如青莲之一尘不染也。

高　适

醉后赠张九旭

世上漫相识，此翁殊不然。兴来书自圣，醉后语尤颠。白发老闲事，青云在目前。床头一壶酒，能更几回眠？

【注释】

张旭，行第九，“饮中八仙”之一，工书法，人谓之“草圣”，好饮而不辍，又谓之“张颠”。玄宗时为书学博士。达夫与之饮，醉后而赠以诗也。言世人轻务结交而漫相识，公则寡交，惟知工书好饮而已。当酒兴来时，挥毫染翰，如云烟变幻，愈出愈奇，人称草书之圣。既醉之后，醉饮豪放，语无伦次，犹极颠狂。白发而不求闻达，惟闲居自乐为事，近则天子诏为书学博士，曰侍龙颜，以代宸翰，无暇高卧而狂饮矣。公常好饮，床头置酒，醒则饮而又眠，觉则又饮而复卧。今则置身于天子之侧，恐不能自遂其豪饮之兴矣。

高适，字达夫，沧州人。历官至考功郎、散骑常侍，封勃海侯。盛唐。

杜 甫

玉台观

浩劫因王造，平台访古游。彩云萧史驻，文字鲁恭留。宫阙通群帝，乾坤到十洲。人传有笙鹤，时过北山头。

【注释】

观为高祖子滕王元婴为洪州刺史所建，故诗多用王子故事。道家谓宫观阶基为浩劫。言此观为滕王所造。观有玉台也，犹梁孝王之平台也。台上有彩云，疑是穆公女弄玉之婿萧史驻于云间。碑上有文字，滕王所遗，犹鲁恭王已逝而灵光殿中文字犹存也。宫阙则通于诸天之群帝，图画则集十洲三岛之神仙。清夜之时，闻有笙声鹤唳；时过北山，疑王子晋缑山之音也。

观李固请司马弟山水图

方丈浑连水，天台总映云。人间长见画，老去恨空闻。范蠡舟偏小，王乔鹤不群。此生随万物，何路出尘氛？

【注释】

李固有山水图卷，所画皆名山仙迹，李有诗题其后，故子美亦和而题之也。言瀛州、方丈皆在大海之中，天台缥缈于云霞之外。吾于人间长见此画也，惜吾老不能游于五湖之内。或有王子晋之笙鹤，翎翮脩然，不同于凡画，则图画之极工也。但吾此生随万物之浮沉，安能潇洒出于风尘之外哉？

旅夜书怀

细草微风岸，危樯独夜舟。星随平野阔，月涌大江流。名岂文章著，官因老病休。飘飘何所似，天地一沙鸥。

【注释】

子美罢官，栖泊舟中，夜月有怀而作也。言春江两岸，草细风微，适我孤舟夜泊于此。但见两岸空阔，一望无际，惟有明星照映，野旷天低，若依于地。少间，月出于大江之上，如随江潮而起，影逐波流而动也。因思寄浮名于世，岂为文章而著；窃微禄于朝，今因老病而休矣。此身飘泊何似？如沙鸥泛泛于天地之间也！

登岳阳楼

昔闻洞庭水，今上岳阳楼。吴楚东南坼，乾坤日夜浮。亲朋无一字，老病有孤舟。戎马关山北，凭轩涕泗流。

【注释】

坼，境界也。子美言：我昔闻洞庭之广，惜未见之，今且得上此楼，而洞庭毕见矣。其地东至于吴，南尽于楚，若此其巨。其水上接于天，下连于地，日夜俱浮矣。因思孤旅于此，并无一字之知交；老病休放，惟有孤舟之漂泊。而北方扰攘，戎马纷纭，家信不通，关山难越，但依轩北望，长叹而流涕泪而已。

祖 咏

江南旅情

楚山不可极，归路但萧条。海色晴看雨，江声夜听潮。剑留南斗近，书寄北风遥。为报空潭橘，无媒寄洛桥。

【注释】

媒，犹寄书人也。咏旅寓于吴，思乡而作也。楚山尽于丹阳，过此则吴地。今已近东海，则归路太远而萧条。东海日出，霞色鲜晴，则知雨之将至；吴江腾涌而澎湃，则知夜潮之方来。书剑飘零，时近于南斗之下；家音迢递，如北风吹雁侣，能南来而不能北往也。吴潭之橘方熟，惜道远无人以寄洛阳也。

祖咏，洛阳人。驾部员外。盛唐。

綦毋潜

宿龙兴寺

香刹夜忘归，松清古殿扉。灯明方丈室，珠系比丘衣。白日传心净，青莲喻法微。天花落不尽，处处鸟衔飞。

【注释】

刹，寺前旛竿也，后因名寺曰刹。禅室曰方丈。僧一名比丘，佛以牟尼珠系比丘之衣。维摩诘说法，天女散花，皆出释典。綦毋潜春游而假宿于龙兴寺，因作诗。曰春游于香刹，夜宿而忘归；庭前之松，清风肃肃于古殿禅扉之外。禅灯炯炯，明于方丈之中；诸僧夜课，尼珠系于法衣之间。禅心之静，朗于白日；妙法之喻，洁于青莲。禅机之果，精微是宜乎？天女散花诸佛之前，落之不尽者，则山鸟衔之而飞去也。

綦毋潜，字孝通，荆南人。官著作郎。盛唐。

常建

破山寺后禅院

清晨入古寺，初日照高林。曲径通幽处，禅房花木深。山光悦鸟性，潭影空人心。万籁此俱寂，惟闻钟磬音。

【注释】

寺僧有创为别室者曰禅院。言方早而日初出，照于高林之上，但见石径斜曲而通于幽隐之处。禅房之外，花木丛深，清香可挹。山光宕荡，群鸟悦而栖鸣；潭影澄清，人心乐而空寂。一尘不染，万籁无声，惟闻钟磬之音，徐度于林树之外也。

常建，开元中进士，为盱眙尉。盛唐。

张祜

题松汀驿

山色远含空，苍茫泽国东。海明先见日，江白迥闻风。鸟道高原去，人烟小径通。那知旧遗逸，不在五湖中。

【注释】

驿在东吴。此过吴访友不遇，题诗于驿壁也。言山色之远接于碧天，东南多水而卑下，故曰泽国。东南近海，日出最早，江水作浪而泛白波，但闻风声之迅急。鸟飞翔于高原，人烟达通于小路。吴有震泽，是名五湖。我来访耆旧隐逸之士，谁知已避地，莫知其乡而不在五湖中矣。

张祜，南阳人。处士，侨居丹阳。中唐。

释处默

圣果寺

路自中峰上，盘回出薜萝。到江吴地尽，隔岸越山多。古木丛青霭，遥天浸白波。下方城郢近，钟磬杂笙歌。

【注释】

圣果寺，在杭州城南凤凰山。处默，越僧，游杭至圣果寺而咏诗。言自凤凰山之中峰而上，其径盘回纡曲，绕出于薜萝而始至也。寺势而东枕于江，则吴之地尽矣；江东岸则为会稽越地，但见隔岸群山之远叠也。古木参差，青葱霭翠，遥天江水，白波一色。俯首而视，则城郭环绕，居市罗列。禅林钟声，湖上笙歌，无不闻也。

释处默，晚唐。

王　绩

野望

东皋薄暮望，徙倚欲何依。树树皆秋色，山山惟落晖。牧人驱犊返，猎马带禽归。相顾无相识，长歌怀采薇。

【注释】

无功因隋乱而隐东皋，闻唐兴有感而作也。薄暮，言隋祚已尽。倚徙何依，言无真主可依也。树树秋色，比隋末群雄割据也。山山落晖，言群盗终不久而败亡也。“牧人”二句，指唐之将兴，四征而天下咸服。驱犊而返，马带禽归，言受命成功，掳诸降王而入唐也。后二句，自写欲仕唐而无知识引进之士，但长歌咏啸，有怀夷齐之采薇，为西山之隐也。其意谓士无人君之求，宰相之举，进不以礼，不如隐之为愈也。

王绩，一名勣，文中子通之弟。隋官正字，避乱隐东皋，号东皋子，又称斗酒学士。初唐。

陈子昂

送别崔著作东征

金天方肃杀，白露始专征。王师非乐战，之子慎佳兵。海气侵南部，边风扫北平。莫卖卢龙塞，归邀麟阁名。

【注释】

崔著作，即杜审言所送之崔融也。崔以儒臣为西征书正，参预军事，子昂赠诗以规之也。言白露后霜降，而秋金肃杀，王者始命大将专征不服，盖王者之师，非欲于战斗，本欲安静边疆，不以杀戮为武也。子与主将参其军务，慎勿以佳兵为功。佳兵者，好杀也。《老子》曰："佳兵者，不祥是也。"南部，近边之敌居北海；北平，通言地之边界。言子之用兵，当如海气、边风，威令之肃，自不难服南部之戎，扫北平之乱。末二句，深戒之辞。卢龙，即北平边塞。甚言切莫或受金纵敌，或献帛求和，画地以界戎，戮民以充俘。奏功于朝，冒膺封爵，自以为麟阁功臣，而子无惭愧也！

杜甫

携妓纳凉晚际 二首

落日放船好，轻风生浪迟。竹深留客处，荷净纳凉时。公子调冰水，佳人雪藕丝。片云头上黑，应是雨催诗。

【注释】

工部行乐之诗也。言五月舟中之乐，宜停舟避暑。日将落则放舟，风轻浪细，徐徐而行也。至于竹深林密，可以留客；荷香人净，可以纳凉。公子自调冰水以饮客，佳人亲削藕丝以侑觞。谓藕方初生，削之细碎如雪也，可谓乐也。而片云忽覆于上，渐黑而欲雨矣，想为催吾辈之诗而来乎？

其二

雨来沾席上，风急打船头。越女红裙湿，燕姬翠黛愁。缆侵堤柳系，幔卷浪花浮。归路翻萧飒，陂塘五月秋。

【注释】

此诗承上章之意。言雨之斜来，沾濡于席上；风之迅急，浪打于船头。越女燕姬，言舟中妓女，南北不一。雨既久，客衣皆淋漓。越女惯见舟船，故红裙虽湿而自若；燕姬不谙水性，见船之摇震，恐其颠覆而眉黛常愁也。缆则系于堤柳，而舟摇席动；浪则浮于张幔，而水卷风飘。及至雨歇而归，人皆萧飒而无兴。陂塘水乡，风侵夜凉，衣湿人倦，盛夏五月，俨如深秋矣。

孙逖

宿云门寺阁

香阁东山下，烟花象外幽。悬灯千嶂夕，卷幔五湖秋。画壁余鸿雁，纱窗宿斗牛。

更疑天路近，梦与白云游。

【注释】

云门寺，在绍兴云曲山。逖，燕人，而南游于越，登云门寺阁而作也。言阁在东山之下，烟云缭绕，花气芬芳。夜而悬灯，则千嶂群山皆暝；昼而卷幔，则五湖秋色相侵。日观画壁，半已漶浸，犹余鸿雁可观；夜宿山房，则极其高峻，唯见斗牛在空。恍疑地势之高，与天相近，故魂梦之中，悠悠荡荡，常在白云之上也。

李白

秋登宣城谢朓北楼

江城如画里，山晚望晴空。两水夹明镜，双桥落彩虹。人烟寒橘柚，秋色老梧桐。谁念北楼上，临风怀谢公。

【注释】

昔齐谢朓曾为宣城内史，有楼存焉，故太白登楼而作。言江外之城方秋，而景色凄清，恍如图画。高楼之下，有宛溪、句溪二水，分绕郡城，各有一桥。言二水环流，如明镜之相映，双桥对起，如长虹之对悬也。人烟村落，多栽橘柚，秋深而寒，则遍地皆香。梧桐已飘落殆尽，则知秋色已老。谁人有兴登此北楼之上，临风而有怀往昔之谢公也哉！

孟浩然

临洞庭

八月湖水平，涵虚混太清。气蒸云梦泽，波撼岳阳城。欲济无舟楫，端居耻圣明。坐观垂钓者，徒有羡鱼情。

【注释】

浩然南游洞庭有感而作。言秋深，洞庭水落潮平，澄清荡漾，而天光云影，上下相映也。云泽、梦泽，二水名，在楚，二水常合为一，故曰云梦。言洞庭之气，郁蒸而为云梦也。洞庭之波直抵岳阳城下，故云波撼。撼，摇也。前四句寓言国家承平，文德武功被乎四海。后四句言己不遇也。言欲济大川，苦无舟楫，寓汲引无人也。欲端居而引，则有圣明在上而不仕，是邦有道，贫且贱焉，耻也。因坐观湖上之钓叟，徒羡其得鱼之多而已，而己无与焉。古人云：临渊羡鱼，不如退而结网。谦言己之学未足，故人不知，而空羡他人之遇也。

王　维

过香积寺

不知香积寺，数里入云峰。古木无人径，深山何处钟？泉声咽危石，日色冷青松。薄暮空潭曲，安禅制毒龙。

【注释】

香积寺，在长安南子午谷中。摩诘过寺游行，登云峰而作。言初不知此寺之幽邃，经行不数里而入于云峰之下。但见古木参天，人迹罕到，钟声隐隐，不知何处飘来。流泉之音，咽于危石；日色之冷，彻于青松。时将薄暮，聊于水潭一曲之边，学高僧安禅静坐而憩息焉，以制毒龙之扰也。毒龙比诸欲之害身，故宜制之，方可入道。

高　适

送郑侍御谪闽中

谪去君无恨，闽中我旧过。大都旧雁少，只是夜猿多。东路云山合，南天瘴疠和。自当逢雨露，行矣慎风波。

【注释】

唐时谪降之官，多仕闽广。侍御谪岭南也，达夫送之以诗。曰：君之谪也，君无恨焉，此地我亦常居之矣。大都秋雁不过岭，闽中则少雁，但闻秋猿多悲啸于岭头。由浙而东入于闽，则云山高峻而连合，广之东西则多瘴疠，闽之南，风和而无瘴气。子之直道谪官，圣朝雨露之恩，不久召子还朝，当勉力而行，慎此风波之险也。

杜　甫

秦州杂诗

凤林戈未息，鱼海路常难。候火云峰峻，悬军幕井干。风连西极动，月过北庭寒。故老思飞将，何时议筑坛。

【注释】

子美弃官，避地秦川，有感而作杂诗二十首，此其一也。凤林、鱼海皆在朔方边塞；幕井，军中之井也；飞将，李广，人号“飞将军”也。言凤林之干戈不息，鱼海之地兵塞而难行。秦州候望烽火之山，则高峻而难登。秦地久旱，悬幕之土井枯竭而无水，边风之烈，上漫于

天，西极之星为之摇动。边庭无论冬夏则寒，秋月初，北边之寒已至矣。边城之故老，思得大将如汉之飞将军李广者，方可以破敌而安边，今天子何时方筑坛而拜之乎？望之之切也。

禹庙

禹庙空山里，秋风落日斜。荒庭垂橘柚，古屋画龙蛇。云气生虚壁，江声走白沙。早知乘四载，疏凿控三巴。

【注释】

禹庙，在忠州。子美寓蜀，至忠州而谒禹庙之作也。四载，大禹治水乘载也，以四物载身而行。谓水行乘舟，陆行乘车，山行乘樏，泥行乘橇也。三巴，忠州在西，控引三巴之地，谓巴县、巴东、巴西。其水三折如巴字也。子美言大禹之庙在空山之中，当秋风夕阳之时，寂无人迹，惟橘柚之树列于空庭，龙蛇之像画于古殿，四壁之间，云气生焉。江水之声，白沙满地。思神禹开山，自此以来控三巴，导大江之水于万里而来也。其疏九河、通九江，乘四载而勤劳胼胝之功，如此其不易也。

李　颀

望秦川

秦川朝望迥，日出正东峰。远近山河净，逶迤城阙重。秋声万户竹，寒色五陵松。有客归欤叹，凄其霜露浓。

【注释】

自函谷关西至陇，皆曰秦川。李颀罢职而出长安感慨而作。曰：吾出郭起行，东望秦川也，太阳正出于东峰之上方。清秋之际，远近之间，山川明静，凭高而视，列县诸州，大小城池，逶迤隐显，皆在吾目中矣。而西野之秋声，生于万林之竹籁；苍茫之寒色，生于五陵之松涛。而长安之游客有“归欤归欤”之叹者，愁行道之凄其，惧霜露之零落也。

李颀，东川人。开元进士，新乡尉。盛唐。

张　谓

同王征君洞庭有怀

八月洞庭秋，潇湘水北流。还家万里梦，为客五更愁。不用开书帙，偏宜上酒楼。故人京洛满，何日复同游？

【注释】

谓以尚书郎出使夏口，与客泛舟洞庭而作也。潇湘在洞庭之南，其水止流入洞庭。言八月洞庭之秋色已深，潇湘北流，而游人不能北返。还家之思，空有万里之梦；独醒之客，徒生五更之愁而已。闲观书帙，烦闷顿生；同上酒楼，离忧可解。而所怀之故人，除子之外，在长安、洛阳者众。今得与子同游，何日复与诸子同游哉！

张谓，字正言。天宝进士，礼部侍郎。盛唐。

丁仙芝

渡扬子江

桂楫中流望，空波两岸明。林开扬子驿，山出润州城。海尽边阴净，江寒朔吹生。更闻枫叶下，淅沥度秋声。

【注释】

仙芝为余杭尉，渡江而作。言渡此长江，摇桂楫至中流而四望也，空波浩渺，南北分明。北望而林木丛杂，则扬子之驿也；南瞻而山色苍凉，则润州之郡也。江尽处则达于海，时平则边警肃静；秋深则江水生寒，至中流而北风起，俨然冬月之朔风也。而江渚之中，枫叶飘飘，逐舟而至，其秋声淅沥，可动行客之悲也。

仙芝，曲阿人。余杭尉。盛唐。

张　说

幽州夜饮

凉风吹夜雨，萧瑟动寒林。正有高堂宴，能忘迟暮心。军中宜剑舞，塞上重笳音。不作边城将，谁知恩遇深。

【注释】

幽州，今京师，唐范阳。燕公巡边夜宴之作。言凉风生而夜雨至，北地寒而林木萧瑟矣。高堂之上，与诸君会宴，暂忘年迟岁暮之思耳。军中之乐，以舞剑为欢；塞上之音，以吹笳为曲。则吾与诸君饮此宴，享其乐，皆圣主之恩也。不至边庭，安知此乐哉？

词选/续词选

◎（清）张惠言 董毅 辑录
校潇 校理

前言

《词选》上、下两卷，清张惠言选编，成书于嘉庆二年，共选唐三家二十首，五代八家二十六首，宋三十三家七十首，计四十四家一百一十六首。是一部篇幅不大但影响甚广的一部唐宋词选集。

从整体上讲，《词选》对作家、作品的遴选是比较精到的，所选如李后主《虞美人》（春花秋月何时了）、《浪淘沙》（帘外雨潺潺）、《相见欢》（林花谢了春红），韦庄《菩萨蛮》（人人尽说江南好），晏殊《踏莎行》（小径红稀），张先《天仙子》（水调数声持酒听），秦观《满庭芳》（山抹微云），周邦彦《六丑》（正单衣试酒），辛弃疾《摸鱼儿》（更能消几番风雨）、《永遇乐》（千古江山），史达祖《双双燕》（过春社了），李清照《声声慢》（寻寻觅觅）等，都可称为脍炙人口的上乘之作。陈廷焯在《白雨斋词话》中评论道："张皋文《词选》，可称精当，识见之超，有过于竹垞（指朱彝尊《词综》）十倍者。古今选本，以此为最。"陈氏这儿虽不乏过誉之辞，但以区区百余首的篇幅，就集中了这么多上乘之作，不能不归之于编选者的艺术鉴赏力。这也是《词选》盛行一时的原因。

但由于篇幅所限，一些知名词家如陆游及一些好的作品如苏轼《念奴娇》（大江东去）未能入选，所以，当时人对"《词选》之刻，多有病其太严者"。为了弥补这一缺憾，张惠言的外孙董毅按《词选》义例，编成《续词选》一书。《续词选》共收录唐宋词五十二家一百二十二首，诸如苏轼《念奴娇》（大江东去）、《水调歌头》（明月几时有），柳永《八声甘州》（对潇潇暮雨洒江天）、《雨霖铃》（寒蝉凄切），王安石《桂枝香》（登临送目），周邦彦《满庭芳》（风老莺雏）等名篇佳作，都网罗其中，将《续词选》与《词选》相合，则是一部比较完备的唐宋词精选本。所以，我们把该书附在《词选》之后，以便鉴赏。

《词选》、《续词选》均以会稽章氏重刻本为底本，校以宛邻书屋刊本以及其他有关唐宋词的选本，重新整理排印。对于一些明显的衍、夺、误文均据通行本径加改正，未出校勘记。《续词选》之编排义例有与《词选》不一致者，亦均进行了技术处理，使其义例相一。此次藉出版新版本之际，我们又对全稿进行了校对整理。

校　潇

词选目录叙

李太白一首　温飞卿十八首　无名氏一首

计唐词三家二十首

南唐中主四首　后主七首　韦端己四首　牛松卿三首　牛希济一首　欧阳炯一首　鹿虔扆一首　冯正中五首

计五代词八家二十六首

宋徽宗一首　晏同叔一首　范希文一首　晏叔原一首　韩玉汝一首　欧阳永叔二首　张子野三首　苏子瞻四首　秦少游十首　贺方回一首　赵德麟一首　张芸叟一首　王元泽一首　周美成四首　田不伐二首　陈子高二首　李玉一首　谢任伯一首　朱希真五首　辛幼安六首　张安国一首　韩无咎一首　李知几一首　姜尧章三首　史邦卿一首　尹惟晓一首　王圣与四首　张叔夏一首　黄德文一首　吴彦高一首　李易安四首　郑文妻孙氏一首　无名氏一首

计宋词三十三家七十首

凡词四十四家一百十六首

叙曰：词者，盖出于唐之诗人采乐府之音以制新律，因系其词，故曰词。传曰：意内而言外谓之词，其缘情造端，兴于微言，以相感动，极命风谣、里巷男女哀乐，以道贤人君子。幽约怨悱、不能自言之情，低徊要眇，以喻其致。盖诗之比兴，变风之义，骚人之歌，则近之矣。然以其文小，其声哀放者为之，或跌荡靡丽，杂以猖狂、俳优。然要其至者，莫不恻隐、盱愉，感物而发，触类条畅，各有所归，非苟为雕琢、曼辞而已。自唐之词人，李白为首，其后韦应物、王建、韩翃、白居易、刘禹锡、皇甫淞、司空图、韩偓，并有述造，而温庭筠最高，其言深美闳约。五代之际，孟氏、李氏君臣为谑，竞作新调，词之杂流，由此起矣。至其工者，往往绝伦，亦如齐梁，五言依托魏、晋，近古然也。宋之词家，号为极盛，然张先、苏轼、秦观、周邦彦、辛弃疾、姜夔、王沂孙、张炎，渊渊乎！文有其质焉，其荡而不反，傲而不理，枝而不物。柳永、黄庭坚、刘过、吴文英之伦，亦各引一端，以取重于当世。而前数子者，又不免有一时放浪、通脱之言，出于其间。后进弥以驰逐，不务原，其旨意破析，乖刺坏乱，而不可纪。故自宋之亡而正声绝，元之末而规矩隳，以至于今四百余年，作者十数，谅其所是，互有繁变，皆可谓安蔽乖方、迷不知门户者也。今第录此篇，都为二卷，义有幽隐，并为指发，几以塞其下流，导其渊源，无使风雅之士，惩于鄙俗之音，不敢与诗赋之流，同类而风诵之也。嘉庆二年八月，武进张惠言。

续词选序

词选之刻，多有病其太严者，拟续选而未果。今夏，外孙董毅子远来署，携有录本，适惬我心。爰序而刊之，亦先兄之志也。

道光十年七月　张琦

续词选目录

词选卷一

李太白（白）

菩萨蛮

平林漠漠烟如织，寒山一带伤心碧。暝色入高楼，有人楼上愁。　玉阶空伫立，宿鸟归飞急。何处是归程？长亭更短亭。

温飞卿（庭筠）

菩萨蛮　十四首

小山重叠金明灭，鬓云欲度香腮雪。懒起画蛾眉，弄妆梳洗迟。　照花前后镜，花面交相映。新贴绣罗襦，双双金鹧鸪。

【评笺】

此感时不遇也，篇法仿佛《长门赋》，而用节节逆叙此章，从梦晓后领起，"懒起"二字，含后文情事。"照花"四句，《离骚》初服之意。

水精帘里颇黎枕，暖香惹梦鸳鸯锦。江上柳如烟，雁飞残月天。　藕丝秋色浅，人胜参差翦。双鬓隔香红，玉钗头上风。

【评笺】

"梦"字提，"江上"以下略叙梦境，"人胜参差"、"玉钗香隔"，言梦亦不得到也。"江上柳如烟"，是关络。

蕊黄无限当山额，宿妆隐笑纱窗隔。相见牡丹时，暂来还别离。　翠钗金作股，钗上双蝶舞。心事竟谁知，月明花满枝。

【评笺】

提起，以下三章本入梦之情。

翠翘金缕双鸂鶒，水纹细起春池碧。池上海棠梨，雨晴红满枝　绣衫遮笑靥，烟草粘飞蝶。青琐对芳菲，玉关音信稀。

杏花含露团香雪，绿杨陌上多离别。灯在月胧明，觉来闻晓莺。　玉钩褰翠幕，妆浅旧眉薄。春梦正关情，镜中蝉鬓轻。

玉楼明月长相忆，柳丝袅娜春无力。门外草萋萋，送君闻马嘶。　画罗金翡翠，香烛消成泪。花落子规啼，绿窗残梦迷。

【评笺】

"玉楼明月长相忆"，又提"柳丝袅娜"送君时，故江上柳如丝，梦中情境亦尔。七章"栏外垂丝柳"、八章"绿阳满院"、九章"杨柳色依依"、十章"杨柳又如丝"皆本此。"柳丝袅娜"，言之明相忆之久也。

凤凰相对盘金缕，牡丹一夜经微雨。明镜照新妆，鬓轻双脸长。　画楼相望久，栏外垂丝柳。音信不归来，社前双燕回。

牡丹花谢莺声歇，绿杨满院中庭月。相忆梦难成，背窗灯半明。　翠钿金压脸，寂寞香闺掩。人远泪阑干，燕飞春又残。

【评笺】

相忆梦难成，正是残梦迷情事。

满宫明月梨花白，故人万里关山隔。金雁一双飞，泪痕沾绣衣。　小园芳草绿，家住越溪曲，杨柳色依依，燕归君不归。

宝函钿雀金鸂鶒，沉香阁上吴山碧。杨柳又如丝，驿桥春雨时。　画楼音信断，芳草江南岸。鸾镜与花枝，此情谁得知。

【评笺】

"鸾镜"二句结与心事，竟谁知相应。

南园满地堆轻絮，愁闻一霎清明雨。雨后却斜阳，杏花零落香。　无言匀睡脸，枕上屏山掩。时节欲黄昏，无憀独倚门。

【评笺】

此下乃叙梦，此章言黄昏。

夜来皓月才当午，重帘悄悄无人语。深处麝烟长，卧时留薄妆。　当年还自惜，往事那堪忆。花落月明残，锦衾知晓寒。

【评笺】

此自卧时至晓所谓梦难成也。

雨晴夜合玲珑日，万枝香袅红丝拂。闲梦忆金堂，满庭萱草长。　　绣帘垂簏簌，眉黛远山绿。春水渡溪桥，凭栏魂欲销。

【评笺】

此章正写梦，“垂帘”、“凭栏”皆梦中情事，正应“人生参差”三句。

竹风轻动庭除冷，珠帘月上玲珑影。山枕隐浓妆，绿檀金凤凰。　　两蛾愁黛浅，故国吴宫远。春恨正关情，画楼残点声。

【评笺】

此言梦醒，“正关情”与五章“春梦正关情”相对双锁。“青琐”、“金堂”，“故国吴宫”，略露寓意。

更漏子 三首

柳丝长，春雨细，花外漏声迢递。惊塞雁，起城乌，画屏金鹧鸪。　　香雾薄，透帘幕，惆怅谢家池阁。红烛背，绣帘垂，梦长君不知。

【评笺】

此三首亦《菩萨蛮》之意。

“惊塞雁”三句言欢戚不同，兴下“梦长君不知”也。

星斗稀，钟鼓歇，帘外晓莺残月。兰露重，柳风斜，落庭堆落花。　　虚阁上，倚栏望，还是去年惆怅。春欲暮，思无穷，旧欢如梦中。

【评笺】

“兰露重”三句与“塞雁”、“城乌”义同。

玉炉香，红蜡泪，偏照画堂秋思。眉翠薄，鬓云残，夜长衾枕寒。　　梧桐树，三更雨，不道离愁正苦。一叶叶，一声声，空阶滴到明。

忆江南

梳洗罢，独倚望江楼。过尽千帆皆不是，斜晖脉脉水悠悠，肠断白蘋洲。

无名氏

后庭宴

千里故乡，十年华屋，乱魂飞过屏山簇。眼重眉褪不胜春，菱花知我销香玉。双双燕子归来，应解笑人幽独。断歌零舞，遗恨清江曲。万树绿低迷，一庭红扑簌。

南唐中主

浣溪沙 二首

风压轻云贴水飞，乍晴池馆燕争泥，沈郎多病不胜衣。　沙上未闻鸿雁信，竹间时有鹧鸪啼，此情唯有落花知。

一曲新词酒一杯，去年天气旧亭台，夕阳西下几时回？　无可奈何花落去，似曾相识燕归来，小园香径独徘徊。

山花子 二首

菡萏香销翠叶残，西风愁起绿波间。还与韶光共憔悴，不堪看。　细雨梦回鸡塞远，小楼吹彻玉笙寒。多少泪珠何限恨，倚阑干。

手卷珍珠上玉钩，依前春恨锁重楼。风里落花谁是主？思悠悠。　青鸟不传云外信，丁香空结雨中愁。回首绿波三峡暮，接天流。

后　主

临江仙

樱花落尽春归去，蝶翻轻粉双飞。子规啼月小楼西。玉钩罗幕，惆怅暮烟垂。别巷寂寥人散后，望残烟草低迷。炉香闲袅凤凰儿。空持罗带，回首恨依依。

虞美人

春花秋月何时了，往事知多少！小楼昨夜又东风，故国不堪回首月明中。　雕栏玉砌应犹在，只是朱颜改。问君能有几多愁？恰似一江春水向东流。

浪淘沙 二首

帘外雨潺潺，春意阑珊。罗衾不耐五更寒。梦里不知身是客，一晌贪欢。　独自莫凭栏，无限江山。别时容易见时难。流水落花归去也，天上人间。

往事只堪哀，对景难排。秋风庭院藓侵阶。一桁珠帘闲不卷，终日谁来？　金剑已沉埋，壮气蒿莱。晚凉天静月华开。想得玉楼瑶殿影，空照秦淮。

清平乐

别来春半，触目愁肠断。砌下落梅如雪乱，拂了一身还满。　雁来音信无凭，路遥归梦难成。离恨恰如春草，更行更远还生。

相见欢 二首

林花谢了春红，太匆匆。无奈朝来寒雨晚来风。　胭脂泪，相留醉，几时重？自是人生长恨水长东。

无言独上西楼，月如钩。寂寞梧桐深院锁清秋。　剪不断，理还乱，是离愁。别有一番滋味在心头。

韦端已（庄）

菩萨蛮 四首

红楼别夜堪惆怅，香灯半卷流苏帐。残月出门时，美人和泪辞。　琵琶金翠羽，弦上黄莺语。劝我早归家，绿窗人似花。

【评笺】

此词盖留蜀后寄意之作，一章言奉使之志，本欲速归。

人人尽说江南好，游人只合江南老。春水碧于天，画船听雨眠。　垆边人似月，皓腕凝霜雪。未老莫还乡，还乡须断肠。

【评笺】

此章述蜀人劝留之辞，即下章云"满楼红袖招"也。江南，即指蜀，中原沸乱，故曰"还乡须断肠"。

如今却忆江南乐，当时年少春衫薄。骑马倚斜桥，满楼红袖招。　翠屏金屈曲，醉入花丛宿。此度见花枝，白头誓不归。

【评笺】

上云"未老莫还乡"，犹冀老而还乡也。其后朱温篡成，中原愈乱，遂决劝进之志，故曰"如今却忆江南乐"，又曰"白头誓不归"。则此词之作，其在相蜀时乎？

洛阳城里春光好，洛阳才子他乡老。柳暗魏王堤，此时心转迷。　桃花春水绿，水上鸳鸯浴。凝恨对斜晖，忆君君不知。

【评笺】

此章致思唐之意。

牛松卿（峤）

菩萨蛮 二首

舞裙香暖金泥凤，画梁语燕惊残梦。门外柳花飞，玉郎犹未归。　愁匀红粉泪，眉剪春山翠。何处是辽阳，锦屏春昼长。

绿云鬓上飞金雀，愁眉敛翠春烟薄。香阁掩芙蓉，画屏山几重。　窗寒天欲曙，犹结同心苣。啼粉涴罗衣，问郎何日归。

【评笺】

"惊残梦"以下纯是梦境，章法似《西洲曲》。

西溪子

捍拨双盘金凤，蝉鬓玉钗摇动。画堂前人不语，弦解语。弹到昭君怨处，翠蛾愁，不抬头。

牛希济

生查子

春山烟欲收，天淡稀星少。残月脸边明，别泪临清晓。　　语已多，情未了，回首犹重道。记得绿罗裙，处处怜芳草。

欧阳炯

三字令

春欲尽，日迟迟，牡丹时。罗幌卷，翠帘垂。彩笺书，红粉泪，两心知。　　人不在，燕空归，负佳期。香烬落，枕函欹。月分明，花淡薄，惹相思。

鹿虔扆

临江仙

金锁重门荒苑静，绮窗愁对秋空。翠华一去寂无踪。玉楼歌吹，声断已随风。　　烟月不知人事改，夜阑还照深宫。藕花相向野塘中。暗伤亡国，清露泣香红。

冯正中（延巳）

蝶恋花　三首

六曲阑干偎碧树，杨柳风轻，展尽黄金缕。谁把钿筝移玉柱，穿帘燕子双飞去。　　满眼游丝兼落絮，红杏开时，一霎清明雨。浓睡觉来莺乱语，惊残好梦无寻处。

莫道闲情抛弃久，每到春来，惆怅还依旧。日日花前常病酒，不辞镜里朱颜瘦。　　河畔青芜堤上柳，为问新愁，何事年年有？独立小桥风满袖，平林新月人归后。

几日行云何处去，忘却归来，不道春将暮。百草千花寒食路，香车系在谁家树？

泪眼倚楼频独语，双燕来时，陌上相逢否？掩乱春愁如柳絮，依依梦里无寻处。

【评笺】

三词忠爱缠绵，宛然骚辨之义。延巳为人专蔽嫉妒，又敢为大言，此词盖以排间异己者，其君之所以信而弗疑也。

虞美人

玉钩鸾柱调鹦鹉，宛转留春语。云屏冷落画堂空，薄晚春寒无奈落花风。　　搴帘燕子双飞去，拂镜尘鸾舞。不知今夜月眉弯，谁佩同心双结倚栏杆。

清平乐

雨晴烟晚，绿水新池满。双燕飞来垂柳院，小阁画帘高卷。　　黄昏独倚朱栏，西南初月眉弯，砌下落花风起，罗衣特地春寒。

宋徽宗

燕山亭

见杏花作

裁剪冰绡，轻叠数重，冷淡胭脂匀注。新样靓妆，艳溢香融，羞杀蕊珠宫女。易得凋零，更多少、无情风雨。愁苦。问院落凄凉，几番春暮。　　凭寄离恨重重，双燕何曾会人言语。天遥地远，万水千山，知他故宫何处。怎不思量？除梦里、有时曾去。无据。和梦也、新来不做。

晏同叔（殊）

踏莎行

小径红稀，芳郊绿遍，高台树色阴阴见。春风不解禁杨花，濛濛乱扑行人面。

翠叶藏莺，珠帘隔燕，炉香静逐游丝转。一场愁梦酒醒时，斜阳却照深深院。

【评笺】

此词亦有所兴，其欧公《蝶恋花》之流乎？

范希文(仲淹)

苏幕遮

碧云天,红叶地,秋色连波,波上寒烟翠。山映斜阳天接水,芳草无情,更在斜阳外。

黯乡魂,追旅思,夜夜除非,好梦留人睡。明月楼高休独倚,酒入愁肠,化作相思泪。

【评笺】

此去国之情。

晏叔原(几道)

临江仙

梦后楼台高锁,酒醒帘幕低垂。去年春恨却来时。落花人独立,微雨燕双飞。

记得小蘋初见,两重心字罗衣。琵琶弦上说相思。当时明月在,曾照彩云归。

韩玉汝(缜)

芳草

锁离愁,连绵无际,来时陌上初熏。绣帏人念远,暗垂珠露,泣送征轮。长行长在眼,更重重、远水孤云。但望极楼高尽日,目断王孙。　销魂,池塘别后,曾行处、绿妒轻裙。恁时携素手,乱花飞絮里,缓步香茵。朱颜空自改,向年年、芳意长新。遍绿野、嬉游醉眼,莫负青春。

欧阳永叔(修)

蝶恋花

庭院深深深几许?杨柳堆烟,帘幕无重数。玉勒雕鞍游冶处,楼高不见章台路。

雨横风狂三月暮,门掩黄昏,无计留春住。泪眼问花花不语,乱红飞过秋千去。

【评笺】

“庭院深深”，闺中既以邃远也，楼高不见，哲王又不悟也。“章台游冶”，小人之径。“雨横风狂”，政令暴急也。“乱红飞去”，斥逐者非一人而已。殆为韩、范作乎？

此词亦见冯延巳集中。李易安《词序》云：“欧阳公作《蝶恋花》，有‘庭院深深深几许’之句，余酷爱之，用其语作‘庭院深深’数阕，其声即旧《临江仙》也。”易安去欧公未远，其言必非无据。

临江仙

柳外轻雷池上雨，雨声滴碎荷声。小楼西角断虹明。阑干倚处，待得月华生。

燕子飞来窥画栋，玉钩垂下帘旌。凉波不动簟纹平。水精双枕，傍有坠钗横。

张子野(先)

天仙子

《水调》数声持酒听，午睡醒来愁未醒。送春春去几时回？临晚镜，伤流景，往事悠悠空记省。　　沙上并禽池上暝，云破月来花弄影。重重帘幕密遮灯，风不定，人初静，明日落红应满径。

木兰花

乙卯吴兴寒食

龙头舴艋吴儿竞，笋柱秋千游女并。芳洲拾翠暮忘归，秀野踏青来不定。　　行云去后遥山暝，已放笙歌池院静。中庭月色正清明，无数杨花过无影。

青门引

乍暖还清冷，风雨晚来方定。庭轩寂寞近清明，残花中酒，又是去年病。　　楼头画角风吹醒，入夜重门静。那堪更被明月，隔墙送过秋千影。

苏子瞻(轼)

贺新郎

乳燕飞华屋,悄无人、槐阴转午,晚凉新浴。手弄生绡白团扇,扇手一时似玉。渐困倚、孤眠清熟。帘外谁来推绣户?枉教人、梦断《瑶台曲》。又却是、风敲竹。
石榴半吐红巾蹙,待浮花浪蕊都尽,伴君幽独。秾艳一枝细看取,芳意千重似束。又恐被、秋风惊绿。若待得君来向此,花前对酒不忍触。共粉泪,两簌簌。

水龙吟

和章质夫杨花韵

似花还似非花,也无人惜从教坠。抛家傍路,思量却是,无情有思。萦损柔肠,困酣娇眼,欲开还闭。梦随风万里,寻郎去处,又还被莺呼起。　　不恨此花飞尽,恨西园、落红难缀。晓来雨过,遗踪何在?一池萍碎。春色三分:二分尘土,一分流水。细看来,不是杨花,点点是离人泪。

洞仙歌

余七岁时,见眉州老尼,姓朱,忘其名,年九十余,自言曾随其师入蜀主孟昶宫中。一日大热,王与花蕊夫人夜起避暑摩诃池上,作一词,朱具能诵之。今四十年,朱已死久矣,人无知此词者,独记首两句。暇日寻味,岂《洞仙歌令》乎?乃为足之云。

冰肌玉骨,自清凉无汗。水殿风来暗香满。绣帘开,一点明月窥人,人未寝,欹枕钗横鬓乱。　　起来携素手,庭户无声,时见疏星渡河汉。试问夜如何?夜已三更,金波淡,玉绳低转。但屈指西风几时来,又不道流年,暗中偷换。

卜算子

缺月挂疏桐,漏断人初定。谁见幽人独往来,缥缈孤鸿影。　　惊起却回头,有恨无人省。拣尽寒枝不肯栖,寂寞沙洲冷。

【评笺】

此东坡在黄州作。鲖阳居士云:"缺月",刺明微也。"漏断",暗时也。"幽人",不得志也。"独往来",无助也。"惊鸿",贤人不安也。"回头",爱君不忘也。"无人省",君不察也。

"拣尽寒枝不肯栖"，不偷安于高位也。"寂寞沙洲冷"，非所安也。此词与《考槃诗》极相似。

秦少游（观）

望海潮

梅英疏淡，冰澌溶泄，东风暗换年华。金谷俊游，铜驼巷陌，新晴细履平沙。长记误随车，正絮翻蝶舞，芳思交加。柳下桃蹊，乱分春色到人家。　西园夜饮鸣笳，有华灯碍月，飞盖妨花。兰苑未空，行人渐老，重来事事堪嗟。烟暝酒旗斜，但倚楼极目，时见栖鸦。无奈归心，暗随流水到天涯。

满庭芳 二首

山抹微云，天粘衰草，画角声断谯门。暂停征棹，聊共饮离尊。多少蓬莱旧事，空回首、烟霭纷纷。斜阳外，寒鸦数点，流水绕孤村。　销魂，当此际，香囊暗解，罗带轻分。漫赢得、青楼薄幸名存。此去何时见也？襟袖上、空惹啼痕。伤情处，高城望断，灯火已黄昏。

晓色云开，春随人意，骤雨方过还晴。高台芳榭，飞燕蹴红英。舞困榆钱自落，秋千外、绿水桥平。东风里，朱门映柳，低按小秦筝。　多情，行乐处，朱幡翠盖，玉辔红缨。渐酒空金榼，花困蓬瀛。豆蔻梢头旧恨，十年梦、屈指堪惊。凭栏久，疏烟淡日，寂寞下芜城。

江城子

西城杨柳弄春柔，动离忧，泪难收。犹记多情曾为系归舟。碧瓦朱桥当日事，人不见，水空流。　韶华不为少年留，恨悠悠，几时休。飞絮落花时候一登楼。便做春江都是泪，流不尽，许多愁。

踏莎行

郴州旅舍

雾失楼台，月迷津渡，桃源望断无寻处。可堪孤馆闭春寒，杜鹃声里斜阳暮。驿寄梅花，鱼传尺素，砌成此恨无重数。郴江幸自绕郴山，为谁流下潇湘去？

鹧鸪天

枝上流莺和泪闻，新啼痕间旧啼痕。一春鱼雁无消息，千里关山劳梦魂。　　无一语，对芳尊，安排肠断到黄昏。甫能炙得灯儿了，雨打梨花深闭门。

海棠春

流莺窗外啼声巧，睡未足，把人惊觉。翠被晓寒轻，宝篆沉烟袅。　　宿酲未解，宫娥报道。别院笙歌会早，试问海棠花，昨夜开多少。

减字木兰花

天涯旧恨，独自凄凉人不问。欲见回肠，断续熏炉小篆香。　　黛蛾长敛，任是东风吹不展。困倚危楼，过尽飞鸿字字愁。

浣溪沙

漠漠轻寒上小楼，晓莺无赖似穷秋，淡烟流水画屏幽。　　自在飞花轻似梦，无边丝雨细如愁，宝帘闲挂小银钩。

生查子

眉黛远山长，新柳开青眼。楼阁断霞明，罗幕春寒浅。　　杯嫌玉漏迟，烛厌金刀剪。月色忽飞来，花影和帘卷。

贺方回(铸)

青玉案

凌波不过横塘路，但目送、芳尘去。锦瑟年华谁与度？月台花榭，琐窗朱户，唯有春知处。　　碧云冉冉蘅皋暮，彩笔新题断肠句。试问闲愁都几许？一川烟草，满城风絮，梅子黄时雨。

赵德麟(令畤)

锦堂春

楼上萦帘弱絮，墙头碍月低花。年年春事关心事，肠断欲栖鸦。　舞镜鸾衾翠减，啼珠凤蜡红斜。重门不锁相思梦，随意绕天涯。

张芸叟(舜民)

卖花声

题岳阳楼

木叶下君山，空水漫漫。十分斟酒敛芳颜。不是渭城西去客，休唱阳关。　醉袖抚危栏，天淡云闲。何人此路得生还？回首夕阳红尽处，应是长安。

王元泽(雱)

眼儿媚

杨柳丝丝弄轻柔，烟缕织成愁。海棠未雨，梨花先雪，一半春休。　而今往事难重省，归梦绕秦楼。相思只在，丁香枝上，豆蔻梢头。

词选卷二

周美成(邦彦)

六　丑

蔷薇谢后作

正单衣试酒，怅客里、光阴虚掷。愿春暂留，春归如过翼，一去无迹。为问家何在？夜来风雨，葬楚宫倾国。钗钿堕处遗香泽，乱点桃蹊，轻翻柳陌。多情为谁追惜？但蜂媒蝶使，时叩窗槅。　　东园岑寂，渐蒙笼暗碧，静绕珍丛底。成叹息：长条故惹行客，似牵衣待话，别情无极。残英小。强簪巾帻，终不似、一朵钗头颤袅，向人欹侧。漂流处，莫趁潮汐，恐断红、尚有相思字，何由见得？

兰陵王

柳

柳阴直，烟里丝丝弄碧。隋堤上、曾见几番，拂水飘绵送行色。登临望故国，谁识京华倦客。长亭路，年去岁来，应折柔条过千尺。　　闲寻旧踪迹，又酒趁哀弦，灯照离席，梨花榆火催寒食。愁一箭风快，半篙波暖，回头迢递便数驿，望人在天北。

凄恻，恨堆积。渐别浦萦回，津堠岑寂，斜阳冉冉春无极。念月榭携手，露桥闻笛，沉思前事，似梦里，泪暗滴。

花　犯

梅　花

粉墙低，梅花照眼，依然旧风味。露痕轻缀，疑净洗铅华，无限清丽。去年胜赏曾孤倚，冰盘共宴喜。更可惜雪中高士，香篝熏素被。　　今年对花太匆匆，相逢似有恨，依依憔悴。凝望久，青苔上，旋看飞坠。相将见、脆丸荐酒，人正在、空江烟浪里。但梦想、一枝潇洒，黄昏斜照水。

少年游

并刀如水，吴盐胜雪。纤指破新橙。锦幄初温，兽香不断，相对坐调笙。　　低声

问，向谁行宿，城上已三更。马滑霜浓，不如休去，直是少人行。

田不伐

南柯子

梦怕愁时断，春从醉里回。凄凉怀抱向谁开？些子清明时候、被莺催。　柳外都成絮，栏边半是苔。多情帘燕独徘徊，依旧满身花雨、又归来。

团玉梅梢重，雪罗芰扇低。帘风不动蝶交飞，一样绿阴庭院、锁斜辉。　对月怀歌扇，因风念舞衣。何须惆怅惜芳菲，拚却一年憔悴、待春归。

陈子高（克）

菩萨蛮 二首

赤栏桥尽香街直，笼街细柳娇无力。金碧上晴空，花晴帘影红。　黄衫飞白马，日日青楼下。醉眼不逢人，午香吹暗尘。

【评笺】

此刺时也。

绿芜墙绕青苔院，中庭日淡芭蕉卷。蝴蝶上阶飞，风帘自在垂。　玉钩双语燕，宝甃杨花转。几处簸钱声，绿窗春梦轻。

【评笺】

此自寓。

李　玉

贺新郎

篆缕消金鼎。醉沉沉、庭阴转午，画堂人静。芳草王孙知何处？惟有杨花糁径。渐玉枕、腾腾春醒。帘外残红春已透，镇无聊、殢酒厌厌病。云鬓乱，未忺整。　江南旧事休重省。遍天涯、寻消问息，断鸿难倩。月满西楼凭栏久，依旧归期未定。

又只恐、瓶沉金井。嘶骑不来银烛暗，枉教人、立尽梧桐影。谁伴我，对鸾镜！

谢任伯(克家)

忆君王

依依宫柳拂宫墙，楼殿无人春昼长。燕子归来依旧忙。　　忆君王，月照黄昏人断肠。

朱希真(敦儒)

好事近 五首

渔父

摇首出红尘，醒醉更无时节。生计绿蓑青笠，惯披霜冲雪。　　晚来风定钓丝闲，上下是新月。千里水天一色，看孤鸿明灭。

渔父长身来，只共钓竿相识。随意转船回棹，似飞空无迹。　　芦花开落任浮生，长醉是良策。昨夜一江风雨，都不会听得。

拨转钓鱼船，江海尽为吾宅。恰向洞庭沽酒，却钱塘横笛。　　醉眼禁冷更添红，潮落下前碛。经过子陵滩畔，得梅花消息。

短棹钓鱼船，江上晚烟笼碧。塞雁海鸥分路，占江天秋色。　　锦鳞泼刺满篮鱼，取酒价相敌。风顺片帆归去，有何人留得。

失却故山云，索手指空为客。莼菜鲈鱼留我，住鸳鸯湖侧。　　偶然添酒旧葫芦，小醉度朝夕。吹笛月波楼下，有何人相识？

辛幼安（弃疾）

摸鱼儿

淳熙己亥，自湖北漕移湖南，同官王正之置酒小山亭赋

更能消几番风雨，匆匆春又归去。惜春长怕花开早，何况落红无数。春且住，见说道、天涯芳草无归路，怨春不语。算只有殷勤、画檐蛛网，尽日惹飞絮。　长门事，准拟佳期又误。蛾眉曾有人妒。千金纵买相如赋，脉脉此情谁诉？君莫舞，君不见、玉环飞燕皆尘土。闲愁最苦。休去倚危栏，斜阳正在、烟柳断肠处。

【评笺】

《鹤林玉露》云：词意殊怨，“斜阳”、“烟柳”之句，其与“未须愁日暮，天际乍轻阴”者异矣。闻寿王见此词颇不悦，然终不加罪也。

贺新郎

别嘉茂十二弟

绿树听鹈鴂。更那堪、杜鹃声住，鹧鸪声切。啼到春归无啼处，苦恨芳菲都歇。算未抵、人间离别。马上琵琶关塞黑，更长门、翠辇辞金阙。看燕燕，送归妾。　将军百战身名裂。向河梁、回头万里，故人长绝。易水萧萧西风冷，满座衣冠似雪。正壮士、悲歌未彻。啼鸟还知如许恨，料不啼、清泪长啼血。谁共我，醉明月。

【评笺】

茂嘉盖以得罪谪徙，故有是言。

贺新郎

赋琵琶

凤尾龙香拨，自开元《霓裳曲》罢，几番风月。最苦浔阳江头客，画舸亭亭待发。记出塞、黄云堆雪。马上离愁三万里。望昭阳、宫殿孤鸿没。弦解语，恨难说。　辽阳驿使音尘绝。琐窗寒，轻拢慢捻，泪珠盈睫。推手含情还却手，一抹《梁州》哀彻。千古事、云飞烟灭。贺老定场无消息，想沉香亭，北繁华歇。弹到此，为呜咽。

永遇乐

京口北固亭怀古

千古江山，英雄无觅，孙仲谋处。舞榭歌台，风流总被，雨打风吹去。斜阳草树，寻常巷陌，人道寄奴曾住。想当年，金戈铁马，气吞万里如虎。　元嘉草草，封狼居胥，赢得仓皇北顾。四十三年，望中犹记，灯火扬州路。可堪回首，佛狸祠下，一片神鸦社鼓。凭谁问：廉颇老矣，尚能饭否？

祝英台近

宝钗分，桃叶渡，烟柳暗南浦。怕上层楼，十日九风雨。断肠点点飞红，都无人管，更谁劝流莺声住？　鬓边觑，试把花卜归期，才簪又重数。罗帐灯昏，哽咽梦中语。是他春带愁来，春归何处？却不解带将愁去。

【评笺】

此与德祐太学生二词用意相似。"点点飞红"，伤君子之弃流莺，恶小人得志也。"春带愁来"，其刺赵、张乎？

菩萨蛮

书江西造口壁

郁孤台下清江水，中间多少行人泪。西北是长安，可怜无数山。　青山遮不住，毕竟东流去。江晚正愁余，山深闻鹧鸪。

【评笺】

《鹤林玉露》云：南渡之初，金人追隆祐太后御舟，至造口不及而还。幼安因此起兴"鹧鸪"之句，谓恢复行不得也。

张安国（孝祥）

六州歌头

长淮望断，关塞莽然平。征尘暗，霜风劲，悄边声。黯消凝。追想当年事，殆天数，非人力。洙泗上，弦歌地，亦膻腥。隔水毡乡，落日牛羊下，区脱纵横。看名王宵猎，骑火一川明，笳鼓悲鸣，遣人惊。　念腰间箭，匣中剑，空埃蠹，竟何成！时易失，心徒壮，岁将零。渺神京。干羽方怀远，静烽燧，且休兵。冠盖使，纷驰骛，若为

情。闻道中原遗老，常南望，翠葆霓旌。使行人到此，忠愤气填膺，有泪如倾。

韩无咎（元吉）

六州歌头

东风着意，先上小桃枝。红粉腻，娇如醉，倚朱扉。记年时，隐映新妆面，临水岸，春将半，云日暖，斜桥转，夹城西。草软沙平，跋马垂杨渡，玉勒争嘶。认蛾眉凝笑脸，薄拂胭脂，绣户曾窥，恨依依。　　共携手处，香如雾，红随步，怨春迟。消瘦损，凭谁问？只花知，泪空垂。旧日堂前燕，和烟雨，又双飞。人自老，春长好，梦佳期。前度刘郎，几许风流地，花也应悲。但茫茫暮霭，目断武陵溪，往事难追。

李知己（石）

临江仙

烟柳疏疏人悄悄。画楼风外吹笙。倚栏闻唤小红声。熏香临欲睡，玉漏已三更。　　坐待不来来又去，一方明月中庭。粉墙东畔小桥横。起来花影下，扇子扑流萤。

姜尧章（夔）

扬州慢

淳熙丙申至日过扬州

淮左名都，竹西佳处，解鞍少驻初程。过春风十里，尽荠麦青青。自胡马窥江去后，废池乔木，犹厌言兵。渐黄昏，清角吹寒，都在空城。　　杜郎俊赏，算如今、重到须惊。纵豆蔻词工，青楼梦好，难赋深情。二十四桥仍在，波心荡、冷月无声。念桥边红药，年年知为谁生！

暗　香

石湖咏梅

旧时月色，算几番照我，梅吹边笛。唤起玉人，不管清寒与攀摘。何逊而今渐老，都

忘却、春风词笔。但怪得、竹外疏花，香冷入瑶席。　江国，正寂寂，叹寄与路遥，夜雪初积。翠尊易泣，红萼无言耿相忆。长记曾携手处，千树压、西湖寒碧。又片片吹尽也，几时见得？

【评笺】

题曰《石湖咏梅》，此为石湖作也。时石湖盖有隐遁之志，故作此二词以沮之。白石《石湖仙》云："须言石湖仙，似鸥夷飘然引去。"末云："闻好语，明年定在槐府。"此与同意。

首章言己旧有用世之志，今老无能，但望之石湖也。

疏影

苔枝缀玉，有翠禽小小，枝上同宿。客里相逢，篱角黄昏，无言自倚修竹。昭君不惯胡沙远，暗忆江南江北。想佩环月夜归来，化作此花幽独。　犹记深宫旧事，那人正睡里，飞近蛾绿。莫似春风，不管盈盈，早与安排金屋。还教一片随波去，又却怨玉龙哀曲。等恁时重觅幽香，已入小窗横幅。

【评笺】

此章更以二帝之愤发之，故有"昭君"之句。

史邦卿（达祖）

双双燕

咏　燕

过春社了，度帘幕中间，去年尘冷。差池欲住，试入旧巢相并。还相雕梁藻井，又软语、商量不定。飘然快拂花梢，翠尾分开红影。　芳径。芹泥雨润，爱贴地争飞，竞夸轻俊。红楼归晚，看足柳昏花暝。应自栖香正稳，便忘了、天涯芳信。愁损翠黛双蛾，日日画栏独凭。

尹惟晓（焕）

霓裳序中第一

茉　莉

青颦粲素靥，海国仙人偏耐热。餐尽风香露屑，便万里凌空，肯凭莲叶盈盈步月。悄似怜轻去瑶阙，人何在？忆渠痴小，点点爱清绝。　愁绝，旧游轻别，忍重看锁香金篋。凄凉清夜蕈茀，杳杳诗魂，真化风蝶。冷香清到骨，梦十里、梅花霁雪。归来也，恹恹心事，自共素蛾说。

王圣与（沂孙）

眉妩

新 月

渐新痕悬柳，淡彩穿花，依约破初暝。便有团圆意，深深拜，相逢谁在香径？画眉未稳，料素娥、犹带离恨。最堪爱，一曲银钩小，宝奁挂秋冷。　千古盈亏休问，叹慢磨玉斧，难补金镜。太液池犹在，凄凉处、何人重赋清景？故山夜永，试待他、窥户端正。看云外山河，还老桂花旧影。

【评笺】

碧山咏物诸篇，并有君国之忧，此喜君有恢复之志，而惜无贤臣也。

齐天乐

蝉

一襟余恨宫魂断，年年翠阴庭树，乍咽凉柯，还移暗叶，重把离愁深诉。西窗过雨，怪瑶佩流空，玉筝调柱，镜暗妆残，为谁娇鬓尚如许？　铜仙铅泪似洗，叹移盘去远，难贮零露。病翼惊秋，枯形阅世，消得斜阳几度？余音更苦，甚独抱清商，顿成凄楚。漫想熏风，柳丝千万缕。

高阳台

残雪庭阴，轻寒帘影，霏霏玉管春葭。小帖金泥，不知春是谁家？相思一夜窗前梦，奈个人，水隔天遮。但凄然、满树幽香，满地横斜。　江南自是离愁苦，况游骢古道，归雁平沙。怎得银笺，殷勤说与年华。如今处处生芳草，纵凭高、不见天涯。更消他，几度东风，几度飞花。

【评笺】

此题应是“梅花”

此伤君臣晏安、不思国耻、天下将亡也。

庆清朝

榴花

玉局歌残，金陵句绝，年年负却熏风。西临窈窕，独怜入户飞红。前度绿阴载酒，枝头色、比似裙同。何须拟，蜡珠作蒂，缃彩成丛。　谁在旧家殿阁？自太真仙去，扫地春空。朱旛护取，如今应误花工。颠倒绛英满径，想无车马到山中。西风后，尚余数点，还胜春浓。

【评笺】

此言乱世尚有人才，惜世不用也。不知其何所指。

张叔夏（炎）

高阳台

西湖春感

接叶巢莺，平波卷絮，断桥斜日归船。能几番游，看花又是明年。东风且伴蔷薇住，到蔷薇、春已堪怜。更凄然，万绿西泠，一抹荒烟。　当年燕子知何处？但苔深韦曲，草暗斜川。见说新愁，如今也到鸥边。无心再续笙歌梦，掩重门、浅醉闲眠。莫开帘，怕见飞花，怕听啼鹃。

黄德文（孝迈）

湘春夜月

近清明，翠禽枝上销魂。可惜一片清歌，都付与黄昏。欲共柳花低诉，怕柳花轻薄，不解伤春。奈楚乡旅宿，柔情别绪，谁与温存？　空尊夜泣，青山不语，残月当门。翠玉楼前，唯是有一波湘水，摇荡湘云。天长梦短，问甚时重见桃根？这次第算人间没个，并刀剪断，心上愁根。

吴彦高(激)

青衫湿

感旧

南朝千古伤心地,还唱《后庭花》。旧时王谢、堂前燕子,飞入人家。 恍然在遇,天姿胜雪,宫鬓堆鸦。江州司马,青衫泪湿,同是天涯。

李易安(清照)

壶中天慢

萧条庭院,又斜风细雨,重门须闭。宠柳娇花寒食近,种种恼人天气。险韵诗成,扶头酒醒,别是闲滋味。征鸿过尽,万千心事难寄。 楼上几日春寒,帘垂四面,玉阑干慵倚。被冷香消新梦觉,不许愁人不起。清露晨流,新桐初引,多少游春意。日高烟敛,更看今日晴未。

声声慢

寻寻觅觅,冷冷清清,凄凄惨惨戚戚。乍暖还寒时候,最难将息。三杯二盏淡酒,怎敌他、晚来风急。雁过也,最伤心,却是旧时相识。 满地黄花堆积,憔悴损、如今有谁堪摘。守着窗儿,独自怎生得黑?梧桐更兼细雨,到黄昏、点点滴滴。这次第,怎一个愁字了得。

凤凰台上忆吹箫

香冷金猊,被翻红浪,起来慵自梳头。任宝奁尘满,日上帘钩。生怕离怀别苦,多少事,欲说还休。新来瘦,非干病酒,不是悲秋。 休休!这回去也,千万遍《阳关》,也只难留。念武陵人远,烟锁秦楼。惟有楼前流水,应念我、终日凝眸。凝眸处,从今又添、一段新愁。

醉花阴

九　日

薄雾浓云愁永昼，瑞脑销金兽。佳节又重阳，玉枕纱厨，半夜凉初透。　东篱把酒黄昏后，有暗香盈袖。莫道不销魂，帘卷西风，人比黄花瘦。

郑文妻（孙氏）

忆秦娥

花深深，一钩罗袜行花阴。行花阴，闲将柳带，试结同心。　日边消息空沉沉，画眉楼上愁登临。愁登临，海棠开后，望到如今。

无名氏

绿意

荷　叶

碧圆自洁，向浅洲远浦，亭亭清绝。犹有遗簪，不展秋心，能卷几多炎热？鸳鸯密语同倾盖，且莫与、浣纱人说。恕歌忽断花风，碎却翠云千叠。　回首当年汉舞，怕飞去，漫绉留仙裙褶。恋恋青衫，犹染枯香，还笑鬓丝飘雪。盘心清露如铅水，又一夜西风听折。喜净看，匹练秋光，倒泻半湖明月。

【评笺】

此伤君子负枉而死，盖似李纲、赵鼎之流。“回首当年汉舞”云者，言其自结主知不肯远引，结语喜其已死而心得白也。

续词选卷一

李太白(白)

忆秦娥

箫声咽,秦娥梦断秦楼月。秦楼月,年年柳色,灞陵伤别。　乐游原上清秋节,咸阳古道音尘绝。音尘绝,西风残照,汉家陵阙。

张子同(志和)

渔歌子

西塞山前白鹭飞,桃花流水鳜鱼肥。青箬笠,绿蓑衣,斜风细雨不须归。

温飞卿(庭筠)

归国遥 二首

香玉,翠凤宝钗垂㔸㒞。钿筐交胜金粟,越罗春水绿。　画堂照帘残烛,梦余更漏促。谢娘无限心曲,晓屏山断续。

双脸,小凤战篦金飐艳。舞衣无力风敛,藕丝秋色染。　锦帐绣帏斜掩,露珠清晓簟。粉心黄蕊花靥,黛眉山两点。

酒泉子

楚女不归,楼枕小河春水。月孤明风又起,杏花稀。　玉钗斜篸云鬟重,裙上镂金双凤。八行书,千里梦,雁南飞。

诉衷情

莺语，花舞，春昼午，雨霏微。金带枕，宫锦凤凰帷。柳弱燕交飞，依依，辽阳音信稀，梦中归。

河传

湖上，闲望，雨潇潇，烟浦花桥路遥。谢娘翠蛾愁不销，终朝，梦魂迷晚潮。荡子天涯归棹远，春已晚，莺语空肠断。若耶溪，溪水西柳堤，不闻郎马嘶。

皇甫子奇（松）

梦江南二首

兰烬落，屏上暗红蕉。闲梦江南梅熟日，夜船吹笛雨潇潇。人语驿边桥。

楼上寝，残月下帘旌。梦见秣陵惆怅事，桃花柳絮满江城。双髻坐吹笙。

后唐庄宗

忆仙姿

曾宴桃源深洞，一曲舞鸾歌凤。长记别伊时，和泪出门相送。如梦如梦，残月落花烟重。

韦端已（庄）

归国遥

金翡翠，为我南飞传我意。罨画桥边春水，几年花下醉。　　别后只知相愧，泪珠难远寄。罗幕绣帏鸳被，旧欢如梦里。

应天长

绿槐影里黄鹂语，深院无人春昼午。画帘垂，金凤舞，寂寞绣屏香一柱。　碧云天，无定处，空有梦魂来去。夜夜绿窗风雨，断肠君信否？

更漏子

钟鼓寒，楼阁暝，月照古桐金井。深院闭，小庭空，落花香露红。　烟柳重，春雾薄，灯背水窗高阁。闲倚户，暗沾衣，待郎郎不归。

薛昭蕴

谒金门

春满院，叠损罗衣金线。睡觉水晶帘未卷，帘前双语燕。　斜掩金铺一扇，满地落花千片。早是相思肠欲断，忍教频梦见。

毛熙震

临江仙

幽闺欲曙闻莺啭，红窗日影微明。好风频谢落花声。隔帏残烛，犹照绮屏筝。
绣被锦茵眠玉暖，炷香斜袅烟轻。淡蛾羞敛不胜情。暗思闲梦，何处逐云行？

清平乐

春光欲暮，寂寞闲庭户。粉蝶双双穿槛舞，帘卷晚天疏雨。　含愁独倚闺帏，玉炉烟断香微。正是销魂时节，东风满树花飞。

李　珣

菩萨蛮 二首

回塘风起波纹细，刺桐花里门斜闭。残日照平芜，双双飞鹧鸪。　征帆何处客，相见还相隔。不语欲魂销，望中烟水遥。

隔帘微雨飞双燕，砌花零落红深浅。捻得宝筝调，心随征棹遥。　楚天云外路，动便经年去。香断画屏深，旧欢何处寻？

西溪子

金缕翠钿浮动，妆罢小窗圆梦。日高时，春已老，人未到，满地落花慵扫。无语倚屏风，泣残红。

冯正中（延巳）

罗敷艳歌 二首

马嘶人语春风岸，芳草绵绵。杨柳桥边，满日高楼酒旆悬。　旧愁新恨知多少，目断遥天。独立花前，更听笙歌满画船。

小堂深静无人到，满院春风。惆怅墙东，一树樱桃带雨红。　愁心似醉兼如病，欲语还慵。日暮疏钟，双燕归来画阁中。

喜迁莺

宿莺啼，乡梦断，春树晓朦胧。残灯和烬闭朱栊，人语隔屏风。　香已寒，灯已绝，忽忆去年离别。石城花雨倚江楼，波上木兰舟。

晏同叔(殊)

浣溪沙

玉碗冰寒滴露华,粉融香雪透轻纱,晚来妆面胜荷花。　鬓亸欲迎眉际月,酒红初上脸边霞,一场春梦日西斜。

破阵子

燕子来时新社,梨花落后清明。池上碧苔三四点,叶底黄鹂一两声。日长飞絮轻。　巧笑东邻女伴,采桑径里逢迎。疑怪昨宵春梦好,原是今朝斗草赢。笑从双脸生。

范希文(仲淹)

御街行

纷纷坠叶飘香砌。夜寂静,寒声碎,珍珠帘卷玉楼空。天淡银河垂地。年年今夜,月华如练,长是人千里。　愁肠已断无由醉,酒未到,先成泪。残灯明灭枕头欹,谙尽孤眠滋味,都来此事,眉间心上,无计相回避。

欧阳永叔(修)

踏莎行

候馆梅残,溪桥柳细,草熏风暖摇征辔。离愁渐远渐无穷,迢迢不断如春水。　寸寸柔肠,盈盈粉泪,楼高莫近危栏倚。平芜尽处是春山,行人更在春山外。

王介甫(安石)

桂枝香

金陵怀古

登临送目,正故国晚秋,天气初肃。千里澄江似练,翠峰如簇。征帆去棹残阳里,背西风、酒旗斜矗。彩舟云淡,星河鹭起,图画难足。　　念往昔、繁华竞逐,叹门外楼头,悲恨相续。千古凭高,对此漫嗟荣辱。六朝旧事如流水,但寒烟、衰草凝绿。至今商女,时时犹唱,《后庭》遗曲。

柳耆卿(永)

雨霖铃

寒蝉凄切,对长亭晚,骤雨初歇。都门帐饮无绪,方留恋处,兰舟催发。执手相看泪眼,竟无语凝噎。念去去、千里烟波,暮霭沉沉楚天阔。　　多情自古伤离别,更那堪、冷落清秋节!今宵酒醒何处?杨柳岸、晓风残月。此去经年,应是良辰好景虚设。便纵有千种风情,更与何人说!

八声甘州

对潇潇暮雨洒江天,一番洗清秋。渐霜风凄紧,关河冷落,残照当楼。是处红衰绿减,苒苒物华休。惟有长江水,无语东流。　　不忍登高临远,望故乡渺邈,归思难收。叹年来踪迹,何事苦淹留?想佳人、妆楼长望,误几回、天际识归舟。争知我、倚阑干处,正恁凝愁。

苏子瞻(轼)

念奴娇

赤壁怀古

大江东去,浪淘尽、千古风流人物。故垒西边,人道是、三国周郎赤壁。乱石穿空,

惊涛拍岸，卷起千堆雪。江山如画，一时多少豪杰！　　遥想公瑾当年，小乔初嫁了，雄姿英发。羽扇纶巾，谈笑间、樯橹灰飞烟灭。故国神游，多情应笑我、早生华发。人生如梦，一尊还酹江月。

蝶恋花

春事阑珊芳草歇，客里风光，又过清明节。小院黄昏人忆别，落花处处闻啼鸩。　咫尺江山分楚越，目断魂销，应是音尘绝。破梦五更心欲折，角声吹落梅花月。

水调歌头

丙辰中秋，欢饮达旦，大醉，作此篇，兼怀子由

明月几时有？把酒问青天。不知天上宫阙，今夕是何年。我欲乘风归去，又恐琼楼玉宇，高处不胜寒。起舞弄清影，何似在人间。　　转朱阁，低绮户，照无眠。不应有恨，何事长向别时圆。人有悲欢离合，月有阴晴圆缺，此事古难全。但愿人长久，千里共婵娟。

【评笺】

忠爱之言，恻然动人。神宗读"琼楼玉宇，高处不胜寒"之句，以为终是爱君，宜矣。

秦少游(观)

如梦令　六首

门外鸦啼杨柳，春色著人如酒。睡起熨沉香，玉腕不胜金斗。消瘦，消瘦，还是褪花时候。

遥夜月明如水，风紧驿亭深闭。梦破鼠窥灯，霜送晓寒侵被。无寐无寐，门外马嘶人起。

幽梦匆匆破后，妆粉乱红沾袖。遥想酒醒来，无奈玉销花瘦。回首，回首，绕岸夕阳垂柳。

楼外残阳红满，春入柳条将半。桃李不禁风，回首落英无限。肠断，肠断，人与楚天俱远。

池上春归何处，满目落花飞絮。孤馆悄无人，梦断月堤归路。无绪，无绪，帘外五更风雨。

莺嘴啄花红溜，燕尾点波绿皱。指冷玉笙寒，吹彻小梅春透。依旧，依旧，人与绿杨俱瘦。

阮郎归

湘天风雨破寒初，灯残庭院虚。丽谯吹彻《小单于》，迢迢清夜徂。　乡梦断，旅情孤，峥嵘岁又除。衡阳犹有雁传书，郴阳和雁无。

八六子

倚危亭，恨如芳草，萋萋刬尽还生。念柳外青骢别后，水边红袂分时，怆然暗惊。　无端天与娉婷，夜月一帘幽梦，春风十里柔情。怎奈向、欢娱渐随流水，素弦声断，翠绡香减。那堪片片飞花弄晚，濛濛残雨笼晴。正销凝，黄鹂又啼数声。

贺方回（铸）

柳色黄

薄雨催寒，斜照弄晴，春意空阔。长亭柳色才黄，远客一枝先折。烟横水际，映带几点归鸦。东风消尽龙沙雪。还记出门时，却而今时节。　将发画楼芳酒，红泪清歌，顿成轻别。已是经年，杳杳音尘都绝。欲知方寸，共有几许清愁，芭蕉不展丁香结。枉望断天涯，两厌厌风月。

章质夫（楶）

水龙吟

柳　花

燕忙莺懒芳残，正堤上、柳花飘坠。轻飞乱舞，点画青林，全无才思。闲趁游丝，静临深院，日长门闭。傍珠帘散漫，垂垂欲下，依前被、风扶起。　兰帐玉人睡觉，

怪春衣、雪沾琼缀。绣床渐满，香球无数，才圆却碎。时见蜂儿，仰粘轻粉，鱼吞池水。望章台路杳，金鞍游荡，有盈盈泪。

舒信道（亶）

菩萨蛮

画船挝鼓催君去，高楼把酒留君住。去住若为情，江头潮欲平。　江潮容易得，却是人南北。今日此尊空，知君何日同。

赵德麟（令畤）

蝶恋花

欲减罗衣寒未去，不卷珠帘，人在深深处。残杏枝头花几许？啼红止恨清明雨。　尽日沉烟香一缕，宿酒醒迟，恼破春情绪。飞燕又将归信误，小屏风上西江路。

刘巨济（泾）

清平乐

深沉院宇，枕簟清无暑。睡起花阴初转午，一霎飞云过雨。　雨余隐隐残雷，夕阳却照庭槐。莫把竹帘垂下，妨他双燕归来。

周美成（邦彦）

满庭芳

夏日溧水无想山作

风老莺雏，雨肥梅子，午阴嘉树清圆。地卑山近，衣润费炉烟。人静乌鸢自乐，小桥外、新绿溅溅。凭栏久，黄芦苦竹，疑泛九江船　年年，如社燕，飘流翰海，来寄修椽。且莫思身外，长近尊前。憔悴江南倦客，不堪听、急管繁弦。歌筵畔，先安枕

簟，容我醉时眠。

玉楼春

桃溪不作从容住，秋藕绝来无续处。当时相候赤栏桥，今日独寻黄叶路。　烟中列岫青无数，雁背夕阳红欲暮。人如风后入江云，情似雨余粘地絮。

尉迟杯

隋堤路，渐日晚、密霭生深树。阴阴淡月笼沙，还宿河桥深处。无情画舸，都不管、烟波隔前浦。等行人、醉拥重衾，载将离恨归去。　因思旧客京华，长偎傍、疏林小槛欢聚。冶叶倡条俱相识，仍惯见、珠歌翠舞。如今向、渔村水驿，夜如岁、焚香独自语。有何人、念我无聊，梦魂凝想鸳侣。

西河

金陵怀古

佳丽地，南朝盛事谁记？山围故国绕清江，髻鬟对起。怒涛寂寞打孤城，风樯遥度天际。　断崖树，犹倒倚，莫愁艇子谁系？空余旧迹郁苍苍，雾深半垒。夜深月过女墙来，伤心东望淮水。　酒旗戏鼓甚处市？想依稀、王谢邻里。燕子不知何世，入寻常巷陌人家相对，如说兴亡斜阳里。

浪淘沙慢

晓阴重，霜凋岸草，雾隐城堞。南陌脂车待发，东门帐饮乍阕。正拂面，垂阳堪揽结，掩红泪、玉手亲折。念汉浦、离鸿去何许？经时信音绝。　情切，望中地远天阔。向露冷、风清无人处，耿耿寒漏咽。嗟万事难忘，惟是轻别。翠樽未竭，凭断云留取，西楼残月。　罗带光销纹衾叠，连环解，旧香顿歇。怨歌永，琼壶敲尽缺。恨春去、不与人期，弄夜色，空余满地梨花雪。

夜飞鹊

河桥送人处，良夜何其，斜月远堕余辉，铜盘烛泪已流尽，霏霏凉露沾衣。相将散离会处，探风前津鼓，树杪参旗。花骢会意，纵扬鞭、亦自行迟。　迢递路回清野，人语渐无闻，空带愁归。何意重经前地，遗钿不见，斜径都迷，兔葵燕麦，向斜阳、影与人齐。但徘徊班草，欷歔酹酒，极望天西。

解语花

元宵

风销焰蜡，露浥烘炉，花市光相射。桂花流瓦纤云散，耿耿素娥欲下。衣裳淡雅，看楚女纤腰一把。箫鼓喧，人影参差，满路飘香麝。　因念帝城放夜，望千门如昼，嬉笑游冶。钿车罗帕相逢处，自有暗尘随马。年光是也，惟只见、旧情衰谢。情漏移飞盖归来，从舞休歌罢。

徐幹臣（伸）

二郎神

闷来弹鹊，又搅碎、一帘花影。漫试著春衫，还思纤手，熏彻金猊烬冷。动是愁端如何向？但怪得新来多病。嗟旧日沈腰，而今潘鬓，怎堪临镜？　重省，别时泪渍，罗襟犹凝。料为我厌厌，日高慵起，长托春酲未醒。雁足不来，马蹄难驻，门掩一庭芳景。空伫立，尽日阑干倚遍，昼长人静。

陈子高（克）

谒金门 三首

愁脉脉，目断江南江北。烟树重重芳信隔，小楼山几尺？　细草孤云斜日，一晌弄晴天色。帘外落花飞不得，东风无气力。

花满院，飞去飞来双燕。红雨入帘寒不卷，晓屏山六扇。　翠袖玉笙凄断，脉脉两蛾愁浅。消息不知郎近远，一春长梦见。

柳丝碧，柳下人家寒食。莺语匆匆花寂寂，玉阶春藓湿。　闲凭熏笼无力，心事有谁知得？檀炷烧窗灯背壁，画檐残雨滴。

鲁逸仲

南浦

风悲画角，听《单于》、三弄落谯门。投宿骎骎征骑，飞雪满孤村。酒市渐阑灯火，正敲窗、乱叶舞纷纷。送数声惊雁，乍离烟水，嘹唳度寒云。　好在半胧淡月，到如今、无处不销魂。故国梅花归梦，愁损绿罗裙。为问暗香闲艳，也相思、万点付啼痕。算翠屏应是，两眉余恨倚黄昏。

叶少蕴（梦得）

贺新郎

睡起流莺语，掩苍苔、房栊向晚，乱红无数。吹尽残花无人见，惟有垂杨自舞。渐暖霭，初回轻暑。宝扇重寻明月影，暗尘侵，上有乘鸾女。惊旧恨，遽如许。　江南梦断横江渚，浪粘天，葡萄涨绿，半空烟雨。无限楼前沧波意，谁采蘋花寄取？但怅望，兰舟容与。万里云帆何时到？送孤鸿、目断千山阻。谁为我，唱《金缕》。

陈去非（与义）

临江仙

忆昔午桥桥上饮，坐中都是豪英。长沟流月去无声，杏花疏影里，吹笛到天明。

二十余年成一梦，此身虽在堪惊。闲登小阁眺新晴，古今多少事，渔唱起三更。

赵长卿

临江仙

过尽征鸿来尽雁，故园消息茫然。一春憔悴有谁怜？怀家寒食夜，中酒落花天。

见说江头春浪渺，殷勤欲送归船。别来此处最萦牵，短篷南浦雨，疏柳断桥烟。

续词选卷二

辛幼安（弃疾）

念奴娇

书东流村壁

野棠花落，又匆匆过了、清明时节。刬地东风欺客梦，一枕云屏寒怯。曲岸持觞，垂杨系马，此地曾经别。楼空人去，旧游飞燕能说。　闻道绮陌东头，行人曾见，帘低纤纤月。旧恨春江流不尽，新恨云山千叠。料得明朝，尊前重见，镜里花难折。也应惊问：近来多少华发？

满江红

敲碎离愁，纱窗外风摇翠竹。人去后，吹箫声断，倚楼人独。满眼不堪三月暮，举头已觉千山绿。但试把、一纸寄来书，从头读。　相思字，空盈幅；相思意，何时足！滴罗襟点点，泪珠盈掬。芳草不迷行客路，垂杨只碍离人目。最苦是、立尽月黄昏，阑干曲。

张安国（孝祥）

满江红

听　雨

斗帐高眠，寒窗静、潇潇雨意。南楼近，更移三鼓，漏传一水。点点不离杨柳外，声声只在芭蕉里。也不管、滴破故乡心，愁人耳。　无似有，游丝细；聚复散，珍珠碎。天应分付与，别离滋味。破我一床蝴蝶梦，输他双枕鸳鸯睡。向此际、别有好思量，人千里。

程正伯(垓)

摸鱼儿

掩凄凉黄昏庭院,角声何处呜咽。矮窗曲屋风灯冷,还是苦寒时节。凝伫切。念翠被薰笼,夜夜成虚设。倚窗愁绝,听凤竹声中,犀帷影外,簌簌酿寒雪。　伤心处,却忆当年轻别。梅花满院初发。吹香弄蕊无人见,惟有暮云千叠。情未彻。又谁料,而今好梦分吴越。不堪重说。但记得当初,重门锁处,犹有夜深月。

卜算子

独自上层楼,楼外青山远。望到斜阳欲尽时,不见西飞燕。　独自下层楼,楼下蛩声怨。待到黄昏月上时,依旧柔肠断。

水龙吟

夜来风雨匆匆,故园定是花无几。愁多怨极,等闲孤负,一年芳意。柳困桃慵,杏青梅小,对人容易。算好春长在,好花长见,元只是、人憔悴。　回首池南旧事,恨星星、不堪重记。如今但有,看花老眼,伤时清泪。不怕逢花瘦,只愁怕、老来风味。待繁红乱处,留云借月,也须拚醉。

刘潜夫(克庄)

沁园春

梦方孚若

何处相逢?登宝钗楼,访铜雀台。唤厨人斫就,东溟鲸脍;圉人呈罢,西极龙媒。天下英雄,使君与操,余子谁堪共酒杯?车千乘,载燕南代北,剑客奇才。　饮酣鼻息如雷,谁信被晨鸡催唤回。叹年光过尽,功名未立;书生老矣,机会方来。使李将军、遇高皇帝,万户侯何足道哉!推衣起,但凄凉感旧,慷慨生哀。

俞国宝

风入松

一春长费买花钱，日日醉湖边。玉骢惯识西湖路，骄嘶过、沽酒楼前。红杏香中歌舞，绿杨影里秋千。　暖风十里丽人天，花压鬓云偏。画船载得春归去，余情付、湖水湖烟。明日重扶残醉，来寻陌上花钿。

姜尧章(夔)

一萼红

人日登长沙定王台

古城阴，有官梅几许，红萼未宜簪。池面冰胶，墙腰雪老，云意还又沉沉。翠藤共、闲穿径竹，渐笑语、惊起卧沙禽。野老林泉，故王台榭，呼唤登临。　南去北来何事，荡湘云楚水，目极伤心。朱户粘鸡，金盘簇燕，空叹时序侵寻。记曾共、西楼雅集，想垂柳、还袅万丝金。待得归鞍到时，只怕春深。

长亭怨慢

桓大司马云："昔年种柳，依依汉南；今看摇落，凄怆江潭；树犹如此，人何以堪！"此语余深爱之

渐吹尽、枝头香絮，是处人家，绿深门户。远浦萦回，暮帆零乱向何许？阅人多矣，谁得似长亭树。树若有情时，不会得青青如此！　日暮，望高城不见，只见乱山无数。韦郎去也，怎忘得玉环分付。第一是早早归来，怕红萼无人为主。算空有并刀，难剪离愁千缕。

齐天乐

蟋蟀

庾郎先自吟愁赋，凄凄更闻私语。露湿铜铺，苔侵石井，都是曾听伊处。哀音似诉，正思妇无眠，起寻机杼。曲曲屏山，夜凉独自甚情绪？　西窗又吹暗雨，为谁频

断续，相和砧杵？候馆吟秋，离宫吊月，别有伤心无数。《豳》诗漫与，笑篱落呼灯，世间儿女。写入琴丝，一声声更苦。

念奴娇

荷　花

闹红一舸，记来时尝与鸳鸯为侣。三十六陂人未到，水佩风裳无数。翠叶吹凉，玉容消酒，更洒菰蒲雨。嫣然摇动，冷香飞上诗句。　日暮青盖亭亭，情人不见，争忍凌波去。只恐舞衣寒易落，愁入西风南浦。高柳垂阴，老鱼吹浪，留我花间住。田田多少，几回沙际归路。

琵琶仙

吴　兴

双浆来时，有人似、旧曲桃根桃叶。歌扇轻约飞花，蛾眉正奇绝。春渐远，汀洲自绿，更添了、几声啼鴂。十里扬州，三生杜牧，前事休说。　又还是、宫烛分烟，奈愁里、匆匆换时节。都把一襟芳思，与空阶榆荚。千万缕、藏鸦细柳，为玉尊、起舞回雪。想见西出阳关，故人初别。

翠楼吟

武昌安远楼成

月冷龙沙，尘清虎落，今年汉酺初赐。新翻胡部曲，听毡幕元戎歌吹。层楼高峙，看槛曲萦红，檐牙飞翠。人姝丽，粉香吹下，夜寒风细。　此地宜有神仙，拥素去黄鹤，与君游戏。玉梯凝望久，叹芳草萋萋千里。天涯情味，仗酒祓清愁，花销英气。西山外，晚来还卷，一帘秋霁。

八　归

湘中送胡德华

芳莲坠粉，疏桐吹绿，庭院暗雨乍歇。无端抱影销魂处，还见筱墙萤暗，藓阶蛩切。送客重寻西去路，问水面、琵琶谁拨？最可惜、一片江山，总付与啼鴂。　长恨相逢未款，而今何事，又对西风离别？渚寒烟淡，棹移人远，缥缈行舟如叶。想文君望久，倚竹愁生步罗袜。归来后，翠尊双饮，下了珠帘，玲珑闲看月。

刘改之(过)

贺新郎

老去相如倦,向文君、说似而今,怎生消遣?衣袂京尘曾染处,空有香红尚软。料彼此、魂销肠断。一枕新凉眠客舍,听梧桐疏雨秋风颤。灯晕冷,记初见。　楼低不放竹帘卷,晚妆残,翠蛾狼藉,泪痕凝脸。人道愁来须殢酒,无奈愁深酒浅。但托意、焦琴纨扇。莫鼓琵琶江上曲,怕荻花枫叶俱凄怨。云万叠,寸心远。

杨　炎

蝶恋花

稼轩坐间作,首句用邱六书中语

检点笙歌多酿酒,不放东风,独自迷杨柳。院院翠阴停永昼,曲栏随处堪垂手。　昨日解酲今夕又,消得情怀,长被春僝僽。门外马嘶人去后,乱红不管花消瘦。

谢勉仲(懋)

浪淘沙

黄道雨初干,霁霭空蟠。东风杨柳碧毵毵,燕子不归花有恨,小院春寒。　倦客亦何堪,尘满征衫。明朝野水几重山?归梦已随芳草绿,先到江南。

陆子逸(淞)

瑞鹤仙

脸霞红印枕。睡起来、冠儿犹是不整。屏间麝煤冷。但眉山压翠,泪珠弹粉。堂深昼永。燕交飞、风帘露井。恨无人与说相思,近日带围宽尽。　重省。残灯朱幌,淡月疏窗,那时风景。阳台路迥。云雨梦,便无准。待归来,先指花梢教看,却把心期细问。问因循过了青春,怎生意稳?

【评笺】

刺时之言。

高宾王（观国）

菩萨蛮

春风吹绿湖边草，春光依旧湖边道。玉勒锦障泥，少年游冶时。　烟明花似绣，且醉旗亭酒。斜日照花西，归鸦花外啼。

史邦卿（达祖）

绮罗香

春　雨

做冷欺花，将烟困柳，千里偷催春暮，尽日冥迷，愁里欲飞还住。惊粉重、蝶宿西园，喜泥润、燕归南浦。最妨他佳约风流，钿车不到杜陵路。　沉沉江上望极，还被春潮晚急，难寻官渡。隐约遥峰，和泪谢娘眉妩。临断岸、新绿生时，是落红、带愁流处。记当日门掩梨花，剪灯深夜语。

万年欢

两袖梅风，谢桥边、岸痕犹带阴雪。过了匆匆灯市，草根青发。燕子春愁未醒，误几处、芳音辽绝。烟溪上、采绿人归，定应愁沁花骨。　非干厚情易歇，奈燕台句老，难道离别。小径吹衣，曾记故里风物。多少惊心旧事，第一是侵阶罗袜。如今但柳发晞春，夜来和露梳月。

东风第一枝

立　春

草脚愁回，花心梦醒，鞭香拂散牛土。旧歌空忆珠帘，彩笔倦题绣户。粘鸡贴燕，想占断、东风来处。暗惹起、一掬相思，乱藏翠盘红楼。　今夜觅梦池秀句，明日动探花芳绪。寄声沽酒人家，款约嬉游伴侣。怜他梅柳，怎忍后天街酥雨。待过了一月灯期，日日醉扶归去。

方巨山（岳）

水调歌头

平山堂用东坡韵

秋雨一何碧，山色倚晴空。江南江北愁思，分付酒螺红。芦叶篷舟千里，菰菜莼羹一梦，无语寄归鸿。醉眼渺河洛，遗恨夕阳中。　蘋洲外，山欲暝，敛眉峰。人间俯仰陈迹，叹息两仙翁。不见当年杨柳，只是从前烟雨，磨灭几英雄。天地一孤啸，匹马又西风。

吴君特（文英）

唐多令

何处合成愁？离人心上秋。纵芭蕉、不雨也飕飕。都道晚凉天气好，有明月，怕登楼。　年事梦中休，花空烟水流。燕辞归、客尚淹留。垂柳不萦裙带住，漫长是、系行舟。

忆旧游

别黄澹翁

送人犹未苦，苦送春，随人去天涯。片红都飞尽，阴阴润绿，暗里啼鸦。赋情顿雪双鬓，飞梦逐尘沙。叹病渴凄凉，分香瘦减，两地看花。　西湖断桥路，想系马垂杨，依旧欹斜。葵麦迷烟处，问离巢孤燕，飞过谁家？故人为写深怨，空壁扫秋蛇。但醉上吴台，残阳草色归思赊。

蒋胜欲（捷）

贺新郎

梦冷黄金屋。叹秦筝、斜鸿阵里，素弦尘扑。化作娇莺飞归去，犹认纱窗旧绿。正过雨、荆桃如菽。此恨难平君知否？似琼台、涌起弹棋局。消瘦影，嫌明烛。

鸳楼碎泻东西玉。问芳踪、何时再展，翠钗难卜。待把宫眉横云样，描上生绡画幅。怕不是、新来装束。彩扇红牙今都在，恨无人、解听开元曲。空掩袖，倚寒竹。

周公谨(密)

疏　影

梅　影

冰条冻叶，又横斜照水，一花初发。素壁秋屏，招得芳魂，仿佛玉容明灭。疏疏满地珊瑚冷，全误却、扑花幽蝶。甚美人忽到窗前，镜里好春难折。　闲想孤山旧事，浸清漪、倒映千树残雪。暗里东风，可惯无情，搅碎一帘香月。轻妆谁写崔徽面，认隐约烟绡重叠，记梦回，纸帐残灯，瘦倚数枝清绝。

鹧鸪天

清　明

燕子时时度翠帘，柳寒犹未透香棉。落花门巷家家雨，新火楼台处处烟。　情默默，恨恹恹，东风吹动画秋千。刺桐开尽莺声老，无奈春风只醉眠。

王圣与(沂孙)

南　浦

春　水

柳下碧粼粼，认麹尘，乍生色嫩如染。清溜满银塘，东风细，参差縠纹初遍。别君南浦，翠眉曾照波痕浅。再来涨绿迷旧处，添却残红几片。　葡萄过雨新痕，正拍拍轻鸥，翩翩小燕。帘影蘸楼阴，芳流去，应有泪珠千点。沧浪一舸，断魂重唱蘋花怨。采香幽径鸳鸯睡，谁道湔裙人远？

水龙吟

落　叶

晓露初著青林，望中故国凄凉早。萧萧渐积，纷纷犹坠，门荒径悄。渭水风生，洞庭波起，几番秋杪。想重崖半没，千峰尽出，山中路，无人到。　前度题红杳杳，溯

宫沟、暗流空绕。啼螀未歇，飞鸿欲过，此时怀抱。乱影翻窗，碎声敲砌，愁人多少！望吾庐甚处，只应今夜，满庭谁扫？

齐天乐

萤

碧痕初化池塘草，荧荧野光相趁。扇薄星流，盘明露滴，零落秋原飞燐。练裳暗近，记穿柳生凉，度荷分暝。误我残编，翠囊空叹梦无准。　　楼阴时过数点，倚阑人未睡，曾赋幽恨。怪苑飘苔，秦陵坠叶，千古凄凉不尽。何人为省？但隔水余辉，傍林残影。已觉萧疏，更堪秋夜永。

琐窗寒

趁酒梨花，催诗柳絮，一窗春怨。疏疏过雨，洗尽满阶芳片。数东风二十四番，几番误了西园宴。认小帘朱户，不如飞去，旧巢双燕。　　曾见，双蛾浅。自别后多应，黛痕不展。扑蝶花阴，怕看题诗团扇。试凭他、流水寄情。溯红不到春更远。但无聊、病酒厌厌，夜月荼蘼院。

张叔夏（炎）

南　浦

春　水

波暖绿粼粼，燕飞来，好是苏堤才晓。鱼没浪痕圆，流红去，翻笑东风难扫。荒桥断浦，柳荫撑出扁舟小。回首池塘青欲遍，绝是梦中芳草。　　和云流出空山，甚年年净洗，花香不了。新绿乍生时，孤村路，犹忆那回曾到。余情渺渺，茂林觞咏如今悄。前度刘郎归去后，溪上碧桃多少。

忆旧游

大都长春宫即旧之太极宫也

看方壶拥翠，太极垂光，积雪初晴。阊阖开黄道，正绿章封事，飞上层青。古台半压琪树，引袖拂寒星。见玉冷闲坡，金明邃宇，人住深清。　　幽寻自来去，对华表千年，天籁无声。别有长生路，看花开花落，何处无春？露台深锁丹气，隔水唤青禽。尚记得归时，鹤衣散影都是云。

壶中天

夜渡古黄河，与沈尧道、曾子敬同赋

扬舲万里，笑当年、底事中分南北。须信平生无梦到，却向而今游历。老柳官河，斜阳古道，风定波犹直。野人惊问，泛槎何处狂客？ 迎面绿叶萧萧，水流沙共远，都无行迹。衰草凄迷秋更绿，惟有闲鸥独立。浪挟天浮，山邀云去，银浦横空碧。扣舷歌断，海蟾飞上孤白。

台城路

庚辰秋九月之北遇汪菊坡因赋此词

十年前事翻疑梦，重逢可怜俱老。水国春空，山城岁晚，无语相看一笑。荷衣换了，任京洛尘沙，冷凝风帽。见说吟情，近来不到谢池草。 欢游曾步翠窈，乱红迷紫曲，芳意多少？舞扇招香，歌桡唤玉，犹忆钱塘苏小。无端暗恼，又几度留连，燕昏莺晓。回首妆楼，甚时重去好。

甘　州

饯沈尧道并寄赵学舟

记玉关踏雪事清游，寒气脆貂裘。傍枯林古道，长河饮马，此意悠悠。短梦依然江表，老泪洒西州。一字无题处，落叶都愁。 载取白云归去，问谁留楚佩，弄影中洲？折芦花赠远，零落一身秋。向寻常、野桥流水，待招来，不是旧沙鸥。空怀感，有斜阳处，却怕登楼。

【评笺】

自注云："庚寅岁，沈尧道同余北归，各处杭、越。逾岁，尧道来问寂寞，语笑数日，又复别去，因赋此词。"

扫花游

赋高疏寮东野园

烟霞万壑，记曲径幽寻，霁痕初晓。绿窗窈窕，看垂花甃石，就泉通沼。几日不来，一片苍云未扫。自长啸，怅乔木荒凉，都是残照。 碧天秋浩渺，听虚籁泠泠，飞下孤峭。山空翠老，步仙风怕有，采芝人到。野色闲门，芳草不除更好。境深悄，比斜川又清多少。

渡江云

山阴久客，一再逢春，回忆西杭，渺然愁思

山空天入海，倚楼望极，风急暮潮初，一帘鸠外雨，几处闲田，隔水动春锄。新烟禁柳，想如今、绿到西湖。犹记得、当年深隐，门掩二三株。　愁余。荒州古溆，断梗疏萍，更漂流何处？空自觉、围羞带减，影怯灯孤。常疑即见桃花面，甚近来、翻致无书。书纵远，如何梦也都无。

琐窗寒

旅窗孤寂，雨意垂垂，买舟西渡未能也。赋此为钱塘故人韩竹闲问

乱雨敲春，深烟带晚，水窗慵凭。空帘漫卷，数日更无花影。怕依然旧时归燕，定应未识江南冷。最怜他、树底嫣红，不语背人吹尽。　清润，通幽径。待移灯剪韭，试香温鼎。分明醉里，过了几番风信。想竹间高阁半开，小车未来犹自等。傍新晴、隔柳呼船，待教潮信稳。

解连环

孤　雁

楚江空晚。恨离群万里，恍然惊散。自顾影、欲下寒塘，正沙净草枯，水平天远。写不成书，只寄得、相思一点。料因循误了，残毡拥雪，故人心眼。　谁怜旅愁荏苒。漫长门夜悄，锦筝弹怨。想伴侣、犹宿芦花，也曾念春前，去程应转。暮雨相呼，怕蓦地、玉关重见。未羞他、双雁归来，画帘半卷。

忆旧游

登蓬莱阁

问蓬莱何处，风月依然，万里江清。休说神仙事，便神仙纵有，即是闲人。笑我几番醒醉，石磴扫松阴。任狂客难招，采访谁赠，且自微吟。　俯仰成陈迹，叹百年谁在，阑槛孤凭。海日生残夜，看卧龙和梦，飞入秋冥。还听水声东去，山冷不生云。正目极空寒，萧萧汉柏愁茂陵。

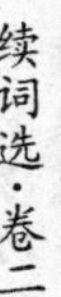

月下笛

孤游万竹山中，闲门落叶，愁思黯然，
因动黍离之感。时寓甬东积翠山舍

万里孤云，清游渐远，故人何处？寒窗梦里，犹记经行旧时路。连昌约略无多柳，第一是难听夜雨。漫惊回凄悄，相看烛影，拥衾谁语。　张绪，归何暮？半零落依依，断桥鸥鹭。天涯倦旅，此时心事良苦。只愁重洒西州泪，问杜曲人家在否？恐翠袖天寒，犹倚梅花那树。

绮罗香

红　叶

万里飞霜，千山落木，寒艳不招春妒。风冷吴江，独客又吟愁句。正船舣、流水孤村，似花绕、斜阳芳树。甚荒沟、一片凄凉，载情不去载愁去。　长安谁问倦旅？羞见衰颜借酒，飘零如许。漫依新妆，不入洛阳花谱。为回风、起舞尊前，尽化作、断霞千缕。记阴阴、绿遍江南，夜窗听暗雨。

疏影

梅　影

黄昏片月，似满地碎阴，还更清绝。枝北枝南，疑有疑无，几度背灯难折。依稀倩女离魂处，缓步出、前村时节。看夜深、竹外横斜，应妒过云明灭。　窥镜蛾眉淡扫，为容不在貌，独抱孤洁。莫是花光，描取春痕，不怕丽谯吹彻。还惊海上燃犀去，照水底、珊瑚疑活。做弄得、酒醒天寒，空对一庭香雪。

梅子黄时雨

病后别罗江诸友

流水孤村，爱尘事顿消，来访深隐。向醉里谁扶？满身花影。鸥鹭相看如瘦，近来不是伤春病。嗟流景，竹外野桥，犹系烟艇。　谁引斜川归兴？便啼鹃纵少，无奈时听。待棹击空明，烟波千顷。弹到琵琶留不住，最愁人是黄昏近。江风紧，一行柳阴吹暝。

渡江云

怀归

江山居未定，貂裘已敝，空自带愁归。乱花流水外，访里寻邻，都是可怜时。桥边燕子，似软语，斜日江蓠。休问我、如今心事，错认镜中谁。　还思。新烟惊换，旧雨难招，做不成春意。浑未省、谁家芳草，犹梦吟诗。一株古柳观鱼港，傍清深、足可幽栖。闲趣好，白鸥尚识天随。

庆清朝

韩亦颜归隐两水之滨，予从之游，散怀吟眺，一任所适，太白去后三百年，无此乐也

浅草犹霜，融泥未燕，晴梢润叶初干。闲扶短策，邻家小聚清欢，错认蓠根是雪，梅花过了一番寒。风还峭，较迟芳信，却是春残。　此境此时此意，待携琴独去，石冷慵弹。飘飘爽气，飞鸟相与俱还。醉里不知何处，好诗尽在夕阳山。山深杳，更无人到，流水花闲。

探春慢

雪霁

银浦流云，绿房迎晓，一抹墙腰月淡。暖玉生烟，悬冰解冻，碎滴瑶阶如霰。才放此晴意，早瘦了梅花一半。也知不做花看，东风何事吹散？　摇落似成秋苑，甚酿得春来，怕教春见。野渡舟回，前村门掩，应是不胜清怨。次第寻芳去，灞桥外蕙香波暖。犹妒檐声，看灯人在深院。

渡江云

次赵元父韵

锦香缭绕地，深灯挂壁，帘影浪花斜。酒船归去后，转首河桥那处认纹沙。重盟镜约，还记得前度秦嘉。惟只有、叶题堪寄，流不到天涯。　惊嗟！十年心事，几曲阑干，想萧娘声价。闲过了黄昏时候，疏柳啼鸦。浦潮夜涌平沙白，问断鸿、知落谁家？书又远，空江片月芦花。

台城路

送周方山游吴

朗吟未了西湖酒，惊心又歌南浦。折柳官桥，呼船野渡，还忆五湖风雨。漂流最苦。况如此江山，此时情绪。怕有鸱夷，笑人何事载诗去。　荒台只今在否？登临休望远，都是愁处。暗草埋沙，明波洗月，谁念天涯羁旅？荷阴未暑。快料理归程，再盟鸥鹭。只恐空山，近来无杜宇。

长亭怨

旧居有感

望花外、小桥流水，门巷愔愔，玉箫声绝。鹤去台空，珮环何处弄明月？十年前事，愁千折、心情顿别。露粉风香，谁为主？都成消歇。　凄咽。晓窗分袂处，同把带鸳亲结。江空岁晚，便忘了、尊前曾说。恨西风、不庇寒蝉，便扫尽、一林残叶。谢他杨柳多情，还有绿阴时节。

甘州

寄李筠房

望涓涓一水隐芙蓉，几被暮云遮。正凭高送目，西风断雁，残月平沙。未觉丹枫尽老，摇落已堪嗟。无避秋声处，愁满天涯。　一自盟鸥别后，甚酒瓢诗锦，轻误年华。料荷衣初暖，不忍负烟霞。记前度、剪灯一笑，再相逢、知在那人家？空山远，白云休赠，只赠梅花。

忆旧游

寄　友

记琼筵卜夜，锦槛移春，同恼莺娇。暗水流花径，正无风院落，银烛迟销。闹枝浅压髻髫，香脸泛红潮。甚如此心情，还将乐事，轻趁冰消。　飘零又成梦，但长歌袅袅，柳色迢迢。一叶江心冷，望美人不见，隔浦难招。认得旧时鸥鹭，重过月明桥。溯万里天风，清声漫忆何处鸾箫？

【评笺】

末句“鸾”字疑衍。此调各家皆同，玉田诸作亦无异，非别有一体可知。

声声慢

寄叶书隐

百花洲畔，十里湖边，沙鸥未许盟寒。旧隐琴书，犹记渭水长安。苍云数千万叠，却依然、一笑人间。似梦里，对清尊白发，秉烛更阑。　渺渺烟波无际，唤扁舟欲去，且与凭栏，此别何如，能消几度阳关？江南又听夜雨，怕梅花、零落孤山。归最好，甚闲人、犹自未闲。

吴彦高（激）

春从天上来

会宁府遇老姬，善鼓瑟。自主梨园旧籍，因感赋此

海角飘零，叹汉苑秦宫，坠露飞萤。梦回天上，金屋银屏，歌吹竞举青冥。问当时遗谱，有绝艺、鼓瑟湘灵。促哀弹，似林莺呖呖，山溜泠泠。　梨园太平乐府，醉几度春风，鬓发星星。舞彻中原，尘飞沧海，风雪万里龙庭。写胡笳幽怨，人憔悴、不似丹青。酒微醒，对一轩凉月，灯火青荧。

德祐太学生

百字令

德祐乙亥

半堤花雨，对芳辰、消遣无奈情绪。春色尚堪描画在，万紫千红尘土。鹃促归期，莺收佞舌，燕作留人语。绕栏红药，韶华留此孤主。　真个恨杀东风，几番过了，不似今番苦。乐事赏心磨灭尽，忽见飞书传羽。湖水湖烟，峰南峰北，总是堪伤处。新塘杨柳，小腰犹自歌舞。

【评笺】

见《湖海新闻》。三、四谓众宫女行；五谓朝士去，六谓台官默，七指太学上书，八、九谓只陈宜中在。“东风”谓贾似道“飞书传羽”，北军至也。“新塘杨柳”，谓贾妾。

祝英台近

德祐乙亥

倚危阑，斜日暮。蓦蓦甚情绪？稚柳娇黄，全未禁风雨。春江万里云涛，扁舟飞渡。那更听、寒鸿无数。　　叹离阻。有恨流落天涯，谁念泣孤旅？满目风尘，冉冉如飞雾。是何人惹愁来？那人何处？怎知道、愁来不去。

【评笺】

“稚柳”，谓幼君；“娇黄”，谓太后。“扁舟飞渡”，谓北军至。“塞鸿”，指流民也。“人惹愁来”，谓贾出；“那人何处”，谓贾去。

李易安(清照)

卖花声

帘外五更风，吹梦无踪。画楼重上与谁同？记得玉钗斜拨火，宝篆成空。　　回首紫金峰，雨润烟浓。一江春浪醉醒中。留得罗襟前日泪，弹与征鸿。

朱淑真

谒金门

春已半，触目此情无限。十二阑干闲倚遍，愁来天不管。　　好是风和日暖，输与莺莺燕燕。满院落花帘不卷，断肠芳草远。

徐君宝妻

满庭芳

汉上繁华，江南人物，尚遗宣政风流。绿窗朱户，十里烂银钩。一旦刀兵齐举，旌旗拥、百万貔貅。长驱入，歌楼舞榭，风卷落花愁。　　清平三百载，典章人物，扫地都休。幸此身未北，犹客南州。破鉴徐郎何在？空惆怅、相见无由。从今后，断魂千里，夜夜岳阳楼。

【评笺】

徐君宝妻，岳州人。被掠至杭。其主者数欲犯之，辄以计脱。主者强焉，告曰：俟祭先夫，然后为君妇。主者许诺。乃焚香再拜，题词壁上，投池中死。